Dromen van een nieuw begin

W0371448

Corina Bomann bij Boekerij:

Het vlindereiland
De maneschijnsonate
De jasmijnzussen
De stormroos
Een wonderlijke winterreis
Het klaprozenjaar
Winterbloesem
De rozentuin

De vrouwen van de Leeuwenhof-serie:
Agneta's erfenis
Mathilda's geheim
Solveigs belofte

De kleuren van schoonheid-serie:
Sophia's hoop
Sophia's wens
Sophia's triomf

Waldfriede-saga:
Gloriedagen
Lichtpunt
Avondrood
Ochtendgloren

Een kamer aan zee
Een magische zomer
Winterengel

De vrouwen van Rozenhaag-serie:
Dromen van een nieuw begin

boekerij.nl

Corina Bomann

Dromen van een nieuw begin

Zweden, 1910. Liv vecht voor haar vrijheid.
En voor de liefde

Deel 1 van *De vrouwen van Rozenhaag*-serie

Vertaald uit het Duits door Iris van der Blom

BOEKERIJ

ISBN 978-90-492-0621-5
ISBN 978-94-023-2572-0 (e-book)
ISBN 978-90-528-6910-0 (audio)
NUR 302

Oorspronkelijke titel: *Die Frauen vom Rosenhag. Traum vom Neubeginn (Rosenhag 1)*
Vertaling: Iris van der Blom
Omslagontwerp: Bürosüd
Zetwerk: Mat-Zet b.v., Weesp

© 2025 by Penguin Verlag, a division of Penguin Random House Verlagsgruppe GmbH, München, Germany.
© 2025 Nederlandse vertaling Meulenhoff Boekerij bv, Amsterdam

Alle rechten voorbehouden. Niets uit deze uitgave mag worden verveelvoudigd, opgeslagen in een geautomatiseerd bestand, of openbaar gemaakt in enige vorm of op enige wijze, hetzij elektronisch, mechanisch of op enige andere manier, zonder voorafgaande schriftelijke toestemming van de uitgever. Tekst- en datamining van (delen van) deze uitgave is uitdrukkelijk niet toegestaan.

All rights are reserved, including those for text and data mining, AI training and similar technologies.

Karlskrona, 1 maart 1907

Ik kwam overeind in bed en keek uit het raam. Het eerste ochtendzonnetje viel de slaapkamer binnen en liet de zee en de hemel strakblauw oplichten.

Op een vissersboot die vlak bij de oever was afgemeerd zaten de meeuwen, vermoeid en klam van de nachtelijke kou. Ze wachtten op de vier mannen die elke dag tegen acht uur uitvoeren.

In een grote zwerm volgden de vogels de boot zodra die zich in beweging zette. Ze cirkelden eromheen, wetende dat een deel van de vangst voor hen zou overschieten. Door hen wist je altijd waar de vissers waren.

De gedachte aan de vissers en de meeuwen verdween toen ik Bjarnes handen op mijn heupen voelde. Warm waren ze en ruw van de lange tijd op zee, maar toch in staat vederlicht en teder over mijn huid te glijden.

In de afgelopen nacht waren we nauwelijks aan slaap toegekomen. Hoewel we een hele maand samen hadden gehad en er ook goed gebruik van hadden gemaakt, verlangden onze lichamen naar elkaar alsof het de eerste keer in lange tijd was. Zo was het altijd als Bjarne weg moest. Ik zou tijd genoeg hebben om uit te rusten als hij vertrokken was.

'Nog een keer?' vroeg hij plagerig, en zijn diepe, warme stem schoot als vuur door mijn ziel. In de komende weken zou ik die stem smartelijk missen.

Ik stak mijn hand uit naar zijn gezicht, streelde zijn wangen, raakte de eerste stoppels van zijn baard aan, de zachte boog van zijn lippen. Hij had er een gewoonte van gemaakt een baard te laten staan als hij op zee was. Enerzijds omdat de deining van de zee het lastig maakte om je te scheren zonder je te snijden. Anderzijds omdat het geluk zou brengen. Ik geloofde er niet in, maar de gebruiken van de zeelieden waren nu eenmaal een gesloten boek voor degenen die op het land achterbleven.

Ik glimlachte naar hem en ging schrijlings op hem zitten. Het dekbed gleed van mijn schouders en mijn tepels werden onmiddellijk hard in de koele lucht.

Hij kreunde en ik voelde zijn harde lid tegen mijn onderlichaam drukken. Net als elke andere keer dat ik met hem sliep, vroeg ik me af wanneer het zover zou zijn. Wanneer ik eindelijk een kind van hem zou krijgen. Deze keer misschien? Bij zijn terugkomst zou ik dan al een buikje kunnen hebben…

Hij gleed in me terwijl zijn handen me zachtjes aanmoedigden om hem te berijden. Maar ik wilde het nog even uitstellen, alsof ik hem zo kon vasthouden.

'Zul je me missen, daar op zee?' vroeg ik terwijl ik heel rustig op hem bleef zitten.

'Ja!' kreunde hij en hij duwde zijn onderlichaam tegen het mijne. 'En hoe, mijn liefste!'

Mijn onderbuik pulseerde. Hoewel we onze begeerte in de afgelopen nacht keer op keer hadden gestild, werd dezelfde lust opnieuw geprikkeld.

'En zul je nergens in een haven een ander meisje gaan zoeken?' vervolgde ik.

'Hoe zou ik dat kunnen?' vroeg hij en hij liet zijn handen strelend langs mijn heupen omhoogglijden, waarna hij ze om mijn smalle taille legde. 'Ik zal alleen mannen om me heen hebben! Mannen die naar aardolie stinken en in vier talen kunnen vloeken.'

'En hoe zit het bij noodweer?' Mijn verlangen werd bijna te sterk, toch wist ik me nog steeds in te houden.

'Zelfs als we een haven moeten binnenlopen zal er voor mij niemand anders zijn!' Hij richtte zich op, omhelsde mijn tengere lichaam met zijn sterke armen en legde zijn gezicht tegen mijn borsten. Hij wist dat het me wild maakte als zijn stoppelwangen over mijn huid wreven. 'Kom,' fluisterde hij zachtjes.

Nu gaf ik toe. We bewogen ons in een gelijkmatig ritme, als een schip op de golven.

Bjarne begroef zijn hoofd in mijn hals en vond trefzeker mijn gevoeligste plekje. Ik kon mijn hoogtepunt net zomin tegenhouden als ons afscheid. Kreunend zonk ik weg in zijn armen.

En hoewel hij nog bij me was, miste ik hem nu al.

1

Marlene

Een geluid deed me uit mijn slaap opschrikken. Het weldadige gevoel dat mijn droom in me had achtergelaten verdween bliksemsnel, alsof iemand een emmer water over me had leeggegooid. Onaangenaam hard drong het mijn gehoor binnen: een vreemd getingel gevolgd door *tak, tak, tak,* wat klonk als blikken voetstappen.

Het kwam me bekend voor, maar ik was te slaperig om het te kunnen benoemen. Ik deed mijn loodzware oogleden open. Het eerste ochtendlicht viel door het raam en tekende de contouren van de meubels af. Tegenover me stond een kledingkast met rotandeuren en naast de deur een wastafel met daarop een witte emaillen kan en een enigszins gehavende waskom. Het bed waarin ik lag was een eenvoudig metalen ledikant; mijn kleren van de vorige dag hingen nog over de stoel die voor het bureautje bij het raam stond.

Het vertrek was veel minder ruim dan het huisje waar we hiervoor samen hadden gewoond. Ik was blij geweest dat Ove Malmström boven zijn kruidenierswinkel nog een kamer vrij had die hij mij had vergund. Ondanks alles wat er was voorgevallen.

Hoe laat zou het zijn? Drie uur? Vier? Mijn zakhorloge lag op het bureautje bij het raam, maar ik had geen zin om op te staan en erop te kijken.

In de kamer naast me bleven de geluiden klinken, luider zelfs, leek het. *Takketakketak – pring!*

Ik slaakte geïrriteerd een diepe zucht.

Zondag was na een lange week in de fabriek de dag waarop ik kon uitslapen. De klokken van de Admiraliteitskerk van Karlskrona riepen de gelovigen pas laat op voor de kerkdienst. De langere slaaptijd was meestal voldoende om de pijn in mijn lichaam te verlichten. In de fabriek kreeg je een kromme rug van het lange staan of belastte je je handen en armen te zwaar bij het aan elkaar schroeven van de metalen delen.

Mijn buurman leek de nacht niet te willen gebruiken om uit te rusten.

Waarom zat hij in vredesnaam om deze tijd… achter zijn schrijfmachine? Ja, precies, dat was het! Ik hoorde die geluiden elke ochtend als ik langs het administratiegebouw liep.

Eigenlijk had ik niet bijzonder veel belangstelling voor mijn huidige medebewoner. Als ik hem toevallig tegenkwam, groette ik en dat was alles. Ik had toch al niet veel vrije tijd. Als ik na een lange dag in de assemblage thuiskwam, had ik nog net tijd om iets te eten en mijn neus in een boek te steken. Soms deed ik zelfs dat niet eens, omdat mijn ogen brandden van de hele dag nauwkeurig kijken.

Maar de lampenfabriek verzekerde me van een inkomen en behoedde me er een groot deel van mijn tijd voor aan Bjarne te denken. Soms leidde mijn werk me zozeer af dat ik vergat wat er was gebeurd en de weg naar mijn vroegere thuis insloeg. Of dat ik me erop betrapte mezelf wijs te maken dat hij eens misschien toch weer voor de deur zou staan.

Het geratel hield aan en telkens weer rinkelde dat belletje. Ik rolde briesend met mijn ogen.

De vrouw die voorheen naast me woonde, had 's nachts nooit herrie gemaakt. Ze was verpleegster en had volgens Oves vrouw Siri een baan als particulier verpleegster aangenomen. De weinige keren dat ik haar was tegengekomen, had ze altijd een verpleegstersuniform gedragen.

Blijkbaar was haar aanstelling in het ziekenhuis nu beëindigd. Door mijn extra ploegendiensten van de afgelopen week had ik niet gemerkt dat ze was verhuisd.

Zou ik misschien toch aankloppen? De rustverstoorder vertellen wat ik ervan dacht?

Ik liet me weer in de kussens zakken. Ze roken naar de zeep waarmee ik me elke avond waste. Ik vond het onverdraaglijk om vuil in bed te stappen, vooral als mijn handen naar smeerolie stonken.

Bjarne was net zo geweest. Voordat hij na thuiskomst in mijn buurt kwam, nam hij altijd een bad. Soms bedreven we de liefde meteen nadat hij uit bad kwam, staande, hij nog vochtig van het badwater.

Ik weet niet waarom, maar opeens zag ik die ene ochtend van drie jaar geleden weer voor me, de laatste waarop ik Bjarne levend had gezien…

De ijzige maartlucht drong algauw door mijn donkerblauwe wollen jurk en mijn jas heen toen we naar de kade liepen. Rillend trok ik de dikke, okergele omslagdoek die Bjarne uit Rusland voor me had meegenomen strak om mijn schouders.

Mijn man leek niets van de kou te voelen. Hij droeg zijn donkerblauwe wollen jekker, een donkere broek en zijn kapiteinspet, die hij weleens schalks zijn 'kroon' noemde. Ondanks zijn veertig jaar maakte hij soms grappen alsof hij een jonge knaap was.

Maar nu leek hij daar evenmin als ik voor in de stemming te zijn.

Onder een laaghangend, grijs wolkendek klotste de zee donker en met schuimkoppen op de golven tegen de havenwerken van Karlskrona terwijl op de achtergrond de klok van de Admiraliteitskerk acht uur sloeg.

Bjarnes schip, de Solveig – een schoener die te midden van de moderne stoomschepen ouderwets aandeed – verhief zich majesteitelijk op haar ligplaats. Ze had vroeger op open zee gevaren, had zelfs Kaap Hoorn gerond, maar werd nu als transportschip voor petroleum gebruikt. Een van de laatste die nog onder zeil voeren.

Petroleum was het zwarte bloed van de vooruitgang, zoals Bjarne het noemde. Het was nodig in de lampenfabriek, maar ook de Koninklijke Admiraliteit kreeg het geleverd. Sinds 1901 won Zweden zelf aardolie, maar niet voldoende om de gestegen behoefte van het hele land te dekken.

'Weet je hoe graag ik je hier zou willen houden?' vroeg ik. 'Ik zou zo graag willen dat je niet meer hoefde uit te varen.'

Bjarne kuste me en drukte me aan zijn borst.

Op zijn leeftijd had hij makkelijk een functie aan de wal kunnen bekleden. Maar ik wist hoe groot zijn liefde voor de zee was. Als er iets was waar ik jaloers op was, dan waren het de onpeilbaar diepe golven die hem telkens weer bij me vandaan droegen.

'Wordt het niet eens tijd dat de Solveig buiten dienst wordt gesteld?' vroeg ik terwijl ik me tegen hem aan vlijde.

Bjarne had me verteld dat er vanwege de verandering van eigenaar een man was langsgekomen die alle schepen die voor de rederij voeren had bekeken.

'Ze houdt het nog wel een poosje vol,' fluisterde hij in mijn haar, dat ik in een vlecht om mijn hoofd had gelegd. 'Maar misschien monster ik volgend jaar wel op een stoomschip aan.'

'Dat zou je alleen nog maar langer bij me vandaan houden.' Ik slaakte een zucht en keek op naar hem, wilde al zijn gelaatstrekken in me opzuigen: zijn ijsblauwe ogen, het littekentje bij zijn wenkbrauw, de ronding van zijn kin en de kuiltjes in zijn wangen.

'Het spijt me dat ik je ertoe heb verleid met me te trouwen,' zei hij lachend en hij kuste me.

'Mij niet,' antwoordde ik, 'maar het is wel jouw schuld dat ik niet genoeg van je kan krijgen.'

'Ooit zal ik voor altijd bij je zijn, dat beloof ik.' Hij kuste me nog eenmaal hartstochtelijk en de oude, bekende angst nam bezit van me. Onder de zee liggen geen balken en al was Bjarne een ervaren kapitein, zijn schip was oud en de vracht die hij over de Oostzee vervoerde gevaarlijk.

'Pas goed op jezelf,' zei hij toen hij zich uit mijn omhelzing losmaakte. 'Ik stuur je een telegram zodra ik in Riga ben aangekomen. En ik zal ervoor zorgen dat we daar niet langer blijven dan nodig is.'

Ik knikte en probeerde de tranen die kwamen opzetten te onderdrukken. Hij mocht me niet zien huilen, mocht geen bedrukt gezicht met zich meenemen op zijn wekenlange reis.

Bjarne draaide zich om. Toen ik mijn hoofd afwendde om vlug een traan uit mijn ooghoek te wissen, zag ik nog andere vrouwen die afscheid van hun man namen. Ze zouden allemaal blijven staan tot het schip achter de horizon verdwenen was. Ze zouden allemaal net als ik de komende weken bang zijn voor wat hun man kon overkomen.

'Denk erom dat u weer heelhuids bij me terugkomt, kapitein Walsted!' riep ik hem na, waarop hij nog eenmaal bleef staan en zich omdraaide.

Nu was er voor mij geen houden meer aan. Het kon me niet schelen of de andere vrouwen toekeken. Ik rende naar mijn man toe, sloeg mijn armen om zijn nek en gaf hem een laatste innige kus.

Achter ons klonk de scheepsbel. We zouden de tijd niet kunnen foppen. Maar dit ene moment wilde ik bewaren. Voor altijd...

Nee, zei ik bij mezelf toen ik de tranen in mijn ogen voelde schieten. *Nu niet.* Het verdriet mocht me niet alweer overweldigen.

Woedend liet ik me op het matras vallen. Het ledikant eronder kraakte in protest. Nog steeds werd er getikt in de kamer naast me. 'Ga toch slapen!' fluisterde ik de rustverstoorder korzelig toe, al kon hij me niet horen.

Toen draaide ik me om, ik trok de deken over mijn oren en zwoer dat ik hem de les zou lezen als ik hem de volgende dag zou tegenkomen.

2

Liv

‘Strakker!’ Mijn stem weerklonk door de kleedkamer.

Astrid deed wat ik vroeg en trok het koord van mijn korset nog iets strakker aan. De met baleinen verstevigde, roomkleurige stof voegde zich naar mijn taille als de omhelzing van een minnaar die gezworen had me nooit meer los te laten.

Achter me haalde Astrid snuivend adem. In tegenstelling tot Svenja, mijn vorige dienstmeisje, had ze niet bijster veel kracht in haar armen. Helaas had Svenja twee weken eerder ons huis verlaten om te gaan trouwen.

Ik bekeek mezelf in de hoge spiegel, die al heel wat generaties vrouwen uit deze familie bij hun ochtendtoilet had waargenomen. Het glas was aan de randen een beetje dof geworden en de kleine putti die op de hoeken van de lijst zaten, waren hier en daar verbleekt.

Omdat ik vrij tenger was, hoefde ik weinig moeite te doen om de tailleomvang te krijgen die nu in de mode was. Maar voor een zandloperfiguur zou ik niet alleen mijn achterwerk moeten opvullen, ook voor mijn blouse had ik losse vulkussentjes om de ongewenste deukjes tussen mijn schouders en mijn borst te effenen en zo de duivenborst te vormen die het huidige ideaalbeeld van vrouwelijkheid vertegenwoordigde.

Bij de volgende ruk aan de koorden werd me de lucht uit de longen geperst. Kennelijk had Astrid toch nog wat kracht over.

‘Genoeg zo!’ riep ik vinniger dan ik bedoeld had. Ik reikte naar achteren en probeerde de koorden weer iets losser te krijgen. In elk geval om mijn borst, zodat ik beter kon ademhalen.

‘Neem me niet kwalijk, mevrouw.’ Astrid deinsde terug en boog haar hoofd. In de spiegel zag ik dat ze bloosde.

‘Al goed,’ zei ik en ik pakte de linten. Ik bond ze om mijn taille, strikte ze en liet de loshangende uiteinden onder de rand van mijn korset verdwijnen. 'Haal de kussentjes en mijn onderrok maar.'

Astrid knikte en haastte zich naar de commode.

Een half uur later voelde ik me presentabel. Mijn bruine haar had ik tot een elegante wrong gedraaid en met zilveren spelden vastgezet. Op mijn gezicht zat een laagje poeder, op mijn wangen wat rouge en op mijn oogleden een beetje grijze oogschaduw, die ik met een licht verkoold houten staafje had aangebracht. Over mijn ondergoed droeg ik een rijkelijk met kant afgezette witte blouse en een donkergrijze rok, die de kleur van mijn ogen fraai deed uitkomen. Mijn kleding werd gecompleteerd door bruine schoenen met een hakje en een broche bij mijn kraag. De blauwe steen fonkelde in een straaltje ochtendzon.

Het was het enige erfstuk van mijn moeder. Zelf had ze de broche van haar grootmoeder gekregen. Liefdevol liet ik mijn vinger langs de contouren van de gewelfde vatting glijden, die aan een bloemkelk deed denken. Voor mijn geestesoog verschenen beelden, herinneringen aan de tijd dat mijn moeder het middelpunt van mijn leven was. Tot die ene zomerdag alles stukmaakte...

Astrid haalde me uit mijn overpeinzingen. 'Hebt u nog iets nodig, mevrouw?' Ik was haar bijna vergeten.

'Nee, je kunt wel gaan,' zei ik en ik drong de herinneringen terug. 'Ik kan het verder alleen af.'

Toen ze weg was, draaide ik me om. Door de witte vitrages kon je het diepgroen van het park vermoeden. Een prachtige dag. Pinksteren. Normaal gesproken was dat een dag waarop de mensen samenkwamen, de kerk bezochten en aansluitend gingen wandelen. Maar Sten had me niet opgedragen om voor deze dag iets voor te bereiden.

Omdat ik niet wist of mijn man al op was, haastte ik me, want hij had er een hekel aan om aan het ontbijt op me te moeten wachten.

Ik liep over de zachte tapijten met hun prachtige dessins in de gang naar de trap, die met een sierlijke bocht naar de benedenverdieping leidde. Ons huis was behoorlijk groot, en behalve deze trap was er aan de achterkant nog een voor het huispersoneel. Die was steiler en niet zo weelderig, terwijl je over de treden die ik nu nam wel leek te zweven.

Bij de trap bleef ik even staan. De zware kristallen kroonluchter, die als een grote druiventros aan het plafond hing, glansde nog in het schijnsel van de lampen, hoewel het zonlicht al door de hoge vensters binnenstroomde. De portretten tussen de landschappen aan de van beige-gouden behang voorziene wanden keken me zoals altijd koel en enigszins afwezig aan.

Stens ouders waren ons al een paar jaar eerder ontvallen. Olivia, zijn moeder, was een fragiele vrouw geweest, die ernstig onder migraine had geleden. Ik kon me haar nauwelijks meer herinneren. Ze stierf toen ze nog geen vijftig was. Haar hart was zomaar opgehouden met kloppen.

Mijn schoonvader Olof overleefde haar slechts vier jaar. Hij was niet veel ouder geweest dan zij, een man met een rood gezicht en vol vitaliteit. Ook hij stierf eigenlijk voor zijn tijd. Maar in de haven was een ongeluk gebeurd. Een kraan had een plotselinge zwaai gemaakt en hem geraakt. Hoewel er snel een arts bij was, had die hem niet meer kunnen redden.

De portretten van mijn schoonouders hingen hier sinds twee jaar aan de wand. Voor mij waren het de enige vertrouwde gezichten. De andere waren van verre voorouders, vrouwen en mannen in ouderwetse kleding en met deels vreemd aandoende kapsels.

Maar als ik zoals vandaag door zwaarmoedigheid werd bevangen, meende ik in elk van die ogenparen een verwijt te zien. Het verwijt dat ik niet voor het voortbestaan van deze familie zorgde.

De eetkamer was een van de mooiste vertrekken van het huis. Het in een warme bruintint gehouden parket werd door de dienstmeisjes glanzend schoongeboend. De wanden waren niet van behang voorzien, maar van echte muurschilderingen, die scènes uit het landleven voorstelden. Ze moesten inmiddels al bijna honderd jaar oud zijn.

Sten begon er telkens weer over dat hij het vertrek wilde laten renoveren. Moderniseren. Maar hij had het zo druk dat hij er niet aan toekwam. Daar was ik blij om, want ik hield van de oude villa in de Ronnebygatan. Als door een wonder had ze de grote stadsbrand van 1790 onbeschadigd overleefd. Met haar uitgestrekte tuin en de witte zuilen kwam de villa dicht in de buurt bij de voorstelling die ik als kind van een kasteel had. Zelfs Hugo Skantze, de eigenaar van de lampenfabriek, die een paar huizen verderop op nummer 5 woonde, benijdde ons erom.

Hier beneden was behalve ikzelf nog niemand aanwezig. Ik hoorde Astrid gedempt met serviesgoed in de weer. Van buiten klonk gekwinkeleer van vogels door de ramen.

Ik liep naar de lange eettafel, die plaats aan acht personen bood. Op verzoek van Sten werd voor ons aan beide hoofdeinden gedekt, zodat we ver van elkaar zaten. Het boeket tussen ons in werd om de dag ververst. Momenteel bestond het uit roze rozen, witte bruidssluier, witte margrieten en donkerrode ranonkels. Vooral in de winter kostten die arrangementen een vermogen en meestal waren de dienstmeisjes en ik de enigen die ze zagen. Zelfs als Sten hier was, leek hij ze niet waar te nemen.

Er klonken voetstappen en even later kwam Sten binnen. Hij droeg een zandkleurig pak en een overhemd met een vadermoordenaar. In zijn blonde haar zat een keurige scheiding.

'Goedemorgen, Liv.'

'Goedemorgen,' antwoordde ik en ik liep naar hem toe. Hij kuste me op mijn wang. 'Heb je goed geslapen?'

'Redelijk,' antwoordde hij kortaf en hij liep naar zijn kant van de tafel.

Zijn aanraking werkte in me na. Ik rook zijn scheerwater en voelde een oud verlangen opkomen. Nam hij me toch maar weer in zijn armen om me hartstochtelijk te kussen, zoals hij vroeger deed! Ons huwelijk mocht dan gearrangeerd zijn geweest, er was toch een zekere hartstocht voor elkaar ontstaan.

Maar dat was toen hij nog hoop koesterde dat ik kinderen zou krijgen.

Nu, zeven jaar na onze bruiloft, sliepen we in aparte bedden. 'Zodat ik je niet stoor als ik laat thuiskom,' was Stens verklaring daarvoor geweest.

Ik ging op mijn plaats zitten en voelde daarbij de krapte van mijn korset nog meer dan anders. Vroeger had Sten me erom bewonderd dat ik de smalle taille van een jong meisje had. Het zou hem zijn opgevallen dat ik me speciaal voor hem mooi had gemaakt.

Nu richtte hij zijn blik meteen op de avondkrant, die gestreken naast zijn bord lag. Hij was de afgelopen nacht zo laat thuisgekomen dat hij die niet meer had kunnen lezen. Ik zag hem de laatste tijd eigenlijk alleen nog aan het ontbijt.

Astrid kwam opdienen. Bij de geur van de verse aardbeienjam liep het water me in de mond. Ruth, onze kokkin, had er een heel speciaal recept voor dat ze niemand verklapte – ook mij niet. Maar waarom zou ik als echtgenote van een fabrikant ook jam maken?

Ik schraapte mijn keel. Ik waagde het erop een wens kenbaar te maken. 'Moet je vandaag de hele dag op kantoor blijven?' zei ik. Sten werkte heus genoeg, en dat hij zich zelfs 's zondags niet wat rust en verstrooiing gunde, vond ik een beetje zorgelijk.

'Ik heb je toch gezegd dat ik het druk had?' antwoordde Sten en hij bracht zijn koffiekopje naar zijn mond. 'We hebben een grote opdracht uit Duitsland gekregen. In de huidige tijd is dat bijna een wonder!'

'Maar zelfs in Duitsland vieren ze Pinksteren!'

De blik die hij me daarop toewierp deed me wensen dat ik mijn mond had gehouden.

Sten snoof en zette zijn kopje neer. 'Liv,' begon hij en iets in mijn binnenste verkrampte. Ik had een hekel aan zijn preken. En ik begreep ook niet waarom hij ze tegen mij afstak alsof ik een van zijn personeelsleden was. 'Je weet hoeveel er van mijn succes afhangt. Dit alles hier' – hij maakte een weids gebaar – 'komt er niet vanzelf. Als eigenaar moet ik over elk aspect waken. Natuurlijk zijn dat dingen waar jij geen benul van hebt.'

Zijn woorden sneden in mijn ziel als de baleinen van het korset in mijn ribben. Als hij mijn vragen of verlangens vervelend begon te vinden, reageerde hij daar de laatste tijd steeds vaker op door mij als onwetend af te schilderen.

Een geluid trok mijn blik naar de deur. Astrid had haar hoofd om de hoek gestoken, waarschijnlijk om nog eens naar onze wensen te vragen. Toen ze mijn blik opving, trok ze zich vlug terug.

Sten leek haar niet te hebben opgemerkt. Terwijl zijn gezicht steeds roder werd, preekte hij door. 'Het contract met de Duitsers is belangrijk, want het kan ertoe leiden dat we vervolgopdrachten van dezelfde omvang krijgen. Jij als mijn echtgenote hebt de plicht me daarbij te ondersteunen en dat kun je het best doen door me met rust te laten en me niet telkens te weerspreken.'

Ik voelde duidelijk dat hij zichzelf naar een staat van razernij toe wilde werken. Mijn vraag was onschuldig geweest, maar werkte nu als een vonk op een vat dynamiet. Ik had hem niet weersproken en ook geen wensen geuit. Ik had hem niet gevraagd meer tijd met mij door te brengen. Toch leek hij mijn vraag zo te hebben opgevat en het was blijkbaar het laatste waar hij zin in had.

'Je moet meer vriendinnen zoeken,' vervolgde hij scherp. 'Een taak. Of een goed doel. Kijk eens naar Nanna Skantze! Ze heeft drie kinderen en daarnaast nog tijd voor liefdadigheid! Als je dan toch geen kinderen hebt, kun je je best op een andere manier nuttig maken voor de maatschappij!'

Met stuurse bewegingen vouwde hij de krant op, hij nam nog een slok uit zijn kopje en zei toen stijfjes: 'Excuseer me.' Daarna keerde hij me de rug toe en beende naar de deur.

Ik had het gevoel een klap in mijn gezicht te hebben gekregen.

Wat was er gebeurd? Vanwaar die felle uitval? Ik had toch alleen maar opgemerkt dat het Pinksteren was... Ook al was Sten geen fanatieke kerkganger, hij moest toch erkennen dat dit een bijzondere dag was? Een dag met misschien gasten, en anders voor onszelf.

In plaats daarvan had hij me het verwijt gemaakt dat ik hem van zijn werk afhield. Hij had me onze kinderloosheid verweten, me nutteloos genoemd...

Het leek of er zware stenen op mijn borst werden gestapeld. Ik voelde me zwak en machteloos, en bovenal was het zo... onbillijk.

We hadden zo vaak geprobeerd een kind te krijgen. Ik was door artsen onderzocht, die geen enkele medische afwijking hadden gevonden. En die vergelijking met Nanna... Zij en Hugo leken nog steeds even verliefd als op hun huwelijksdag. Was het dan een wonder dat ze zo veel kinderen hadden?

Trillend pakte ik mijn koffiekopje. De hete vloeistof gutste over mijn hand en over het tafellaken. De lichamelijke pijn was me welkom; kon die de pijn in mijn ziel maar verdoven.

3

Marlene

Met een krachtige ruk trok ik de deur van het schuurtje open. Ove sloeg hier zijn kisten en vaten op, maar ik mocht er van hem ook mijn fiets neerzetten. Vastgeketend aan een paal, veilig voor dieven, stond die daar in afwachting van mijn zondagse uitstapjes.

Het was een van de weinige gekoesterde bezittingen die ik aan mijn voormalige leven had overgehouden. Een klein stukje vrijheid.

Ik herinnerde me nog precies de dag waarop Bjarne me met zijn hand over mijn ogen had meegetroond naar buiten. Heel even had ik gedacht dat hij me een hond cadeau zou doen. Toen hij zijn hand had weggehaald zag ik de fiets: zwartgelakt, met glimmend gepoetste spaken en een zilverig glanzende bel.

Ik viel hem om zijn hals, kuste hem en vroeg toen: 'Waar heb je die vandaan? En hoe heb je hem voor me verborgen kunnen houden?' Ik was elke dag naar de houtschuur geweest, daar zou ik hem zeker hebben ontdekt.

'Uit Stockholm,' had hij geantwoord. 'Peer heeft hem voor me in bewaring gehouden.' Peer Martens was zijn bootsman, met wie hij al vele jaren had gevaren. 'Zo kun je altijd naar de haven rijden en hoef je je mooie voetjes niet te vermoeien.'

'Eigenlijk vind ik het helemaal niet erg om te lopen,' had ik lachend geantwoord. Nadat ik hem nog eens had gekust was ik op het zadel gaan zitten.

Sindsdien leek er een eeuwigheid te zijn verstreken...

Meestal ging ik te voet naar de lampenfabriek, maar op mijn vrije zondagen fietste ik de stad door of juist de stad uit en genoot ik van de omgeving. Deze meidag leek voor zo'n tochtje geschapen.

De lucht op deze pinksterzondag in 1910 was mild en de zon al zo krachtig dat ik haar door mijn jasje heen kon voelen. Toen ik de fiets uit het schuurtje had gehaald, maakte ik het voorpand van mijn zwarte wandelrok los, waarmee ik de rok in een mum van tijd had veranderd in een broek met wijde pijpen.

Een tinteling trok door mijn lichaam. Hoewel enkele adellijke dames openlijk rondliepen met dit soort beenbekleding, vond men dat in een stad als Karlskrona nog steeds onbetamelijk. Ik voelde me er echter vrijer in dan ooit. Bovendien kon mijn reputatie toch niet nog slechter worden.

Even later fietste ik de straat uit, niet naar de haven maar in de richting van het station. Ik wilde eerst de brug over naar Pantarholmen, een eiland in het noorden dat tot Karlskrona behoorde, en dan langs Blå Port naar het bos. In het bos groeide in deze tijd van het jaar al het een en ander aan bruikbaars: lievevrouwebedstro bij de vleet, leeuwentand voor een salade en hondsdraf, die ik voor een soepje kon gebruiken. Als ik geluk had, vond ik misschien nog een paar noten van de afgelopen winter. Eekhoorns legden grote voorraden aan maar waren vergeetachtig, zodat je ook in het voorjaar nog walnoten of hazelnoten kon vinden.

Maar eerst moest ik nog iets afhandelen.

Aan de noordelijke rand van de stad stond een rij huurkazernes, waarin niet alleen arbeiders waren ondergebracht. Er woonden ook mensen die het niet zo goed getroffen hadden. Ze sleepten zich met los werk door het leven en konden steeds maar net de maandhuur bij elkaar schrapen.

De kleine gestalte die ik even later in een trapportaal zag zitten was een van hen.

Ik was Ingrid Lasebrö een jaar eerder tegengekomen. Ze was rond de vijftig, haar kleren waren afgedragen en haar grijzende haar had ze onder een hoofddoek verborgen. Op een binnenplaats doorzocht ze het afval, en een man met grove handen en een bruut uiterlijk was haar te lijf gegaan. Ik had de vent flink op zijn nummer gezet en nam haar onder een spervuur van scheldwoorden mee daarvandaan.

'Je had je er niet mee moeten bemoeien,' zei Ingrid. 'Ik ben het gewend dat ze me nergens willen hebben.'

Ik schudde mijn hoofd. 'Het is al goed. Het zijn maar woorden.' Ze had me aangekeken en ik zag wat haar ertoe had gedreven het afval te doorzoeken. Honger.

Ze mocht dan een dak boven het hoofd hebben – een klein woninkje, vergeven van schimmel, in een van onze oudste wijken –, maar het geld dat ze verdiende was soms niet toereikend om brood te kopen.

Het deel van mijn proviand dat ik haar toen toestopte was weliswaar slechts een druppel op een gloeiende plaat, maar Ingrid had me met stralende ogen bedankt.

'Vrolijk Pinksteren, Ingrid!' riep ik en ik stopte voor haar. 'Heb je zin in een uitstapje?'

Ik wist wel dat ze niet mee zou komen, al helemaal niet op de bagagedrager van mijn fiets.

Ingrid schoot in de lach. Zoals altijd droeg ze een sleetse donkergroene jas, bruine handschoenen zonder vingers en schoenen die iets te groot voor haar voeten leken.

De zonnestralen leken haar goed te doen. Ze zag er gezonder uit dan anders.

'Voor jou ook vrolijk Pinksteren! Maar je maakt vast een grapje, Marlene!' Er verscheen een brede glimlach op haar gezicht, dat gegroefd en gerimpeld was; sporen van een leven dat haar maar zelden goedgezind was geweest. 'We zouden met fiets en al in de greppel kieperen!'

'Niet als ik rij!'

Ze schudde haar hoofd. 'Je weet wat mijn botten daarvan zouden denken. Kom, ga even zitten. Of heb je haast?'

Ik zei van niet, zette de fiets tegen de muur van het pand en ging op de trap zitten. De gebouwen rondom zagen er eenvoudig, bijna armoedig uit. Veel ervan hadden scheuren in de gevel. Van sommige bladderde de verf af. Hier en daar was het pleisterwerk beschadigd. Door openstaande ramen kwam een muffe geur naar buiten.

'Ik heb wat voor je.' Ik haalde twee appels en een in papier gewikkelde boterham uit mijn tas. 'Met de hartelijke groeten van Siri Malmström.'

'Zei ze dat?' Ingrid trok weifelend haar wenkbrauwen op. Ze wist natuurlijk dat niemand in de stad zich voor haar interesseerde.

'Nee,' gaf ik toe. 'Maar ik heb al ontbeten.'

'En wat eet je dan straks in het bos?' Ingrid klonk bijna pijnlijk aangedaan.

'Kruiden, bessen… Ik vind altijd wel wat.' Ik stootte haar aan. 'Ik breng graag iets voor je mee.'

'Ik zou geen nee zeggen tegen noten.'

'Die krijg je,' beloofde ik haar.

Ingrid liet de appels en de boterham in haar jaszak glijden. 'Weet je eigenlijk wel dat ik je benijd?' vroeg ze.

Ik durfde niet te vragen waarom, want het antwoord was overduidelijk. Ik had een gevulde maag en werk en hoefde niet bang te zijn dat ik het dak boven mijn hoofd zou kwijtraken. Ingrid daarentegen was ervan afhankelijk dat een oogje werd toegeknepen als ze een appel van een boom plukte of door het afval van een kruidenierswinkel heen ging. En dat ze mocht werken bij de wasserij, ook als ze dagenlang niet was komen opdagen.

'Je bent nog jong,' zei ze, 'en je bent erin geslaagd op je pootjes terecht te komen ondanks alles wat er is gebeurd. Net een kat.' Ze gaf me een por.

Ik probeerde te glimlachen, ondanks de steen die op mijn ziel lag. De afgelopen jaren waren harde jaren geweest, vol verdriet en sombere momenten. Ik was een verstotene geworden, hoewel ik niets te maken had met wat er op Bjarnes schip was gebeurd. Maar Ingrid had gelijk: ik was weer opgekrabbeld. En al voelde ik me met mijn achtentwintig jaar soms oud, ik had nog vele jaren voor me.

'Ik heb geluk gehad,' antwoordde ik.

'Nee, niet alleen geluk,' zei Ingrid. Ze pakte mijn hand en kneep er zachtjes in. 'Je bent sterk en kunt werken. Ik wou dat mijn handen er beter aan toe waren, zodat ik niet voor alleen maar de huur van dat krot hoefde te werken.'

Ik keek naar Ingrids vingers, die opgezet waren van de reuma. Op sommige dagen kon ze ze vrij goed bewegen, maar door het zware werk in de wasserij werd de pijn erger. Als ze probeerde die te negeren leidde dat er vaak toe dat ze haar handen helemaal niet meer kon bewegen en daarom niet naar haar werk kon gaan. Dat waren de dagen van honger, waarop ze op zoek moest gaan naar iets eetbaars.

'Ooit droomde ik ervan kokkin te worden,' vervolgde ze. 'Was Ulf er nog maar...' Haar stem stokte en in haar ogen verscheen een droevige blik.

Ik sloeg mijn arm meelevend om haar schouders en besefte dat ik makkelijk in een situatie als die van Ingrid had kunnen belanden. Stel dat alles veel later was gebeurd? Als ik niet langer de mogelijkheid had gehad om zelf te gaan werken?

Ingrids stem haalde me uit mijn gedachten. 'Maar er is niks aan te doen, hè?' vroeg ze. 'Wat gebeurd is, kan niet meer worden teruggedraaid. De dood is geen koopman met wie je kunt marchanderen.'

Opeens zat er een dikke brok in mijn keel.

'Maar ik heb jou, jij kijkt naar me om,' voegde Ingrid eraan toe. 'Dat is heel wat meer dan andere mensen uit de stad doen.'

'Ik wou dat ik nog meer voor je kon betekenen.' Het was niet voor het eerst dat ik overwoog haar mee te nemen naar de lampenfabriek. Omdat er veel jonge vrouwelijke personeelsleden trouwden en daarom ontslag namen, waren er altijd wel lege plekken aan de werkbanken die bezet moesten worden.

Ingrid leek mijn gedachten te raden, want ze zei opeens: 'Voor die lampen zijn mijn vingers te stijf. En niemand zal me daar voor de keuken aannemen.' Ze wees naar haar kleren en schudde haar hoofd. 'Nee, laat maar. Je doet al genoeg. We kennen elkaar immers nauwelijks.'

Dat was niet waar en Ingrid wist het. We kenden elkaar inmiddels goed genoeg.

De kerkklok luidde. Ingrid stond moeizaam op van de traptree. Het werd tijd voor de pinksterdienst.

Vroeger zou ik ook zijn gegaan, alleen al om te bidden voor het behoud van Bjarne, maar ik wist inmiddels dat de andere zeemansvrouwen zo'n kerkbezoek voor mij tot een hel zouden maken.

4

Liv

De schimmel liep in een rustig drafje voor de koets, waarvan het opgewreven metalen beslag glinsterde in de zon.

Nu de lente doorzette, zag alles er veel vriendelijker en lieflijker uit. De bomen en de weiden werden groen, al was daar hier maar weinig van te zien.

Oorspronkelijk was Karlskrona enkel een marinebasis, maar vervolgens hadden steeds meer mensen zich op de omliggende eilanden gevestigd en de stad gemaakt tot wat ze vandaag was. Veel branden hadden het aanzicht van de stad veranderd. Inmiddels trof je er slechts hier en daar gebouwen aan die ouder dan tweehonderd jaar waren. De grote vesting voor de stad behoorde daartoe, evenals de oude kerken.

Om deze tijd waren er veel kerkgangers op straat, maar die verwaardigden me nauwelijks een blik. Ik hield de teugels stevig vast, net als toen ik destijds voor een van de dominees bij wie ik inwoonde met de wagen de stad in moest, en ik voelde me voor het eerst sinds lange tijd vrij.

Als koolzuurbelletjes in een glas met priklimonade steeg de vreugde in me op en bij de gedachte dat Sten niet wist wat ik deed, moest ik zachtjes lachen. Als hij dit had geweten, was hij vast ontploft! Het paste de echtgenote van een stadsbestuurder niet om zelf een koets te mennen. En toch was dat nu net waar ik na ons gesprek van die ochtend zin in had gekregen.

Zijn woorden hadden nog lang in me nagedreund. Normaal zouden ze ervoor hebben gezorgd dat ik me nu huilend in mijn salon zat af te vragen wat ik toch verkeerd deed. Waarom Sten niet meer gelukkig met me was. En dat had ik aanvankelijk ook gedaan. Maar toen... Ik weet niet wat me bezield had.

Ik zag mijn moeder weer voor me, die jarenlang vergeefs had gewacht op het moment dat de man wiens kind ze had gebaard haar eindelijk terzijde zou staan. Ze had haar geluk volledig afhankelijk gemaakt van hoe hij haar bejegende. En was uiteindelijk aan zijn afwijzende houding te gronde gegaan.

Opeens was tot me doorgedrongen dat ik feitelijk niet veel van haar verschilde. Ik kleedde me voor Sten, kapte mijn haar voor hem, probeerde hem te plezieren. En het enige wat hij zag, was een vrouw die hem geen nageslacht schonk.

De woede die me vervolgens overviel was anders geweest dan ooit tevoren. In plaats van te blijven zwelgen in zelfmedelijden was ik naar mijn kamer gelopen en had mijn bruine wandelrok tevoorschijn gehaald met daarbij een kort bruin jasje met brede revers en pofmouwen, waarin ik me goed kon bewegen. Als Sten er met Pinksteren niet met me op uit wilde gaan, zou ik dat wel alleen doen!

Astrid, die juist het tafellaken met de koffievlek wegbracht, keek me verbaasd aan toen ik de trap af kwam en haar verzocht de staljongen opdracht te geven het paard voor de *surrey* te spannen.

'Moet hij u rijden?' vroeg ze. 'Meneer heeft de koetsier laten weten...'

'Niet nodig, ik men zelf.'

Astrids mond was opengevallen.

'Je kunt trouwens vandaag wel iets vroeger weggaan,' had ik eraan toegevoegd. 'Ik blijf de hele dag weg.'

Het meisje bedankte me en liep haastig door. Even later stond de koets klaar en Martin, de staljongen die onze paarden verzorgde, was niet weinig verbaasd toen ik op de bok klom, de teugels greep en het paard liet vertrekken.

Even schoot het door me heen dat hij mijn man zou kunnen vertellen wat ik had gedaan. Maar was het wel zo verkeerd? Sten had me ertoe aangespoord een bezigheid te zoeken. Met de koets rijden was er een.

Toen ik de surrey door de poort stuurde, zag ik Nanna Skantze, die haar drie kinderen voor zich uit joeg, gevolgd door haar echtgenoot. Ze waren kennelijk onderweg naar de pinksterdienst in de Frederikskerk.

Die twee vormden een aantrekkelijk stel. Nanna was een kop groter dan hij, had rood haar en het slanke figuur van een Griekse godin. Hugo had donker haar en een baard, was enigszins gedrongen gebouwd, maar had een energieke manier van lopen.

Sten en Hugo waren beiden succesvolle zakenlui wier vriendschap hoofdzakelijk gebaseerd was op petroleum. De een leverde wat de ander nodig had en omgekeerd.

Maar de tijden waren aan het veranderen.

Al geruime tijd zette Hugo Skantze zich ervoor in de stad steeds meer op elektriciteit over te laten gaan. Hij zou daardoor weliswaar steeds minder petroleumlampen verkopen, maar zoals ik van Nanna wist, was hij bezig om over te schakelen op de productie van elektrische lampen.

Stens vriendschap met Hugo bracht met zich mee dat ik bevriend raakte met Nanna. We spraken af voor de thee en zo nu en dan voor een etentje. Ik benijdde haar om haar kinderen en om haar relatie met haar man. Je kon zo zien dat Hugo dolverliefd op haar was. Heimelijk wenste ik dat Sten en ik ook weer zo'n stel konden zijn.

Toen ik langs hen heen reed wuifde ik naar Nanna, die me enigszins verbluft aankeek. Ik groette Hugo en wenste hun allen een mooie zondag. Vervolgens spoorde ik de schimmel aan, ongeacht wat ze ervan zouden vinden.

Ik kwam nu in een deel van de stad waar je de moderne tijd niet meer kon negeren. Hoewel het zondag was, rookten de schoorstenen van een aantal fabrieken en voeren kolenschuiten de Sont op. Ook kerkklokken en feestdagen konden de industrie niet tot staan brengen.

Ik reed verder, steeds verder, naar het groen dat achter Pantarholmen wachtte. Bijna kon ik het gras al ruiken, dat inmiddels lang genoeg was om gemaaid te worden. Ik zou een hele dag rondrijden en me even vrij voelen als toen ik met mijn moeder van de ene pastorie naar de andere trok. In die tijd had niemand op me gelet, niemand gevraagd waar ik naartoe ging. Ik was zomaar een meisje dat in haar fantasie mocht leven.

Daar schoot opeens iets uit het struikgewas. Ik wist niet eens wat het was, zag alleen heel even een bruine vacht oplichten.

De oude schimmel, die anders altijd zo braaf was en niet eens opschrok van een knal hier of daar, hinnikte, steigerde voor zover zijn tuig het toeliet en rende ervandoor.

Ik werd naar achteren geworpen en was bijna van de zitting gevallen, maar wist mijn evenwicht te hervinden en kwam weer overeind. In paniek greep ik de teugels terwijl de koets voortraasde alsof we voor iets gevaarlijks op de vlucht waren.

'Ho!' riep ik naar de schimmel, maar hij luisterde niet. Wát hem ook voor de benen was gelopen, het had hem zo laten schrikken dat hij doof was voor elke uitroep. Terwijl de angst door mijn lichaam gierde, probeerde ik het paard weer in het gareel te krijgen, maar mijn kracht was niet toereikend.

5

Marlene

Ik fietste alsof de duivel me op de hielen zat. Mijn longen deden pijn en mijn benen protesteerden, maar dat probeerde ik te negeren.

Op straat werd het zienderogen drukker en mijn angst voor een onaangename ontmoeting groeide met elke afgelegde meter. Mijn handen, die het stuur omklemden, werden ijskoud en klam.

Soms volstond het al als ik werd gezien door de vrouwen wier mannen met Bjarne de dood tegemoet waren gevaren, om hun haatgevoelens tot het kookpunt te brengen.

Afgelopen kerst had ik de fout gemaakt naar de dienst in de Admiraliteitskerk te gaan. Ik had naar gezelschap verlangd en gedacht dat ze er inmiddels wel overheen zouden zijn. Toen ik uit de kerk kwam, had Nella Holm me recht in mijn oog gespuugd.

'Takkewijf,' had ze me toegefluisterd en de anderen, die zich achter haar opstelden, hadden met haar ingestemd.

'Dat je het lef hebt hiernaartoe te komen!'

'Je man moet branden in de hel!'

'Jij brengt ons alleen nog maar meer ongeluk.'

Daarbij vergaten ze allemaal dat niet ik het schip had bestuurd. En dat ook ik het liefste in mijn leven had verloren.

Van de naastenliefde die de dominee even tevoren nog verkondigd had, was niets te merken geweest. Toch had ik het alleen aan deze geestelijke te danken dat ik ongedeerd was thuisgekomen. Hij had de vrouwen teruggeduwd en tot de orde geroepen.

De herinnering eraan maakte me nu nog woedend. Ik klemde mijn kaken op elkaar en fietste nog harder door. Ik voelde me bijna als op die 27e maart 1907, toen ik naar het rederijkantoor aan de Borgmästarekajen was gereden.

Op die dag hadden we bericht gekregen dat we naar het kantoor moesten komen. Helaas was de bode zo vlug weg dat ik niet had kunnen doorvragen. De angst die altijd in me smeulde tijdens Bjarnes afwezigheid laaide toen opeens op.

Hij had me beloofd vanuit Riga een telegram te zullen sturen. Dat had er inmiddels al lang moeten zijn. Normaal gesproken duurde de hele vaart niet langer dan een maand. Maar in maart was de zee nog steeds onstuimig en het weer onberekenbaar. Hadden ze averij opgelopen? Zat de bemanning vanwege noodweer vast in Rusland? Bjarne had me verhalen over Russische havens verteld waarvan de haren je te berge rezen...

In het kantoor wachtten al andere vrouwen. Gudrun, Anna, Mara en hoe ze allemaal ook heetten. Ze keken allemaal met grote ogen van angst om zich heen, maar vrijwel niemand durfde iets te zeggen of vragen te stellen.

Na een poosje voegden zich ook mannen bij ons, vaders of broers van de zeelieden. Van hen was de angst minder duidelijk af te lezen, maar ik wist dat die ook hen in zijn greep had.

Ten slotte was Sten Boregard voor ons komen staan, samen met zijn enigszins bleek ogende secretaris Rudolph Ekström.

Geen van ons vrouwen had ooit eerder met de reder gesproken, die het bedrijf een jaar eerder van zijn overleden vader had overgenomen. Zo nu en dan zag je hem en zijn mooie echtgenote op straat of in de kerk, maar daar bleef het bij. Ook zijn vader had nooit met zeemansvrouwen gesproken.

Nu stond hij daar, met een lijkbleek gezicht in zijn zwarte pak. In zijn handen had hij een briefje.

'Dames en heren,' begon hij op gedragen toon, alsof hij een gedicht ten beste wilde geven. Er volgden echter geen stichtelijke woorden. 'Mij heeft zojuist het bericht bereikt dat onze schoener de Solveig enkele dagen geleden op open zee in noodweer terecht is gekomen.' Er klonk een smartelijke kreet achter me. 'Te hulp geschoten schepen kwamen te laat. Het schip was al gezonken. Helaas is de hele bemanning aan de zee ten offer gevallen.'

Zijn woorden kwamen als rotsblokken op me neer. Mijn verstand weigerde de betekenis toe te laten. Noodweer. Het schip gezonken. De bemanning...

'Zijn ze allemaal dood?' De vraag ontsnapte me. Het klonk veel te hard in de stilte van ongeloof die op de aanwezigen was neergedaald. Waarschijnlijk geloofde op dat moment niemand wat Boregard had gezegd.

Hij boog zijn hoofd. 'Ja. Ze zijn allemaal dood.'

Heel even werd het zo stil dat het leek of er een grote glazen stolp over ons heen was gezet. Mijn verstand verzette zich tegen de woorden, mijn vingers begroeven zich diep in mijn arm, maar ik voelde geen pijn. Mijn oren ruisten alsof ik me onder water bevond. Toen ik omlaag keek, zag ik het bloed aan mijn nagels.

Toen brak de storm los.

'Dat is de schuld van jouw man!' snauwde opeens een van de vrouwen naast me. Ik kende haar slechts oppervlakkig, wist niet eens wie haar man was.

Een ander, die ik alleen als Beate kende, viel haar bij. 'Ja, hij was de kapitein!'

'Hoe kunnen jullie dat nu zeggen?' Ik keek hulpeloos om me heen, maar er was niemand die me verdedigde. Om me heen zag ik alleen ogen die van tranen en haat vervuld waren. 'Mijn man heeft er beslist niets mee te maken! Ik ken hem! Hij zou zijn mensen nooit in gevaar brengen!'

Maar mijn woorden raakten verloren in de woede van de anderen. Er volgden verwijten en scheldpartijen. Ze noemden Bjarne een zuiplap zonder verantwoordelijkheidsgevoel, een losbol, een schoft. Hij was niets van dat alles.

'Dames en heren!' riep Boregard en hij hief bezwerend zijn handen. 'We weten niet wat de oorzaak van deze ramp is! We zullen natuurlijk een onderzoek instellen. Maar voordat dat is afgerond, verzoek ik u zich van gissingen te onthouden.'

Het klonk echter halfhartig.

Er stormden vrouwen op me af om me te grijpen, om hun woede en verdriet op me te botvieren. Enkele mannen probeerden hen tegen te houden, maar ze konden niet verhinderen dat hun handen me bereikten. Ze trokken aan mijn haar, sloegen me. Er zat ten slotte niets anders voor me op dan ervandoor te gaan. Ik sprong op mijn fiets en reed blindelings door de stad. Tot de dag van vandaag kan ik niet zeggen welke weg ik heb genomen. Mijn hart bonsde in mijn keel en mijn verstand weigerde nog steeds de woorden van de reder toe te laten. Bjarne zou dood zijn? Onmogelijk!

Hij zou verantwoordelijk zijn voor de dood van zijn bemanning? Ook onmogelijk!

Ik botste bijna tegen een wagen en het gevloek van de man op de bok bracht me weer tot bezinning. Pas nu merkte ik hoe groot de afstand was die ik had afgelegd. Voor me strekte de kade zich uit en de vesting verhief zich bijna dreigend naar de hemel.

Bjarne was dood!

Dat besef verscheurde me. Ik begon te gillen alsof ik mijn verstand had verloren.

Op zeker moment bereikte ik ons huis en daar viel ik op mijn bed neer. Ik had de deur niet eens op slot gedaan. Dat had nog gevaarlijk kunnen worden, maar de vrouwen kwamen niet naar me toe.

De volgende ochtend werd ik wakker in de veronderstelling dat ik alles maar gedroomd had. Even was ik ervan overtuigd dat Bjarnes telegram elk moment kon arriveren, met het bericht dat hij zich had weten te redden.

Al haatten de anderen me, al was hij misschien inderdaad schuldig, als hij maar terugkwam, meer wilde ik niet. Al het andere zouden we wel te boven komen.

Maar het telegram kwam niet. Hij kwam niet.

Ik verdrong de herinnering. De woonhuizen had ik inmiddels achter me gelaten en ik naderde Pantarholmen. Mijn angst nam af en ik fietste nu wat rustiger.

Hier buiten het centrum kwam je op z'n hoogst arbeiders uit de gieterij of reizigers tegen; die hadden geen enkele belangstelling voor me.

Gewoonlijk was het hier heel stil op zondag, ook al was dit de officiële verbindingsweg naar Karlskrona. De frisse wind droeg de groene geur van gras en kruiden met zich mee. Daar kwam de zeebries nog bij.

Of de zon nu scheen of dat het regende, hier in de omgeving waaide het altijd. Zo hard dat je ook moest blijven trappen als je bergafwaarts reed. Ik voelde de windvlagen nu al aan me trekken. Toch gunde ik het mezelf iets langzamer te gaan, want ik voelde mijn ondergoed zweterig aan mijn lichaam plakken.

Op het eiland Pantarholmen verdrong de industrie zich: hoge, beroete bakstenen gebouwen met schoorstenen die dikke, zwarte rook uitstootten.

Ook de gieterij van de lampenfabriek stond hier; de schoorsteen ervan was al van verre te zien. Van oorsprong was dit een zelfstandig bedrijf, dat wegens plaatsgebrek hier was neergezet. Toen een faillissement dreigde, kocht Hugo Skantze het en maakte hij het een onderdeel van zijn onderneming.

Toen ik dichterbij kwam, rook ik een scherpe, metalige geur. Ik was blij dat ik hier niet hoefde te werken. In de lampenfabriek rook het de godganse dag naar smeerolie, maar dit was erger. Heel Karlskrona was trouwens vergeven van de geur van rook en machineolie. Als je niet aan de haven stond, kon je nauwelijks geloven dat de stad aan de Oostzee lag.

Eenmaal voorbij de gieterij zag ik iets vreemds. Ik kneep mijn ogen tot spleetjes, stopte met trappen en werd meteen door de wind tegengehouden. Toen ik besefte wat er moest zijn gebeurd, schrok ik hevig en fietste snel door.

6

Oskar

Ik opende mijn ogen en verbaasde me erover dat de muren opeens zo dicht om me heen stonden. Toen herkende ik het pensionkamertje en besefte ik dat ik niet meer in Stockholm was.

In de afgelopen nacht was ik duidelijk te lang bezig geweest. Dat moest ik afleren. De documenten die ik had gekregen waren echter belangrijk. En ik had niet veel tijd meer om ze over te typen.

Vanavond, had mijn informant gezegd, op z'n allerlaatst vanavond wilde hij ze terug hebben. 'De kat zal niet eeuwig van huis blijven, als u begrijpt wat ik bedoel,' had hij gezegd.

Ik had hem verzekerd dat ik de documenten op tijd bij hem zou terugbrengen, ook al geloofde ik niet dat de baas met Pinksteren op kantoor zou zijn.

Mijn ijver om me aan die afspraak te houden moest ik bekopen met afschuwelijke pijnscheuten achter mijn ogen toen ik overeind kwam en mijn gezicht de straal licht ving die door het raam naar binnen viel. Verrek, ik had niet eens de gordijnen dichtgetrokken voordat ik ging slapen!

Terwijl ik door te knipperen probeerde de groene vlekken voor mijn ogen kwijt te raken liep ik naar de waskom.

Klokgelui pijnigde mijn oren. Of eigenlijk poogde het mijn gehoororgaan te verscheuren. En dat terwijl ik gisteren maar één enkel glas van dat duivelse spul had gedronken dat mijn uitgever me ter bezegeling van mijn indiensttreding had aangeboden!

Het koude water dat ik in mijn gezicht spatte, verschafte me in elk geval een beetje verlichting.

Ik trok schone kleren aan: een bruine broek, een wit overhemd, een zwart vest met een zakje voor mijn horloge. De das die ik anders altijd droeg, liet ik in eerste instantie weg, want ik zou het huis niet verlaten. Deze zondag, pinksterzondag om precies te zijn, was voor mij helaas geen feestdag.

Er waren drie dagen verstreken sinds mijn aankomst in Karlskrona. Zoals afgesproken had ik me meteen gemeld bij de uitgever van mijn krant, Ron Lundström.

De *Blekinge Läns Tidning* was geen grote krant, maar het afzetgebied besloeg toch een groot deel van de regio rondom Karlskrona. De man die aan het hoofd stond was iets kleiner dan ik, blond en rond de veertig. Zijn pezige lichaamsbouw en zijn hoge voorhoofd verrieden vastberadenheid en intelligentie.

Toen ik hem voor het eerst zag, wist ik meteen dat het geen zin had hem op welke manier dan ook voor de gek te houden en daarom trad ik hem zo open mogelijk tegemoet. Met succes. Hij bood me zijn volledige steun aan.

Nadat ik het vest had dichtgeknoopt, bekeek ik mijn uiterlijk in de spiegel. Mijn baard en mijn haar schreeuwden om een barbierbezoek. Ik had op zo'n korte termijn moeten vertrekken dat ik daar geen tijd meer voor had gehad. Als ik nog een paar dagen wachtte, zou ik er als een *snapphanar* uitzien, een van die legendarische rovers die de provincie Blekinge in de zeventiende eeuw onveilig hadden gemaakt. Maar vandaag moest het maar zo.

Ik verliet mijn kamer en liep naar beneden. De pensionhoudster had me aangeboden om voor een paar öre extra een ontbijt klaar te maken. Het was niets bijzonders, maar het was stevig en voedzaam. En het was zeker beter dan het eten dat me in heel wat andere onderkomens was voorgezet.

Toen ik de keuken binnenkwam, die ook als eetkamer fungeerde, kwam mijn weldoenster me met een stapel borden tegemoet.

Ze begroette me met een vrolijke glimlach. 'Goedemorgen, meneer Andersson,' zei ze. Siri Malmström was een tengere, ongeveer zestigjarige vrouw met witblond haar en stralend blauwe ogen. In haar jonge jaren moest ze er verbluffend knap hebben uitgezien.

Haar man Ove was precies het tegendeel. Van zijn bruine haardos was alleen nog een grijzende krans op zijn achterhoofd over. Hij droeg een snor en zijn ogen waren zo moddergrijs als de zee na een storm. Hij was een zwijgzame man, die zich meestal achter zijn krant verstopte.

'Wat jammer dat u uw buurvrouw bent misgelopen,' zei mevrouw Malmström. Ze dekte de tafel voor me. Bij de geur van de rolmops liep het water me in de mond. 'Ze is een heel aardige vrouw. En nog knap om te zien ook.'

Haar woorden en de veelzeggende glimlach die ze me schonk, bevestigden alleen maar wat ik al had gedacht toen ik haar voor het eerst zag: ze was uitermate geïnteresseerd in het leven van haar gasten. Ik vroeg me opeens af of het verstandig zou zijn geweest te beweren dat ik getrouwd was.

'Ik vrees dat ik te veel te doen heb om me met de dames in te laten,' antwoordde ik.

De oude man naast me schoot in de lach en liet zijn krant zakken. 'Nou hoor je het!' zei hij tegen zijn vrouw. 'Ik zei je meteen al dat hij daar niets van wil weten.'

'Maar die twee zouden zo goed bij elkaar passen!'

Dat ze het over mij hadden terwijl ik bij hen in de kamer was, vond ik hoogst merkwaardig en ook onaangenaam. Maar de rolmops die even later in mijn mond belandde, verdreef dat gevoel snel. Na enkele slokken van de sterke koffie slonk ook mijn hoofdpijn.

Dertig bladzijden had ik nog over te typen. Dat was eigenlijk niet veel, maar het handschrift waarin de documenten waren geschreven kon je niet anders dan vreselijk noemen.

Toen ik klaar was met mijn ontbijt stond ik op en bedankte de pensionhoudster.

'Kom vanavond toch ook hier eten,' zei Siri Malmström vriendelijk. 'Misschien is uw buurvrouw er dan ook.'

'Ik vrees dat ik al een andere afspraak heb,' antwoordde ik en ik haastte me de trap op.

7

Marlene

De kleine koets lag op zijn kant in de greppel, met het linkerachterwiel naar boven. Het paard dat erbij hoorde, een schimmel, stond ernaast en stak zijn hoofd in het gras. Er hingen grashalmen en aardkluiten in zijn vacht. Waarschijnlijk had de koets hem in haar val meegetrokken, maar had hij op eigen kracht weer overeind kunnen komen.

Ik sprong van mijn fiets en legde die neer, waarna ik om de koets heen liep. Toen zag ik haar. Een vrouw met een bruine rok en een witte blouse lag op haar buik op de grond. Haar haar was in de war en zat vol grashalmen, alsof ze over de weide was gerold.

'O god!' riep ik uit, toen hurkte ik naast haar neer. 'Hallo? Kunt u me horen?' Ik raakte haar behoedzaam aan. Hoe zou ze van de koets zijn gevallen? Wie was ze? Wat moest ik doen?

Ik boog me over haar heen en drukte mijn oor tegen haar rug. Haar ademhaling was oppervlakkig en haar hartslag was nauwelijks te voelen. 'Hallo?' vroeg ik opnieuw.

Maar de vrouw bewoog zich niet. Een panische angst overviel me. We waren hier een heel stuk verwijderd van een ziekenhuis of een artsenpraktijk. En ik was geen verpleegster die wist wat haar te doen stond!

Ik nam haar van top tot teen op, waarbij me opviel dat ze heel strak in haar korset was ingesnoerd. Zou ze daardoor het bewustzijn en als gevolg daarvan de controle over de koets hebben verloren?

Korsetten gaven ons houvast; elke vrouw droeg er een. Maar we waren er niet allemaal op uit om met een wespentaille een goede partij te bemachtigen.

Ik dacht niet lang na en trok haar blouse uit haar rokband. Daarna maakte ik langzaam de rijgkoorden los. Dan zou ze in elk geval meer lucht krijgen. Ten slotte draaide ik de vrouw voorzichtig om en ik schrok nu nog heviger. En niet alleen omdat ze een gapende wond aan haar voorhoofd had, waaruit het bloed over haar gezicht stroomde.

'Mevrouw Boregard!' riep ik uit.

Wat was er toch gebeurd? En waar was de koetsier? Normaal gesproken lieten de Boregards zich door een jonge man op de bok door de stad rijden. Zou hij de benen hebben genomen? Zou hij hulp zijn gaan halen?

Ik boog me over haar heen en probeerde het bloed met een zakdoek van haar gezicht te vegen.

'Mevrouw Boregard?' vroeg ik opnieuw en ik tikte haar zacht op haar wangen. Ondertussen vroeg ik me af of haar man mij ook de schuld zou geven als zijn vrouw stierf... 'Kunt u me horen?'

Het was alsof ik een wassen beeld aanraakte. Een vurige angst trok in golven door mijn lichaam. Ik keek om me heen in de hoop dat er iemand achter me zou opduiken, maar ik zag alleen een paar vogels die naar zee vlogen.

In mijn radeloosheid tikte ik haar iets harder op haar wangen en begon de bewusteloze vrouw ten slotte heen en weer te schudden. Als dat niet hielp, wat moest ik dan doen? Naar de gieterij fietsen?

Weer keek ik om me heen en toen hoorde ik haar luid naar adem snakken. Ik draaide me vlug om en slaakte een kreet van opluchting. 'Mevrouw Boregard!'

'Wat is er?' vroeg ze versuft en ze wilde overeind komen. Halverwege zakte ze echter weer achterover.

'Blijf liggen,' zei ik. Ik haalde mijn rugzak van mijn schouders en legde die onder haar hoofd.

Ze gehoorzaamde en prevelde: 'Waar ben ik?'

'Vlak bij de gieterij,' antwoordde ik. 'Kunt u zich herinneren wat er is gebeurd?'

Liv Boregard fronste haar voorhoofd. 'Nee, ik...' Ze stokte en ik voelde haar hand op mijn arm. 'Wacht eens... De koets!' Er trok een siddering door haar lichaam.

'De koets ligt naast u. Maar met uw paard lijkt alles in orde te zijn.' Ik wachtte op een reactie, maar die kwam niet meteen. In plaats daarvan leek het of ze opnieuw het bewustzijn zou verliezen. 'Hebt u een ongeluk gehad? Is uw paard op hol geslagen?' vroeg ik vlug.

Mevrouw Boregard keek me aan. 'Er was iets,' zei ze uiteindelijk. 'Een dier. Ik weet niet of het een marter was of een haas... Iets bruins... Het paard schrok ervan.'

Ik keek naar de schimmel, die naar ons stond te kijken en traag bleef kauwen.

'Hebt u ergens pijn?' vroeg ik. 'Kunt u uw benen voelen?' Ik had gehoord dat je onderlichaam, als je je rug brak, volkomen gevoelloos werd.

Als reactie daarop trok ze haar benen op.

'Mijn pols voelt vreemd aan,' zei ze zacht.

Ik keek ernaar. Het gewricht zag er op het eerste gezicht normaal uit, maar toen ik haar hand aanraakte, was die koel en slap. Alsof de bloedvoorziening niet in orde was.

'We zullen een dokter moeten raadplegen.'

'Geen dokter!' Ze schoot overeind. Ze was nog wat wiebelig, maar van de schrik leek ze weer wat stabieler te worden, want nu bleef ze stokstijf zitten. 'Ik kan niet naar een dokter.'

'Waarom niet?' vroeg ik. Ze moest toch geld genoeg hebben om een arts te betalen?

'Omdat... Mijn man,' zei ze aarzelend. 'Hij weet niet dat ik...'

'Dat u uit rijden bent?'

Liv Boregard boog haar hoofd. 'Hij zal woest zijn als hij dit hoort.'

Hoezo? Ze had een ritje gemaakt. Dat was 's zondags toch niets bijzonders? Er trokken zo veel mensen met Pinksteren naar het platteland. Tenzij...

Nee, het ging me niet aan.

'Toch moet u zich laten onderzoeken,' drong ik aan. 'Uw pols... Het ziet ernaar uit dat die gebroken is.'

Ze probeerde haar hand te bewegen, maar haar gezicht vertrok van pijn.

Geweldig! En hoe moesten we die koets weer overeind krijgen? Ik kon haar moeilijk op de fiets meenemen...

'Waar is uw koetsier eigenlijk?' vroeg ik en ik keek om me heen. Iemand zou ons moeten helpen de koets te draaien.

'Dat is juist het probleem,' antwoordde ze met tranen in haar ogen. 'Ik ben alleen gaan rijden. Zonder koetsier. Mijn man zal in alle staten zijn als hij dat hoort...'

Ik snoof. 'Nou, hij zal nog bozer worden als hij hoort dat u niet bij een arts langs bent gegaan.' Ik kwam op een idee. 'Voelt u zich goed genoeg om hier even alleen achter te blijven?'

‘Waar gaat u dan naartoe?’ Haar ogen werden groot van angst. ‘Laat me alstublieft niet in de steek!’

Ik hurkte voor haar neer en keek haar in de ogen. ‘Ik ga hulp halen, zodat we de koets weer overeind kunnen zetten. Het paard lijkt in orde te zijn. Dan kan ik u naar een dokter rijden, of naar het Lunds Lazarett. Na een val als de uwe moet u zich laten nakijken. U wilt toch niet vergaan van de pijn als u weer thuis bent?’

Ze protesteerde nogmaals, weliswaar zwak. ‘Maar mijn man…’

‘We bedenken wel iets, goed?’ Ik stond op en liep naar mijn fiets. ‘Ik ben zo terug, dat beloof ik.’

8

Liv

Het Lunds Lazarett was ondergebracht in een oude bakstenen villa, die omgeven was door een uitgestrekt park. Op de paden zag je verpleegsters die patiënten in een rolstoel voortduwden of ze ondersteunden bij het lopen. 's Zondags was het buiten drukker dan op andere dagen, terwijl het in het gebouw juist stil was.

Het was een oord van genezing en als ik bedacht hoe mijn hoofd en mijn arm nu aanvoelden, was dat waar ik dringend behoefte aan had.

Toch liep er bij de aanblik ervan een koude rilling over mijn rug. Ik was hier voor het laatst geweest om mijn moeder te bezoeken. Sindsdien waren er vijf jaren verstreken. Janna was overleden voordat ik nog eens met haar kon praten en ik had naderhand dagenlang nachtmerries gehad over dit gebouw, dat rook naar carbol en nog iets anders wat moeilijk te vatten was. Ziekte, misschien. Dood. Ik zette die gedachte van me af en keek naar de vrouw die me had gered en die nu zelfverzekerd de koets mende.

Ze had zich aan me voorgesteld als Marlene en verteld dat ze in de lampenfabriek in Karlskrona werkte. Toen ik mijn verbazing erover uitsprak dat ze zo goed met het paard omging, vertelde ze dat ze dat van haar vader had geleerd.

Ik beschouwde het bijna als een wonder dat ze 's zondags mensen had kunnen vinden om ons te helpen. De drie mannen uit de gieterij hadden ondanks de feestdag dienst, omdat iemand nu eenmaal de machines in de gaten moest houden. In een mum van tijd hadden ze de surrey weer overeind gezet.

Marlene liet de schimmel stilhouden op de parkeerplaats voor koetsen achter het gebouw en liep naar haar fiets, die achter in de koets lag. Wilde ze weggaan? De gedachte alleen het ziekenhuis binnen te gaan bezorgde me angst.

'Gaat u met me mee?' vroeg ik. 'Ik zou het erg fijn vinden als u nog even bij me wilt blijven.'

Even stond ze in tweestrijd, toen knikte ze. 'Ik zet alleen mijn fiets even op slot.'

Tot mijn verbazing haalde ze een ketting uit haar rugzak, en een slot. De sleutel daarvan liet ze in haar zak verdwijnen toen ze klaar was. Nu pas viel me op dat ze een broek droeg.

Toen ze mijn blik opmerkte, knoopte ze het voorpand van het kledingstuk vlug los en aan de andere kant weer vast, waardoor het weer een rok werd. Toen sprong ze van de koets en reikte me haar hand.

Omdat ik tijdens de rit alleen op mijn pols had gelet, merkte ik nu pas hoe wankel ik op mijn benen stond.

Marlene nam me mee door de entree van het ziekenhuis naar de ontvangstbalie, waarachter een verpleegster met een blozend gezicht zat. Ze droeg een wit kapje en een gesteven blauw-wit uniform.

'Zo, wie hebben we hier?' vroeg ze met een glimlach die een paar rimpeltjes op haar neus toverde.

'Liv Boregard,' antwoordde ik. 'Ik... Ik heb een ongeluk gehad.'

Bij het horen van mijn naam verdween de glimlach van het gezicht van de zuster. 'Boregard?' herhaalde ze met een verbaasd gezicht. 'Van de rederij?'

'Ik ben de vrouw van Sten Boregard.'

De zuster schoot overeind. 'Ik zal het de dienstdoende arts meteen laten weten. Als u zolang wilt plaatsnemen?' Ze wees naar de banken onder een stenen reliëf met vogels en rozen. Toen liep ze vlug weg.

Marlene, die het tafereel zwijgend had aangezien, ondersteunde me op weg erheen. Ze stelde geen vragen, maar ik voelde me verplicht het gedrag van de verpleegster te verklaren. 'Onze familie steunt het ziekenhuis financieel. De arts zal me vliegensvlug bij zich in de spreekkamer roepen. U zult wel zien.'

Even later gebeurde het precies zo. De arts verscheen weliswaar niet zelf, maar de verpleegster die ons had ontvangen kwam terug met een collega, die minder bedeesd leek te zijn.

'Goedendag, mevrouw Boregard,' zei ze. 'Dokter Sömmarland verwacht u. Wilt u lopen of zal ik een rolstoel voor u halen?'

'Ik denk dat ik het wel red tot aan de spreekkamer.' Ik keek naar Marlene. Ik zou haar nu eigenlijk moeten laten gaan. Tenslotte beroofde ik haar van haar kostbare tijd. Ik voelde me in haar bijzijn echter zekerder van mezelf. Dus vroeg ik: 'Zien we elkaar naderhand nog? Ik zou u graag iets voor uw moeite geven.'

'O, dat is niet nodig!' antwoordde Marlene.

'Dan wil ik u alleen vragen om op me te wachten. Ingeval ik hier moet blijven zou het prettig zijn als u dat bij me thuis zou willen vertellen.'

Er leek haar iets op de lippen te liggen, maar ze sprak het niet uit. In plaats daarvan knikte ze. Ik haakte in bij de verpleegster, die me naar een lange gang bracht die zo donker was als de muil van een monster.

9

Marlene

De minuten kropen voorbij. Ik keek keer op keer op de klok boven de deur waarachter Liv Boregard met de verpleegsters verdwenen was, maar het leek of een onzichtbare macht de wijzers ervan weerhield op te schuiven.

Het beviel me helemaal niet dat ik hier mijn tijd moest uitzitten. Deze omgeving wekte herinneringen die ik niet graag ophaalde. Alsof er in de schaduwen geesten op de loer lagen tot ze me konden bespringen. Met de minuut werd de knoop in mijn maag groter en trilden mijn handen meer.

Ik richtte mijn blik op de wachtenden op de bank tegenover me. Ze waren pas enkele minuten tevoren aangekomen, eerst een kromlopende man met een van pijn vertrokken gezicht, kort daarop een vrouw met een bloedende voet, die provisorisch verbonden was. Ik had haar tegen de verpleegster horen zeggen dat er een mes van de keukentafel was gevallen. Het deed me huiveren en ik voelde diep respect voor de mensen die besloten hier te gaan werken. Ik wist niet of ik dat zou hebben gekund.

Lampen in elkaar schroeven was weleens een beetje eentonig, maar ik had niet te maken met mensen die al hun hoop op mij gevestigd hadden waar het hun eigen leven of dat van een familielid betrof en die ik soms toch moest teleurstellen.

Ik haalde diep adem en keek weer naar de deur. Hoelang zou het duren tot een pols in het gips zat? Zouden ze haar hier houden?

Onrust beving me. Ik had Ingrid immers beloofd het een en ander uit het bos te halen. Misschien had ik eerder moeten vertrekken, dan was ik niet in deze vervelende situatie terechtgekomen…

Ik hoorde stemmen en keek opzij. Er stond nu een jonge vrouw met een bolronde buik bij de ontvangstbalie. Haar bevalling stond blijkbaar op het punt te beginnen. Er vormde zich een grote donkere vlek op haar rok. Meteen voelde ik een steek in mijn eigen buik – en toen ging het mis. Een golf van paniek overviel me. Ik keek naar mijn handpalmen en balde mijn vuisten terwijl mijn hart wild begon te kloppen en ik mijn ogen toekneep zonder erin te slagen de beelden te laten verdwijnen. Razendsnel schoten ze voorbij: mijn binnenkomst door deze entree, de bloedvlek op mijn rok die steeds groter werd, de kille stem van de arts, die niet in staat was geweest me te helpen… Mijn gekwelde kreet toen ik de onomstotelijke waarheid te horen kreeg.

Opeens voelde het alsof mijn keel werd dichtgeknepen. Het koude zweet liep langs mijn rug. Hoewel ik me met alle kracht die ik kon opbrengen verzette tegen deze afschuwelijke herinnering, voelde ik dat ik zou falen als ik niet maakte dat ik hier wegkwam. Weg van de plek die mijn rampspoed nog erger had gemaakt.

Wat deed ik hier eigenlijk? Ik hoorde onderweg naar het bos te zijn! En niet op de vrouw te zitten wachten die zo ver boven me verheven was. Voor wier man mijn Bjarne had gevaren.

Ik keek om me heen terwijl het ruiste en bonsde in mijn oren. Lucht! Ik had lucht nodig!

Zonder nog verder na te denken stormde ik op trillende benen langs de baliezuster naar buiten, de frisse lucht in. Slechts een paar meter voorbij de grote trap liet ik me op mijn knieën vallen en klauwde met mijn handen in het gras. *Ze mogen me zo niet zien*, weergalmde het in mijn hoofd. *Ze mogen niet denken dat het slecht met me gaat, anders brengen ze me weer naar zo'n dokter…*

10

Liv

'U hebt geluk gehad,' zei dokter Sömmarland en hij wees naar het scherm waarvoor mijn röntgenfoto hing. 'Geen hersenschudding, geen inwendig letsel. Uw val had veel slechter kunnen aflopen.'

Ik herinnerde me opeens dat onze familie het ziekenhuis in 1908 in staat had gesteld een hypermodern röntgenapparaat uit Amerika aan te schaffen, waarvoor in plaats van de gebruikelijke glasplaten filmcassettes werden gebruikt, die veel langer houdbaar waren.

Het was vreemd om mijn eigen botten te zien, en wat de dokter met geluk bedoelde, begreep ik niet; ik voelde mijn hand immers kloppen alsof die elk moment kon ontploffen.

Bedrukt boog ik mijn hoofd. Ik moest er niet aan denken wat Sten zou zeggen als hij erachter kwam. 'En hoe zit het met mijn hand?' vroeg ik.

'U hebt een haarscheurtje in uw polsgewricht opgelopen.' Hij stond op en wees naar een bijna onzichtbaar lijntje dat over het betreffende bot liep. 'Ik zal een gipsverband aanleggen, dat u drie weken lang moet laten zitten. Daarna komt u hier terug om het te laten verwijderen.'

De arts ging meteen aan het werk. Geassisteerd door een jonge verpleegster liet hij mijn arm verdwijnen onder een paar lagen verband en een witte gipsmassa, die langzamerhand warm werd.

'Ik schrijf u een pijnstillend middel voor, dat u in onze apotheek kunt ophalen. Maar neem daar alleen iets van als u het echt niet meer uithoudt.'

Ik knikte gehoorzaam. Inmiddels leek elk botje in mijn lichaam pijn te doen. Wat had me toch bezield om er zomaar op uit te rijden…

De verpleegster liep met me mee naar de apotheek, waar een al iets oudere zuster achter de balie stond. Haar jonge collega vertelde haar wat ze voor me moest pakken, vervolgens wenste ze me beterschap en vertrok ze.

Met het zakje pijnstillend poeder waarvan ik de naam niet kon uitspreken begaf ik me uiteindelijk naar de wachthal bij de ingang. Ik was blij dat

Marlene had beloofd op me te zullen wachten. Met slechts één arm en het gevoel dat ik elk moment in duizend stukjes kon breken zou ik waarschijnlijk niet ver komen. Ik liep de deur door en keek rond, maar Marlene zag ik nergens.

Had het haar toch te lang geduurd? Was ze het ziekenhuis gaan verkennen? Of was ze echt weg? Terwijl ik zowel mijn ingegipste arm als het zakje vasthield, liep ik gehaast de buitentrap af. Mijn keel zat van teleurstelling dichtgesnoerd. Ze had me toch beloofd te zullen wachten? Mijn voetstappen knerpten op het onverharde pad toen ik om de kliniek heen liep. Ondertussen keek ik reikhalzend naar haar uit in de hoop dat ik haar ergens in het park zou bespeuren. Zelf zou ik het waarschijnlijk ook niet in die donkere wachthal hebben uitgehouden, waar een constante stroom nieuwe patiënten binnenkwam. Maar met elke stap die ik zette verloor ik meer moed. Had ze me echt in de steek gelaten?

Mijn laatste hoop was de koets zelf. Als haar fiets daar nog was, zou ze misschien nog in de buurt zijn. Ik werd bevangen door een duizeling. Ik leunde tegen de muur naast me, haalde even diep adem en probeerde weer tot mezelf te komen. Al die opwinding, die pijn en het kloppende gevoel in mijn arm werden me te veel, zodat ik tranen voelde opkomen.

Toen keek ik naar de koets. Marlene stond op de wagen over haar fiets gebogen. Daaraan leek iets niet in orde te zijn, want ze trok hard aan de ketting waarmee ze hem op slot had gezet.

'Ik dacht al dat u was weggegaan!' riep ik opgelucht en ik maakte me los van de muur.

Marlene keek bijna verschrikt achterom. Haar wangen begonnen te gloeien. 'Ik... Het spijt me, maar... Zo'n ziekenhuis is niks voor mij,' zei ze terwijl ze zich oprichtte en van de wagen af klom.

'Voor mij ook niet, vrees ik,' antwoordde ik en ik glimlachte scheef terwijl ik mijn arm omhooghield.

'Wat zei de dokter?' vroeg ze en ze wees op het gips.

'Dat ik een haarscheurtje in mijn polsgewricht heb en daarom dit fijne blok hier drie weken lang moet meedragen.' Ik zuchtte diep. 'Het spijt me erg dat ik u zo lang heb opgehouden.'

Marlene perste haar lippen op elkaar en vermeed het me aan te kijken. Er leken gedachten door haar hoofd te tollen. Had ze werkelijk willen vertrekken? Ik voelde me opeens schuldig.

'Ik kan proberen alleen terug te rijden,' zei ik vlug, maar ze schudde haar hoofd.

'Nee, nee… Ik… Ik kan de koets wel mennen.'

'Echt?' vroeg ik.

Ze knikte en er verscheen een glimlachje. 'Dat tochtje naar het bos kan ik naderhand nog wel maken.'

11

Marlene

Dat verdraaide slot! dacht ik toen ik de teugels weer pakte. Ik wist niet hoelang ik had geprobeerd het open te krijgen, maar in elk geval zo lang dat Liv Boregard me nog had aangetroffen.

Eigenlijk had ik allang weg willen zijn. Een vrouw als zij kon zich immers onmogelijk met iemand als ik vertonen! Maar nu voelde ik me toch schuldig. Ik had het haar tenslotte beloofd. En hoe had ze zonder mij thuis moeten komen?

'Gaat u 's zondags altijd naar het bos?' vroeg ze, kort nadat we het ziekenhuis achter ons hadden gelaten. Haar stem klonk zo vriendelijk dat ik wel moest antwoorden.

'Ja,' zei ik. 'Ik wilde kijken of ik iets voor in de keuken kon vinden. Lievevrouwebedstro misschien, of paardenbloemen.'

'U hebt er dus verstand van?' Ze lachte een beetje onzeker.

'Mijn vader is jachtopziener,' verklaarde ik en ik probeerde niet te laten merken dat het pijnlijk was om over hem te praten. 'Hij heeft me laten zien wat je kunt eten en wat niet. Vanaf de lente tot en met de herfst haal ik van tijd tot tijd iets uit het bos.'

Mevrouw Boregard leek ervan op te kijken. 'En mag dat zomaar?' vroeg ze. 'Ik bedoel, is het geen stroperij, als je iets voor jezelf meeneemt van wat er in het bos groeit?'

'Als ik dieren zou schieten of ze met vallen zou vangen zeker wel. Maar wat in het bos groeit, is van iedereen. Ik raap noten van de paden en pluk ook wel paddenstoelen in de herfst.'

Ik merkte dat haar ogen belangstellend oplichtten. Ze was een vrouw die ogenschijnlijk alles had en toch leek het haar blijkbaar leuk om schatten uit het bos te vergaren. Merkwaardige mensen, die rijkelui.

'Ik zou willen dat ik er zo veel verstand van had,' zei ze en haar stem had een licht treurige bijklank. 'Het lukt me niet eens meer met een wagen de stad uit te rijden zonder ongelukken te veroorzaken.'

'Waarom was u eigenlijk alleen op stap?' vroeg ik.

'Mijn man had geen tijd voor me,' verklaarde ze. 'Ik wilde... nadenken.' Ze hield haar hoofd schuin en voegde eraan toe: 'En in zekere zin wilde ik hem een loer draaien. Normaal maken we met Pinksteren altijd een tochtje of we nodigen gasten uit. Vandaag leek het of hij niet eens wist wat voor een dag het was.'

Ik wilde niet doorvragen, niet nieuwsgierig lijken, maar ze vervolgde uit zichzelf al: 'Weet u, in het begin van ons huwelijk ondernam hij heel veel met me. Maar de laatste tijd werkt hij alleen nog maar. Hij merkt het niet eens meer als ik me mooi maak voor hem.' Ze keek me aan. 'Hebt u een man, Marlene?'

'Ik had er een,' gaf ik toe, al vond ik het niet prettig om het tegen haar over hem te hebben. Daarom had ik haar ook niet mijn volledige naam verteld. 'Maar dat lijkt al een eeuwigheid geleden.' Ik keek haar aan. 'Hij is drie jaar geleden gestorven.'

'O,' zei ze, 'wat erg.'

'Dank u.' De woorden bleven even in de lucht hangen, toen voelde ik me gedwongen om er iets meer over te zeggen. 'Hij was een goede man. In elk geval gedurende de zeven jaren van ons huwelijk.'

Zou Bjarne zijn belangstelling voor mij ook op enig moment hebben verloren? Waarschijnlijk niet. Daarvoor wist hij te goed dat de tijd die we tussen zijn perioden op zee voor elkaar hadden te kostbaar was.

'Praat eens met uw man,' stelde ik voor om het gesprek van Bjarne af te leiden.

'Dat heb ik geprobeerd.' Ze perste haar lippen op elkaar. 'Laat ik het zo zeggen: dat heeft niets opgeleverd.'

'Denkt u dat het ooit weer kan veranderen?'

Haar blik ging naar het gips om haar arm. Ze streek er met haar vrije hand overheen alsof ze de stevigheid wilde controleren. 'Ik weet het niet. Maar je blijft hopen, nietwaar?'

De villa van de familie Boregard had ik op mijn weg naar de lampenfabriek al vaak gezien, maar ik was nog nooit voorbij het grote ijzeren hek geweest. Vandaag stond het open in afwachting van de terugkeer van de vrouw des huizes. Het huis lag er in het heldere zonnetje heel vriendelijk bij en bij het zien van de opbloeiende tuin kreeg ik zin in een wandelingetje langs de bloemperken.

Dat ik de koets door de poort moest mennen maakte me een beetje nerveus. Maar het paard kende de weg en liep bedaard door zonder dat de surrey ook maar in de buurt van de pilaren kwam.

Bjarne zou nooit hebben geloofd dat ik voor Liv Boregard voor koetsier had gespeeld en nu hier was. Hij was zelf nooit door zijn werkgever bij hem thuis uitgenodigd. Hij had alleen tegenover Sten Boregard gestaan in diens kantoor, of misschien was zelfs dat nooit gebeurd. De reder had een heel leger medewerkers in dienst, die alles met de kapiteins van zijn schepen regelden.

Op de rotonde voor het huis hielden we halt. In het midden stond een kleine fontein lustig te sproeien. Ik was graag een poosje blijven kijken naar de glinsterende waterstralen en misschien had ik dan ook mijn vingers in het koele nat gestoken. Ik trok de rem aan en stapte van de bok.

Toen ik mijn fiets wilde uitladen, pakte mevrouw Boregard mijn hand. 'Kom toch nog even mee naar binnen. Voor een kopje thee misschien. Of hebt u liever koffie?'

Ik keek haar weifelend aan.

'Ruth, onze kokkin, heeft gebakken en hoe je koffie of thee zet ben ik niet vergeten,' voegde ze eraan toe. Ze deed zichtbaar haar best om me over te halen. 'En dat lukt me ook nog wel met één hand.'

Achter ons hoorden we een stem bulderen: 'Liv!' Meteen daarna stormde Sten Boregard op ons af. 'Waar ben je geweest?'

'Ik... Ik heb een ongeluk gehad,' antwoordde Liv, die nu nog bleker zag dan vlak na haar val. 'Deze dame heeft me geholpen.'

'Goedendag, meneer Boregard,' zei ik tegen hem en ik voelde mijn maag verkrampen. Mijn huid begon onaangenaam te tintelen, alsof mijn lichaam me waarschuwde voor gevaar.

Nooit eerder was ik zo dicht in de buurt van de reder gekomen. Zijn scheerwater rook scherp naar alcohol, zijn spieren spanden zich onder zijn pak en bij zijn kaak trok een spiertje.

'Dan kunt u nu weer gaan,' zei hij tegen me. 'Ik zorg wel voor mijn vrouw.'

'Maar Sten, ik...' Zijn blik bracht mevrouw Boregard tot zwijgen. Hij liet zijn ontstemming duidelijk blijken en ik had het gevoel een wolf tegenover me te hebben die elk moment kon toebijten.

Het hart klopte me in de keel. Het was een grote fout geweest hiernaartoe te gaan!

'Al goed,' zei ik. 'Ik hoef alleen mijn fiets nog van de koets te tillen.'

Boregard reageerde niet, maar vanuit mijn ooghoeken zag ik dat hij zijn vuisten balde.

Ik klom op de koets, stak de sleutel in het slot en trok eraan. Het resultaat was hetzelfde als bij het ziekenhuis. Het zweet brak me uit.

'Ik denk dat Martin haar even moet helpen,' zei Liv. 'Die ketting ging eerst ook al niet los.'

Ik voelde de blik van Boregard, toen hoorde ik hem zijn bediende roepen.

Mijn hoofd werd vuurrood. Ze had dus in de gaten gehad dat ik ervandoor wilde gaan...

Even later verscheen er een jonge knaap. Hij klom ook op de wagen en met een forse ruk slaagde hij erin te doen wat mij was mislukt. Het slot klikte open.

'Er moet olie in,' zei hij toen hij het me aangaf. Ik was van schaamte het liefst in de grond gezakt. Gelukkig hielp de jongen me mijn fiets van de koets te tillen. Ik bedankte hem en keek nog een keer om naar Liv. 'Beterschap met uw arm.'

'Bedankt,' zei ze. 'Voor alles!'

Ik stapte op de fiets en reed naar de poort. Toen ik de straat in fietste keek ik even opzij en zag dat Boregard Liv hardhandig meetrok naar het huis.

12

Liv

'Wat had dat te betekenen?' snauwde Sten nadat de achterdeur in het slot was gevallen. Zijn hand sloot zich als een bankschroef om mijn arm. 'Waarom heb je haar meegebracht?'

Mijn hart ging tekeer. Ik rook alcohol aan zijn adem en wist intuïtief dat ik mijn woorden goed moest kiezen.

'Ik... Ik heb alleen...'

Mijn stem brak toen Sten me door elkaar schudde. De plotselinge beweging zette door naar mijn ingegipste arm en ik kermde zachtjes van de pijn. De wond aan mijn voorhoofd klopte hevig.

'Heb je eigenlijk wel door wie dat was?' vroeg hij en zijn ogen waren bijna zwart van woede. Ik wist niet waar ik meer van schrok, van zijn kille haaienblik of van zijn vingers, die zich diep in mijn vlees boorden. Tot nu toe had Sten me alleen nog met woorden gepijnigd. Dit was iets anders. Angst schoot door mijn aderen.

'Haar naam is Marlene,' zei ik. 'Ze heeft me geholpen toen ik... was gevallen.'

Zijn gezicht zwol hoogrood op.

'Wat had je daarbuiten eigenlijk te zoeken?' blafte hij. 'De koets zit onder de modder!'

Ik wilde me loswringen, maar zijn greep was te stevig. 'Ik wilde gewoon een tochtje maken,' verklaarde ik. 'Je had toch gezegd dat ik mezelf maar moest bezighouden terwijl je weg was?'

Meteen wist ik dat ik het verkeerd had aangepakt.

'Maar ik zei niet dat je in de omgeving moest gaan rondrijden!' Zijn ogen fonkelden. 'En al helemaal niet alleen! Martin zei dat je erop stond om alleen te gaan rijden. Als een boerin!'

Zijn vingers knepen nog harder in mijn arm. Mijn hart ging tekeer. Ik kende mijn echtgenoot niet terug. Wat was er aan de hand? Wat voor woede reageerde hij op mij af? Zou de zakelijke overeenkomst met de Duitsers op niets zijn uitgelopen?

'Je doet me pijn!' riep ik.

'Wat is er gebeurd?' vroeg hij. 'Waar ben je geweest?'

'Het paard sloeg op hol toen ik onderweg naar Pantarholmen was... De koets is omgevallen... Ik heb mijn pols gebroken en Marlene heeft me naar het ziekenhuis gebracht.'

Daarop liet hij me los. 'Je zet onze reputatie op het spel!' schreeuwde hij me plotseling toe. 'Voor de vrouw van een belangrijk man als ik is het ongepast om alleen in de omgeving rond te rijden. Je ziet wat ervan komt! Je had er het leven bij kunnen inschieten! Om nog maar te zwijgen van alles wat de mensen van ons zullen zeggen!'

'Ik was niet van plan om een ongeluk te krijgen,' zei ik ter verdediging. Dat hij geen mededogen toonde vond ik nog pijnlijker dan zijn greep om mijn arm. 'Het paard schrok ergens van en ik kon de koets niet houden. Ik had geluk dat Marlene langskwam en hulp haalde. Daarna heeft ze me ook nog met de surrey naar het ziekenhuis gebracht.'

Sten sloeg met zijn hand tegen zijn voorhoofd en streek over zijn haar. De betekenis van mijn woorden leek langzaam tot hem door te dringen. 'Wie heeft jullie geholpen?'

'Een paar mannen uit de gieterij,' bekende ik. Mijn buikwand trilde van angst. Wanneer zou dit verhoor eindelijk voorbij zijn?

'De gieterij van Skantze?'

Was er dan nog een in Karlskrona? Maar die woorden bleven in mijn keel steken.

'Aan jou heb je ook helemaal niets!' zei hij heftig, een zin als een oorvijg. 'En dan laat je je naar huis rijden in onze koets met dat mens op de bok!'

'Ik had de wagen zelf niet kunnen mennen!' was mijn verweer terwijl ik tegen mijn tranen vocht. 'Wat... Wat is er zo erg aan haar?'

'Ze is de vrouw van Bjarne Walsted!'

Die naam deed ergens een belletje rinkelen. Waar had ik hem eerder gehoord?

Sten was sneller, want hij voegde eraan toe: 'Het is al erg genoeg dat hij onze Solveig heeft laten zinken! Dan hoeft zijn vrouw er niet ook nog voor te zorgen dat ik in diskrediet raak!'

13

Marlene

De avond viel als een rode sluier over de stad en hulde alles in een gouden licht. Na mijn rondje door het bos voelden mijn ledematen zwaar aan. Vermoeid duwde ik mijn fiets in de richting van de Borgmästarekajen, vanwaar je een goed uitzicht over de zee bij avond had.

Ik kon de ontmoeting met Sten Boregard maar niet uit mijn hoofd zetten. De moeite die het hem had gekost om zijn woede op mij te onderdrukken! In tegenstelling tot zijn vrouw moest hij me meteen herkend hebben.

Die arme mevrouw Boregard! Ze was zo aardig geweest…

Eenmaal aangekomen op de lange straat langs de kade ging ik op een bank bij een lege aanlegplaats zitten.

Nergens anders voelde ik me zo dicht bij Bjarne. Hoewel ik wist dat de hoop op zijn terugkeer vergeefs was, voelde ik een zekere verwachting. Misschien zou hij me ooit een teken vanuit de hemel geven…

'Vindt u het goed dat ik naast u kom zitten?'

Door de zachte klank van een mannenstem keek ik opzij. De man was slank en lang, droeg een donkere baard en had krullend donker haar. In zijn bruine broek, hagelwitte overhemd en donkere vest zag hij er niet uit als iemand die in de haven werkte. Onder zijn arm droeg hij een in zeildoek gewikkeld pakketje.

'Ik… Ik heb eigenlijk een afspraak om negen uur,' verklaarde de onbekende met een glimlachje. 'Alleen is degene met wie ik had afgesproken er nog niet.' Hij haalde een horloge uit zijn vestzakje. 'Geen wonder, het is nog een paar minuten te vroeg.'

Ik had geen zin in gezelschap, maar de man leek aardig, dus knikte ik. Hij ging op een respectvolle afstand naast me op de bank zitten. Ik richtte mijn blik weer op het water. Om een of andere reden kon ik nu niet meer aan Bjarne denken. In plaats daarvan werd ik de warmte van de man gewaar en rook ik zijn kruidige scheerwater.

'Een prachtig uitzicht, vindt u ook niet?' vroeg hij. 'Je kunt je hele leven aan het water doorbrengen zonder er ooit genoeg van te krijgen.'

'Denkt u dat echt?' Het was eigenlijk niets voor mij om zonder reden met onbekenden te praten. Maar mijn mond had sneller gereageerd dan ik wilde.

'Ik ben er zelfs van overtuigd!' antwoordde hij. 'Ik ben in een stad aan zee geboren, maar elke keer dat ik over het water uitkijk voel ik... een soort verlangen.'

'Verlangen?' Mijn adem stokte even. Zoiets had Bjarne ook tegen me gezegd toen hij me uitlegde dat je van een zeeman geen landman kunt maken.

'Ja, verlangen,' zei hij. 'Je vraagt je zonder mankeren af wat zich daar in de verte allemaal bevindt. Ondanks al die schepen die de zee oversteken, heeft ze iets weg van een onbekend land vol mysteries.'

'Een land waaruit je niet terugkeert, als je pech hebt.'

Weer was mijn mond sneller geweest dan mijn verstand. Het liefst had ik mijn woorden meteen weer ingetrokken. Maar dat was onmogelijk.

De man hield zijn hoofd een beetje schuin en keek me met zijn donkere ogen vragend aan. 'U zegt dat alsof u slechte ervaringen hebt opgedaan.'

'Ikzelf niet, maar...' Ik schudde mijn hoofd.

'Een familielid?' vroeg hij.

Daarop verviel ik in zwijgen. Ik wilde niet over Bjarne praten. Wilde een wildvreemde niet vertellen dat ik het verlangen naar mijn man maar niet kwijtraakte.

'Ik moet ervandoor,' zei ik en ik stond op.

'Neem me niet kwalijk, ik wilde u niet irriteren.'

Ik schudde mijn hoofd. 'Dat hebt u niet gedaan. Maar ik ben geen vrouw die met haar lot te koop loopt.'

Ik stapte op de fiets en reed weg zonder hem nog aan te kijken. Wel voelde ik zijn blik tot ik de hoek omsloeg.

De ene na de andere gaslamp vlamde onder de handen van de lantaarnopsteker op en wierp lange schaduwen op de straatstenen. Zo druk als het overdag in de straten van de stad was, zo stil was het er op zondagavond. De gezinnen zaten thuis aan de avondmaaltijd en de arbeiders gingen vroeger naar bed, zodat ze de volgende ochtend uitgeslapen zouden zijn.

Hier en daar kon ik een blik door een raam werpen, op vrouwen die pannen van het fornuis tilden en mannen die over een boek of de krant van de vorige dag gebogen zaten. Uit enkele ramen klonk het geluid van lachende kinderen.

Ik vond het altijd weer verbazend te bedenken dat ik vroeger ook tot deze mensen had behoord. Met een huis vol warmte als Bjarne thuis was. En een huis vol verlangen als hij weg was.

Het klokgelui van de Frederikskerk, de grootste en oudste kerk van Karlskrona, bereikte mijn oor. Negen slagen. Zou Ingrid nog wakker zijn?

De onbekende man schoot me weer te binnen. Misschien had ik niet moeten vluchten. Het was toch logisch dat hij zou doorvragen als ik hem zo'n antwoord gaf?

Het raampje van Ingrids woning leek op het eerste gezicht donker, maar toen bespeurde ik het zwakke schijnsel van haar petroleumlamp, helemaal achter in de kamer. Ik gooide een steentje tegen haar raam en wachtte. Ingrids gezicht verscheen achter de ruit, maar verdween weer en even later ging de voordeur open.

'Wat een verrassing!' riep ze uit. 'Ik dacht dat ik je morgen pas zou zien.'

Ik klopte op mijn tas. 'Ik heb iets uit het bos voor je meegebracht.'

'Kom maar binnen dan.'

Het was heel koel in de kamer en ogenblikkelijk sloeg de geur van gekookte kool me tegemoet; een geur die zich had vastgezet op de wanden. Het contrast tussen het huis van de Boregards en Ingrids woning had niet groter kunnen zijn.

Toen Ulf nog leefde, had Ingrid een betere woning gehad. Nu waren uit die tijd alleen nog een sleetse blauwe sofa, een tafel en een stoel over. De kist die onder het raam stond was de zeemanskist van haar man. Voordat de lampenfabriek zich hier had gevestigd, hadden de mannen uitsluitend op zee, bij de marine of in de haven gewerkt.

Ik spreidde op tafel uit wat ik had meegebracht.

'Ik heb nog wat muntblad,' zei Ingrid en ze liep naar het kleine fornuis.

'Je hoeft voor mij geen vuur te maken, Ingrid,' zei ik vlug, want stookmateriaal was duur. Ik bracht af en toe wat sprokkelhout uit het bos voor haar mee, maar dat had ze overdag nodig voor haar warme maaltijd.

'Ik wil het zelf graag,' antwoordde ze. 'Omdat je weer zo goed voor me hebt gezorgd.'

Daar kon ik niets tegen inbrengen en ik ging op de sofa zitten.

'Weet jij eigenlijk iets over de Boregards?' vroeg ik terwijl ik naar achteren leunde. De sofa mocht dan betere tijden hebben gekend, hij zat nog steeds lekker.

Ingrid onderbrak haar bezigheden even en vroeg: 'Hoe kom je daar nu bij?'

'Ik ben zijn vrouw tegengekomen. Ze leek me heel aardig.'

Ingrid proestte het uit. 'Aardig?'

'Ja, of je het gelooft of niet,' antwoordde ik.

Ingrid zweeg even en zei toen: 'De Boregards wonen al van oudsher in Karlskrona. De familie was ooit gelieerd aan de marine tot ze zich op de koopvaardij richtte. Veel familieleden zaten in het gemeentebestuur of waren op een andere manier invloedrijk.' Ze keek me aan. 'Je kunt maar beter voorzichtig zijn. Vooral vanwege je man.'

Onmiddellijk voelde ik me gedwongen hem te verdedigen. 'Ze hebben Bjarne tot zondebok gemaakt, maar er is geen enkel bewijs voor dat hij schuld had aan de ondergang van het schip!'

'De kapitein draagt altijd de verantwoordelijkheid,' zei Ingrid. 'Altijd. Wat er ook gebeurt. Zelfs muiterijen worden aan de kapitein toegeschreven. Dan zeggen ze dat het hem ontbrak aan leidinggevende capaciteiten.' Ze keek me aan en leek te merken wat haar woorden met me deden. 'Het spijt me, Marlene. Dat had ik niet moeten zeggen.'

We zwegen een poosje en ik merkte dat die benauwdheid op mijn borst van vroeger weer de kop opstak.

'Mijn man voer voor zijn vader,' zei Ingrid ten slotte, toen ze met de theemokken naar me toe kwam. 'Een rare vogel was die Olof! We hadden niet veel met hem te maken, maar mijn man raadde me al aan om voorzichtig te zijn in de omgang met hem. Wist je dat het verhaal gaat dat de oude Boregard opzettelijk voor die kraan is gesprongen?'

'Dat hoor ik voor het eerst!' antwoordde ik. De officiële versie van het ongeval was me natuurlijk bekend. Tijdens een inspectieronde werd hij door een groot collo van de lading die op dat moment uit een van de schepen gelost werd aan zijn hoofd geraakt. De kraandrijver had hem niet opgemerkt en moest zich daarvoor later voor de rechtbank verantwoorden.

'Sommigen dachten dat hij dat had gedaan omdat hij de dood van zijn echtgenote niet kon verwerken, anderen zeggen dat hij iets had gedaan wat het daglicht niet kon verdragen,' vervolgde Ingrid. 'Zijn zoon... Nou ja, laten we zeggen dat je beter geen ruzie met hem kunt krijgen. Hij schijnt af en toe nogal opvliegend te zijn. En wat zijn vrouw betreft...'

Er liep een rilling over mijn rug. De woede in zijn ogen had ik zelf gezien. 'Wat is er dan met zijn vrouw?' informeerde ik, maar Ingrid goot eerst kokend water op de muntbladeren voordat ze antwoord gaf.

'De mensen zeggen dat ze een donker vlekje in haar verleden moet hebben. Niemand weet precies wat het is, want ook haar moeder zweeg als het graf en bemoeide zich hier nauwelijks met anderen. Als je bedenkt dat die vrouw in heel eenvoudige omstandigheden leefde, heeft haar dochter het ver geschopt.'

Ik nam de mok in mijn beide handen. Hij was nog erg warm, maar mijn handen waren door wat Ingrid had gezegd plotseling ijskoud geworden. Die vrouwen verkochten dus ook roddelpraat over Liv? Dat maakte haar in mijn ogen meteen nog sympathieker.

'Je weet toch dat de mensen ook veel over mij kletsen?' vroeg ik.

Ingrid knikte. 'Aan je man kunnen ze niets meer kwijt, dus krijg jij het te verduren. Als ze jou in het gezelschap van mevrouw Boregard zien, zal dat koren op hun molen zijn.'

'Ik ben niet van plan vriendschap met haar te sluiten,' zei ik om het gespreksonderwerp af te ronden en ik nam een slok thee. De munt was als een frisse windvlaag. 'Waarschijnlijk zie ik haar toch nooit meer.'

14

Oskar

Het was een vermoeiende dag geweest, al had ik bijna niets anders gedaan dan achter mijn bureau zitten. En dat op pinksterzondag! Wat zou mijn moeder daarvan zeggen... Ze was een godvruchtige vrouw, maar dat deel van haar opvoeding had geen grote indruk bij me achtergelaten.

Het was nog steeds een uitdaging om de documenten door te nemen. Niet alleen omdat het handschrift steeds slordiger werd, maar ik kon er ook niet veel in vinden waar ik iets aan had.

'Misschien moet u eens wat rondvragen onder de mensen,' had de man me op het hart gedrukt. 'Er zijn er hier heel wat die iets over deze kwestie weten te vertellen. Het is goed mogelijk dat u iemand vindt die u meer informatie kan geven.'

'Maar u bent mijn belangrijkste bron,' had ik geantwoord. 'U bent de enige die toegang tot de documenten heeft.'

Mijn informant had de indruk gewekt opgelucht te zijn toen ik hem de bundel dossiers overhandigde.

'Ik kan proberen meer te vinden,' zei hij. 'Alleen zal dat wel even duren. En u moet uitkijken dat u niet betrapt wordt. Wie weet wie dan op u af wordt gestuurd. De arm van zulke lieden reikt verder dan je denkt.'

Ik was niet bang voor lichamelijke confrontaties en wist maar al te goed wat zich op de achtergrond kon afspelen. Stockholm was een ruwe stad. Als je op de verkeerde plek belandde, had je voor je tot drie kon tellen al een vuist in je gezicht. Mijn tijd in het leger had geholpen, al hadden we nooit in een oorlog gevochten. Hoewel het verboden was, hadden we onze krachten onderling gemeten en bokswedstrijden gehouden. Ik was er gerust op dat ik me zou kunnen verdedigen. Maar de man had natuurlijk gelijk; als ik onvoorzichtig was, kon dat in mijn geval gevolgen hebben. Gevolgen die mijn opdracht in gevaar brachten.

Mijn informant had in elk geval nog meer informatie voor me mee weten te brengen: een dun schrift, dat ik nog sneller moest overtypen dan de eerdere documenten. Of ik erin zou vinden wat ik zocht was de vraag. Maar alle beetjes waren welkom en konden me vooruithelpen.

Ik had net een zin afgemaakt toen er driftig op mijn deur werd geklopt. Ik stond altijd wat sceptisch tegenover bezoek op de late avond. In mijn beroep kwam het weleens voor dat je bij het openen van de deur een vuist in je gezicht kreeg. Maar hier, in dit pensionnetje, kon het bijna alleen de pensionhoudster zijn die me wilde spreken. Ik stond dus op en liep naar de deur.

'Wat bezielt u eigenlijk om mij voortdurend met dat geratel op mijn zenuwen te werken?' klonk een woedende stem toen ik mijn hoofd nog maar nauwelijks om de deur had gestoken. Het was alsof er een furie uit de schaduwen tevoorschijn was geschoten. 'Weet u wel hoe laat het is?'

'Pardon?' vroeg ik.

'Die rammelkast van u! Hou toch op met die herrie! Ik kan niet slapen!'

Toen viel er licht op het gezicht van de vrouw en ik verstarde. Haar leek het net zo te vergaan, want ook zij stokte even.

'U?' vroeg ze verwonderd. Haar ogen fonkelden nog steeds boos, maar op haar gezicht had verbazing de overhand.

'Daar ziet het wel naar uit.' Er brak een glimlach door op mijn gezicht. Dat was misschien ongepast, maar ik kon niet anders. De vrouw die aan de haven nog enigszins bedeesd overkwam, had blijkbaar meer in huis! En het zag ernaar uit dat ze mijn buurvrouw was!

Binnen luttele seconden nam ik haar hele gestalte in me op. Haar eenvoudige nachthemd, de omslagdoek en haar blonde haar, dat in lange strengen over haar schouders viel. In het avondlicht had ik niet gezien dat haar ogen zo blauw als de zee waren.

'Niemand heeft mijn schrijfmachine ooit een rammelkast genoemd,' zei ik. 'Hoe kunt u dat eigenlijk horen?'

'Ik heb een goed gehoor,' antwoordde ze. Ze wilde er nog steeds woedend uitzien, maar ik merkte dat haar boosheid zienderogen afnam en plaatsmaakte voor een verwarring die haar nog aantrekkelijker maakte. 'Bovendien is het hier verder helemaal stil!'

'Hoor eens, het spijt me,' zei ik. 'Het gaat om iets buitengewoon belangrijks wat ik moet afmaken. Maar ik zal proberen het anders te doen.' Ik gaf haar een hand. 'Oskar Andersson. Ik werk bij de *Blekinge Läns Tidning*.'

‘U bent dus verslaggever.’ Ze nam me van top tot teen op, alsof ze wilde controleren of ik de waarheid sprak.

‘Inderdaad, ja. En als ik had geweten dat u mijn buurvrouw was…’

Ze perste haar lippen op elkaar. ‘Ik moet gaan,’ zei ze opeens.

‘Wacht even!’ zei ik.

‘Waarom?’ vroeg ze.

‘Omdat u me uw naam nog niet hebt verteld.’

‘Marlene Walsted,’ antwoordde ze. Haar blik boorde zich in de mijne en toen verdween ze achter haar deur.

15

Liv

Ik stond op en keek naar de lichtstraal die tussen de gordijnen door viel. Ik liet ze nooit helemaal dichtdoen, om niet het gevoel te krijgen dat ik in een mausoleum zat.

Ik had een onrustige nacht achter de rug, enerzijds omdat ik niet wist hoe ik mijn gipsarm moest neerleggen, anderzijds omdat in mijn hoofd telkens weer de belevenissen van de vorige dag werden afgedraaid.

Het was niet moeilijk geweest Sten te ontlopen, want hij had zijn avondmaaltijd naar zijn werkkamer laten brengen. Na het eten had ik me hier teruggetrokken met mijn sombere gedachten. Had ik hem mijn excuses moeten aanbieden?

Als het paard niet op hol was geslagen, had Sten waarschijnlijk niets gemerkt... Ondanks alle narigheid had ik het uitstapje als een avontuur ervaren na de weken en maanden die ik thuis had doorgebracht. En Marlene Walsted was zo vriendelijk tegen me geweest! Ik vond het spijtig dat ik haar niet had kunnen bedanken zoals ik het eigenlijk had willen doen...

Ik stapte in het licht en schoof de gordijnen helemaal open. Daarbij voelde ik niet alleen mijn gebroken pols kloppen. Voorzichtig trok ik de mouw van mijn nachthemd op. Daar waar Sten me had vastgegrepen prijkten donkerblauwe plekken. Ik kreeg een knoop in mijn maag en een bittere smaak in mijn mond. Het was voor het eerst dat hij me lichamelijke pijn had bezorgd.

Mijn gedachten vervlogen toen er werd aangeklopt.

'Mevrouw Boregard?'

Ik keek op de klok die op de schoorsteenmantel stond. Het was pas even na zessen. Het dienstmeisje was te vroeg.

'Mevrouw Boregard?' herhaalde Astrid.

Ik kwam in beweging. Wat kwam ze doen? Om deze tijd was zelfs Sten nog niet op. Of misschien toch, en had hij Astrid naar boven gestuurd om me te wekken? Waarom kwam hij dan niet zelf naar me toe? Even bleef ik voor de deur staan, opeens bevangen door een benauwd gevoel. Toen herpakte ik me en ik duwde de deurklink omlaag.

Astrid had haar jas nog aan en droeg de met bloemetjes versierde hoed waarmee ze elke ochtend hier aankwam. 'Pardon, mevrouw, maar dit is zojuist voor u afgegeven. De man zei dat ik het u onmiddellijk moest overhandigen.'

Ze gaf me een envelopje met het stempel van de Koninklijke Posterijen. Het was echter geen brief, maar een telegram.

'Dank je, Astrid,' zei ik en ik zag dat het meisje me vragend aankeek.

'Zal ik u helpen met aankleden?'

'Nu nog niet,' zei ik, waarop ze een knicks maakte en zich omdraaide.

Ik deed de deur dicht en liep met de envelop naar het raam. Mijn handen begonnen te trillen. Een telegram wilde zeggen dat er iets ernstigs, iets dringends aan de hand was. Anders had ik het nog nooit meegemaakt. Waar zou het vandaan komen?

Ik maakte de envelop open en haalde het velletje papier eruit. Er stond geen afzender op. Alleen deze woorden:

CLAUDIUS VON WIK GESTORVEN. UITVAARTDIENST AANSTAANDE ZATERDAG OM EEN UUR 'S MIDDAGS.

Vol ongeloof staarde ik naar de woorden. Er dwarrelden allerlei beelden door mijn hoofd. Een huis midden in een bos. Welig tierende rozenstruiken tegen de muren. Een zonnestraal die door een raampje viel... Opeens overviel me de onzinnige impuls om naar mijn moeder te rennen.

Ik liep bij het raam vandaan en ging op het bankje voor mijn bed zitten. Daar bleef ik een poos zitten terwijl ik probeerde voor mezelf helder te krijgen wat dit bericht voor me betekende. Uiteindelijk stond ik op en waste me zo goed en zo kwaad als het ging met mijn ene arm. Ik wilde me in geen geval door Astrid laten wassen!

Toen belde ik om het dienstmeisje.

Astrid kwam, maakte een knicks en hielp me in mijn kleding. Door mijn gipsarm was dat lastiger dan anders en ik had maar één wat oudere, donkere jurk waarvan de mouwen wijd genoeg waren om er mijn arm met het gips doorheen te steken. Het werd tijd dat ik weer eens bij de naaister langsging om wat japonnen te laten veranderen of nieuwe te laten maken.

Door de schok voelde ik me nog enigszins verdoofd, waardoor ik de pijn in mijn pols niet zo erg voelde.

Toen ik tijdens het aankleden Astrids gezicht in de spiegel zag, merkte ik haar vragende blik op.

De envelop van een telegram zat nooit dichtgeplakt. Had haar nieuwsgierigheid haar ertoe verleid erin te kijken? Of had ze de blauwe plekken op mijn gezonde arm gezien? Ze zou het niet rechtstreeks durven vragen en ik zou er zelf niet over beginnen. Toch werd ik bevangen door een soort schaamte.

Toen ik klaar was, stuurde ik Astrid weg en bekeek mezelf eens goed. Het kwam zelden voor dat ik iets donkers aantrok. Ik droeg het liefst wit, blauw en zachtroze, maar nu moest ik toegeven dat donkerblauw me ook uitstekend stond. Ik kreeg er een voorname bleke teint van. Misschien moest ik vaker donkerblauw dragen.

Mijn blik viel opnieuw op het telegram. Was het echt mogelijk? Het bericht kwam me zo onrealistisch voor, in niets passend bij het zonnige jaargetijde.

Ik pakte de envelop en liep ermee mijn kamer uit. Ditmaal keek ik niet naar de oude portretten, maar naar mijn voeten toen ik de trap af liep. Met mijn hand in het gips kon ik me niet aan de leuning vasthouden.

Beneden aangekomen hoorde ik Sten, die het dienstmeisje een instructie gaf. Astrid haastte zich naar de keuken. Ik drukte de envelop tegen mijn borst. Uit de barse manier waarop hij het meisje had aangesproken maakte ik op dat hij allesbehalve goedgehumeurd was.

Ik haalde diep adem en deed de deur van de eetkamer open. Ik zag meteen dat Astrid maar voor één persoon gedekt had. Blijkbaar had hij op dit vroege uur nog niet op me gerekend. Of hij wilde weg zijn voordat ik wakker werd.

'Goedemorgen,' zei ik bij binnenkomst tegen hem.

Hij had blijkbaar een slokje uit zijn koffiekopje willen nemen, maar staakte de beweging meteen en zette het kopje weer neer.

'Ben je al op?' vroeg hij zonder me terug te groeten. 'Ik dacht dat je misschien zou willen uitslapen na je... ongeval.'

De moed zonk me in de schoenen bij zijn venijnige ondertoon. Hij had me eigenlijk moeten vragen hoe het met me ging. ‘Astrid heeft me een telegram gebracht,’ zei ik.

‘Zo?’ vroeg hij geïrriteerd. ‘En wat stond erin?’

Ik voelde iets kouds door mijn borst trekken, alsof ik ijswater had gedronken. De envelop in mijn hand trilde. Alleen al bij het horen van Stens stem voelde mijn keel aan als dichtgesnoerd. Maar ik moest erdoorheen.

‘Mijn vader… Hij is overleden.’

16

Marlene

Zoals op elke werkdag stond ik ook vandaag tegen zes uur op. Bjarne heeft me weleens verteld dat de maandag na pinksterzondag in andere landen een vrije dag was. In Zweden was dat anders, maar dat maakte me niet uit. Op mijn werk zou ik geen gelegenheid hebben om te veel te piekeren.

Ik dacht terug aan de ontmoeting met mijn buurman gisteravond laat. Zou ik het maar gedroomd hebben? Ik kon nog steeds niet geloven dat ik werkelijk de moed had opgebracht om bij hem aan te kloppen. Na alles wat er die dag was voorgevallen, had ik gewoon behoefte aan rust gehad, maar toen was op slag van middernacht dat geratel weer begonnen.

Normaal zou ik mijn deken over mijn oren hebben getrokken en na enige tijd wel in slaap zijn gevallen, maar die dag had iets in me veranderd. Als een steekvlam was de woede in me opgelaaid en ik was uit bed gesprongen.

Nooit had ik gedacht hém daar te zullen zien. De man uit de haven. Hoe kon dat nu? Eigenlijk had ik hem flink de les willen lezen, maar dat lukte me opeens niet meer. Tenminste niet zoals ik wilde.

Aan de haven was hij al aardig geweest en ook nu toonde hij meteen begrip. Als hij zich meer als Sten Boregard had gedragen, had ik echt boos op hem kunnen zijn, maar nu...

Net als op het moment voordat ik bij zijn kamer vandaan was gevlucht, overviel me die mengeling van schaamte en... Ik wist het niet te benoemen. Hij had zijn schrijfmachine in elk geval inderdaad de hele nacht met rust gelaten.

Na een kort ochtendtoilet trok ik eerst mijn ondergoed aan, daarna mijn enkellaarsjes. Die zou ik niet meer aankrijgen als ik mijn korset eenmaal aanhad. Toen ik de veters van mijn enkellaarsjes had gestrikt trok ik het korset aan. Het was een mooi exemplaar. Een naaister in Kristianstad had het gemaakt en zelf had ik er wat kleine borduursels op aangebracht.

Toch was het voor mij een vloek en een zegen tegelijk. Gisteren bij het fietsen had ik het niet kunnen gebruiken, maar tijdens het werk gaf het steun aan mijn rug en zorgde het ervoor dat ik niet al te krom kon gaan zitten.

Over mijn korset trok ik de gebruikelijke zwarte blouse aan, een onderrok en als laatste de zwarte overrok. Met mijn broekrok waagde ik me niet in de fabriek. Als de mannen die in de gaten kregen, zou er geen eind aan hun plagerijen komen. Ten slotte maakte ik een knotje van mijn haar en speldde het vast.

Mijn maag knorde. Siri Malmström had iets van het avondmaal voor me bewaard; ik hoefde het alleen uit de keuken te halen. Om een of andere reden schoot me te binnen dat Liv Boregard had gezegd dat haar kokkin gebakken had… Maar zoals mijn moeder altijd zei: wat geweest is, keert niet weer. Ik stopte het blikken trommeltje voor het ontbijt in mijn schoudertas en trok mijn jasje aan. Tegen de avond zou ik het daarin vast te warm hebben, maar de zeewind was 's morgens nog fris.

Toen ik mijn kamer verliet spitste ik mijn oren, maar achter de deur van de buurman was het nog helemaal stil. Zou ik hem misschien mijn excuses aanbieden? Hij had mijn rust verstoord, maar…

Nee, ik had geen tijd voor een gesprek. Bovendien zou het misschien ongepast overkomen als ik nog eens bij hem langsging.

Een half uur later kwam ik aan bij het witgeschilderde kantoor van de lampenfabriek, waar ik me aansloot bij de andere arbeiders die door de hoge fabriekspoort het terrein op stroomden.

De meeste mannen werkten in de perserij. Wat we allemaal gemeen hadden, was dat we de olie waar we de onderdelen van voorzagen nooit volledig uit onze poriën en nagels kregen.

'Goedemorgen, Marlene!' zei Brekke, de portier, tegen me vanuit zijn huisje naast de fabriekspoort. Hij was een oude, grijsharige man, wiens taak het was om onbevoegden tegen te houden en bezoekers te begeleiden naar meneer Skantze in het kantoorgebouw. 'Jij was gisteren behoorlijk snel op je fiets!'

'Morgen, Brekke!' zei ik. 'Zeg je nou dat je me hebt gezien?'

'Jazeker, al raasde je zo snel langs dat het leek of de duivel je op de hielen zat!'

'Ik heb een fietstochtje door het bos gemaakt,' verklaarde ik. Gelukkig hadden de arbeiders uit de fabriek heel weinig te maken met die uit de gieterij, dus zou het nog wel een poosje duren tot het ongeval van mevrouw Boregard de ronde deed. 'Hier zit ik immers veel te veel.'

'Gelijk heb je,' antwoordde hij. 'Ik wou dat ik ook zo'n nieuwerwets ding had.'

'Fietsen zijn al lang niets nieuws meer,' antwoordde ik lachend.

'Kan zijn, maar ik heb er nooit een gehad.'

'Ik kan je wel leren fietsen.'

'Wilma zou me er flink van langs geven als ze zag dat ik me met een meisje amuseer dat mijn kleindochter kon zijn!' Nu schoot ook hij in de lach. Ik zwaaide naar hem en liep het voorportaal van de fabriek in.

Het aantal vrouwen in de lampenfabriek was niet groot. Met mij werkten er nog vijf op de montageafdeling, de andere vier maakten schoon en zorgden ervoor dat de arbeiders koffie kregen tijdens hun *fika*, de koffiepauze, die we twee keer per dag hadden.

Voor de kastjes waarin we onze tassen bewaarden, zag ik een van mijn collega's, die bezig was een kleurig hoofddoekje om haar haar te binden. Afgezien van Ingrid had ik geen echte vriendinnen, maar deze vrouw kwam in de buurt. Ze was altijd aardig tegen me en ik vond het dan ook telkens heel naar als ik haar aantrof zoals nu.

De blauwe plekken op haar wangen waren nauwelijks meer te zien. Een week eerder was ze ermee verschenen en had toen beweerd dat ze was gevallen. Het was echter een publiek geheim dat Sigruns echtgenoot Torben, die ook in de lampenfabriek werkte en momenteel cursussen elektrotechniek volgde, zo nu en dan zijn woede op haar botvierde. Als je haar erop aansprak, veranderde ze meestal vlug van gespreksonderwerp.

'*Hej*, Sigrun,' riep ik.

Ze maakte even een schrikbeweging, maar glimlachte toen ze me zag. 'Hej, hoe was je zondag?'

'Goed,' antwoordde ik. Zelfs Ingrid had ik de waarheid niet verteld. 'Ik ben veel op stap geweest.'

Sigrun slaakte een zucht van verlangen. 'Ik zou ook graag ergens naartoe zijn gegaan. Het weer was verrukkelijk! Maar Torben...' Ze perste haar lippen op elkaar. Hoewel hij zijn vrouw sloeg, wilde Torben haar altijd zo dicht mogelijk bij zich hebben. Alsof ze een eigendom was, dat hem ontstolen kon worden. Daarom werkten ze ook beiden in de lampenfabriek.

Ik had haar graag verteld dat ze ooit zou kunnen reizen naar welke bestemming ook, maar dat kon ik niet. We hadden daar geen van allen het geld voor en hoe kon ze ingaan tegen de belofte die ze voor het altaar had afgelegd?

De fabriekssirene maakte een eind aan ons gesprek. Samen liepen we naar de werkbanken. Onder het toeziend oog van meneer Jorum, onze werkplaatschef, zouden we niet veel gelegenheid tot praten hebben.

17

Oskar

De ochtend was vervuld van een frisse zeebries. Ik sloot even mijn ogen en liet de lucht in mijn longen stromen. Mijn uitgever verwachtte me om acht uur. Veel tijd had ik niet meer, maar toch liet ik de kans niet schieten om van dit vredige moment te genieten.

Bij het ontbijt had ik gehoopt Marlene Walsted terug te zien. Ik wilde met haar praten, proberen haar vertrouwen te winnen. Maar ze was er niet.

Mevrouw Malmström vond het op haar beurt jammer dat ik gisteren niet bij de avondmaaltijd aanwezig was geweest. Ik informeerde of mijn buurvrouw er geregeld at. Hoewel dat eigenlijk een heel onschuldige vraag was, bespeurde ik een sprankje hoop in de blik van mijn kamerverhuurster.

'Ze gebruikt hier jammer genoeg zelden de avondmaaltijd. Maar misschien kan ik haar eens overhalen.'

Ik zei tegen haar dat ze dat omwille van mij niet hoefde te doen, maar ik merkte dat ze daarover haar eigen ideeën had. Boven legde ik mijn oor tegen haar deur. Alles leek stil. Zou ze al weg zijn? Ik klopte aan, maar er kwam geen reactie.

Wat zou ik doen? dacht ik nu terwijl ik door de straten liep. Hopen op een volgende toevallige ontmoeting? Ik had het liever zelf in de hand.

Toen er een fiets rammelend langs me heen reed, keek ik om. Maar het was Marlene niet. Ik zette de gedachte aan haar opzij, want er lag een berg werk op me te wachten.

In de verte hoorde ik lawaai van een bouwplaats. De tramlijn door de stad was bijna gereed. Ik had gehoord dat de opening rond Kerstmis zou plaatsvinden. De tram zou ervoor zorgen dat de mensen nog sneller op hun bestemming aankwamen. Een grote vooruitgang voor Karlskrona!

De redactie van de *Blekinge Läns Tidning* was gelukkig een flink stuk van het bouwlawaai verwijderd en bevond zich in een klein, blauwgeverfd huis, dat uitstekend paste in deze fleurige huizenrij.

De bevolking van Karlskrona leek in het algemeen van kleuren te houden. Er waren hier talrijke gebouwen in stralend rood en geel, hier en daar een enkel huis in lichtblauw of zelfs de kleur van seringen. Zelfs de kerken in de stad hadden bonte kleuren.

'Goedemorgen, Erik!' zei ik tegen een van mijn collega's, die ik bij de deur tegenkwam.

'Morgen, Oskar,' zei hij. 'De chef wil je voor de vergadering zien.'

'Heeft hij gezegd waarom?'

'Nee, alleen dat je boven moest komen zodra je binnen was.'

Ik bedankte hem en liep door.

De redactieruimte onderscheidde zich voornamelijk in grootte van die in Stockholm. In Stockholm zat je met vijftien, twintig mensen in een kamer, ieder achter zijn eigen bureau, dat in het gunstigste geval door een kamerscherm van de rest was gescheiden. Hier zaten op de kop af vier redacteuren en ieder van hen was verantwoordelijk voor een bepaald katern. Daarbij kwam nog een handvol verslaggevers die de hele dag onderweg waren en hun artikelen afleverden als ze klaar waren.

De hoofdredacteur, die tevens de eigenaar was, had net als zijn collega's in Stockholm het rijk voor zich alleen, op de eerste verdieping.

Wat zou Lundström willen? Ging het over onze overeenkomst? In het voorbijgaan zwaaide ik naar mijn twee andere collega's en nam toen de trap naar boven. De geur van sterke koffie kwam me tegemoet, vermengd met sigarenrook. Mijn uitgever beschouwde dat als ontbijt, zoals ik inmiddels wist. Op mijn eerste dag had hij me al verteld dat zijn echtgenote er ook na twintig jaar huwelijk nog bij hem op aandrong dat hij iets at, maar voor twaalf uur kreeg hij niets door zijn keel. De deur van zijn kantoor stond op een kier, het teken dat hij te spreken was. Waarschijnlijk wachtte hij al op me. Toch klopte ik aan.

'Goedemorgen, meneer Lundström,' zei ik en ik sloot de deur achter me.

'Ah, Andersson!' riep hij uit en hij wenkte me. 'Kom, neem plaats. Ik wilde even met u praten voordat ik weer de middelmatige ideeën van uw collega's moet aanhoren.'

Ik deed wat me was gezegd en nam plaats op een van de met leer beklede stoelen.

‘Uw artikel over de hervormingen bij de admiraliteit heb ik met veel plezier gelezen,’ begon hij. ‘Het is te merken dat u uit de hoofdstad komt. Alleen al de invalshoek die u voor dit thema hebt gekozen... Ik wou dat ik u voorgoed hier kon houden.’

‘En dat al na één artikel?’ vroeg ik glimlachend. Ik voelde me gevleid dat mijn gekrabbel bij hem in de smaak was gevallen. Het liet me ook zien dat ik het nog altijd in me had.

‘Ik heb er oog voor,’ antwoordde Lundström. ‘Hoe staat het er eigenlijk voor met uw plan? Zit er al beweging in de zaak?’

‘Ik heb een informant,’ zei ik. ‘We moeten overigens wel voorzichtig zijn. De man die ik in het vizier heb, is zeer invloedrijk.’

‘Nou, als u inderdaad iets over die kwestie boven water kunt krijgen, zult u er hier een lintje voor krijgen.’

‘Of ze jagen me de stad uit.’

Lundström wilde hierop reageren, maar werd onderbroken door een klop op de deur.

‘Wat?’ vroeg hij nors. Even later keek een van de loopjongens om de hoek. ‘Er is een telegram gekomen. Voor meneer Andersson. Ze zeiden dat ik hem hier boven kon vinden.’

Mijn uitgever knikte en liet hem binnenkomen. De jongen drukte me een envelop in de hand. Lundströms nieuwsgierigheid was bijna voelbaar toen ik het briefje eruit haalde. Veel stond er niet op. We hadden afgesproken de informatie zo beperkt mogelijk te houden voor het geval er iemand voor wie die niet bedoeld was een blik op wierp.

Ik las de zin twee keer en keek toen op.

‘Vindt u het goed dat ik vrijdag naar Stockholm ga? Er is een nieuwe ontwikkeling in onze zaak.’

Lundström trok belangstellend zijn wenkbrauwen op. ‘Hopelijk een positieve.’

‘Dat weet ik nog niet. Maar ik hou me aan mijn belofte. Zodra er iets openbaar kan worden gemaakt, komt het in uw krant te staan.’

18

Liv

'Ach, lieverd, wat erg voor je,' zei Nanna met een droevige blik in haar ogen terwijl ze me een kopje thee aangaf. Ze had de jonge boekhoudster weggestuurd, zodat we ongestoord konden praten. 'Eerst dat vreselijke ongeval en nu dat met je vader.'

Ik was er niet onderuit gekomen haar te vertellen hoe het kwam dat mijn arm in het gips zat. Omdat Hugo de waarheid toch van Sten zou horen, had het geen zin haar voor te liegen. Dus had ik haar verteld van mijn ritje en het paard dat op hol was geslagen, zonder overigens Marlene Walsted te noemen.

'Je vader verliezen is voor iedere dochter een zware klap,' zei ik en ik nam een slokje. De thee was heerlijk en had een licht aroma van rozijnen. Nanna had me verteld dat ze die bij een Engelse theefirma had besteld.

'En of! Ik moet er niet aan denken hoe het zou zijn om mijn ouders te verliezen!'

Ik keek haar even aan. Waarschijnlijk zou haar Hugo niet reageren zoals Sten had gedaan.

'Komen jullie naar de bijzetting?' vroeg ik en ik streek in gedachten verzonken over mijn gips.

'Dat weet ik niet,' antwoordde ze. 'We hebben hem al heel lang niet meer gezien. Ik moet afwachten wat Hugo ervan vindt. Tegenwoordig werkt hij meestal in het weekeinde.'

Ik moest er weer aan denken dat Hugo's vader uitstekend met Claudius overweg had gekund, net als Stens vader. Maar sinds Olofs dood was mijn vader uit ons blikveld verdwenen. Gezien de moeizame verhouding die ik met hem had, was ik daar niet heel rouwig om geweest. Des te meer verbaasde het me dat zijn overlijden me verdriet deed.

'We sturen in elk geval een rouwkrans,' voegde Nanna eraan toe.

Ik knikte en vreemd genoeg was ik een beetje teleurgesteld. Hugo had veel aan mijn vader te danken. Misschien wel meer dan Sten. Fatsoenshalve zou hij bij de uitvaart aanwezig moeten zijn.

'Wat zegt Sten ervan?' vroeg ze na een korte stilte.

Ik beet op mijn lip. Zijn woede over mijn uitstapje zonder begeleiding was in het geheel niet verdwenen en zijn reactie was daarmee in overeenstemming geweest.

'Hij is... natuurlijk geschokt.' Ik wist precies waar ze op zinspeelde. Omdat Hugo Stens beste vriend was, wist het echtpaar Skantze veel van wat ik zelf te onaangenaam vond om aan wie dan ook te vertellen.

Ik stokte. Eigenlijk had ik niet naar Nanna hoeven gaan, want we waren niet zo goed bevriend dat we al onze gedachten en zorgen met elkaar deelden. Maar Sten had geëist dat ik voor de bijzetting iemand zocht om me te begeleiden, zodat er niet nog eens 'zoiets' zou gebeuren als de dag tevoren.

'Nanna, ik weet dat je het druk hebt met je kinderen,' begon ik daarom, 'maar zou je aanstaande zaterdag misschien met me mee willen gaan naar Nättraby?'

Ze zette grote ogen van verbazing op en ik wist dat ik haar een verklaring moest geven.

'Sten moet het weekeinde werken en kan niet aanwezig zijn bij de uitvaartdienst,' zei ik. Ik kon haar onmogelijk vertellen dat hij niet meeging omdat hij boos op me was vanwege mijn escapade met Pinksteren.

'Zal hij je dan niet bijstaan?'

Ik schudde mijn hoofd. Nanna slaakte een zucht. Ik vatte dat aanvankelijk op als een teken van medeleven, maar toen zei ze: 'Het spijt me vreselijk, maar ik kan niet met je meegaan. Ik heb zaterdag een afspraak bij een dokter, die erg belangrijk is.'

Een afspraak bij een dokter? Ze maakte op mij geen zieke indruk.

Opeens was het alsof haar uitvlucht als een onzichtbare muur tussen ons in kwam te staan.

'Ik begrijp het,' zei ik en ik kreeg een beklemd gevoel in mijn borst. Een uitnodiging voor een feest had ze vast en zeker aangenomen.

'Als je je dienstmeisje nu eens meenam,' opperde ze. 'Zij zou je tenminste met van alles kunnen helpen. Het moet lastig zijn om je aan te kleden met die arm.'

Het had geen zin haar te zeggen dat ik niet zozeer hulp met van alles nodig had, maar vooral iemand die voor wat afleiding zou zorgen. Met wie ik het over andere dingen kon hebben.

'Dank je voor je tijd,' zei ik stijfjes, toen stond ik op. Ze had misschien wel gelijk. Er zou niets anders op zitten dan Astrid mee te nemen. Want ik had geen enkele vriendin.

19

Marlene

Tegen het middaguur deden mijn handen pijn van het in elkaar schroeven van de metalen ringen die deel uitmaakten van de lamp. Mijn vingers voelden gezwollen aan en de warmte in de fabriekshal bezorgde me een drukkend gevoel op de borst. Als er zon door de hoge ramen van de fabriek viel, werd het er altijd erg onaangenaam. Ik wist niet hoe het de anderen verging, maar mijn hemd kleefde al aan mijn lichaam.

Ik verlangde naar het bos, naar de bladeren en het gras, dat zoveel zachter was, maar vandaag stonden er de hele dag rondbranders op het programma. De diverse onderdelen – waaronder branders, trekglazen, cilindergalerijen, aandrijvingen, buikglazen en veiligheidsventielen – stonden in vierkante kisten klaar. Deels kwamen ze uit de gieterij even buiten het centrum, deels waren ze aangekocht bij andere firma's.

Zo'n eenvoudige lamp stond ook op mijn nachtkastje, want ze waren schappelijk geprijsd en gaven urenlang licht als ze eenmaal met petroleum waren gevuld.

'Marlene,' klonk de stem van de werkplaatschef. 'Kun je even vlug nieuwe kousjes gaan halen?'

'Ja, meneer Jorum!'

Blij dat ik mijn handen even rust kon geven en mijn benen kon strekken, veegde ik het smeervet van mijn vingers en verliet de montagehal.

Op het fabrieksterrein stonden grote pallets met lampen te wachten tot ze zouden worden opgehaald. De lampen uit Karlskrona waren populair in het hele land en sinds steeds meer huishoudens op elektriciteit werden aangesloten, veranderde ook geleidelijk onze productie. Sommige arbeiders spraken misprijzend over die 'nieuwerwetse rommel', maar de meeste vonden het een vooruitgang dat je lampen met een simpele druk op een knop kon laten branden in plaats van eerst omslachtig in het donker te moeten zoeken naar lucifers.

Heel wat van de lampen die daar in kisten en dozen opgestapeld lagen, had ik geassembleerd. Het vervulde me met trots dat ze binnenkort gebouwen of woningen zouden verlichten.

Het magazijn bevond zich aan de andere kant van het terrein in een kaal bakstenen gebouw met bijna zwarte muren. Eigenlijk was Peer, de loopjongen, de aangewezen persoon voor dit soort klusjes, maar hij was al enige tijd ziek. Nu moesten wij om de beurt naar het magazijn lopen. Ik had geluk, want de dozen met de lonten waren niet erg zwaar, omdat het eigenlijk maar om grof geweven repen stof ging.

Ik liet heel even het zonnetje op mijn gezicht schijnen en haalde diep adem voordat ik in het sombere gebouw verdween. Koele lucht sloeg me tegemoet. Zelfs in de warmste zomer had je hier een jas nodig.

Richard, de magazijnmeester, een breedgeschouderde man met krachtige armen, haalde een aantal dozen en stapelde ze op een kleine handkar.

'Ik wil niet dat je je vertilt, meiske,' zei hij met een brede glimlach onder zijn snor.

'Bedankt,' zei ik en ik trok de kar mee naar buiten. Gelukkig was de grond droog en de afstand niet groot.

'Marlene!' klonk het opeens achter me. Verrast draaide ik me om. Liv Boregard stond maar een paar passen achter me en het leek of ze op me had gewacht.

'Mevrouw Boregard!'

Op het terrein van de lampenfabriek had ik haar niet verwacht.

Ze ondersteunde haar ingegipste hand met haar gezonde en kwam naar me toe. Ze zag er wat vermoeid uit, haar huid was bleek en ze had donkere kringen onder haar ogen.

'Hoe gaat het met u?' vroeg ik.

Liv haalde haar schouders op. 'Mijn pols doet pijn, maar dat was te verwachten.' Ze glimlachte beschroomd naar me. 'Het spijt me dat ons avontuur zo is afgelopen.'

Ik schudde mijn hoofd. 'Míj spijt het dat ik u niet heb verteld wie ik ben, u mijn volledige naam niet heb gegeven.' Ik sloeg mijn ogen neer. 'Uw man zal het u vast hebben verteld.'

'Dat heeft hij inderdaad gedaan.' Liv nam me indringend op. 'Maar ik had toch graag koffie met u gedronken.'

Ik stond versteld van haar woorden, die me ook een beetje verlegen maakten. Het was voor het eerst dat iemand zoiets tegen me zei. Gewoonlijk meden mensen me zodra ze hoorden dat mijn man die 'ongelukskapitein' was geweest.

'Ik zou het graag alsnog doen,' zei ze. 'Helaas ben ik in het weekeinde waarschijnlijk niet in de stad.' Ze dacht even na en voegde er toen aan toe: 'Ik moet naar Nättraby voor de uitvaart van mijn vader.'

Haar woorden kwamen hard bij me binnen.

'Is uw vader… overleden?' Ik voelde een brok in mijn keel.

'We konden niet bijzonder goed met elkaar overweg.' Ze boog haar hoofd. 'Maar hij was wel mijn vader. Ik wil hem de laatste eer bewijzen.' Nu keek ze me weer aan en ze hief haar arm. 'Maar mijn man wil dat ik niet alleen reis.'

'Gaat hij dan niet met u mee?' vroeg ik. Eigenlijk stond het toch buiten kijf dat je je schoonvader op zijn laatste reis begeleidde.

'Hij heeft iets belangrijkers te doen.' Ze boog haar hoofd en ik merkte opeens iets aan haar wat ik bij zo'n rijke vrouw nooit had verwacht: eenzaamheid. 'Als ik niemand vind, zal ik wel thuis moeten blijven.'

'Hebt u dan geen vriendin die u kan vergezellen?' vroeg ik en ik wierp een blik over mijn schouder. Zou Jorum zien dat ik hier stond te praten? Toen ik hem niet bij het raam zag staan, wendde ik me weer tot Liv.

'Nanna heeft iets anders,' verzuchtte ze. 'Zo is het nu eenmaal, nietwaar? Je hebt de meeste vrienden in tijden van voorspoed.'

Dat trof me recht in mijn hart. Ik had dat ook ervaren na Bjarnes dood. De vriendinnen die ik meende te hebben, hadden zich allemaal teruggetrokken. Niemand wilde bevriend zijn met de echtgenote van een kapitein die volgens zeggen de dood van twintig mannen op zijn geweten had.

Ik stond in tweestrijd. Eigenlijk had ik geen zin om naar een uitvaart te gaan. Maar ik voelde aan dat Liv de kans moest krijgen om afscheid te nemen. Wat had ik er niet voor gegeven om Bjarne vaarwel te kunnen zeggen…

Het enige probleem was dat ik niet wist of ik zaterdag vrij kon krijgen. Het was de laatste tijd zo druk dat we af en toe zelfs nachtdiensten moesten draaien.

'Ik weet niet of het gepast is om dit te vragen,' begon ik.

Liv keek me aan. 'Wat dan?'

'Wilt u dat ik met u meega?'

Meteen beet ik op mijn lip. Ze zou mijn aanbod vast afwijzen. We kwamen uit volkomen verschillende werelden en bovendien was haar man bepaald niet over me te spreken.

'U kunt gerust nee zeggen,' voegde ik er vlug aan toe, want ze staarde me verbaasd aan. 'Ik wil me niet aan u opdringen.'

'Dat zou ik heel fijn vinden.' Tranen glinsterden in haar ogen. 'Alleen, waarom wilt u dat doen? U kent me toch helemaal niet?'

Ik keek haar aan en hoewel het me zwaar te moede was, glimlachte ik. 'Omdat ieder mens de kans hoort te krijgen om afscheid van een familielid te nemen.'

20

Liv

Toen ik het terrein van de lampenfabriek weer had verlaten, nam ik een huurrijtuig en liet me naar de Norra kyrkogården brengen. Deze begraafplaats was een van de nieuwste in Karlskrona, waar de gewone burgers van de stad lagen die geen familiegraf op de oudere bezaten.

De ontmoeting met Marlene was als een frisse bries geweest, die de wolken van de hemel had geblazen. Haar vriendelijke aanbod had me verrast en hoewel nog niet duidelijk was of ze zaterdag vrij kon krijgen, had ze al meer gedaan dan Nanna of Sten. Ik zou hem een andere naam moeten noemen, maar wat maakte dat uit? Hij had geen enkele belangstelling voor de vrouwen met wie ik omging.

De pijn in mijn pols was nu weer heviger, want de pijnstiller werkte maar kort, maar toch was ik vastbesloten om het graf van mijn moeder te bezoeken.

Opeens schoten me flarden herinneringen te binnen. Janna Leikander was een heel mooie vrouw geweest, slank en tenger, met kastanjebruin haar en blauwe ogen. Ze zou probleemloos de aandacht van een boerenjongen of zelfs van de zoon van een ambachtsman hebben getrokken met een huwelijk als gevolg. Ze had echter haar zinnen gezet op een man die ze niet kon krijgen.

Kort voor haar achtenveertigste verjaardag was ze overleden. De buren vertelden me later dat ze er al enkele dagen voor haar opname in het Lunds Lazarett moeite mee had gehad langere afstanden te lopen of huishoudelijk werk te doen.

Ik had mezelf verweten dat ik niet al eerder bij haar langs was geweest. De laatste keer dat we elkaar bij haar thuis hadden gesproken, hadden we ruzie gekregen, omdat ze geen hulp van me wilde aannemen. Sten had haar in een veel betere buurt kunnen onderbrengen. Maar ze had het aanbod afgewezen en had daarna zo goed en zo kwaad als het ging verder geleefd.

De normale gang van zaken zou zijn geweest dat ze in onze woonkamer werd opgebaard; tenslotte was ik haar dochter en Sten haar schoonzoon. Maar hij zou daar nooit in hebben toegestemd. En zij zou het ook niet hebben gewild. Dus werd haar lichaam tot de uitvaartplechtigheid in de kleine kapel van de begraafplaats bewaard, alsof ze nooit familie had gehad.

Sten was ook niet naar haar begrafenis gekomen. Voor hem was ze nog meer een vreemde geweest dan mijn vader. Daar had ik destijds verdriet van gehad. Nu was ik blij dat hij er niet bij was geweest.

Na alles wat ik van Marlene had gezien, was ik ervan overtuigd dat ze prettig gezelschap zou zijn. Ze zou niet naar mijn arm vragen en ze zou ook niet verwachten dat ik met heel mijn hart van mijn vader had gehouden. Ze zou alles nemen zoals het kwam en het was een grote opluchting dat ik me bij haar niet anders zou hoeven voordoen dan ik was.

Op de begraafplaats bevonden zich om deze tijd alleen een paar vrouwen die het graf van hun echtgenoot verzorgden. In Karlskrona stierven de mannen óf heel jong door een ongeval op zee, óf ze werden stokoud. De vrouwen stierven jong in het kraambed of overleefden hun man zelfs nog.

Omdat het kraambed voor mij waarschijnlijk niet meer tot de mogelijkheden behoorde, zou ik me wel onder de oude vrouwen scharen die hier de graven bijhielden.

Toen ik bij het graf aankwam, keek ik op naar de engel die zijn handen beschermend boven haar hield. Mijn moeder was in de buurt van de stenen grafkelders begraven, een deel van de begraafplaats dat was voorbehouden aan gefortuneerde families. Ik had dat zo geregeld en ook de grote stenen engel laten plaatsen. Wat ze ervan gezegd zou hebben kon ik me wel voorstellen. Maar de rozen die ik op haar graf had laten planten, zou ze prachtig hebben gevonden.

Ze was een merkwaardig type geweest. Hoewel we in mijn kinderjaren goed met elkaar overweg konden, was onze verhouding na het voorval moeizaam geworden. Zelfs na jaren had ze me nog niet vergeven wat ik had gedaan. Ik voelde een pijnlijke steek in mijn hart. Ik zou nooit meer de kans krijgen om onze relatie weer beter te maken. Om haar nogmaals om vergiffenis te vragen.

Maar misschien kon ik nu definitief vergeten wat er was gebeurd in Rozenhaag, zoals moeder het huis had genoemd. Ik bleef dus nog een poosje zwijgend bij haar graf staan, herpakte me toen en zei: 'Nu hoef je niet meer op hem te wachten.'

21

Marlene

Vrijdagavond stond ik aan mijn werkbank met het gevoel op hete kolen te zitten. De ploegendienst was vanwege de grote vraag verlengd en de wijzers van de klok hadden drie kwartier geleden al zes uur aangegeven. Ik wist dat de avondtrein die Liv wilde nemen om half acht vertrok en niet op me zou wachten.

Meneer Jorum had me de zaterdag vrij gegeven, onder voorwaarde dat ik in de week erop een nachtdienst voor mijn rekening nam.

Terwijl mijn handen een sluitring plaatsten, keek ik opnieuw naar de klok. Had de voorman dan geen enkel mededogen? Als de dienst niet was verlengd, was ik al onderweg naar huis geweest, waar ik me had omgekleed om vervolgens naar het station te vertrekken. Maar zelfs toen ik mijn lamp af had, zag het er niet naar uit dat Jorum ons wilde laten gaan. Ik onderdrukte een vloek. Wat zou Liv wel van me denken? Ik had haar immers zelf mijn gezelschap tijdens de reis aangeboden…

Klokslag zeven uur klonk eindelijk de fabriekssirene. Even voelde ik opluchting door mijn lichaam stromen, tot ik besefte dat het nog behoorlijk ver was naar het station. Bovendien kon ik het wel vergeten dat ik me van tevoren nog kon omkleden. Ik ruimde haastig mijn werkplek op en liep op een holletje naar mijn kastje.

'Wat is er met jou aan de hand?' vroeg Sigrun, die mijn haast natuurlijk opmerkte. 'Heb je vandaag nog een afspraak?'

'In zekere zin wel,' antwoordde ik ontwijkend, want ik kon haar onmogelijk vertellen dat ik met Liv Boregard op reis zou gaan.

Al had ik meteen spijt toen ik Sigruns ogen zag oplichten. 'Wie is hij?' vroeg ze nieuwsgierig.

'Niemand,' antwoordde ik. 'Ik bedoel, ik heb niet met een man afgesproken.'

'Wat jammer,' zei Sigrun. 'Ik zou het je zo gunnen om weer te kunnen trouwen.'

Ik keek haar aan. Wie zou mij nou willen? Hooguit mannen zoals die Torben met zijn losse handjes. Daar waren er in de stad heel wat van en ik liep altijd met een grote boog om ze heen. Meteen schaamde ik me voor die gedachte en ik antwoordde: 'Wat lief van je. En als die tijd komt, wie weet...'

Ik wist heel goed dat die tijd nooit zou komen. Een man als Bjarne zou ik nooit meer vinden. Hij had mijn hart mee naar zee genomen en was in de golven verdwenen. En een andere man...

Vreemd genoeg dacht ik opeens weer aan die journalist. De hele week had ik niets van hem gezien of gehoord. Zou hij op reis zijn? Of hield hij zich gewoon aan zijn belofte en deed hij zijn best om zachtjes te zijn?

Ik had mezelf er de afgelopen dagen telkens weer op betrapt dat ik aan hem dacht. Maar een nieuwe relatie beginnen? Dat kon ik me niet voorstellen.

'Sigrun!' Torbens stem klonk als een zweepslag. 'Wat sta je te treuzelen? We moeten naar huis!'

'Ze is zo klaar, hoor!' zei ik bits en ik zag vanuit mijn ooghoeken dat mijn collega in elkaar kromp.

'Nou, tot volgende week,' zei ik vlug.

'Volgende week?' vroeg Sigrun verbaasd.

'Ik heb morgen vrij. Ik moet naar een...'

Ik hoefde echter niet uit te leggen waar ik naartoe moest, want Torben greep haar bij de arm en sleurde haar mee. Ik keek ze even na, maar bedacht toen dat ik nog maar nauwelijks een half uur had om bij het station te komen.

'Marlene?' klonk de stem van de werkplaatschef. Ik rolde met mijn ogen. Wat nu weer? Toen schoot me te binnen dat ik hem niet had verteld dat ik naar het station moest.

'Wil je dit nog even vlug naar het kantoor brengen voordat je gaat?' Hij hield me een doos voor waarin wat onderdelen voor de nieuwe elektronische lampen zaten. 'Torben had hem mee moeten nemen, maar hij is al weg.'

Kan iemand anders dat niet doen? Het lag me op de lippen, maar ik slikte mijn woorden in toen ik Jorums strenge blik zag. Hij had me een dag vrij gegeven, maar kon me die zomaar weer afpakken. Dus knikte ik en pakte de doos aan.

'Veel sterkte morgen!' riep hij me na.

'Bedankt,' zei ik en ik hield mijn pas nog in tot de deur van de hal. Vanuit mijn ooghoeken zag ik dat de klok vijf over zeven aangaf. Toen begon ik te rennen.

22

Liv

Onrustig wipte ik van het ene been op het andere. Het was al bijna half acht en Marlene was nog nergens te bespeuren. Zou ze van gedachte zijn veranderd? Of had ze morgen toch niet vrij kunnen krijgen?

Sten zou buiten zichzelf van woede zijn als hij wist dat uitgerekend zíj had aangeboden met me mee te reizen. Maar vanochtend leek hij te zijn vergeten dat hij me op het hart had gedrukt iemand mee te nemen. Hij koesterde nog steeds zo veel wrok tegen me dat hij nauwelijks met me sprak. Toen het tijd werd om te vertrekken was hij nog niet thuis geweest, dus was ik gewoon naar het station gegaan.

De koetsier was zo vriendelijk geweest mijn reistas tot in het stationsgebouw te brengen, maar ik had niet veel ingepakt, zodat ik de tas later in de trein ook zelf zou kunnen hanteren.

Ik keek reikhalzend uit naar Marlene, maar zag haar nergens. Met een zucht haalde ik een zakdoek uit de zak van mijn rok. Het was in de loop van de dag warmer geworden en de pijn in mijn arm nam niet af. Het zweet stond op mijn voorhoofd en ik verlangde naar de meren waar ik in mijn jeugd bij erg warm weer in gesprongen was.

Door de luidsprekers klonk een mededeling. Onze trein werd aangekondigd! Bevangen door moedeloosheid pakte ik mijn reistas met mijn gezonde hand. Moest ik dan echt alleen reizen?

Het fluitsignaal van de trein klonk. Even later drong er witte damp door de deur die naar het spoor leidde. De zwarte romp van de locomotief trok verscheidene wagons van diverse reisklassen achter zich aan. De menigte wachtenden zette zich in beweging. Ik wist dat ik met hen mee moest gaan, al had ik nog een klein beetje hoop dat ze zou verschijnen. Maar ik zag haar nog steeds niet.

Ik slikte mijn teleurstelling weg en sloot me aan bij de laatste wachtenden die zich naar het spoor haastten. Ik voelde een merkwaardige tinteling in mijn ledematen. Hoelang zou het geleden zijn dat ik alleen op reis ging? Toen bedacht ik weer hoe mijn laatste uitstapje was afgelopen. Misschien was ik niet eens meer in staat om iets zelfstandig te doen.

Ook afgezien daarvan was het beter geweest om een vriendelijke stem bij me te hebben. Iemand die me een beetje zou afleiden van dat wat voor me lag...

'Mevrouw Boregard!'

Ik draaide me vlug om toen ik haar stem hoorde en zag haar meteen. Soepel als een kat baande ze zich een weg door de menigte zojuist gearriveerde reizigers die haar tegemoetkwamen. Op haar rug droeg ze de rugzak van afgelopen zondag. Haar kleding zag er wat verfomfaaid uit en uit haar opgestoken haar waren een paar strengen losgeraakt, die in het tegenlicht vanuit de ramen van de stationshal aan een aureool deden denken. Haar wangen zagen vuurrood. Ze was blijkbaar van de fabriek hierheen komen rennen. Een golf van opluchting ging door me heen. Ze had woord gehouden!

'Neem me niet kwalijk,' bracht ze hijgend uit toen ze me had bereikt. 'Onze dienst werd met een uur verlengd.'

'Kom, we moeten ons haasten!' zei ik en ik draaide me om. Met lange passen liepen we een conducteur tegemoet, die uitkeek naar laatkomers.

'Waar zijn de eersteklaswagons?' vroeg ik de man.

'Helemaal vooraan, wagon een,' zei hij, wijzend in de juiste richting.

Ik bedankte hem en we liepen door. Bij het portier van wagon een kwam er een controleur op ons af. Ik liet hem onze treinkaartjes zien en hij liet ons door. Even later klonk er een schril fluitje.

We waren nog maar net op de zachte kussens van onze zitplaatsen neergeploft of de trein vertrok.

Marlene keek verbaasd om zich heen. Toen ze merkte dat ik naar haar keek, zei ze een beetje verlegen: 'Ik heb nog nooit in de eerste klasse gezeten. Ik ken alleen de wagons met houten banken.'

Toch was deze wagon niet eens zo luxueus ingericht. De zitplaatsen waren met rode stof bekleed, niet met zijde, zoals ik tijdens onze huwelijksreis naar Parijs had meegemaakt. Er hingen kleine lampjes en tussen ons in bevond zich een aan de wand vastgeschroefd tafeltje.

'De derde klasse is bovendien bijna altijd overvol,' voegde Marlene eraan toe, toen ze had gemerkt dat er afgezien van onszelf vrijwel niemand in de wagon zat. 'Als je pech hebt, zit je op de grond.'

'Dan is het bijna jammer dat we niet verder reizen, hè?' Ik lachte en bedacht ondertussen dat voor Sten alleen het allerbeste goed genoeg was en ik daardoor misschien geen oog meer had voor de mooie dingen en wat bescheidenere luxe. 'Reist u vaak met de trein?' vroeg ik vervolgens.

Marlene schudde haar hoofd. 'Nee, inmiddels niet meer.' Ze perste haar lippen op elkaar. 'Vroeger bezochten we af en toe mijn schoonouders. Maar sinds de dood van mijn man...' Ze viel even stil en vervolgde toen: 'Ons contact is verbroken. Begrijpelijkerwijs.'

'En hoe zit het met uw eigen ouders?' Ik had spijt van mijn vraag toen ik haar blik zag. Zonder dat ze iets zei, begreep ik dat ook zij wist hoe onenigheid in de familie aanvoelde.

'Dat is... ingewikkeld,' antwoordde ze en er verscheen een grimmige uitdrukking op haar gezicht. 'Ze konden niet goed verkroppen dat mijn keuze op een kapitein is gevallen.'

Dan hadden we schijnbaar meer gemeen dan ik had gedacht.

'En u?' vroeg ze. 'U zei dat de verhouding tussen u en uw vader moeizaam was.'

Ik sprak normaal nooit over de relatie van mijn vader tot mijn moeder. De laatste was vijf jaar geleden overleden. Mijn vader had me een condoleancekaart gestuurd, maar naar haar graf was hij voor zover ik wist nooit geweest.

'Ik heb met mijn moeder in diverse pastorieën gewoond en daar ook gewerkt toen ik eenmaal oud genoeg was.'

'En waar was uw vader toen?' vroeg ze verbaasd.

Mijn glimlach werd een droevige, merkte ik. 'Mijn vader was de landheer van Nättraby. Hij had wel wat belangrijkers te doen dan zich om ons te bekommeren.'

23

Oskar

Op het station wemelde het van de mensen en ik was blij dat ik de ochtendtrein had genomen. Gelukkig voor mij had het telegram bij Lundström meer hoop gewekt dan bij mij en daarom had hij me de hele dag vrij gegeven. Eigenlijk zou ik pas morgenochtend een ontmoeting hebben met de afzender van het bericht, maar zo zou ik de gelegenheid hebben me door een barbier te laten fatsoeneren.

Vanaf het station was het niet ver naar het huis waar mijn moeder woonde. Het was een degelijk wit jugendstilgebouw met kleine ornamenten van pleisterwerk bij de ramen. De huur was torenhoog, maar mijn vader had haar een heel goed pensioen nagelaten. En ze hield nu eenmaal van die buurt, van het bruisende verkeer, van de mensen die onder haar ramen langs flaneerden.

Even later ging ik door de voordeur, die op een kier stond, het gebouw binnen en nam ik de trap naar de eerste verdieping. Daar aangekomen klopte ik aan. Er was zeer onlangs een belinstallatie aangelegd, maar mijn moeder beweerde dat ze er hoofdpijn van kreeg.

Algauw verscheen ze. Mijn herhaalde aanbod om haar een huishoudster te bezorgen had ze tot nu toe telkens afgeslagen. En ook nu ze daar in de deuropening verscheen, wekte Liana Andersson niet de indruk een vrouw te zijn die hulp nodig had. Ze droeg een enigszins ouderwets aandoende kanten blouse en haar inmiddels grijs geworden haar stak ze nog net zo op als het in haar jeugd modieus was geweest.

'Jongen!' riep ze verheugd en ze stak haar armen naar me uit. 'Wat fijn dat je weer bij je oude moeder komt kijken!'

'Je bent pas zestig, hoor,' antwoordde ik en ik drukte een kus op haar wang.

'En jij moet je nodig scheren!'

'Dat is precies wat ik van plan ben,' zei ik. Ik sloot de deur achter me.

Het was handig dat mijn moeder nog steeds plaats voor me had. Dat bespaarde me heel wat kosten.

'Wat brengt je terug naar Stockholm?' vroeg ze toen ze voor me uit door de lange gang liep.

Sinds mijn vaders overlijden was er niet veel veranderd in de woning. Mijn moeder was geen treurende weduwe, maar ze bewaarde haar herinneringen heel zorgvuldig. Mijn vader was geen liefde op het eerste gezicht geweest, maar zoals ze altijd benadrukte, was hij in de loop der tijd haar grote liefde geworden. Drie jaar geleden was hij haar ontvallen. Ik had een goede relatie met hem gehad, al vond ik zijn strenge opvoeding in mijn jeugd behoorlijk verstikkend, zodat ik nauwelijks had kunnen wachten om op eigen benen te staan.

'Je had me een telegram moeten sturen,' zei ze verwijtend. 'Ik heb niets voorbereid.'

'Meer dan een bed en een waskom heb ik niet nodig,' zei ik. Ik wist dat ze altijd een kamer voor logés gereedhield, al kreeg ze behalve mij en een paar vriendinnen nooit bezoek.

Ik legde mijn spullen in de logeerkamer en toen ik er weer uit kwam, wachtte mijn moeder me op met koffie en koekjes. Die bewaarde ze altijd in een met rozen beschilderd koekblikje.

'Hoe gaat het met je, daar in de provincie?' vroeg ze toen ze bij me kwam zitten.

'Karlskrona is een heel leuke stad,' antwoordde ik en ik stak een van de koekjes in mijn mond. Ze bakte ze niet zelf, maar haalde ze bij de bakker op de hoek.

'Leuk en vol marinemensen,' zei ze.

Mijn vader had vroeger eens zaken met de marine gedaan. Zijn droom om zelf naar zee te gaan was echter nooit in vervulling gegaan.

'Die meer op het land oefenen dan op zee,' antwoordde ik.

'En hoe gaat het met je werk?'

'Je weet dat ik je daarover niet al te veel kan vertellen.'

'Hm,' zei mijn moeder. 'Weet je zeker dat het fatsoenlijk werk is? In de zaken van andere mensen rondsnuffelen? Je vader zou het niet hebben goedgekeurd.'

'Ik snuffel niet,' zei ik ter verdediging. 'Ik doe onderzoek. En daarmee doe ik iets goeds.'

Mijn moeder liet mijn woorden bezinken en vroeg toen: 'Mag je dan misschien wel over de vrouwen in je leven praten?' Liana trok haar keurig geëpileerde wenkbrauwen op. Sinds ik bij Lisbeth was weggegaan, kwam ze telkens weer met het onderwerp 'vrouwen' op de proppen. Als er al iets negatiefs was aan een verblijf bij haar, dan was het dat.

'Ach, wat zal ik zeggen, alles is nog bij het oude.' Ik dronk mijn koffiekopje leeg in de hoop dat ze me met rust zou laten. Maar mijn moeder gaf niet op.

'Ik kan aan je zien dat er iemand is,' vervolgde ze en ik had opeens het gevoel in een verhoor te zijn beland.

'Er is niemand,' antwoordde ik.

'Het was zo jammer dat je het met Lisbeth hebt uitgemaakt.'

Misschien had ik toch een hotel moeten nemen. Aan de vrouw die er bijna in was geslaagd me kapot te maken wilde ik niet denken.

'We waren niet goed voor elkaar en dat weet je best.' Ik stond op. 'Neem me niet kwalijk, maar ik moet nu naar de barbier. Je wilt toch niet dat mijn contactpersoon denkt dat ik een zwerver ben?'

24

Marlene

Ik was blij dat mevrouw Boregard twee kamers voor ons had gereserveerd. Ik vond haar sympathiek, maar stelde het erg op prijs om een kamer voor mezelf te hebben.

Ik had verwacht dat de echtgenote van de reder van goede familie was. Een man met geld trouwde niet met een onbemiddelde vrouw. Dat ze de dochter van de landheer was, had me echter verrast.

Een nog grotere verrassing was dat ze blijkbaar het overgrote deel van haar jeugd niet bij hem had doorgebracht. Wat zou dat donkere vlekje zijn waar Ingrid het over had gehad?

Ik begon mijn rugzak uit te pakken. Veel had ik niet bij me; ik had er immers op gerekend dat ik eerst nog thuis langs kon gaan. Wel zaten er belangrijke dingen in die ik er nooit uit haalde: een stuk zeep en een kam, een handdoekje, een houten tandenborstel met varkenshaar en een paar veters. Dat laatste leek op het eerste gezicht misschien overbodig, maar ik had ze altijd bij me voor het geval er een kapotging. Dat was me tijdens een wandeling eens gebeurd en de blaren die ik had opgelopen door mijn slechtzittende enkellaarsjes hadden me dagenlang pijn bezorgd.

Toen ik klaar was, werd er geklopt.

'Ja!' riep ik en ik legde mijn rugzak op het kofferrek neer. Mevrouw Boregard keek om het hoekje. 'Zullen we iets gaan eten?'

'Eh...' Ik was eigenlijk van plan geweest onderweg naar het station iets te eten te kopen. In mijn broodblikje zat in elk geval nog een stukje boterham dat over was van de fika. Ik verdiende niet genoeg geld om het te besteden aan een maaltijd in een restaurant.

'Ik nodig u uit,' zei mevrouw Boregard toen ze mijn aarzeling opmerkte. Ik bloosde. 'Ik ben u tenslotte nog wat verschuldigd voor mijn redding.'

U bent me niets verschuldigd, wilde ik zeggen. Het sprak vanzelf dat ik haar had geholpen. Maar de geur die van achter haar de kamer in stroomde maakte me zwak, dus liep ik achter mevrouw Boregard aan naar de eetzaal beneden, die klein en eenvoudig ingericht was. Boven de tafels met stoelen hingen gaslampjes aan lange kettingen en ik durfde te wedden dat ze in vroeger tijden in onze lampenfabriek vervaardigd waren.

De herberg beschikte bovendien over een winkeltje. Toen we de trap af liepen had ik een zijkamer gezien met schappen die vol stonden met kaarsen, koffie, thee, blikken haverkoeken en andere dagelijkse benodigdheden.

Veel gasten waren er niet in de eetzaal. In Karlskrona zaten de cafés vol, maar hier buiten de stad zouden wel andere wetten gelden. In het afnemende daglicht kon ik maar twee tafels onderscheiden waaraan mensen zaten. Hun gezichten zagen geel in het schijnsel van de petroleumlampen.

We namen plaats bij de ramen, waar we niet zo in het zicht van de anderen zaten. Algauw verscheen de waard om naar onze wensen te vragen. Er was geen menukaart, dus namen we allebei de *köttbullar*, vleesballetjes met vossenbessensaus, die hij ons aanbeval.

Toen hij weg was, boog ik me een stukje naar Liv toe en vroeg zachtjes: 'Hoe is het gegaan? Ik bedoel, u...' Ik stokte. Vlak voor onze aankomst in de herberg had ze me verteld dat ze naar het landgoed wilde gaan.

Mevrouw Boregards wangen kleurden en ze zuchtte. 'O, ik ben maar een paar meter ver gekomen, toen zonk de moed me in de schoenen.'

'Hoe dat zo?'

Ze haalde haar schouders op. 'Misschien was het de angst voor mijn vader die me beving. Voor zijn geest.'

'Geesten bestaan niet,' zei ik, want daarvan was ik overtuigd. Als Bjarne een geest was geworden, zou hij dan niet bij me zijn teruggekeerd? Dan had hij me opgezocht en me te verstaan gegeven dat er nog een andere wereld bestond. Een wereld waarin ik kon hopen dat ik hem terug zou zien...

'Gelooft u dat werkelijk?' vroeg mevrouw Boregard.

Ik knikte, waarop ze een ernstig gezicht trok. 'Ik zou nog steeds kunnen zweren dat het in die pastorieën spookte. In een ervan woonde een geest die altijd naar de hoek zweefde waar de dominee vroeger zijn flessen brandewijn verstopte.'

Ik kon me niet inhouden en grinnikte. 'U houdt me toch zeker voor de gek?'

Een poosje bleef ze nog ernstig kijken, maar toen begonnen haar mondhoeken verraderlijk te trillen voordat ze in luid gelach uitbarstte.

'Dat is een oud verhaal dat de voorgangster van mijn moeder vertelde. Als kind ben ik eens tot diep in de nacht opgebleven om te zien of hij echt zou verschijnen. Toen ik in de provisiekamer gerommel hoorde, ben ik gillend de trap op gerend. Mijn moeder ging kijken, maar trof er geen geest aan. Alleen een verdwaalde marter.'

Ze straalde bij deze jeugdherinnering. Toen viel er echter een schaduw over haar blik. 'In die tijd dacht ik nog dat ik geen vader had...'

Ik voelde dat ze me iets wilde vertellen, maar durfde er niet naar te vragen.

'Liv!' klonk een stem, en even later stormde een vrouw op ons af. 'Goeie genade, ben jij het echt?'

De vrouw in mijn gezelschap fronste haar voorhoofd, maar leek toen de onbekende, die een groene loden mantel droeg, te herkennen. 'Bente!' zei ze en ze stond op.

'Ik dacht al dat er iets mis was met mijn ogen toen ik door het raam keek,' riep de andere vrouw uit en ze sloot Liv in haar armen als een oude vriendin, al was aan Livs gezicht duidelijk af te lezen dat ze dat niet was. 'Ik vind het zo erg van je vader. Je moeder moet buiten zichzelf van verdriet zijn! Is ze hier?'

Liv perste haar lippen op elkaar. Ik merkte dat ze geen zin had in dit gesprek. Ik keek naar de andere gasten. Die waren opeens uitermate geïnteresseerd in onze tafel.

'Mijn moeder is vijf jaar geleden gestorven,' zei ze zacht en ze bloosde.

'O, wat vind ik dat erg,' antwoordde Bente bijna overdreven. 'Maar dan hoeft ze dit verdriet tenminste niet te doorstaan. En jij mag blij zijn dat ze niet met de landheer is getrouwd, anders zou jij nu alles moeten regelen en zat je met een hoop rompslomp.'

Liv staarde haar aan alsof ze een klap in haar gezicht had gekregen. Ze werd wasbleek en in haar ogen verscheen een nauwelijks verholen woede.

Ik nam de vrouw eens goed op. Wat bezielde haar eigenlijk om zich als een kraai op Liv te storten? Dat ze haar door het raam had gezien, was nog geen reden om hier naar binnen te stormen.

'Ik ben Marlene Walsted.' Ik stond op en stak haar mijn hand toe. Dat leek de onbekende een halt toe te roepen. Ze nam me met grote ogen op, alsof ze me nu pas opmerkte.

‘Eh…’ zei ze en ze schudde me aarzelend de hand. ‘Bente Nielsen.’

‘Prettig met u kennis te maken,’ antwoordde ik liefjes en ik keek haar indringend aan. Het liefst had ik haar op het hart gedrukt te verdwijnen, maar de mensen aan de andere tafeltjes keken nog steeds en vroegen zich vast af waarop dit allemaal zou uitlopen.

‘Bent u Livs kamermeisje?’ vroeg Bente, die zich verrassend snel herstelde.

‘Nee,’ zei ik kalm en ik begon een tegenaanval. ‘Gaat u ook naar de uitvaart?’

‘Nee, ik… We…’ Ze stokte, zocht zichtbaar naar een reden. Ten slotte zei ze met een onzeker glimlachje: ‘Ik… moet er echt vandoor. Leuk je weer eens te zien, Liv!’

Na die woorden draaide ze zich om en verliet met opgestreken zeil het vertrek.

Wij lieten ons weer op onze stoel zakken.

Liv was krijtwit. Ik wist niet wat ik moest zeggen. Wat had die vrouw zich vreselijk gedragen! Om zoiets te zeggen! Alsof het onmogelijk was dat Liv van haar vader had gehouden!

‘Ik moet me voor Bente verontschuldigen,’ zei Liv na enige tijd en ze keek naar de mensen aan de andere tafeltjes. Die hadden zich weer over hun bord gebogen, maar hun gefluister was niet te negeren. ‘Ze was altijd al zo…’

‘Tactloos?’ Ik trok vragend mijn wenkbrauwen op.

Liv knikte. ‘Precies! Tactloos. Ik heb het aan haar te danken dat ik te weten kwam wie mijn vader was.’

‘Heeft uw moeder u dat niet verteld?’

Ze schudde haar hoofd. ‘Ze liet me in de waan dat mijn vader overleden was. Toen ik tijdens het spelen een keer een bal heel hoog opgooide en tegen de andere kinderen zei dat mijn vader in de hemel hem zou kunnen zien, liet Bente zich ontvallen dat ik daarvoor heus niet zo ver hoefde te gooien. Ze wees naar het landgoed, en blijkbaar wist iedereen het, want ze begonnen allemaal te lachen.’ Liv plukte aan het kleedje dat midden op tafel lag. ‘Ik heb er toen niets over gezegd, maar mijn moeder moet het van anderen hebben gehoord. Kort daarna ging ze niet meer naar het landgoed. Ik dacht altijd dat ze daar werkte…’ Ze perste haar lippen op elkaar.

Ik legde mijn hand op haar arm. ‘U hoeft niet alles te vertellen, als u het vervelend vindt. Het gaat me toch eigenlijk niets aan?’

Ze keek me aan. 'Ik wil alleen dat u kunt plaatsen wat ze zojuist zei. Het moet u allemaal erg merkwaardig voorkomen.'

'Dat wel,' gaf ik toe. 'Maar ook ik weet wat roddels kunnen aanrichten. En hoe vervelend het is om mensen tegen te komen die denken dat ze al je geheimen kennen en daardoor macht over je hebben. Ze kennen meestal niet het hele verhaal, maar matigen zich toch een oordeel aan.'

Dat was wat mij na Bjarnes dood zo vaak was overkomen. En wat nog steeds af en toe gebeurde, als de verkeerde mensen mijn pad kruisten.

Liv glimlachte naar me.

'Vindt u het goed om elkaar te tutoyeren?' vroeg ze toen.

Deze vrouw had me zojuist een pijnlijk aspect van haar privéleven geopenbaard. Dan kon ik haar niet afwijzen. 'Graag,' zei ik en ik reikte haar de hand.

Ze nam mijn hand aan met een glimlach en zei: 'Bedankt dat je tussenbeide kwam, Marlene.'

Met een brede grijns wuifde ik het weg. 'Dat is toch wel het minste wat je voor een vriendin kunt doen.'

25

Oskar

Het verraste me dat de man met wie ik had afgesproken juist deze omgeving in plaats van zijn kantoor als ontmoetingsplaats had voorgesteld. De Malmskillnadsgatan lag in een deel van Stockholm waar je je 's nachts beter niet alleen kon vertonen. Je had er veel etablissementen, maar ook erg vervallen gebouwen. Hoewel er momenteel aan de bestrating werd gewerkt – de gemeente wilde de hoogteverschillen tussen de straten vereffenen – vierden nachtclubs en prostitutie hoogtij.

Alleen al op mijn weg hiernaartoe werd ik door drie vrouwen aangesproken die dat soort dienstverlening aanboden. Ik bedankte ervoor, voorzichtig weliswaar, want je wist nooit of hun pooier ergens in de buurt stond en op ruzie uit was.

Het hotel waar we elkaar in de lobby zouden ontmoeten, lag in het deel van de straat waar de bestratingswerkzaamheden al afgerond waren. De overwegend mannelijke clientèle kwam hier om vrouwen te ontmoeten – en om bij gesprekken als het onze niet op te vallen.

Mijn gesprekspartner had ik waarschijnlijk niet zo gauw in het oog gekregen als we niet hadden afgesproken dat hij een krant bij zich zou dragen. Van de mannelijke gasten hier las niemand om deze tijd een krant. Ik liep dus naar de enige man die met zijn neus in het Stockholmse avondblad zat en schraapte mijn keel.

'Aha!' zei hij en hij legde de krant weg. In een omgeving als deze sprak je namen niet hardop uit. Zijn borstelige wenkbrauwen gingen verbaasd omhoog toen hij me aankeek. 'De vorige keer dat we elkaar ontmoetten, had u nog een volle baard. Ik had u bijna niet herkend.' Hij gaf me een hand.

'Het werd tijd voor een kleine verandering,' zei ik en ik streek langs mijn kin. Die voelde naakt aan, maar dat zou wel wennen.

'Hebt u de schrijfmachine ontvangen?' vroeg hij toen we gingen zitten.

'Die rammelkast? Ja, die is ongeschonden bij me aangekomen.' Ik dacht weer aan de vrouw in de kamer naast de mijne en haar uitval bij mij voor de deur. Een glimlach gleed over mijn gezicht.

'Pardon?' vroeg de man verbaasd, maar ik wuifde het weg en lachte.

'Ik heb er alleen mijn buurvrouw in mijn pension mee boos gemaakt.'

'Is ze dan tenminste een knappe verschijning?'

'Ja, zeker. En uitermate… interessant.' In welke zin ze echt interessant was, wilde ik hem nu nog niet onthullen. Hij had me laten komen om me iets te vertellen, dus wilde ik eerst maar eens luisteren.

'Hoe vordert uw onderzoek?' vroeg hij nadat hij twee mannen had nagekeken die een vrouw in nogal sjofele kleding vergezelden. Ik wilde me geen beeld schetsen van wat ze met haar zouden doen.

'Traag,' antwoordde ik. 'Maar ik ben daar ook pas nauwelijks twee weken.' Ik haalde het bundeltje afschriften tevoorschijn. Mijn gesprekspartner woog het op zijn hand en stopte het in zijn tas. Het was niet zijn stijl om ze meteen te bekijken. Later, als hij alleen was, zou hij ze woord voor woord lezen.

'Ik heb iemand die me de documenten bezorgt,' vervolgde ik. 'We moeten alleen wel voorzichtig zijn.'

Mijn gesprekspartner knikte en haalde toen op zijn beurt een envelop uit de binnenzak van zijn jasje.

'Wat vindt u hiervan?' vroeg hij nadat hij me die had gegeven.

De brief was in het Duits, en kort en in algemene bewoordingen gehouden, maar bevatte iets wat als een bom kon inslaan. Als Lundström dit hoorde, zou hij een gat in de lucht springen.

Ik ging echter behoedzaam te werk. Wat te mooi lijkt om waar te zijn, is dat vaak ook. Daarom zou mijn uitgever pas dan iets horen als we absoluut zeker van onze zaak waren.

'Het zou even goed echt als een vervalsing kunnen zijn,' zei ik. 'Of een poging van iemand om een slaatje uit deze zaak te slaan.'

'Onze man in Koningsbergen meent dat het echt is. In elk geval na een korte blik erop. Om een werkelijk goede inschatting te kunnen maken, moeten we het geschrift hier hebben, om het te bekijken.'

'Dat klinkt alsof het problematisch is om het te pakken te krijgen.'

'Nou, zuiver juridisch bekeken behoren strandvondsten toe aan degene die ze vindt. In dit geval was het een Rus.'

'Zijn we al in onderhandeling met de Russische overheid?'

'Ja. En u kunt zich wel voorstellen dat ze daar nieuwsgierig zijn.'

'Waarom vertellen we hun niet waar het om gaat?'

'Omdat de informatie bij de verkeerde mensen terecht zou kunnen komen. We weten niet hoe ver de arm van bepaalde lieden reikt.' Mijn contactpersoon keek om zich heen. 'Er lopen talrijke lijntjes naar de Duitsers. We willen niet dat zij te weten komen wat er achter hun rug gebeurt.'

Daar was ik hem dankbaar voor. Als mijn doelwit lont rook, zou hij alles doen om mij het werken zo moeilijk mogelijk te maken. Of er misschien voor zorgen dat ik niet langer in Karlskrona kon blijven.

'Het schijnt dat er iemand is die de echtheid kan bevestigen,' zei de man. 'Denkt u dat u die persoon kunt vinden?'

Ik keek nog eens naar de brief. De naam die erin stond, was me bekend. Nee, hij stond in mijn geheugen gebrand. Ik keek mijn gesprekspartner aan en antwoordde: 'Ik denk dat dat al is gelukt.'

26

Liv

Ik had geen idee hoelang ik al op de brug stond die de twee delen van het dorp met elkaar verbond. Van hieruit kon je zowel het landhuis als de kerk zien. Ik hield mijn blik echter op de rivier gericht, die ruisend onder me door naar zee stroomde.

Het ontbijt lag me zwaar op de maag en mijn hemd kleefde nu al aan mijn huid. De rouwdienst zou zo beginnen.

Ik had weinig aandacht besteed aan de kerkgangers die langs me heen waren gelopen. De meeste dorpelingen zouden me niet meer herkennen. Toch was ik niet veilig voor eventuele opmerkingen. Bente had de ochtend vast al ruimschoots benut om het nieuwtje rond te vertellen. Misschien waren sommige aanwezigen alleen maar gekomen om mij tussen de begrafenisgangers te ontdekken.

De ontmoeting met Bente Nielsen had me nog lang beziggehouden. Voor haar was het misschien zomaar een opmerking geweest, een geintje tussen oude kennissen. Maar haar woorden hadden de beelden van vroeger weer opgeroepen. Het dieptepunt van mijn jeugd. De ineenstorting van mijn wereld. Destijds had ik me telkens weer afgevraagd waarom mijn vader, als het waar was wat Bente had gezegd, ons niet bij zich in zijn mooie landhuis had laten wonen.

Wat zou Claudius hebben gezegd als hij me hier kon zien?

Ik vroeg me nog steeds af aan wie ik het telegram met zijn overlijdensbericht te danken had. Aan de oom die ik niet kende misschien? Dat leek me onwaarschijnlijk. Maar wie kon weten welke instructies mijn vader voor zijn dood had achtergelaten?

De klok in de kerktoren sloeg negen. Ik draaide me om. Ik zag nu zowel het landhuis als de kerk. Dat was een massief gebouw met een rond aangebouwd koor en een donkerbruin dak. Alle muren waren witgeschilderd. Daarachter bevond zich het kerkhof, waar de rouwenden zich al verzamelden.

Ik trok de kleine sluier aan mijn hoed voor mijn gezicht en ging op weg.

Toen ik de herberg verliet, was het nog stil geweest in Marlenes kamer. We hadden de avond tevoren afgesproken dat we elkaar na de kerkdienst op deze brug zouden ontmoeten. Er was dus geen reden geweest om haar te wekken.

Ik liep langs de lage stenen muur die om de kerk heen stond en vervolgens door de kleine houten poort. Mijn blik viel op de stenen kruisen die in rijen op het kerkhof stonden. Onder een ervan lag mijn grootmoeder. Ze had zulke hoge verwachtingen gehad voor haar dochter, voor mij. Soms wenste ik dat ze kon zien wat er van me was geworden nadat ze haar ogen voor altijd had gesloten in de wetenschap dat mijn moeder de maîtresse van de landheer was.

Stemmen zweefden me vanuit de kerk tegemoet. De kerk was relatief groot voor een klein plaatsje als dit. De familie van Claudius von Wik had financieel veel aan de luister ervan bijgedragen en het dorp bewees op zijn beurt de familie alle eer.

Ik glipte zo onopvallend mogelijk naar binnen. Het grootste deel van de rouwenden bevond zich al in de kerk. Het verbaasde me niet dat het er zoveel waren. Mijn vader was niet alleen in Nättraby bekend.

De aanwezigen waren op zachte toon met elkaar in gesprek. Ik was blij dat niemand notitie van me nam toen ik op het middenpad bleef staan. De massief eiken grafkist werd omringd door bloemen. Boeketten, kransen, losse rozen. Ik probeerde me mijn vader voor te stellen, liggend op satijnen kussens in een respectabel donker pak, zijn huid bleek en zijn voorheen forse lichaam bewegingloos.

Toen zag ik echter de levende Claudius von Wik weer voor me, zoals ik hem destijds in ons jachtopzienershuisje had gezien. Ik verdrong het beeld vlug, keerde om en nam plaats op een van de achterste banken. Enkele aanwezigen draaiden zich nu toch naar me om, maar ik wist de gezichten geen naam te geven. Voor hen leek hetzelfde te gelden, want hun belangstelling voor mij verflauwde meteen weer.

Ik strekte mijn nek en probeerde te ontdekken wie er op de voorste bank zaten, die voor de familie was gereserveerd.

Voor het eerst zag ik mijn oom, van wie ik alleen wist dat zijn voornaam Carl was. Ik schrok van de grote gelijkenis met zijn broer. Ze hadden dezelfde neus, dezelfde brede kin en ook de haarinplant met de inhammen kwam overeen – alleen was Carls haar nog steeds donker.

Naast mijn oom zat zijn vrouw, en mijn neef zat naast zijn eigen echtgenote. Mijn neef had zelf al kinderen, twee meisjes en een jongen. Onrustig bungelden hun in kousen gestoken benen heen en weer. Zouden ze van mijn bestaan weten?

Ik voelde mijn handen klam worden. Opeens leek het nog kouder in de kerk en zagen de muren er onheilspellend uit.

Toen weerklonk het enorme orgel op het oksaal en verscheen de predikant in zijn donkere toga. In plaats van vooruit te kijken draaide Carl von Wik zich plotseling om. Hoewel we nooit tegenover elkaar hadden gestaan, vond zijn blik doelgericht mijn gezicht. Het was niet alleen dat hij erg op mijn vader leek, ik meende ook afschuw in zijn donkere ogen te ontdekken.

27

Marlene

Ik boog me over een frambozenstruik en bekeek de vruchtjes onder de bladeren met de gezaagde rand. Ze waren fraai gevormd en begonnen al rood te kleuren, toch zou het nog een poos duren tot ze geplukt konden worden. Maar ik wist precies hoe ze zouden smaken als ze eenmaal genoeg zon hadden gehad. Nooit eerder had ik zo veel frambozenstruiken bij elkaar gezien. Het veld strekte zich ver uit en de opbrengst zou toereikend zijn voor tientallen potten jam.

Misschien zou het de moeite waard zijn om halverwege de zomer op een zondagochtend vroeg met de trein hiernaartoe te gaan om frambozen te plukken. Ingrid zou me vast haar fornuis laten gebruiken in ruil voor een paar potten van de jam.

Ik richtte me weer op en liep door. De landerijen van het landgoed strekten zich uit over een groot terrein dat uit velden en bos bestond. Het was verwonderlijk dat Claudius von Wik niet de titel van graaf had gedragen. Ik keek om me heen en nam de frisse lentegroene bladeren van de berken en de elzen in me op. Ik was van het bospad af gegaan en het mos onder mijn schoenen was kussenzacht. Over ruim een maand zouden we *midsommar* vieren.

Opeens liep er een rilling over mijn rug. Midsommar. Mijn vader.

De velden en de bossen mochten dan toebehoren aan de landheer Von Wik, Koninklijk Bosbeheer, waarvoor ook mijn vader werkte, zorgde ervoor dat alles gezond bleef. Bomen werden geïnspecteerd, oppervlakten opgemeten, wild werd geteld.

Hij had me ingewijd in de wereld van de bossen. Van hem had ik geleerd hoe ik in de ruige natuur aan water kon komen. Met hem had ik provisorische tenten en schuilhutten gebouwd. Hij had me laten zien wat in het bos eetbaar was en waar ik beter van af kon blijven. Ook had hij me bijgebracht hoe je natuurgeweld kon trotseren. Dat je rustig moest blijven bij noodweer en ergens moest schuilen waar je niet door de bliksem werd getroffen. We waren twee handen op één buik, mijn vader en ik. Tot midsommar 1899.

We waren door vaders collega uitgenodigd voor een groot feest. Henrik Sonderlund was de tweede man bij Bosbeheer, iemand van enig gewicht. Door hem te worden uitgenodigd was alsof je in de adelstand werd verheven.

Ik was toen zeventien, bijna oud genoeg om te trouwen. Maar daar dacht ik nog niet aan. Af en toe werd ik door een jongen nagefloten, maar dat deed me niets. Ik tutte me niet op zoals andere meisjes van mijn leeftijd; ik was liever in het bos.

Voor de viering van midsommar leende mijn moeder me een prachtige witte kanten jurk met rode bandjes.

'Je bent beeldschoon!' zei ze enthousiast terwijl ik ronddraaide voor de spiegel. Ik had een vermoeden van haar bijgedachten.

De zoon van de Sonderlunds was drie jaar ouder dan ik en had zich onlangs aan de Universiteit van Stockholm ingeschreven. Hij wilde advocaat worden, had vader een paar weken eerder gezegd toen hij van zijn werk kwam. En hij had er nadrukkelijk aan toegevoegd dat hij binnenkort misschien op zoek zou gaan naar een echtgenote.

Met vlinders van opwinding in mijn buik stapte ik een paar uur later in onze kleine koets. Het was warm en overal hing de geur van de bloemen in de berm. Het was een flink stuk rijden naar Karlskrona, maar we kwamen stipt op tijd aan bij het domein van de heer Sonderlund. Mijn haar zat vol stof en ook op mijn kleding lag een beetje. Toch voelde ik me net een gravin toen ik uit het rijtuig klom.

De avond werd gedomineerd door begroetingen en gesprekken. Algauw merkte ik dat mijn vader slechts een klein radertje in het uurwerk van Koninklijk Bosbeheer was. Er waren zo veel belangrijke mannen en fraai uitgedoste dames. Ik had verwacht dat er op dit midsommar-feest gedanst zou worden, maar de mensen bleven voornamelijk staan en bedienden zich zo nu en dan van de dranken en spijzen die door dienaren en dienstmeisjes op serveerbladen werden rondgedragen.

Mijn moeder deed er alles aan om me in de nabijheid van de jonge Sonderlund te krijgen. Het was echter iemand anders wiens ogen me meteen opvielen.

De lange, forse man, die heel wat ouder was dan ik, wekte de indruk niet thuis te horen tussen de andere heren. Bij zijn donkere broek met bretels droeg hij een eenvoudig overhemd. Geen cutaway of een ander jasje. Hij had krachtige armen, een brede borstkas en een bebaard gezicht. Zijn donkere haar lag in enigszins wanordelijke lokken op zijn hoofd. Op het eerste gezicht zag hij eruit als de menner van een paard-en-wagen die even van de bok was gestapt om een biertje te drinken.

Ik was echter gebiologeerd door zijn ogen en vroeg me af welke kleur ze eigenlijk hadden. Zilvergrijs als mist of toch ijsblauw? Ik wist dat ik hem niet hoorde aan te staren, maar ik kon niet anders. En alsof hij mijn blik had gevoeld keek hij om. Mijn hele lijf stond meteen in vuur en vlam.

Niemand zag het, maar ik voelde het duidelijk. Nog nooit had een man me zo aangekeken! Het was alsof hij in één oogopslag mijn hele ziel kon vangen en diep in mijn gedachten kon kijken.

Mijn moeder scheen te merken dat er iets gebeurde en legde haar hand op mijn arm. Ze probeerde me mee te trekken, maar ik was als versteend.

'We moeten ons voorstellen aan de Lindströms,' zei ze, maar ik wilde slechts één persoon leren kennen. Deze man, die een jaar of tien ouder was dan ik en alles belichaamde waarnaar ik heimelijk verlangde. Maar er restte me niets anders dan mijn moeder te volgen. Toen ik na enige tijd rondkeek op zoek naar hem was hij verdwenen.

Het duurde nog de hele avond voordat ik hem terugzag. Bijna had ik de hoop opgegeven en om een of andere reden voelde ik me meer terneergeslagen dan ooit tevoren.

Toen kwam hij echter naar ons toe, boog galant en vroeg aan mijn vader: 'Wilt u me toestaan dat ik met uw dochter dans?'

Ik had die avond al een aantal keren gedanst, ook met de zoon van meneer Sonderlund. Misschien was ik inderdaad wel zijn vrouw geworden als de onbekende er niet was geweest. Maar toen hij voor me stond, zag ik alleen hem.

Mijn vader bleek hem te kennen. 'Kapitein Walsted,' zei hij en hij reikte hem de hand. 'Het verrast me u hier te zien.'

'Ik heb een paar weken verlof,' legde Walsted uit. 'Mijn oude vriend heeft me uitgenodigd en wat kon ik anders doen dan komen?' Zijn blik viel op mij en hij voegde eraan toe: 'Dit zomerfeest is altijd weer een belevenis.'

Ik begon hevig te blozen, want iets zei me dat ik een van de belevenissen moest zijn die hij bedoelde. Vader gaf hem toestemming om met me te dansen en ik liep op wolkjes. Alle aanwezigen verdwenen naar de achtergrond terwijl ik de man naar de dansvloer volgde.

Kapitein Walsted, dat klonk geweldig!

Mijn hart ging tekeer en mijn wangen gloeiden toen hij zijn hand zachtjes tussen mijn schouderbladen legde. Heel even vreesde ik dat ik alle danspassen vergeten was. Ik voelde me ongelooflijk kinderlijk en ondermaats en was bang dat ik mezelf zou blameren. Maar toen zetten we ons in beweging en als vanzelf volgde ik zijn passen. Hij leidde me met vaste en toch zachte hand op de klanken van een Weense wals. En algauw bestond er niemand meer behalve hij en ik.

Een stemmetje in mijn achterhoofd zei dat hij te oud voor me was. Dat hij in mij slechts een dom wicht zou zien, maar zijn blik zei iets anders. In zijn ogen scheen ik volwassen en mooi te zijn. En bovenal had ik het gevoel dat ik gelijkwaardig aan hem was.

'Bjarne,' fluisterde hij in mijn haar toen de laatste maten van de muziek klonken. 'Mijn naam is Bjarne. En de uwe?'

Mijn mond was opeens droog, alsof ik niet al die limonade en al dat sodawater had gedronken. 'Marlene,' antwoordde ik en mijn hart ging tekeer. Ongelukkigerwijs hield de muziek toen op, de muziekkapel begon aan een pauze en wij bleven staan. Een duizeling overviel me, alsof ik abrupt van een draaiende carrousel was gesprongen.

'Marlene,' herhaalde hij zachtjes en toen maakte hij een buiging. 'Die naam zal ik onthouden.'

28

Liv

Bedachtzaam en waardig droegen de in het zwart gestoken mannen de kist het schip van de kerk uit. Claudius von Wik zou niet zoals de andere dorpsbewoners ter aarde worden besteld. Zoals het een beschermheer van de kerk betaamde, had hij recht op een plaats in de familiecrypte.

Ik was er nooit in geweest, maar ik kende andere rustplaatsen van dien aard uit mijn tijd in de pastorieën. Zo nu en dan was ik naar de grafkelders gestuurd om ze in gereedheid te brengen voor een volgende bijzetting. Ik was altijd bang geweest voor de grafkisten, de katafalken, de spinnenwebben, de vreemde geur en de uitgebloeide bloemen, die tot stof vergingen zodra je ze aanraakte.

Nu was echter de grafkelder het minste van twee kwaden. Ik voelde de blik van mijn oom nog steeds branden. Ik had geen idee hoe hij wist hoe ik eruitzag. Maar ik voelde dat het geen toeval was dat zijn ogen zich in de mijne hadden geboord. Toen de dominee het woord had genomen, had hij zich vlug afgewend en tot nu toe had hij me niet opnieuw aangekeken. Ik was er echter van overtuigd dat hij me dat telegram had gestuurd. Opeens werd ik bevangen door de angst dat hij me na de rouwdienst misschien zou opzoeken om met me te praten.

Dominee Wandt, een jonge man met een wat hoekig hoofd en brede handen, had tijdens de dienst over Claudius von Wik verteld wat de familie wilde horen: dat zijn eerste echtgenote Elsa was overleden en dat hij daarna niet had besloten opnieuw te trouwen. En dat zijn huwelijk door Gods wil kinderloos was gebleven.

Iedereen hier aanwezig had hem iets anders kunnen vertellen…

Hij prees de verdiensten van de landheer voor het dorp, voor de kerk en voor zijn financiering van de lampenfabriek in Karlskrona, die 'onze landstreek veel zegen' had gebracht. Hij vertelde niet dat Claudius zich na de dood van zijn vrouw had getroost met mijn moeder en dat hij met haar een kind had gekregen. Ook niet dat hij ons beiden had weggestuurd.

Samen met de dominee prevelden we een gebed voor het zielenheil van de landheer, waarna de aanwezigen in een lange rij langs de kist liepen. De stilte die over het kerkhof lag, werd slechts onderbroken door het knerpen van schoenen op kiezelstenen en een enkel kuchje hier en daar. De een na de ander nam afscheid, reikte mijn oom en zijn gezinsleden de hand.

Wie Carl von Wik niet kende, trok zich respectvol terug. Ik sloot me bij hen aan, want ik kende hem niet en wilde me niet opdringen.

De rij begrafenisgangers werd nu steeds korter en de nabestaanden begaven zich met hun vrienden naar het landhuis, waar ze de gasten van aanzien zouden ontvangen.

Ik keek hen na. Ondertussen galmden Bentes respectloze woorden door mijn hoofd. Was ik blij dat ik me daar allemaal niet druk over hoefde te maken? Ik kon het niet zeggen. Maar ik was wel blij dat ik dat grote, kille gebouw niet meer hoefde te betreden.

'Mevrouw Boregard?' vroeg een mannenstem.

Ik maakte een schrikbeweging en draaide me om. Even vreesde ik dat het mijn oom was, maar ik keek in het gezicht van een man die halverwege de vijftig moest zijn. Hij was niet groter dan ik, had grijzende bakkenbaarden en dunner wordend haar. Zijn donkere pak zat uitstekend en hij wekte de indruk van een heer die het gewend was belangrijke zaken af te handelen. Ik onderdrukte een zucht van opluchting en vroeg me af wat hij wilde.

Hij stelde zich voor. 'Mijn naam is Marten Hangren.' Hij haalde een zilveren etui uit zijn zak en gaf me zijn visitekaartje; NOTARIS EN ADVOCAAT stond er onder zijn naam. Zijn kantoor bevond zich in Kristianstad.

Ik trok mijn wenkbrauwen op. Wat bracht een notaris uit Kristianstad naar Nättraby? En hoe kende hij mijn naam?

Mijn verwarring moet van mijn gezicht te lezen zijn geweest, want hij voegde eraan toe: 'U zult zich wel afvragen hoe ik u ken en waarom ik u aanspreek.'

'Inderdaad,' antwoordde ik.

'Uw vader heeft me dit gegeven, zodat ik u zou herkennen.'

Hij haalde een foto uit zijn zak. Weer wist ik niet wat ik moest zeggen. Het was een foto van mij, kort voor mijn huwelijk met Sten. Ik wist nog precies dat ik in de fotostudio had gezeten en geïntimideerd was door de enorme camera, de bijtende geuren en de aanwezigheid van de fotograaf, die me als een object heen en weer schoof tot ik eindelijk goed zat.

Ik had alleen niet verwacht dat mijn vader een afdruk bezat. Ik had er een aan mijn moeder gegeven. Het was een van de weinige momenten geweest waarop ze trots op me was.

'Ik was ook degene die u het telegram heeft gestuurd.'

Terwijl ik nog giste naar de manier waarop mijn vader in het bezit van deze foto was gekomen, zei Marten Hangren: 'Ik zou graag een stukje met u oplopen, als u het goedvindt.'

'Waarom?' vroeg ik, waarop de man glimlachte.

'Omdat ik graag uw erfenis met u wil bespreken.'

29

Marlene

Omdat de uitvaart vast nog wel even zou duren, maakte ik geen haast met mijn terugkeer uit het bos. De zon scheen en hoewel de omgeving me weer enigszins aan mijn jeugd deed denken, voelde ik me zo ontspannen als ik me lang niet had gevoeld. Het warme zonlicht drong moeiteloos door mijn kleding tot op mijn huid en de wind streelde mijn wangen. Het was de ideale omgeving voor een vrije zaterdag. Daar had ik graag een extra nachtdienst voor over.

Voor de brug vlak bij de kerk bleef ik staan. Naast me stroomde de Nättrabyån, de rivier die het dorp zijn naam had gegeven. Ik raapte een platte steen van de grond op en liet hem over het gladde wateroppervlak springen. Zeven keer raakte hij de golven voordat hij in de diepte verdween. Ik was daarin altijd al beter geweest dan mijn vader en dan Bjarne. Hoewel hij het grootste deel van zijn leven op dat natte element had doorgebracht, had hij nooit begrepen hoe het werkte. Terwijl ik hier stond, leek hij opeens dichterbij dan ooit. Zou het komen doordat het bos me onze ontmoeting, die ons leven zo had veranderd, weer in herinnering had gebracht?

Ik had toen nog niet geweten wat ervan zou komen. Ik was maar een verward meisje met vuurrode wangen dat er wekenlang van zou dromen deze man, die eigenlijk te oud voor haar was, terug te zien. Er zouden vele maanden voorbijgaan tot mijn wens in vervulling ging...

Een geluid deed me opkijken in de richting van de kerk. Een man, vermoedelijk de koster, sloot juist het ijzeren hek. Van de mensen die de uitvaart hadden bijgewoond, was niemand meer te zien. Ook van Liv ontbrak elk spoor. Zou ze mee naar het landgoed zijn gegaan? Er zou daar vast een uitgebreide ontvangst met gelegenheid tot condoleren plaatsvinden.

Ik voelde opeens de diepe wens om ook een graf voor Bjarne te hebben. Een plek waar ik hem kon bezoeken en om hem kon rouwen. Een plek waar ik hem kon vertellen wat me bezighield, ook al wist ik dat hij het niet kon horen…

'Ach, daar ben je!' hoorde ik achter me iemand zeggen. Liv snifte en toen ik omkeek, zag ik dat ze had gehuild.

'Wat is er gebeurd?' vroeg ik verschrikt, want ik voelde aan dat ze niet alleen om haar vader huilde. Ze leek ontdaan, alsof ze iets vreselijks te horen had gekregen.

'Mijn vader… Hij heeft me iets nagelaten.' Ze veegde tranen van haar wangen. Het zag er echter niet naar uit dat het vreugdetranen waren.

'Is het iets… ergs?' Ik vroeg me af wat je kon erven dat je aan het huilen maakte. Een valse hond misschien?

'Dat is maar hoe je het bekijkt.' Ze viel even stil en dacht na. 'Ik zou het je graag laten zien als je het goedvindt.'

We namen de kortste weg terug naar de herberg. Er waren daar wagens te huur en Liv had geld. En zo zaten we even later op een wagen met een sterk bruin paard ervoor. Omdat de waard ons geen koetsier ter beschikking had kunnen stellen, nam ik die taak op me, tot grote verbazing van de man. Toen we de binnenplaats van de herberg af hotsten, moest ik weer denken aan de laatste keer dat ik op de bok van een koets had gezeten. Gelukkig zou ons nu aan het einde van de rit geen woedend snuivende Sten Boregard opwachten.

We reden door de dorpsstraat en namen vervolgens een bosweg in oostelijke richting. Ik zag heel even de velden, toen reden we het bos in. Het bladerdek boven ons werd steeds dichter en de bosweg steeds hobbeliger.

'Hoe was de rouwdienst?' vroeg ik voorzichtig, want de stilte drukte zwaar op ons en ik had het gevoel dat Liv haar verhaal kwijt wilde.

'Waardig,' antwoordde ze. 'Zoals een uitvaart hoort te zijn. Er waren veel genodigden.'

'Had je vader… nog familie?'

'Een broer. Mijn oom, als je hem zo kunt noemen,' antwoordde ze. 'En een neef, die ook weer kinderen heeft.'

'Hebben jullie… elkaar gesproken?'

Ze schudde haar hoofd. 'Ik ben nooit officieel aan hem voorgesteld.'

De verbitterde toon van haar stem sneed me door de ziel. Families konden soms wreed zijn. Er kwamen kinderen ter wereld die niet gewenst waren door hun ouders, ook al waren ze hun eigen vlees en bloed.

'Na de uitvaart werd ik door een man aangesproken, een notaris uit Kristianstad,' vervolgde Liv. 'Hij vroeg of hij met me op mocht lopen. Ik was verbaasd, want ik hield er geen rekening mee dat ik iets zou erven. Hij maakte me eerst duidelijk dat ik als buitenechtelijk, niet-gewettigd kind natuurlijk geen aanspraak op het landgoed kon maken. Mijn vader had dat per testament aan zijn broer vermaakt. En toch...' Ze stokte en schudde zacht haar hoofd. 'Waarschijnlijk was dit de reden dat ik in kennis ben gesteld van zijn overlijden en had ik anders nooit iets gehoord.'

'Misschien voelde je vader toch iets voor je,' zei ik.

Liv stootte een spottend lachje uit. 'Als dat zo was geweest, had hij me dat zelf wel verteld. Ik heb mijn leven lang op dat moment gewacht. Maar nee, het ging Claudius von Wik alleen om mijn moeder. Hij wilde haar bezitten. Met haar doen wat hij wilde. Hij wilde dat haar hele leven alleen aan hem gewijd was. En ik stond in de weg.'

Ze zweeg en verzonk in gedachten. Haar opmerking stemde me erg treurig. Mijn vader mocht zich na Bjarnes dood dan ook niet correct hebben gedragen, als kind had ik nooit het gevoel gehad dat ik hem in de weg stond.

'Ik heb het hem gevraagd, weet je,' vervolgde ze ten slotte. 'De notaris. Of hij wist wat mijn vader ertoe bewogen had.'

'En wat zei hij?'

'Het was een besluit dat hij op het laatste moment heeft genomen. Mijn vader was blijkbaar al geruime tijd ziek. Toen bleek dat hij nog maar een paar maanden te leven had, heeft hij meneer Hangren bezocht, die hij de nodige instructies gaf en een foto van mij. En hij heeft zijn testament veranderd.' Ze glimlachte triest. 'Als laatste wraak op mij.'

Ik schudde mijn hoofd. 'Dat kun je niet weten. Misschien wilde hij je een plezier doen. Of misschien zag hij wel in dat...'

'Stop alsjeblieft!' zei Liv plotseling toen we bij een dicht struikgewas van wilde rozen waren aangekomen. Wat erachter lag was niet te zien en ik dacht eerst dat ze even de bosjes in moest om te plassen.

Maar toen zei ze: 'Hier is het.'

30

Marlene

Het vakwerk van het huis dat verscholen lag achter de verwilderde rozenstruiken was oud, maar solide. Het huis telde één verdieping en een zolder en het zadeldak was overgroeid met mos. Van de groengeverfde luiken bladderde wat verf af. De scharnieren waren al lang niet meer gesmeerd en de deur knarste in protest toen Liv hem openmaakte.

Binnen rook de lucht zoals te verwachten was in een oud huis dat lange tijd potdicht was gehouden: muf, zurig, naar metselwerk en houtrook. Het was meteen koel om ons heen. Zelfs bij zeer hoge buitentemperaturen zouden de dikke lemen muren nauwelijks warmte doorlaten.

Vlak achter de voordeur lag de keuken. Een gang of vestibule was er niet. Ik liep naar een raam, maakte het open en ontgrendelde het luik. Licht stroomde binnen, maar het was niet genoeg. Liv opende ook de andere drie ramen, waarna we opeens in het felle zonlicht stonden.

Het gietijzeren fornuis was bedekt met een dikke laag stof, net als de keukentafel. Kleine voetjes waren door de grijze laag heen gelopen. Waarschijnlijk zaten hier muizen of zelfs ratten. Ik rilde bij de gedachte.

'Wat vind je ervan?' vroeg Liv. Ik merkte op dat haar blik aan de oude keukenkast met glazen deurtjes was blijven hangen. De op het hout geschilderde rozen waren een beetje verbleekt, maar nog steeds prachtig. De ruiten bestonden uit dun glas in lood.

'Het ziet er erg leuk uit,' zei ik. 'Ik had er toen mijn man nog leefde heel wat voor overgehad om zo'n keuken te hebben.'

Ze liep naar het fornuis en maakte het beroete deurtje open. Er zat zelfs nog wat as in.

Wat Liv over haar vader had gezegd had me diep geraakt, maar het huis straalde ondanks het stof iets vriendelijks uit. Zo voelde ik het tenminste. 'Laten we ook de andere vertrekken even bekijken,' zei Liv en ze ging me voor.

Behalve de keuken waren er beneden nog drie kamers en boven onder het dak nog twee.

Als eerste betraden we de woonkamer, die – zoals we vaststelden nadat we de ramen hadden opengemaakt – volledig leeggeruimd was, op een oude sofa met een stoffering van licht verschoten donkergroene velours en een enigszins scheve tafel na. De ramen boden uitzicht op de moestuin, die nu meer weg had van een oerwoud. Verscholen onder het struikgewas leek zich een waterput te bevinden.

Het bijzondere aan deze kamer was een mooie kleine haard. Er moesten weleens wat kooltjes op de vloer zijn gevallen, want er zaten wat schroeiplekken in de planken voor het gat van de haard.

'Wat is dit voor een huis?' vroeg ik.

'Mijn vader liet zijn jachtopzieners hier wonen. Tenminste, in de tijd dat Koninklijk Bosbeheer hun werk nog niet had overgenomen.'

'De jachtopzieners moeten bij de landeigenaren hier veel aanzien hebben genoten,' stelde ik vast. 'Mijn ouders zouden heel blij zijn geweest met een huis als dit.'

'Werkt je vader nog?'

'Dat weet ik niet,' zei ik. 'We hebben elkaar al lang niet meer gesproken.'

Ik kreeg een knoop in mijn maag. Zolang geen van beiden kwam te overlijden zou ik wel geen bericht van hen krijgen. De ruzie was te heftig geweest en de kloof als gevolg daarvan te diep.

We liepen door een gang langs nog een lege kamer. Er was daar een ladder die je met een ketting omlaag kon trekken, zodat je op de zolder kon komen.

'Wat is daar?' vroeg ik en ik wees op de deur die met groene bladranken beschilderd was. 'Die schildering is prachtig!'

Liv aarzelde. 'De slaapkamer.'

Opeens werd ze onrustig. Haar hand bleef boven de deurklink hangen, alsof ze niet wist of ze die omlaag zou duwen. Wat was er aan de hand?

Voordat ik het kon vragen leek ze zich te vermannen en opende ze de deur.

Ook hier was het donker, want de luiken waren gesloten. Het rook er naar stof en hout, maar ook naar iets anders. Paardenhaar, kwam bij me op. Zouden de bedden er nog staan?

Liv liep naar een raam, opende het en duwde vervolgens de luiken open.

In het binnenstromende licht zag ik dat een tak van een rozenstruik erin was geslaagd door een gaatje in de ruit naar binnen te groeien. Nu lag de tak op de vensterbank, gekroond door een enkele roze knop.

Even verderop stond het bed. Net als de deur was dat met rozen beschilderd. De geur die ik had waargenomen kwam van de matrassen.

'Wat een mooi...' begon ik, maar voordat ik mijn zin kon afmaken, sloeg Liv opeens kokhalzend haar hand voor haar mond en rende naar buiten.

31

Liv

Ik stormde naar buiten en gaf over boven de lage struiken naast het tuinhek. Als in een flits zag ik het allemaal weer voor me. Ik dacht dat ik die beelden met succes had verdrongen, maar nu braken ze uit me los als een roedel wolven door een afrastering.

'Liv!' hoorde ik Marlene achter me roepen. Haar stem leek van ver te komen door het bonzen in mijn oren. Even dacht ik mijn moeders stem te horen. Pas toen ik Marlenes hand op mijn rug voelde, kwam ik weer enigszins tot mezelf.

'Liv, wat is er?' vroeg ze.

Ik zette mijn handen op mijn knieën terwijl de misselijkheid in golven door mijn lichaam trok. Pas na een hele tijd waarin ik alleen speeksel in het zand had gespuugd vond ik de kracht om me weer op te richten.

Marlene keek me bezorgd aan. 'Er is iets mis met dit huis, hè?' vroeg ze.

Ik knikte. Er was nogal wat mis met deze erfenis.

Marlene ondersteunde me en leidde me weg van het huis. Ze zette me neer op een kei ver bij het perceel vandaan en nam toen de sleutel van me over. Ze verdween ermee naar binnen en even later zag ik dat het ene na het andere luik dichtging. Alsof het huis zijn ogen sloot.

Wat moest ik nu doen? Ik was erg in de war en had het gevoel dat ik Marlene een verklaring schuldig was.

Als het Claudius von Wik erom was gegaan me een laatste geschenk te geven, had hij me heel wat andere dingen kunnen nalaten: de meubels van kostbaar mahonie, de secretaire met paarlemoeren inlegwerk... Het jachtopzienershuis daarentegen was een klap in mijn gezicht.

Na enige tijd kwam Marlene terug en gaf me de sleutel. 'Hoe gaat het nu?'

'Beter,' antwoordde ik, maar ik maakte geen aanstalten om op te staan. In plaats daarvan klopte ik op de plek naast me.

Marlene ging zitten. We zaten gehuld in stilte.

Pas na lange tijd verbrak ik het stilzwijgen.

'Dat huis… Dat was wel het laatste wat ik van mijn vader had willen hebben. Bij het zien van dat bed kwam alles weer boven.'

Marlene keek me vragend aan. Ze zei echter niets.

'Weet je nog, die Bente?' vervolgde ik. 'Dat vreselijke mens van gisteren.'

'Hoe zou ik haar kunnen vergeten?' antwoordde Marlene met een scheef lachje.

'Ik heb je toch verteld dat zij degene was die ervoor heeft gezorgd dat ik niet langer geloofde dat mijn vader dood was?' vroeg ik en ik wapende me tegen de beelden die ik daar onverbiddelijk mee opriep. Ik wendde me naar Marlene en nam haar handen in de mijne. Ze voelden ruw en warm aan, als handen die je uit elke afgrond zouden kunnen ophijsen. 'Zweer je dat je dit verhaal aan niemand zult vertellen?'

Marlene keek me enigszins geschrokken aan en knikte. 'Ik zweer het.'

We keken elkaar in de ogen en ik had het gevoel dat ik haar kon geloven.

'Na Bentes opmerking zijn mijn moeder en ik van de ene naar de andere pastorie getrokken, waar ze als huishoudster ging werken,' begon ik dus. 'Het waren er vier of vijf. Telkens als ze het ergens voor gezien hield of als de geruchten haar inhaalden, trok ze verder. Soms werden we bij de landheer geroepen…'

Ik viel even stil en er liep een koude rilling over mijn rug. 'Niet officieel natuurlijk, en al helemaal niet in het landhuis, waar het personeel ons had kunnen zien. Hij bracht mijn moeder en ook mij hier onder. Het verbaast me dat hij het niet heeft laten slopen.'

Ik keek naar de rozenstruiken, die met de jaren steeds dichter waren geworden. De roze en witte knoppen waren gezwollen en barstten hier en daar al open. Er hing een bedwelmende geur in de lucht, die alle bijen uit de omgeving lokte.

'Mijn moeder hield van deze rozen,' vervolgde ik. 'Ze noemde het huis Rozenhaag.'

'Een mooie naam,' zei Marlene.

Ik knikte. 'En het beviel mij hier ook niet slecht. Ik vroeg me nooit af waarom we hiernaartoe gingen. Maar na Bentes opmerking werd ik wantrouwig. Als de landheer langskwam, werd ik altijd het huis uit gestuurd. Vergeefs hoopte ik dat die twee me de waarheid zouden vertellen. Dat hij haar tot zijn echtgenote zou maken en mij tot zijn echte dochter.' Ik zag hem weer voor me: een grote, knappe man met donkere ogen en zwart haar. 'Jaren later, ik was dertien, was ik niet bij het huis vandaan gegaan zoals mijn moeder me had opgedragen. Ik was gebleven, vastbesloten de confrontatie met hen beiden aan te gaan. En toen heb ik gezien wat de reden van ons verblijf hier was.'

Mijn stem liet me in de steek. Ik was geen klein meisje meer en toch had ik datzelfde verstikkende gevoel in mijn borst als toen.

'Hij...' begon Marlene voorzichtig.

'Neukte haar,' zei ik, waarop Marlene me verrast aankeek. Blijkbaar had ze zo'n vulgair woord uit mijn mond niet verwacht.

Ik zag het weer voor me, dat hij met Janna op het bed geknield zat en haar lomp bij haar nek vasthield terwijl hij haar van achteren bereed.

'In mijn naïviteit dacht ik dat hij haar aan het vermoorden was,' voegde ik eraan toe. 'Ik vatte haar gekreun en haar kreten op als uitingen van pijn. Ik stormde de kamer in, eiste dat hij haar met rust liet en sloeg hem op zijn rug. Ze konden zich zo gauw niet bedekken... Mijn moeder staarde me aan met een hoofd als vuur, zichtbaar kwaad dat ik was binnengekomen. Ook de landheer keek me aan, vol schaamte, maar ook vol woede. "Wat moet je hier?" snauwde ze me toe. "Ik heb toch gezegd dat je naar het meer moest gaan?" Ik wist niet hoe ik moest kijken, geschokt door hun naaktheid, geschokt door hun woede.'

Ik boog mijn hoofd. Ik vond het naar om eraan te denken, maar tegelijkertijd voelde ik dat met elk woord een gewicht van mijn borst viel. Al die jaren had ik dit verhaal nooit aan iemand verteld. Maar hoewel ik Marlene pas kort kende, voelde ik dat ze het voor zich zou houden.

'Wat gebeurde er daarna?' vroeg ze zacht.

'De landheer riep me ter verantwoording en ik heb hem geconfronteerd met datgene wat mijn speelkameraadje jaren eerder had gezegd. Later hoorde ik hem tegen mijn moeder uitvaren. Er vloog iets tegen de ruit, die brak. Ik wist niet wie van hen iets naar de ander had gegooid.' Ik schudde mijn hoofd. 'Stel je toch eens voor. Een man verwekt een kind bij een vrouw bij wie hij telkens weer het bed in kruipt. En dan wil hij niet hebben dat het kind weet wie haar vader is.'

Ik zag dat Marlene haar lippen op elkaar perste. Haar ogen fonkelden van woede.

'De volgende dag moesten we vertrekken,' vervolgde ik. 'Mijn moeder verwaardigde me met geen blik op de terugweg. Enkele dagen nadat we weer in de pastorie waren aangekomen, liet ze me weten dat ze naar Karlskrona zou gaan. De dominee had zich bereid verklaard mij te laten blijven en me verder naar school te laten gaan als ik als keukenmeid bij hem zou werken. Ze verdween de volgende dag al.'

'Heeft ze de landheer nog teruggezien?'

Ik haalde mijn schouders op. 'Dat weet ik niet. Het kan zijn dat hij naar de stad is gegaan om met haar naar bed te gaan. Maar tegen mij zweeg ze en ze bleef weg uit mijn leven.' Ik dacht aan al die weken en maanden waarin ik mezelf daar de schuld van gaf. Zou hij ooit toch zijn vaderschap hebben erkend als ik destijds zoals me was opgedragen naar het meer was gegaan? Zou hij met moeder zijn getrouwd?

Een tijdlang zwegen we. De wind ruiste in de fruitbomen die tot het perceel behoorden. Ze waren knoestig en kromgegroeid.

'Heb je je moeder nog teruggezien?'

'Pas toen ik naar Karlskrona ging om met Sten te trouwen.' Ik haalde de foto tevoorschijn; de notaris was zo vriendelijk geweest me die te laten houden. 'Dat was ik toen,' zei ik. 'Ik wist niet eens dat hij er een had. Misschien heeft zij hem die gestuurd.' Dat zou betekenen dat ze elkaar hadden teruggezien, dat ze toch contact hadden gehouden.

'Heb je hem ooit weer gesproken?' vroeg Marlene.

'Ja,' gaf ik toe. 'Toen ik twintig was, liet hij me bij zich roepen. Ik hoopte dat we eindelijk vrede zouden sluiten. Maar hij was iets anders van plan. Hij wilde me lucratief uithuwelijken.'

'Aan Sten Boregard?'

Ik knikte en zag weer voor me dat hij me de uitnodiging voor het bal overhandigde.

'Mijn vader had in de lampenfabriek geïnvesteerd en wilde natuurlijk rendement zien. Daartoe hadden Herman Skantze en zijn zakenpartner Carl Swahn petroleum voor hun lampen nodig. Die liet Olof Boregard met zijn schepen voordelig uit Rusland importeren. Om zich te verzekeren van de diensten van de reder moesten ze een band met hem smeden, het liefst een huwelijksband. Swahns dochter was al aan een ander beloofd. Skantze had alleen zoons. Dus bood mijn vader mij als kandidaat aan. Hij besefte dat mijn buitenechtelijke status me niet bepaald tot voordeel strekte, maar hij wist ook dat liefde en begeerte veel macht over een man konden hebben. Daarom eiste hij van mij dat ik ervoor zou zorgen dat Sten halsoverkop verliefd op me werd en me tot zijn echtgenote maakte.'

Ik voelde schaamte in me opkomen toen ik aan die dag dacht. En aan alles wat daarna kwam. 'Ik schrok er in eerste instantie van en wilde weigeren, maar mijn vader dreigde dat hij ervoor zou zorgen dat ik tot grote armoede verviel als ik niet gehoorzaamde. Dus heb ik alles op één kaart gezet, heb ik op het bal met Sten gedanst en zijn complimenten en zijn kussen in ontvangst genomen. Ik merkte algauw dat hij meer wilde, maar ik ben niet met hem naar bed gegaan. Ik stelde als eis dat hij met me zou trouwen voordat ik hem toeliet in mijn bed. Een half jaar later stonden we voor het altaar.'

32

Marlene

Het station lag een eindje buiten het dorp, maar de frisse lucht en de geur van groene bladeren deden me goed, dus snoof ik die tot diep in mijn longen op. Nog even en ik zou weer niets anders dan smeervet en petroleum ruiken.

Onderweg zeiden we maar heel weinig. Liv leek aangeslagen. Geen wonder na zo'n verhaal. Ik wist niet goed wat ik moest zeggen.

Dat ze me in vertrouwen had genomen vond ik hartverwarmend. Al leefden we nu in heel verschillende werelden, we kwamen beiden uit milieus zonder enige glans en weelde. Ik voelde dat dat ons verbond.

Kort na onze aankomst op het treinstation, dat bestond uit een gebouw van rode baksteen met een witte aanbouw ervoor, liep ook de trein al binnen. We stapten in en namen plaats. Opnieuw genoot ik ervan dat ik niet op een houten bank hoefde te zitten.

Liv speelde met haar manchetten en was in gepeins verzonken. De notaris had haar voor de keuze gesteld: ze kon de erfenis afwijzen en het huis met de daaraan verbonden herinneringen achter zich laten. Ik nam aan dat ze dat zou doen.

'De dag heeft in elk geval íéts goeds gebracht,' zei ik om de stilte te verbreken.

Liv keek me verrast aan.

'Ik heb een enorme hoeveelheid frambozenstruiken gevonden,' vervolgde ik. 'Als ze rijp zijn, ga ik terug om ze te plukken.'

'Op de fiets soms?' Liv leek nu iets van haar neerslachtigheid kwijt te raken.

Ik schoot in de lach. 'Nee, dan zou ik niet genoeg frambozen kunnen meenemen. Ik dacht aan de trein. Met twee grote emmers en wat blikjes die ik in mijn rugzak kan dragen, zou ik er heel wat van kunnen vervoeren.'

'Denk je niet dat je concurrentie zult hebben?'

Ik haalde mijn schouders op. 'Hangt ervan af. Het zag er daar zo ongerept uit dat er vast niet veel mensen langskomen. Maar er kunnen natuurlijk wel dieren zijn die ze opeten. Misschien moet ik er een net overheen leggen.'

'Mag dat dan zomaar?'

Ik haalde opnieuw mijn schouders op. 'Geen idee. Maar misschien word ik niet gepakt. En als een jachtopziener mijn net vindt... Nou ja, dan heb ik pech.'

Liv dacht even na en vroeg toen: 'En wat wil je doen met al die frambozen?'

'Jam maken,' antwoordde ik. 'Ik heb een vriendin met een fornuis. En een heel lekker recept van mijn moeder.'

Ze kreeg een verlangende blik in haar ogen. 'Weet je dat ik soms terugverlang naar de tijd in de pastorie? Naar een tijd zonder dienstmeisje en zonder verveling.'

'Komt dat dan zo vaak voor?' vroeg ik. 'Dat je je verveelt, bedoel ik. Hooggeplaatste dames hebben toch veel sociale verplichtingen, moeten bals organiseren en hun man steunen...'

'Dat wel, maar het is niet hetzelfde,' antwoordde ze. 'Als ik jam wil hebben, zeg ik dat tegen de kokkin. Dan geef ik haar een boodschappenlijstje en zij zorgt ervoor dat de jam op de dag die ik heb bepaald klaarstaat in fraaie potten met een mooi etiket erop.' Ze viel even stil. 'In de pastorieën gebruikten we de jampotten steeds opnieuw. We wasten ze af en bewaarden ze. Tot we weer fruit gingen plukken en inmaken. Dat was veel leuker.'

'Iedere vrouw zou blij zijn als ze dienstmeisjes had,' gaf ik haar ter overweging.

'En als je ze hebt, wens je dat ze weer zouden verdwijnen. Je bent geen moment alleen...' Ze boog haar hoofd. 'Ik dacht altijd dat ik veel kinderen zou krijgen, die hulp noodzakelijk maakten. Maar het heeft niet zo mogen zijn.'

Ik nam haar eens goed op. Ze zag er gezond uit, had een rijke man en genoeg geld. Maar geen kinderen. Blijkbaar was ook het leven van welgestelde vrouwen niet perfect.

Ze schudde haar hoofd, alsof ze een gedachte wilde verdrijven. 'Het is al goed. Ik ben ondankbaar. Ik heb verder alles.'

Nu keek ze mij in de ogen. 'Wat zou jij wensen? Ik bedoel, als je alles kon krijgen wat je wilde...'

Die vraag zette me aan het denken. Ik had geen slecht leven, al wenste ik soms dat ik makkelijker aan mijn geld kon komen. En die ene wens...

'Als ik echt alles zou kunnen krijgen, dan... Dan zou ik mijn man terug willen hebben.'

'Dat...' Liv schraapte haar keel. 'Dat is begrijpelijk...' Ze wist duidelijk niet wat ze moest zeggen. 'Het moet je zwaar vallen.'

'Soms wel, ja,' gaf ik toe. 'Maar Bjarne zou willen dat ik me niet liet kisten. Dat ik me red in het leven. En daarom sta ik elke ochtend op en probeer ik er die dag het beste van te maken.'

'Misschien moest ik dat maar eens onthouden,' zei Liv en nu verscheen er een glimlach op haar gezicht.

Met het oog op de koets voor het station in Karlskrona hield ik me op de achtergrond, want de jongen op de bok was dezelfde die me had geholpen om mijn fiets van het slot te krijgen. Hij reikte Liv de hand om haar in de wagen te helpen. Nadat hij haar reistas had opgeborgen, klom hij zelf op de bok.

Omdat Liv wist dat hij haar zou komen afhalen, hadden we al op het perron afscheid genomen en afgesproken elkaar een week later 's zondags te ontmoeten in het Hoglands Park. Haar man kon er echt niets op tegen hebben als we elkaar bij toeval tegenkwamen. En als hij toch met haar meekwam, dan zou ik gewoon bij hen uit de buurt blijven en een nieuwe gelegenheid afwachten.

Toen de koets weg was, deed ik mijn rugzak om en liep naar de uitgang. Het werd zienderogen drukker op het station; de trein naar Kristianstad zou straks aankomen. Ik had het station nog maar net verlaten toen ik merkte dat er iemand vlak achter me liep. Eerst dacht ik dat hij op mijn rugzak uit was. Toen ik me vlug omdraaide, hoorde ik zijn stem.

'Wat toevallig dat ik u hier tegenkom, mevrouw Walsted!'

33

Oskar

De trein van Stockholm naar Karlskrona was voller geweest dan ik had verwacht. Ik nam me voor de volgende keer een kaartje met zitplaatsreservering te kopen en nam plaats in de tweede klasse naast een man die een mand met vers gerookte hammen naast zich had staan. Van een ervan sneed hij telkens een stukje af, dat hij met open mond kauwend verorberde. Maar ook aan deze reis kwam een eind en toen ik uit de trein stapte, snoof ik meteen weer de karakteristieke lucht van Karlskrona op. Rook en zeelucht. Een beetje zoals het in Stockholm rook, maar toch weer heel anders.

Ik baande me een weg door de menigte passagiers. De bespreking met mijn contactpersoon had me nieuwe energie gegeven. Als het bericht dat uit Koningsbergen was gekomen klopte, waren we een heel stuk opgeschoten. Nu moesten we dat geschrift alleen nog in handen zien te krijgen.

Mijn gedachten dwaalden af naar mijn buurvrouw. Morgen was het zondag, dan had ze vast vrij, waar ze ook werkte. Ik had het tot nu toe vermeden bij mevrouw Malmström naar haar te vragen. Misschien moest ik dat toch maar doen. Om te weten te komen waar ze werkte, wat haar interesseerde… Ik had de uitgang bijna bereikt toen ik abrupt bleef staan. Ik wist niet wat het was, maar iets trok mijn blik. Een donkere jurk, blond haar.

Geen twijfel mogelijk, daar stond ze, met een rugzak om haar tengere schouders; uit haar opgestoken haar waren een paar strengen losgeraakt, die bij elke windvlaag in beweging kwamen.

Het verraste me enigszins haar hier op het station te zien. Maar misschien was het een speling van het lot. Ik liep naar haar toe. 'Wat toevallig dat ik u hier tegenkom, mevrouw Walsted!'

Ze draaide zich vlug om, bijna vijandig; toen zette ze grote ogen op, waarin een vraag verscheen.

‘U herkent me vast niet zonder baard,’ zei ik lachend. ‘Oskar Andersson. Uw buurman uit het pension.’

Haar wenkbrauwen schoten even omhoog. ‘Ah, de man met de rammelkast,’ antwoordde ze. Toen glimlachte ze besmuikt en haar blauwe ogen begonnen te stralen.

Ik kon niet anders dan haar even goed opnemen. Haar wangen hadden nog steeds een jeugdige ronding, hoewel ze al eind twintig moest zijn, en haar lippen waren zinnelijk gewelfd. Haar ogen lichtten op als de hemel op een heldere zomerdag. In Stockholm zouden de schilders erom hebben gevochten haar te portretteren.

Mijn hart ging sneller kloppen en er trok een warme huivering door me heen. Haar schoonheid maakte zelfs mij een moment sprakeloos. Ik onderdrukte echter mijn plotseling opkomende gevoelens.

‘Dat zult u me wel altijd blijven verwijten, hè?’ vroeg ik met een bedeesd glimlachje.

‘Natuurlijk,’ antwoordde ze. Ze zweeg even en voegde er toen aan toe: ‘Ik… Ik wilde zeggen… Het spijt me dat ik zo bij u kwam binnenvallen.’

‘Nergens voor nodig,’ zei ik. ‘U had er het volste recht toe. Ik had moeten bedenken dat u uw rust hard nodig hebt. Dat het in het pension erg gehorig is…’

Ze nam me even onderzoekend op, toen verscheen er iets op haar gezicht dat ik als nieuwsgierigheid interpreteerde.

‘Bent u… op reis geweest?’ vroeg ze.

Ik probeerde te bedenken hoe ik ervoor kon zorgen dat ze niet meteen weer verdween. Als ze eenmaal achter de muren van het pension zat, zou het lastig zijn een goed voorwendsel te verzinnen om met haar in gesprek te komen.

‘Ja, ik… Het lijkt erop dat we dezelfde trein hebben genomen…’ Ik kon het niet uitstaan dat ik niet in haar wagon had gezeten. ‘Hoor eens, ik weet niet hoelang u al onderweg bent, maar ik kom net uit Stockholm en heb honger als een paard,’ zei ik. Ik voelde nog steeds het ontbijt van mijn moeder een beetje zitten, maar dit was mijn enige kans. ‘Als ik u nu eens voor het eten uitnodigde?’

‘Ik… Ik weet niet,’ zei ze aarzelend en ze keek om zich heen. Zou ze iemand verwachten? Een man misschien?

‘Als u verplichtingen aan iemand hebt…’ begon ik.

Ze schudde haar hoofd. 'Nee, zo iemand is er niet. Maar ik... Ik ben het niet gewend om uitgenodigd te worden.'

'Dan wil ik daar graag verandering in brengen. Om de last die ik u bezorgd heb goed te maken.'

Ze stond nog een poosje in dubio. Ik had graag geweten wat ze nu dacht. Misschien vond ze me opdringerig...

Ik toonde mijn innemendste glimlach en reikte haar de hand. 'Het is maar een etentje. En misschien wilt u me iets over uzelf vertellen. Zodat ik weet waarop ik moet letten om een goede buur voor u te zijn.'

34

Marlene

Toen het huurrijtuig voor het eethuis Gyllene Kronar stopte, had ik bijna spijt dat ik Anderssons uitnodiging had aangenomen. De geur die ons door de geopende ramen tegemoetkwam was hemels, maar had ook veel meer gasten dan gewoonlijk getrokken.

Mijn handen werden opeens koud. Ik kende dit eethuis maar al te goed. Met Bjarne was ik hier geregeld geweest. Sinds zijn dood had ik me hier echter niet meer laten zien.

Sommige zeemansweduwen kwamen hier nog steeds. Toen ik nog geen paria was, spraken we hier weleens af als onze mannen op zee waren. Dan aten en dronken we en vertelden elkaar verhalen over onze mannen. Dat was voorbij toen de Solveig gezonken was. Voor mij tenminste.

Andersson was al bij de deur toen hij merkte dat ik achterbleef. 'Is er iets mis?' vroeg hij.

Ik hoorde stemmen en gelach en mijn ledematen voelden opeens loodzwaar aan. 'Nee, het komt...' Mijn hart ging woest tekeer.

'We kunnen ook ergens anders naartoe gaan,' zei hij, alsof hij mijn schroom aanvoelde.

Ik schudde mijn hoofd. Ik wilde niet dat hij al mijn angsten te weten kwam. Dus liep ik de trap op.

Het was niet zo dat de gesprekken bij mijn verschijnen in de eetzaal opeens stokten. Veel van de gasten kende ik helemaal niet; blijkbaar waren hier ettelijke dagjesmensen en reizigers beland. Maar toen was het alsof ik een klap in mijn gezicht kreeg! Koude rillingen liepen over mijn rug toen ik Mara Sandberg zag, de weduwe van Ulf Sandberg, die met Bjarne had gevaren en met hem was gestorven. Ze had inmiddels een nieuwe man, een arbeider uit de kledingfabriek, zo werd gezegd. Toch koesterde ze nog steeds wrok tegen mij.

Ik vermeed het om haar in het voorbijgaan aan te kijken, maar ik voelde haar blik in mijn rug prikken. En niet alleen die van haar. Hoe verder we doorliepen op zoek naar een vrij tafeltje, hoe meer ogen ons volgden. Enkele gasten lieten hun nieuwsgierigheid, hun verbazing onverholen blijken. Ze keken op, draaiden hun hoofd om, staarden ons aan. Ik was blij toen we eindelijk onze tafel bereikten. Die stond in de op een na verste hoek en toch voelde ik nog steeds de blik van de aanwezigen als spelden in mijn rug.

'Ga maar vast zitten, dan geef ik onze bestelling aan de waard door,' zei Andersson.

'Maar u weet toch niet...' zei ik protesterend.

'Vertrouw maar op mij!' antwoordde hij en hij verdween. Ik nam weifelend plaats op de stoel die zo stond dat ik met mijn rug naar de andere gasten gekeerd zat. Dan zagen ze tenminste niet hoe vervelend ik het vond dat ik door hen werd bekeken.

Eindelijk kwam Andersson terug. Mijn hele lichaam stond inmiddels stijf van de spanning.

'U schijnt een plaatselijke beroemdheid te zijn,' begon hij toen hij op de stoel tegenover me ging zitten.

'Hoe komt u daarbij?' vroeg ik bedrukt. Zou de waard hem hebben verteld wie de vrouw in zijn gezelschap was?

'De mensen kijken naar ons alsof u de kroonprinses bent.'

Ik bloosde. 'O, dat komt zeker niet doordat ik beroemd ben. Tenminste, niet in de zin die u zou vermoeden.'

Ik haalde mijn omslagdoek van mijn schouders. Ondanks de open ramen was het benauwd in de eetzaal. Het liefst had ik ook de kraag van mijn jurk losgeknoopt, maar dat durfde ik niet.

'Ik zie mensen bijna hun nek verrekken.' Andersson keek over mijn schouder de zaal in. 'Wat hebt u op uw kerfstok?'

'U hebt dus nog geen verhalen over me gehoord?' vroeg ik ontwijkend en het verbaasde me dat zelfs Siri het niet over me had gehad.

Andersson lachte. 'Ik ben hier nog maar kort, geef me nog wat tijd!' Serieuzer voegde hij eraan toe: 'Maar als journalist heb ik hoe dan ook niet veel op met informatie uit de tweede hand. Vooral niet als ik degene over wie de verhalen gaan voor me heb zitten...'

Terwijl zijn blik op mijn gezicht bleef rusten voelde ik een vreemde tinteling in mijn buik. Was het angst? Ik wilde hier nog steeds weg, maar zijn aanwezigheid voelde niet onprettig aan. Ja, ik voelde me met hem veiliger dan daarnet.

'U vindt dat ik u mijn versie van het verhaal moet vertellen voordat u het van de anderen hoort?'

De waard kwam eraan en onderbrak ons gesprek. Tot mijn verrassing gaf hij Andersson twee tot de rand gevulde glazen bierpullen aan.

'Wilt u me dronken voeren?' vroeg ik.

'Geenszins,' zei Andersson. Hij zette een pul voor me neer. 'U ziet eruit als een vrouw die wel wat kan hebben.'

'Zo'n compliment heb ik nog nooit gekregen,' antwoordde ik droog, maar toen we elkaar aankeken, moesten we allebei lachen.

'Nou, wat zijn dat voor verhalen over u?' vroeg Andersson en hij nam een slok.

Ik keek in mijn bierpul. Bier was niet iets wat ik graag dronk, maar het zou onbeleefd zijn geweest het te weigeren. Ik nam een slok en wist meteen weer waarom ik er niet van hield. Maar het duurde niet lang of ik werd er warm van.

'Ik ben de weduwe van Bjarne Walsted, de kapitein van de Solveig,' vertelde ik en ik zag een vreemde blik in zijn ogen verschijnen. Had hij er misschien toch al van gehoord? 'Zegt de naam Solveig u iets?' vroeg ik daarom.

Andersson stak zijn onderlip naar voren. 'Nee. Wat is er gebeurd?' Hij hief opnieuw zijn glas en nam een teug.

Ik nam ditmaal een grotere slok en antwoordde toen: 'De Solveig was een oude schoener. Toen hij er de laatste keer mee de zee op ging, zei mijn man dat hij overwoog op een stoomschip te zullen aanmonsteren... Alsof hij dat gekund had, met de liefde die hij voor dit schip koesterde...' Mijn hart kromp ineen bij de herinnering aan het laatste moment voor zijn vertrek. 'De Solveig had petroleum geladen, maar voordat ze dat hier konden afleveren is ze op zee vergaan. Niemand weet wat er precies is gebeurd.' Ik stokte en kreeg tranen in mijn ogen. 'Mijn man kreeg er de schuld van dat twintig mannen waren omgekomen.'

Ik werd omgeven door stilte – als je dat zo kon noemen in een eetzaal vol pratende mensen. Ik voelde het echter opeens zo.

'Wat vreselijk,' zei Andersson na een poosje. Hij keek me bezorgd aan. 'De maanden erna moeten de hel voor u zijn geweest.'

Ik knikte. Een beetje hoopte ik dat de alcohol me in nevelen zou hullen, maar dat gebeurde niet. Misschien had ik een borrel bij het bier moeten drinken.

'In vele opzichten,' antwoordde ik.

'Ze hebben u zeker medeverantwoordelijk gehouden?' vroeg hij, alsof hij op dat moment in mijn ziel kon kijken.

'Ja.' Ik veegde de tranen van mijn wangen. 'Ze konden hem niet meer bereiken, dus hebben ze zich op mij afgereageerd.'

Andersson liet dit even bezinken.

'Toch bent u in Karlskrona gebleven,' stelde hij ten slotte vast.

'Waar had ik anders naartoe gemoeten?' Ik haalde mijn neus op. 'Ik had mijn werk hier. Ik moest ergens van leven, na Bjarnes dood meer dan ooit. En zelfs maanden later koesterde ik nog hoop dat hij op een dag terug zou komen. Dat het hem zou zijn gelukt om ergens aan land te gaan...' Ik keek Andersson in de ogen en negeerde dat de bediening met onze maaltijd op onze tafel afstevende. Ik voelde alleen maar dat mijn hart opnieuw brak. 'Weet u, als je geen grafsteen hebt, geen plaats waarvan je weet dat de overledene er ligt, hou je nooit op met hopen.'

35

Oskar

Na deze veelbewogen dag ging ik vroeg naar bed. Weliswaar niet zonder nog eenmaal op de gang te gaan luisteren. Ik probeerde te horen of mevrouw Walsted – Marlene, zoals ik haar heimelijk noemde – misschien huilde, maar het was helemaal stil. Waarschijnlijk sliep ze al. Toch wist ik op het moment dat ik op mijn matras ging liggen dat ik niet zo gauw in slaap zou vallen. Wat had ze er verdrietig uitgezien toen ze over haar man vertelde! Wat ze had gezegd over blijven hopen als de grafsteen en de plek waar de overledene lag ontbraken, had me erg aangegrepen.

Ze had gelijk. Veel te vaak werden begraafplaatsen als iets lastigs, iets storends beschouwd. Je meed ze om niet aan je eigen sterfelijkheid te worden herinnerd. Nu lag ik wakker en probeerde me voor te stellen hoe haar leven eruit moest zien. Graven waren plaatsen van gebed, van herinnering, maar zij had alleen de zee. Het werd me duidelijk waarom ze bij onze ontmoeting op de kade zo verlangend naar de golven had gekeken.

Ik had haar gevraagd of ze iets van haar man had behouden, een haarlok, een pijp misschien. Ze had me met een mengeling van verlangen en verdriet aangekeken en gezegd: 'Bjarne was van mening dat het ongeluk bracht als ik hem bij zijn vertrek om een aandenken zou vragen. Alsof je dan al rekening houdt met de ondergang van het schip, nog voordat het is vertrokken. Daarom zijn er maar een paar van zijn kledingstukken en wat spullen die we gezamenlijk gebruikten overgebleven. Ik heb alles weggegeven, want ik vond het te pijnlijk om ernaar te kijken.'

Dat begreep ik. Na mijn scheiding van Lisbeth had ik ook niets van haar willen houden. Om andere redenen, natuurlijk. Ik was ontzettend boos op haar en wilde haar door wat ze had gedaan uit mijn leven bannen. Toen ik na maanden een omslagdoek van haar vond, heb ik die uit woede in het vuur gegooid. Ik vond het niet erg dat ik niets dan herinneringen van haar overhad.

Aan Marlene kon ik echter zien dat ze het nu betreurde niets meer van haar man te bezitten.

Wat me nog meer had geschokt, was het feit dat de andere weduwen haar collectief de schuld in de schoenen hadden geschoven. Dat ze werd verstoten terwijl ze die gemeenschap zo dringend nodig had.

Ik moest toegeven dat mijn wens om haar te spreken te krijgen was voortgekomen uit egoïsme. Nu ging het me echter na aan het hart om haar gerechtigheid te doen toekomen. Om haar te bevrijden van de schuldlast die haar op de schouders drukte terwijl ze er niets aan kon doen. En om ervoor te zorgen dat ze zich in de stad weer echt thuis zou voelen.

Na enige tijd hield ik het niet meer uit in bed. Ik trok mijn ochtendjas aan en liep naar mijn tas. Mijn contactpersoon had me een afschrift van de brief gegeven waarvan het origineel zich nog steeds in Rusland bevond. Bovendien had ik een nieuw notitieboekje aangeschaft. Als ik de afschriften dan 's nachts niet met mijn schrijfmachine kon maken, kon ik tenminste met de hand wat voorbereidend werk doen.

Ik ontstak de lamp op het bureau – een product van de plaatselijke fabriek, zag ik aan de gravure – en terwijl ik me voorstelde dat Marlenes handen die misschien in elkaar hadden geschroefd, sloeg ik het tweede bundeltje documenten van mijn informant open.

36

Liv

Na een week waaraan geen einde leek te komen verheugde ik me op de zondag. Ik was nog steeds danig uit mijn doen en bovendien was mijn pols vervelend gaan jeuken. Dokter Bronlundt, onze huisarts, zei dat dat normaal was en dat het betekende dat het bot goed genas.

Ik had Sten nog steeds niet verteld van mijn erfenis. Ook Nanna had ik niet in vertrouwen genomen. De enige die ervan wist was Marlene. Ik hoopte dat ze naar het park zou komen.

Nadat Astrid me in mijn crèmekleurige uitgaansjurk had geholpen, waarvan de naaister in de afgelopen week de mouwen had veranderd, ging ik naar beneden, waar ik bij de keukendeur bleef staan. Op de lange tafel stond het tenen mandje waarom ik de avond tevoren had gevraagd al klaar. Ruth vulde het met in perkamentpapier gewikkelde pakketjes.

'Goedemorgen,' zei ik, waarop de kokkin zich verschrikt omdraaide.

'Ah, mevrouw! Goedemorgen! Ik ben juist bezig uw mand in te pakken.'

Ik liep ernaartoe. Op het ene bord zag ik pasteitjes liggen, op het andere een stapeltje koekjes.

'Hier zit alles in wat u en meneer het lekkerst vinden.'

Ze dacht dus dat ik met Sten ging picknicken. Ik onderdrukte de impuls haar te corrigeren, glimlachte en antwoordde: 'Dat is heel aardig van u.'

'Ik heb ook *syltkakor* gebakken. Volgens recept van mijn grootmoeder.'

De aanblik van de jamkoekjes, waarvan de randen met grote suikerkorrels waren bestrooid, liet me het water in de mond lopen.

'Zou u het recept daarvan er misschien even bij kunnen stoppen?' vroeg ik, want ik herinnerde me dat Marlene het over die vele frambozenstruiken had gehad. Misschien zou ze de jam die ze van de oogst wilde maken ook voor koekjes willen gebruiken.

'Maar natuurlijk, mevrouw,' antwoordde Ruth. In haar ogen las ik de vraag waarvoor ik het recept nodig had, maar het paste haar niet vragen te stellen. Ik bedankte haar met een vriendelijke glimlach en verliet de keuken.

In de eetkamer was het dienstmeisje al bezig. De geur van de eieren met gebakken spek deed me watertanden. Ik had vandaag mijn korset iets losser laten strikken, zodat ik mijn buikje rond kon eten. Toen Astrid me zag, maakte ze een knicks en trok zich terug.

Op tafel stonden een zilveren koffiekan en een schaal met diverse jamsoorten, brood, kaas, worst en boter onder een kristallen stolp. Waarschijnlijk had ik mijn ontbijt nooit eerder zo bewust opgemerkt als op dit moment. Mijn maag rommelde hoorbaar en ik schoot bijna in de lach. Nauwelijks te geloven dat ik er pas twee weken geleden nog angstvallig op had gelet dat mijn taille zo smal mogelijk bleef. Dat ik had gehoopt dat Sten me zou opmerken.

Paradoxaal genoeg wilde ik nu juist het liefst niet door hem worden gezien. Zijn vingerafdrukken op mijn arm waren verbleekt tot kleine gele vlekken, maar nog steeds werd ik bang als ik aan zijn blik terugdacht.

Ik ging zitten en snoof de frisse ochtendlucht op, die zich vermengde met de geur van het boeket dat midden op tafel stond.

'Komt meneer vandaag niet ontbijten?' vroeg Astrid nog eens. Ik had haar eerder al gevraagd om maar voor één persoon te dekken.

'Dat weet ik niet,' antwoordde ik. 'Ik denk dat het beter is als we hem voorlopig niet storen.'

Het meisje maakte een knicks en trok zich terug.

Ik besmeerde mijn boterham met boter en lepelde een beetje jam uit een van de potjes.

Mijn tong proefde de zomer. Meteen zag ik de tuinen van de pastorieën voor me, waar het 's zomers naar bloemen en rijpe appels rook…

Het geluid van de deur verjoeg mijn gedachten. Sten kwam binnen.

Ik keek verrast op en meteen trok mijn maag zich samen. Ik had aangenomen dat hij ook vandaag mijn gezelschap zou mijden en rechtstreeks naar kantoor zou rijden.

Hij liet zijn blik over de tafel gaan. Natuurlijk merkte hij dat er voor hem niet was gedekt.

'Goedemorgen, Sten,' zei ik een beetje onzeker. 'Zal ik Astrid voor je laten dekken? Ik wilde je niet lastigvallen…' Ik verwachtte dat hij me zou toesnauwen waarom ik daar niet eerder aan had gedacht, maar hij keek me slechts uitdrukkingloos aan.

'Nee, ik... Ik wilde toch al meteen naar kantoor.'

Ik probeerde mijn vreugde te verbergen. En dat terwijl ik er pas twee weken geleden vurig naar zou hebben verlangd dat hij met me mee zou gaan.

'Ik zag dat Ruth een picknickmand heeft klaargemaakt,' zei hij. 'Ben je van plan uit te gaan?'

Ik kreeg het opeens Spaans benauwd. Dan was hij dus in de keuken geweest. Waarschijnlijk om zich wat proviand voor de rest van de dag te laten geven.

Wat moest ik zeggen?

'Ik wil vandaag wat tijd in het park doorbrengen,' antwoordde ik. 'Lezen, genieten van de frisse lucht... Dokter Bronlundt dacht dat het goed zou zijn voor de genezing van mijn pols.'

Sten reageerde met een hoofdknik. 'Ik... Ik wilde je zeggen dat het me spijt.'

Ik trok mijn wenkbrauwen op. Nog voordat ik kon vragen wat hij bedoelde, vervolgde hij: 'Ik had je niet zo hard mogen aanpakken.'

Ik wist niet wat ik daarop moest zeggen. Dat het in orde was? Dat ik die blauwe plekken nauwelijks meer voelde?

'Het was niet goed van me om erop aan te dringen dat je tijd met me zou doorbrengen,' antwoordde ik. 'Je zaken zijn belangrijker, dat weet ik nu.'

Sten keek naar de neuzen van zijn schoenen en begon aan zijn manchetten te frummelen; een teken dat hij nerveus was. 'Hoe gaat het met je arm?' vroeg hij toen hij weer opkeek.

Ook dat verbaasde me. Was het mogelijk dat hij weer tot zichzelf was gekomen? Als ik eraan dacht hoe korzelig hij had gereageerd toen ik hem over het overlijden van mijn vader had verteld...

'Het gaat beter,' antwoordde ik. 'De arts in het ziekenhuis zei dat hij het gips na drie weken weer wilde verwijderen. Ik ga de komende week dus naar het ziekenhuis...'

Weer knikte Sten. En weer viel er een stilte na mijn woorden. Mijn hart verkrampte. Wat was er aan de hand? Waarom kon hij niet gewoon naar me toe komen, me in zijn armen nemen en zeggen dat hij nog steeds van me hield? Maar misschien verlangde ik te veel. Hij had tenslotte zijn verontschuldigingen aangeboden...

'Nou,' zei hij en met een ruk rechtte hij zijn rug. 'Dan wens ik je een prettige dag.'

Ik onderdrukte een zucht. Mijn kleine vlammetje van hoop doofde even vlug als het was opgevlamd.

'Ik jou ook,' zei ik. Vele andere woorden lagen me op de tong. De vraag waarom hij zo afwijzend deed. Wat ik kon doen om ervoor te zorgen dat het weer beter werd. Of hij niet in orde was. Maar voordat ik ze kon uitspreken, deed hij de deur van de eetkamer achter zich dicht.

37

Marlene

Met mijn handen verstrengeld op mijn buik lag ik op bed naar het plafond te staren. In de verte sloeg de kerkklok negen uur. Ik zou Liv om tien uur ontmoeten, dus ik had nog wat tijd. Aangekleed was ik tenslotte al.

Deze keer had het er niet aan gelegen dat meneer Andersson in de kamer naast me zijn schrijfmachine had laten rammelen dat mijn nacht zo kort was geweest. Het kwam eerder doordat onze avond in het eethuis na een week nog steeds niet uit mijn gedachten was. De vriendelijke woorden die hij voor mij en Bjarne over had gehad... Het had me goedgedaan met iemand te praten die mij niet als schuldige zag. En ik vroeg me af wanneer we elkaar weer konden ontmoeten. Hij woonde hiernaast en toch had ik hem de afgelopen week niet gezien. Ik was te lang in de fabriek geweest. De extra nachtdienst was me niet in de koude kleren gaan zitten.

Meer dan eens was het bij me opgekomen bij hem aan te kloppen, maar als ik dan voor zijn deur stond, was de moed me in de schoenen gezonken. Misschien zou ik het vanavond nog eens proberen.

Uiteindelijk stond ik op, ik maakte mijn kapsel in orde en streek mijn jurk glad. Het was een van de weinige mooie jurken die ik nog had uit mijn tijd met Bjarne, lichtblauw met bloemetjes. Eigenlijk veel te netjes voor een stadswandeling, maar het was zondag en ik zou samen met Liv zijn. Ik wilde niet dat mijn verschijning haar in verlegenheid bracht.

Toen ik mijn kamer verliet, viel mijn blik op zijn deur. Ik stapte naar voren en legde mijn hand op het hout. Ik wist niet wat er met me aan de hand was. Waarom spookte hij zo door mijn hoofd? Tot nu toe had ik altijd gedacht dat na Bjarne geen man me meer zou kunnen interesseren. Maar opeens was ik daar niet meer zo zeker van.

Gewoonlijk merkte ik het wanneer er iemand in een kamer was. Maar daar was het nu te stil voor. Dus trok ik mijn hand terug en liep naar de trap.

Ditmaal nam ik mijn fiets niet mee. Vanaf het pension was het een heel eind naar het Hoglands Park en daarom liep ik stevig door voordat het druk werd op de trottoirs.

Ik was de Frederikskerk net voorbij toen ik naast me een stem hoorde.

'Zo, is het je gelukt een ander aan de haak te slaan?'

Te laat herkende ik de drie vrouwen die kennelijk onderweg naar de kerkdienst waren. Ik deed alsof ik niets had gehoord en vervloekte Mara in stilte. Natuurlijk had ze de anderen verteld dat ze me had gezien.

'Hé, Walsted, ik heb het tegen jou! Of heb je al te veel verbeelding om met ons te praten?' Anett Öberg posteerde zich voor me. Achter haar stonden Nella Holm en Astrid Karlsson. Samen vormden ze een muur.

Mijn spieren spanden zich. Ik had al lang geen directe confrontatie met deze vrouwen gehad. Maar ik was niet van plan me door hen te laten aanvallen.

'Ga opzij, Anett,' zei ik kalm. 'Ik wil geen ruzie, dat weten jullie toch?'

'Wie wil er dan ruzie met je maken?' vroeg Anett schijnheilig, maar ik zag de agressie in haar ogen. 'Ik wil alleen weten of het waar is wat Mara ons heeft verteld.'

Mara. Ik wist het!

'Ik zou niet weten wat jou dat aangaat.' Ik had nee kunnen zeggen, maar ik kende haar goed genoeg om te weten dat ze niet zou opgeven.

'Nou, als het weer een kapitein is die onze nieuwe mannen wil ombrengen, zou het wel prettig zijn dat te weten.'

Ik kreeg een benauwd gevoel op mijn borst en een bittere smaak in mijn mond. 'Drie jaar,' zei ik vermoeid. 'Het is nu drie jaar geleden. Waarom laten jullie me niet met rust?'

'Omdat het jouw man was die ons onze mannen heeft gekost!' Het was alsof ze de woorden in mijn gezicht spuugde.

'En wat schieten jullie ermee op mij dat keer op keer voor te houden?' vroeg ik en ik moest mezelf dwingen om mijn kalmte te bewaren. In de afgelopen drie jaar had ik geleerd dat het beter was zo rustig mogelijk te blijven, en geen vrees of verdriet te laten blijken.

Anett kneep haar ogen tot spleetjes. 'Jij zult nooit meer een blije dag hebben, hoor je me?' Haar vinger boorde zich in mijn borst. 'Daar zorgen wij wel voor. Je man kunnen we niet meer te grazen nemen, maar jou wel!'

Ik had haar het liefst verteld dat ze zichzelf wat al te veel macht toeschreef. Zij waren net als ik eenvoudige vrouwen met roddelpraat als enige wapen.

'Marlene!' hoorde ik iemand roepen.

Anett sperde haar ogen open.

Ik draaide me om in de verwachting dat er nog meer zeemansvrouwen waren opgedoken. Toen zag ik haar.

38

Liv

Ik had geen idee wat die situatie daar voor me te betekenen had. De vrouwen leken op het eerste gezicht met Marlene in gesprek te zijn. Toen ze zich omdraaide, merkte ik echter dat er iets niet in de haak was. Dus zwaaide ik om de anderen te laten weten dat ik bij haar hoorde.

'Ik kom er zo aan, Liv!' riep Marlene, waarna ze zich weer tot de anderen wendde. Wat ze zei hoorde ik niet, maar even later kwam ze naar me toe.

De andere vrouwen staarden haar bijna ongelovig na. Toen trok een van hen de anderen mee in de richting van de kerk.

'Je hebt geen idee hoe blij ik ben je te zien,' zei Marlene opgelucht. Ze bloosde en in haar ogen glansde een mengeling van angst en woede.

'Wat wilden die vrouwen van je?' vroeg Liv. 'Het leek wel of ze je wilden aanvallen.'

'Kon je dat zelfs van veraf zien?'

'Ik zal mijn voelsprieten daarvoor wel hebben behouden,' zei Liv. 'Ik heb tenslotte vroeger in pastorieën gewerkt.'

'Maar een predikant valt toch zeker niemand aan!'

'Nee, maar soms doen anderen dat wel, als ze niet begrijpen waarom er een einde moest komen aan het leven van een kind of echtgenoot. Ik heb meer dan eens gezien dat een wanhopige vader een geestelijke aanvloog.'

Marlene keek nog eens om naar de vrouwen, die net de hoek van een gebouw om gingen. 'Ze zullen heel wat gespreksstof hebben, nu ze jou met mij hebben gezien.'

'Vanwege je man?'

Marlene knikte. 'Anett... is woedend. Zij heeft ook haar man bij de ondergang van de Solveig verloren.'

'Wat vreselijk,' zei ik.

Ze schudde haar hoofd. 'Ach, niemand kan er iets aan veranderen.' Ze dwong zichzelf zichtbaar tot een glimlach. 'Maar we wilden er vandaag toch een gezellige dag van maken?'

We lieten de kerk achter ons en sloegen een zijstraatje in. De voorbijgangers daar leken ons nauwelijks waar te nemen, waar ik net als Marlene heel blij om was.

'Mijn kokkin dacht dat ik met mijn man uit zou gaan,' verklaarde ik, terwijl ik naar de mand wees. 'Daarom heeft ze ook een paar van zijn lievelingshapjes ingepakt.'

'O, ik ben niet kieskeurig, hoor,' zei Marlene lachend. Naarmate we verder van de kerk verwijderd raakten, nam de spanning bij haar duidelijk af. 'Zolang het geen *kæst skata* is.'

Ik trok mijn wenkbrauwen op. 'Dat klinkt onsmakelijk. Wat is het?'

'Mijn man heeft dat weleens van een vaart naar IJsland meegebracht,' antwoordde ze. 'We waren net een jaar samen. Het was het jaar voordat hij met de petroleumtransporten begon.'

Het viel me op dat er een dromerige uitdrukking op haar gezicht verscheen. Die zou wel meer met haar echtgenoot dan met dat merkwaardige gerecht te maken hebben.

'Hij zei dat het een specialiteit was,' vervolgde ze en ze trok haar neus op. 'Het blik stond al aan beide kanten bol. Ik zei tegen hem dat hij niet het lef moest hebben het in huis open te maken. Gelukkig luisterde hij naar me, want de lucht was niet te harden. Toen was hij ook nog zo lief om het spul buiten klaar te maken en het alleen op te eten. Ik zou geen hap hebben binnengekregen.'

'Je man moet een groot incasseringsvermogen hebben gehad.'

'Soms had hij dat zeker, ja,' antwoordde ze en haar gezicht straalde door de brede glimlach die deze herinnering aan haar ontlokte. 'Zeelui proberen van alles en kunnen veel hebben. Niet dat Bjarne ooit weer zo'n blik heeft meegebracht. Hij wilde niet toegeven dat de smaak ook voor hem te veel van het goede was, maar ik ben ervan overtuigd dat het hem moeite heeft gekost om het op te eten.' Ze schudde haar hoofd. 'Je had onze buurman moeten zien! Die heeft zijn hele schuur afgezocht omdat hij vreesde dat er een of ander beest in was doodgegaan.'

Weer schoot ze in de lach zoals ik het niet eerder bij haar had gezien.

Toen klonk er opeens een kreet die ons hevig liet schrikken. Marlene rekte haar hals en keek om zich heen. Het leek of ze de stem kende.

Voordat ik haar kon tegenhouden zette ze het op een lopen.

39

Marlene

'Marlene, wacht even!' riep Liv me achterna, maar ik wilde niet blijven staan. Ik rende werktuiglijk door.

Ik kende die stem! En ik wist opeens ook dat het om leven of dood ging. Als door een wesp gestoken rende ik de straat uit en schoot linksaf de eerste steeg in. De bestrating was glad en ik vervloekte het moment dat ik mijn nette enkellaarsjes had aangetrokken. Mijn hartslag dreunde in mijn oren. Wat zou ik aantreffen?

Sigruns huis was niet meer ver weg. Waarom schreeuwde ze in vredesnaam zo hartverscheurend? Door het antwoord dat bij me opkwam ging ik nog wat harder rennen.

Een kleine menigte had zich verzameld, zodat ik precies wist waar Sigrun was, maar niet meteen kon zien wat er aan de hand was. De mensen stonden met open mond te kijken of fluisterden onder elkaar, maar niemand stak een vinger uit om haar te helpen. Daar werd ik zo nijdig van dat ik me zonder pardon een weg tussen hen door baande. Ik hoorde mensen op me schelden, maar even later zag ik dat het goed was geweest er vaart achter te zetten.

Torben had Sigrun bij haar arm gepakt en meteen daarna gaf hij haar zo'n enorme klap dat het bloed uit haar neus spoot. Ze begon te huilen van de pijn en probeerde zich van hem los te wringen – tevergeefs. Hij trok haar meteen weer naar zich toe en ging door met slaan.

Ik schrok vreselijk. Wilde hij haar soms vermoorden?

In de fabriek zagen we altijd alleen de sporen die zijn handen op haar gezicht hadden achtergelaten. Nooit eerder was een van ons getuige van de mishandeling geweest! Dat kwam waarschijnlijk doordat hij Sigrun anders altijd achter gesloten deuren sloeg. Wat had hem ertoe gebracht dit in het openbaar te doen?

'Sigrun!' schreeuwde ik. Ik wilde dat ze wist dat iemand haar te hulp schoot.

Torben keek verward op. Hij was het blijkbaar niet gewend onderbroken te worden.

Pas nu zag ik dat niet alleen haar neus bloedde. Ze had een wond aan haar wenkbrauw en de linkerhelft van haar gezicht was opgezwollen. Bij een poging de wond met haar hand dicht te drukken smeerde ze het bloed uit over haar gezicht. Ook haar kleding zat vol vlekken.

Nadat hij me met van woede vlammende ogen had aangekeken, haalde Torben uit met zijn vuist en sloeg toe. Sigrun vloog opzij, sloeg hard tegen een muur en gleed langzaam omlaag. Ze had kennelijk het bewustzijn verloren. Maar Torben was nog steeds niet klaar. Woest stortte hij zich boven op haar.

'Nee!' riep ik. Zonder lang na te denken rende ik op hem af en probeerde hem weg te duwen. 'Laat haar met rust!'

Ik had geen idee waar ik de kracht vandaan haalde, maar het lukte me hem een stukje bij haar vandaan te duwen.

Torben wankelde achteruit. Ik kreeg tranen in mijn ogen van de alcohollucht die hij verspreidde. Het duurde even tot hij zich had herpakt. Toen leken zijn glazige ogen echter vuur te schieten.

'Waar bemoei jij je mee, vuile hoer?' siste hij en hij haalde naar me uit.

Ik week terug. Ik zou het niet tegen hem kunnen opnemen, dat wist ik. En in mijn paniek vroeg ik me af waarom niemand iets deed. Was het dan niet duidelijk dat we hulp nodig hadden?

'Ik sla je kapot!' brulde Torben. Hij wankelde en wierp zich opnieuw boven op me.

Met een gilletje sprong ik opzij en ik stak mijn been uit. Hij viel zwaar op de grond en slaakte een woedende kreet.

Dat was het dan, dacht ik alleen maar toen ik hem zag liggen. Als hij nu weer opstaat, vermoordt hij me. Ik moest gaan rennen, hard weglopen, zorgen voor zo veel mogelijk afstand tussen hem en mij. Maar ik kon het niet; ik was opeens als versteend.

Help ons toch, smeekte ik stilletjes terwijl ik naar die starende mensen keek. *Waarom laten jullie dit toe?*

Torben krabbelde vloekend overeind. 'Ik vermoord je!' schreeuwde hij. Zijn stem sloeg over toen hij de zin herhaalde. Toen stormde hij op me af.

40

Liv

Ik was het niet meer gewend om hard te lopen. Algauw was ik buiten adem en de mand zat me ook in de weg. Het liefst had ik hem laten vallen, maar dan zou ik Sten moeten uitleggen waarom ik dat had gedaan. Ik probeerde Marlene te volgen, maar verloor haar al snel uit het oog.

'Verrek,' schold ik weinig damesachtig. Misschien was het beter geweest haar niet achterna te gaan. Maar wie wist wat haar in die wirwar van stegen wachtte?

Toen ik nog in pastorieën woonde, was ik eens getuige van een brand in het dorp. Een vrouw had geprobeerd haar kind van de bovenste verdieping van het huis te redden. Net toen ze de kleine uit het raam had gegooid, stortte het dak met veel geraas op haar neer. Haar gil was ik nooit vergeten. Wat we zojuist hadden gehoord leek er veel op. Een kreet vol doodsangst en wanhoop.

Ik hoefde niet lang te zoeken naar de plaats waar het tafereel zich afspeelde. Een dichte mensenmenigte stond in een steeg die uitkwam op een pleintje. Boven het ontzette gemompel en gefluister van de omstanders uit hoorde ik een man vloeken en tieren.

De kijkers benamen me aanvankelijk het zicht op wat er gebeurde. De meesten keken alleen voor zich uit en merkten me niet op, maar degenen die me wel zagen, weken uiteen en maakten plaats voor me.

Het eerste wat ik te zien kreeg was een vrouw die onder het bloed zat. Ze leunde tegen de muur van het gebouw aan de overkant en leek wel dood. Toen kreeg ik Marlene in het oog. Ze stond enigszins voorovergebogen en haar gezicht zag vuurrood. Zou die lompe vlegel haar ook hebben geslagen?

Daar kwam hij opnieuw aangestormd, maar voordat hij bij haar was, klonk er een schril fluitje. Het volgende moment kwamen er twee geüniformeerde agenten aanrennen, in het gezelschap van nog twee mannen. Ze stortten zich op de razende kerel voordat hij Marlene iets kon aandoen. 'Laat dat!' riep een van hen. 'Hou je in!'

Maar dat leek hem alleen maar bozer te maken. De man was zo over zijn toeren dat hij zelfs twee van de mannen van zich afschudde. Met z'n vieren moesten ze hem ten slotte tegen de grond werken.

'Ik vermoord je!' brulde hij toen hij wel moest inzien dat het hem aan kracht ontbrak om zich te bevrijden. Wie hij bedoelde was niet duidelijk: Marlene of de vrouw die hij eerst had aangevallen.

In elk geval volgde er een stortvloed van scheldwoorden en obsceniteiten terwijl hij werd weggetrokken.

Marlene perste haar lippen op elkaar en ik zag dat ze haar vuisten balde. Tegelijkertijd begon ze over haar hele lichaam te trillen. Met een starre blik keek ze hem na tot hij verdween. Toen kwam er weer wat leven in haar. Ze liep naar de bebloede vrouw bij de muur, die nu zwakjes bewoog.

'Sigrun? Sigrun!' Ze pakte haar onder de oksels en trok haar bij de muur vandaan, waarna ze haar plat op haar rug legde. 'Haal een dokter!' riep ze. 'Vlug!'

De mensen staarden haar aan en uiteindelijk zette iemand uit de menigte zich in beweging. Ik schudde de korte verstarring die me had bevangen van me af en hurkte naast haar neer.

'Hier,' zei ik en ik reikte haar een schone zakdoek aan.

Marlene bedankte me met een knikje en drukte het doekje op de snijwond. Binnen enkele ogenblikken was het doordrenkt met bloed.

'Sigrun,' zei ze zachtjes. 'Kun je me horen?'

De vrouw deed haar best om haar blik op Marlenes gezicht te fixeren, toen knikte ze nauwelijks merkbaar. Een van haar pupillen was groter dan de andere.

'We gaan je helpen,' zei Marlene. 'We brengen je naar het ziekenhuis.'

In de verte was haar aanvaller nog steeds aan het schelden, maar de politieagenten en de andere mannen hadden hem stevig in hun greep.

De rillingen liepen me bij zijn dreigementen over de rug. Bezorgd keek ik naar Marlene, die nog steeds zachtjes op de gewonde vrouw inpraatte en haar over haar haar streek.

Het duurde niet lang of er verscheen een man in hemdsmouwen met een blonde baard. Hij wekte de indruk tijdens het eten te zijn weggeroepen. In zijn hand droeg hij een leren tas.

'Ik ben dokter Halland,' zei hij. 'Wat is er gebeurd?'

'Ze is door haar echtgenoot mishandeld,' antwoordde Marlene en ik merkte nu dat ze beefde. 'Hij heeft haar geslagen en tegen de muur gesmeten.'

De arts boog zich over haar heen, onderzocht haar kort en zei toen: 'Ze moet naar het ziekenhuis. Ik kan hier buiten niet echt iets doen.'

'Hebt u een wagen waarin u haar zou kunnen vervoeren?' vroeg ik.

'Nee, maar hier vlakbij is een standplaats voor huurrijtuigen.' Hij kwam overeind en liep naar een van de jongens die nog steeds in de buurt rondhingen. Hij zei iets tegen hem en de jongen liep weg. Het volgende moment was Halland weer bij ons. 'Die jongeman haalt een huurrijtuig. Ondertussen leg ik bij mevrouw een verband aan voor haar snijwond, maar in het ziekenhuis moeten ze kijken of ze inwendige verwondingen heeft opgelopen.'

'Hoe zit het met haar oog?' vroeg ik. 'Het is toch niet normaal dat de ene pupil groter is dan de andere?'

'Hersenschudding,' antwoordde hij met een bezorgd gezicht. 'Ook daar zullen ze in het ziekenhuis aandacht aan besteden.'

41

Marlene

Het rijtuig bracht ons naar het Lunds Lazarett en door de vragende blik die Liv me toewierp besefte ik dat ik haar moest uitleggen waarom ik tussenbeide was gekomen. Dat zou ik ook doen, maar niet nu, niet hier.

Bij de ingang van het ziekenhuis hielpen we Sigrun uit het rijtuig. Ze stond erg wankel op haar benen en er sijpelde bloed door het noodverband van de arts. Ook op mijn mooie zondagse jurk waren wat bloeddruppels beland, maar dat was nu bijzaak.

Terwijl ik Sigrun ondersteunde, betaalde Liv de koetsier. Daarna voegde ze zich bij ons en hielp ze mee om Sigrun de buitentrap op te krijgen.

Er zat nu een andere verpleegster aan de ontvangstbalie dan de vorige keer. Ze was nog heel jong en sprong meteen op toen ze ons zag.

'Wat is er gebeurd?' vroeg ze en ik vertelde het haar in het kort. Daarna verdween ze om algauw terug te komen met twee verplegers met een brancard, die Sigrun meteen wegbrachten.

'Laat u ons weten wat er met haar aan de hand is?' riep ik hun na.

'Bent u familie van de gewonde?' vroeg de zuster van de ontvangstbalie.

'Ik ben haar… nicht,' jokte ik.

'En uw naam is?'

'Marlene Walsted.'

'Goed, blijft u daar alstublieft wachten.' De verpleegster wees naar de houten banken die ik maar al te goed kende. 'Ik zal het aan de dienstdoende arts doorgeven.'

Na die woorden verdween ze achter de deur waar Liv twee weken eerder ook doorheen was gegaan. Ze leek daar zelf ook aan te denken, want ze streek met haar gezonde hand over haar gips.

We gingen op de banken zitten en keken een tijdlang zwijgend voor ons uit. Ik was deze keer te vermoeid om mijn herinneringen te vrezen.

Geleidelijk drong tot me door wat er allemaal was gebeurd. Ik kon nauwelijks geloven dat ik Torben had aangevlogen. Ik woog maar half zoveel als hij, of minder zelfs. Vermoedelijk had mijn woede me kracht gegeven. Woede gericht op Torben, woede gericht op de mensen die met open mond hadden staan toekijken wat er met Sigrun gebeurde, zonder een vinger uit te steken.

De twee mannen die de politieagenten hadden gehaald was ik ontzettend dankbaar. Als niemand Torben had tegengehouden, had ik waarschijnlijk samen met Sigrun in het ziekenhuis moeten worden opgenomen.

'Ze is toch niet echt je nicht?' vroeg Liv opeens.

Ik schudde mijn hoofd. 'Mijn collega uit de lampenfabriek.'

'En die vent was haar echtgenoot?'

'Ja, helaas.' Ik slaakte een zucht en streek met mijn hand over mijn gezicht. Nu pas merkte ik dat mijn armen pijn deden. 'Ongelukkig genoeg werkt hij ook in de fabriek.' Ik zuchtte diep. 'Dat zal wat worden, als hij me daar weer ziet!'

'Denk je dat hij je iets zal aandoen?'

Ik haalde mijn schouders op. 'Torben was dronken. Misschien herinnert hij zich morgen niets meer.'

We zwegen een poosje en toen schoot me iets te binnen.

'Weet je,' zei ik tegen Liv. 'Ik geloof dat ik inmiddels nog een ander antwoord op je vraag heb.'

'Welke vraag?' vroeg ze. Ook zij zag er behoorlijk afgemat uit. Ze had donkere kringen onder haar ogen en haar gezicht stond strak, alsof ze weer pijn in haar pols had. Maar het was meer dan dat. Waarschijnlijk had ze nooit eerder gezien dat een man zijn vrouw op straat in elkaar had geslagen.

'Je vraag naar wat ik zou kiezen,' zei ik, 'als om het even welke wens vervuld zou worden.'

'O, die,' zei ze en ze glimlachte vermoeid.

'Omdat ik mijn man niet kan terugkrijgen, zou ik wensen dat er ergens een plek was waar wij vrouwen veilig waren. Veilig voor het gescheld van anderen, voor de gewelddadigheden van mannen die zich niet kunnen beheersen. Een plek waar we ons leven zelf vorm kunnen geven.'

Liv keek me met grote ogen aan, maar voordat ze kon reageren stond er opeens een verpleegster met krachtige armen en een blozend gezicht achter ons. Haar kapje zag eruit alsof ze het met behulp van een mes had gevouwen.

'Mevrouw Walsted?'

Ik sprong op en zag dat ook Liv ging staan.

'De dokter vindt het goed dat u even bij mevrouw Bergsma gaat kijken,' zei ze streng. 'Heel even maar.'

We maakten aanstalten om samen te gaan, maar de verpleegster hield Liv tegen.

'Voor nu alleen nog familie. Het spijt me.'

Ik keek naar Liv, die zich weer op de bank liet zakken. Ik knikte naar haar en volgde de verpleegster toen naar de ziekenzaal, waar de bedden alleen door kamerschermen van elkaar gescheiden waren. De alcoholische geur van ontsmettingsmiddelen hing in de lucht en hier kwam er een metalig luchtje bij, waarschijnlijk door de van bloed doordrenkte verbanden. Er hing nog iets anders in de lucht, wat ik niet kon duiden.

Sigrun zag er klein en fragiel uit in haar ziekenhuisbed. Het verband om haar hoofd was vervangen, maar dekte de zwelling in haar gezicht niet af. Haar linkeroog kon ze niet meer opendoen. Haar wangen zaten vol blauwe plekken. Ook haar neus was flink toegetakeld.

'Dag, nicht,' zei ze met hese stem en ze probeerde te glimlachen.

Ik keek om me heen of ik de verpleegster zag, maar die was achter een van de kamerschermen verdwenen.

'Ik wilde beslist weten wat de dokter had gezegd,' legde ik uit. 'Ik hoop dat je het me niet kwalijk neemt.'

'Wat bedoel je? Dat je me gered hebt?' Ze stak zwakjes haar hand naar me uit. Ik nam hem in de mijne en ging op de bedrand zitten.

'Tot nu toe heeft de dokter nog niet veel gezegd,' vervolgde ze toen. 'Volgens hem heb ik een hersenschudding. Ze hebben me voor een scherm neergezet met achter me een grote buis. Ik had nog nooit een röntgenapparaat gezien.'

Ze haalde diep adem en ik merkte dat praten haar veel moeite kostte. Ze moesten haar iets gegeven hebben, een pijnstillend middel misschien.

'Moet je blijven?' vroeg ik.

'Daar ziet het wel naar uit,' zei Sigrun en ik voelde een overweldigende opluchting. Dan was ze in elk geval niet thuis als Torben uit verzekerde bewaring kwam. 'Ik vraag me alleen af wat ze met Torben zullen doen.'

Haar woorden maakten me sprakeloos. Hoe kon ze aan die rotzak denken, nu ze door hem in het ziekenhuis terecht was gekomen? Voor zover ik wist, was dat nog niet eerder voorgekomen!

Ik besefte dat het zinloos was dat tegen haar te zeggen, dus vroeg ik: 'Hoe is het zo ver gekomen?'

Sigrun sloeg haar ogen neer en kreeg een kleur. 'Ik weet niet, hij... We zouden net naar de kerk gaan toen hij iets in zijn hoofd haalde. Hij had vanochtend al vroeg gedronken en opeens beweerde hij dat ik hem beledigd had, hoewel ik geen woord had gezegd. Alsof hij iets had gehoord wat er niet was. Ik wilde hem kalmeren, maar...'

Torben hoorde dingen als hij dronken was? Daar schrok ik van. Die vent moest naar de dokter!

'Wat denk je dat ze bij de politie met hem zullen doen?' vroeg Sigrun nu.

'Ze stoppen hem vermoedelijk in een dronkenmanscel,' antwoordde ik. 'Ik had de indruk dat hij erg dronken was.'

'Hij... Hij zal spijt hebben als hij weer bij zinnen is gekomen,' zei ze en ze klauwde met haar handen in de deken. 'Ik weet zeker dat hij zijn excuses zal aanbieden.'

Ik onderdrukte een zucht. Dat zei ze altijd. Maar hoelang zou het duren tot het weer gebeurde? Ik wilde van alles zeggen, maar ik wist dat ik niet het recht had me uit te spreken. Om van hem af te komen moest Sigrun haar man verlaten en naar een andere stad vertrekken. Maar daarvoor zou ze waarschijnlijk de moed niet kunnen opbrengen.

'Misschien is het heel goed dat jullie een paar dagen afstand bewaren en hij inziet wat hij aan je heeft,' zei ik bemoedigend en ik streek een haarstreng uit haar gezicht. Ik geloofde zelf niet wat ik zei, maar Sigrun leek tevredengesteld te zijn.

'Ze moet nu rusten,' zei de verpleegster achter me.

Ik knikte en pakte nog eenmaal Sigruns hand, die ook verbonden was. 'Ik kom je gauw weer opzoeken. Zul je goed uitrusten?'

Sigrun knikte en zei toen zachtjes: 'Bedankt dat je... me geholpen hebt.'

'Spreekt vanzelf,' antwoordde ik en ik verliet de ziekenzaal met een hart vol zorgen om Sigrun en vrees voor de volgende dag.

42

Oskar

Ik was die dag goed opgeschoten met de documenten kopiëren. De volgende dag kon ik de afschriften al naar mijn tussenpersoon opsturen en de originelen terugbrengen naar mijn informant. Ik hoopte vurig dat er beweging was gekomen in de zaak-Koningsbergen, zoals ik die noemde, zodat we eindelijk een stap verder kwamen.

Mijn pogingen om Marlene tegen te komen waren echter vergeefs geweest. Toen ik bij mevrouw Malmström naar haar vroeg, vertelde ze dat Marlene even na negenen het huis had verlaten – zonder te hebben ontbeten, had ze er enigszins teleurgesteld aan toegevoegd.

Natuurlijk hoorde ze me daarna verder uit, of ik haar al had ontmoet en gesproken. Ik probeerde het vaag te houden, maar aan de glans in haar ogen had ik gezien dat haar nieuwsgierigheid gewekt was.

Helaas was Marlene er bij het avondmaal ook niet en de dagen erna had ik evenmin geluk. Ik nam me vast voor om mijn best te doen haar pad in de komende week te kruisen. Ik zou misschien zelfs naar de lampenfabriek kunnen gaan om haar op te halen. Dat zou tot geroddel kunnen leiden, maar ze was toch een vrije vrouw? De rouwperiode was al lang voorbij...

Ik wilde net doorgaan met overtypen toen ik voetstappen op de trap hoorde. Ze waren licht en zacht en klonken ook wat vermoeid. Dat was vast niet mijn hospita! Ik sprong op en liep vlug naar de deur. Toen ik hem opendeed en het lichtschijnsel uit mijn kamer op Marlene viel, schrok ik. Haar jurk werd ontsierd door bloed en vuil. Haar haar zat in de war en de uitputting was van haar gezicht af te lezen. ‘Mevrouw Walsted! Wat is er gebeurd?’

Ze zuchtte en schonk me een scheef glimlachje. ‘Een vechtpartij.’

Ik werd meteen bevangen door bezorgdheid. Haar verhaal stond me nog zo goed voor de geest dat ik aanvankelijk vermoedde dat ze vanwege haar man kon zijn aangevallen.

'Een collega uit de fabriek sloeg zijn vrouw,' verklaarde ze toen. 'Ik heb geprobeerd haar te helpen.'

Ik staarde haar verschrikt aan. 'U hebt het toch zeker niet tegen hem opgenomen?'

'Dat is maar hoe je het bekijkt,' zei ze. 'Ik heb hem beentje gelicht. Toen hij zich boven op me wilde storten, heeft de politie hem tegengehouden.'

Dat vond ik nog veel verontrustender. Ik wist niet wie die kerel was, maar ik kon me voorstellen wat hij met haar zou hebben gedaan.

'Toen hebben we Sigrun naar het ziekenhuis gebracht,' vervolgde ze.

'Wat vreselijk,' zei ik en ik voelde woede opkomen. Ik was genoegzaam bekend met dat soort mannen: autoritair, driftig en behept met het idee dat vrouwen hun bezit zijn. 'Wilt u misschien even binnenkomen?' vroeg ik, want ze leek erg terneergeslagen. Het liefst had ik haar in mijn armen genomen, maar dat zou ongepast zijn geweest. Dus zei ik: 'Ik heb nog wat over van het avondeten...'

Even aarzelde ze, toen verscheen er een glimlachje op haar gezicht en ik wist niet of ze het meer tegen zichzelf of tegen mij had toen ze antwoordde: 'Waarom niet?'

Ik leidde haar naar mijn bureau en zette haar vlak voor de grote schrijfmachine neer. Ik merkte dat haar blik over de kaal gesleten toetsen gleed.

'Als u wilt, leg ik u uit hoe die werkt,' bood ik aan terwijl ik de deur sloot.

'Dat zou leuk zijn,' zei ze. 'Hoewel deze machine me uit mijn slaap heeft gehouden, lijkt ze me erg interessant. Bij ons op de boekhouding hebben ze die dingen ook.'

Terwijl ze met haar vinger even over de zwartgelakte kast streek, liep ik naar het dressoirtje bij de deur, pakte er een fles brandy uit en schonk een beetje van de goudbruine vloeistof in twee glazen.

'Heb ik bij mijn indiensttreding van mijn uitgever gekregen,' verklaarde ik toen ik haar het glas aanreikte. 'Waarschijnlijk is hij van mening dat een schrijversblok goed kan worden opgelost met Engelse brandy.'

'En, is dat ook zo?' vroeg ze en ze nipte voorzichtig aan haar glas. De brandy leek zijn naam alle eer aan te doen, want ze vertrok haar gezicht.

Normaal gesproken dronk ik ook geen sterkedrank, maar ik voelde dat ik er na de eerste schrik wat rustiger van werd.

'Het was erg dapper van u om zich ermee te bemoeien,' zei ik. 'Dat had vast niet iedereen gedurfd.'

Ze snoof spottend en zei: 'Ik ben bang dat u daar volkomen gelijk in hebt. Niemand stak een vinger uit. Ze bleven allemaal toekijken toen hij haar tot bloedens toe sloeg.' Ze nam nog een slokje brandy en zette het glas toen neer.

'Hebt u nog met die vrouw kunnen praten?' vroeg ik. 'Haar kunnen vragen hoe het zover gekomen was?' Dat ze naar het ziekenhuis moest, klonk niet best.

'Ja, even. Ze zei dat hij dronken was en had gehoord dat ze hem beledigde. Maar dat klopte niet, ze had niets gezegd.'

'Goeie hemel!' Het ontsnapte me. Een razende man was al erg genoeg, maar iemand die dingen hoorde die er niet waren... Mijn bezorgdheid stak opnieuw de kop op.

'De dokter zei dat ze een hersenschudding heeft. Bovendien heeft ze een snijwond en een neusbloeding. Dat is waar het bloed op mijn jurk vandaan komt.'

Met lichte teleurstelling streek ze over de al wat verschoten, maar fraai geborduurde stof. 'Bent u weleens in zo'n situatie beland?' vroeg ze.

'Gelukkig niet. Ik heb in elk geval nooit tijdens een mishandeling tussenbeide hoeven komen. Maar een pak slaag heb ik weleens gekregen, ja.'

'U zou toch zeker niet hebben weggekeken?'

Ik schudde mijn hoofd. 'Ik zou niet kunnen. En ik zou bijna willen dat ik ook in de stad was geweest.'

Marlene bleef me een tijdlang aankijken. Het was alsof ze door mijn ogen heen in mijn ziel probeerde te kijken. Wat zou ze daar vinden? Wat wilde ik haar laten zien?

'Heeft hij u iets aangedaan?' vroeg ik in plaats daarvan en ik sloeg mijn ogen neer.

Ze schudde haar hoofd. 'Nog niet, maar...'

'Wat?' vroeg ik verontrust.

'Hij is een collega van me uit de fabriek. Hij zal vast proberen het me betaald te zetten. Op een of andere manier.'

'Kan hij dat dan?'

Marlene haalde haar schouders op. 'Ik weet het niet. Als ze hem weer laten gaan...'

'Dan mag ik hopen dat ze hem nog heel lang in de cel houden, tot hij is gekalmeerd,' zei ik en ik pakte haar hand. Het was een impulsief, misschien wat opdringerig gebaar waarvan ik me pas bewust werd toen ik haar aankeek. Maar ze trok haar hand niet weg.

'Aarzel alstublieft niet om het me te laten weten als u hulp nodig hebt,' zei ik. 'Het maakt niet uit waar het om gaat.'

Ze nam me onderzoekend op. 'Meent u dat serieus?'

Ik knikte. 'Ik mag dan maar een journalist zijn, ik kan best mijn vuisten gebruiken als het nodig is.'

'U hoeft zich omwille van mij niet in problemen te storten,' zei ze en ze keek naar haar hand in de mijne. Nog steeds maakte ze geen aanstalten om hem weg te trekken.

'Maar toch bedankt,' voegde ze eraan toe en toen glimlachte ze bedeesd naar me. 'Zei u niet iets over avondeten?'

43

Liv

Die avond zat ik nog lang aan mijn bureautje en bekeek mijn gipsarm. Die zag er inmiddels al behoorlijk vuil uit en ik was blij dat ik het gips in de komende week eindelijk kon laten verwijderen.

Wat was er veel veranderd in de twee weken sinds mijn val van de koets! Marlene was in mijn leven gekomen, mijn vader was overleden en nu was ik ook nog getuige van een mishandeling geworden. En had ik het slachtoffer bijgestaan, al was het indirect. Dat was meer opwinding dan ik in de afgelopen jaren had meegemaakt.

De geweldsuitbarsting van die man tegen zijn vrouw had me flink uit mijn evenwicht gebracht. Het was alsof ik uit een langdurige slaap was ontwaakt. Voorheen had ik er nauwelijks over nagedacht hoe het andere vrouwen verging. Ik had alleen medelijden met mezelf gehad omdat ik geen kinderen kon krijgen. Niet volstond als echtgenote. Me nutteloos voelde.

En nu zag ik een andere kant van het vrouwenleven. Een kant waarvoor ik tot dusver mijn ogen had gesloten. Mijn vader, mijn echtgenoot en nu die onbekende man. Ze hadden ieder hun eigen vorm van geweld gebruikt. Tegen mij. Tegen andere vrouwen.

Mijn vader had me gedwongen met Sten te trouwen nadat hij mijn moeder had uitgebuit zonder haar te steunen.

Sten had me in een uitbarsting van woede vastgegrepen.

En die Torben Bergsma had me nu laten zien hoe het kon aflopen als een man tegenover zijn vrouw zodanig zijn zelfbeheersing verloor dat hij misschien zelfs in staat was haar te vermoorden. Er liep een rilling door me heen toen ik die bloedende Sigrun weer voor me zag. Ik had het makkelijk zelf kunnen zijn.

Waarom deden sommige mannen vrouwen toch zoiets vreselijks aan? Alsof ze hun eigendom waren, dat ze kapot konden maken als ze er zin in hadden...

Ik dacht terug aan Marlenes woorden: *Ik zou wensen dat er ergens een plek was waar wij vrouwen veilig waren… Een plek waar we ons leven zelf vorm kunnen geven.*

Een klop op de deur haalde me uit mijn gedachten.

'Binnen,' antwoordde ik, hoewel ik momenteel eigenlijk niemand wilde zien.

Astrid stak haar hoofd om de hoek. 'Hebt u mijn hulp nodig, mevrouw?'

Het woord 'nee' lag me al op de tong, maar toen besefte ik dat het al ruimschoots voorbij mijn normale bedtijd was. En dat Astrid vast naar huis zou willen. 'Ja, kom maar binnen.'

Terwijl ze de deur achter zich dichtdeed, stond ik op. Doordat mijn arm in het gips zat, vond ik het lastig om de knoopjes van mijn jurk zelf los te maken. Ik voelde me als een klein kind. Hulpeloos. En dat beviel me helemaal niet.

Astrid hielp me uit mijn jurk en opeens merkte ik dat ze stokte in haar bewegingen. Ik keek naar haar en zag de rode druppeltjes op mijn rok. Er was ook wat van Sigruns bloed op mijn jurk terechtgekomen.

Ik kreeg het opeens warm. Ik hoefde Astrid geen verantwoording af te leggen en toch bekroop me een schuldgevoel. Ik had Sten niets van de gebeurtenissen van die dag verteld, terwijl ik hem eigenlijk meteen in vertrouwen had moeten nemen.

'Zal ik uw jurk in de was doen?' vroeg Astrid toen onze blikken elkaar kruisten.

Ik keek haar een beetje betrapt aan en knikte toen. 'Ja, natuurlijk. Dank je.'

Toen ze weg was, ging ik terug naar mijn bureautje en trok de lade open. Verborgen onder het schrijfpapier lagen de sleutel en de documenten die ik aan de notaris moest geven als ik de erfenis zou verwerpen.

Rozenhaag… Voor mij was het een huis vol slechte herinneringen. Mijn vader had mijn moeder dan wel niet verkracht, maar toch had hij ons iets aangedaan: hij had een wig tussen mijn moeder en mij gedreven, iets wat nooit ongedaan gemaakt had kunnen worden.

Mijn oom zou zeker verheugd zijn als ik de erfenis van de hand wees. Meneer Hangren had me verteld dat het huis in dat geval terug zou vallen aan de familie.

Misschien moest ik mezelf er werkelijk niet mee belasten.

44

Marlene

Hoewel de dag van gisteren een van de ergste van de afgelopen tijd was geweest, was het 's avonds toch nog heel gezellig geworden.

Eerst hadden Andersson en ik een poosje over van alles en nog wat gepraat, terwijl we de restanten van zijn avondmaaltijd verorberden. Die smaakte trouwens erg lekker, misschien moest ik Siri's keuken 's avonds wat vaker binnenstappen. Daarna liet hij me de schrijfmachine zien.

'Druk maar eens op de toets met de A,' zei hij. Ik keek hem onzeker aan en deed wat hij me vroeg. De weerstand van de toets was verrassend groot, maar toen zag ik eerst een klein stukje metaal uit de kast omhoogschieten en daarna de letter op het papier verschijnen.

Hij legde me uit hoe het mechaniek werkte. 'Met elke druk op een toets schuift ook het inktlint een stukje op, zodat het schrift altijd goed te lezen is,' zei hij en toen hij zijn hand uitstak om de lintspoel aan te raken voelde ik zijn lichaam tegen mijn schouder, warm en sterk.

Hij had al eerder mijn hand aangeraakt, op een vriendschappelijke manier. Maar deze aanraking was anders. Zacht als een windvlaagje, maar toch ontketende hij daarmee een storm in mij.

Onze blikken kruisten elkaar even en ik kon aan hem zien dat er ook bij hem iets was gebeurd.

Toen trok hij zich met een glimlachje terug.

Tijdens de rest van zijn uitleg hielden we iets meer afstand, maar ik had het gevoel dat zijn warmte nog steeds in me nawerkte. En verlangens bij me had opgewekt die ik sinds mijn laatste nacht met Bjarne niet meer had gevoeld.

Hoe het hem verging wist ik niet, maar toen ik hem ten slotte bedankte voor zijn steun en de uitgebreide uitleg bij zijn 'rammelkast', schonk hij me een blik die tot diep in mijn ziel leek te reiken. Ik wenste dat hij me zou kussen, maar mijn verstand kreeg de overhand en dus trok ik me terug in het koele duister van mijn kamer.

Terwijl ik indommelde, vergat ik de dreigementen van Torben. Ik dacht alleen aan de manier waarop Andersson me had aangeraakt. Maar de volgende ochtend had ik amper mijn ogen opengedaan of alles kwam weer terug. Het liefst was ik niet naar mijn werk gegaan, maar wie zou mijn huur betalen als ze me er wegens ongeoorloofde afwezigheid uit gooiden? Dus pakte ik mijn tas in en ging stipt om half zeven op weg naar de fabriek.

Het was fris buiten en de vogels kwetterden in de steegjes. Het was alsof er gisteren niets was gebeurd. Mijn lichaam en mijn verstand wisten echter wel beter.

Ik voelde de angst voor Torben in mijn maag branden. Stel dat hij me voor de fabriekspoort te pakken kreeg? Ik kon hem misschien een knietje geven, maar daar was het probleem niet mee opgelost.

Bij de lampenfabriek aangekomen liet ik mijn blik onopvallend langs de arbeiders gaan. Ik zag hem niet, maar dat zei nog niets. Ik groette dus vlug de portier en probeerde in de menigte op te gaan.

Bij de kastjes zag ik de andere vrouwen. Ze stonden in een groepje met elkaar te praten.

'Hé, Marlene, weet jij waar Sigrun is?' riep Agneta me toe.

'Ze komt vandaag niet,' zei ik. Meer wilde ik eigenlijk niet vertellen, maar ik voelde dat ze een verklaring wilden horen. 'Ze ligt in het ziekenhuis.'

'Wat is er gebeurd?' vroeg een ander.

Ik haalde diep adem. Hoeveel kon ik prijsgeven? Aan hun verwachtingsvolle blikken zag ik dat ze hoopten op een gedetailleerd relaas.

'Dat kan ik niet zeggen,' antwoordde ik. 'Ik weet alleen dat ze is opgenomen.'

Agneta kneep haar ogen tot spleetjes. Ze nam me van top tot teen op alsof ze aanvoelde dat ik loog. Misschien kende ze het verhaal al. Maar ik zou niet degene zijn die dat met nadere bijzonderheden verluchtigde.

De fabriekssirene redde me.

'We moeten gaan,' zei ik en ik liet de vrouwen daar achter.

Toen ik de assemblagehal in liep, wierp ik een korte blik over de werkbanken. Als Torben niet in de buitendienst zat, werkte hij bij ons in de hal.

Zijn werkplek was echter onbezet. Waarschijnlijk zat hij nog steeds op het politiebureau.

Ik voelde me enorm opgelucht. Vandaag zou ik er genadig afkomen. Maar hoe zou het de komende dagen zijn?

45

Liv

Het was al heel wat jaren geleden dat ik voor het laatst naar Kristianstad reisde. Ik was toen net zestien geworden en was met de huishoudster van de beschermheer van de kerk een boodschap gaan doen.

Wat was ik verbaasd geweest toen ik die stad zag! Kristianstad was in de verste verte niet zo groot als Stockholm, maar voor iemand als ik, die haar hele jeugd in dorpen had doorgebracht, leek het een labyrint van straten waarin je kon verdwalen als je niet uitkeek.

En nu? Nadat ik vele jaren in Karlskrona met al zijn eilanden en toenemende industrie had doorgebracht, leek Kristianstad me nogal provinciaals en gezapig.

De trein kwam even na elf uur 's ochtends aan en we werden begroet door een heerlijk zonnetje. De mensenmenigte die de stationshal in was gestroomd verspreidde zich snel. De lucht in Kristianstad was anders dan in Karlskrona. Het rook er minder naar de zee, meer naar steen en zand en naar nog iets wat ik moeilijk kon duiden.

Ik nam een huurrijtuig en liet me naar het kantoor van meneer Hangren rijden. De koetsier was een oudere man met een brede snor die vloekte als een bootwerker zodra hij een toeterende automobiel op zijn weg vond. 'Verdomde benzinekarren! Die worden nog onze ondergang!'

Terwijl ik zo'n voertuig nakeek, vroeg ik me af wanneer Sten zover zou zijn dat hij zo'n gevaarte aanschafte. Hij liet tenslotte zijn petroleum ook niet meer door zeilschepen, maar door stoomschepen halen. Het leek me wel leuk om in zo'n wagen te zitten. De snelheid te voelen. Misschien zelf wel achter het stuur te zitten. Een gemotoriseerde wagen kon niet van een haas schrikken en op hol slaan. Die weigerde op z'n hoogst dienst en bleef staan.

'Ik vrees dat de vooruitgang niet te stoppen is,' antwoordde ik. 'Die komt, of we willen of niet.'

Daar had hij niet van terug.

Bij het notariskantoor gaf ik hem een flinke fooi, die hem misschien troost zou bieden na mijn opmerking. Toen liep ik het gebouw binnen.

Een keurige jonge vrouw ontving me en wees me erop dat ik eigenlijk een afspraak had moeten maken. Toen ik haar vertelde dat het een dringende kwestie betrof en ik me voorstelde als de dochter van de landheer van Nättraby, ging ze meteen haar werkgever op de hoogte stellen.

Hangren kwam met haar mee terug. 'Mevrouw Boregard!' zei hij en hij stak me met een hartelijke glimlach zijn hand toe. 'Bent u gekomen om me uw besluit mee te delen?'

Even later zaten we in zijn kantoor. Het rook er naar sigaretten. Met de brede kasten vol boeken en folianten deed het vertrek me denken aan de bibliotheek in het landhuis. Daar was ik alleen geweest op de dag dat mijn vader van me eiste dat ik Sten voor me zou winnen, maar de herinnering eraan was gebleven.

Hangren keek op van de documenten en vroeg: 'Hebt u met uw man gesproken? Ik had gehoopt dat hij voor de bespreking met u mee zou komen.'

'Mijn man heeft zeer veel verplichtingen op zijn bedrijf,' antwoordde ik. Mijn handen waren opeens ijskoud. Stel dat Hangren Stens toestemming zou eisen? Ik had me er niet toe kunnen zetten hem over het huis te vertellen. Al helemaal niet toen ik eenmaal mijn besluit had genomen. Nu zat ik hier, ik had nooit eerder iets alleen afgehandeld en wilde zo'n belangrijk besluit nemen. Het hart klopte me in de keel toen ik eraan toevoegde: 'Deze kwestie laat hij aan mij over.'

De woorden hadden een wat bittere bijsmaak. In werkelijkheid liet Sten vrijwel niets van wat hij belangrijk vond aan mij over. Wat zou hij ervan hebben gezegd dat ik de notaris wilde bezoeken? Vanwege een erfenis waar ik nooit om had gevraagd? Het was beter dat hij het niet eens te weten kwam.

'Goed, laten we dan de papieren maar doornemen.' Hij reikte me een stapel documenten aan. 'Wilt u dat ik ze voorlees?'

'Laat me alles eerst zelf maar eens doorkijken.'

De notaris knikte en leunde weer naar achteren. 'Ik moet u erop wijzen dat een beslissing als deze de instemming van uw echtgenoot vereist.'

Ik keek hem aan. Het laatste wat ik kon gebruiken was dat Sten zich hiermee ging bemoeien. Hij kon bezwaar maken. Hij kon proberen mij van mening te laten veranderen.

Mijn besluit stond echter vast.

'Ik kan u verzekeren dat mijn man en ik het in deze kwestie volledig eens zijn.' Ik stak mijn hand uit. 'Mag ik uw pen, alstublieft?'

46

Marlene

Toen de fabriekssirene het einde van de werkdag aankondigde, voelde mijn huid aan alsof ik door brandnetels was gelopen. Ik ruimde mijn werkplek zo vlug mogelijk op en probeerde voor de anderen bij de kastjes te zijn om mijn tas op te halen.

Torben was niet komen opdagen in de fabriek. Ik had door het raam meneer Skantze met de ploegbaas zien praten. Ging dat over Torbens arrestatie? Hoelang zou de politie hem nog vasthouden?

Ik hoorde dat de andere vrouwen onderling over de afwezigheid van Sigrun fluisterden. Omdat ik anders ook maar zelden aan hun gesprekken deelnam, viel het niet zo op dat ik me er niet over uitliet. Bovendien had ik voldoende duidelijk gemaakt dat ik er niets meer over wilde zeggen.

Met mijn werktas over mijn schouder haastte ik me over het fabrieksterrein. Ondertussen wierp ik hier en daar een blik op mijn collega's. Zouden ze inmiddels weten wat er was voorgevallen? Zou een van hen me te hulp schieten als Torben me aanviel?

De meeste mannen liepen zonder reactie langs me heen, maar af en toe voelde ik dat iemand me van opzij aankeek.

Ik schatte hoelang ik nodig had om thuis te komen. Het was misschien laf om me te verstoppen, maar daar was ik in elk geval veilig.

Met een korte groet naar de portier glipte ik door de poort. Ik passeerde het kantoorgebouw en wilde net de eerstvolgende steeg inslaan toen ik een hand zwaar op mijn arm voelde neerkomen. Verschrikt draaide ik me om. Toen zag ik Ingrid.

Ik blies mijn ingehouden adem uit en legde mijn hand op mijn borst. 'Wat liet jij me schrikken!'

'Neem me alsjeblieft niet kwalijk,' zei Ingrid glimlachend. 'Je bent gisteren niet langsgekomen, dus kwam ik even kijken hoe het ermee staat.'

'Dat is lief van je.'

Zo nu en dan liet Ingrid zich in de buurt van de lampenfabriek zien, maar ze had me nog nooit opgehaald. Ik keek haar vragend aan. 'Maar alleen daarvoor ben je niet gekomen, klopt dat?'

Ingrid perste haar lippen op elkaar. 'Ik heb iets gehoord,' bracht ze aarzelend uit. 'Iets wat inmiddels de hele stad door gaat.'

O nee! schoot het door mijn hoofd. Ik haakte bij haar in en zei: 'Laten we ergens anders heen gaan, goed?'

We liepen in de richting van het marktplein en ik keek telkens waakzaam over mijn schouder.

'Dus die roddeltantes hebben het al rondverteld?' vroeg ik toen we een paar straten verder waren.

Ingrid knikte. 'Ze zeiden dat die man buiten zichzelf van woede was. Het was niet goed dat je je ermee hebt bemoeid.'

'Wat had ik dan moeten doen?' vroeg ik. 'Toekijken terwijl hij haar doodsloeg?'

Ingrid sloeg beschaamd haar ogen neer. 'Mannen zoals hij... Je doet hun slachtoffers er geen plezier mee als je je ermee bemoeit. Hij schijnt te hebben gedreigd je te vermoorden.'

'Hij was straalbezopen,' antwoordde ik dapper. 'Het kan zijn dat hij zich niet eens meer herinnert hoe hij in die dronkenmanscel terecht is gekomen.'

'Hij zal het zich op z'n laatst als hij thuis is weer herinneren.'

'Sigrun ligt in het ziekenhuis.'

Ingrid knikte. 'Ook dat doet de ronde.'

En ook dat was niet best. Torben hoefde maar even ergens te vragen waar zijn vrouw was. Hij was ertoe in staat naar het ziekenhuis te gaan en te eisen dat ze naar huis kwam.

'Misschien moest je maar een poosje bij mij intrekken,' stelde Ingrid voor. 'Hij zal nooit vermoeden dat je in mijn buurt zit.'

'Torben weet helemaal niet waar ik woon!' zei ik.

'Maar hij werkt ook in de lampenfabriek.'

Weer keek ik Ingrid verbaasd aan. 'Ik wist niet dat je tegenwoordig als spion bezig was.'

'Als ik ergens je naam hoor vallen, spits ik mijn oren. Dat ben ik je verschuldigd.'

'Je bent me niets verschuldigd, dat weet je best,' antwoordde ik, maar tegelijkertijd voelde ik een koesterende warmte. Het was fijn te weten dat je een vriendin, een bondgenote had. Iemand die een oogje op je hield.

'Maar ik kan je iets teruggeven als het in mijn vermogen ligt. Kom met me mee naar huis. Ik heb nog wat kool, dan maak ik wat soep voor ons klaar.'

'Maar...' begon ik, want ik wist dat ze nauwelijks genoeg voor zichzelf had.

'Geen tegenspraak!' zei ze. 'Bovendien kan het geen kwaad als je je in de komende uren niet op straat vertoont.'

Bij Ingrid thuis praatten we over koetjes en kalfjes – en over Liv. Mijn vriendin luisterde met grote ogen toen ik haar vertelde van ons uitstapje naar Nättraby. Het huis dat Liv had geërfd noemde ik overigens niet. Wel vertelde ik haar over de frambozen en hoe geschikt ze zouden zijn om er jam van te maken.

'Als je wilt, ga ik met je mee om te helpen met plukken,' bood Ingrid aan. 'Het zou fijn zijn Karlskrona weer eens uit te komen.'

'Misschien kun je met me mee gaan wandelen.'

'Ach, lieverd, je weet hoe het met mijn gewrichten gesteld is,' zei ze met een zucht. 'Bovendien word ik meer geplaagd door een verlangen naar verre oorden.'

Twee uur later vertrok ik weer uit Ingrids woning. We hadden onze buik rond gegeten aan koolsoep en daarna had ik me zo loom en moe gevoeld dat ik het liefst op haar sofa in slaap was gevallen. Maar ik wilde geen misbruik van haar gastvrijheid maken.

Ze bood aan om met me mee naar huis te lopen, maar ik was ervan overtuigd dat Torben, als hij al uit de dronkenmanscel was, inmiddels diep en vast zou slapen. Ook hem wachtte morgen een nieuwe werkdag.

Nu ik in de schemering buiten liep, moest ik weer denken aan het huis. Wat zou ik zelf met zo'n perceel doen? Misschien een boerenbedrijf beginnen? Ik zou mezelf kunnen onderhouden, zou in de natuur zijn en ver weg van de zeemansweduwen. In elk geval zou ik Ingrid aanbieden bij me te komen wonen.

Wat had je eigenlijk nog meer nodig dan warmte, kleding en voeding? Boeken? Daar konden we misschien goedkoop aan komen. Muziek? Op de boerderij zou ik naar hartenlust kunnen zingen. Ingrid zou zich niet storen aan valse noten.

Bij de kruidenierswinkel aangekomen haalde ik mijn sleutelbos tevoorschijn. Ik keek omhoog en zag dat er bij meneer Andersson nog licht brandde. Misschien moest ik nog eens bij hem aankloppen…

Ik duwde de poort open en wilde naar de voordeur gaan, maar bleef staan omdat ik een geluid hoorde. Het was een zacht geknars, als van schoenen op een vochtige steen. Terwijl ik me omdraaide schoot de vraag door mijn hoofd of ik misschien toch gevolgd was.

Toen trof de vuistslag me.

47

Oskar

De mishandeling bleef me de hele dag bij. Toen ik wakker werd en mijn kamer verliet, was ik vastbesloten met Marlene mee te lopen naar haar werk. Maar toen ik bij haar aanklopte, bleef het stil. Mevrouw Malmström zei dat ze haar tegen half zeven door de poort de straat op had zien gaan.

Op haar werk zou ze tussen al haar collega's veilig zijn, hield ik mezelf voor en ik vertrok naar de redactie op de krant. Toch bleef ik dat onaangename gevoel houden.

Ik vroeg me af of het voorval onze krant al had bereikt, maar bij navraag onder mijn collega's bleek niemand er iets van te weten. Meneer Lundström dacht dat het misschien een goed idee was om bij de politie te informeren en er een artikel over te schrijven.

Ik was er niet zeker van dat Marlene het ermee eens zou zijn, maar de uitgever stond erop en dus ging ik op pad. De mishandeling was eigenlijk maar een futiliteit; iets wat in een stad dagelijks gebeurde. Maar dat Marlene erbij betrokken was, stond me helemaal niet aan. Ik wist niet of die kerel werkelijk gevaarlijk voor haar kon worden. Ik wilde niet dat haar iets overkwam. Daarvoor was ze te belangrijk voor me.

Het politiebureau was gevestigd in een gebouwtje met roodgeverfde muren. Het raam in een ervan was voorzien van traliewerk, daarachter moest een cel liggen.

Van mijn collega's wist ik dat er in Karlskrona zelden iets ernstigs gebeurde. Wel kwamen er weleens diefstallen voor en delicten als gevolg van dronkenschap. De bezetting bestond uit acht politieagenten, die in ploegendienst werkten.

Aan het hoofd van het bureau stond een man van eind veertig met het kortgeknipte haar van een militair en een sik. Ik zag hem bij binnenkomst, maar het was een jonge geüniformeerde agent die me als eerste aansprak.

Ik stelde me voor. 'Ik ben verslaggever van de *Blekinge Läns Tidning* en ik heb gehoord dat het gisteren in de stad tot een incident is gekomen.'

De jongeman keek me met hoog opgetrokken wenkbrauwen aan en riep vervolgens zijn chef erbij.

Ook aan hem stelde ik me voor en ik vroeg nogmaals naar het voorval van gisteren.

Inspecteur Dahlberg moest even in zijn geheugen graven, maar toen zei hij opeens: 'Ach, u bedoelt de dronkaard die zijn vrouw een pak slaag heeft gegeven!' Hij schoot in de lach. 'Ja, dat heeft voor flink wat consternatie gezorgd! Maar het was niet veel bijzonders. Hij is verder van onbesproken gedrag, en nou ja, zo gaat het nu eenmaal tussen echtelieden.'

Zo hoorde het tussen echtelieden niet te gaan! Nooit! Zelfs toen mijn relatie met Lisbeth slechter werd, zou ik nooit mijn vuisten hebben gebruikt.

'Volgens een getuige zou hij zijn vrouw het ziekenhuis in hebben geslagen,' zei ik en ik moest mezelf tot kalmte dwingen.

'Wie is die getuige dan?'

Zou Marlene het goedvinden als ik haar naam noemde? 'Een arbeidster uit de lampenfabriek,' antwoordde ik ontwijkend.

De inspecteur lachte en wuifde het weg. 'Wie weet heeft ze een oogje op die man. Vrouwen verkopen zo veel flauwekul.'

Voor deze onzin had ik hem het liefst een klap verkocht.

'Ik kan u verzekeren dat het niet iets is wat de krant zou interesseren,' vervolgde de kerel. 'We willen de mensen toch geen stof voor roddelpraat bezorgen?'

Ik vroeg me af of hij dit ook zou hebben gezegd als het slachtoffer iemand anders was geweest. De echtgenote van een raadslid misschien. Het kwam heus ook voor dat welgestelde heren hun vrouw sloegen.

'Toch staat mijn uitgever erop dat ik erover schrijf. Kunt u me iets over het verblijf van de man zeggen? Hij zit toch zeker nog in de cel?'

'Nee,' antwoordde Dahlberg en ik wist niet of hij daarmee mijn verzoek afwees of iets anders bedoelde. 'We hebben hem gisteren wegens dronkenschap aangehouden. Vanochtend was hij weer nuchter, dus hebben we hem na de administratieve afhandeling weer uit hechtenis ontslagen.'

Ontslagen. Dat betekende niet alleen dat hij opnieuw zijn vrouw te lijf kon gaan. Het betekende ook dat hij de stad door kon wandelen op zoek naar

Marlene. Ik besefte dat ik niet veel gedaan kon krijgen, bedankte de politiefunctionaris en besloot het artikel te schrijven op basis van Marlenes relaas.

Ik zat echter de hele dag achter mijn schrijfmachine zonder erin te slagen een letter op papier te zetten.

'sAvonds begaf ik me naar de lampenfabriek, in de hoop haar tenminste op haar weg naar huis te kunnen begeleiden. Eigenlijk had ik daar gedurende mijn onderzoek liever uit de buurt willen blijven, maar ik hield mezelf voor dat niemand me daar kende en ze me misschien voor een vriend van Marlene zouden aanzien. Zo stelde ik me dan ook voor aan de portier, een goedmoedige oudere man, die op het punt stond om aan zijn vrije avond te beginnen.

'Marlene is al ruim een uur weg,' bromde hij, terwijl hij zijn jas aantrok.

'Een uur?' Ik voelde de schrik tot in mijn tenen. Dan had ze allang thuis moeten zijn!

'Voor zover ik heb gezien werd ze door een vrouw afgehaald. Een afspraak met een vriendin misschien. Zo precies ben ik niet op de hoogte van het privéleven van onze medewerkers.'

Ik zei de portier gedag en liep terug naar het pension. Ik was zo vrij om bij Marlene aan te kloppen, maar ze was er niet. Mijn ongerustheid kwam opnieuw opzetten en ik begon door de stad te lopen. Maar ik vond haar noch in de haven, noch in een van de eethuizen.

Misschien bleef ze wel bij haar vriendin. Ik bedacht dat ze me tijdens de rit in het huurrijtuig had verteld dat ze met een kennis was meegegaan toen die haar vader ging begraven.

Mogelijk maakte ik me zorgen om niets…

Ik stond op van mijn bureau en keek naar het schrift dat ik van mijn informant had gekregen. Misschien moest ik me door mijn werk laten afleiden.

Maar eerst wilde ik nog eens bij Marlene aankloppen.

Op dat moment hoorde ik een doffe bons.

48

Marlene

Ik zag sterretjes toen ik achteroverviel en hard tegen de smalle deur van de poort sloeg. Die sprong onder mijn lichaamsgewicht open en ik viel ruggelings op de grond. Door de klap werd de lucht uit mijn longen geperst.

Vaag nam ik een schim boven me waar. De vuistslag had mijn lip en mijn wang getroffen, en waarschijnlijk ook mijn oog.

'Dacht je dat je er zomaar mee weg zou komen?' gromde iemand. Torben.

Terwijl tot me doordrong dat mijn grootste angst bewaarheid was, hapte ik panisch naar lucht. Ik kon onmogelijk overeind komen en ik was ook te zeer versuft om me te verweren tegen datgene wat zou volgen. Op mijn gezicht voelde ik iets kleverig warms en ik proefde bloed. Had hij mijn neus gebroken?

'Bemoei je nooit meer met mijn huwelijk, heb je dat begrepen?' Torben kwam dreigend op me af. Ik zette me schrap voor de schop die hij me ongetwijfeld zou geven. Maar een geluid boven ons deed hem verstarren. Hij keek omhoog, draaide zich toen snel om en ging ervandoor.

'Marlene!' hoorde ik een man roepen. In een mum van tijd was hij bij me en hij schoof behoedzaam zijn armen onder mijn schouders. 'Wat is er gebeurd?'

Ik kon niet antwoorden. Mijn lip zwol op, het bloed bleef uit mijn neus stromen, mijn jukbeen klopte en ik vroeg me af of ik niet ook nog een tand kwijt was.

'Torben,' wist ik ten slotte uit te brengen. 'Die vent die zijn vrouw in elkaar had geslagen.'

Andersson keek in de richting waarin de schim was verdwenen. Ik dacht eerst dat hij hem achterna zou gaan, maar toen pakte hij me onder mijn armen en probeerde me voorzichtig overeind te laten zitten.

'Rustig aan,' verzocht ik hem, want in mijn hoofd galmde de klap nog steeds na en ook mijn nek deed een beetje pijn. Ik ging met mijn hand naar mijn neus en zag de bloedsporen op mijn huid.

Andersson gaf me zijn zakdoek aan. 'Moet ik een dokter halen?' vroeg hij bezorgd.

'Nee.' Ik kneep mijn ogen dicht om de sterretjes niet meer te hoeven zien die nog steeds hier en daar opflitsten. 'Het was maar één klap. Het gaat zo wel weer.'

'Denkt u dat u kunt opstaan? Ik laat u niet graag hier beneden liggen.'

'Ik zal het proberen,' zei ik en ik trok mijn benen in. Het lukte me zowaar om overeind te komen. Mijn hoofd voelde echter aan alsof het elk moment van mijn schouders kon vallen en ik wankelde.

Andersson hield me schijnbaar moeiteloos vast. 'Als u me toestaat, zou ik u graag willen dragen.'

'Ja, hoor,' mompelde ik, want ik voelde dat de grond onder mijn voeten begon te draaien.

Andersson tilde me op zijn armen en droeg me het huis binnen. Terwijl ik me tegen zijn borst aan vlijde, hoopte ik van harte dat Ove en Siri Malmström niet wakker waren geworden van het tumult. Maar geen van beiden liet zich zien toen we de trap op gingen.

Toen we bij Anderssons kamer waren aangekomen, had ik het gevoel dat mijn oog bijna dichtzat door de zwelling. Mijn buurman legde me behoedzaam op zijn bed neer en liep naar zijn lampetkan en waskom. Even later kwam hij terug met de kom en een doekje en begon voorzichtig mijn gezicht te deppen. Langzamerhand hield mijn neus op met bloeden. Ook raakte ik geleidelijk van mijn schrik verlost, wel met als gevolg dat ik op de plek waar ik door de vuist was geraakt een steeds heviger kloppende pijn voelde.

Noch mijn vader, noch Bjarne had me ooit geslagen. Wat had er een kracht achter Torbens vuistslag gezeten! Dat was dus wat Sigrun bijna wekelijks te verduren had.

Andersson legde het doekje weg en onderzocht voorzichtig mijn gezicht. 'Helaas ben ik geen dokter,' zei hij, 'maar het ziet ernaar uit dat hij uw neus tenminste niet heeft gebroken.'

'Ik hoorde hem te laat,' zei ik bijna verontschuldigend. 'Ik was in gedachten verzonken...'

'Ik wist niet dat u buitenshuis was,' zei Andersson, terwijl hij het bebloede doekje boven de kom uitwrong. 'Anders had ik wel opgelet.'

'U had niets kunnen doen,' zei ik. 'Ik ben bij de fabriek door een vriendin opgehaald. Ik had niet gedacht dat ze hem al zouden hebben laten gaan. En als ze dat wel hadden gedaan, dan had ik verwacht dat hij om deze tijd al in bed zou liggen.'

Opnieuw ging er een golf van angst door me heen. Stel dat hij ons vanaf de fabriek had gevolgd en op een gunstig moment had gewacht?

'Hij lijkt zijn belofte serieus te nemen,' zei Andersson geërgerd. 'U moet eigenlijk aangifte doen.'

'Hij zou beweren dat ik me maar had verbeeld dat hij het was. Er zijn tenslotte geen getuigen. Of hebt u hem goed kunnen zien?'

Andersson schudde zijn hoofd. 'Ik hoorde lawaai en ben meteen naar het raam gelopen. Toen zag ik u liggen. Die kerel verdween toen al de schaduw in.'

'Daarmee hebt u me waarschijnlijk gered,' zei ik en Torbens van haat vervulde gegrom klonk weer in mijn oren. 'Wie weet wat hij me anders nog had aangedaan.'

Andersson snoof en sprong op. 'Weet u waar hij woont?'

'Ja, natuurlijk. Maar...' Ik mocht dan een dreun hebben gekregen, ik zag toch meteen de bedoeling achter zijn vraag en pakte zijn arm vast. 'U mag zich omwille van mij geen narigheid op de hals halen.'

'Ik zou hem opnieuw kunnen laten arresteren,' antwoordde hij en zijn spieren leken nog steeds gespannen.

'De politie zou dat alleen doen als u zegt dat u hem hebt gezien,' zei ik. 'En u mag geen meineed plegen.'

Andersson stond nog even in dubio, maar liet zich toen weer op zijn stoel zakken. Een tijdlang bleef hij naar de kom met het bloederige water staren.

Ik voelde dat mijn ledematen loodzwaar werden en mijn ogen dreigden dicht te vallen.

'Meneer Andersson?' begon ik, waarop hij me weer aankeek. Ik was zowel geschrokken als ontroerd door het diepe medeleven dat ik in zijn ogen zag.

'Zeg toch alstublieft Oskar tegen me. Als u wilt.' Zijn zachte stem maakte het me onmogelijk te weigeren.

'Afgesproken, Oskar.' Ik probeerde te glimlachen, maar ik was ervan overtuigd dat ik eerder een grimas trok. 'Als jij me Marlene noemt.'

Hij gaf me een klein hoofdknikje. 'Heel graag, Marlene.'

49

Liv

In mijn droom was ik weer elf jaar en waren we daar voor het eerst uitgenodigd. Mijn moeder had een zware tas bij zich, waar alles in zat wat we voor ons verblijf nodig hadden.

Vanaf het station gingen we te voet, niet door het dorp, maar door het bos. Ik vroeg me af of ze de verkeerde weg had genomen. Ze kon onmogelijk weten waar het huis stond! Toch liep ze met de doelgerichtheid van een slaapwandelaar door.

We doorkruisten struikgewas en liepen langs reusachtige bomen. Eindelijk stond het voor ons, dicht overgroeid en nauwelijks te zien tussen de rozenstruiken door. Ik kon alleen het dak onderscheiden.

'Hoe moeten we door die rozen heen komen?' vroeg ik.

Mijn moeder keek me aan. 'Ik weet wel hoe,' zei ze en ze liet mijn hand los. Voordat ik haar kon tegenhouden liep ze recht op de bloeiende rozen af.

Ik riep haar na dat de doornen haar zouden prikken, maar ze luisterde niet. Door de kreet van een vogel keek ik even op naar de boomkronen boven me. Toen ik mijn blik weer op het huis richtte, was mijn moeder verdwenen.

Verschrikt liep ik haar achterna. Ik riep haar, zocht een gat in de rozenstruiken. Mijn hart ging woest tekeer van angst. Wat moest ik doen als ik haar niet terugvond?

Ten slotte ontdekte ik een doorgang en kon ik met enige moeite bij het huis komen. De deur stond open, maar mijn moeder zag ik niet. Ik riep haar, maar kreeg geen antwoord. En ook haar tassen waren weg.

Ik rende terug naar de deur, vastbesloten haar te zoeken, maar toen was daar opeens een schim die me de weg versperde. De schim van de landheer.

'Ze is weg,' zei hij. 'Je zult haar nooit meer terugvinden.'

Ik schrok wakker en het duurde even tot ik besefte dat ik niet langer elf was en dat dit niet de plek was waar mijn relatie met mijn moeder diepe scheuren opliep.

Ik sloeg de deken terug en liet de koele ochtendlucht over me heen glijden.

Was ik gisteren maar in de gelegenheid geweest om Marlene te spreken! Maar ik was pas laat uit Kristianstad aangekomen en had me moeten haasten om ervoor te zorgen dat ik er bij het avondmaal presentabel uitzag.

Sten had geen vragen gesteld, maar zijn maaltijd overwegend zwijgend tot zich genomen. Mijn geweten begon te knagen. Zou ik het hem toch vertellen? Hij was tenslotte mijn echtgenoot... Maar voordat ik erover kon beginnen stond hij op, verkondigde dat hij nog werk te doen had en wenste me een goede nacht.

In mijn kamer had ik nog lang aan mijn bureautje zitten kijken naar de documenten die de notaris me had overhandigd. Ondanks mijn verzekering dat mijn man het aan mij overliet om de zaak te regelen had hij een handtekening van hem nodig. Ik had de notaris beloofd die na te sturen. Alleen, hoe kon ik aan Stens handtekening komen?

De enige mogelijkheid was een vervalsing...

Uiteindelijk was ik te moe om er langer over na te denken. Maar mijn droom had ik waarschijnlijk aan dat gepieker te danken gehad.

Er werd geklopt. Zou het mijn man zijn? Even dacht ik van wel, maar toen ik de klop had beantwoord, verscheen Astrid.

'Er is een jongen aan de deur, mevrouw. Hij zegt dat hij een bericht voor u heeft.'

Een bericht? Sinds het telegram uit Nättraby had ik het niet zo op berichten op de vroege ochtend.

'Heeft hij je een envelop gegeven?' vroeg ik terwijl ik mijn ochtendjas aantrok. Mijn gipsarm bleef hangen en Astrid hielp me om het kledingstuk goed aan te krijgen.

'Nee, hij zegt dat hij het bericht aan u persoonlijk moet overbrengen.'

'Is mijn man al beneden?' Als het om het jachtopzienershuis ging, zou het allesbehalve goed zijn als Sten er iets van merkte, of erger nog: het bericht las.

'Hij is vandaag al om zes uur vertrokken,' antwoordde ze.

Dat verbaasde me, maar ik was er tegelijk blij om. Ik schoot vlug mijn pantoffels aan en liep de kamer uit.

De jongen wachtte bij de voordeur en hield zijn pet respectvol in zijn hand. Toen hij me zag, rechtte hij zijn rug. 'Bent u mevrouw Boregard?' De jongen was een jaar of acht, negen en keek me met helderblauwe ogen aan.

'Inderdaad.'

'Het gaat om uw vriendin,' zei de jongen. 'Ik moet tegen u zeggen dat ze is aangevallen. De man die me gestuurd heeft, denkt dat ze een dokter nodig heeft.'

Mijn adem stokte van schrik. Angst golfde gloeiend door mijn lichaam. Ik vroeg de jongen waar ze was en gaf hem een geldstuk. Toen ging ik weer naar binnen. De kokkin moest Astrid hebben geroepen, want ze was niet langer in de hal.

'Astrid!' riep ik. 'Ik heb je hulp nodig. Haast je alsjeblieft, ik moet de stad in!'

50

Marlene

Ik werd wakker van een ratelend geluid, opende mijn ogen en stelde verbaasd vast dat ik nog in bed lag. En dat terwijl ik er vast van overtuigd was dat ik zojuist was opgestaan en me had klaargemaakt om naar mijn werk te gaan. Had ik dan alles maar gedroomd?

Ik kwam half overeind in bed en keek om me heen. Waar was ik? Dit was mijn kamer niet! Ik liet mijn blik rondgaan en ontdekte even later de schrijfmachine. Die stond op het bureau bij het raam en werd verlicht door een felle zonnestraal.

Terwijl het me begon te dagen dat dit de kamer van Oskar was, kwamen er enkele flarden van herinneringen bij me boven. Gisteravond was ik bij hem geweest omdat Torben me had opgewacht en geslagen. Ik betastte mijn gezicht. Pijn had ik nu niet, maar ik voelde de zwelling. Ik wist zeker dat ik 's nachts op enig moment naar mijn kamer was teruggegaan. En daarna? Wat was er gebeurd?

Toen ik omlaagkeek, zag ik dat ik inderdaad mijn bebloede werkkleding van gisteren had verwisseld voor mijn zwarte blouse en een donkere rok. Het was dus toch geen droom geweest dat ik uit bed was gekomen en me had klaargemaakt voor de werkdag. Maar hoe was ik dan hier terechtgekomen? En waarom was mijn blouse losgeknoopt en mijn korset iets losser gemaakt?

Had Oskar soms...

Toen hoorde ik voetstappen voor de kamerdeur en kort daarna een gedempte stem, die vroeg: 'Is ze hier binnen?'

Als antwoord werd de deur opengedaan. Niet alleen Oskar kwam binnen, maar na hem ook Liv en een man die ik niet kende. De laatste zette een leren tas op de stoel naast me neer. 'Ik ben dokter Bronlundt, de huisarts van mevrouw Boregard. Mij is verteld dat u gisteren bent gevallen.'

Bij die woorden schoot ik bijna in de lach.

'Ze is geslagen,' hoorde ik Liv achter hem zeggen.

De arts ging naast me op de bedrand zitten en begon voorzichtig mijn hoofd af te tasten. Hij zette druk op mijn voorhoofd en toen op mijn kaak. Ten slotte bevoelde hij de zwelling. 'Hebt u uw aanvaller herkend?' vroeg hij terwijl hij afwisselend mijn ogen afdekte.

Wat moest ik zeggen? Ik wist dat het Torben was. Als ik hem nu als de schuldige noemde, zou hij misschien in hechtenis worden genomen, maar algauw weer vrijkomen. En wat zou hem er dan van weerhouden mij om het leven te brengen?

'Nee,' antwoordde ik en ik voelde dat Oskar zijn blik op me richtte. Zou hij me laf vinden?

De arts bevoelde nog een tijdje mijn hoofd en mijn nek, en toen pakte hij mijn pols en controleerde mijn hartslag.

Uiteindelijk stond hij op. 'U hebt geluk, jongedame, ik heb geen gebroken neus kunnen vaststellen en ook geen hersenschudding. Het versufte gevoel komt door de klap. De zwelling in uw gezicht kunt u koelen, maar u moet de tijd zijn werk laten doen. Gelukkig hebt u noch aan uw gebit noch aan uw oogbol schade opgelopen en dat is heel wat waard.'

De arts pakte iets uit zijn tas. Twee papieren zakjes, zag ik even later. 'Hier, neem er nu een en morgen ook nog een. Over twee dagen zult u voldoende zijn opgeknapt om het bed te verlaten.'

'Wat?' riep ik uit. 'Twee dagen?' Daar schrok ik hevig van. Het was al erg genoeg dat ik vandaag niet naar mijn werk kon! Als ik echter dagenlang niet kwam opdagen, zou ik mijn baan verliezen.

'Dat acht ik zinnig, als u niet opnieuw wilt instorten.'

'Maar ik moet naar de fabriek!' wierp ik tegen en ik keek naar Liv. 'De Skantzes zullen me ontslaan!'

'Ik praat wel met Nanna,' zei ze. 'Dit is een uitzonderlijke situatie. Mijn vriendin zal haar man ervan overtuigen dat hij je niet moet ontslaan.'

'Nou, dan kunt u mijn advies dus opvolgen.' De arts pakte zijn instrumenten weer in. 'Mocht het tegen alle verwachtingen in slechter gaan, laat het me dan weten alstublieft. Beterschap gewenst.'

Ik wilde Oskar vragen om mijn tas te halen, waar mijn portemonnee in zat, maar hij was al weggelopen om de arts uit te laten.

Het volgende moment kwam Liv bij me zitten. Haar ogen glansden vochtig. 'Het spijt me zo.' Ze veegde tranen uit haar ooghoeken. 'Ik had moeten proberen…'

Ik schudde mijn hoofd en had daar meteen spijt van. 'Je had niets kunnen doen,' zei ik met een vertrokken gezicht. 'Hij zou nooit zijn opgehouden tot hij me te pakken had.'

Ik voelde haar koele vingertoppen tegen mijn voorhoofd toen ze mijn haar opzij streek.

'Wat ik alleen niet begrijp, is dat hij me juist hier kon opwachten,' vervolgde ik. Nu stond het huilen ook mij nader dan het lachen. 'Bij me thuis. Hij wist helemaal niet waar ik woon.'

'Misschien heeft hij je hier toevallig eens naar binnen zien gaan,' zei Liv. Een zorgenrimpel verscheen tussen haar wenkbrauwen. 'Het kan ook zijn… In de fabriek hebben ze je adres, toch?'

'Ja, natuurlijk.' Opeens werd ik misselijk. Dat hij in de administratie had kunnen snuffelen was nog niet bij me opgekomen. Zou de werkplaatschef zo'n goede vriend van Torben zijn dat hij hem mijn adres had gegeven? Ik sloot mijn ogen en vocht tegen mijn opstandige maag. Als dat waar was…

'Ik heb trouwens de notaris in Kristianstad bezocht,' vertelde Liv, waarschijnlijk om me af te leiden.

'En?' vroeg ik zwakjes. 'Heb je hem verteld dat de landheer dat vreselijke huis mag houden?'

'Toen ik bij het zien van dat bed spuugmisselijk werd, heb ik even overwogen precies dat te doen,' antwoordde ze, 'maar daarna… Daarna zag ik wat die kerel je collega aandeed. En ik moest denken aan wat jij zei.'

Ik had even moeite me dat te herinneren.

'Over die plek waar vrouwen veilig zijn,' zei Liv om me op weg te helpen en ze glimlachte me veelzeggend toe. 'Dus heb ik besloten het huis te houden.'

51

Oskar

Ik had nooit gedacht dat ik ooit een boodschapper naar het huis van Sten Boregard zou sturen. Geen journalist zou zich zonder uitnodiging melden bij een van de invloedrijkste mannen van de stad. Dat was echter het verzoek geweest dat Marlene, toen ik haar vanochtend in de gang had aangetroffen, nog net kon uitbrengen voordat ze het bewustzijn verloor. Ik was blij dat de jongen die ik op straat had aangesproken woord had gehouden en er niet vandoor was gegaan met de munten die ik hem had toegestopt.

Nadat ik de dokter had uitgelaten, bleef ik nog even op de binnenplaats staan en probeerde de gebeurtenissen van de voorgaande uren op een rijtje te zetten. De zon scheen op mijn gezicht en om me heen kwetterden de vogels. Wat leek het een vredige ochtend, en toch…

Toen Marlene me 's avonds verliet, stond ze weliswaar nog steeds wat wankel op haar benen, maar ze wilde beslist naar haar eigen kamer gaan. Wel kon ik haar er met enige moeite toe bewegen me te beloven de volgende ochtend bij me langs te komen voordat ze naar haar werk zou gaan.

Ik hoorde de klop op de deur en haastte me om open te doen, maar toen ik mijn hand op de klink had gelegd, hoorde ik een doffe bons. Ik deed de deur open en zag Marlene in de gang liggen. Geschrokken riep ik haar naam, probeerde haar bij te brengen. Dat lukte even en ik hoorde haar mompelen: 'Laat het Liv weten, Liv Boregard.'

Die naam ging me door merg en been. Boregard! Ik had van alles verwacht, maar niet die naam uit de mond van Marlene! Ik droeg haar naar mijn bed en legde haar daar voorzichtig neer. Ik voelde haar pols en haar hartslag was heel zwak. Ik wist niet wat te doen. Mevrouw Malmström roepen? Marlene had een dokter nodig! Wie wist wat voor schade die vuistslag in haar hoofd had aangericht! Ik stormde de kamer uit en zag een paar jongens langs het huis lopen, kennelijk op weg naar school. Ik rende naar buiten en sprak ze aan.

Ik vroeg ze of ze wisten waar reder Boregard woonde. Degene die knikte, drukte ik wat geld in zijn hand en ik verzocht hem mevrouw Boregard te gaan vertellen dat Marlene een arts nodig had. Het was me niet duidelijk wat de relatie tussen de twee vrouwen was, maar als zij de eerste was aan wie Marlene dacht…

Toen de jongen weg was, ging ik terug naar Marlene. Haar ademhaling was regelmatig, maar ze was nog steeds niet aanspreekbaar. Ik werd dodelijk ongerust – en razend. Die verdomde schoft! Ik wenste dat ik hem in mijn handen zou krijgen en hem dit betaald kon zetten.

Toen kwam ik weer bij zinnen. Een vechtpartij met die vent zou het me onmogelijk kunnen maken mijn opdracht uit te voeren. Maar ik wilde zo graag iets voor Marlene kunnen doen…

Net toen ik behoedzaam een paar haarstrengen uit haar gezicht had gestreken, hoorde ik beneden stemmen. Ik besloot ze tegemoet te gaan.

Ik wist niet wat ik me had voorgesteld bij de vrouw van de reder. Hoe haar man eruitzag was algemeen bekend. Zijn foto had ik in diverse edities van onze krant gevonden. Ze waren echter nooit samen afgebeeld.

Liv Boregard was niet alleen jonger dan ik had verwacht, ze was ook een heel mooie vrouw. Donker haar, grijze ogen, een ivoorkleurige teint… Geen wonder dat Boregard met haar was getrouwd.

Ze keek me enigszins verrast aan. Blijkbaar had Marlene haar net zomin iets over mij verteld als mij over haar. We gaven elkaar een hand, waarna ik haar en de gedrongen oudere heer in haar gezelschap meenam naar Marlene.

En nu stond ik hier en probeerde ik te begrijpen wat er in de afgelopen uren was gebeurd. Waarom had Marlene juist Liv Boregard op de hoogte willen laten brengen? Haar man was immers met een schip van Boregard in de golven verdwenen…

Er klonken voetstappen. Toen ik me omdraaide, zag ik de vrouw van de reder de kamer uit komen. Ze had een blos op haar wangen en in haar ogen zag ik diepe bezorgdheid.

'Bedankt dat u me op de hoogte hebt gebracht,' zei ze. 'Het is verschrikkelijk dat Marlenes vrees is bewaarheid. Toen die man zijn vrouw zo mishandelde… Hij was buiten zinnen.'

'Hebt u het dan gezien?' vroeg ik.

'Ik zou eigenlijk alleen een beetje gaan wandelen met Marlene. Toen gebeurde dat…' Ze boog haar hoofd. 'Marlene heeft het u vast wel verteld.'

Ik knikte en het scheelde maar een haar of ik had haar gezegd dat ik zelfs naar het politiebureau was gegaan om die man te bekijken. Liv Boregard zou een goede getuige zijn, gezien de reputatie van haar echtgenoot. Maar ik wist me in te houden; het was niet gepast om me met Marlenes zaken te bemoeien. Wel vroeg ik me af hoe Marlene en zij elkaar hadden leren kennen…

'Het was erg aardig van u om hiernaartoe te komen,' zei ik dus maar. 'Ik dacht dat u alleen een dokter zou sturen.'

Ze glimlachte. 'Dat was wel het minste wat ik voor mijn vriendin kon doen.'

52

Marlene

Het pijnstillende poeder van de dokter bracht me in een schemertoestand waar ik niet uit wist te komen. Mijn oogleden waren loodzwaar en elk geluid klonk alsof ik watten in mijn oren had. Zelfs mijn eigen hartslag. Mijn ledematen waren zwaar en elke beweging voelde aan alsof ik die onder water uitvoerde.

Ik merkte weliswaar dat Oskar van tijd tot tijd binnenkwam, maar kon niet met hem praten, omdat het geneesmiddel me telkens weer deed indommelen. Warrige dromen spookten door mijn hoofd, de meeste zo vluchtig dat ik ze niet kon vatten. Zo nu en dan kwamen er echter beelden uit het verleden langs. Dan zag ik mezelf op de kade staan wachten op Bjarne, of kreeg ik te horen dat de Solveig niet zou terugkeren.

De volgende ochtend werd ik wakker van vogelgezang. Ik sloeg mijn ogen op, maar kneep ze gauw weer dicht toen ik in het daglicht keek, want het was alsof iemand er een naald in stak. Pas na een poosje kon ik ze zonder risico opendoen.

'Goedemorgen!' hoorde ik Oskar zeggen. Ik tilde mijn hoofd op en kreeg meteen een dof pulserend gevoel in mijn slapen. Even later stond mijn buurman bij me. In zijn hand had hij een dienblad en ik snoof de geur van vers brood op.

'Dat pijnstillende poeder lijkt nogal krachtig te zijn,' zei hij terwijl hij het blad naast me op een krukje neerzette. 'Je was de rest van de dag helemaal van de wereld.'

'Daar heb je gelijk in,' zei ik. 'Ik wilde je eigenlijk vragen me naar mijn kamer te brengen... Het spijt me dat ik je bed in beslag heb genomen.'

'Dat hoeft je niet te spijten,' antwoordde hij. 'Die stoel daar volstond voor vannacht. Zo kon ik tenminste een oogje op je houden.'

Dat hij op me had gepast vervulde me met onverwachte warmte en vreugde en ik voelde dat ik bloosde.

'Ik denk dat ik dat tweede zakje maar niet neem,' verkondigde ik. 'Het was een vreemd gevoel, alsof ik in de mist liep. Alleen was er nergens een aanknopingspunt hoe ik eruit kon komen.'

Oskar pakte het lege zakje en rook eraan. 'Misschien zat er opium in. Behoorlijk sterk spul. De dokter heeft trouwens geen enkele öre voor de behandeling aangenomen.'

'Waarschijnlijk heeft Liv hem betaald.'

Oskar schoof het krukje met het dienblad dichter naar me toe. 'Dit komt van mevrouw Malmström, met haar hartelijke groeten. Toen ze hoorde dat je niet in orde was, zei ze dat ik het moest meenemen.'

'Wat aardig van haar,' antwoordde ik en ik keek hem onderzoekend aan. 'Heb je haar verteld...'

Hij schudde zijn hoofd. 'Ik laat het liever aan jou over om haar erover te vertellen.' Oskar leek nog iets te willen vragen, maar trok toen zijn jasje aan. 'Ik moet nu helaas naar kantoor. Rust goed uit, Marlene.'

'Misschien moet ik straks maar naar mijn eigen kamer gaan,' zei ik. 'Ik wil je niet langer van je bed beroven.'

'Blijf maar hier,' zei hij bezorgd en hij hurkte naast me neer. 'Het zou kunnen dat je weer duizelig wordt.' Even later voegde hij eraan toe: 'Ik vind het echt niet erg om een paar nachten in die stoel te slapen. Het belangrijkste is dat jij beter wordt.'

'Bedankt voor alles,' zei ik en even kwam weer die gekke wens bij me op om hem te kussen.

Maar hij stond op, wenste me een prettige dag en verdween.

In de loop van de ochtend kwam Siri even kijken hoe het met me ging en ik kon er niet omheen haar over het voorval te vertellen. Ze werd boos en beloofde me dat ze die man niet zou helpen als hij bij haar in de winkel kwam. Torben was daar nog nooit geweest, maar toch bedankte ik haar daarvoor.

Liv kwam 's middags langs. Ze vertelde dat ze Sigrun in het ziekenhuis had bezocht. Ze had helaas niet lang met haar kunnen praten, omdat de hersenschudding haar erg vermoeide en ze haar dagen onder invloed van pijnstillers doorbracht – net als ik.

'Zou haar man inmiddels bij haar zijn geweest?' Ik kreeg kippenvel op mijn armen bij de gedachte aan Torben en aan Sigruns mededeling dat hij stemmen hoorde.

'Dat kan ik helaas niet zeggen. Ik durfde haar niet naar hem te vragen.'

Ik voelde me bezorgd. Weer dacht ik aan wat Ingrid had gezegd. Waarschijnlijk had iemand het hem verteld.

Liv, die mijn gedachten leek te lezen, legde haar hand op mijn arm. 'De zuster zei dat ze minstens een week in het ziekenhuis moest blijven. Daarna zien we wel verder.'

'We?' vroeg ik verbaasd.

'Je denkt toch niet dat ik jou of haar in de steek laat?'

Ik knikte en drukte haar dankbaar de hand, en toen schoot me iets anders te binnen. 'Heb je al met mevrouw Skantze over mijn baan gesproken?'

'Dat ga ik straks doen.'

Ik schrok. 'Maar ze zullen...'

'Maak je geen zorgen,' zei Liv geruststellend. 'Als ze het vandaag maar hoort, dan komt het wel in orde.'

53

Liv

Vastberaden liep ik naar de lampenfabriek. Marlene mocht in geen geval ontslagen worden omdat die man haar had geslagen. Hoewel er al een dag was verstreken sinds het voorval en het weer beter ging met Marlene, was ik nog steeds woedend.

Een aangifte zou precies zijn wat die Torben Bergsma verdiende! Maar ik kon er wel begrip voor opbrengen als Marlene niet naar de politie wilde gaan. Ze zou terug moeten naar de lampenfabriek en hem daar tegen het lijf lopen. Maar misschien kon Nanna iets doen…

Een kwartier later kwam ik aan bij het fabrieksterrein. Achter het fraai gedecoreerde venster van de boekhouding zag ik Nanna aan haar bureau zitten. Toen ze mijn voetstappen hoorde, keek ze op en er verscheen een verbaasde uitdrukking op haar gezicht. Ik liep door de openstaande achterdeur naar binnen en klopte even later bij haar aan.

De jonge vrouw die bij Nanna in het vertrek zat deed open.

'Mevrouw Boregard!' riep ze uit.

'Zou ik mevrouw Skantze kunnen spreken?'

'Wat is er aan de hand?' vroeg Nanna achter haar. De boekhoudster stapte opzij.

'Nanna, neem me niet kwalijk dat ik zomaar binnen kom vallen,' zei ik. 'Ik moet met je praten.'

Nanna keek de jonge vrouw aan en gaf haar een teken dat ze ons alleen moest laten.

'Wat is er gebeurd?' vroeg ze bezorgd.

Ik wachtte tot ze de deur achter zich had gesloten voordat ik begon te spreken. Ik vertelde haar over het voorval van zondag, waardoor een van haar arbeidsters in het ziekenhuis was beland. Daarna vertelde ik haar over Marlene, die door dezelfde man was geslagen.

Nanna fronste haar delicate wenkbrauwen.

'We vroegen ons al af waar ze bleef. Bergsma zei dat hij zijn vrouw naar het ziekenhuis had moeten brengen.'

Ik was even met stomheid geslagen. 'Die heeft lef, zeg!' riep ik uit. 'En dat terwijl hij zelf met zijn vuistslagen de oorzaak was! En dan die aanval op mevrouw Walsted... Jullie zouden hem op straat moeten zetten!' Mijn hart ging tekeer en ik balde woedend mijn vuisten.

Nanna zat er stokstijf bij en nam me onderzoekend op. Ze was geen vrouw van grote emoties en een uitbarsting zoals de mijne zou haar waarschijnlijk nooit zijn overkomen.

'Wat is eigenlijk je relatie tot mevrouw Walsted?' vroeg ze. 'Als ik me goed herinner, was haar man een van jullie kapiteins.'

In plaats van daarop te antwoorden hief ik mijn arm met het gips op en zei: 'Zij was degene die me vlak bij jullie gieterij overeind heeft geholpen en me met onze koets naar het ziekenhuis heeft gebracht. Ik ben haar iets verschuldigd.'

'Zij heeft je hier toch zeker niet naartoe gestuurd?'

'Nee, ik ben uit eigen beweging gekomen,' zei ik. 'Ik wil niet dat jullie haar vanwege haar afwezigheid ontslaan.'

'Maar je wilt wel dat we dat met Torben Bergsma doen?' Nanna's stem klonk nu snijdend.

'Ik...' begon ik, maar Nanna was me voor.

'Wat zich in andermans huwelijk afspeelt, gaat ons niet aan, Liv! Als zijn vrouw geen aangifte tegen hem doet, zal er verder niets gebeuren. En wat mevrouw Walsted betreft: ze is niet op haar werk verschenen. Als ze gewond is, kan ze dat natuurlijk niet doen. Maar het is haar zaak met wie ze ruzie heeft, niet de onze.'

'Haar zaak?' vroeg ik. Het was alsof ik een klap in mijn gezicht had gekregen.

'Ja!' antwoordde Nanna. 'We kunnen een goed personeelslid niet ontslaan alleen omdat hij zich in zijn privéleven problemen op de hals haalt. Dat zou jouw man ook niet doen!'

'Maar hij heeft jullie schade berokkend! Die vrouwen kunnen allebei niet werken! En als hij ze nog eens aanvalt...'

'Dan moet de rechter daarover oordelen. Wij hebben daar niets mee te maken, Liv.' Ze keek me kil aan. 'Ik moet weer aan het werk. Als je nog iets anders op het hart hebt...'

Dat had ik inderdaad.

'Hoe wist Bergsma eigenlijk waar hij haar kon vinden?' Die vraag had me sinds ik bij Marlene was parten gespeeld.

'Pardon?' vroeg Nanna en ik merkte dat ze zo langzamerhand haar geduld verloor. Daar wilde ik echter geen rekening mee houden.

'Hoe wist Torben Bergsma waar hij mevrouw Walsted kon vinden?' vroeg ik.

'Nou, ze kennen elkaar toch?' was haar wedervraag, maar ze keek me aan alsof ik haar had betrapt.

'Ze zei dat hij dat niet kon weten,' vervolgde ik. 'Hoewel ze zijn vrouw heeft geholpen, hadden die twee niet zo veel contact met elkaar. Heeft hij inzage in de gegevens van andere arbeiders?'

Nanna fronste haar wenkbrauwen. 'Nu ga je echt te ver, Liv!' zei ze fel en verontwaardigd. 'Wat hier in het bedrijf gebeurt is onze zaak, niet de jouwe!'

We staarden elkaar even aan, en toen werd me duidelijk dat hier niets te halen viel. Misschien maakte ik het juist wel erger voor Marlene.

'Bedankt voor je tijd,' zei ik dus afgemeten, waarna ik op de deur afstevende. Ik had de knop nauwelijks aangeraakt of ik hoorde Nanna's stem achter me.

'Liv? Laat me je een goede raad geven.'

Ik wilde eigenlijk geen raad van haar, maar draaide me toch om.

'Blijf uit de buurt van die lui. Daar moet je niet mee omgaan. Hun wereld is harder dan de onze en wij kunnen niets doen om er verbetering in te brengen.'

Ik perste mijn lippen op elkaar en vocht tegen de tranen van teleurstelling die me in de ogen sprongen. 'Je vergeet dat we zelf ooit een van hen waren.'

54

Marlene

Op donderdag was ik voldoende hersteld om te kunnen opstaan. De twee rustdagen die de dokter me had aanbevolen waren om en het werd tijd dat ik me weer in de fabriek liet zien, Torben of geen Torben.

'Weet je het zeker?' vroeg Oskar. Hij zag hoe moeizaam ik overeind kwam.

'Ik zal geen werk meer hebben als ik langer wacht,' antwoordde ik. Liv mocht dan met mevrouw Skantze hebben gepraat, dat wilde niet zeggen dat ik het te ver moest drijven. 'Bovendien gaat het weer redelijk goed met me.'

Hij keek me bezorgd aan, maar liet me begaan.

Ik ging terug naar mijn kamer en trok mijn laatste schone blouse en mijn zwarte rok aan.

Hoewel ik geen andere keuze had als ik in de fabriek wilde blijven werken, voelde ik afschuw bij de gedachte Torben daar te zullen tegenkomen. Op het fabrieksterrein zou hij me vast niet nog eens aanvallen, maar wie wist wat hij in zijn hoofd had en waar hij me kon opwachten...

Toen ik voor de spiegel stond, schrok ik van de vlekken in mijn gezicht. Ze waren niet meer paars, maar bijna donkerbruin. De zwelling was nog steeds duidelijk te zien, maar ik kon inmiddels weer heel aardig zien met het oog aan die kant. De anderen zouden me vast vragen wat er was gebeurd. Wat zou ik zeggen? Dat ik van de trap was gevallen? Torben zou dubbel liggen van het lachen als hij dat hoorde. Maar de waarheid zou me nog meer narigheid bezorgen, want anders dan bij het voorval met Sigrun waren er in mijn geval geen getuigen geweest.

Toen ik klaar was, pakte ik mijn tas en verliet mijn kamer. Ik zei Oskar gedag, die pas tegen negen uur op de redactie hoefde te zijn, en ging op weg. Nog steeds stond ik wat onvast op mijn benen, maar nu ik uitgerust was, voelde ik dat ik mijn werk weer aan zou kunnen. Ook de pijn aan mijn gezicht was enigszins afgenomen.

Het was een milde, zonnige ochtend en gelukkig waren er nog niet al te veel mensen op straat. Een zwerm duiven fladderde koerend over me heen. Ik keek ze na en richtte mijn blik toen weer op de straat.

Ik achtte het onwaarschijnlijk dat Torben hier weer zou opduiken. Ook hij zou naar zijn werk moeten. Anderzijds had ik maandagavond vermoed dat hij in bed zou liggen...

Na een poosje kwamen er meer voetgangers bij en ik ontspande me een beetje. Onder hen bevonden zich steeds meer fabrieksarbeiders. Gelukkig namen ze geen notitie van me. Toch werden mijn handen ijskoud en klam. Stel dat ik Torben nu tegenkwam... Hoe moest ik dan reageren? Misschien was hem uit de weg gaan het beste.

Ik verborg me zo goed mogelijk in de schaduw van andere mannen en liep met hen op naar de lampenfabriek. De portier zag me wel meteen. 'Marlene!' riep hij en hij zwaaide naar me. Waarschijnlijk zou hij me vragen waarom ik er zo uitzag, maar gewoon negeren kon ik hem niet.

'Goedemorgen, Brekke,' zei ik tegen hem alsof er niets was gebeurd en ik boog mijn hoofd. Ik wist dat dat niet zou helpen, want hij had een scherpe blik. Ik besloot zijn vraag voor te zijn. 'Je hoeft je niets af te vragen over mijn uiterlijk: ik heb een ongelukje gehad.'

'Dat is heel betreurenswaardig.'

De vormelijke klank van zijn stem deed me opkijken. Zijn blik gleed langs mijn gezicht en zijn ogen stonden triest toen hij zei: 'Het spijt me, meiske. Ik vrees dat ik je niet door de poort kan laten.'

55

Liv

Voor vandaag had ik me voorgenomen dat ik eerst Marlene zou bezoeken en daarna even bij Sigrun Bergsma in het ziekenhuis zou gaan kijken. Ik wilde juist mijn uitgaansjasje aantrekken toen ik werd opgeschrikt door de bel. Wie kon dat zijn om deze tijd? Ik sloeg het jasje om mijn schouders en liep naar de trap.

Astrid had al opengedaan.

'Is mevrouw Boregard thuis?' hoorde ik iemand vragen. Tot mijn grote schrik besefte ik dat het Marlene was die daar buiten stond. 'Ik zou haar graag willen spreken.'

'Wie kan ik zeggen?' vroeg Astrid.

'Zeg maar gewoon dat Marlene er is.'

Ik stormde de trap af. Wat was er gebeurd? Marlene hoorde eigenlijk nog in bed te blijven!

Astrid keek me verbaasd aan toen ik haar op de trap tegemoetkwam. 'Mevrouw, er is...'

'Ik heb het gehoord,' zei ik. 'Ga maar weer aan je werk, ik handel dit wel af.'

Astrid maakte rechtsomkeert. Ik wachtte tot ze in het souterrain verdwenen was en liep toen door naar de deur. Ik schrok toen ik haar zag.

Marlene hield het hengsel van haar tas in haar handen geklemd. Bij daglicht zagen haar verwondingen er nog erger uit. Toch schrok ik het meest van haar roodomrande ogen.

'Het spijt me dat ik hier zomaar op de stoep sta.' Ze gluurde bijna angstig langs me heen naar binnen. 'Maar ik weet niet wat ik anders moet doen...'

'Kom toch binnen,' zei ik en meteen daarna las ik haar gedachten. 'Sten is niet thuis.'

Ik nam haar vlug mee onze kleine salon in, waar Astrid voorlopig niet binnen zou komen.

'Wat is er gebeurd?' Ik duwde de deur achter ons in het slot.

'Ik mag het fabrieksterrein niet meer op,' antwoordde Marlene snikkend. 'De portier zei dat meneer Skantze hem opdracht had gegeven me niet meer binnen te laten.'

'Heeft hij je daar een verklaring voor gegeven?'

'Hij zei alleen dat ik niet langer hoefde te komen. Het ziet ernaar uit dat ik ben ontslagen!'

Die gang van zaken leek me zeer merkwaardig. Ook Sten ontsloeg weleens mensen, maar dan riep hij de personeelsleden bij zich en deelde hij hun zelf het ontslag mee.

Marlene keek me aan. 'Heb je echt met mevrouw Skantze gesproken?'

'Ja,' zei ik.

Mijn wangen begonnen te gloeien. Ik wilde gaan uitleggen hoe het gesprek was verlopen, toen Marlene zei: 'Nou, het ziet ernaar uit dat ze van mening zijn veranderd.' Ze veegde de tranen van haar gezicht en vroeg toen: 'Wat moet ik nu doen? Ik... Ik heb dat werk nodig. Ik had niet thuis moeten blijven.'

Ik liep naar haar toe en legde mijn handen op haar armen. 'Je zou je werk geen dag hebben volgehouden zonder in te storten, dat weet je best! Je hebt niets verkeerd gedaan.'

Marlene keek me aan. Zelden had ik zo'n wanhoop aanschouwd.

'Ik zal nog eens met Nanna praten,' zei ik. 'Het moet allemaal op een misverstand berusten.'

'Een raar misverstand,' antwoordde ze. 'Ik heb toch niemand iets aangedaan?'

Ik keek haar diep in de ogen. 'Ik zal uitzoeken wat erachter steekt.'

Nadat ik Marlene naar huis had gestuurd, liep ik naar de lampenfabriek. Mijn gedachten raasden door mijn hoofd en ik schaamde me diep. Ik had Nanna mijn wil niet zo moeten opdringen. Wat had me dan ook bezield om over die Bergsma te beginnen? Had ik haar gewoon maar gevraagd Marlene niet te ontslaan...

Voor de deur van de boekhouding bleef ik even staan om mezelf te herpakken voordat ik aanklopte. Deze keer was de jonge medewerkster niet aanwezig.

'Liv, wat fijn om je te zien!' riep Nanna opgewekt toen ze me zag, alsof ons gesprek van twee dagen eerder niet had plaatsgevonden. 'Ik zat net aan je te denken!'

Dat bracht me in verwarring en even wist ik niet wat ik moest zeggen. 'Hoe dat zo?' vroeg ik terwijl ik de deur achter me sloot.

'Ik heb gisteren geweldig nieuws gekregen.' Ze stond op en pakte mijn handen. 'Ik ben weer zwanger!'

Die zin trof me als een baksteen.

Nanna merkte meteen dat er iets niet in orde was. 'Ben je niet blij voor me?' vroeg ze, terwijl ze me weer losliet.

'Jawel, natuurlijk ben ik blij voor je, heel blij zelfs!' antwoordde ik snel. Het was inderdaad goed nieuws, vooral omdat ze een paar jaar geleden haar oudste dochter had verloren. Onder andere omstandigheden zou ik oprecht verheugd zijn geweest, maar nu kon ik alleen aan Marlene denken.

Een ogenblik lang stond ik zwijgend voor haar, niet wetende hoe te beginnen.

'Wat is er?' vroeg Nanna bezorgd.

Ik frummelde aan mijn gipsverband, dat aan de randen al begon te rafelen.

'Ik heb gehoord dat jullie Marlene Walsted hebben ontslagen.' Ik keek haar ernstig aan.

'O, moet je nu alweer over die vrouw beginnen?' Met een diepe zucht liet Nanna zich op haar stoel zakken. 'Mijn man neemt de beslissingen, niet ik.'

Mijn hele lichaam spande zich. Het klopte niet wat ze zei. Hugo en zij waren één. Anders dan bij Sten en mij wisten ze alles van elkaar, ook als het om zakelijke belangen ging. Beslissingen namen ze samen. 'Maar hij bespreekt zoiets toch zeker met jou als zijn boekhoudster,' vervolgde ik beheerst. 'Heeft hij je geen reden gegeven?'

Aan haar gezicht te zien was Nanna in verlegenheid gebracht. 'Ze is niet goed voor de rust in het bedrijf.'

Haar verklaring benam me even de adem. 'Ze is niet...' Ik stokte en bleef hulpeloos handenwringend staan. 'Jullie kunnen haar er toch niet voor straffen dat Torben Bergsma zijn vrouw mishandelt en haar zelf uit wraak voor haar tussenkomst een vuistslag heeft gegeven?'

'Meneer Bergsma is een belangrijke kracht in onze firma,' antwoordde Nanna. 'Hugo heeft hem onlangs nog een opleiding over elektriciteit laten volgen.'

'En dus?' Het ontglipte me. 'Is het werk dat mevrouw Walsted doet dan niets waard?'

'Ze schroeft lampen in elkaar. Dat werk kunnen jonge meisjes ook doen. Een kundige elektricien daarentegen is nauwelijks te vinden.'

Door de nuchtere manier waarop ze dat zei, kon ik van verbijstering niets uitbrengen. Ik had altijd gedacht dat Nanna en haar man fatsoenlijke mensen waren. Ze werden alom geprezen om hun redelijkheid. Toen de gieterij failliet dreigde te gaan, had Hugo die zonder blikken of blozen overgenomen, met inbegrip van het personeel. Er was niemand ontslagen. En nu zetten ze een vrouw op straat die door een andere arbeider was geslagen! Ze verboden haar zelfs het terrein op te komen! Ik besefte opeens hoezeer ik me in Nanna en ook in Hugo had vergist.

Stijfjes stond ik op. Ik voelde me machteloos en had het idee dat ik Marlene in de steek had gelaten.

'Dit is onrechtvaardig,' zei ik. 'Dat weet jij en dat weet je man ook. Jullie storten een vrouw in het verderf die haar man heeft verloren en geen andere mogelijkheid heeft om geld te verdienen.'

Nanna kneep haar ogen tot spleetjes. 'Voor zover ik weet, is kapitein Walsted met een van jullie schepen ten onder gegaan,' zei ze op een zachte, snijdende toon. 'Als je je zo graag voor haar wilt inzetten, kun je Sten toch vragen of hij haar op de rederij kan gebruiken?'

56

Oskar

Het scheermes kraste over mijn baardstoppels en ik moest ontzettend uitkijken dat ik me niet sneed. Zo veel moeite om me te concentreren als op deze ochtend had ik al lang niet meer gehad.

Hoewel Marlene me had bezworen dat het goed met haar ging, vond ik het helemaal niet prettig dat ze weer in de fabriek was. Haar bloeduitstortingen zagen er nog steeds vreselijk uit en het risico dat ze Bergsma tegenkwam was groot. Ik had haar er niet van kunnen weerhouden naar de lampenfabriek te gaan, maar het baarde me grote zorgen.

Toen ik klaar was met scheren, trok ik mijn kleren en mijn schoenen aan. Vervolgens opende ik mijn bureaulade en pakte het notitieboek dat ik erin had gelegd terwijl de arts met Marlene bezig was.

De vraag wat Liv Boregard met Marlene te maken had, liet me niet los. De vrouw van een reder knoopte normaal gesproken geen vriendschap aan met de weduwe van een kapitein die er de schuld van had gekregen dat een van de schepen van haar man was gezonken.

De afgelopen twee dagen had ik er Marlene niet naar willen vragen. Ze was te zeer aangeslagen geweest en had rust nodig gehad. Misschien kon ik het gesprek vandaag die kant op sturen, als ze terug was van haar werk.

Ten slotte trok ik mijn jas aan en pakte mijn tas. Wat ik gisteren niet had kunnen overschrijven, zou ik vandaag inhalen. Het stuitte me tegen de borst mijn onderzoeksgegevens mee te nemen naar de redactie, maar ik kende de gewoonten van mijn collega's inmiddels goed genoeg om te weten wanneer ze het te druk hadden om op mij te letten.

Ik liep naar de deur, die ik juist wilde opendoen toen die opeens vanzelf openging. Verschrikt stapte ik naar achteren.

'Marlene, wat is…' Ik staarde haar aan. Haar gezicht was betraand. Zou Bergsma haar opnieuw hebben aangevallen? Ik zag echter geen nieuwe verwondingen.

Ze keek me bedroefd aan en zei: 'Ze hebben me de toegang tot de fabriek ontzegd.'

'Je moet een advocaat in de arm nemen,' drukte ik haar op het hart toen ze me het hele verhaal had verteld. 'Die zou je kunnen helpen om je baan terug te krijgen.'

Marlene keek me bedroefd aan. 'Ik heb het geld niet voor een advocaat. Bovendien vergeet je dat ik maar een arbeidster ben. De fabriek is het eigendom van de Skantzes en ze hebben het volste recht te bepalen wie voor hen werkt en wie niet.'

Ik perste mijn lippen op elkaar. Dat was natuurlijk waar. En iets als een vakbond, zoals die in sommige grote bedrijven in Stockholm waren opgericht, leek hier niet te bestaan.

'Ik was zojuist bij Liv,' zei Marlene. 'Ze was van plan om naar Nanna Skantze te gaan om haar te vragen wat de reden was. Die is me niet verteld.'

Skantze. De vriendschap tussen de beide families was me natuurlijk bekend. De lampenfabriek was aangewezen op petroleum. En Boregard was aangewezen op kopers van petroleum. 'Dus je hebt niet eens een ontslagbrief gekregen?' Dat vond ik ongehoord!

Ze frummelde aan haar jurk en opeens kwamen de tranen weer. 'Ik had me er nooit mee moeten bemoeien!'

Even weifelde ik, maar toen kreeg ik zo veel medelijden met haar dat ik haar gewoonweg in mijn armen nam. Toen ze zich tegen me aan vlijde, werd ik helemaal warm vanbinnen en voelde ik – ja, ook verlangen. Ondanks haar blessures was ze beeldschoon en haar lichaam voelde zo zacht aan…

Nee! zei ik tegen mezelf. *Zo mag je niet denken! Je bent geen man die een situatie als deze misbruikt!*

'Wat je hebt gedaan,' zei ik, 'was niet meer dan menselijk. Ze hadden je allemaal moeten helpen.'

Maar ik wist zelf ook wel dat ze van die woorden geen brood kon kopen.

'Waar ken je haar eigenlijk van?' vroeg ik toen ze weer een beetje was gekalmeerd. 'Mevrouw Boregard, bedoel ik.'

Marlene wilde net antwoorden toen er werd geklopt. Ik riep: 'Binnen!' en tot mijn grote verrassing verscheen Liv Boregard. Als je het over de duvel hebt…

Ze groette me en liep meteen naar Marlene.

'En, ben je iets te weten gekomen?' vroeg deze haar.

Mevrouw Boregard boog het hoofd. 'Volgens Nanna zou je in de fabriek voor onrust zorgen.'

'Waarschijnlijk heeft Torben zich over me beklaagd,' zei Marlene.

'Ik begrijp Nanna niet,' zei mevrouw Boregard. 'Toen hij de gieterij overnam, heeft Hugo immers ook iedereen behouden…'

'Dat lag anders,' zei Marlene. 'De mannen daar hebben nooit problemen veroorzaakt.'

'Maar jij toch ook niet?' antwoordde mevrouw Boregard en ze slaakte een diepe zucht.

Marlene, die even leek te zijn vergeten dat ik ook aanwezig was, keek nu om en zei: 'Het spijt me, ik wil je verder niet ophouden. We kunnen naar hiernaast gaan…'

'Geeft niet, mijn uitgever heeft er begrip voor als ik wat later kom,' jokte ik.

Als Lundström merkte dat ik afwezig was, zou hij vragen stellen. Maar ik kon dan altijd nog beweren dat ik een ontmoeting met een informant had gehad.

Wat ik hier kon aanschouwen was gewoon te interessant. Twee vrouwen uit werelden die niet meer van elkaar konden verschillen. En de rijke probeerde de armere zelfs te steunen! Het klonk bijna utopisch.

'Ik zou willen dat ik meer voor je kon doen,' zei mevrouw Boregard nadat ze mij ook een blik had toegeworpen.

Marlene bleef een hele poos zwijgen. Achter haar voorhoofd werkten haar hersenen op volle toeren. Even tevoren had ik nog de indruk gehad dat ze niet goed wist wat haar te doen stond, maar opeens leek ze op een idee te zijn gekomen.

'Ben je nog altijd van mening dat het huis van je vader moet worden ingericht voor vrouwen in nood?' vroeg ze.

Het huis van haar vader? Het werd almaar beter! Ik was opeens heel blij dat ik was gebleven. Mijn nieuwsgierigheid was gewekt.

'Natuurlijk! Nu meer dan ooit!' antwoordde de redersvrouw.

'Dan wil ik daarmee beginnen!'

Mevrouw Boregard leek een beetje terug te schrikken voor haar vastberadenheid. 'Marlene…' begon ze, maar haar gesprekspartner schudde het hoofd.

'Ik denk er al de hele tijd over na. En ja, ik weet dat ik er niets mee verdien, maar op die manier zou ik een dak boven mijn hoofd hebben.' Ze viel even stil en voegde er toen aan toe: 'Het is de hoogste tijd dat ik uit de stad vertrek. Niemand wil me hier immers hebben.'

'Dat is niet waar,' antwoordde mevrouw Boregard met een treurige blik in haar ogen.

'Je hebt het zelf gezien!' zei Marlene en ze wreef koppig de tranen uit haar ogen. 'De zeemansvrouwen hebben een hekel aan me. Torben is erin geslaagd me uit de lampenfabriek te laten gooien. Ik zal hier nooit rust krijgen! Maar in jouw huis zou ik misschien opnieuw kunnen beginnen!'

Mevrouw Boregard keek haar een tijdje aan. 'Goed,' zei ze ten slotte.

Wat was dat waar die twee over onderhandelden? Een huis voor vrouwen? Ik had grote moeite om mijn vragen voor me te houden.

Ik hoorde hen bespreken hoe Marlene het best de stad uit kon gaan. Het huis van mevrouw Boregards vader stond blijkbaar in Nättraby. Er ging een trein naartoe, maar Marlene kon in haar toestand niet met zware bagage reizen. Ik bespeurde een unieke kans.

'Ik zou je toch naar Nättraby kunnen brengen?' flapte ik eruit.

'Waarmee dan?' vroeg Liv Boregard.

'Met een koets. Je zult hier toch wel ergens een rijtuig kunnen huren?'

Marlene keek me met grote ogen aan. 'Maar je moet toch werken?'

'Ik zal mijn uitgever vertellen dat het om een noodgeval gaat. Dat begrijpt hij vast wel.'

'Ik wil je niet in de problemen brengen,' vervolgde ze.

'Dat doe je helemaal niet,' antwoordde ik. 'Nou, neem je mijn aanbod aan?'

57

Marlene

Toen Liv de sleutels kwam brengen was Oskar nog niet terug. Ik had intussen mijn boeltje bij elkaar gepakt: een koffer en mijn rugzak. Daarin zaten mijn kleren, ook de vuile was. Bovendien mochten mijn lampje en de fles petroleum om het bij te vullen niet ontbreken. Voor zover ik me herinnerde, was er behalve het zonlicht geen verlichting aanwezig in het huis.

'Meer wil je niet meenemen?' vroeg Liv verbaasd toen ze mijn bagage zag.

'Meer heb ik niet,' zei ik. 'De meubels zijn allemaal van Siri en Ove.'

'Heb je met de pensionhoudster gesproken?' vroeg Liv.

'Nog niet,' antwoordde ik. 'Ik heb de huur tot volgende maand betaald. Mocht ik nog iets in Karlskrona moeten afhandelen, dan kan ik hier verblijven.'

Ik kon nauwelijks iets bedenken waarvoor ik naar Karlskrona zou moeten terugkeren. Uitkijken over zee en verlangen naar Bjarne kon ik ook vanuit Nättraby doen. Toen schoot me toch iets te binnen wat hier nog niet was afgedaan. 'Als je Sigrun in het ziekenhuis bezoekt… wil je haar dan mijn groeten overbrengen?' Ik had haar allang moeten bezoeken, maar zoals de zaken ervoor stonden, leek het me beter bij haar vandaan te blijven.

Liv beloofde me haar de groeten te zullen doen.

Even later hoorden we hoefgetrappel. Bijna tegelijk haastten we ons naar het raampje in de gang, waar we zagen dat Oskar de wagen voor de winkel tot staan bracht.

'Hij lijkt me een aardige man,' merkte Liv op. 'Heel anders dan de meeste mannen hier.'

'Dat zal wel komen doordat hij in Stockholm geboren is.' Ik betrapte mezelf op een glimlach. 'Ik mag hem eigenlijk wel. Al heeft hij me aanvankelijk ontzettend boos gemaakt met zijn schrijfmachine.'

Livs blik vroeg om nadere uitleg, maar hij kwam de trap al op. 'Kunnen we vertrekken?'

Ik gaf hem mijn koffer en de rugzak. De schoudertas waarmee ik altijd naar mijn werk was gegaan nam ik zelf mee.

'Bedankt dat je me deze kans geeft,' zei ik tegen Liv en ik omhelsde haar.

'Bedankt dat je een begin wilt maken met het huis,' antwoordde ze. 'Ik kom zo gauw mogelijk naar je toe en breng dan het een en ander voor je mee.'

Oskar haalde mijn fiets uit de schuur op de binnenplaats en legde die op de laadvloer van de wagen. Die leek minder op een koets dan op een kar om aardappelen in te vervoeren, maar wat mij betrof voldeed hij prima. Alleen al het feit dat Oskar zich bereid had verklaard me te rijden was hartverwarmend.

Liv nam afscheid van ons en we stapten op de bok.

Het gehobbel van het voertuig bracht mijn hoofdpijn terug. Ik leek elke oneffenheid, elke kuil in de weg te voelen.

Bij de aanblik van de huizen die we passeerden werd ik een beetje bang. Tot dusver had ik het voor onmogelijk gehouden dat ik Karlskrona ooit zou verlaten. Ik begreep nog steeds niet waar de impuls vandaan was gekomen die me ertoe had gebracht Liv te vragen of ik Rozenhaag in een vrouwenhuis mocht veranderen. Was het de juiste beslissing geweest?

Nadat we het station en de rokende fabrieksschoorstenen achter ons hadden gelaten, werd de lucht frisser en had ik het gevoel dat ik eindelijk diep kon ademhalen. De geluiden van de stad maakten plaats voor die van de natuur. Vogels kwetterden en bijen zoemden door de lucht, die vervuld was van een zoete bloemengeur.

Ik hield me goed vast op de bok en keek uit over het landschap. De natuur leek wel te exploderen. Overal bloeiden struiken en fruitbomen, het gras was dicht en diepgroen.

'Veel mensen zouden wat blij zijn met een vriendin als mevrouw Boregard,' zei Oskar opeens.

Sinds we de stadsgrens van Karlskrona achter ons hadden gelaten hadden we gezwegen, omdat Oskar zich erop moest concentreren het paard in toom te houden. Het dier was wat onwillig en ik merkte wel dat de verslaggever niet veel ervaring met het mennen van wagens had. Maar mijn aanbod om de teugels over te nemen had hij met het oog op mijn toestand afgeslagen.

'Ja, ik ben heel blij dat ik haar heb leren kennen,' antwoordde ik.

'Hoe komt de vrouw van een kapitein aan de vrouw van een reder? Had je man een vriendschappelijke relatie met Sten Boregard?'

Ik snoof spottend, want een vriendschap tussen Bjarne en Boregard was gewoonweg onmogelijk geweest. Bjarne had het bevel gevoerd over de Solveig, meer niet. Maar dat wist Oskar niet en om ervoor te zorgen dat hij geen verkeerde indruk kreeg, legde ik het hem uit. Alles wat ik hem vertelde, kwam me voor als een verhaal dat iemand anders had meegemaakt.

Oskar zweeg even terwijl de wagen voorthobbelde. 'Wat grootmoedig van haar om zich zo voor je in te zetten bij de Skantzes,' zei hij toen. 'Dat is in die kringen niet vanzelfsprekend.'

'Liv is niet zoals de andere echtgenotes van raadsleden,' antwoordde ik. 'Ze is ooit een van ons geweest. Ik bedoel, ze komt uit een eenvoudig burgerlijk milieu.' Meer wilde ik hem niet vertellen; ik had Liv gezworen dat ik het verhaal van haar ouders voor me zou houden.

Dat leek hij aan te voelen, want hij vroeg: 'Hoelang heb je in de lampenfabriek gewerkt?'

'Zes jaar,' zei ik.

Hij maakte een rekensommetje en fronste toen zijn voorhoofd. 'Ik heb altijd gedacht dat een kapitein goed werd betaald.'

'Ik heb daar gesolliciteerd omdat ik het niet zo goed uithield om alleen thuis te zijn. Bjarne heeft zolang hij leefde goed voor me gezorgd. Ik had als kapiteinsvrouw niet uit werken hoeven gaan, maar ik wilde het zelf.'

Ik dacht terug aan het moment waarop ik Bjarne vertelde dat ik in de lampenfabriek wilde werken. Hij had dat aanvankelijk niet begrepen.

'Waarom zou je je mooie handen willen ruïneren?' had hij gevraagd en hij had teder mijn vingertoppen gekust.

Ik had hem de ware reden niet willen vertellen. Dat de muren van onze woning op me afkwamen. De angst dat hij niet zou terugkeren... En dat er geen kinderen waren voor wie ik kon zorgen.

Een lichte duizeling beving me.

'Gaat het wel?' vroeg Oskar toen hij dat merkte. 'We kunnen even stoppen.'

'Het gaat alweer,' antwoordde ik en ik zette mijn gedachten opzij. Het had geen zin om het verleden op te rakelen. Een vaas was ook niet meer te repareren als een van de scherven ontbrak.

'Hier,' zei hij. Hij pakte een waterfles uit de tas die naast hem in de voetenruimte van de bok stond en reikte me die aan. 'Drink even iets.'

Ik bedankte hem en nam een grote slok. Het water liep weldadig door mijn keel omlaag en ten slotte meldde mijn maag zich hoorbaar. Ik besefte dat ik sinds de vorige avond niets meer had gegeten.

'Dat klinkt als een woeste beer!' zei Oskar. 'Ik denk dat we toch even moeten stoppen.'

Hij bracht het rijtuig langs de kant van de weg tot stilstand en boog zich nogmaals over zijn tas. Even later overhandigde hij me een pakketje met een dikke boterham met kaas.

'Alsjeblieft, eet lekker op. Dat was eigenlijk mijn middagmaal.'

'Maar... jij dan?' De hartige geur van de kaas deed me meteen watertanden.

'Ik heb er nog een.' Hij pakte nog een boterham, die ook in perkamentpapier was gewikkeld.

'Bedankt,' zei ik. Ik maakte het pakje open en nam een flinke hap. Nog nooit had ik zulk lekker brood en zulke lekkere kaas gegeten!

'Wat zei je baas eigenlijk?' vroeg ik kauwend. 'Ik hoop dat hij niet boos was.'

'Ik heb hem verteld dat ik voor onderzoek naar Nättraby moest.'

'Zal hij niet merken dat je daar omwille van mij naartoe bent gegaan?'

'Nou ja, ik zou over je kunnen schrijven. Krantenkop: ONRECHT IN DE LAMPENFABRIEK!'

'Alsjeblieft niet!' zei ik verschrikt.

Hij lachte alleen maar. 'Wees niet bang, ik bedenk wel iets. Het zal noch aan het paard, noch aan de wagen te zien zijn waar ik ben geweest. En ik heb heel wat ideeën die een goed artikel kunnen opleveren.'

58

Liv

Sigrun Bergsma zat tegen een kussen geleund met haar blik gericht op de ramen, waardoorheen het zonlicht op de parketvloer viel. Het verband om haar hoofd was verwisseld en haar bloeduitstortingen begonnen te verbleken. Haar ogen stonden echter nog even droevig als tijdens mijn eerste bezoek aan haar. Zou ze haar man missen of was haar duidelijk geworden in welke situatie ze zich bevond?

Toen ze me zag, klaarde haar gezicht enigszins op. 'Mevrouw Boregard!' zei ze met een glimlachje.

'Noem me maar Liv, hoor,' antwoordde ik terwijl ik een stoel bijtrok. 'Hoe gaat het vandaag met je?'

'Zo goed dat ik me afvraag wat ik hier eigenlijk nog doe.'

Zoiets had ik al gevreesd. 'Wat zegt de dokter ervan?'

'Die wil nog wat meer onderzoek doen en denkt niet dat ik voor volgende week ontslagen zal worden. Maar wat moet mijn man zo lang zonder me?'

Terwijl ik me afvroeg wat haar bezielde om aan dat monster te denken, voegde ze eraan toe: 'Torben zal ontzettend kwaad zijn.'

Ik moest me tot het uiterste beheersen om haar niet te vertellen hoe ik over haar man dacht.

'Is hij bij je op bezoek geweest?' vroeg ik in plaats daarvan.

Ze schudde haar hoofd. 'Hij moet immers werken. Nu ik hier lig, moet hij ook mijn werk nog overnemen.'

Dat was vast en zeker niet het geval, als Hugo hem een opleiding in elektrotechniek liet volgen. Maar ik wilde haar niet prikkelen door haar tegen te spreken.

'Hoe gaat het eigenlijk met Marlene?' vroeg ze. 'Zij zou me toch ook komen opzoeken?'

'Ze is momenteel niet in orde,' antwoordde ik ontwijkend. Ik kon deze vrouw in haar huidige toestand nog niet vertellen dat haar man ervoor verantwoordelijk was dat Marlenes leven verwoest was. 'Maar ik moet je de groeten van haar doen. Ze komt bij je langs zodra ze kan.'

'Als ik dan nog hier ben.' Sigrun sloeg haar blik neer en haar vingers grepen opeens krampachtig haar deken vast.

'Mevrouw Bergsma,' begon ik voorzichtig.

'Sigrun,' antwoordde ze. 'Zeg maar Sigrun tegen me.'

'Afgesproken, Sigrun,' zei ik met een glimlach. 'Doe maar rustig aan. Je kunt niet voor je man zorgen als er in je hoofd iets zo mis is dat je omvalt. De dokters weten het beter.' Ik hief mijn gipsarm op. 'Ik vind dit verband ook erg vervelend, maar het zou niet bij me opkomen het er zomaar af te halen.'

Verschillende emoties wisselden zich op haar gezicht af. Ze leek af te wegen wat erger was: de woede van haar man of het misnoegen van de artsen.

Ik gaf een voorzetje. 'Wat zou je er eigenlijk van vinden om eens een klein... reisje te maken?'

Ze zette grote ogen op. 'Waarheen?' vroeg ze.

'Ergens anders naartoe. Een meer of zo.'

'Torben zou dat vast niet goedvinden.'

'Ik dacht eigenlijk aan een reisje zonder je man,' vervolgde ik voorzichtig. 'Om op te knappen.'

Nu veranderde haar blik in een onnozel staren. Ze schudde haar hoofd. 'Nee, dat gaat niet!' Weer sloeg ze haar ogen neer en ik zag dat haar handen trilden. 'Dat zou Torben niet toestaan.'

'Waarom werd je man eigenlijk zo kwaad?' vroeg ik zacht.

'Hij is niet altijd zo geweest,' antwoordde ze. 'Toen we nog jong waren, was hij heel attent. Toen gingen we picknicken, wandelen. Maar de laatste jaren...' Ik merkte dat ze naar woorden zocht. 'Het is de drank. Als hij drinkt, hoort hij stemmen in zijn hoofd.'

Goeie hemel! Dan was hij een geval voor een zenuwarts! Er liep een rilling over mijn rug. Daar hadden Nanna en Hugo vast geen idee van.

'Jij zult wel gelukkig zijn,' zei ze met een glimlachje. 'Jouw man is tenslotte reder.'

'Ook wij hebben onze meningsverschillen,' antwoordde ik.

'Maar hij slaat je niet, neem ik aan,' zei Sigrun.

'Dat niet, nee,' antwoordde ik en er liep opnieuw een rilling over mijn rug. Opeens besefte ik dat we tenminste op enige punten met elkaar overeenkwamen. Ook Sten was vroeger attenter geweest en had toen veel samen met me ondernomen. Hij had me niet geslagen, maar me wel hardhandig aangepakt toen hij kwaad was. En hij had zich ervoor verontschuldigd. Zou het bij die ene keer blijven of moest ik vrezen dat hij ooit zou worden als Sigruns man?

'Nou ja,' zei ze en ze zat even zwijgend in gedachten verzonken voordat ze met een optimistische glimlach vervolgde: 'Als ik mijn best doe, zal Torben dat misschien bij mij ook niet meer doen.'

Toen ik het ziekenhuis weer verliet, was het al over vieren. Het gesprek met Sigrun had me aangegrepen. Ik begreep niets van die loyaliteit aan haar man. Afgaand op wat Marlene me had verteld, was het niet voor het eerst dat ze was geslagen. Ditmaal was het alleen extreem geweest. Maar stel dat het voortaan altijd zo zou gaan? Hoelang zou die tengere vrouw dat kunnen verdragen?

Tegelijkertijd vroeg ik me af wat ik zou doen als ik in haar schoenen stond. Zou ik de moed vinden om Sten te verlaten?

Ik trof een huurrijtuig in de buurt van het ziekenhuis en kwam ruim twintig minuten later bij onze villa aan.

Gelukkig was onze kokkin altijd op alles voorbereid. Ik stormde naar binnen en liep rechtstreeks naar de keuken, waar Ruth aardappelen zat te schillen. Ik verontschuldigde me bij haar en gaf haar de opdracht om voor het avondmaal lamskoteletten klaar te maken, Stens lievelingseten. Dit voor het geval dat zijn dag niet prettig verlopen was. Als dat zo was, was hij weleens geneigd te vragen wat ik zoal had gedaan. Ik kon hem onmogelijk over mijn ziekenhuisbezoek vertellen.

Omdat ik er niet op rekende dat Sten beslag op mijn tijd zou leggen, haastte ik me naar boven. Ik moest plannen smeden voor Rozenhaag. Toen ik bij mijn slaapkamer aankwam, hoorde ik beneden de deur opengaan. Verschrikt keek ik op de klok. Tien voor half vijf. Sten kwam eigenlijk nooit voor zes uur thuis, soms werd het nog later. Zelfs als er een onverwacht bezoek ophanden was, stuurde hij alleen een loopjongen. Alleen als hij zich niet goed voelde, kwam hij vroeger uit zijn werk. En dat kwam zelden voor.

Ik had mijn jasje nog maar net in de kledingkast gehangen of Sten kwam binnenstormen. Ziek zag hij er niet uit, dat stond vast. Zijn ogen fonkelden en zijn hoofd was vuurrood.

'Ik heb gehoord dat je bij de Skantzes bent geweest!' bulderde hij.

Ik kreeg het warm en koud tegelijk. 'Ja, dat klopt.' Mijn hartslag versnelde en mijn lichaam begon tot in mijn vingertoppen te pulseren.

'Vanwege dat mens van Walsted!'

Hij was dus op de hoogte van onze onenigheid. 'Ze had me om hulp gevraagd,' zei ik en ik deed mijn best nonchalant te klinken. 'Ik was haar iets verschuldigd.'

Sten stelde zich dreigend voor me op. 'Je was haar dus verschuldigd Nanna de les te lezen over haar bedrijfsvoering!' Zijn stem klonk dreigend en ik trok intuïtief mijn hoofd in.

'Ik heb haar gevraagd waarom ze haar eruit gegooid heeft.'

'Dat gaat je absoluut niets aan!' Een paar druppeltjes speeksel belandden op mijn wang en ik kon me nauwelijks bedwingen om ze meteen weg te vegen.

'Ik wilde haar helpen,' zei ik. 'Ze had het voor een vrouw opgenomen die door haar echtgenoot mishandeld werd. Ze heeft die vrouw gered.'

'Heeft ze je dat verteld?'

'Ik heb het zelf gezien!' Het ontglipte me, maar ik had meteen spijt.

'Je hebt wat?' Stens mond viel open van verbijstering.

'Afgelopen zondag,' vervolgde ik. Wanhopig zocht ik naar woorden waaruit hij niet kon opmaken dat ik in gezelschap van Marlene was geweest. 'Op de terugweg van het park.'

Sten staarde me aan alsof ik mijn verstand had verloren. 'Heb je je met een vechtpartij bemoeid? Weet je dan niet wat de mensen daarvan zullen denken?'

'Ik heb me er niet mee bemoeid!' antwoordde ik en ik zette nog een stapje achteruit, want Sten leek op het punt te staan me een oorvijg te verkopen. 'Ik heb het alleen gezien, meer niet.' Mijn wangen gloeiden. Ik had veel meer gedaan, maar dat wist hij gelukkig niet.

Sten leek even in tweestrijd te staan, hief toen zijn wijsvinger op en hield die als een mes voor mijn gezicht. 'Ik vertel je dit voor de allerlaatste keer: jij blijft uit de buurt van die vrouw! Ze schaadt onze reputatie. Of wil je samen met haar op straat belanden?'

Ik was te zeer onthutst om nee te schudden.

Sten was nog niet klaar. 'Als ik nog één keer merk dat je met haar omgaat,' blafte hij, 'sluit ik je hier eigenhandig op!'

59

Marlene

We kwamen bij het jachtopzienershuis aan toen de middagzon hoog boven het perceel stond. Ik dacht terug aan het moment waarop Liv hier de slaapkamer uit was gevlucht. Het was heel grootmoedig van haar om het huis te behouden en vrouwen een thuis te willen verschaffen. Vrouwen als ik. Als Sigrun. Als Ingrid. Al had ik er vorige week, toen Liv en ik hier voor het eerst stonden, geen rekening mee gehouden dat we daar zo gauw al mee zouden beginnen.

Oskar zette de wagen voor het tuinhek stil en hielp me van de bok. Toen tilde hij mijn fiets van de laadvloer. Ik zette hem in het schuurtje naast het huis. Hier, midden in het bos, zou hij vast niet gestolen worden.

Toen ik uit het schuurtje kwam, bekeek ik het huis. Voor mij had het niets afschrikwekkends. Integendeel, het zag er uitnodigend en vriendelijk uit met die verwilderde tuin vol dartelende bijen en vlinders. Er zat een merel in een boom zijn avondlied te zingen. Als betoverd bleef ik staan luisteren.

'Een mooi huis hebben de Boregards hier,' zei Oskar toen hij naast me kwam staan.

Ik beet op mijn lip. Het huis was niet van de Boregards. Het was van Liv. Maar ik knikte en maakte het tuinhek open.

'Het lijkt wel of je hier al eens bent geweest,' zei hij terwijl hij meeliep naar de voordeur.

'Dat is ook zo,' verklaarde ik. 'Op de dag dat wij elkaar tegenkwamen op het station kwam ik met mevrouw Boregard terug van de rouwdienst van haar vader. Ik had aangeboden met haar mee te gaan.'

We maakten de luiken open en lieten licht en lucht binnenkomen.

Hij tastte de muur naast de deurpost af. 'Ik ben bang dat hier geen elektrische verlichting is,' zei hij. 'Als het donker wordt…'

'Daar heb ik aan gedacht.' Ik maakte mijn rugzak open en haalde de petroleumlamp eruit die altijd op mijn nachtkastje had gestaan. Ik had de petroleum eruit laten lopen, vervolgens de glazen cilinder eraf gehaald en die behoedzaam in stof gewikkeld om te voorkomen dat hij zou breken.

Voorzichtig zette ik de lamp weer in elkaar en ik liet mijn vinger over de gravure glijden. Het jaar van ons trouwen. De eerste letters van onze namen: B en M.

'Komt die uit je fabriek?' vroeg Oskar, terwijl hij me aankeek.

'Dit soort lampen zette ik dag in dag uit in elkaar,' zei ik en ik voelde een zweem van verlangen naar mijn oude leven. 'Misschien niet meer precies dit model, maar de basis is altijd hetzelfde.'

Nadat ik had gecontroleerd of de glazen cilinder goed zat, vervolgde ik: 'Deze lamp heb ik vlak na onze bruiloft gekocht en is het enige wat ik uit onze oude woning heb bewaard.'

Ik voelde Oskars blik. Zou hij er nu aan denken waar ik had kunnen zijn als ik Bjarne niet had verloren?

Toen we aan noten, gedroogd fruit en een gedeelde derde boterham met kaas zaten, vroeg hij: 'Heb ik dat vanochtend goed begrepen? Je wilt hier een huis voor vrouwen van maken?'

'Ja, dat zijn we van plan,' zei ik. 'Een huis voor vrouwen die nergens veilig zijn.' Ik stootte een sarcastische lach uit. 'Vrouwen zoals ik, bijvoorbeeld.'

Ik zag dat Oskar een ernstig gezicht trok. 'Wil je hier een boerderij van maken?'

'Onder andere. Bovendien weet ik me te redden in het bos. Dat heb ik van mijn vader geleerd.'

'Je vader?' vroeg hij.

'Hij is jachtopziener bij Koninklijk Bosbeheer,' verklaarde ik. 'Als de nood aan de man komt, kan ik zelfs konijnen vangen.'

'Dat zou stroperij zijn.' Een schalkse uitdrukking verscheen in zijn ooghoeken.

'Ik zeg alleen dat ik het kan.' Ik keek hem even aan en voegde er toen glimlachend aan toe: 'Ik zou het heus niet over mijn hart verkrijgen om zo'n beestje te doden. Dan steel ik liever hazelnoten van de eekhoorns.'

Laat in de middag, nadat hij me had geholpen me enigszins te installeren, was het voor Oskar alweer tijd om te vertrekken. Ik kwam even in de verleiding om hem te vragen hier te blijven, maar ik wist dat hij de volgende ochtend weer op de redactie moest zijn. Hij had al veel te veel narigheid met me meegemaakt, veel te veel tijd aan me besteed.

'Die spelingen van het lot zijn soms toch wel merkwaardig,' zei hij toen ik met hem meeliep naar het tuinhek. 'Je man verongelukt met een van Boregards schepen. Zelf word je een paria in de stad. En nu is Liv Boregard je vriendin.'

'En wat dan nog?' vroeg ik. 'Moet ik haar soms net zo behandelen als alle anderen mij? Zij is niet verantwoordelijk voor de ondergang van de Solveig.'

Er trok een schaduw over Oskars gezicht. 'Is eigenlijk ooit duidelijk geworden wat er met dat schip is gebeurd? Ik bedoel, wat de oorzaak van de schipbreuk is geweest?'

Ik voelde me opeens onbehaaglijk. 'Er werd gezegd dat het onmogelijk was om een verklaring voor het ongeval te vinden. Mijn man kreeg de schuld in zijn schoenen geschoven en dat was dat.'

'En wat denk je er zelf van? Geloof je dat je man schuldig was?'

Ik perste mijn lippen op elkaar. 'Bjarne was een goed mens. Hij zou niet hebben toegelaten dat zijn mannen iets overkwam.' Ik keek hem aan en voelde me opeens erg ongemakkelijk. 'Waarom interesseert je dat eigenlijk?' vroeg ik ongerust.

'Het is het interessantste verhaal dat ik hier in lange tijd heb gehoord. Er zou een spannend artikel van te maken zijn.'

Ik schudde mijn hoofd. Het laatste waar ik behoefte aan had, was dat dit verhaal weer opgerakeld werd. 'Ga alsjeblieft geen dingen overhoophalen waardoor we allemaal grote problemen kunnen krijgen.'

'Waarom niet?' vroeg Oskar en hij pakte zachtjes mijn hand. 'Als we zouden kunnen bewijzen dat je man niets te verwijten is, zou dat zijn reputatie herstellen. En die van jouzelf.'

Ik trok mijn hand met een ruk terug. De gevoelens die hij bij me opwekte, pasten domweg niet bij het gesprek dat we voerden.

'Ik vrees dat dat niet mogelijk zal zijn,' zei ik. 'Er zijn geen bewijzen. En het is niet in het belang van Sten Boregard dat iemand de zaak onderzoekt.'

'Maar misschien wel in het jouwe.'

Hij nam me onderzoekend op. Ik stond in dubio. Natuurlijk zou ik willen dat Bjarne van schuld werd vrijgesproken. Maar als zelfs de reder Bjarnes onschuld niet wilde bewijzen...

'Ik zou niet weten hoe je het voor elkaar zou kunnen krijgen,' antwoordde ik. 'Bovendien is Sten Boregard een goede vriend van Hugo Skantze. Ze zitten beiden in het stadsbestuur en hebben veel invloedrijke vrienden. Als hij denkt dat je hem dwarsboomt...'

'Marlene,' zei hij zacht. 'Ik ben er de man niet naar om voor moeilijkheden terug te schrikken. Mensen als Boregard en Skantze ben ik al heel vaak tegengekomen. Maar denk je niet dat de waarheid het verdient om aan het licht te komen? Dat je man het verdient om van zijn vermeende schuld bevrijd te worden? Ik zou het op z'n minst kunnen proberen...'

Dat hij Bjarne noemde trof me recht in het hart. Wat ik voor Oskar begon te voelen leek me ineens helemaal verkeerd.

'Ik kan je er niet van weerhouden te doen wat je wilt,' zei ik en ik keek hem indringend aan. 'Ik kan je alleen op het hart drukken voorzichtig te zijn. Als ik de laatste tijd iets heb geleerd, dan is het wel dat rijke mannen in staat zijn je meer schade toe te brengen dan je je als eenvoudig mens kunt voorstellen.'

60

Oskar

'Het spijt me dat het zo laat is geworden,' zei ik tegen de man en ik gaf hem twee kronen. Dat was meer dan we hadden afgesproken, maar het was ook niet mijn bedoeling geweest zijn wagen pas op dit late tijdstip terug te brengen. Ik wilde die echter ook niet bij het pension parkeren.

De verhuurder knikte, stopte het geld in zijn zak en verdween achter de deur.

Ik begon aan de terugweg naar het pension. Marlenes waarschuwing speelde nog steeds door mijn hoofd. Natuurlijk was ik me ervan bewust dat ik met een onderzoek naar deze kwestie in een netelige situatie kon belanden, maar de drang om haar en haar overleden man gerechtigheid te verschaffen was sterker.

Mijn werk werd zelden persoonlijk. Ik probeerde altijd afstand te bewaren. In dit geval voelde ik echter dat ik dat langzamerhand niet meer kon. Marlene had iets wat me aantrok. Iets wat in mij het verlangen wekte om haar te beschermen. En dat kon ik alleen op mijn eigen manier doen.

Bij het pension aangekomen glipte ik door de poort en ging het huis in. Boven op de gang wierp ik een blik op Marlenes kamerdeur. Het zou allemaal zoveel makkelijker zijn geweest als dat voorval met Torben Bergsma er niet was geweest. Nu moest ik vervoer regelen als ik met haar wilde praten.

Ik deed mijn kamerdeur achter me dicht en trok mijn vest uit. Ik was hondsmoe en verheugde me erop een dutje te doen. Ik wilde juist mijn schoenen uittrekken toen er achter me een steentje tegen de ruit vloog. Ik draaide me snel om. Hé, nog een!

Ik liep naar het raam, maar kon in het donker niets onderscheiden. Wie zou me zo laat nog opzoeken? De man die me van informatie voorzag, wist waar hij me kon vinden. Zou hij iets nieuws voor me hebben? Ik deed het raam open en probeerde te ontdekken wie daar stond. Meer dan een schaduw zag ik aanvankelijk niet.

'Wat is dat daar?' riep ik het duister in.

'Kunnen we even praten?'

Tot mijn grote verrassing was het een vrouwenstem. Een die me heel bekend voorkwam.

'Ik kom naar beneden,' zei ik en ik liep bij het raam vandaan. Op weg naar de deur pakte ik mijn vest. Ondertussen vroeg ik me af wat ze hier kwam doen.

Even later deed ik de voordeur open. 'Mijn excuses voor mijn verschijning,' zei ik terwijl ik mijn vest dichtknoopte. Daarbij zag ik dat een slip van mijn overhemd uit mijn broek hing.

'Ik ben degene die zich moet verontschuldigen,' antwoordde Liv Boregard en ze stapte in het zwakke lichtschijnsel dat vanuit mijn raam op de binnenplaats viel. 'Voor het feit dat ik u zo laat wakker maak.'

Het zou wel een spontane ingeving van haar zijn geweest, want ze droeg een eenvoudige jurk met een wollen omslagdoek erover. Wie haar niet kende, zou haar op dit moment nooit voor de vrouw van de reder hebben aangezien.

'Ik ben nog maar net thuis,' zei ik terwijl ik mijn kleding fatsoeneerde.

'Ik... Ik wilde alleen vragen of alles goed is verlopen,' zei ze. Ik keek haar aan. Dat had ze me ook morgen kunnen vragen.

'Alles is goed met Marlene,' antwoordde ik. 'Al vrees ik dat het niet verstandig is haar op ideeën te brengen die alleen een welgestelde vrouw zich kan permitteren!'

Ik had meteen spijt van mijn woorden, want ze keek me aan alsof ik haar een draai om de oren had gegeven.

'Het was niet mijn idee,' antwoordde ze afwijzend. 'Niet alleen. Zonder Marlene zou ik dat vervloekte huis niet hebben aanvaard.'

Dat verraste me en ik probeerde milder te klinken. 'Een nobel plan, dat vrouwenhuis, dat moet ik u nageven. Maar daar heeft ze meer voor nodig dan een dak boven het hoofd.'

'Daar ben ik me van bewust.' Ze boog haar hoofd. Ik kon haar gêne bijna lichamelijk voelen. 'Ik heb het geprobeerd. Echt geprobeerd. Ik wilde dat Nanna haar in hun bedrijf zou aanhouden. Dan hadden we de tijd gehad om alles rustig voor te bereiden. Te overdenken. Maar voor de Skantzes was die man belangrijker.'

'Bergsma,' zei ik, waarop ze knikte.

We zwegen een poosje. Weifelend ging ze van het ene op het andere been staan. Ik vroeg me af wat ze nog meer wilde. Ik had de indruk dat er iets was wat ze niet durfde te zeggen.

'Marlene zal levensmiddelen nodig hebben,' begon ik en opeens voelde ik ergernis opkomen, zonder echt te weten waarom. Kwam het door Skantzes besluit? 'Ze heeft eerste levensbehoeften nodig, zoals zeep, beddengoed en wasmiddel.'

'Denkt u dat ik dat niet weet?' vroeg ze koeltjes, en uit haar blik maakte ik op dat ze zich door iemand als ik niet zou laten vertellen wat haar te doen stond. 'Ik zal haar naar beste vermogen steunen.'

'En wat zegt uw man daarvan?' Dat interesseerde me werkelijk. Betrapt zweeg ze en staarde me aan. 'Wat mijn man zegt, gaat u niets aan,' zei ze bits en ze maakte meteen rechtsomkeert.

Met gemengde gevoelens keek ik haar na toen ze met lange passen door de poort verdween.

61

Marlene

Gewekt door zonlicht had ik even het gevoel dat ik weer in mijn oude huis was. Ik tastte naar opzij, waar ik Bjarne vermoedde, maar stelde algauw vast dat wat ik voelde niet eens een bed was, maar slechts de leuning van de sofa in de woonkamer, waarop ik na Oskars vertrek was gaan liggen. Met de gedachte aan mijn man kwam de vraag weer boven die ik mezelf voor het slapengaan had gesteld, daartoe aangezet door Oskars opmerkingen: stel dat Bjarne helemaal niet verantwoordelijk was voor de schipbreuk van de Solveig en Boregard hem valselijk had beschuldigd?

Dat zou een schandaal zijn, een schandaal dat Bjarne zou ontlasten en mij misschien zielenrust zou verschaffen. Maar kon een verslaggever zoiets eigenlijk wel onderzoeken? En stel dat hij tijdens zijn onderzoek tot de slotsom kwam dat Bjarne toch verantwoordelijk was geweest voor de schipbreuk?

Bij de gedachte dat Oskar een artikel wilde schrijven, kreeg ik een wee gevoel in mijn maag. Wat wilde hij eigenlijk schrijven? Iets vanuit mijn visie? Ik kon me wel voorstellen wat de mensen daarvan zouden vinden... En hoe zou Liv reageren als ze het hoorde? Misschien moest ik hem verbieden weer te geven wat ik hem had verteld.

Natuurlijk kon hij zelf op onderzoek uitgaan, maar ik was ervan overtuigd dat het hem moeite zou kosten om iets te ontdekken. Er was niets van de Solveig over. Hoezeer ik ook wenste dat de schuld niet bij Bjarne lag, geen enkel krantenartikel zou zijn onschuld kunnen bewijzen als de rederij daar niet eens toe in staat was. Het enige wat er kon gebeuren was dat Boregard nog bozer op mij werd, wat misschien ook gevolgen voor Liv kon hebben.

Om deze gedachten te verdrijven stond ik op en liep naar het badkamertje. Water was er niet, maar wel een spiegel waarin ik mezelf kon bekijken. Voorzichtig betastte ik de inmiddels vervagende bloeduitstorting in mijn gezicht en daarna bracht ik mijn haar in orde. Ik zou me pas kunnen wassen als ik water had geregeld.

Ik deed mijn korset af, dat ik voor het slapengaan alleen wat losser had gemaakt zodat het mijn ademhaling niet beperkte. Hier zou ik geen goede indruk hoeven maken. Het maakte de rozen en de bijen niet uit hoe ik eruitzag.

Nadat ik de rest van mijn kleding enigszins had gefatsoeneerd, trok ik mijn laarsjes aan en ging naar buiten. De morgendauw glinsterde op de rozenblaadjes. Ik boog me eroverheen en snoof de geur op. Die deed me denken aan vanille en de citroenolie waarvan het aroma soms uit de bakkerij waaide. Een buideltje met deze rozenblaadjes zou het goed doen tussen mijn kleding. En wie wist waarvoor je ze nog meer kon gebruiken. Gekonfijt zouden ze misschien mooi staan op een taart of lekker smaken in havermoutpap…

Ik zocht mijn weg tussen de onverzorgde bloemperken tot ik bij de kleine waterput kwam die ik bij mijn eerste bezoek al had gezien. Met alle kracht die ik wist op te brengen trok ik het struikgewas van de put en bevrijdde de zwengel waarmee ik de emmer omhoog kon halen van de twijgen die zich eromheen hadden geslingerd. De emmer zelf vond ik onder de struiken.

Gelukkig was die nog intact. Ik maakte hem vast aan het al enigszins vergane touw en liet hem zakken. Even later hoorde ik een plons en toen ik de emmer ophees, kon ik het gewicht van het water goed voelen. Ik kreeg weer dat kloppende gevoel aan mijn gezicht bij mijn pogingen de emmer uit de put te hijsen. Nu al zag ik dat het water heel helder was. Als ik het even liet koken, zou het goed te gebruiken zijn.

Het vergde veel kracht om de emmer op te hijsen en naar binnen te dragen, maar ik had nu water waarmee ik mezelf en mijn kleding kon wassen, en ook een maaltijd kon klaarmaken.

Toen ik mijn laatste boterham met boter ophad, ging ik in de tuin op zoek naar iets eetbaars voor de komende dagen. De jachtopzieners die hier generatieslang hadden gewoond moesten groenten en andere nuttige planten hebben gekweekt. Ik had wel wat geld, maar dat wilde ik nog niet uitgeven.

De frisse lucht deed me goed en wekte mijn levensgeesten. Nu al was te merken dat het in de loop van de dag erg warm zou worden. Ik liep om het huis heen naar het voormalige groentebed. Het was overgroeid door struikgewas, maar na enige inspectie ontdekte ik volgroeid wortelgroen tussen het onkruid. Het was grotendeels verdroogd, maar in de bloemschermen hingen nog wat zaadjes. Ik stopte ze in een van de zakjes die ik voor zulke gelegenheden altijd in mijn rugzak had zitten. Even later ontdekte ik ook nog andere planten die ooit het menu van de jachtopziener hadden verrijkt. De kolen en de koolrabi's waren doorgegroeid en stonden in bloei. De stengels met spruitjes waren hun oogstmoment ook gepasseerd en hadden hun zaad over de grond verstrooid.

Daar was al wat pril groen te zien, een goed teken, want dat was pootgoed dat je kon uitzetten.

De aardappelplanten die onder de laag struiken van de afgelopen jaren opkwamen, waren ook nog klein. In de hoop nog een paar aardappelen te vinden, groef ik met mijn handen in de aarde, maar wat ik te pakken kreeg, kon ik niet gebruiken, dus liet ik alles zitten en stond op.

Mijn volgende bestemming was het open veld, waar ooit schapen of geiten moesten hebben gegraasd. Het gras was vervilt en lag plat, maar toen ontdekte ik de getande blaadjes eronder: zevenblad.

Ik plukte een blaadje en bekeek het nauwkeurig. Een leek kon zevenblad met dollekervel verwarren, maar ik zag aan de bladstengels dat de blaadjes in mijn hand eetbaar waren.

Zevenblad was eigenlijk een plaag voor elke tuin, maar je kon de blaadjes in een salade verwerken. Dus plukte ik de jongste exemplaren en stopte ze in mijn rugzak.

Daarbij kwamen algauw de loten van de hondsdraf, die overal tussen het gras tevoorschijn kwamen. Die plant met de paarse bloempjes kon je ook rauw eten, of je kon er soep mee op smaak brengen. Wat bovendien op het hele terrein in overvloed voorkwam, waren paardenbloemen. Ook die vergaarde ik voor een salade. Ze smaakten gekookt ook heel lekker bij aardappelen, maar die had ik niet.

Toen ik klaar was met verzamelen, stond de zon al hoog aan de hemel. Ik veegde het zweet van mijn voorhoofd en maakte een schrikbeweging toen ik per ongeluk mijn wang aanraakte. Een lichte duizeling overviel me en ik moest op de grond gaan zitten. Blijkbaar was mijn hoofd nog niet zo goed genezen als ik had gedacht.

Ik bleef even zitten, pakte wat paardenbloemen uit mijn rugzak en kauwde erop. De smaak deed me meteen terugdenken aan mijn boswandelingen, aan de wandelingen met mijn vader. Waarom had hij toch zo'n antipathie tegen Bjarne gekoesterd?

Soms had ik mijn man meegenomen naar het bos en hem daar wat eetbare planten laten zien. Dan aten we wilde frambozen en bosaardbeitjes, en we plukten ook weleens bramen als hij in die tijd van het jaar thuis was. Mijn vader zou aangenaam verrast zijn geweest als hij had gezien hoe behoedzaam Bjarne de kwetsbare vruchtjes in zijn handen had gehouden.

Ik spitste mijn oren toen ik een paard hoorde hinniken. Ik stond op, veegde mijn vingers af aan mijn rok en liep naar de weg.

Voor het tuinhek stond een paard-en-wagen. Niet die waarmee ik met Oskar hiernaartoe was gekomen. Zou de rentmeester van het landgoed hier gisteren licht hebben zien branden?

Ik liep naar het hek en zag toen de gestalte die iets van de laadvloer van de wagen pakte.

'Hej,' groette ik verrast.

62

Liv

Het was nog steeds een vreemd gevoel om Rozenhaag binnen te gaan, maar Marlenes aanwezigheid hield mijn herinneringen in toom. Ja, het was bijna alsof alleen al haar aanwezigheid de schaduwen verdrong.

Na mijn aankomst in Nättraby was ik eerst naar de eigenaar van het kruidenierswinkeltje gegaan. Ik was blij te merken dat de oude Larsson, die de winkel vroeger had bestierd, er niet meer was. Hij had mijn moeder gekend en hij zou mij ook vast hebben herkend.

De jongeman met de blonde snor en de blozende wangen kende al die verhalen van vroeger niet en dus was ook ikzelf voor hem een onbekende. Een welgestelde onbekende, die in hoeveelheden kocht die voor hem duidelijk ongebruikelijk waren. Vriendelijk en hulpvaardig als hij was, had hij me niet alleen zijn wagen geleend, maar ook meteen de gekochte waar voor me op de kar geladen.

Ik kon dan misschien wel meer geld uitgeven dan een gewone boerin, toch moest ik spaarzaam met mijn middelen omgaan, want Sten gaf me afgepast huishoudgeld. Nu kwam het kleine spaarpotje dat ik in de loop der tijd heimelijk had opgebouwd goed van pas: hier een paar öre, daar een kroon, als Astrid op de markt voordelig uit was geweest. Het was een oude gewoonte uit de pastorietijd. Toen hadden we het wisselgeld van boodschappen voor de armen gebruikt.

Ook ik had bedelaars weleens een aalmoes gegeven en toch had ik in mijn bijouteriekistje, dat ik diep in mijn garderobekast had verstopt, een bedrag vergaard dat Rozenhaag een paar weken of maanden kon laten functioneren.

Samen laadden we alles uit wat ik op de wagen had, waarbij ik oplette dat Marlene niet te zwaar tilde. De bloeduitstorting op haar gezicht was nog steeds te zien!

Geleidelijk raakten de kasten vol met meel, thee en koffie, melkpoeder, linzen, bonen, havervlokken en suiker. Ik had ook wat kruiderij en olie weten te krijgen. De aardappelen legden we in de kelder, zodat ze niet te snel zouden ontkiemen.

Toen we klaar waren, gingen we in de keuken zitten, waar brood en een salade stonden die Marlene van kruiden uit de tuin had weten te maken.

'Weet je zeker dat dit niet giftig is?' vroeg ik sceptisch met een blik op mijn vork vol groene blaadjes die ik nooit eerder had gezien.

Ze lachte. 'Natuurlijk! Dat eet ik altijd als ik in het bos ben. En ik neem er ook altijd een flinke hoeveelheid van mee. Met wat azijn en kruiden is het nog lekkerder, maar...'

'Azijn!' riep ik uit en ik tikte tegen mijn voorhoofd. 'Die had ik ook nog moeten kopen!'

'Helemaal niet erg,' zei Marlene met een wegwuivend gebaar. 'Je hebt meer voor me meegebracht dan ik had durven dromen.'

Ik proefde van de salade. Het verraste me dat de bladeren een beetje naar wortel smaakten. Ook had ik niet verwacht dat boterbloemen zo lekker waren.

'Ik heb in de tuin wat groenten en aardappelen ontdekt,' vertelde Marlene kauwend. 'Pootgoed, maar ook zaad. In de komende dagen zal ik een stukje grond bewerken.'

'Doe maar rustig aan,' zei ik. 'Zo lang is het nog niet geleden dat je een vuist tegen je gezicht hebt gekregen.'

'Ik voel me alweer vrij goed,' antwoordde ze. 'De frisse lucht geeft me energie.'

Om een of andere reden zag ik mijn nachtelijke ontmoeting met de verslaggever weer voor me. 'Zeg eens, hoe goed ken je die Oskar Andersson eigenlijk?' vroeg ik.

'Om eerlijk te zijn heb ik me nog niet zo lang geleden ontzettend aan hem geërgerd omdat hij me met het gerammel op zijn schrijfmachine uit mijn slaap hield,' antwoordde ze, 'maar hij lijkt heel aardig te zijn.' Ze keek me onderzoekend aan. 'Vanwaar je vraag?'

Ik vertelde haar over mijn bezoek aan hem. 'Ik had het gevoel dat hij... iets tegen me heeft.'

Haar gezicht kreeg een droevige uitdrukking. 'Hij weet van de schipbreuk.'

'En dus?' vroeg ik.

Marlene slaakte een zucht. 'Hij schijnt niet te begrijpen dat wij bevriend kunnen zijn terwijl Bjarne voor jouw man gevaren heeft en...'

Ik keek haar indringend aan. 'Het zou niet bij me opkomen om jou verantwoordelijk te houden voor iets wat je man misschien heeft gedaan. Waarom zouden wij geen vriendinnen kunnen zijn?'

Marlene glimlachte nu en ik voelde dat mijn woorden haar hadden geraakt. 'Omdat zoiets zelden voorkomt. Daarom denk ik dat het lot ons heeft samengebracht.'

Zo zag ik het ook en toch had ik een ongemakkelijk gevoel bij meneer Andersson. 'Kijk alsjeblieft uit met die man,' voegde ik eraan toe. 'Hij is journalist. Wie weet wat hij in zijn schild voert. Als hij over ons plan schrijft en mijn naam ergens noemt...'

'Dat doet hij niet.' Ze zweeg even en vroeg toen: 'Wil je hier overnachten?'

Ik schudde mijn hoofd. 'Ik zorg er liever voor dat ik de middagtrein haal. Voordat Sten in de gaten krijgt dat ik een hobby heb.'

Twee uur later liet ik het station van Karlskrona achter me. Tot Sten thuiskwam uit kantoor had ik nog maar een half uur, zoals de wijzers van de stationsklok me vertelden. Er bleef me niets anders over dan een huurrijtuig te nemen.

Ik leek het geluk aan mijn zijde te hebben, want er was er zowaar een vrij. De koetsier mende zijn paarden vlot en strak, en zette me ten slotte een stukje voor de villa af. Ik glipte door de voordeur naar binnen met de bedoeling om me meteen in mijn kamer om te kleden.

Toen klonk zijn stem. 'Waar kom jij vandaan?' Met lange passen beende hij naar me toe. Ik stond als aan de grond genageld. 'Astrid kon het me niet vertellen, dus: waar?'

'Ik... Ik ben in Nättraby geweest,' antwoordde ik en ik keek omlaag. De zoom van mijn rok had nogal geleden onder de rit met de paard-en-wagen en mijn wandeling door de tuin.

Sten vroeg door. 'Wat had je daar te zoeken?' De toon van zijn stem baarde me zorgen. Het was alsof hij urenlang de stad naar me had afgezocht.

Over zijn schouder heen zag ik Astrid aankomen. Onze blikken kruisten elkaar even, toen trok ze zich terug. Zou ze hem hebben verteld dat ik 's ochtends al was vertrokken?

'Ik wilde even naar het graf van mijn vader,' zei ik.

'O ja?' vroeg hij. 'Sinds wanneer was je relatie met je vader zo hecht?'

'Hij is gestorven,' antwoordde ik. 'Er is nu toch niets meer waarover we ruzie kunnen maken?'

Ik voelde dat ik meer moest doen. Hem meer argumenten moest geven voor mijn reis daarheen, een reis die ik tijdens Claudius' leven niet had gemaakt. De avond in de herberg schoot me weer te binnen. Bente.

'Bovendien ben ik bij een jeugdvriendin langsgegaan. Ik had beloofd dat ik haar zou opzoeken nadat we elkaar daar in de herberg toevallig waren tegengekomen.'

'Daar heb je me niets over verteld.' Hij keek me wantrouwig aan.

'We hebben elkaar na de uitvaart nauwelijks gesproken.' Ik keek hem in de ogen en schrok van wat ik daar zag.

'Voortaan vertel je me van tevoren dat je ergens naartoe gaat!' bromde hij. 'En je zegt ook met wie je afspreekt. Begrepen?'

Ik knikte bedremmeld.

63

Marlene

Nadat ik de tuin had verkend, ging ik het huis iets gezelliger maken. Eerst ontdeed ik de kasten van stof en alles wat daarin terecht was gekomen of zich erin had genesteld. In de laden vond ik heel wat verhongerde motten en vliegen. Vervolgens maakte ik ze grondig schoon. Dezelfde behandeling gaf ik de tafel, de stoelen en het grote fornuis.

Op de zolder, die vergeven was van spinnenwebben, vond ik een aantal borden en kopjes. Ze pasten niet bij elkaar, wat waarschijnlijk de reden was dat ze daar waren neergezet. Maar ze waren heel en toen het stof eraf was, zag ik een mooi decor van rozen.

De voorraden die Liv had gebracht, kwamen goed van pas en stelden me in staat om elke dag minstens twee fatsoenlijke maaltijden klaar te maken. De havermoutpap die ik 's morgens at, bracht ik op smaak met suiker en een beetje kaneel en 's avonds kookte ik aardappelen, die ik in olie met zout doopte en opat met een verse paardenbloemsalade erbij.

Na een poosje zag het er hier helemaal niet zo slecht uit. Je kon je voorstellen dat dit vroeger een heel mooi huis was geweest. Ik hoopte dat ik hetzelfde voor de tuin kon doen. In het schuurtje naast het huis stond bijna niets waar ik iets aan zou hebben, afgezien van een schoffel, die ik eerst weer aan de steel moest bevestigen, en een spade met een scheur erin. De spade was nog wel geschikt om er het onkruid mee uit de grond te krijgen.

Met mijn handen trok ik de verdroogde kool- en wortelplanten uit de aarde en de zaden die eruit vielen verzamelde ik. De oude plantenwortels legde ik op een hoopje. Die zou ik mogelijk voor bemesting kunnen gebruiken. Na een halve dag had ik met behulp van de spade al een flink stuk van het grasveld opgeschoond. Terwijl het daglicht verdween en de zon achter de boomkronen zonk, dronk ik gulzig water uit mijn fles en bekeek het resultaat van mijn werk. Veel was het nog niet, maar het begin was er.

Als hier eenmaal meer vrouwen woonden, zouden er ook meer handen zijn om de grond te bewerken en al het andere werk gedaan te krijgen.

Terwijl ik me afvroeg wat we allemaal zouden kunnen verbouwen, moest ik weer aan mijn moeder denken. Ik kon me niet herinneren dat ze veel groenten op de markt had gekocht. In onze moestuin groeide altijd een diversiteit aan planten in overvloed: kolen, wortelen, bieten, komkommers, uien, pompoenen en pastinaken.

Ze was altijd trots op haar zadenbibliotheekje geweest, zoals ze het noemde. Dat bestond uit papieren zakjes die ze keurig netjes achter slot en grendel in een houten kast bewaarde. Als de tijd er rijp voor was, nam ze die mee de tuin in en strooide wat van de inhoud uit. Na de oogst vulde ze haar zadenvoorraad weer aan.

Soms bracht mijn vader ook zaden mee, of klein pootgoed dat bij het ruimen van een bosperceel was weggegooid. Aan hem hadden we de vele hazelaars te danken, die meer noten droegen dan we zelf konden opmaken.

Ik slaakte zachtjes een diepe zucht. Met een deel van het zaad dat mijn moeder bewaarde en jaar na jaar oogstte, zou ik een goede basis voor de tuin kunnen leggen. Maar sinds de laatste ruzie na Bjarnes dood was ik niet meer bij hen geweest.

Mijn vader met zijn verwijten stond me weer duidelijk voor de geest: *Ik heb het je gezegd! Een zeeman is geen goede kostwinner, vooral niet als hij zijn schip laat zinken. Nu zul je geen goede man meer vinden – als weduwe!*

Mijn moeder had met gebogen hoofd achter hem gestaan. Op dat moment leek mijn vader vergeten te zijn dat ook zij uit een familie van zeevaarders stamde. Toch zei ze niets. Schoot me niet te hulp. Geen van beiden toonden ze medeleven over het feit dat ik mijn grote liefde verloren had. Wat zouden ze zeggen als ik zomaar op de stoep stond en hun om steun vroeg? Er waren tenslotte al drie jaren verstreken. Opeens verlangde ik enorm naar hen. Als ik niet met Bjarne was getrouwd…

Maar toen herinnerde ik me Bjarne weer zoals hij daar opeens voor ons stond tijdens een regatta die we enkele weken na het midsommar-feest van 1899 hadden bezocht. Ik herinnerde me de blik waarmee hij me had aangekeken, een blik waarin een hele wereld had gelegen, de belofte van geluk.

En gelukkig waren we ook – tot aan zijn dood.

Waarom had ons geluk ons zoveel moeten kosten?

En waarom begrepen mijn ouders niet dat het me zo veel pijn deed om hun steun te moeten missen? Of zouden ze dat niet eens weten?

Ik ging het huis weer binnen en maakte een lichte maaltijd klaar. Toen het donker werd, stak ik de lamp aan en zette die op de keukentafel. Toen liep ik naar de koffer waar ook mijn schrijfgerei in zat.

De gedachte aan mijn moeder had me een besluit doen nemen. Misschien zou ik er spijt van krijgen, maar ik moest het proberen.

64

Liv

Onder normale omstandigheden zou ik op de zaterdagochtend bij Nanna langs zijn gegaan en had ik bij haar een kopje thee gedronken en haar verhalen over hun gezin aangehoord. Dan had ik haar laten vertellen over haar zwangerschap en haar dromen voor haar kindje.

Vandaag stapte ik echter in het dichtstbijzijnde huurrijtuig en liet me naar het Lunds Lazarett rijden. Het gips moest van mijn arm af en ik wilde de gelegenheid benutten om een bezoekje aan Sigrun Bergsma te brengen, die ik al een paar dagen niet had gezien.

Dat laatste had ik Sten aan het ontbijt niet meegedeeld, maar hij vond het goed dat ik naar het ziekenhuis ging.

Meer dan ooit wilde ik voorzichtig zijn. Als hij me werkelijk thuis zou opsluiten, zoals hij had gedreigd, kon ik Marlene geen hulp meer bieden. Andersson had op dat punt in elk geval gelijk gehad: alleen zou ze het daar niet redden, al helemaal niet als er op termijn nog andere vrouwen moesten komen wonen.

Het was om deze tijd vrij druk in de stad; de meeste voetgangers waren onderweg naar de vismarkt aan de haven. Terwijl ik in het voorbijgaan naar die vrouwen keek, dacht ik weer aan Marlene en aan wat ze me had verteld.

Als mijn paard niet op hol was geslagen, had ik haar waarschijnlijk nooit leren kennen. Wat Andersson had gezegd was waar: buitenstaanders zouden onze vriendschap heel merkwaardig vinden. Maar zo stonden de zaken nu eenmaal en ik was blij dat Marlene mijn vriendin was.

In het ziekenhuis heerste ook grote drukte. Tussen de patiënten viel ik op als een pauw in een kippenhok. Enkele vrouwen namen me nieuwsgierig op en ik vond het bijna vervelend dat de verpleegster mij eerder opriep dan hen.

De jonge arts-assistent aan wie het was toevertrouwd mijn gips te verwijderen leek enigszins onzeker. Ik kneep mijn ogen dicht toen de zaag mijn huid dreigde te raken. Naderhand werd ik door een verpleegster naar de röntgenafdeling gebracht en ditmaal nam ik de indrukwekkende buizen veel duidelijker waar dan de eerste keer.

Toen ik klaar was, ging ik terug naar de wachtruimte voor de spreekkamer. Daar kropen de minuten voorbij en ik vroeg me af of ik bij Sigrun langs zou gaan. Maar toen ging de deur open en riep de verpleegster me weer binnen.

'De röntgenopname ziet er goed uit. Uw pols is keurig geheeld.' De stem van dokter Sömmarland schalde warm en krachtig door de behandelkamer terwijl hij terugliep naar zijn bureau.

Nu het gips van mijn hand af was, voelde die weer veel lichter aan. Mijn pols bewegen was echter een andere zaak. Alle pezen in mijn hand leken te kort te zijn.

'Verdwijnt die stijfheid weer?' vroeg ik bezorgd.

'Als u uw hand normaal gebruikt wel,' zei de arts. Hij schreef me voor de zekerheid nog wat pijnstillend poeder voor, waarna ik mocht gaan.

Ik stapte stevig door langs een paar verpleegsters, die maaltijdkarretjes voor zich uit door de gangen duwden. Bij de deur van de ziekenzaal bleef ik staan. De dienstdoende zuster zat over een stapel klemborden gebogen en noteerde iets op de daaraan vastgehechte papieren. Ze was zo verdiept in haar werk dat ze me niet leek op te merken.

Ik liet mijn blik door de zaal glijden, maar vanwege de kamerschermen tussen de bedden kon ik mevrouw Bergsma niet zien.

'Wat kan ik voor u doen?' De stem van de verpleegster deed me opschrikken.

'Goedendag, ik wilde vragen of ik mevrouw Bergsma zou kunnen spreken.'

Blijkbaar sprak ik te luid, want ze legde haar vinger tegen haar lippen en stond op.

'Ik weet dat het nog geen bezoektijd is, maar misschien kunt u een uitzondering maken,' voegde ik eraan toe.

Het gezicht van de verpleegster betrok. 'Dat gaat niet,' antwoordde ze kortaangebonden.

'We zouden de andere patiënten niet storen,' zei ik. 'Misschien kan ik met haar in de rolstoel even in het park gaan wandelen.'

'Dat gaat niet,' herhaalde de verpleegster nadrukkelijk. 'Mevrouw Bergsma is hier niet meer.'

65

Marlene

Op de vroege zaterdagmiddag fietste ik naar Nättraby, waar ik op het postkantoor de brief aan mijn moeder afgaf. Eigenlijk was het geen echt postkantoor, maar meer een van de nevendiensten die de plaatselijke herbergier aanbood. Hij verzekerde me ervan dat de brief snel zou worden bezorgd en troggelde me daarvoor twee öre af.

Ik weigerde eraan te denken wat er zou gebeuren als mijn moeder de brief eenmaal had ontvangen. Het kon zijn dat ze hem meteen in het vuur gooide. De tijd had me geleerd niet al te veel hoop te koesteren.

Ik verliet de herberg en kocht een plak cake bij de bakker. Dat was een luxe die ik me in Karlskrona geen enkele keer had gegund. Met mijn fiets naast me ging ik bij de rivier zitten luisteren naar het ruisen van het water. Er kwam een innerlijke rust over me die ik al heel lang niet had gevoeld.

Ook al droeg ik Bjarne nog steeds in mijn hart, hier was niets wat me aan hem herinnerde. Hier voelde ik alleen de zon en de zoete smaak van de cake op mijn tong, en kon ik erover nadenken hoe het verder moest met Rozenhaag.

Op de terugweg kwam het idee bij me op om een paar geiten aan te schaffen, al was het noodzakelijk om daarvoor ook de kleine stal in orde te brengen. En ik moest een boer zoeken die me een van zijn dieren wilde verkopen. Onderweg door het dorp had ik een paar boerderijen gezien en ik nam me voor daar in de komende week aan te kloppen.

Bij terugkomst op Rozenhaag viel me iets wits bij de omheining op. Aanvankelijk dacht ik dat het een roos was en verbaasde het me dat die zo snel was ontloken. Toen zag ik dat het een brief was, die de postbode tussen de latten had gestoken.

Verontrust liep ik naar het tuinhek, plukte de envelop tussen de struiken vandaan en begon te lezen.

S. UIT ZIEKENHUIS VERDWENEN. KOM HIERHEEN ALS JE KUNT. L.

Ik schrok ontzettend. Als Sigrun niet meer in het ziekenhuis was, moest ze naar Torben zijn teruggegaan. Hoe zou hij daarop hebben gereageerd? Eigenlijk had ik haar vóór haar ontslag uit het ziekenhuis willen vragen of ze bij mij op Rozenhaag wilde intrekken.

Livs bericht klonk dringend en gelukkig had ik mijn rugzak bij me, dus ging ik niet eens meer naar binnen, maar draaide me meteen om en sprong weer op de fiets.

Korte tijd later vertrok de trein uit Nättraby. Terwijl mijn door het snelle fietsen verhoogde hartslag weer rustiger werd, bedacht ik hoe ik met Sigrun in contact kon komen.

Haar woning leek voor mij taboe. Als Torben me daar in de buurt zag, zou hij me gewoon opnieuw bedreigen – op z'n minst. En om deze tijd zou ze vast geen boodschappen meer gaan doen. Toen schoot me te binnen dat Sigrun weleens had gezegd dat hij op zaterdag 's middags al in de kroeg zat.

In Karlskrona aangekomen haastte ik me om mijn fiets uit de goederenwagon op te halen, waarna ik naar de kruidenierswinkel van de Malmströms reed.

Tijdens mijn verblijf in Nättraby was Torbens aanval op mij op de achtergrond geraakt, maar in de trein was alles weer bovengekomen en het zweet brak me uit. Zou ik er beter aan doen Oskar te vragen met me mee te gaan?

Toen ik door de poort glipte, zag ik dat zijn raam op een kier stond. Ik ging naar binnen, liep de trap op en klopte bij hem aan. 'Oskar?' vroeg ik zachtjes. 'Ben je thuis?'

Geen antwoord.

Ik vloekte zacht en liep naar beneden.

Ove stond dozen op kastplanken te stapelen. 'Marlene, ben jij er ook weer eens?' vroeg hij goedmoedig.

'Ja, ik… ben net aangekomen.' Ik zag dat Ove naar mijn gezicht keek. Siri zou hem wel hebben verteld wat er was voorgevallen. Maar voordat hij vragen kon stellen vroeg ik hem: 'Heb je meneer Andersson vandaag al gezien?'

'Jazeker.'

'Heeft hij je verteld of hij naar Stockholm ging?'

'Nee. Ik geloof dat hij de stad in is gegaan.'

Ik keek op de klok achter de toonbank. De wijzers naderden zes uur. Hoelang zou Torben in de kroeg blijven?

Ove haalde me uit mijn gedachten. 'Moet ik hem iets doorgeven als ik hem zie?'

'Nee, ik... ga later nog wel bij hem langs.' Ik bedankte Ove en verliet de winkel weer.

Toen ik op de fiets de hoek om ging, zag ik een vrouw in een beige jurk over straat rennen.

'Liv?' riep ik verbijsterd. 'Wat doe jij hier?' Mijn hart begon te bonzen. Zou ze iets te weten zijn gekomen?

'Je bent er!' zei ze opgelucht. Ze boog voorover en steunde met haar handen op haar knieën. 'Ik hoopte zo dat mijn telegram je zou bereiken.'

'Ja, ik heb het ontvangen.'

Liv stootte een kort lachje uit en richtte zich weer op. Pas nu viel me op dat haar arm niet meer in het gips zat. 'Ik wilde haar bezoeken omdat ik toch in het ziekenhuis was. Toen zei de verpleegster dat ze van de ene dag op de andere verdwenen was. Ze heeft haar spullen gepakt en was al weg voordat een arts haar kon ontslaan.'

Dat was niet goed, helemaal niet goed.

'Is ze wel op haar werk verschenen?' vroeg ik bezorgd. Ik kreeg een knoop in mijn maag. Als Torben haar weer in elkaar had geslagen...

Livs gezicht betrok. 'Na mijn laatste gesprek met Nanna wilde ik daar geen navraag doen.' Ze frummelde aan haar mouwen. 'Sten is erachter gekomen dat ik voor jou bij haar ben geweest en maakte een scène...'

Daar schrok ik van en ik begon koortsachtig na te denken. Blijkbaar zat er niets anders voor me op. 'Ik ga naar haar toe.'

'Naar Nanna?' vroeg ze verbaasd.

'Naar Sigrun.'

Liv verbleekte. 'En haar man dan?'

'Ik moet weten wat er met haar is gebeurd,' zei ik. 'Ik geloof dat ze nu alleen is. Maar dan moet ik wel opschieten.' Ik stapte op de fiets. 'Wil je het tegen meneer Andersson zeggen als ik over twee uur niet terug ben?'

Met het gevoel onderweg naar een slangenkuil te zijn sloeg ik vanaf het Hoglands Park de straat in waar Sigrun woonde. Het was gekkenwerk en ik hoopte dat Oskar me zou gaan zoeken als ik niet thuiskwam.

Een paar huizen voor mijn bestemming stapte ik af. Mijn buik verkrampte met ongekende hevigheid toen ik naar hun ramen keek. Zou Torben alweer terug zijn? Zou Sigrun wel in staat zijn om met me te praten?

Afgezien van een hond die in de goot rondsnuffelde, en een kat die zich vermoeid op een vensterbank uitrekte, bewoog er niets. Ik zag weer voor me hoe Torben had uitgehaald, hoe hard Sigrun tegen de muur van het huis aan de overkant was gevallen...

Het geluid van huilende kinderen bracht me terug naar de werkelijkheid. Ik hoorde de stem van de moeder. De klok sloeg zes uur. Misschien was ik echt al te laat.

Ik haalde diep adem, vermande me en zette me in beweging. Mijn handen sloten zich klam om het stuur. Tot nu toe was er altijd enige tijd verstreken tussen Torbens geweldsuitbarstingen. Misschien had hij haar met rust gelaten.

Toen zag ik dat het raam van Sigruns huis werd opengezet. Even zag ik haar hand en kort daarna ging ook het andere raamdeel open. Opgelucht liep ik verder.

Ik bleef bij het raam staan en luisterde. Ik hoorde iemand met borden in de weer en gedempte voetstappen. Stemmen waren niet te horen.

'Sigrun,' riep ik en ik drukte me tegen de muur voor het geval dat Torben naar buiten zou kijken. Ik sloeg daarmee wel een gek figuur tegenover de buren, maar zou zo wel snel op de fiets kunnen springen als hij me in het oog kreeg.

'Sigrun!' herhaalde ik, nu iets luider.

Daar verscheen haar hoofd uit het raam. De sporen van Torbens vuisten waren bij haar net zoals bij mij verbleekt. Hij had haar blijkbaar niet opnieuw aangevallen.

Toen ze me herkende, klaarde haar gezicht op. 'Marlene!' zei ze. 'Wat fijn om je te zien!'

'Kun je even buiten komen?' vroeg ik zachtjes. Ze knikte en verdween. Even later ging de voordeur open. 'Is Torben thuis?' vroeg ik, terwijl ik over haar schouder naar binnen tuurde.

'Nee, hij zal nog wel in de kroeg zitten,' fluisterde ze glimlachend, alsof er niets was gebeurd. Er liep een koude rilling over mijn rug.

'Zou je misschien even met me naar de binnenplaats willen gaan?' Hier op straat waren we goed te zien en Torben kon elk moment de hoek om komen.

Sigrun knikte en samen liepen we door het poortje naast het huis.

'Waarom heb je het ziekenhuis verlaten?' vroeg ik nadat ik een blik over mijn schouder had geworpen. Hier zou Torben me niet zo gauw kunnen zien.

'Omdat ik weer beter was,' zei ze. 'En Torben heeft me nodig. Ik kan hem toch niet alleen laten?'

Ik deed mijn best om niet te laten merken hoe ik over Torben dacht toen ik antwoordde: 'Misschien zou het na alles wat er is gebeurd toch beter zijn als je een reisje zou maken.'

'Begin jij daar nu ook al over?' vroeg Sigrun gefrustreerd.

'Hoe bedoel je?' vroeg ik.

'Nou, die vrouw die me kwam bezoeken, vroeg me ook of ik geen reisje wilde maken. Naar een meer. Zonder Torben! Stel je voor. Alsof ik zonder hem op reis zou kunnen gaan!'

Nee, dat kon niet, en dat wist ik beter dan Liv. 'Wat zei Torben eigenlijk toen je weer thuis was?' vroeg ik, want ik voelde wel dat het geen zin had om aan te dringen.

'Niks,' zei ze.

'Heeft hij je in het ziekenhuis bezocht?'

'Wat had hij daar gemoeten?' Ze sloeg haar ogen neer. 'Ik ben naar binnen gegaan en heb het huishouden gedaan. Toen Torben thuiskwam, stond het eten op tafel en was alles weer goed.'

'Ga je weer naar de fabriek?' vroeg ik. Sigrun was waarschijnlijk niet ontslagen.

'Ik ben vandaag geweest,' zei ze en nu kreeg ze een droevige uitdrukking op haar gezicht. 'Ze zeiden dat jij er niet meer werkte.'

'Dat klopt.' In mijn keel voelde ik de druk van alles wat ik haar graag had willen vertellen. Maar we hadden niet veel tijd.

'Sigrun,' zei ik en ik pakte haar handen. 'Luister alsjeblieft even. Als je wilt, is er misschien een mogelijkheid om bij Torben weg te gaan.'

'Waarom zou ik dat willen?' Abrupt trok Sigrun haar handen terug. Ze keek het smalle steegje in, alsof ze bang was dat hij daar opeens kon verschijnen. Eerlijk gezegd was ik dat ook.

'Torben heeft beloofd dat hij zich beter zal gedragen,' vervolgde ze. 'Hij zei dat het hem speet.'

'Zei hij dat niet altijd nadat hij je had geslagen?'

'Ja, maar deze keer is het anders.' Een onzeker glimlachje verscheen op haar gezicht.

Ik wist niet wat ik moest zeggen. Ze moest inmiddels toch beseffen dat hij nooit zou veranderen? Dat hij weer zou toeslaan! Het was slechts een kwestie van tijd.

'Ik moet weer naar binnen,' zei ze opeens. Toen ik omkeek, zag ik de gestalte die wankelend naar het huis toe liep. Torben! Een hevige schrik schoot door mijn lichaam. Al mijn spieren spanden zich.

'Ik blijf nog een paar dagen hier in Karlskrona,' zei ik vlug. 'Je kunt me in de kruidenierszaak van de Malmströms vinden als je hulp nodig hebt.'

Ze wierp me een snelle blik toe en haastte zich door de poort naar buiten. Ik trok me terug in de schaduwen en bad in stilte dat hij niet naar de binnenplaats zou komen.

66

Liv

Het liefst was ik met Marlene meegegaan naar de Bergsma's, maar dat was te riskant. Ik schaamde me over mijn lafheid, maar had geen andere keus. Tegenover Sten had ik gedaan alsof ik een brief aan een oude vriendin wilde posten. Ik had de brief inderdaad in mijn tas voor het geval hij die wilde zien. Eenmaal onderweg verscheurde ik hem en gooide hem weg. Toen ging ik zo snel mogelijk terug naar de Ronnebygatan.

Wat een dag! Mijn arm was er nog niet aan gewend dat het gips eraf was en deed weer meer pijn. Vanbinnen had ik het gevoel dat ik een hele week achter de rug had.

Eerst de schrik over Sigrun Bergsma's verdwijning, daarna het telegram naar Nättraby, gevolgd door de vraag of Marlene zou verschijnen. Als ik haar niet tegen het lijf was gelopen, zou ik me de hele avondmaaltijd lang hebben afgevraagd wanneer ze zou komen. Nu werd ik echter gekweld door de vraag of ze de avond ongedeerd door zou komen.

Ik glipte door de voordeur naar binnen en vroeg me af of ik me nog even zou opfrissen voor de avondmaaltijd, maar besloot het niet te doen.

'Wat duurde dat lang!' zei Sten ter begroeting tegen me in de eetkamer. 'Ben je lopend naar het postkantoor gegaan?'

Om deze tijd was het postkantoor al gesloten en daarom antwoordde ik: 'Ik kwam de naaister tegen en heb het met haar over mijn zomergarderobe gehad.'

Ik was blij met mijn spontane inval. Sten interesseerde zich niet voor mijn garderobe, zolang ik een fraaie aanblik bood. Met mijn naaister had hij geen contact. Ik liep een beetje onvast naar mijn plaats. Ik was het niet meer gewend hard te lopen. Daar kwam nog bij dat ik me zorgen om Marlene maakte. Maar ik mocht niets laten merken.

Astrid kwam binnen en diende het eten op. Vandaag aten we karbonades met aardappelen en groente. Normaal gesproken at ik dat graag, maar nu had ik een knoop in mijn maag. Ik liet me door Astrid bedienen, maar talmde daarna met eten.

'Waarom eet je niet?' vroeg Sten na een poosje zonder van zijn bord op te kijken.

'Ik heb me gehaast en dat zit me nog een beetje in de benen.'

Ik keek naar hem en hoorde de stem van mijn vader weer. Als ik destijds had besloten zijn dreigement te negeren, zou ik nu niet hoeven uit te leggen waarom ik niet at en waar ik naartoe ging… Ik pakte mijn vork en stak wat groente in mijn mond. Ik kreeg toch een beetje trek door het boterige aroma en het gerommel in mijn maag werd minder. Marlene was handig en sterk. Ze zou voorzichtig genoeg zijn…

'Ik heb de Skantzes voor het middageten morgen uitgenodigd,' zei Sten opeens.

Van schrik liet ik mijn vork vallen. Kletterend kwam die op mijn bord terecht en er spatte wat jus op mijn rok. Ik pakte de vork weer op en legde hem heel voorzichtig, alsof hij kon ontploffen, naast mijn bord neer.

'Dat is… een verrassing,' zei ik en ik probeerde mijn kalmte te bewaren terwijl ik met mijn servet de vlek op mijn rok begon te deppen. Nanna en Hugo waren wel de laatsten die ik na de gebeurtenissen van de afgelopen dagen wilde zien.

'Ik had het je gisteren al willen meedelen, maar toen is het me ontschoten,' zei Sten terloops en hij richtte zich weer op zijn maaltijd.

Ik verstijfde. Ik was ervan overtuigd dat hij het me met opzet niet had verteld.

'Ik dacht dat je het wel fijn zou vinden om weer meer met ons soort mensen om te gaan,' vervolgde hij.

Zijn woorden waren als een messteek in mijn zij. Ik voelde woede opkomen, maar ik wist dat ik niets mocht laten merken.

'Nou, dan hoop ik dat we genoeg in huis hebben,' zei ik. 'Hebben ze je verteld of ze de kinderen meebrengen?'

'Het spreekt vanzelf dat die meekomen!' antwoordde hij. 'Je kent Nanna toch? Ze gaat nergens naartoe zonder haar kinderen.'

De nadrukkelijke manier waarop hij dit zei, deed me huiveren. Natuurlijk nam Nanna haar kinderen niet overal mee naartoe. Ze zat dagelijks op de boekhoudafdeling terwijl het kindermeisje voor haar kroost zorgde.

Opeens vreesde ik dat mijn avondmaal mijn lichaam weer wilde verlaten. Ik bleef echter zitten, glimlachte gemaakt en vroeg me af hoe ik de dag van morgen zou moeten doorkomen.

67

Oskar

Na deze onrustige week verlangde ik naar een goede maaltijd en een wandeling. Nadat ik Marlene naar Nättraby had gebracht, had mijn uitgever me twee opdrachten buitenshuis toevertrouwd, die me ervan hadden weerhouden met mijn eigen onderzoek verder te gaan. Ook had ik niet bij Marlene langs kunnen gaan. En dat terwijl ik haar maar al te graag had willen spreken, en misschien had ik meteen wat nuttige dingen kunnen meenemen.

Een telegram uit Stockholm had aanvankelijk de verwachting bij me gewekt dat er wat mijn opdracht betrof eindelijk iets in beweging kwam. Tot mijn grote teleurstelling bleek bij lezing dat de Russische overheid zich nog steeds verzette tegen de overdracht van het brisante strandgoed aan de Zweden. Vervolgens was ten overvloede mijn informant niet komen opdagen op het afgesproken tijdstip. We hadden een afspraak gemaakt voor de vrijdagavond, zodat ik hem het schrift kon teruggeven. Het bevatte wat waardevolle informatie en het was me gelukt om alles over te schrijven.

Maar hoewel ik een uur langer had gewacht dan we hadden afgesproken, was hij niet aan de haven verschenen. Ik wist dat daar vele redenen voor konden zijn. Hij kon ziek zijn geworden. Er kon iets in zijn familie zijn voorgevallen. Het was te vroeg om naar de oorzaak te gissen.

Toch had ik er een vreemd gevoel bij. Het zou niet voor het eerst zijn dat iemand die me hulp had beloofd zich uit angst terugtrok. Erger was het als zulke lieden opeens van opvatting veranderden. Het kwam weleens voor dat iemand aan degene op wie ik het gemunt had, opbiechtte dat er een onderzoek tegen hem gaande was. Zulke opdrachten liepen dan meestal op een ramp uit. En ik werd in zo'n geval van de zaak gehaald.

Ik zette die onrustbarende gedachte van me af. Morgen was het zondag, dan gebeurde er niet veel, maar misschien zou ik er maandag in slagen erachter te komen wat er met de man was gebeurd.

Ik liep naar het poortje naast de winkel in de hoop dat mevrouw Malmström een lekkere maaltijd voor me klaar had staan. Ze vroeg telkens weer naar Marlene, maar meer dan dat ze bij een kennis was, wilde ik niet prijsgeven. Toen ik de poort openduwde, geloofde ik mijn ogen niet. 'Wat doe jij hier?' ontglipte me.

Marlene, die met haar fiets naar het schuurtje liep, draaide zich abrupt om en keek me verschrikt aan. Toen ze me herkende, haalde ze opgelucht adem. 'Jij bent het!' zei ze. 'Ik dacht al...'

Ik sloot de poort achter me. 'Is er iets gebeurd?' vroeg ik. Ik durfde nauwelijks te denken dat ze me gemist had.

Toen zei ze: 'Sigrun Bergsma. De vrouw die ik heb geholpen...'

'Is haar iets overkomen?'

'Ze heeft het ziekenhuis voortijdig verlaten.'

Ik wachtte tot ze haar fiets had weggezet en vroeg toen: 'Heb je haar kunnen vinden?'

'Ze was thuis. Waar anders.' Marlene slaakte een zucht.

'Na wat je me verteld hebt en wat ik zelf heb gezien, had ik eerder verwacht dat ze was gevlucht.'

'Waar had ze naartoe moeten gaan? Ze denkt dat haar man haar nodig heeft. Ze zal nooit bij hem weggaan, want hoe vreemd het ons ook in de oren klinkt, ze houdt van hem.'

Ik bespeurde duidelijk de teleurstelling achter haar woorden. Had ze haar soms aangeboden mee te gaan naar het huis van de Boregards?

'Ik ben in elk geval blij,' vervolgde ze, 'dat hij haar niet meteen weer heeft geslagen toen ze thuiskwam. Het klonk alsof het hem zelfs niets kon schelen. Kun je je dat voorstellen?'

Dat kon ik eerlijk gezegd niet. Lisbeth en ik hadden ook onze onenigheden gehad, maar ik zou haar nooit hebben kunnen slaan.

Er viel een stilte tussen ons waarin ik haar aankeek – en in haar ogen wegzonk. Die zo droevig kijkende ogen.

Ik had haar zo graag een oplossing aangedragen. Had haar zo graag gezegd dat alles weer goed zou komen. Maar ik had genoeg tijd in de arme buurten van grote steden doorgebracht om te weten dat je van een wolf geen schaap kunt maken. Mannen die er geen been in zien een vrouw te slaan houden daar nooit mee op, tenzij er door familieleden of de politie een stokje voor gestoken wordt.

‘Zullen we samen ergens naartoe gaan om even te praten?’ vroeg ik haar. ‘Dan kunnen we meteen iets eten.’

Marlene hief afwerend haar hand. ‘Ik blijf voorlopig liever even uit de buurt van eetgelegenheden.’

‘En de haven, hoe klinkt dat?’ vroeg ik. ‘De Borgmästarekajen?’

Ze nam me even onderzoekend op en vroeg toen: ‘Waar zou je om deze tijd iets te eten vandaan willen halen?’

Ik glimlachte naar haar en wees naar het huis. ‘Mevrouw Malmström zal me vast iets willen meegeven.’

68

Marlene

Een frisse bries kwam ons vanaf de Borgmästarekajen tegemoet. De straat, die genoemd was naar een van onze burgemeesters en waaraan talrijke aanlegplaatsen voor schepen grensden, lag in een wijde bocht om de baai. Tegen het decor van in bonte kleuren geschilderde huizen dobberden schepen op het water.

'Weet je waar ik vaak aan heb gedacht sinds ik hier in Karlskrona woon?' vroeg Oskar. Hij liep met een volgepakte tas naast me. Ik had aangeboden iets van hem over te nemen, maar hij had mijn aanbod afgewezen.

'Wat dan?' vroeg ik op mijn beurt.

'Dat je de stad bijna het Zweedse Venetië zou kunnen noemen.'

Ik proestte het uit. Van Bjarne wist ik dat Venetië in Italië lag. Hij was er zelf nooit geweest, maar had me een plaatje in een boek laten zien.

'Lach maar niet!' zei Oskar. 'Er zijn echt grote overeenkomsten tussen die twee steden. In Venetië heb je veel water, kanalen, eilandjes en een haven, en dat is in Karlskrona niet anders.'

'Maar denk je niet dat het daar in het zuiden veel warmer is dan hier?'

'Dat hangt van het jaargetijde af,' antwoordde hij schouderophalend. 'Ook in Venetië sneeuwt het weleens. Zoals het hier in de zomer heel warm kan zijn.'

Ik keek even naar hem en sprak toen de vraag uit die me bezighield: 'Ben je er weleens geweest?'

'Ja,' antwoordde hij. 'Als student.'

'Ik heb altijd gedacht dat je alleen maar nieuwsgierig hoefde te zijn om verslaggever te worden.'

Hij schoot in de lach. 'Dat klopt, maar een studie kan geen kwaad.'

'Wat heb je gestudeerd?' vroeg ik. 'Je ziet er niet uit als een arts, een architect of een jurist.'

'Ik heb een poosje rechten en geschiedenis gestudeerd, en ik was bijna ook nog met theologie begonnen.'

'Ik kan me jou niet als predikant voorstellen!' flapte ik eruit. 'Wat heeft je ervan weerhouden?'

'Mijn reis door Europa. Die maakte ik samen met een paar andere jonge mannen. In vroeger tijden zou je het de grand tour hebben genoemd, die nobele jonge mannen maakten als afsluiting van hun opvoeding.' Hij lachte. 'Alleen waren wij allesbehalve nobel.' Hij liet een stilte vallen, keek uit over de zee en vervolgde: 'Toen ik terug was in Stockholm heb ik mijn studie geschiedenis afgemaakt, de droge rechtenstudie afgebroken en ben ik bij een krant gaan werken. Ik wilde absoluut reisschrijver worden.'

Dat klonk geweldig. Reizen en van alles wat je ziet verslag doen... 'Hoe komt het eigenlijk dat je naar Karlskrona bent verhuisd?' vroeg ik.

Hij aarzelde even. 'Ik verbreed graag mijn horizon,' zei hij, maar het klonk halfhartig. 'Bovendien is het soms niet goed om op een plek te blijven waar je de liefde hebt ervaren, als die liefde er niet meer is.'

Zijn woorden raakten me. Als dat waar was, was het dan goed dat ik uit Karlskrona was weggegaan?

We gingen op een bankje zitten en hoorden op de achtergrond vanuit de stad de avondklok luiden. Oskar haalde een paar grote, nog warme aardappelen in de schil uit zijn tas, die Siri in een dikke doek had gewikkeld zodat ze niet te snel zouden afkoelen, daarna een half brood, een pot kwark, een groot blik vis en een flesje olie.

Het water liep me in de mond. 'Ik heb al lang geen vis meer gegeten.'

'Heb je in de tuin nog bruikbare planten gevonden?'

'Heel wat zelfs,' zei ik. 'Maar er komt een moment dat je geen zevenblad meer kunt zien.' Ik zweeg even en het schoot me te binnen dat Liv me had gemaand voorzichtig te zijn wat Oskar betrof. Maar waarom voelde ik me dan zo veilig bij hem?

'Mevrouw Boregard heeft me wat voorraden bezorgd waarmee ik me wel een poosje kan redden,' voegde ik eraan toe, want ik wilde dat hij Liv sympathiek vond.

Hij trok verrast zijn wenkbrauwen op. 'Ze heeft haar voornemen dus werkelijk ten uitvoer gebracht.'

'Het is niet zo makkelijk voor haar,' antwoordde ik en ik dacht opnieuw aan wat ze had gezegd. 'Als haar man erachter zou komen dat ik in dat huis zit...' Ik stokte.

'Die vrouw verbaast me,' zei Oskar. 'De meeste vrouwen uit hogere kringen zouden geen vriendschap met een arbeidster sluiten, en al helemaal niet met een die onder zulke onaangename omstandigheden met haar echtgenoot te maken heeft gehad.'

'Liv is anders,' antwoordde ik. 'Ze komt zelf ook uit een eenvoudig milieu. Veel vrouwen vergeten dat misschien als ze een goede partij trouwen, maar zij niet.'

Hij verdeelde de aardappelen, het brood en de vis en we begonnen te eten.

'Wat je zojuist zei over die plek,' begon ik toen mijn eerste honger gestild was. 'Ik bedoel die waar je niet moest blijven als je er een liefde had ervaren...'

'Ach, dat zei ik zomaar,' zei hij om me af te wimpelen, maar ik schudde mijn hoofd.

'Nee, je hebt gelijk. Je gaat ook niet op het kerkhof wonen waar je een geliefd persoon hebt begraven. Je gaat door. Je leven gaat door. En soms word je door het leven zelf ingehaald.' Ik boog mijn hoofd.

'Het probleem is natuurlijk dat jij geen plek hebt waar je om je man kunt rouwen.'

Hij had dus onthouden wat ik destijds in dat eethuis had gezegd.

'Soms worden hier grafstenen voor verdronken zeelieden geplaatst,' zei ik. 'Ik kan ze je laten zien, als je wilt.'

'Heel graag,' zei hij. 'Mij interesseert alles wat er in Karlskrona te zien is.' Ik voelde zijn blik op mijn slaap. 'Waarom heb jij geen steen laten plaatsen?'

Ik had er nooit zo over nagedacht, maar mijn adem stokte toen ik besefte wat de ware reden was. 'Misschien omdat een grafsteen zou betekenen dat ik er vrede mee heb.'

'En dat heb je dus nog niet?' vroeg hij zacht.

'Ik weet dat het dwaas is, maar...' Ik zweeg en keek hem aan. Hij had zoveel voor me gedaan en nu vertelde ik hem dingen die ik nog nooit tegen iemand had gezegd. Zelfs niet tegen Ingrid. 'Vroeger werd gezegd dat als je opnieuw verliefd wordt, de dode bij je aan tafel blijft zitten als je hem hebt verloren in de verliefdheidsfase.' Ik kon me voorstellen dat Oskar dat allesbehalve prettig zou vinden.

Hij haalde zijn schouders op. 'Dat zou me niets uitmaken.'

Zijn glimlach brandde zich in mijn hart. En opeens was hij zo dicht bij me dat ik hem had kunnen kussen. En hij mij. Terwijl ik wegzonk in zijn ogen besefte ik dat ik nu niet aan Bjarne wilde denken. Ik boog me naar hem toe en mijn lippen beroerden zachtjes de zijne. Ik had al zo lang niet meer gekust en voelde me een beetje onzeker. Maar dat gevoel was na een paar seconden al verdwenen.

Zijn mond was warm en zacht, ik proefde boter op zijn lippen, maar ook iets anders. Er liep een aangename huivering door mijn lichaam. Toen ik me terugtrok, zag ik hem glimlachen.

'Zo, dat was wel het laatste wat ik had verwacht, Marlene Walsted!' zei hij.

'Dat geldt ook voor mij,' antwoordde ik en ik giechelde.

Hij nam mijn gezicht voorzichtig in zijn handen, keek me aan en bracht zijn gezicht naar het mijne. Hij kuste mijn neus, mijn oogleden en toen mijn mond.

Er ontstond een vuurtje in mijn schoot en ik wist dat ik hem mee naar mijn kamer had genomen als ik nu in ons pension was geweest.

Hier kon echter iedereen ons zien. Zelfs kussen in het openbaar was problematisch. Waarschijnlijk zou Mara me, als ze me zo zag, bij onze volgende ontmoeting voor hoer uitmaken.

De rouwperiode was echter allang voorbij en hoewel ik nog steeds van Bjarne hield, voelde ik dat ik langzamerhand uit de cocon van het verdriet losbrak, als een mot of een vlinder. En dat had ik aan Oskar te danken.

Hij pakte mijn hand en verstrengelde zijn vingers met de mijne.

'Wat betekent dit?' vroeg ik.

'Dat zullen we zien,' antwoordde hij.

69

Oskar

Wat ik ook van plan was geweest, dat zeker niet! Tegelijkertijd kon en wilde ik er niets tegen doen. Me er niet tegen verzetten.

Ik kuste haar en voelde opeens een woest verlangen zoals ik al lang niet meer had gevoeld. Ik wilde haar en besefte nu dat ik haar al die tijd al had gewild. Sinds het moment waarop ze in haar nachthemd bij me aan de deur stond en tegen me was uitgevaren vanwege mijn schrijfmachine.

Maar haar vraag was terecht. Wat betekende dit?

We bleven nog een poos op de kade zitten kijken naar de meeuwen die langs de blauwe hemel heen en weer zweefden. Zelfs de koele lucht kon mijn verlangen niet doen afnemen. Ik wist niet hoe het haar verging, maar ik zou haar maar al te graag mee naar mijn bed nemen. Al was ik er de man niet naar om iets af te dwingen of er bij een vrouw op aan te dringen.

Toen de avond langzaam viel, gingen we naar huis. Lange tijd zwegen we en ik vroeg me af wat er door haar hoofd speelde.

'Vind je het goed dat ik je in de komende week wat proviand kom brengen?' vroeg ik ten slotte.

'Je bent van harte welkom, maar je moet niet zo veel geld uitgeven.'

'Ik wil jullie goede werk steunen.'

'Maar dat doe je al!' zei ze en ze keek me aan op een manier die me deed wensen dat ik haar alles kon vertellen wat ik op het hart had.

'Toch wil ik graag meer doen. Zou ik misschien in de krant over jullie kunnen schrijven?'

'Doe dat alsjeblieft niet!' antwoordde ze en er verscheen een angstige blik in haar ogen. 'Het zou niet goed zijn als we bekendheid kregen.'

Nadat ik even had nagedacht stelde ik de vraag die me al bezighield sinds ik bij dat huis was aangekomen. 'Hoe komt het eigenlijk dat Boregard het goedvindt?'

Marlene keek betrapt. 'Hij weet het niet.' Ze perste haar lippen op elkaar en boog haar hoofd.

Het duurde even tot ik die woorden had laten bezinken. Liv Boregard, die kennelijk geen reden had iets voor haar man geheim te houden, deed zoiets?

'Dat is een riskant spelletje,' zei ik. 'Ik hoop dat je begrijpt dat hij medebeheerder is van de bezittingen van zijn echtgenote...'

Haar verbaasde gezicht verried dat ze dat niet leek te weten. 'Hij weet niet eens van het bestaan van dat huis,' wist ze met moeite uit te brengen.

Mijn adem stokte. Als Boregard niets van dat huis wist... Nee, deze week verliep echt niet goed.

'Hoe is dat mogelijk?' vroeg ik. Mijn verstand probeerde koortsachtig te doorgronden welke gevolgen dit kon hebben.

Ze pakte mijn arm. 'Wil je me alsjeblieft beloven dat je hier niemand iets over vertelt?'

'Dat beloof ik.'

Marlene haalde diep adem en zei toen: 'Liv heeft het huis van haar vader geërfd, de landheer van Nättraby.' Ze stokte, schudde haar hoofd en ging een stukje bij me vandaan lopen.

'Kon ze die erfenis dan aanvaarden zonder dat Boregard er iets over te weten kwam?'

Dat was iets waar ik niet op bedacht was geweest. Het euforische gevoel van onze kus maakte nu plaats voor een beklemmende angst. Alles waar Marlenes hoop op was gevestigd stond op losse schroeven. Schroeven bovendien die eigenlijk Boregards eigendom waren!

'Ze heeft de sleutels gekregen,' zei ze en toen verviel ze even in stilzwijgen. 'Had ze het niet mogen doen?'

Moest ik haar de waarheid vertellen?

Intussen hadden we het pension bijna bereikt. Ik wist dat ik hier mijn stem niet moest verheffen. Ik ging voor haar staan en legde mijn handen op haar armen. 'Als een vrouw getrouwd is, behoort alles wat ze bezit toe aan haar man. Als uitkomt dat Liv dit huis heeft aanvaard...'

'We zullen het stilzwijgen bewaren,' zei ze, 'zolang we kunnen.'

'Dat zal niet voldoende zijn.' Ik zuchtte diep. Ik had nog wel gedacht dat dat huis een veilige plek voor haar was en nu...

'Je moet met haar praten,' zei ik, want ik zou daartoe niet in staat zijn.

'Je moet haar vragen een plan te maken, voor een alternatief te zorgen. In het ergste geval moet ze met haar man gaan praten.'

'Maar... dat kan ze niet!'

Ik voelde haar trillen. Of het kwam door wat ik had gezegd of door de koele avondwind kon ik niet zeggen.

'Laten we boven verder praten,' zei ik nadat ik een blik op de ramen van de buren had geworpen.

We glipten door het poortje en doken het duister van de binnenplaats in.

'Marlene?' fluisterde iemand zwak.

Tegen de achtergrond van de deur was de vrouw nauwelijks te onderscheiden, een wit puntje in het donker. Toen zag ik het bloed op haar gezicht.

70

Marlene

'Vlug, breng haar naar boven!' riep ik naar Oskar terwijl ik naar de poort keek, waar het schijnsel van de straatlantaarns doorheen viel. Mijn nekharen stonden overeind en ik had kippenvel over mijn hele lichaam. Torben kon elk moment hier opduiken. Ik liep snel naar de poort om hem dicht te doen en vervolgens liep ik achter de beide anderen aan naar binnen, waarna ik ook de voordeur vergrendelde.

Oskar was al op de trap. Versuft leunde Sigrun tegen zijn schouder.

'Naar mijn kamer,' commandeerde ik fluisterend en ik volgde hem.

Even later legde hij Sigrun op mijn bed. Het was niet te geloven dat ik haar nog maar een paar uur eerder had gesproken. Het meeste bloed kwam uit haar neus; op haar jurk had zich een grote vlek gevormd. Bij haar kin ontstond bovendien een grote bloeduitstorting.

'Heb je een doek?' vroeg ik Oskar, die meteen naar zijn kamer liep. Hij kwam terug met een handdoekje. Ik legde het in mijn waskom en wachtte tot het zich had volgezogen. Daarna depte ik behoedzaam Sigruns gezicht. Ze kromp in elkaar. 'Neem me niet kwalijk,' zei ik en ik ging nog voorzichtiger verder.

'Zou jij kunnen kijken of Siri nog wat ijs in de kelder heeft?' vroeg ik Oskar zonder mijn blik van Sigrun af te wenden. De zwelling aan haar neus nam zienderogen toe.

In de winter lieten de Malmströms altijd een dik ijsblok bezorgen uit een van de meren in de omgeving. Het was belangrijk dat het zoet water was, want zout water was onbruikbaar. In een kelder die daar speciaal voor diende, sloegen ze het ijs op. Of er nog iets van over was nu het bijna juni was, wist ik niet.

'Natuurlijk,' antwoordde Oskar achter me en hij verdween.

'Ik wou dat ik naar je geluisterd had,' jammerde Sigrun zacht.

'Ssst,' deed ik. 'Het is al goed.'

Tranen schoten Sigrun in de ogen. 'Ik ben zo dom geweest!'

'Nee, dat is niet waar.' Ik streelde haar haar. 'Je wilde je man niet in de steek laten.'

Nu begon ze te huilen.

'Het komt wel weer goed met je,' vervolgde ik zachtjes. Achter me klonken voetstappen. Oskar kwam binnen met een kommetje. Het ijs dat erin lag was al grotendeels ontdooid, maar het zou voldoen.

'Heb je Siri verteld waar je het voor nodig had?' vroeg ik.

'Nee,' zei hij en hij deed de deur dicht. 'Ik wilde niet dat ze hiernaartoe kwam.'

Ik legde een van de stukjes ijs tegen Sigruns neus. Die zwelling beviel me helemaal niet.

'Ze moet weer naar het ziekenhuis,' zei Oskar achter me.

Ik schudde mijn hoofd. 'Dan krijgt ze daar misschien problemen vanwege haar vlucht.' In haar bijzijn wilde ik niet hardop zeggen dat ze eigenlijk de stad uit moest voordat Torben haar nog dood zou slaan.

'Hou het ijs tegen je neus, wil je?' vroeg ik aan Sigrun en ik legde het in haar trillende, bebloede hand. 'Zo.'

Ze deed wat ik haar had gevraagd.

Ik haalde een schoon laken uit de dekenkist en begon het in repen te scheuren. Siri zou me de kosten in rekening brengen, maar daar wilde ik nu niet aan denken.

'Dan moet toch op z'n minst een arts haar onderzoeken,' hoorde ik Oskar zeggen. 'Misschien degene die jou behandeld heeft.'

'Dat is een goed idee,' zei ik. Ik veegde met de nieuwe doeken ijswater en bloed van haar gezicht. Er liep een rilling langs mijn rug; nog maar enkele dagen geleden had ik me in dezelfde toestand bevonden…

Oskar liep de kamer uit. Terwijl zijn voetstappen door de gang klonken, jammerde Sigrun zachtjes onder mijn aanrakingen.

'Weet Torben waar je naartoe bent gegaan?' vroeg ik.

'Nee,' antwoordde ze. 'Ik… Ik weet het niet. Maar na een paar straten liep hij niet meer achter me.'

Hij was haar dus achternagegaan! Opeens wenste ik dat Oskar hier was gebleven. Stel dat de man hier opdook en een manier vond om binnen te komen?

Mijn volgende gedachte sprak ik hardop uit: 'Heb je hem verteld dat je mij hebt gesproken?'

'Nee, hij... Hij heeft er volgens mij niets van gemerkt.'

Ik dacht terug aan de manier waarop ik stilletjes van de binnenplaats was weggeslopen.

'Ik had het water in moeten lopen!' riep Sigrun plotseling uit en ze begon hevig te snikken. 'Dan was het voorbij geweest.'

'Absoluut niet!' antwoordde ik verschrikt. 'Je gaat je leven niet vergooien voor die man!'

'Maar ik... Ik zal niet bij hem weg kunnen gaan! Dat zal hij niet toelaten!'

Ik wrong de doek uit, veegde een nieuw straaltje bleekroze bloed weg en streek haar over haar haar, dat plakte van het zweet. 'Luister: ik ga je helpen. Je hoeft het alleen maar te accepteren, begrijp je?'

Enkele minuten later kwam de dokter. Hij herkende me meteen en begroette me met een hoofdknik. 'Zulke voorvallen lijken hier in toenemende mate voor te komen,' mompelde dokter Bronlundt. Hij trok zijn jas uit en stroopte zijn mouwen op. 'Wilt u me vertellen dat u ook nu niet weet wie het heeft gedaan?'

'Haar echtgenoot!' flapte Oskar eruit.

Toen ik naar Sigrun keek, deed ze haar mond open in een geluidloze klacht. *Verdraaid, Oskar!* had ik bijna uitgeroepen. Maar hij sprak natuurlijk de waarheid.

'En u wilt er geen werk van maken?' vroeg de arts, waarna hij zich tot Sigrun wendde. Hij bevoelde haar gezicht, wat haar opnieuw een zacht gejammer ontlokte.

Ik keek om naar Oskar. Zijn ogen fonkelden van woede zoals ik het zelden bij een man had gezien. Zijn handen had hij tot vuisten gebald. Maar aan woede hadden we op dit moment niets.

'Wat kunnen we doen?' vroeg ik. 'De politie zal het weer op zijn dronkenschap gooien en hem weer laten gaan.'

De arts perste zijn lippen op elkaar en keek naar zijn patiënte. Ook hij had geen betere oplossing paraat, dus ging hij verder met zijn onderzoek.

'Uw neus is niet gebroken,' stelde hij even later vast. 'Maar een hersenschudding kan ik niet uitsluiten.'

'Daarvoor heeft ze tot een paar dagen geleden nog in het ziekenhuis gelegen,' verklaarde ik.

'Des te erger. Misschien moet ik haar opnieuw laten opnemen.'

Dat zou er alleen toe leiden dat ze op enig moment een schuldgevoel kreeg en naar huis terugging, dacht ik. Hardop zei ik: 'Daar zou hij haar kunnen opzoeken. En dan gebeurt het weer.' Ik keek de dokter indringend aan. Hij leek het niet gewend te zijn tegengesproken te worden.

Oskar deed ook een duit in het zakje. 'Is ze door die hersenschudding in acuut levensgevaar?'

'Nee, maar ze heeft wel rust nodig.'

'Ik denk dat we daarvoor wel kunnen zorgen,' zei ik.

Toen de arts weg was, ging ik bij Sigrun zitten.

'Je zei toch dat ik een reisje zou kunnen maken?' begon ze met een zacht stemmetje. Het pijnstillende poeder dat de arts had achtergelaten begon te werken; ik zag dat haar oogleden zwaar werden.

'Zou je dat willen?' vroeg ik en ik merkte nu pas dat ik licht beefde. Wanneer zou ik eindelijk geen angst meer voelen?

'Kan hij me daar vinden?' vroeg Sigrun en ik wist dat ik dapper moest zijn.

Ik schudde mijn hoofd en dacht terug aan mijn gesprek met Oskar. Het leven op Rozenhaag mocht dan op losse schroeven staan, het was de enige plek waar Torben haar niet zou opsporen. 'Nee. Dat beloof ik je.'

'Eigenlijk hou ik van Torben,' zei ze en ze frummelde aan de zoom van haar mouw. 'Maar ik ken hem niet terug, zo.'

Het was merkwaardig dat het geneesmiddel dat haar geest zou moeten benevelen haar een helderheid verschafte die ze een dag eerder nog niet had gehad.

'Ik heb weleens tegen hem gezegd dat hij naar de Goede Tempeliers moest gaan. Die zouden hem helpen. Maar hij wilde niet luisteren.'

Er zou meer voor nodig zijn dan de gebeden van de Goede Tempeliers om van Torben weer de zachtaardige man te maken die Sigrun van vroeger kende.

Oskar, die dokter Bronlundt had uitgelaten, kwam weer binnen. Ik voelde zijn warmte achter me en vervloekte Torben in stilte. We hadden deze nacht echt beter kunnen besteden.

'Vertrekken we meteen?' vroeg Sigrun.

'Nee,' antwoordde ik. 'Het is nu donker.'

'Maar als hij komt...' Ze sperde haar ogen angstig open.

Ik keek naar Oskar. We zouden natuurlijk de wacht houden, maar stel dat toch zou gebeuren waar ze bang voor was?

'Laten we bij het aanbreken van de dag vertrekken,' zei hij. 'Elk ander idee zou onverstandig zijn.'

'We zullen goed op je passen,' beloofde ik haar.

De pijnstiller nam nu volledig bezit van haar, want haar ogen vielen dicht.

'Je zult nooit meer in zijn handen vallen.'

Toen ze in slaap was gevallen, zei ik 'Dank je!' tegen Oskar. Ik pakte zijn hand en drukte die tegen mijn wang. 'Alles komt goed.'

Hij streek behoedzaam over mijn haar en knikte. 'We moeten alleen de nacht zien door te komen.'

71

Liv

Rusteloos liep ik voor het raam heen en weer terwijl ik met mijn ijskoude vingers krampachtig mijn rok vasthield. Al de hele ochtend hield me de vraag bezig of Marlene erin was geslaagd om met Sigrun te praten. Of ze ongeschonden uit deze toestand was gekomen.

Het was niet mogelijk geweest om naar haar toe te gaan; de voorbereidingen voor het bezoek van zondag hadden te veel tijd gekost. Bovendien had ik het gevoel dat Sten me nog meer dan anders in het oog hield.

Het was inmiddels bijna twaalf uur. In huis hing de verrukkelijke geur van gebraden vlees in rozemarijnjus, maar ik kon er niet echt van genieten. Over een paar minuten zouden Nanna en Hugo hier zijn. En met hen hun drie kinderen.

De confrontatie met Nanna kwam weer bij me op. Zou ze deze uitnodiging als vredesaanbod opvatten? Waarschijnlijk wilde Sten dat ik haar – en misschien ook Hugo – mijn verontschuldigingen aanbood.

Toen de bel ging, maakte ik een schrikbeweging en meteen kreeg ik een naar gevoel in mijn buik. Het was zover. Het liefst had ik me op zolder verstopt, maar ik was geen klein meisje meer. Dus rechtte ik mijn rug en verliet ik mijn kamer.

Sten stond al onder aan de trap te wachten. Nu moest ik weer de perfecte echtgenote spelen.

Nanna droeg een blauw-witte jurk met een ceintuur. Het was dezelfde jurk waarin ik haar tijdens haar vorige zwangerschap had gezien. Eigenlijk was een positiejurk nog niet nodig, want ze was nog steeds rank en slank en je zou niet eens vermoeden dat ze een kind droeg. Maar de rol van aanstaande moeder beviel haar en ze straalde dienovereenkomstig.

Hugo daarentegen zag eruit alsof hij op het punt stond naar zijn bedrijf te vertrekken. Hij droeg een onopvallend bruin pak, zijn baard was pas getrimd en zijn snor opgekruld. Achter hem kwam de kinderschaar binnen: de meisjes in witte jurkjes met roze linten, hun zoon in een matrozenpakje.

Ik voelde me ellendig toen ik naast Sten ging staan.

'Hartelijk welkom,' zei hij en hij schudde Hugo de hand. Ik omhelsde Nanna en gaf haar een vluchtige kus op haar wang. Ik rook een lichte viooltjesgeur.

Hun kinderen liepen voor ons uit de tuin in, waar Astrid de tafel in het tuinhuisje had gedekt. Ik was blij dat we in de tuin konden zitten. Dan kon ik in elk geval van de bloemen genieten als het gesprek onaangenaam werd.

'O, ben je van je gips af?' vroeg Nanna, die naast me liep. De beide mannen gingen ons voor en staken hun hoofden bij elkaar als jongens die stoute plannen smeedden.

Ik was me sterk bewust van Nanna's koele houding. Ik had me nu eigenlijk moeten verontschuldigen voor mijn uitbarsting op haar kantoor, maar ik kreeg de woorden niet over mijn lippen.

'Ja, sinds gisteren,' zei ik en het schoot me weer te binnen dat ik naar haar toe was gegaan toen Sten me had vastgegrepen. Haar advies om aan mijn huwelijk te werken had voor mij inmiddels een honende bijklank gekregen.

Ze vroeg door. 'En hoe gaat het er nu mee?' Ze was niet bepaald een gevoelsmens en ik had haar tot dusver ook niet als intrigant meegemaakt. Ze was pragmatisch, op het saaie af. Dat ze nu deed alsof er niets was gebeurd paste bij haar. Ik voelde dat ik enigszins ontspande. Misschien zou het allemaal wel meevallen.

'De dokter zei dat ik oefeningen moet doen. Maar ik zal mijn arm gauw weer normaal kunnen bewegen.'

'Dat is fijn.'

We gingen aan tafel nadat Nanna haar kinderen had opgedragen niet zo wild door de bloemperken te rennen. Daar hield haar kroost zich een minuut of vijf aan, waarna ze opnieuw door de borders begonnen te stampen.

Ik wendde mijn blik af en verdrong de gedachte dat dit onze kinderen hadden kunnen zijn.

Astrid kwam in een fris gesteven schort binnen met het aperitief, een glaasje aquavit, waarbij ze zoutjes en rolmopshapjes serveerde. Zoiets kwam anders alleen met kerst op tafel.

We proostten en tastten toe. De alcohol brandde op mijn tong, maar misschien zou ik er in de uren die volgden mee geholpen zijn.

Ik keek naar Sten, die afwisselend met Hugo en Nanna in gesprek was, en kreeg algauw de indruk dat ik onzichtbaar was geworden. Hoe had ik ooit kunnen denken dat ik erbij hoorde?

Nanna haalde me uit mijn gedachten. 'Heb je eigenlijk nog weleens iets van Marlene Walsted gehoord?' vroeg ze. Nu waren alle ogen op mij gericht. Er viel een stilte na haar woorden. Dit was het moment waar ik bang voor was geweest. Sten had ze natuurlijk uitgenodigd zodat ik me kon verontschuldigen!

'Nee,' zei ik en ik nam een slokje koffie. Ik had geen idee hoe overtuigend ik kon liegen. Maar na alles wat was voorgevallen, zou ik dit niet openlijk toegeven.

'Het gerucht gaat dat ze de stad heeft verlaten,' vervolgde ze.

Ik vroeg me meteen af waar ze dat vandaan had. En toen bedacht ik dat Torben navraag gedaan kon hebben.

'Nou, dat is dan voor iedereen het beste, nietwaar?' vroeg ik terwijl ik haar blik doorstond. Zou ze mijn gespeelde onverschilligheid voor waar aannemen?

'En of het dat is!' riep Hugo uit. 'Onruststokers kunnen we in het bedrijf niet gebruiken. Dat ze ruzie met een van onze mannen heeft gezocht! Ongehoord!'

Het was ongehoord dat ze Marlene op straat hadden gezet zonder nog eens met haar te praten. Dat ze geen enkele moeite hadden gedaan om achter de waarheid te komen. En nog ongehoorder was het dat die vent Marlene een vuistslag had gegeven.

Ineens stak mijn bezorgdheid om haar de kop weer op. Dat duurde niet lang, want ik voelde aan dat er nu van me verwacht werd dat ik iets zou zeggen over mijn uitbarsting in de lampenfabriek.

Ik wierp een snelle blik op de kinderen, die nog steeds door de tuin renden, en zei toen: 'Het spijt me vreselijk dat ik mijn zelfbeheersing verloor. Ik had me er niet mee mogen bemoeien.'

Hugo knikte en op Nanna's gezicht verscheen een welwillende glimlach. Alleen Sten bleef me sceptisch aankijken. Volstond mijn verontschuldiging niet voor hem?

Ik wendde me tot Nanna: 'Neem me alsjeblieft niet kwalijk dat ik die bijzondere dag voor je heb verknoeid.'

Hugo trok zijn wenkbrauwen op. 'Bijzondere dag?'

'Ik had haar verteld dat ik weer in verwachting ben,' verklaarde ze.

'Ach, ja, natuurlijk! Wat een geluk!' Hugo klapte in zijn handen. 'We zijn heel benieuwd of het een jongen of een meisje wordt.'

Ik keek naar Nanna, die weer begon te stralen. Was ik uit de gevarenzone?

'Het is zo jammer dat jullie geen kinderen hebben,' zei ze en ze gaf me klopjes op mijn hand. 'Dan hadden mijn kinderen geschikte speelkameraadjes gehad. En wie weet zou er ook een andere band zijn ontstaan.'

Na deze woorden voelde ik dat Sten naar me keek en ik beantwoordde zijn blik. Zijn ogen hadden een intense uitdrukking aangenomen; hij leek bijna kwaad. Maar niet op Nanna en haar opmerking over alles wat mogelijk zou zijn geweest. Hij was kwaad op mij, omdat ik hem de kans ontzegde ons kind uit te huwelijken aan een van de kinderen Skantze en daarmee onze relatie met hen nog sterker te maken.

Opeens had ik het gevoel geen lucht meer te krijgen. 'Excuseer me een moment,' zei ik en ik liep terug naar het huis. Ik had even rust nodig, een ogenblik van alleen-zijn om tot bedaren te komen en mijn evenwicht te hervinden.

De koelte in huis die me omving was weldadig en ik voelde mijn hartslag weer dalen. Ik leunde tegen een muur en sloot mijn prikkende ogen. Het lukte me zowaar om me af te sluiten van de stemmen en het geravot van de kinderen in de tuin. Misschien kon ik tien minuten rust krijgen voordat Sten kwam kijken wat er aan de hand was.

'Is alles in orde, mevrouw?' vroeg Astrid. Ik deed mijn ogen open en zag dat ze een envelop in haar hand had.

'Wat is dat?' vroeg ik zonder op haar vraag in te gaan.

'Deze is zojuist voor u afgegeven.' Ze gaf me de envelop en ik wachtte tot ze weer weg was. Toen scheurde ik hem open.

Het handschrift op de kaart was me onbekend, maar ik begreep wat er stond.

S. is onderweg naar Nättraby.

72

Marlene

‘Weet je eigenlijk hoelang ik al niet met de trein heb gereisd?’ Ingrid porde met haar elleboog in mijn zij, waardoor ik werd gestoord in mijn observatie van een vrouw die een kooi met kippen voor zich had staan. De dieren kakelden af en toe luid en pikten naar elkaar.

In de derde klasse mocht je niet kieskeurig zijn wat het reisgezelschap aanging. Des te blijer was ik dat mijn vriendin naast me zat.

‘Hoelang dan?’ vroeg ik terug.

‘De laatste keer was toen ik naar huis ging van de uitvaart van mijn vader. Toen leefde Ulf nog.’

Haar man was al ruim tien jaar dood, dus ik had wel een idee.

Het had me enige overredingskracht gekost, vooral omdat Ingrid niet wist of ze Liv kon vertrouwen. Maar ten slotte had ze zich bereid verklaard met me mee te gaan. Tijdelijk uiteraard. Helemaal overtuigd van ons idee om een huis voor vrouwen open te stellen was ze nog niet. Maar ze was blij eens andere lucht op te kunnen snuiven, zoals ze het verwoordde.

Oskar was al uren eerder vertrokken; hij moest inmiddels met Sigrun op Rozenhaag zijn aangekomen.

Nadat we de hele nacht de wacht hadden gehouden, was Oskar bij het krieken van de dag weggegaan om vervoer te regelen. We maakten een bedje voor Sigrun met alles wat we aan dekens konden vinden, want ik wist uit ervaring hoe hobbelig de route was. Ten afscheid had ik Oskar de huissleutel gegeven en hem omhelsd.

‘Pas goed op jezelf,’ zei hij zachtjes in mijn haar. ‘Ik wil niet dat hij je te pakken krijgt.’

‘Dat gebeurt niet,’ had ik beloofd en toen was ik vlug weer naar binnen gegaan.

Mijn ledematen hadden loodzwaar aangevoeld en ik had met moeite de verleiding weerstaan om mijn bed in te kruipen. Ik wilde niet blijven wachten tot Torben bij me aanklopte en eiste dat ik hem zijn vrouw zou teruggeven. Dus was ik naar Ingrid gegaan. En nu zaten we hier.

Mijn vriendin had voor de reis haar beste kleding aangetrokken; de rest van haar spullen had ze in een tas gestopt.

'Misschien bevalt het je daar zo goed dat je wilt blijven,' zei ik.

'En jij?' vroeg ze. 'Zou jij daar voorgoed willen blijven?'

Ik dacht na. Het was heerlijk om door vogelgeluiden te worden gewekt. Je dag te kunnen indelen zoals je wilde. In de tuin te werken. Vrij te zijn.

De enige reden om in Karlskrona te blijven zou Oskar zijn. En natuurlijk mijn kamer bij Siri en Ove. Hoewel ik Liv vertrouwde, had wat Oskar had gezegd me ervoor doen terugschrikken mijn kamer op te zeggen. Als mijn spaargeld op was, zou ik niet anders kunnen, maar nu moesten we eerst eens zien dat we Sigrun een nieuw thuis konden bieden.

'Ik weet het nog niet,' antwoordde ik oprecht. 'Ik ga ervan uit dat de tijd het zal leren.'

Toen de trein het station van Nättraby in reed, was de zon al over haar hoogste punt heen. Slechts weinig passagiers verlieten met ons de wagon.

Verheugd dat ik eindelijk weer frisse lucht op kon snuiven vroeg ik Ingrid bij de trap te wachten en liep ik naar de bagagewagon, waar het spoorwegpersoneel bezig was de post uit te laden. Ik vroeg om mijn fiets, die ik even later door een van de mannen kreeg aangereikt.

'Pas wel op dat uw mooie gezichtje tijdens het rijden niet blijft staan,' grapte hij, waarna de anderen in lachen uitbarstten. Ik keek hem niet-begrijpend aan, maar besloot niet te vragen wat hij met zijn opmerking bedoelde.

Toen ik met Ingrid naar de uitgang liep, herkende ik de paard-en-wagen die voor het station stond. Oskar zat op de bok en noteerde iets in een schrift.

'Pardon, zou u ons misschien kunnen rijden?' vroeg ik, waarop zijn hoofd omhoogschoot. Hij leek zo geconcentreerd bezig te zijn geweest dat hij zijn potlood liet vallen. Ik ving het op en gaf het hem terug.

'Natuurlijk,' antwoordde hij met een brede glimlach.

Om deze tijd waren de straten van Nättraby vrijwel verlaten. 's Zondags waren de boeren niet op het veld. Er hing een zware, zoete lucht over het land en in de struiken kwetterden de vogels.

'Hoe is het met Sigrun?' vroeg ik Oskar, die naast me rustig de teugels vasthield.

'Ze sliep toen ik wegreed. Haar neus ziet er lelijk uit. Maar ze lijkt wat kalmer.'

'Die vervloekte ploert,' schold Ingrid naast me. Ik had haar het voorval natuurlijk tot in detail verteld en daarbij niet weggelaten dat ik zelf ook een klap van hem had gekregen. 'Dat hij niet kan worden gestraft...'

'O, maar dat zou best kunnen,' antwoordde Oskar. 'Alleen zou mevrouw Bergsma dan aangifte tegen hem moeten doen. Mishandeling van je echtgenote is een geldige reden voor echtscheiding.'

'Het enige is dat ze dan haar bestaanszekerheid kwijt is,' zei ik.

'Ik dacht dat ze in de fabriek werkte,' wierp Ingrid tegen. Ze was op de laadvloer bij de tassen gaan zitten.

'Ja, maar hoelang nog als ze bij hem weggaat?' Ik zuchtte diep. Als hij ervoor had kunnen zorgen dat ik moest vertrekken, dan zou dat ook bij zijn vrouw geen probleem zijn. Maar waarschijnlijk zou Sigrun zich daar toch niet meer willen vertonen, als ze werkelijk tot die stap zou overgaan, wat haar nog veel innerlijke strijd zou kosten.

We kwamen ruim een half uur later bij het jachtopzienershuis aan. De zon zette ook hier zowel de gevel als de ontloken rozen in een helder licht.

Oskar hielp Ingrid van de wagen af, terwijl ik mijn fiets uitlaadde.

'Stel je voor, een van de kruiers zei tegen me dat ik moest uitkijken dat mijn gezicht niet bleef staan als ik op de fiets zat. Wat bedoelde hij daarmee?' vroeg ik Oskar, die bezig was een voederzak om de hals van het paard te hangen. Begerig stopte het paard zijn hoofd erin en hij begon hoorbaar te kauwen.

Oskar schoot in de lach. 'Ach, dat oude verhaal!'

Ik trok mijn wenkbrauwen op. 'Welk verhaal?'

'Heb je nog nooit van het fietsgezicht gehoord?'

Ik schudde mijn hoofd.

'Tot een paar jaar geleden waren sommige artsen van mening dat vrouwen van fietsen lelijke vervormingen in hun gezicht konden krijgen.'

Ik lachte. 'O, dat is het dus! Dan moet ik er niet gek van opkijken als ik geen nieuwe man weet te vinden!'

'Ik vind je nog steeds heel aantrekkelijk,' antwoordde hij en opeens kreeg ik het erg warm. Maar toen bedacht ik dat we niet alleen waren. Ingrid was weliswaar naar binnen gegaan, maar misschien gluurde ze wel door het raam.

'Wil je meteen terugrijden of blijf je nog even koffiedrinken?' vroeg ik.

Oskars glimlach joeg een weldadige rilling door mijn lichaam. 'Als ik binnen mag in een vrouwenhuis?'

Even later zaten we allemaal samen in de keuken. Sigrun was inmiddels wakker geworden, zodat we ons bij haar konden voegen. Oskar had gelijk; ze zag er echt beroerd uit, maar alleen al de zekerheid dat ze hier buiten bereik van Torben was, stelde me enigszins gerust.

We aten wat van het brood dat we nog overhadden en een paar appels die Oskar van Siri had gekregen. Uiteindelijk moest hij er weer vandoor.

'Wees alsjeblieft voorzichtig,' zei hij bij het hek. 'Als Boregard erachter komt dat jullie hier zijn, weet ik niet hoe hij zal reageren.'

'Hoe zou hij moeten reageren?' vroeg ik. 'Hij weet niets van dit huis.'

'Maar toch.' Hij streek teder langs mijn wang terwijl zijn blik de mijne gevangenhield. Ik beloofde hem dat we op onze hoede zouden zijn.

'Wanneer zie ik je weer?' vroeg ik toen ik hem in mijn armen hield.

'Gauw.' Hij kuste me en klom op de bok. Mij bleef niets anders over dan hem te laten vertrekken, hoewel mijn lichaam en mijn ziel iets heel anders wilden.

73

Oskar

Eenmaal terug in Karlskrona leverde ik de wagen weer af, waarna ik nog een poos door de stad slenterde, waar de avond was gevallen. De beide ritten hadden me behoorlijk vermoeid en dwongen me groot respect voor alle koetsiers af. Ik wist wel waarom ik me aan een bureau prettiger voelde!

De ontwikkelingen van de afgelopen uren hadden me doen vergeten dat mijn informant me had laten zitten. Marlene, mevrouw Bergsma, de rit naar Nättraby... Maar toen ik het kantoor van de rederij van Boregard passeerde, schoot me weer te binnen wat er de vrijdag tevoren was misgegaan.

Ik keek op naar het stijlvolle gebouw met de ramen die als donkere ogen uitkeken op de straat. Daarna ging mijn blik naar de haven, waar de hoge kranen nog net te onderscheiden waren in het donker.

Er liep een rilling over mijn rug. Ik werd overvallen door het gevoel dat ik dieper in de zaak verstrikt raakte dan eigenlijk mijn bedoeling was geweest. Hier in Karlskrona hing alles samen; dat had ik inmiddels wel geleerd. Ik kon alleen nog niet inschatten wat de gevolgen van al die connecties zouden zijn.

Als de Russen dat bewijsstuk nu eens zouden vrijgeven, zodat we wisten wat hierna kwam... Het kon nog dagen, misschien zelfs maanden duren. En met elke dag die verstreek, elke dag waarop ik probeerde iets over de zaak te weten te komen, werd de situatie hachelijker.

Of zou de schijn bedriegen?

Nadat ik me had losgemaakt van de aanblik van de haven en de schepen waarvan de verlichting de kade bescheen, zette ik mijn weg voort.

Ik speelde met de gedachte om naar het eethuis te gaan. Ik had een lege maag en wilde op dit uur mevrouw Malmström niet meer vragen om nog iets voor me klaar te maken. Dus sloeg ik de volgende zijstraat in en ik zag het eethuis al liggen toen ik achter me opeens een sissend geluid hoorde.

Meteen stonden mijn nekharen overeind. Ik draaide me om en stelde me in op een gevecht, toen ik de gestalte van een man zag. Hij bleef staan, nam me onderzoekend op en zei: 'Meneer Andersson, we moeten praten.'

Door het bonzen van mijn hart heen hoorde ik zijn stem nauwelijks. Pas even later besefte ik dat ik die kende.

'Laten we een plek zoeken waar we niet gestoord worden,' vervolgde de schim. Zijn stem had een ernstige, bijna bevreesde ondertoon. Ik knikte en sloot me bij hem aan. We liepen het Hoglands Park in, waar om deze tijd niemand was. Gaslantaarns wierpen hun zwakke schijnsel over de paden en bevestigden dat ik me niet in mijn gezelschap had vergist. Het was mijn informant.

'Waarom bent u vrijdagavond niet gekomen?' vroeg ik hem.

'Dat was niet mogelijk. Mijn chef voelt dat er iets niet klopt. Hij is vrijdag nog laat naar kantoor gekomen en vroeg naar de documenten. Ik kon niet weg.'

'Naar welke documenten vroeg hij?' Ik hield even mijn adem in. Toch hopelijk niet naar het schrift dat ik nog steeds bij me droeg!

'Naar de folianten,' antwoordde hij. 'Ik heb peentjes gezweet bij de gedachte dat ik hem die in de afgelopen week niet had kunnen geven.' Hij haalde een zakdoek tevoorschijn en depte zijn voorhoofd. Ik zag de trouwring aan zijn vinger oplichten.

'Maar nu kon u dat wel,' zei ik. 'Het heeft geen zin om bang te zijn voor dingen die niet zijn gebeurd.'

'Hij heeft alles heel nauwkeurig doorgenomen,' vervolgde mijn gesprekspartner. 'Alsof hij wilde controleren of alle documenten zich op de juiste plaats bevonden.'

'Ik heb niets veranderd.'

'Echt niet?' vroeg de man.

'Dat verzeker ik u!' Ik haalde het schrift uit mijn zak. 'Hiervoor geldt hetzelfde.'

'Bedankt.' De man slaakte een zucht van verlichting en stopte het schrift weg onder zijn jas. 'Toch weet ik niet of ik u meer kan leveren. Het is mogelijk dat hij nog wat anders wil zien.'

Ik perste mijn lippen op elkaar. Wat ik tot nu toe had gekregen, was goed materiaal geweest. Maar het was niet voldoende. Ik had meer nodig, concretere aanknopingspunten.

'Is er verder nog iets wat ongewoon is? Ik bedoel, vergeleken met voorheen.'

'Er lijkt een kentering op komst te zijn,' antwoordde hij. 'Ik kan niet eens zeggen of die de firma of zijn familie betreft. Hij lijkt de laatste tijd nogal afwezig. En dan die vraag naar de folianten...'

'Ik kan begrijpen dat dat u onrust baart,' zei ik, 'maar uw werk is heel belangrijk. Hoe moet ik aan de documenten komen als u me niet helpt?'

Ik voelde dat hij in tweestrijd stond. 'Als uitkomt dat ik u geholpen heb... Dan zal ik me hier in Karlskrona nergens meer kunnen vertonen. Hij heeft vrienden in de hoogste kringen. Ze zullen mij en mijn vrouw de stad uit jagen!'

Geruststellend legde ik mijn hand op zijn arm. 'We zullen u in geval van problemen altijd bijstaan. Hij mag hier dan vrienden hebben, ook in mijn kamp zitten invloedrijke mannen. Hij heeft niet zo veel macht als u denkt!'

'U hebt uw leven hier niet, meneer Andersson,' antwoordde hij. 'U weet niet hoe het is. Het hele stadsbestuur...'

'Daar zal hij niet langer deel van uitmaken, als deze zaak boven tafel komt,' zei ik. 'Híj zal de paria zijn, niet u!'

74

Liv

De hele ochtend wachtte ik vol ongeduld tot Sten het huis zou verlaten. Normaal gesproken ging hij 's maandags altijd heel vroeg naar kantoor. Nu hoorde ik hem in de gang rommelen. Het was bijna alsof hij mij nog wilde tegenkomen voordat hij naar zijn werk ging.

Ik wierp een blik op mijn klok. Langer kon ik echt niet meer in bed blijven. Dus stond ik op, werkte mijn ochtendtoilet af en trok mijn ondergoed aan.

Geen gips meer hoeven dragen gaf me een volkomen nieuw gevoel van vrijheid. Mijn pols gehoorzaamde me inmiddels weer enigszins. Ik zag vandaag af van mijn korset en daarmee ook van Astrids hulp, en trok een van mijn zomerjurken aan. Toen ging ik naar beneden. Ik voelde zijn aanwezigheid al bij de deur van de eetkamer.

Sten zat op zijn plaats en werkte zijn roerei naar binnen. Kauwend begroette hij me met: 'Je bent laat.'

'Ik heb me verslapen,' jokte ik en ik ging zitten. Astrid kwam meteen naar me toe om koffie in te schenken.

'O,' was zijn reactie op mijn opmerking. 'Nou ja... Het was gisteren een geslaagde dag, vind je niet?'

'Geslaagd' zou ik de dag niet hebben genoemd. Ondanks mijn verontschuldiging had er een vreemde sfeer tussen ons gehangen. Al helemaal toen Sten zich met Hugo had teruggetrokken om te roken.

Nanna had de hele tijd over haar zwangerschap en over haar komende verblijf op Aspö gesproken. Daar brachten ze elk jaar de zomer door en onlangs hadden ze er een nieuw huis aan zee gekocht. Terwijl ik deed alsof ik luisterde, werd ik geplaagd door de vraag hoe het in Nättraby zou zijn en of Marlene en Sigrun daar heelhuids waren aangekomen. Ik brandde van verlangen om te horen wat er was gebeurd.

Het verbaasde me eigenlijk dat Sten vandaag in zo'n goede bui was.

'Ja,' zei ik en ik smeerde een broodje. De aalbessenjam was een van mijn favoriete jams, want die deed me denken aan een huishoudster in een van de pastorieën. Dat was een vrolijke vrouw geweest, die altijd ronde, rode wangen had.

'We moeten het echt nog eens proberen,' zei Sten opeens.

'Nanna en Hugo uitnodigen bedoel je?' vroeg ik lichtelijk verbaasd.

'Een kind maken,' antwoordde hij en hij nam een slok koffie.

Ik keek hem aan en voelde dat de hap brood zich met moeite door mijn keel heen werkte. Vlug dronk ik wat koffie. Hoe kwam hij daar nu opeens bij?

'Gisteren tijdens ons gesprek met Nanna en Hugo bedacht ik dat we misschien toch ons best moeten blijven doen,' vervolgde hij alsof het over het weer ging. 'Er zijn tenslotte sinds Nanna's vorige zwangerschap bijna zeven jaar verstreken. Evenveel als wij getrouwd zijn.'

'Denk je dat echt?' vroeg ik verward. Opeens was mijn mond kurkdroog. Tussen Nanna's zoon en haar nieuwe kindje zat inderdaad bijna zeven jaar. Daarvoor had ze weliswaar vier andere kinderen gebaard, van wie er een gestorven was. Ik had geen idee waar het aan lag dat er zo'n tijd tussen zat, maar vast niet aan een plotseling opgetreden onvruchtbaarheid bij Nanna.

'Ja,' zei hij. 'Ik bedoel, we hebben immers een erfgenaam nodig voor mijn bedrijf. Een zoon die het allemaal kan overnemen.'

Ik slikte. Het was maanden geleden dat Sten en ik het bed hadden gedeeld. Ook daarvoor waren we alleen nog sporadisch bij elkaar gekomen.

'Jij vertelt het me als je je periode hebt. Verder zullen we het blijven proberen tot je eindelijk zwanger bent.'

Zoals hij het zei, klonk het eerder als een dreigement dan als een poging me die langverwachte kinderweelde te bezorgen. Ik werd opeens misselijk.

Sten leek echter geen reactie te verwachten. 'Als je een kind hebt, zul je geen tijd meer hebben om je bezig te houden met dingen die je niets aangaan,' zei hij. 'Dan zul je eindelijk een zinvolle taak hebben.'

Mijn gezicht verstrakte. Ik had me vergist. Hij had helemaal geen goede bui. Met mijn verontschuldiging had ik niets bereikt. Hij vond kennelijk dat hij me weer op mijn plaats moest zetten.

Hij dronk zijn kopje leeg en stond op. De verwarring op mijn gezicht bracht hem ertoe een tevreden glimlach op te zetten. 'Misschien moet je nog eens naar onze dokter gaan. Hij kan je onderzoeken en zeggen of we meteen vandaag kunnen beginnen.' Hij legde zijn servet neer en verliet de eetkamer zonder te groeten.

Ik staarde naar de deur waarachter hij was verdwenen. Had dit tafereel zich zojuist werkelijk afgespeeld? Wilde Sten opeens een kind – nadat we zeven jaar lang geen succes hadden gehad en hij inmiddels de indruk wekte dat hij niets meer om me gaf?

Ik legde mijn botermesje neer en staarde naar mijn broodje met de hap eruit. Hoelang had ik niet naar een kind verlangd? Hoelang was ik niet wanhopig geweest omdat ik er geen had kunnen krijgen? En nu... Alleen al de gedachte elke avond met hem naar bed te moeten gaan wekte weerzin bij me op. Bijna wenste ik dat hij had verkondigd dat we vanaf nu elke zondag bezoek zouden ontvangen...

'Hebt u nog een wens, mevrouw?' vroeg Astrid, die om de hoek van de deur keek.

Ik was bijna in de lach geschoten bij haar vraag. Ze had geen idee van mijn wensen. Maar ik schudde mijn hoofd en stond op. De eetlust was me weer eens grondig vergaan.

75

Marlene

Na een nacht waarin ik vergeefs had gezocht naar meer beddengoed verliet ik even na acht uur het jachtopzienershuis. Hoewel het binnenkort midsommar zou zijn, werd het 's nachts nogal fris in huis. Ik had de enige deken die we hier hadden aan Sigrun gegeven. Ingrid en ik hadden geprobeerd ons met onze kleding warm te houden. Maar zo was het natuurlijk geen doen.

Ik hoopte dat ik de waard in Nättraby zou aantreffen voordat het druk in zijn herberg werd. Misschien kon hij ons dekens verkopen. Of me in elk geval adviseren waar ik beddengoed en andere huishoudelijke spullen kon kopen. Liv had wat geld achtergelaten waarmee ik kon betalen. Omdat we zuinig moesten zijn, wilde ik proberen een paar dingen zo voordelig mogelijk aan te schaffen.

De ochtenddauw glinsterde op de grashalmen en in het bos schalden de vogelstemmen. De weg onder mijn fiets was behoorlijk hobbelig, zelfs als ik de sporen volgde die de paard-en-wagens erin hadden achtergelaten.

Hoewel de frisse lucht mijn hoofd leegmaakte, was ik nogal geradbraakt door de nacht. Dat lag niet alleen aan de kou en de ingezakte matrassen. Ingrid snurkte dat het een lieve lust was. Bovendien was ik het niet meer gewend om met iemand anders in hetzelfde bed te liggen en dat alles had me langdurig wakker gehouden.

Tussendoor was ik opgestaan om bij Sigrun te gaan kijken. Ze zag er ontspannener en ook iets jonger uit door de slaap en misschien ook door de wetenschap dat Torben haar hier niet kon bereiken.

Ik had gedacht vroeg uit de veren te zullen zijn, maar de volgende ochtend werd ik verrast. De plek naast me in bed was al leeg toen ik opstond. Ingrid stond in de keuken vuur te maken.

'We moeten dat meisje er een beetje bovenop helpen,' zei ze en ik wist dat ze het over Sigrun had. 'Ze ziet er erg mager uit, en dan te bedenken dat haar man en zijzelf werk hadden.'

Ik vond het niet prettig om over iemand te praten die in de aangrenzende kamer lag en misschien meeluisterde, dus antwoordde ik: 'Als dat iemand lukt, dan jou wel!'

'Je ziet eruit alsof je ergens naartoe gaat,' had ze gezegd. 'Kun je ergens een kan melk vandaan halen?'

'Misschien kan ik beter ergens een koe vandaan halen,' antwoordde ik lachend terwijl ik een stuk brood in mijn zak stopte.

'Zou jij die kunnen melken?' vroeg Ingrid spottend.

Ik haalde mijn schouders op. 'Jij wel?'

'Ik ben weliswaar op het platteland opgegroeid, maar melken deden mijn vader en mijn broer. Ik moest mijn moeder in huis helpen. Maar misschien schiet me weer te binnen hoe ze het deden.'

'Vraag het Sigrun maar eens. Als zij het ook niet kan, zullen we het moeten leren.'

Een koe was echter niet het eerste waar ik momenteel aan dacht. Twee of drie geiten zouden ook wel volstaan. En misschien een paar fatsoenlijke bedden.

In Nättraby aangekomen verbaasde ik me over de bedrijvigheid zo vroeg op de dag. Er waren veel mensen op pad: boeren onderweg naar hun akkers en arbeiders die naar het station gingen. Voor de herberg stond een paard-en-wagen, waar de vracht van werd afgeladen.

'Mevrouw Walsted!' hoorde ik iemand roepen.

Toen ik me omdraaide, wist ik eerst niet welke naam er hoorde bij het gezicht van de vrouw die me had geroepen, maar toen schoot me te binnen dat het Livs kennis was, die ons in de herberg had aangesproken. Dat ze zich mij nog herinnerde...

Met lange passen kwam ze op me af. Vandaag droeg ze een blauwe jurk met een wit kraagje, die er een beetje sleets uitzag. Ze was blijkbaar onderweg om haar dagelijkse boodschappen te doen.

Even kwam ik in de verleiding om weer op mijn ijzeren ros te stappen en gewoon weg te rijden. Maar toen besefte ik dat ik misschien ooit deel van dit dorp wilde uitmaken. Als Bente rondvertelde hoe onbeleefd ik was, zouden de deuren voor me gesloten worden nog voordat ik ervoor stond.

'Goedemorgen, mevrouw Nielsen,' zei ik en ik zette een afstandelijke glimlach op.

'Is Liv hier ook?' vroeg ze meteen, met haar blik nog op mijn fiets gericht.

'Nee, ik...' Wat moest ik zeggen? Ik herinnerde me dat Liv het heel vervelend had gevonden dat ze Bente was tegengekomen. En dat zij degene was die haar voor het eerst met haar biologische vader had geconfronteerd. 'Ik ben alleen.'

'O, eh... Dat is jammer. Ik dacht dat Liv hier ook zou zijn.' Ik voelde dat ze iets op het hart had. Als dat niet zo was, had ze me vast niet aangesproken.

'Ik wil met alle plezier iets aan haar doorgeven,' bood ik aan.

'Nou, eh...' Ze giechelde nerveus. 'Ik heb haar een paar dagen geleden hier gezien en toen verzuimd... Ze schijnt hier... Ik bedoel op het landgoed...'

Ik werd er nerveus van dat ze om de hete brij heen draaide.

'Kom, zeg eens wat u bedoelt,' zei ik, want ik wist precies waar ze naartoe wilde.

Bentes gezicht was vuurrood. 'Het schijnt dat ze een huis op het landgoed heeft gekregen. Geërfd, van haar vader...'

Er liep een koude rilling over mijn rug. Ik had er geen rekening mee gehouden dat het zo snel bekend zou worden. Hoe had iemand dat te weten kunnen komen? Ik dacht aan Oskars waarschuwing. Als Boregard iets zou horen...

'Wie heeft dat gezegd?' vroeg ik op mijn beurt terwijl ik probeerde mijn verslagenheid niet te laten merken.

Bente begon onrustig aan haar mouwen te plukken. 'De nieuwe landheer. Ik werk sinds kort op het landhuis en daar heb ik een gesprek opgevangen.'

Dat joeg me nog meer schrik op het lijf. Liv was onderwerp van gesprek in het landhuis! Dat moest ze te weten komen.

'Een gesprek tussen de landheer en zijn vrouw?' vroeg ik door. Van mij zou Bente niets wijzer worden, maar ik zou graag weten wie wat over Liv vertelde. Dat kon voor het vrouwenhuis van belang zijn.

'Ja, ze hadden het er samen over dat het jammer was dat ze het huis had geërfd, omdat zij het aan hun rentmeester hadden willen geven, die binnenkort aan zijn welverdiende pensioen begint.'

Ik verstijfde bij die woorden. Het was op zichzelf een onschuldige opmerking, maar er school voor ons een groot gevaar achter.

Bente drong aan. 'Heeft ze het jachtopzienershuis dus echt gekregen?' vroeg ze.

'Dat zult u haar zelf moeten vragen, vrees ik,' antwoordde ik. 'Ik ben hier alleen op bezoek.' Dat was het beste leugentje dat op dat moment bij me opkwam. 'Maar ik kan Liv uw groeten overbrengen, als u wilt.'

'Ja, doe dat maar,' antwoordde Bente, zichtbaar teleurgesteld. Waarschijnlijk had ze op meer gehoopt, maar ik wenste haar alleen een prettige dag, stapte op de fiets en maakte nog een groot extra rondje tot Bente in de richting van het landgoed was vertrokken.

'U wilt wát?' vroeg de waard me verbijsterd.

Axel Löwenstein had er al wat verstoord uitgezien toen ik hem door een van de kamermeisjes had laten roepen. Nu keek hij me aan alsof ik mijn verstand had verloren.

'Dekens,' herhaalde ik. 'Ik wilde u vragen of u er een paar overhebt. Of waar ik ze kan kopen.'

De blik van de waard werd wantrouwig. 'Waar hebt u ze voor nodig?'

'Voor mijn nieuwe huis,' zei ik, wat in zekere zin ook klopte. Maar hij scheen dat niet echt te geloven.

'Waarom stuurt u uw man dan niet?'

'Omdat hij is overleden,' antwoordde ik. 'Hij is op zee gebleven.'

De waard kneep zijn ogen tot spleetjes en nam me onderzoekend op. 'En nu wilt u mij met een logement concurrentie aan gaan doen?'

Zijn woorden sloegen me met stomheid. Vandaar dus zijn wantrouwen.

'Nee, nee, in geen geval!' Ik hief bezwerend mijn handen. 'Ik wil alleen gasten in mijn huis laten logeren. Vriendinnen. Kennissen.'

Ik wist dat mijn hectische woorden niet bepaald vertrouwenwekkend op de waard overkwamen. 'Alstublieft,' zei ik. 'Ik lieg u niet voor!'

'Voor welk huis hebt u die dekens dan nodig?' vroeg hij, nog steeds niet helemaal tevredengesteld.

'Het is het oude jachtopzienershuis in het bos. Dat bij het landgoed hoort.' Ik beet op mijn tong. Het was mogelijk dat Bente hiervan hoorde bij haar volgende bezoek aan de herberg en dan een en een bij elkaar zou optellen.

'Sinds wanneer stelt de landheer vrouwen aan als jachtopziener?' vroeg de waard.

Waarschijnlijk zou hij proberen erachter te komen wie het huis had gekocht. Het werd steeds ingewikkelder en ik had al spijt dat ik naar Nättraby was gekomen.

Maar zou het niet hoe dan ook ooit uitkomen? Dus bleef ik maar zo dicht mogelijk bij de waarheid.

'Ik ben geen jachtopziener. Ik wil alleen vrouwen die in nood zijn geraakt een onderkomen verschaffen.'

Nu viel Löwensteins mond open. 'U ziet er niet naar uit dat u geen man kunt vinden!' zei hij.

'O, zou u denken?' antwoordde ik. 'Gaat u me helpen? Ik kan u beloven dat we veel voor elkaar zouden kunnen betekenen als alles zo wordt als we ons voorstellen.'

Achter ons ging de deur open en toen ik even omkeek, zag ik een man met een grote koffer binnenkomen. Wat kwamen die mensen toch allemaal doen in Nättraby?

'Ik... Ik heb nog wel wat oude dekens in de voorraadkast,' zei hij ten slotte. 'Als u denkt dat u er iets mee kunt. Ze zijn niet best meer en moeten gerepareerd worden.'

'Laat ze maar zien!' zei ik vlug. 'Het maakt me niet zoveel uit hoe ze eruitzien. We krijgen ze wel weer in orde.'

76

Liv

In de wachtkamer van dokter Bronlundt zat ik uit het raam te staren, maar de ontluikende zomer merkte ik nauwelijks op. Keer op keer speelde zich in mijn hoofd het gesprek met Sten af. Nog maar enkele maanden geleden zou ik er misschien blij mee zijn geweest, maar inmiddels was er zoveel gebeurd. Er waren mensen en omstandigheden in mijn leven gekomen die me hadden laten inzien dat het misschien wel goed was om geen kinderen te hebben voor wie ik moest zorgen. Dat ik ook op een andere manier levensvervulling kon vinden.

Wat moest ik toch doen? Paniek overviel me. Mijn hart begon tekeer te gaan en ik voelde opeens dat ik veel te snel ademde. Ik klemde mijn handen om de armleuning en sloot mijn ogen. Het zweet liep langs mijn rug. Misschien kon ik beter weggaan…

Een geluid probeerde tot me door te dringen. Het klonk alsof het door watten heen kwam. Pas toen iemand mijn schouder aanraakte, deed ik mijn ogen weer open. Voor me stond de doktersassistente in haar blauwe jurk met het frisse witte schort.

'Gaat het wel?' vroeg ze bezorgd. Het geluid dat ik zo vervormd had gehoord, moest haar stem zijn geweest.

'Ja, het gaat,' zei ik. Ik haalde een zakdoek tevoorschijn en depte mijn voorhoofd. 'Het is alleen zo warm.'

De blik van de assistente bleef sceptisch. 'Dokter Bronlundt heeft nu tijd voor u.'

Ik stond op en merkte dat ik erg wankel op mijn benen stond. Toch bedankte ik voor de helpende hand van de assistente.

In de spreekkamer van dokter Helge Bronlundt was in al die tijd dat ik bij hem kwam niets wezenlijk veranderd. Zo nu en dan stonden de rijen boeken in zijn kasten op een iets andere plek, soms was het skelet, waarvoor ik als kind doodsbenauwd was geweest, in een andere hoek beland, maar over het geheel genomen bleef de praktijkruimte even onveranderd als de man zelf.

'Ah, u hebt het gips al laten verwijderen,' zei hij.

'Ja, ik ben daar zaterdag geweest.' Nog steeds plakte mijn jurk aan mijn bezwete rug, maar de paniek nam langzamerhand af. 'De chirurg was erg tevreden.'

'Daar ben ik blij om!' Hij legde zijn armen op zijn bureaublad, boog naar voren en keek me met een ernstig gezicht aan. 'Wat is de reden van uw komst?'

Mijn mond was droog en even kon ik niets uitbrengen. Ik schraapte mijn keel en antwoordde: 'Mijn man is van mening dat ik me door u moet laten onderzoeken, omdat... hij vindt dat we nog eens moeten proberen om een kind te krijgen.'

De arts vouwde zijn handen en keek me lang aan. Er was iets merkwaardigs aan dokter Bronlundt. Het was altijd alsof hij met zijn reebruine ogen niet alleen naar mijn lichaam, maar ook in mijn hoofd kon kijken.

'Is dat ook uw wens?' vroeg hij na een poosje.

Ik trok verbaasd mijn wenkbrauwen op. 'Waarom zou het dat niet zijn?'

Daar gaf hij geen antwoord op, maar hij zei: 'U bent nu hoelang getrouwd? Zes jaar?'

'Zeven.'

'En wanneer bent u voor het laatst intiem geweest met uw man?'

Ik voelde bij zijn woorden een blos opkomen. 'We zagen daar de afgelopen maanden het nut niet zo van in,' zei ik en ik sloeg mijn ogen neer. 'Tenslotte zijn al onze eerdere pogingen vruchteloos gebleken.'

De arts knikte en maakte een notitie. 'Tja, ik kan u natuurlijk onderzoeken, maar ik ben slechts uw huisarts,' zei hij. 'Misschien kunt u beter een afspraak maken bij een collega die in vrouwenziekten gespecialiseerd is.'

Ik had geen zin om naar een onbekende arts te gaan. Bronlundt leek dat aan me te kunnen zien, want hij zei: 'In Stockholm is een vrouwelijke arts die veel ervaring met ongewenste kinderloosheid heeft. Als u haar wilt consulteren, geef ik u graag haar adres.'

Ik vroeg me af waarom hij me dit niet al jaren eerder had voorgesteld. Destijds had hij alleen gezegd dat het heel natuurlijk was als je niet meteen zwanger werd.

'Wat is dat voor collega?' Het fascineerde me dat je inmiddels als vrouw ook arts kon worden.

'O, ze is zeer getalenteerd! Ze houdt zich bezig met alle mogelijke vrouwenziekten. Ook met kinderloosheid op grond van...' Hij stokte en ik zag dat hij het gênant vond om door te gaan. 'Nou ja, laat ik het zo zeggen: soms kan een infectie de oorzaak zijn.'

Ik had even nodig om te begrijpen wat hij niet wilde uitspreken. Zou hij vermoeden dat Sten zijn bevrediging elders zocht? Of ik?

'Dat kunnen we wel uitsluiten, denk ik,' zei ik vlug. 'In elk geval wat mij betreft.'

'En wat uw man betreft?'

Ik perste mijn lippen op elkaar. Eerlijk gezegd had ik me nooit afgevraagd of Sten me bedroog of een huis van plezier bezocht. Maar hij was nog jong en het was onwaarschijnlijk dat hij geen lustgevoelens meer had. Stel dat hij die bij een andere vrouw bevredigde? Hoe kon ik weten waar hij naartoe ging als ik veronderstelde dat hij op kantoor zat?

Dokter Bronlundt keek me een tijdje sceptisch aan. Ik voelde een golf van twijfel over me heen komen. Misschien was ik inderdaad niet de schuldige partij. Misschien kon de vrouwelijke arts me vertellen aan wie het lag dat we geen kinderen hadden.

'Geeft u me haar adres maar,' zei ik vastberaden.

77

Marlene

De boer was een onbehouwen man die meer dan een kop groter was dan ik. Zijn lichaam was zo breed dat het maar net tussen de deurposten paste. In het donker was ik hem liever niet tegengekomen met zijn woeste roversbaard, zijn diepliggende zwarte ogen en zijn handen die eruitzagen alsof ze met gemak de nek van een hond konden breken.

'Meneer Löwenstein heeft me gestuurd,' verklaarde ik enigszins geïntimideerd.

De waard had me gewaarschuwd. 'Als hij geen goede bui heeft, kunt u er beter snel vandoor gaan. Als Holgersson zich op zo'n moment overvallen voelt...' Hij maakte een veelzeggend handgebaar.

Eerst dacht ik dat hij me wilde afschrikken, maar nu hoopte ik van harte dat de boer zich niet overvallen voelde.

'Wat mot je?' vroeg hij nors.

'Hij zei dat ik bij u geiten kon kopen.'

'En waar heb je die voor nodig, juffie?' Hij boog zich een stukje naar me toe.

'Ik wil ze melken,' zei ik. 'We hebben melk nodig. En de garantie dat ze melk blijven geven.'

Hij keek me aan alsof hij me niet begreep.

'Ze moeten toch gedekt worden?'

De boer lachte spottend. 'Geiten zijn geen koeien!' riep hij uit. 'Als ze eenmaal drachtig zijn geweest, kunnen ze nog heel lang melk geven.'

Daar keek ik van op. Maar ik was er alleen maar blij om. 'Goed dan,' zei ik. 'Dan neem ik er twee of drie.'

De boer bleef me een poos aankijken en sloeg zijn armen over elkaar. 'Alsof ik er zoveel te koop heb! Je kunt een drachtige geit krijgen, meer niet.'

'Geeft die dan al melk?'

De boer bromde iets en ik was al bang dat ik hem toch had overvallen.

'Heb je eigenlijk wel geld?' vroeg hij toen. 'Een drachtige geit is duurder, want je krijgt het jong er meteen bij.'

Iets beters zouden we vast niet kunnen krijgen! Maar er viel me nog iets anders aan hem op. De waard mocht hem dan als onbehouwen hebben aangeduid, dom was hij zeker niet. 'Ja, ik heb geld,' antwoordde ik. 'Maar eerst wil ik de geiten zien.'

De boer nam me mee naar een weide die aan zijn erf grensde. De geiten lagen in groepjes in het gras. Sommige waren duidelijk hoogzwanger. Zoiets zou ook heel goed voor Rozenhaag zijn!

Toen de kudde ons in de gaten had, stonden er drie dieren op, die met een waakzame blik naar ons toe paradeerden. Ik hield wat afstand vanwege de hoorns. De boer leek daar overigens niet bang voor te zijn.

'Kom maar,' zei hij en hij maakte een armgebaar. 'Ze bijten niet!'

Dat geloofde ik wel, maar ik had er ook geen behoefte aan de hoorns tegen mijn achterwerk te voelen.

'Je bent echt een stadsmens!' riep de boer lachend. 'Daar moet je vanaf zien te komen als je hier wilt wonen.'

Ik koos een witte geit met een zwarte vlek op haar rug. Ze had een kogelronde buik en hoorns die bij de punten enigszins afgeslepen waren.

Door de onwilligheid van de geit bleef ons niets anders over dan haar poten bij elkaar te binden en haar behoedzaam op de wagen te leggen. Ze bleef de hele weg mekkeren en hield pas op toen we vlak bij Rozenhaag waren. Gelukkig raakte daardoor mijn verontrusting over de woorden van Bente Nielsen een beetje op de achtergrond.

Het was midden op de dag. Door de hitte brak het zweet me uit en mijn keel was rauw van de dorst.

'Daar ben je dan eindelijk!' hoorde ik Ingrid roepen. 'Ik maakte me al zorgen.'

De geit blèrde.

'En wie is je nieuwe vriendin?'

'We zullen nog een naam voor haar moeten bedenken,' zei ik. Ik boog me naar haar toe en krauwde haar over haar kop. 'Help je even met uitladen?'

We maakten de touwen los, maar in plaats van op te springen, bleef de geit stil liggen.

'Wat is er met haar?' vroeg ik verbaasd.

'Moet je die uier zien!' zei Ingrid. 'Volgens mij moet ze gemolken worden.'

Voorzichtig tilde we de geit van de wagen en droegen haar de stal in. Even later kwam ook Sigrun binnen.

'Wat een schatje!' merkte ze op en ze kwam naar ons toe om haar kop te strelen. De geit begon te mekkeren.

'Schattig en boordevol melk!' riep Ingrid en ze verdween het huis in om een kom te halen.

'Hoe gaat het vandaag met je?' vroeg ik Sigrun.

'Mijn neus doet pijn, maar verder is alles in orde.'

'Je zult zien dat het over een paar dagen beter wordt. En dan zullen we eens kijken wat we met je aan moeten.'

Ze knikte en ik streek haar over haar schouder. Ik had geen broers of zussen, maar had best een zus als Sigrun willen hebben.

Ingrid kwam terug, gewapend met een krukje en een pan. Ze ging naast de geit zitten en streek voorzichtig over haar uier.

'Kijk maar uit dat ze je niet schopt!' riep Sigrun. 'Of omduwt.'

'Maak je geen zorgen, ik heb alles onder controle.'

Ik keek naar de twee vrouwen. Gisteren had ik al het gevoel gehad dat ze goed met elkaar overweg konden. Ingrids moederlijke manier van doen leek Sigruns aandacht van Torben af te leiden en haar op te vrolijken. Wat een gezellig stelletje waren we!

'Ha!' riep Ingrid opeens toen er een straal witte melk over haar vingers spoot. Blijkbaar had ze de juiste aanpak gevonden. Ze pakte de pan en begon de geit te melken. Het dier mekkerde aanvankelijk verontwaardigd, maar even later leek ze juist opgelucht.

'We moeten er eens goed over nadenken dat de geit op enig moment zal bevallen,' zei ik. 'Zelf heb ik geen idee wat je bij een bevalling moet doen.'

'Ik heb mijn moeder geholpen bij de bevalling van mijn broertje,' vertelde Sigrun. 'Ik was toen dertien, maar ik denk dat het wel weer bij me opkomt.'

'Bij geiten zal het wel anders gaan, denk ik,' zei Ingrid. 'Die doen het meeste alleen.'

'Toch moeten we haar in de gaten houden. Het beest was gezien onze financiële draagkracht nogal prijzig.'

'Ik let wel op haar,' zei Sigrun. 'Ik weet zeker dat ze het allemaal goed zal doorstaan.'

'Dan hoeven we alleen nog te weten wanneer het zover is,' zei ik.

'Mijn moeder was erg onrustig voordat het begon. Misschien gaat het bij geiten ook zo...' Sigrun kwam dichterbij en ging bij de geit staan. Terwijl Ingrid haar pan bijna vol had, krauwde zij het dier tussen de hoorns.

'Ze schijnt jou alvast te mogen,' zei ik en ik glimlachte bemoedigend naar Sigrun. 'Geen slecht begin voor een vroedvrouw.'

Nadat Ingrid met de melk naar de keuken was gegaan liep ik met Sigrun de tuin in. Ik liet haar op een deken zitten en begon de volgende perken om te spitten.

'De man die me hiernaartoe heeft gebracht,' begon ze toen ik het eerste perk had uitgegraven. 'Ben je met hem samen?'

Ik herinnerde me goed dat Sigrun me had gevraagd of ik weer op zoek wilde gaan naar een nieuwe man. Ik had toen gezegd dat ik dat niet wilde. Maar nu...

'Dat weet ik nog niet,' antwoordde ik oprecht.

Sigrun keek me vol onbegrip aan. 'Als je een man ziet die je aanstaat, moet je wel proberen hem te strikken!'

Ik dacht aan Bjarne. Had ik hem gestrikt? Of hij mij?

Mijn gedachten gingen naar de middag waarop we voor de herfstregatta naar Karlskrona waren gereden. Dat evenement vond enkele weken na mijn eerste ontmoeting met Bjarne plaats. Ik was heel opgewonden geweest bij het vooruitzicht hem terug te zien, al wist ik dat ik er niets van mocht laten merken om geen argwaan bij mijn ouders te wekken. Ze hadden mijn dans met de kapitein al niet echt goedgekeurd. Als ze hadden geweten hoe het er in mijn hart uitzag, zouden ze van het bezoek aan de regatta hebben afgezien.

Ik had dus gedaan alsof ik geen enkele hoop koesterde voor die dag, alsof ik me alleen mooi had aangekleed om de aandacht van een andere man te trekken.

Maar ik had gelijk gehad met de gedachte dat mijn zachtroze jurk bij Bjarne in de smaak zou vallen. Ik was toen natuurlijk nog te jong om eraan te denken hem te 'strikken'. 'Weet je,' begon ik terwijl ik een nieuw gat voor een plant groef, 'toen de man die later mijn echtgenoot werd voor het eerst voor me stond, was dat magisch. Een betoverd web dat ons beiden omhulde en inspon. Het ging er niet zozeer om wat je zelf wilde, maar om wat de ander wilde. Vanaf het allereerste moment wilden we de ander gelukkig maken.'

Sigrun luisterde naar mijn woorden alsof ze naar een sprookje luisterde. Ik besefte dat alles ook voor mij heel anders had kunnen lopen. Maar ik had geluk gehad. In elk opzicht.

Wat ik niet aan Sigrun vertelde, had ik ook voor mijn moeder verborgen gehouden. Dat Bjarne en ik die middag tijdens de regatta stiekem waren weggeslopen. Dat we ons hadden teruggetrokken op zijn kamer, die hij destijds in Karlskrona bewoonde.

Ik wist heel goed dat mijn moeder me zou gaan zoeken als mijn afwezigheid haar opviel. Ze zou mogelijk zelfs de politie waarschuwen. Maar mijn wens om aan deze man toe te behoren was sterker. Zonder veel te zeggen was ik op zijn bed gaan liggen en had ik mijn benen gespreid.

Half gek van begeerte gleed Bjarne op me en drong bij me binnen. De pijn duurde maar even en ging over in onbekende gevoelens. Ik had er toen geen woorden voor, maar zijn bewegingen, zijn liefkozingen, zijn geur – alles brandde zich in mijn geheugen.

Ondanks zijn verlangen was Bjarne voorkomend en toen we uitgeput naast elkaar lagen, wisten we dat we geen van beiden zonder de ander konden leven.

Dat ik naderhand met een vreselijk schuldgevoel terugging naar mijn ouders was een andere kwestie. Net als mijn angst dat dit uur in Bjarnes kamer misschien een kind in me had achtergelaten. Als een meisje dat midden in de natuur was opgegroeid, wist ik precies wat het gevolg kon zijn.

Er gebeurde echter niets van dien aard, behalve dat Bjarne mij om mijn hand vroeg. Zonder eraan te denken dat mijn vader toestemming moest geven, zei ik ja.

En betaalde daar de prijs voor.

78

Liv

'En, wat zei de dokter?' Sten stopte een vork met aardappelpuree in zijn mond. Ik had die vraag al eerder verwacht. Bijvoorbeeld toen hij thuiskwam.

'Hij zei dat ik naar Stockholm moet,' antwoordde ik nadat ik mijn hapje had doorgeslikt. 'Naar een specialiste.'

Sten hield even op met kauwen en staarde me vol onbegrip aan. 'Naar Stockholm?'

'Daar zit een vrouwelijke arts die is gespecialiseerd in vrouwenziekten.'

'Ben je dan ziek?'

'Dokter Bronlundt kon niets vaststellen, maar hij dacht dat zijn collega me zou kunnen helpen. Ons zou kunnen helpen. Ze heeft verstand van kinderloosheid.'

Sten liet even bezinken wat ik had gezegd. 'Een vrouwelijke collega dus.' Hij klonk niet overtuigd. 'Sinds wanneer mogen vrouwen arts zijn? Ik heb er hier nog geen gezien.'

Dat iets in Karlskrona niet bestond, wilde niet zeggen dat het ergens anders ook niet voorkwam. 'Ze is een van de weinige specialistes in ons land,' antwoordde ik. 'Als iemand ons kan helpen, is zij het.'

Ik keek naar mijn man en voelde dat er in mij iets was veranderd. Het was alsof iemand een kapotte vaas niet goed had gelijmd.

Er was geen bewijs voor dat hij me bedroog. Dat hij zijn huwelijksgeloften gebroken had en daarbij misschien een ziekte had opgelopen. Ik had geen idee hoe dokter Bronlundt erbij gekomen was, maar nu raakte ik die gedachte niet meer kwijt. Ik voelde geen jaloezie. Ik wilde alleen zeker weten of ik echt niet in staat was een kind te krijgen.

Sten bromde iets onverstaanbaars. 'Goed dan, ga maar naar haar toe,' zei hij toen. 'Als het nu niet lukt.'

Nu?

Hij pakte zijn servet en veegde zijn mond af. 'Heb je nog lang nodig?'

Ik keek naar mijn bord. Ik had de helft van mijn portie gegeten, maar trek had ik niet meer. 'Nee, ik... Ik ben eigenlijk wel klaar.'

Sten keek verheugd. 'Ga dan maar naar boven; ik ben over een paar minuten bij je.'

Ik staarde hem sprakeloos aan. Meende hij dat echt?

Het was alsof mijn keel werd dichtgeknepen.

Toen we nog maar pas verliefd waren, konden we nauwelijks wachten om naakt onder de dekens te kruipen. Ik wist niet wat de norm voor lichamelijke liefde was, maar soms, vooral in het begin, had ik ervan genoten. Later werden het verplichte nummers, pogingen om een kind te verwekken. Toch sliepen we ook toen nog in hetzelfde bed. Nu klonk het alsof er een taak moest worden uitgevoerd.

Stijfjes stond ik op. Mijn mond was droog. Hoe stelde hij zich dit voor?

'Nou, schiet eens op,' zei hij en hij wees naar de deur. 'Ga je klaarmaken.'

Ik wist dat ik niet kon weigeren. Het was de plicht van een echtgenote zich ter beschikking van haar man te stellen als die een kinderwens had. Maar het liefst was ik ervandoor gegaan, naar Nättraby, waar ik tenminste de illusie van vrijheid kon ervaren.

In mijn slaapkamer overviel me bijna dezelfde paniek als in de spreekkamer van de dokter. Hoe moest ik me klaarmaken? Me uitkleden? Het was nog vroeg in de avond en ik had geen zin om te gaan slapen.

Trillend sloot ik de deur achter me en ik bleef er even tegenaan staan. Het liefst had ik de sleutel in het slot omgedraaid. Hoe moest ik tegenover Sten doen alsof ik hem begeerde? Net zoals ik destijds op het bal op bevel van mijn vader naar hem had gelonkt? Die jonge vrouw bestond niet meer...

Niet veel later hoorde ik hem de trap op komen. Het hart bonsde me in de keel. Moest ik me uitkleden? Mijn nachtkleding aantrekken? Het leek allemaal zo verkeerd...

Hij klopte aan. Voordat ik kon reageren kwam hij al binnen. Ik deinsde terug. Wat moest ik doen? Als we vroeger intiem waren, ging het vanzelf. Niet op afroep of bevel.

Sten leek zelf ook besluiteloos te zijn. Zou hij weer bij zinnen komen? Een kind verwekken was toch geen klusje als tafeldekken of een kussensloop verwisselen?

Uiteindelijk kwam hij naar me toe. Terwijl hij me vastpakte, probeerde ik mezelf voor te houden dat het me wel zou lukken. Had ik er maar een paar weken geleden niet nog naar verlangd?

Ik wilde hem kussen, maar hij duwde me achteruit, tegen het bed aan. Ik liet me er ruggelings op vallen.

Hij stortte zich niet op me, maar wat hij deed was erger. Hij schoof mijn rok omhoog, pakte mijn benen en spreidde ze. Omdat mijn onderbroek zoals gebruikelijk open was bij het kruis, verborg die niets.

'Sten,' riep ik angstig. 'Vind je niet dat we ons moeten uitkleden?'

Maar hij luisterde niet naar me terwijl hij met een hoogrood hoofd aan zijn broek frummelde.

Ik hapte naar adem toen ik zag dat zijn lid al volledig opgericht was. Nog geen tel later viel hij over me heen en drong ten slotte bij me binnen. De pijn benam me de adem. Ik klauwde met mijn handen in zijn armen, wilde hem van me af zien te krijgen, maar hij pakte mijn handen, duwde ze omlaag en ging door. Hij stootte zwaar hijgend, ongeveer een minuut lang, en loosde zijn zaad onder luid gekreun in me, waarna hij op me neerzeeg.

Ik hapte ontsteld naar lucht. Zoiets had ik nog nooit meegemaakt met hem. Onze liefdesnachten mochten dan geen stof voor dichters zijn geweest, maar liefdesnachten waren het wel. We hadden rekening met elkaar gehouden en geprobeerd elkaar naar een hoogtepunt te leiden. Maar dit was liefde noch lust geweest. Hij had me genomen alsof ik een voorwerp was. In een mum van tijd. Tranen sprongen me in de ogen, maar ik verdrong ze woedend. Ik gunde hem geen voldoening.

Uiteindelijk ging hij van me af, maar vrij ademhalen kon ik nog steeds niet. Het was alsof zijn handen mijn keel omsloten.

'Blijf een poosje liggen,' zei hij bijna spottend, terwijl hij zijn broek weer dichtknoopte. 'Ik heb gehoord dat je dan meer kans maakt op een zwangerschap.'

79

Oskar

'Je bent anders dan anders, jongen,' zei mijn moeder toen we aan de avondmaaltijd zaten. Ze nam me indringend op. 'Is er iets niet in orde?'

Mijn opdrachtgever had me naar Stockholm laten komen om verslag uit te brengen. Ditmaal zouden daar niet alleen mijn gebruikelijke contactpersonen bij zijn, maar ook iemand van het Openbaar Ministerie.

Ik kon iedereen om de tuin leiden, behalve mijn moeder.

'Mijn werk,' antwoordde ik. 'Dat is de laatste tijd niet zo eenvoudig.'

'Word je slecht behandeld door je uitgever?'

'Nee, maar... momenteel verloopt het allemaal wat moeizaam.'

Ik moest haar van het onderwerp afleiden. Hoewel ze mijn opdracht niet in gevaar kon brengen, zou ze misschien wel schrikken als ze wist waar ik mee bezig was.

'Wat zou jij vinden van een huis waar vrouwen die hun man verloren hebben een zelfstandig leven kunnen leiden?' vroeg ik daarom.

Daar was ze niet op bedacht geweest, zag ik aan de beweging van haar wenkbrauwen.

'Bedoel je zoiets als de bijstand die de kerk verleent?' Ze nam een slokje water en voegde eraan toe: 'Ik red me heel goed alleen en heb geen behoefte aan een zuster die me verzorgt, hoor.'

'Nee, nee!' zei ik vlug en ik hief bezwerend mijn handen. 'Het gaat me er niet om dat jíj zou moeten worden verzorgd! Het zit zo dat ik iemand heb ontmoet die vrouwen die geen familie meer hebben in een huis wil onderbrengen waar ze alleen wonen en zelfvoorzienend zijn.'

Mijn moeder leek het niet goed te begrijpen.

'Ik zal het je uitleggen,' zei ik en ik legde mijn vork neer. Ik had nu al spijt dat ik erover was begonnen. Misschien had ik beter over het weer kunnen praten...

'Ik heb met twee vrouwen kennisgemaakt die een huis willen openen voor vrouwen in nood.'

'Diaconessen?'

'Nee, heel normale vrouwen. Denk je dat zoiets zou kunnen functioneren? Vrouwen die alleen leven en zelfvoorzienend zijn?'

Mijn moeder zweeg een tijdje en ik zag dat ze haar hersenen liet kraken.

'Het zijn dus suffragettes,' zei ze toen.

'Nee, zo kun je ze ook niet noemen. Het zijn... gewone vrouwen. Jonge vrouwen die hun leven anders willen inrichten.'

'En is er een bij die je leuk vindt?'

Ik blies mijn wangen op. Hoe kwam ze daar nu bij? Toch moest ik betrapt hebben gekeken, want ze zei: 'Is ze knap?'

'Wat heeft dat er nu mee te maken?'

'Ik denk dat ze knap is,' vervolgde Liana beslist en ze leek er veel genoegen in te scheppen om me te plagen. 'Blond, slank, blauwe ogen? Daar had je altijd al een voorkeur voor.'

'Moeder, alsjeblieft zeg!' antwoordde ik en ik voelde me als een kat in het nauw.

Opeens stond ze op en liep naar de keuken. Ik hoorde haar rommelen en vroeg me af wat dat te betekenen had. Even later kwam ze terug met iets in haar hand wat ik niet meteen kon thuisbrengen.

'Als je het mij vraagt, waarom zou zo'n huis eigenlijk niet functioneren?' vroeg ze terwijl ze een glazen pot met iets grijs erin voor me neerzette. Ik herinnerde me dat er een grote kuip van dat spul in haar keukenkast stond. 'Wij vrouwen zijn degenen die het huishouden doen en de tuin op orde houden. Jullie mannen gaan werken en zorgen voor het geld, maar wij kweken de planten op en fokken de dieren. Wij koken en bakken het brood.'

Ze tikte me aan met haar vinger. 'Hier, geef ze dit en breng mijn groeten aan hen over.'

'Wat is het?' vroeg ik. Ze had noch mijn vader, noch mij ooit ingewijd in haar keukengeheimen.

'Zuurdesem,' zei ze. 'Als ze die goed verzorgen, hebben ze er hun leven lang wat aan. Ik heb deze hier van mijn moeder gekregen.'

Ze liet een stilte vallen en voegde er toen aan toe: 'Vergeet niet haar binnenkort aan me voor te stellen!'

Blij dat ik aan mijn moeder was ontkomen verliet ik de volgende ochtend de woning. Ze had de hele avond over niets anders dan het vrouwenhuis gepraat. Ik moest toegeven dat dit een kant van haar was die ik nog niet kende.

Ik had de manier waarop ze het woord 'suffragettes' had uitgesproken als afwijzend geïnterpreteerd, maar zo langzamerhand zag ik in dat ze die vrouwen heimelijk bewonderde. Ze vertelde me dat ze nog maar kort geleden een demonstratie van suffragettes had gezien bij Rosenbad, de regeringszetel, die zich tegenover het parlementsgebouw bevond. Vrouwen van diverse leeftijdsgroepen waren keurig gekleed komen aanzetten met borden in hun hand waarop stond dat ze kiesrecht eisten.

Over dat soort demonstraties had ik weleens geschreven, maar ik had niet verwacht dat mijn moeder er belangstelling voor zou hebben.

Het rode bakstenen gebouw waarin mijn opdrachtgevers wachtten, zag er onder de donkere regenwolken bijna dreigend uit. De eerste druppels vielen al op mijn gezicht. Ik haastte me dus om de zware toegangsdeur te passeren voordat de bui losbarstte.

Ik kwam een paar mannen tegen, maar geen bekende gezichten. Toch groette ik ze en ik liep de trap op naar de eerste verdieping.

Daar werd ik al verwacht.

'Kom binnen, Andersson!' zei Arno Lyborg joviaal. Op de achtergrond stond nog een man op. Ik kende hem van eerdere opdrachten.

Thure Neström, een breedgebouwde man van midden veertig met een mediterrane teint. Zijn haar was kortgeknipt en zijn enorme snor elegant opgedraaid. Hij werd algemeen 'de onbarmhartige' genoemd, meestal door mensen die flink wat boter op het hoofd hadden. Als ze hem tegenover zich hadden als officier van justitie deed hij zijn bijnaam alle eer aan.

'Waarom is het Openbaar Ministerie ingeschakeld?' vroeg ik terwijl ik hem een hand gaf.

'Een fraude van deze omvang heeft zeker onze belangstelling,' zei Neström bijna een beetje geamuseerd. 'Vooral als het om zo'n prominente naam gaat.'

Lyborg mengde zich in het gesprek. 'We zouden graag nog eens de voortgang van uw onderzoek willen horen,' zei hij. 'Daarvan hangt het af of we de zaak aan het Openbaar Ministerie overhandigen.'

Ik knikte en vroeg: 'Zit er schot in de zaak wat betreft ons bewijsstuk?'

De mannen keken elkaar aan. Ten slotte zei Lyborg: 'We staan kort voor een doorbraak in de diplomatieke onderhandelingen. We moeten er alleen wel van uitgaan dat enige informatie kan zijn gelekt.'

De haren rezen me te berge bij die woorden. Dat was kwalijk, heel kwalijk.

'Hoe dat zo?' vroeg ik verschrikt. Ik had werkelijk alles in het werk gesteld om ervoor te zorgen dat er niets naar buiten kwam. En mijn informant...

Ik dacht er weer aan dat hij erg bang had geleken. Maar ik was ervan overtuigd dat hij loyaal naar mij was, want ook hij had een goede reden om een onderzoek te willen.

'Degene op wie ons onderzoek is gericht, heeft uitstekende contacten met de Duitsers en de Russen. Die kunnen iets hebben doorgegeven. We moeten dus ons uiterste best doen om de zaak zo snel mogelijk op gang te brengen.'

'Snel' was een woord dat ik in dit verband verafschuwde.

'Hebt u contact met de getuige gelegd?' vroeg Lyborg.

'Ja, maar er is in de afgelopen week het een en ander gebeurd waar ik geen rekening mee had gehouden.' Ik zag de bebloede vrouw die bij de ingang van het pension zat weer voor me. De rit naar Nättraby. Marlene. Nu drong tot me door dat ik mijn aandacht echt op heel wat andere zaken had moeten richten. 'Bovendien heeft mijn informant me een onrustbarende mededeling gedaan.'

'Welke dan?' wilde Lyborg weten.

'De eigenaar wilde een bepaald dossier inzien. Het dossier dat ik u onlangs heb overhandigd.'

'Dan moeten we onmiddellijk handelen!' Neström sprong op van zijn stoel. 'Wie weet vernietigt hij het materiaal. Alleen dat afschrift zal niet volstaan!'

'Ik heb onze man gevraagd om in dat geval in te grijpen en slechts te doen alsof hij het dossier vernietigt.'

'Zal hij zich daaraan houden?'

'Daar heeft hij alle reden toe.' Ik liet een stilte vallen, haalde toen het gekopieerde schrift tevoorschijn en sloeg het op een bepaalde bladzijde open. 'Ik heb de betreffende connectie met hem hier gemarkeerd.'

Mijn chef bekeek het even, waarna een optimistische uitdrukking op zijn gezicht verscheen.

'Tja, ik zou u toestemming voor een doorzoeking kunnen geven,' opperde Neström. 'Dan liggen de kaarten wel op tafel, maar zouden de dossiers zeker gesteld zijn.'

Ik schudde mijn hoofd. Ik had zo'n vermoeden wat voor gevolgen dat allemaal kon hebben. En wat een chaos het kon veroorzaken. 'Met uw permissie, ik zou het beter vinden als we de getuige eerst eens het document laten zien. Als zij de echtheid bevestigt, kunnen we meteen handelen.'

De officier van justitie keek naar mijn chef, die zich op zijn beurt tot mij wendde. 'Zorg er dan maar voor dat de getuige onmiddellijk hiernaartoe komt zodra het bewijsstuk bij ons is aangekomen.'

80

Liv

De bomen en velden vlogen langs me heen, maar ik nam ze nauwelijks waar. De trein naar Nättraby was op dit vroege uur niet erg vol, maar toch had ik liever een ander vervoermiddel gehad. Een fiets misschien, zoals Marlene, of een wagen. Iets wat me meer vrijheid bood. Misschien ook de vrijheid om bij Sten weg te gaan.

Hoewel ik dolgraag wilde slapen, had ik de hele nacht wakker gelegen en naar het plafond gestaard. Mijn lichaam voelde nog schraal aan van Stens bewegingen op en in me, en onderhuids voelde ik mijn woede toenemen. Waar waren toch die twee mensen gebleven die elkaar voor het altaar het jawoord hadden gegeven?

Op het station aangekomen hing ik mijn tas over mijn schouder en ging vervolgens op weg naar het jachtopzienershuis. Ik had in onze keuken zo goed en zo kwaad als het ging wat levensmiddelen achterovergedrukt: bonen, linzen, meel, havermout en zelfs wat cacao en een pot honing. De gedachte dat ik de anderen daarmee een plezier zou doen, toverde een glimlach op mijn gezicht.

De ochtendlucht verdreef de wolk die in mijn hoofd leek te hangen enigszins. Algauw kwam het dorp in zicht en daarmee de kerk en het landhuis. Hoewel het nog vroeg op de dag was, zag ik in de tuin de eerste bedienden al druk heen en weer lopen. Ik meende nog steeds de geest van mijn vader te voelen, ook al resideerden daar nu mijn oom en mijn neef.

Er liep een rilling langs mijn rug en ik wendde me af. Ik had nog een flink stuk te gaan en geen tijd om me met de schaduwen van voorbije tijden bezig te houden.

Toen ik de oude bekende weg insloeg, was ik blij dat ik voor verstandig schoeisel had gekozen. Mijn reiskleding werd me echter algauw te warm. Toen Rozenhaag voor me opdoemde, was ik drijfnat van het zweet, maar voelde ik me merkwaardig gelukkig. Ik had helemaal alleen een reis voltooid!

Van veraf hoorde ik de stemmen van Marlene en Ingrid. Ik kon nog niet verstaan wat ze zeiden, maar toen hoorde ik ze lachen. Wat klonk dat heerlijk! Lachende vrouwen! Vrouwen zonder zorgen. Of die in elk geval het gevoel hadden zonder zorgen te zijn.

Ik duwde het tuinhek open, rook even aan een van de rozen die nu vol in bloei stonden en maakte mijn aanwezigheid toen kenbaar.

'Hej!' riep Marlene en ze kwam naar me toe. Ze droeg haar haar los en had boven haar eigenaardige broekrok alleen een onderhemd aan. Aan een waslijn in het achterste deel van het huis hingen kledingstukken: jurken, rokken, hemden, blouses en zelfs een donker getailleerd jasje.

'Hebben jullie wasdag?' vroeg ik en ik haalde mijn tas van mijn schouder.

'Ja, dat was nodig. Ze moeten ons hier natuurlijk niet voor landlopers aanzien.'

Marlene omhelsde me en ook de andere twee vrouwen kwamen erbij. Sigrun Bergsma kende ik al. Ze hield zich verlegen op de achtergrond en droeg een van de jurken waarin ik Marlene had gezien.

De vrouw van middelbare leeftijd met grijze strengen in haar krullende haar kende ik nog niet. Ook zij droeg slechts een onderhemd en een rok met een schort eroverheen, dat ze had teruggeslagen en in de tailleband had vastgemaakt.

'Prettig nu eindelijk met u kennis te maken,' zei ze. 'U moet mevrouw Boregard zijn.'

'Ja, inderdaad,' antwoordde ik enigszins verrast.

'Ingrid Lasebrö. Marlene heeft me overgehaald om met haar mee te gaan.'

Haar hand voelde warm en stevig aan. 'Ook prettig met u kennis te maken,' zei ik en toen groette ik ook Sigrun. Haar neus was gezwollen en de blauwe plekken op haar gezicht zagen er angstaanjagend uit. Toch glimlachte ze.

'Ik ben blij dat u besloten hebt bij Marlene in te trekken,' zei ik. 'Ik hoop dat u het hier naar uw zin hebt.'

'Ja, het is hier heel mooi,' antwoordde ze met een wat onzekere blik op Marlene, die haar bemoedigend toeknikte.

Ik keek naar de vrouwen en benijdde hen om de vrijheid die ze uitstraalden. Geen korsetten, geen formele kleding, gewoon vrouwen met rokken vol watervlekken, met stralende ogen en los haar.

'Leg je tas eerst even weg, dan laat ik je onze allernieuwste medebewoonster zien.' Marlene nam me mee naar de keuken, waar de aardappelen voor het middagmaal al klaarstonden. Ook hing er de geur van vers brood.

Tijdens het ontbijt had ik bijna niets kunnen eten, maar nu merkte ik dat ik zowaar trek had.

'Ik zet wel koffie,' stelde Ingrid voor. 'We hebben toch even pauze verdiend?'

'Dat zou erg vriendelijk zijn,' zei ik en toen sloot ik me bij Marlene aan.

Ze liep naar de stal en deed de deur open. Een scherpe maar bekende geur kwam me tegemoet. Even later hoorde ik gemekker.

'Waar heb je die vandaan?' vroeg ik terwijl ik naar de geit liep, die gezapig op een mengsel van gras en paardenbloem kauwde.

'Van een boer gekocht,' zei Marlene terwijl ze zacht de vacht van het dier streelde. 'Ik wilde er eigenlijk meer hebben, maar hij wilde me alleen deze geven. Maar ze zal niet de enige geit blijven.'

Ik wees naar haar buik. 'Ze is drachtig. Hoe zou ze anders melk moeten geven?'

Marlene keek me verbaasd aan.

'Je vergeet dat ik vroeger in pastorieën heb gewoond,' zei ik glimlachend. 'De dominees hadden allerlei beesten.' Ik keek naar het dier en een herinnering uit het grijze verleden kwam bij me op. 'Ik zou haar zelfs kunnen melken als het moet.'

'Dan ben je hier bij ons extra welkom!'

Ik stak mijn hand naar de geit uit en krauwde haar tussen de hoorns.

De kwestie zat me enorm hoog. Zou ik Marlene er eigenlijk wel over vertellen? En hoe moest ik beginnen? Ik keek om en zag Sigrun het huis in gaan. Later zou ik waarschijnlijk de kans niet meer krijgen.

'Sten wil een kind,' begon ik. Ik bleef de kop van de geit krauwen.

'O, ik dacht dat jullie...' Marlene maakte haar zin niet af. 'Hoe komt hij daar nu ineens bij?'

'De Skantzes waren eergisteren bij ons. Ik moest ze met hangende pootjes onder ogen komen, omdat ik Nanna vanwege jou had afgesnauwd.'

Tussen Marlenes wenkbrauwen verscheen een rimpel. 'Het spijt me. Dat was niet nodig geweest.'

'Jawel hoor,' antwoordde ik en ik keek haar aan. 'Op dat moment kon ik niet anders.' Ik zweeg even en vervolgde: 'Gisteren liet Sten me weten dat we moesten blijven proberen om een kind te krijgen. Hij stuurde me naar onze huisarts en die avond...' Ik ging door de grond van schaamte. Mijn wangen begonnen te gloeien.

'Hij heeft...' Marlene raadde het. 'Tegen je wil?'

'Ik weet niet eens of het tegen mijn wil was. Ik had er al maandenlang naar verlangd dat we weer meer zouden zijn dan twee mensen die elkaar bij de avondmaaltijd tegenkomen. Maar...' Ik stokte. 'Het was een volstrekt mechanische handeling. Hij deed zijn plicht, of ik wilde of niet. Toen hij klaar was, vertrok hij weer.'

Mijn keel leek te worden dichtgesnoerd. Zo'n bekentenis te doen, op deze plaats...

Marlene keek me ontdaan aan. 'Dat klinkt in mijn oren alsof hij je geweld heeft aangedaan.'

'Kun je dat binnen een huwelijk zo noemen? De dominee drukt ons voor het altaar immers op het hart om altijd te gehoorzamen en te doen wat je man verlangt.' De hele nacht had ik hierover nagedacht en een dikke knoop in mijn maag gevoeld.

Marlene plantte haar handen in haar zij en keek omhoog naar het dak van de schuur. Ik merkte dat ze woedend was.

'Hij zei ook dat hij het voortaan elke dag wil doen.'

'Je moet tegen hem zeggen dat dat niet gaat!' merkte Marlene op. 'Niet zo!' Ze schudde haar hoofd.

'Wat kan ik eraan doen...' Ik dacht aan wat de dokter had gezegd. 'Dokter Bronlundt heeft me het adres van een vrouwelijke arts in Stockholm gegeven. Zij kan ontdekken of het aan mij ligt of aan Sten dat we geen kinderen kunnen krijgen.'

'En, wil je naar haar toe gaan?'

'Ik weet het niet,' zei ik. 'Wat maakt het uit of ik de oorzaak weet... Sten zal het toch steeds opnieuw proberen. Waarschijnlijk is het zijn manier om me weer onder de duim te krijgen.'

'En als blijkt dat je echt niet...' Marlene zweeg en dacht na. 'Is het niet zo dat mannen zich kunnen laten scheiden als hun vrouw niet in staat is voor nakomelingen te zorgen?'

'Ik weet niet of hij dat zou doen,' zei ik. 'Maar zeker weet ik het niet...' Ik stokte en opeens kreeg ik een idee. Stel dat ík niet het probleem was...?

Marlene leek mijn gedachten te raden. 'Maar als ze vaststelt dat je wel zwanger kunt worden...'

'Dan zal Sten helemaal elke nacht bij me komen. Of er nu iets van komt of niet...'

'Je zou dan wel zekerheid hebben!' zei ze. 'Ik weet zelf hoe het is als je een kind wilt en het lukt niet.' Er gleed een schaduw over haar gezicht. 'Maar zekerheid hebben...'

Ik keek haar aan. 'Jij kon toch ook geen kinderen krijgen?'

Marlene stond even in dubio, maar keek me toen recht in de ogen. 'Ik ben zwanger geweest. Eén keer.'

81

Marlene

Ik had me voorgenomen om Liv iets heel anders te vertellen. Bijvoorbeeld dat de landheer van haar erfenis op de hoogte was. Inmiddels was me duidelijk geworden dat de notaris hem dat moest hebben verteld. Op z'n laatst bij de opening van het testament in aanwezigheid van de familie.

Haar verhaal had me echter zo aangegrepen dat de woorden vanzelf uit mijn mond vielen. 'Ik ben zwanger geweest. Eén keer.'

Liv keek me verschrikt aan. 'Je bent... Ik dacht...'

Ik keek naar de geit, die zich omdraaide om naar de voedertrog te gaan. Gisteren had ik het lammetje in haar buik zien bewegen. Lang zou het niet meer duren tot het geboren werd, tenminste, dat dacht Ingrid.

'Ik heb het nooit iemand verteld,' zei ik. De herinnering lag als een steen op mijn borst. Pas een paar weken eerder had die me ertoe gebracht het ziekenhuis uit te vluchten en Liv bijna in de steek te laten...

'Het moet tijdens zijn laatste verblijf aan land zijn gebeurd. Ik wilde zo graag een kind, maar hij was nooit lang genoeg thuis, altijd maar een paar weken, en dat volstond blijkbaar niet.'

Ik stokte toen ik hem weer voor me zag. Zijn gezicht vertrokken van begeerte, mijn handen op zijn borst. Mijn schoot begon te pulseren, maar ik zette die herinnering opzij.

'Twee weken nadat Bjarnes schip voor het laatst was uitgevaren, bleef mijn maandelijkse bloeding uit. Bovendien werd ik opeens verschrikkelijk misselijk. Ik was vol hoop en ongeloof. Na al die tijd... Zou het echt waar zijn?'

Even onderbrak ik mijn verhaal toen ik een lichte steek in mijn borst voelde. Maar ik moest ermee doorgaan.

'Ik ging niet meteen naar een dokter, maar naar mijn buurvrouw,' vervolgde ik dus. 'Zij hielp vrouwen bij hun bevalling. Ze zei dat het best mogelijk was dat mijn wens in vervulling zou gaan. Voor de zekerheid stuurde ze me naar een arts. Die bevestigde ons vermoeden en ik was buiten mezelf van geluk.' Ik zuchtte diep. Vreemd genoeg kreeg ik geen paniekaanval. Ik voelde nog een echo van de vreugde over het feit dat onze laatste momenten van hartstocht ertoe hadden geleid dat onze droom werkelijkheid zou worden.

'Ik kon niet wachten tot ik het telegram van Bjarne uit Riga zou krijgen,' vervolgde ik. 'Terwijl het schip werd beladen, had ik dan de kans hem te bereiken. Het was weliswaar niet zeker, maar als hij kon, schreef Bjarne me altijd.'

Ik pakte een strohalm en draaide die rond tussen mijn vingers. Liv keek me strak aan en ik vroeg me af welke uitwerking mijn verhaal op haar zou hebben.

'Ik bedacht welk vertrek we in ons huisje voor ons kindje zouden inrichten. Als ik ging wandelen en vrouwen met een kinderwagen zag, legde ik mijn hand op mijn nog steeds platte buik, wetende dat die over een paar maanden bolrond zou zijn.' Ik stootte een lachje uit. 'Bjarne zou die gedachte geweldig hebben gevonden. 's Nachts dacht ik vol verlangen aan hem en ik vroeg me dan af of hij misschien ook het geluk kon voelen dat als vuur door mijn aderen stroomde.'

Het einde van het verhaal naderde en ik merkte dat ik me toch bedrukt begon te voelen. 'De dagen verstreken, maar het telegram bleef uit. Keer op keer liep ik naar het telegraafkantoor om na te vragen of er misschien iets voor me kon zijn binnengekomen. Maar het antwoord was altijd een hoofdschudden. En toen...'

'... kreeg je het bericht over de schipbreuk,' vulde Liv aan.

'Ja.' Weer zag ik de scènes voor me, als in een toneelstuk waarvan het einde vastlag. 'Daardoor verdween mijn blijdschap aanvankelijk volledig naar de achtergrond. Ik wilde het niet geloven, hoopte vooral in de eerste dagen op een vergissing.'

Voordat ik het goed besefte, welden er tranen in mijn ogen op. Ik veegde ze ruw van mijn gezicht. Mijn stem beefde echter toen ik vervolgde: 'Een maand na het bericht werd ik 's ochtends wakker. Eerst dacht ik dat de pijn in mijn buik door mijn verdriet kwam. Maar toen zag ik het bloed op mijn nachthemd en het beddenlaken.'

Ik verstomde. Een tijdlang staarde ik naar de strohalm, toen voelde ik Livs hand op mijn schouder. Ze stond op, ging achter me staan en pakte ook mijn andere schouder. Even voelde ik me door haar beschermd als door een menselijk schild.

Maar ik wist dat ik door moest praten. 'Op de dag dat ik jou met je koets naar het ziekenhuis bracht, was ik er bijna vandoor gegaan,' bekende ik. 'Niet omdat ik je niet mocht, maar omdat het me allemaal te veel was...' Ik zag in dat het geen zin had me tegen mijn tranen te verzetten, dus liet ik ze de vrije loop. 'Ik zag mezelf daar weer naar binnen gaan. Bloedend, met hevige krampen en vol angst...'

'Niet doen,' zei Liv zacht. 'Je hoeft het niet te vertellen als het je zo veel pijn doet.'

'Dat is het 'm juist,' zei ik. 'Het is zo pijnlijk omdat ik het nooit aan iemand heb verteld!' Ik draaide me om en keek haar aan. 'De dokter deed wat hij kon. Het was geen aardige man, maar ik had het gevoel dat hij zijn best deed. Het hielp alleen niet. Toen ik ontwaakte uit de verdoving die ze me hadden gegeven, was mijn kindje er niet meer.'

82

Liv

Ik wist niet wat ik zeggen moest, en Marlene leek het net zo te vergaan. Lange tijd bleven we daar ineengedoken zitten. De geit mekkerde alsof ze wilde weten wat er in ons omging. Wat Marlene betrof kon ik me daar wel een voorstelling van maken. Een van de ergste dingen die een vrouw kon overkomen was een kind te verliezen. Dat had ik aan Nanna gezien, toen ze haar oudste moest begraven. En nu zag ik het aan Marlene.

Ten slotte nam ik haar in mijn armen en hield haar tegen me aan. Ze klemde zich aan me vast en snikte zoals ik maar zelden iemand had horen doen.

Op dat moment werd ik beheerst door de gedachte dat dat vreselijke scheepsongeluk niet alleen het leven van twintig mannen had geëist, maar ook dat van een kind. Sten was zich daar niet van bewust, met zijn woede op Marlene.

'We moeten weer terug naar de anderen,' zei ze uiteindelijk en ze maakte zich van me los. 'Anders vragen ze zich af waar we blijven.' Ze haalde een zakdoek uit haar zak en snoot haar neus.

'Ben je al zover?'

'Ja, ik denk het wel.' Ze keek me met betraande ogen aan. 'Bedankt dat ik het je mocht vertellen.'

'Bedankt dat je het me hebt toevertrouwd,' antwoordde ik. 'Ik kan me voorstellen dat het je erg zwaar is gevallen.'

Ze knikte naar me en wierp nog een blik op de geit. Die keek ons nu met grote, barnsteenkleurige ogen aan. 'Het gaat ons lukken,' zei ze. 'Dit huis... We maken er een oord voor vrouwen van.'

'Is het dat dan nog niet?' vroeg ik met een glimlach naar haar.

We liepen terug naar het huis en hoewel de anderen vast wel zagen dat Marlene had gehuild, vroegen ze niets. Dat zouden ze waarschijnlijk doen als ik weg was.

Ingrid begroette ons. 'Ga hier maar zitten, mevrouw Boregard.' De geur van de koffie leek door al mijn poriën binnen te komen. Marlenes verhaal klonk nog steeds in me na, maar door de warme sfeer in de keuken verdween mijn bedrukte gevoel.

'Zeg maar rustig Liv,' antwoordde ik.

Ze knikte en zette een kopje voor me neer. In een mum van tijd stond er een bord naast met daarop een paar stukken vers brood en wat kwark die met kruiden uit de tuin op smaak was gebracht.

'Ik heb gisteren in het dorp boter en kwark gekocht,' zei Marlene. 'De kruidenierswinkel is heel voordelig. Mijn pensionhouder vraagt zelfs meer voor zijn waren.'

We zaten zwijgend te genieten en toen we klaar waren, zei Marlene: 'Over twee weken is het midsommar en daar willen we een klein feestje van maken.'

'In het dorp wordt gedanst,' voegde Ingrid eraan toe. 'Heb je geen zin om mee te gaan?'

Deze uitnodiging wekte bij mij herinneringen op aan midsommar-feesten uit het verleden. Sinds ik met Sten was getrouwd gaven we altijd een tuinfeest, maar hij had me tot nu toe nog geen instructies daarvoor gegeven. Zou het dit jaar niet doorgaan? Vast wel, want Sten was er altijd op uit om in de stad een goede indruk te maken.

'Ik vrees dat ik zelf een feest moet organiseren,' zei ik. 'Ik zou jullie graag uitnodigen, maar...'

'Dat zou je man vast niet prettig vinden,' zei Marlene nadat ze een slokje koffie had genomen.

'Daar heb je gelijk in. Het spijt me...'

Marlene schudde haar hoofd. 'Het geeft niet. We vieren het op onze manier. Dan hebben we iets te vertellen als we elkaar terugzien.'

'Hebben jullie voor de komende tijd iets specifieks nodig?' Ik wist dat er het een en ander in en aan het huis moest gebeuren als we er meer vrouwen wilden opnemen. 'Ik kan niet beloven dat ik het op heel korte termijn kan regelen, maar ik zal mijn best doen.'

'Er moet naar het dak gekeken worden,' zei Ingrid. 'Ik was een paar dagen geleden boven en zag dat er wat dakspanen loszitten.'

'We moeten ook brandhout zien te krijgen,' zei Marlene. 'We hebben tot nu toe met kreupelhout gestookt, maar dat zal binnenkort niet meer toereikend zijn.'

Ik sloeg het op in mijn geheugen.

'Het zou ook fijn zijn als we tegen een zacht prijsje oude kleding of stoffen konden kopen,' zei Ingrid en ze wierp een korte blik op Sigrun. 'We kunnen er niet van uitgaan dat vrouwen die naar ons toe komen de tijd hadden om een tas in te pakken.'

Dat begreep ik. Zo te zien was Sigrun Bergsma aangekomen met niet meer dan de kleding die ze droeg.

'Nanna heeft aandelen in een kledingfabriek in de stad,' zei ik. 'Ze hebben weleens stoffen over die we misschien kunnen gebruiken.'

'Maar zal ze je die geven?' vroeg Marlene sceptisch.

'Als ik haar er vriendelijk om vraag...' Ik glimlachte scheef. Sinds de zondag van Nanna en Hugo's bezoek was officieel alles weer goed tussen ons. Ik zou er met dit verzoek achter kunnen komen of dat ook werkelijk het geval was.

'We hebben ook glazen potten nodig,' zei Sigrun.

'Glazen potten?'

'Voor jam,' verklaarde Marlene. 'Weet je nog dat ik je over die frambozen heb verteld?'

'Natuurlijk,' zei ik. 'Zijn die dan al rijp?'

'Ik ben van plan daar in de komende dagen naar te gaan kijken.'

'In elk geval heb ik al een grote inmaakpan gevonden,' zei Ingrid. 'Die stond in de schuur. Ik zal er op het erf een vuurplaats voor inrichten.'

'Als we te veel jam hebben, kunnen we die misschien verkopen. Ik heb de waard er al over verteld en ook gezegd dat we hem onze jam wel wat goedkoper konden aanbieden.'

Haar woorden brachten een glimlach op mijn gezicht.

'Wat is er?' vroeg Marlene verwonderd.

'Dit gesprek doet me denken aan de bijeenkomsten die de vrouwen uit het dorp vroeger in de pastorie hielden.' Ik zuchtte. 'Dat waren mooie tijden.'

Ik merkte dat Ingrid me verbaasd aankeek. *Ik ben een van jullie*, had ik graag gezegd. *Al ben ik met een rijke man getrouwd, een klein stukje van me is nog steeds dat jonge meisje dat in pastorieën werkte.*

Nadat ik mijn tas had uitgepakt en Marlene me haar vorderingen in de tuin had laten zien, moest ik weer op huis aan gaan. Ik vertrok met een bezwaard gemoed, want de gedachte gewoon hier te blijven was buitengewoon aanlokkelijk. Maar dat kon ik niet doen, als ik Sten niet wilde laten merken dat ik inmiddels een taak had gevonden.

'Je laat je hier toch gauw weer zien?' Marlene liep met me mee naar het hek en gaf me een stevige omhelzing. 'En aarzel niet om naar me toe te komen als je iets op het hart hebt.'

'Dat geldt ook voor jou,' antwoordde ik. 'Sten is op weekdagen overdag meestal op kantoor.'

'En jullie bedienden?'

'Astrid heeft je gezien, maar ze weet niet dat Sten boos op je is. En Martin kent je niet.'

'Toch moeten we voorzichtig zijn en elkaar misschien alleen schrijven,' stelde ze voor.

'Mijn man zou je brieven kunnen zien.'

'Ik zou een pseudoniem kunnen gebruiken.' Ze dacht even na. 'Wat denk je van Bente Nielsen?'

'Dat afschuwelijke mens?'

'Je kunt tegenover Sten met recht en reden beweren dat ze je jeugdvriendin is,' antwoordde ze met een besmuikte glimlach. Toen leek haar iets te binnen te schieten. Ze keek opeens ongerust.

'Wat is er?' vroeg ik verbaasd.

'Bente. Ik ben haar tegengekomen en heb haar gesproken. Eigenlijk had ik je dat al veel eerder willen vertellen.'

Ik pakte haar hand. 'Wat is er aan de hand?'

'Hoe goed kennen jouw man en je oom elkaar?' vroeg ze op haar beurt.

Ik trok mijn wenkbrauwen op. Wat een merkwaardige vraag.

'Helemaal niet,' zei ik. 'Hij wilde immers niet eens met me praten.'

Marlene slaakte een zucht van verlichting. 'Mooi. Dan hoef ik me geen zorgen te maken.'

'Zorgen? Waarover?'

Ze keek me recht in de ogen. 'Je oom weet dat je Rozenhaag hebt geërfd.'

83

Marlene

Terwijl ik vrijdagochtend op mijn knieën met mijn vingers in de aarde zat te graven, dwaalden mijn gedachten terug naar Liv.

In de nacht na haar bezoek had ik er lang over nagedacht hoe het met haar verder zou gaan. Het was me niet makkelijk afgegaan om haar het verhaal van mijn eigen verloren kindje te vertellen. Ik had weer al die pijn, al die wanhoop gevoeld die zich op die onzalige dag van me meester hadden gemaakt. Toch voelde ik me nu bevrijd. De tranen hadden het verdriet uit me weggespoeld zoals een zomerse stortbui het stof van de daken spoelde. Toch zou ik waarschijnlijk nooit over het leed heen komen, over de gedachte dat het kind misschien nog zou leven als Bjarne bij me was teruggekeerd.

Maar misschien gaf mijn verhaal Liv een beetje hoop. Ze had me niet verklapt of ze het kind dat haar man van haar verlangde zelf ook wilde, maar ik nam aan dat dat het geval was, ook al ging haar man allesbehalve fijngevoelig te werk. Alleen jammer dat we Liv waarschijnlijk niet heel gauw zouden terugzien…

Sigrun kwam bij de rand van het perk staan. 'Ik zou je graag willen helpen,' zei ze en ze hurkte naast me neer.

'Weet je het zeker?' vroeg ik en ik keek naar haar neus. Haar toestand was verbeterd, maar toch lieten we haar geen al te zwaar werk doen.

'Ik voel me goed, echt,' zei ze. 'Wij hebben nooit een tuin gehad, maar soms kweekte ik kruiden…'

Er lag een stil verlangen in haar stem. Ik keek haar verschrikt aan. 'Heb je heimwee naar huis?'

Ze knikte. 'Ja, heel veel zelfs. Maar Torben…'

Ik hoorde een paard snuiven. Toen ik opkeek zag ik iemand uit het zadel stappen. Was dat de rentmeester? Die had eigenlijk geen reden om langs te komen. Maar misschien had hij ons gezien en zich afgevraagd wat we hier te zoeken hadden.

‘Ik ben zo weer terug,’ zei ik tegen Sigrun en ik liep naar het tuinhek. Onderweg veegde ik mijn vuile handen aan mijn rok af en overwoog wat ik zou zeggen. Het ging de landheer in feite niets aan wat we hier deden, maar het zou beter zijn om de vrede met onze buren te bewaren.

Ik zag een donkere bos haar en even later kwam de rest van de man tevoorschijn. De spanning viel meteen van me af.

‘Hej,’ zei hij en ik moest breed glimlachen.

‘Wat doe jij hier?’

Oskar grijnsde naar me. ‘Ik ben net terug uit Stockholm.’

‘Te paard?’ vroeg ik plagend, wijzend naar de roodvos waarvan hij was afgestegen. ‘Ik wist niet dat je kon paardrijden.’

Oskar glimlachte. ‘Soms sturen ze me naar gebieden waar geen wegen zijn. Ik ben zelfs weleens in Noorwegen geweest.’

Ik kneep mijn ogen dicht. ‘Ik probeer me je voor te stellen terwijl je je op je ros een weg baant langs de fjorden.’

Oskar trok een gezicht, lachte en wees toen op zijn tas. ‘Ik heb hier iets voor jullie.’

‘Kom dan maar mee, gasten zijn altijd welkom bij ons.’

Ik riep Sigrun erbij en gedrieën liepen we de keuken in, waar Ingrid bezig was het middagmaal klaar te maken.

Tot mijn en ook Ingrids grote vreugde had Oskar een paar zakken meel, koffie, specerijen en een weckglas met een grijze massa bij zich, die ik aanvankelijk met opgetrokken wenkbrauwen bekeek.

‘Met de hartelijke groeten van mijn moeder,’ zei hij en hij zette het glas bijna eerbiedig op de tafel neer. ‘Ze zei dat jullie dit spul goed moeten verzorgen.’

‘Zuurdesem!’ Ingrid klapte in haar handen. ‘Dat zal me geen moeite kosten.’ Ze keurde de inhoud. ‘Zulk deeg heb ik vroeger ook gehad. Je kunt het bijna eindeloos bewaren en gebruiken.’

Ook ik had vroeger brood gebakken, maar het zuurdeeg daarvoor haalde ik bij de bakkerij.

‘Heb je tegen je moeder gezegd voor wie het deeg bestemd was?’ vroeg ik.

Hij lachte. ‘Ik heb haar verteld over een paar vrouwen die in een bos een nieuw leven willen beginnen. Ze dacht eerst dat ik haar in een bejaardentehuis wilde stoppen. Later zette ze dit hier voor mijn neus neer.’

'Wil je dan je moeder van ons groeten en bedanken?' vroeg ik.

'Dat zal ik doen.'

Onze blikken kruisten elkaar en meteen wenste ik dat ik met hem alleen kon zijn. Ik voelde dat Ingrid naar ons keek; ze zou me ongetwijfeld niet met rust laten tot ze wist hoe het tussen hem en mij zat. Maar nu wilde ik hem eerst even voor mezelf hebben. Met hem praten, zijn nabijheid voelen, hem misschien kussen…

Dus vroeg ik hem: 'Heb ik je de frambozen al laten zien?'

'Is het daar al tijd voor?'

'Als we geluk hebben, zitten er misschien al een paar eetbare tussen.'

Toen we een stukje bij het huis vandaan waren, pakte Oskar bijna schuchter mijn hand. Maar vervolgens voelden zijn vingers warm en krachtig aan.

Hij had terloops gezegd dat hij uit Stockholm was gekomen. De grote tas die hij bij zich had, duidde erop dat hij daar langere tijd was geweest.

'Hoe gaat het met je werk?' vroeg ik. 'Was je door je uitgever naar Stockholm gestuurd?'

'Nee, het was iets anders.' Hij aarzelde even en ik vroeg me af wat het dan wel was geweest.

Hij keek me aan en ik voelde opeens dezelfde tinteling die ik al tijdens onze wandeling in Karlskrona had gevoeld. Ik wist dat hij meer dan zomaar een vriend was. Hoewel ik had geloofd dat er na Bjarne nooit meer een ander zou zijn, voelde ik nu net zo'n verlangen als destijds voor hem. Een verlangen dat me deed stilvallen terwijl ik naar hem keek en me afvroeg hoe zijn lippen op andere plekjes van mijn lichaam zouden aanvoelen…

Na een poosje kwamen we bij het frambozenveld aan. De vruchten waren gegroeid en inderdaad waren sommige al dieprood.

Oskar leek onder de indruk. 'Dat moet voorlopig wel voldoende voor jullie zijn. Maakt dit deel uit van het landgoed?'

'Mogelijk,' zei ik en ik vroeg me af of ik hem zou vertellen wat de landheer wist. Maar ik wilde dit moment niet bederven. Zonder er verder woorden aan vuil te maken sloeg ik mijn armen om zijn hals en kuste hem. Niet zoals bij onze eerste kus. Niet zachtjes en voorzichtig. In deze kus lag al het verlangen dat ik toen ook had gevoeld. Alsof ik een innerlijk kompas had dat aangaf welke man voor mij de ware was. Welke man ik nodig had om gelukkig te zijn.

Oskar beantwoordde mijn kus en toen ik voelde dat zijn hand langs mijn rug omlaaggleed, liet ik de mijne hetzelfde doen bij hem. Ik voelde het vuur tussen mijn dijen, de hunkering naar hem, en trok resoluut mijn rok op.

Het was lang geleden dat ik een onschuldig meisje was en daarom hoefde hij niet zo voorkomend te zijn, maar hij was het wel toen hij bij me binnendrong en krachtig begon te stoten.

Hijgend en kreunend klemden we ons aan elkaar vast, tegen de boom geleund, zonder er een moment aan te denken dat een argeloze wandelaar of jager ons zou kunnen zien. Ik legde mijn arm om zijn schouders, ademde de geur van zijn haar in en voelde het laatste beetje schroom verdwijnen. Samen zonken we neer op de grond, ik schrijlings boven op hem. Het was net als destijds bij Bjarne; ik kon geen genoeg van hem krijgen.

84

Oskar

Ze zat op me, naakt en met losse haren die in zachte golven over haar schouders vielen en haar donkere tepelhoven raakten. Haar ogen waren halfgesloten, haar borsten bewogen op en neer op de maat die haar heupen aangaven. Ze leek op te gaan in haar lust en ik kon haar slechts met verwondering bekijken. Ze was zo mooi, bijna elfachtig. In haar kleding kwam ze altijd een beetje terughoudend over, maar nu kreeg ik haar te zien zoals ze werkelijk was. Zoals haar man haar had gezien. Ik kon niet in woorden uitdrukken hoezeer ik die man benijdde om de jaren die hij met haar had gehad. Nadat we onze eerste lust vlug en hevig hadden gestild, gingen we wat langzamer verder. Na een korte pauze gleed ik weer in haar en liet haar de leiding nemen. Ze knoopte mijn hemd open en streelde met haar warme handen mijn borst.

Ik nam haar borsten in mijn handen en kuste ze, toen kuste ik haar tot ik bij haar hals aankwam. Ze zuchtte verlangend en begroef haar handen in mijn haar.

Ik moet toegeven dat het voor het eerst was dat ik buiten de liefde bedreef. Mijn vorige vriendinnen hadden dat liever thuis gedaan. In bed of op de sofa. Het waren nooit hartstochtelijke handelingen geweest, eerder de berekende bevrediging van een behoefte.

Nu was dat anders. Ze was zo vol leven, vol vuur. Haar huid vlijde zich zacht tegen mijn handen en al voelde ik haar stevigheid, haar kracht, toch was ik bang dat ik haar pijn zou doen.

Ze had de vaardigheid me te beteugelen, mijn bevrediging uit te stellen. Ik ging mee in haar ritme, want ik wilde dat ook zij volledig aan haar trekken kwam.

Toen ik me niet langer kon inhouden en in haar klaarkwam, liet zij zich ook zuchtend op mij neerzinken. Haar lichaam verkrampte licht terwijl haar handen me vastgrepen, bijna alsof ik haar moest behoeden voor verdrinking.

Uitgeput bleef ze ten slotte op me liggen. Mijn huid drukte gloeiend tegen de hare en even kon ik niets uitbrengen. Maar wat had ik moeten zeggen, zonder het moment te bederven?

Ze vlijde zich tegen mijn schouder. Het mos onder ons was zacht en warm. Zonneharpen vielen door de bomen. Vogels zongen.

'Het bos is altijd al mijn lievelingsplek geweest,' fluisterde ze, terwijl ons beider hartslag geleidelijk weer rustiger werd. 'Maar ik wist niet dat het ook hiervoor geschikt was.'

Glimlachend plukte ik een blaadje uit haar haar. 'Een mens is blijkbaar nooit uitgeleerd.'

Ik trok haar tegen me aan en kuste haar lang en hartstochtelijk. Ik wenste dat dit moment tot in de eeuwigheid kon duren. Geen Karlskrona meer, geen opdracht die me wachtte. Ik zou gewoon bij haar kunnen blijven, ook in dat huis kunnen wonen.

'Ik had nooit gedacht dat ik ooit nog verliefd kon worden,' zei ze zachtjes.

'Dat geldt voor mij ook,' gaf ik toe. Na Lisbeth had ik me op mijn werk gestort, me alleen met mijn opdracht beziggehouden. En nu had ik mijn arm om een vrouw die weleens mijn lotsbestemming kon worden. Als we alles in de komende weken en maanden tot een goed einde hadden gebracht.

'Hoe moet het nu verder?' vroeg ze. Ik liet mijn vinger langs haar taille glijden. Ik wilde elke centimeter van haar in me opnemen. 'Als ik hier ben en jij in Karlskrona.'

Ik dacht even na. Rozenhaag was een toevluchtsoord voor vrouwen. Ik wist niet hoe mishandelde of onteerde vrouwen op mijn aanwezigheid zouden reageren. Bovendien was het toch maar een hersenspinsel dat ik zomaar afscheid van mijn werk kon nemen.

'Ik zal proberen zo vaak mogelijk hiernaartoe te komen,' beloofde ik. 'Bovendien heb je je kamer in Karlskrona nog.'

Het was goed dat ze die niet had opgezegd.

'Zonder baan zal ik die niet lang meer kunnen aanhouden,' antwoordde Marlene, waarna ze in gepeins verzonk.

Ze had natuurlijk gelijk: zonder werk zouden haar financiële reserves opraken.

'En als ik in de toekomst helemaal hier moet komen wonen?' vroeg ze uiteindelijk.

Daar had ik niet zo snel een antwoord op. Of beter gezegd had ik daar geen antwoord op dat de stemming niet meteen zou bederven. Nog steeds was de toekomst van Rozenhaag ongewis, hoe nobel de bedoelingen van Liv Boregard ook waren. De kans bestond dat het slechts een kwestie van dagen of weken was tot alles op losse schroeven kwam te staan. En zou kunnen instorten.

'Misschien kun je in Nättraby je eigen krant oprichten,' zei ze opeens. 'Ik kan je laten zien waar je een goede kamer kunt vinden. Een kamer waarin we dit kunnen herhalen zo vaak we willen.'

Ik schoot in de lach en keek haar in de ogen, die plotseling zo diep als de zee leken. 'Wie weet doe ik dat wel. Als ik klaar ben in Karlskrona.'

Dat leek haar te verbazen. 'Echt? En wanneer zal het zover zijn?'

'Misschien al gauw.' Was dit het moment om haar op te biechten wat er speelde?

'Je uitgever zal het niet prettig vinden een goede verslaggever kwijt te raken,' zei ze en ze gaf me een kus.

Hoe moest ik dit aanpakken? Hoe moest ik het haar vertellen?

Maar ik was laf en dus antwoordde ik: 'Ja, dat zal wel. Maar misschien benoemt hij me wel tot zijn correspondent in Nättraby. De *Blekinge Läns Tidning* doet tenslotte niet alleen verslag uit Karlskrona.'

Ze raakte mijn wang aan en streelde die zacht. 'Dan proberen we maar gewoon elkaar zo vaak mogelijk te zien, afgesproken?'

85

Liv

Het briefje leek in mijn handtas te branden. Keer op keer haalde ik het tevoorschijn en las dan wat er in fraaie krulletters op geschreven stond. De vrouwenarts had me verteld wat het betekende en ook hoe ik het Sten moest uitleggen. Het was eigenlijk heel eenvoudig.

Voor de komende weken was haar advies geen gemeenschap te hebben, omdat de ontsteking die ik volgens haar had eerst moest verdwijnen. Anders dreigde er onvruchtbaarheid. Pas als de arts toestemming gaf, konden we het weer doen. Nooit had ik gedacht dat ik mijn heil bij zoiets zou zoeken om me mijn echtgenoot van het lijf te houden…

Het gesprek met dr. Alma Sundquist, die praktijk hield in een van de armere buurten van Stockholm, had me meer gedaan dan ik had verwacht. De arts was onder andere gespecialiseerd in de behandeling van vrouwen die een beroep uitoefenden met een hoog risico op zwangerschap en geslachtsziekten. Ik was geschokt geweest dat dr. Borglundt me naar haar had verwezen. Dat was echter overgegaan toen ik eenmaal tegenover haar zat.

Ze onderzocht me invoelend en legde ondertussen precies uit wat ze zag. Daarbij probeerde ze steeds mijn angst voor de stoel en de instrumenten weg te nemen.

Ik had nog nooit een vrouw meegemaakt die zulke klare taal gebruikte. Voor Sten. Voor de sporen die zijn snelle manier van bij me binnendringen in mijn lichaam had achtergelaten. En zijn wens, die inmiddels niet meer zozeer de mijne was.

Ik wist niet wat me bezielde, maar ik had haar alles verteld: de jaren van kilte in ons huwelijk, wat er onlangs was voorgevallen en mijn tegenzin om mijn man in te lichten over de erfenis van mijn vader.

Op haar beurt verraste ze me met iets wat ik niet voor mogelijk had gehouden. Ik had enkele minuten nodig gehad om die onthulling te verwerken.

De arts had me een poos aangekeken met haar donkerblauwe ogen in een gezicht dat door bruin haar werd omkranst. Ze gaf me de tijd om de informatie die ze me had gegeven te verwerken en vroeg toen: 'Zou u een scheiding willen overwegen?'

Ik had haar gechoqueerd aangekeken. Had ik zo ontevreden geklonken? En hoe kon ik me nu van Sten laten scheiden? Ik was altijd van mening geweest dat ik van mijn man hield, ook al was de bruiloft de wens van mijn vader geweest.

Haar vraag had ik niet beantwoord, maar haar woorden galmden als donderslagen in me na. En hoewel mijn hoofd zei dat ik mijn huwelijk niet kwijt wilde, vroeg mijn hart met een klein maar duidelijk stemmetje: *Stel dat je je leven op Rozenhaag zou kunnen leiden?*

'Mevrouw Boregard,' klonk opeens een stem naast me. Ik werd me mijn omgeving weer gewaar, het station van Karlskrona. Ik was zozeer in mijn gedachten en de tekst op het briefje opgegaan dat ik niet had gemerkt dat er iemand naar me toe kwam.

Ik keek opzij en zag meneer Andersson. 'We hebben elkaar al een poos niet gezien,' merkte hij op.

'Ik dacht niet dat u me zou missen.' Mijn blik viel op de tas die hij onder zijn arm droeg. 'Bent u op weg naar een opdracht?' vroeg ik. Ik kreeg het gevoel dat hij iets van me wilde.

'Daar ben ik net van teruggekomen.' Hij keek me even aan en zei toen: 'Mevrouw Boregard, met alle respect, maar weet uw man dat u drie vrouwen onderdak verleent in uw huis?'

'Hoe bedoelt u?' vroeg ik verschrikt. Ik dacht aan wat Marlene me had verteld. Dat mijn oom en zijn vrouw over mij als erfgename van het jachtopzienershuis hadden gesproken en wel zodanig dat zelfs Bente Nielsen het had opgevangen. Die mededeling had me verontrust, tot ik mezelf had voorgehouden dat mijn man er alleen van zou horen als hij met mijn oom sprak. En dat was erg onwaarschijnlijk.

'Voor zover ik weet geldt tussen echtelieden de gemeenschap van goederen,' vervolgde Andersson, 'tenzij ze daarover andere afspraken maken. Ook is het een feit dat vrouwen zonder toestemming van hun man geen transacties mogen sluiten.'

Even stond ik perplex. Hoe kwam hij daar nu bij? Had Marlene hem soms verteld wat Bente had gezegd?

Hij wachtte mijn reactie niet af. 'U kunt beter al uw kaarten voor hem op tafel leggen. Of het huis op een andere manier veiligstellen. Als u die vrouwen werkelijk wilt helpen.'

'Dat wil ik zeker,' antwoordde ik. 'Maar...'

'Ik weet hoe uw man over Marlene denkt, maar juist dat is wat gevaar zou kunnen opleveren. Voor u. Voor het hele project.'

'Gevaar?' Ik wierp een blik om me heen. Een paar mensen keken naar ons en ik vroeg me af of ze me herkenden.

'Stel dat uw man van uw erfenis hoort...'

'Daar hebt u niets mee te maken.' Ik wilde langs hem heen lopen, maar hij versperde me de weg.

'Wat zou hij doen als hij vermoedde wat u met het huis van plan bent?' Hij hield zijn hoofd schuin en keek me aan.

Ik wist net zo goed als hij wat er dan zou gebeuren. Maar ik wilde het tegenover hem niet toegeven. Hij was journalist. Wie weet wat hij ermee zou doen?

'Ik moet gaan,' zei ik afwijzend.

'Denk er eens goed over na wat u aan uw man kunt vertellen,' zei Andersson indringend. 'Zodat het met het huis niet op een catastrofe uitdraait.' Hij tikte tegen zijn hoed en liep weg.

Trillend en verward verliet ik het station. Anderssons woorden klonken als donderslagen na in mijn oren. Het erge was dat hij gelijk had. De notaris had mijn aanvaarding van het erfdeel uit mijn vaders nalatenschap alleen geaccepteerd omdat ik hem ervan had verzekerd dat Sten ermee instemde. Zijn handtekening had ik tot op heden nog niet ingediend. En dan was daar nog het feit dat Bente Nielsen het gesprek in het landhuis had gehoord en niet zou aarzelen om het rond te vertellen...

'Liv!' hoorde ik iemand roepen en ik verstijfde. Sten! Wat deed hij hier? Een hevige schrik schoot door mijn lichaam. Zou hij me met Andersson hebben zien praten? Bedrukt zette ik me in beweging.

'Ik dacht dat je het wel prettig zou vinden als ik je afhaalde,' verklaarde hij terwijl hij probeerde mijn tas van me over te nemen.

Ik week opzij, maar antwoordde: 'Ja, inderdaad.' Ik keek naar hem. Het was niet afgesproken dat hij me zou afhalen. Er was te veel tussen ons voorgevallen. 'Is er iets mis?' vroeg ik terwijl ik achter hem aan naar buiten liep.

Aan zijn gezicht was af te lezen dat er duidelijk iets niet in orde was. Zijn gezicht stond strak, hij maalde met zijn kaken. 'Dat bespreken we thuis wel,' zei hij en hij hielp me de surrey op.

Tijdens de rit zweeg Sten. Hij was er de man niet naar om onbeheerst iets los te laten. Ik begreep dat de koetsier het niet mocht horen, maar ik barstte bijna van angst.

'Kom mee,' zei Sten kortaf toen we waren uitgestapt, en hij gebaarde dat ik hem naar zijn werkkamer moest volgen.

'Wat is er aan de hand?' vroeg ik nadat hij de deur achter zich had gesloten. Als het gesprek in zijn werkkamer plaatsvond, moest het iets heel serieus zijn.

'Nou, eigenlijk wilde ik jou er niet mee belasten, de firma is immers mijn zaak,' begon hij. 'Maar nu vrees ik dat ik je er toch bij moet betrekken. Je bent tenslotte mijn vrouw en als zodanig zou het zeer schadelijk kunnen zijn als je met de verkeerde mensen praat.'

Onwillekeurig spande ik al mijn spieren. Zou hij nu alweer over Marlene beginnen?

'Het ziet ernaar uit dat onze verzekeringsmaatschappij wantrouwig is geworden,' vervolgde hij. Zijn stem klonk opeens nerveus. 'Officieel niet natuurlijk, maar ik heb te horen gekregen dat er sinds enige tijd een onderzoek naar ons loopt.'

'Waarom?' vroeg ik verbaasd.

'Het gaat om de Solveig. Ze schijnen een tijdje geleden een onderzoeker opdracht te hebben gegeven om die zaak uit te zoeken.'

Ik moest iets wegslikken. Wat had Sten gedaan om wantrouwen bij de verzekering te wekken? Was hij in louche zaakjes verwikkeld? 'Dat is... vreselijk,' wist ik uit te brengen en ik dacht aan Marlene. Hoe zou zij dit bericht opnemen?

'Inderdaad,' antwoordde Sten. 'Praat daarom met niemand die je niet goed kent. En als iemand jou aanspreekt, vraag dan eerst naar zijn of haar naam.'

'Maar... wat zou ik zo iemand dan kunnen vertellen?' vroeg ik. 'Zoals je al zei, heb ik niets met jouw bedrijf te maken.'

Ik vroeg me af waarom Sten opeens zo opgewonden was. De kwestie met de Solveig was een oud verhaal. Hoe was hij eigenlijk op de hoogte geraakt van dat onderzoek?

'Toch is het beter.'

'Weet je wie die onderzoeker is?' vroeg ik.

Sten schudde zijn hoofd. 'Ik heb het nog maar net gehoord. Maar ik heb iemand ingehuurd die het gaat uitzoeken.'

De vraag naar het hoe bleef me in de keel steken. Net als al het andere wat ik hem wilde vertellen. Eigenlijk zou hij moeten horen wat de arts had gezegd, maar ik wist niet of dit het juiste moment was. Zo'n bericht moest hij waarschijnlijk eerst verwerken. En dat vereiste een betere gemoedstoestand.

Sten zette zijn handen in zijn zij en slaakte een diepe zucht van frustratie. 'Er is nog iets,' zei hij toen en hij keek op. Ik verstarde onder zijn blik. 'Ik heb Hugo vandaag gesproken. Het ziet ernaar uit dat een van zijn arbeidsters is verdwenen.'

86

Marlene

Ik hief mijn hoofd en ademde de zoete ochtendlucht in. Tijdens mijn wandeling met Oskar had ik al wat rijpe frambozen onder het gebladerte gezien en ik besloot ze te gaan plukken voordat de dieren of een wandelaar me voor zouden zijn. Het was een goede gelegenheid om de eerste portie jam te maken.

Toen ik langs de plek liep waar we onze hartstocht de vrije loop hadden gelaten, moest ik breed glimlachen.

De afdruk van onze lichamen in het mos was verdwenen, maar het leek of ik nog steeds zijn handen op mijn heupen voelde. Het was anders geweest dan met Bjarne, maar toch zo vertrouwd, alsof ik Oskar al jaren kende.

Wat had ik hem met tegenzin terug naar de trein laten gaan! Wel had ik hem de belofte afgetroggeld om over anderhalve week met mij naar het midsommar-feest te gaan. Ik had geen idee of hij kon dansen, maar zo niet, dan zou ik het hem wel leren.

Met een halve emmer frambozen ging ik ten slotte weer naar huis.

Misschien lag het aan het geluksgevoel dat de gedachte bij me teweegbracht, of misschien aan het zonlicht, maar ik betrapte mezelf erop dat ik voor het eerst sinds lange tijd plannen begon te smeden. Tot nu toe had ik kabbelend mijn leven geleid: gewerkt, gerust, op zondag gewandeld. Dag na dag had ik aan me voorbij laten gaan met als enige zorg dat ik in leven moest blijven. Ik had alleen achteromgekeken. Naar Bjarne. Naar de tijd waarin ik nog geluk kende en hoop koesterde.

Nu leek de wereld een omslag te hebben gemaakt. Mijn handen jeukten weer om iets te ondernemen. Ik voelde dadendrang – en hoop.

Ik hield halt voor het tuinhek en stapte van de fiets. Ik zag Sigrun en ook Ingrid niet, maar er kwam me wel een heerlijke geur uit het huis tegemoet. Blijkbaar had Ingrid de zuurdesem van Oskars moeder meteen gebruikt om brood te bakken.

Toen ik binnenkwam, omhulde de geur me als een warme mantel. Ik zag dat Sigrun begonnen was met aardappelen schillen.

'En, heb je iets buitgemaakt?' vroeg Ingrid.

'Jazeker.' Ik zette de emmer op de tafel. 'Het zijn er nog niet veel, maar voor twee of drie potten moet het genoeg zijn.'

Ik pakte een van de schorten die Ingrid had meegebracht van het haakje. Toen liep ik met de emmer naar buiten, putte wat water en ging de vruchten wassen.

'Je was laatst vrij lang weg met onze verslaggever,' merkte Ingrid op toen ik weer binnenkwam. 'Dan heb jij tenminste alvast een danspartner.'

'Ik weet niet of hij wel kan dansen, maar ik zal hem in elk geval vragen!' Ik glimlachte naar Sigrun. 'Ik weet zeker dat jullie beiden ook iemand zullen vinden als we ons eenmaal in het dorp laten zien.'

Ingrid wuifde het weg. 'Ach nee, ik heb niemand nodig!' Sigrun zweeg echter. Ik wist dat haar gedachten naar Torben uitgingen.

'Met iemand dansen betekent nog lang niet dat je met hem moet trouwen,' zei ik. 'Het is gewoon een plezierig moment, meer niet.'

'Nou, als je ziet hoe hij naar je kijkt, hoopt hij beslist op heel wat plezierige momenten.' Ingrid schoot in de lach.

'Hou je in, zeg!' antwoordde ik met gespeelde verontwaardiging en ik was blij dat ik met Oskar het bos in was gegaan. 'Ik heb de frambozenstruiken trouwens goed bekeken,' zei ik. 'We mogen hopen op een flinke hoeveelheid vruchten.'

'We zullen zien!' Ingrid maakte de klep van de oven open en haalde het brood eruit. Het was werkelijk een zegen dat de vorige bewoner zo'n modern fornuis had geïnstalleerd, waarin je ook goed kon bakken. 'Als de dieren ruiken dat er daar iets rijp is, zal ook hun belangstelling gewekt zijn.'

'Dan moeten we ervoor zorgen dat wij er sneller bij zijn.'

Een tijdlang werkten we rustig naast elkaar, tot Ingrid opeens uitriep: 'Volgens mij krijgen we bezoek.' Ze wees naar het raam. 'Onze verslaggever schijnt het niet lang zonder je uit te houden.'

Ik kon nog net het paardenhoofd zien, maar het leek onmogelijk dat Oskar nu alweer naar Nättraby was gekomen. Ik stond op en liep naar buiten. Daar rende een jonge telegrambezorger me tegemoet.

'Dit is zojuist voor u aangekomen,' zei hij en hij drukte me een envelop in de hand.

Ik gaf de jongen vijf öre, die ik nog in de zak van mijn rok had zitten, en scheurde de envelop open.

Een gevoel van onrust nam bezit van me. Zou er iets gebeurd zijn? Bij Liv of bij Oskar soms? Zou het te maken hebben met wat ik van Bente Nielsen had gehoord?

Ik schrok ontzettend toen ik het telegram las.

87

Marlene

Ik drukte het telegram tegen mijn borst en dacht koortsachtig na. Ik kon niet eindeloos buiten blijven staan. Evenmin kon ik doen alsof de inhoud de anderen niets aanging. Wat ik hier las kon ik echter niet in bijzijn van Sigrun vertellen. In elk geval niet zomaar ineens. Dat zou een grote schok voor haar zijn.

Toen ik naar binnen liep, trilden mijn benen en bonsde mijn hart, maar ik mocht niets laten merken. 'Ingrid,' begon ik bijna terloops, 'kan ik je iets laten zien? Buiten?'

'Wie was dat daarnet?' vroeg ze en ze keek naar mijn hand, die de envelop stevig omklemde.

'De telegrambesteller.' Ik keek naar Sigrun, ontweek haar blik. 'We moeten praten, jij en ik.'

'Is het iets ergs?' vroeg Sigrun bezorgd.

'Nee, maar het is van belang dat ik het Ingrid vertel. Maak jij je maar geen zorgen, goed?'

Ze knikte en ging verder met aardappelen schillen.

Ik voelde hete golven door mijn hele lichaam jagen terwijl ik Ingrid meetrok, bij het huis vandaan. Ik wist dat Sigrun goede oren had, bovendien zou ze gealarmeerd zijn.

'Wat is er aan de hand?' vroeg Ingrid ongerust met haar blik op het huis gericht.

De rozenstruiken waren zo dicht dat je niet zag of er iemand achter stond, dus ging ik uit voorzorg zachter praten. 'Liv schrijft dat de politie op zoek is naar Sigrun.'

Ingrid sloeg verschrikt haar hand voor haar mond. 'Goeie genade! Is het bekend waar ze zoeken?'

'Dat staat er niet,' zei ik, 'maar we moeten ervoor zorgen dat ze zich kan verstoppen ingeval hier agenten langskomen.'

Ingrid slaakte een diepe zucht. 'Als ze dit hoort, zal ze volledig in paniek raken.'

'Erger nog, ze zullen haar weer naar haar man terugbrengen, als ze haar hier vinden. En dan zou hij misschien beweren dat we haar hadden ontvoerd.'

'Dat klopt toch helemaal niet! Ze is een volwassen vrouw. Als ze die agenten vertelt hoe hij met haar is omgesprongen...'

'Als ze dat tenminste doet en niet het stilzwijgen bewaart uit angst voor Torben.' Ik stopte het telegram in mijn zak. 'We hadden hieraan moeten denken. Torben geeft zijn vrouw niet zomaar op. Waarschijnlijk is hij in het ziekenhuis gaan kijken en toen hij haar daar niet aantrof...'

'Hoe is Liv dit eigenlijk te weten gekomen?' vroeg Ingrid.

'De Skantzes zijn bevriend met haar en haar man. Mogelijk komt het advies om de politie in te schakelen zelfs van hen.'

Ik perste mijn lippen op elkaar. In mijn streven om Sigrun te redden was ik vergeten dat er nog een andere kant aan de kwestie zat. Dat Torben natuurlijk zou proberen haar terug te krijgen.

'Wat moeten we nu doen?' vroeg Ingrid. 'Ik zou het niet juist vinden om niets tegen Sigrun te zeggen. Ze moet weten wat er speelt.'

'Daar heb je gelijk in.' Ik keek naar het telegram. 'Maar wie weet hoe ze erop reageert.'

'Dat zullen we moeten afwachten,' antwoordde Ingrid. 'We kunnen haar alleen het gevoel geven dat ze toch veilig bij ons is.'

We gingen terug naar Sigrun en toen ik haar zag, had ik het nieuws het liefst voor me gehouden. Ik keek naar Ingrid en merkte wel dat ook zij geen idee had hoe we dit het best konden aanpakken.

'Sigrun,' zei ik en opeens kleefde mijn tong aan mijn verhemelte. 'Het zit zo...' Verdraaid, waar waren mijn woorden? Hoe kon ik haar de situatie voorzichtig uitleggen?

Ingrid schoot me te hulp. 'Het zit zo dat je afwezigheid in de lampenfabriek is opgevallen.'

Ja, het was misschien het beste om zo te beginnen.

'En?' Verschrikt sperde ze haar ogen open.

'Daar komt bij dat Torben... je zoekt.'

Er trok een rilling door Sigruns lichaam. Eigenlijk was dit iets wat ze al had moeten beseffen. Niemand verdween zonder dat het opviel.

'Kan het zijn dat hij hiernaartoe komt?' vroeg ze panisch van angst.

'Nee, hij weet niet waar je bent.' Ik keek naar Ingrid in de hoop dat ze me raad kon geven.

'Maar het kan zijn dat de politie ook naar je op zoek is,' zei ze.

Sigrun hapte naar lucht en sloeg haar handen voor haar mond. 'Ze zullen me straffen als ze me vinden!'

'Nee, maak je geen zorgen,' begon ik, maar Sigrun begon te trillen.

'Waarom zouden ze?' vroeg Ingrid en ze legde moederlijk haar arm om Sigrun heen. 'Je bent voor die bruut gevlucht! Je hebt het volste recht om een ander onderkomen te zoeken.'

Sigrun leek niet te luisteren. 'Ik... Ik heb mijn man in de steek gelaten,' mompelde ze.

'Nee, dat heb je niet,' zei ik en ik pakte haar hand. 'Je kon niet anders. Wie weet wat hij je had aangedaan als je niet naar mij toe was gekomen.'

Dat leek haar niet in het minst gerust te stellen.

'Heeft mevrouw Skantze gezegd of ze me heeft ontslagen?' vroeg ze opeens.

'Nee, dat stond niet in het telegram,' antwoordde ik. 'Alleen dat we waakzaam moeten zijn vanwege de politie.'

'Hij zal me vast missen,' zei ze en ze begon door de kamer te ijsberen. 'Als ik hem niets kon schelen, zou hij me toch niet laten opsporen?'

In haar gemoed wisselden bekommernis, verlangen en angst elkaar zichtbaar af.

Ik keek naar Ingrid. Ook op haar gezicht was nu intense bezorgdheid te lezen. Torbens beweegredenen mochten dan divers zijn, maar hij zou haar heus niet terug willen hebben omdat ze hem zo na aan het hart lag.

'Je hebt niets te vrezen zolang je bij ons bent,' zei ik vervolgens. 'Zelfs als de politie langs zou komen, zullen wij niet zeggen dat je hier bent.' Ik zweeg even en voegde er toen aan toe: 'Niemand behalve wij weet van dit huis af. En ze kunnen niet zomaar binnenvallen en alles doorzoeken.'

Weifelend knikte ze. Toch voelde ik dat ik haar angst niet kon wegnemen. Ik was immers zelf ook doodsbenauwd. Niet alleen voor wat er zou gebeuren als Torben Sigrun weer te lijf zou gaan. De kans bestond dat Hugo Skantze via de politie van dit huis zou horen. En dat betekende meteen ook dat Sten Boregard ervan zou weten.

88

Oskar

Een merkwaardige stemming overviel me toen ik op de redactie aan mijn bureau ging zitten. Er was vanochtend iets veranderd en dat vond ik nogal zorgwekkend.

Het was eigenlijk maar een futiliteit. Toen ik bij mijn waskom was gaan staan en naar buiten keek, was me bij de ingang van het gebouw aan de overkant een man opgevallen. Normaal gesproken lette ik er niet op wat zich aan de overkant van de binnenplaats van het pension afspeelde, maar deze keer leek het alsof iemand me erop had gewezen.

Het kon een gewone passant zijn, iemand die op een ander stond te wachten. Toch was er iets verdachts aan hem. Normaal gesproken zou ik hem gewoon vergeten zijn, maar nu bekroop me een eigenaardig gevoel. Ik besefte natuurlijk dat er maatregelen tegen mijn naspeuringen zouden worden genomen, maar daarvoor moesten ze er eerst van op de hoogte zijn.

Ik had me achter de gordijnen teruggetrokken, me aangekleed en toen had ik zoals gewoonlijk het huis verlaten. Heel terloops wierp ik een blik op de onbekende.

Hij droeg een bruin driedelig pak en aan het vest was een horlogeketting te zien. Zijn schoenen waren stoffig, zijn hoed had geleden onder vele jaren van zonneschijn. Hij zag eruit als een gewone arbeider, maar als hij dat was, had hij allang onderweg naar zijn fabriek moeten zijn. Hij leek me niet op te merken, maar ik had sterk het gevoel dat zijn blik me volgde...

Mijn gedachten werden onderbroken door een klop op de deur. Nils, een van de zetters uit de drukkerij die bij de uitgeverij hoorde, stak zijn hoofd om de deur.

'Hej, wat kom je doen?' vroeg ik. Ik trok een zakelijk gezicht en deed alsof ik aan het werk was.

'Er is een vrouw die je wil spreken,' zei hij en hij wees met zijn duim naar achteren. 'Ze zegt dat ze Marlene Walsted heet.'

Ik schrok ontzettend. Wat deed ze hier? Zou er iets zijn gebeurd?

'Ik kom eraan,' antwoordde ik en ik stond op.

Even later stond ze voor me, met verhitte wangen en een strak gezicht.

'Marlene, wat is er?' vroeg ik en nadat ik mezelf ervan had overtuigd dat Nils weg was, nam ik haar terzijde.

'Ik moet je spreken,' antwoordde ze. 'Alsjeblieft. Ik weet dat je het druk hebt...'

'Voor jou heb ik altijd tijd.' Ik keek om naar mijn collega's. Waarschijnlijk zouden ze hun oren spitsen als ze zagen dat ik met een vrouw stond te praten. 'Zullen we naar buiten gaan?' Opeens schoot me die rare kerel voor het pension te binnen en ik voegde eraan toe: 'Naar de binnenplaats?'

Ik nam Marlene mee door de uitgeverij. Haar ogen werden groot van verbazing toen we de kantoorvertrekken passeerden. En ze werden nog groter toen we dwars door de drukkerij liepen, waar een flinke herrie heerste.

'Ik heb zoiets nog nooit van dichtbij gezien,' zei ze. 'En eerlijk gezegd heb ik er ook nog nooit over nagedacht hoe een krant wordt gemaakt.'

'Als we wat meer tijd hebben, leid ik je graag eens rond,' zei ik toen ik de deur naar de binnenplaats had gesloten.

'Dat zou ik leuk vinden,' antwoordde ze, 'maar ik vrees dat we ons eerst met iets anders moeten bezighouden.' Ze liet een stilte vallen en zei toen: 'Liv heeft me getelegrafeerd dat de politie op zoek naar Sigrun is.'

'Hoe weet ze dat?' vroeg ik.

'Waarschijnlijk heeft ze het van de Skantzes gehoord. De Boregards zijn met hen bevriend. Haar man kan het haar verteld hebben.'

'Natuurlijk.' Ik haalde diep adem en ergerde me een beetje aan mezelf. Ik had kunnen voorzien dat Torben Bergsma het er niet zomaar bij zou laten zitten.

'Kun jij erachter komen,' vroeg ze, 'of de aandacht van de politie zo ver als Nättraby reikt?'

'Als ze haar in Karlskrona niet vinden, zullen ze waarschijnlijk hun zoekgebied uitbreiden naar de omliggende plaatsen.'

Marlene legde nerveus haar hand tegen haar voorhoofd. 'Zouden ze ons kunnen verwijten haar ontvoerd te hebben?'

'Nee. Sigrun is uit vrije wil meegegaan.'

'Maar als de politie haar vindt, zullen ze Torben op de hoogte stellen!'

Dat was inderdaad het grootste probleem, vooral bij een man als Bergsma. Opeens werd ik ongerust. Had die vent bij de deur soms op Marlene staan wachten? Was hij een vriend van Bergsma?

'Niemand zal haar tegen haar wil kunnen meenemen,' verzekerde ik haar. 'Luister, je kunt het best meteen weer teruggaan naar Nättraby.'

Ze zette grote ogen op. 'Hoezo?'

'Ik heb vanmorgen een man bij het pension zien rondhangen,' antwoordde ik. 'Hij zou een vriend van Bergsma kunnen zijn.'

Marlene hapte verschrikt naar adem. 'Weet je het zeker? Hoe zag hij eruit?'

'Gemiddelde lengte, bruin haar, arbeiderskleding.' Toen ik besefte dat deze beschrijving op veel mannen van toepassing was, probeerde ik het beeld van de man duidelijker voor ogen te krijgen. 'Hij had bakkebaarden, een brede neus en smalle lippen.'

Marlene dacht na. Na enige tijd schudde ze haar hoofd.

'Ik kan niemand bedenken die er zo uitziet, maar dat zegt niet zoveel. Torben heeft kroegmaten.' Ze zuchtte diep.

'Dan moet je er helemaal voor zorgen dat je gauw de stad uit gaat. Het kan zijn dat niet de politie jullie echte probleem is, maar Torben, die iemand op je af heeft gestuurd. Misschien vermoedt hij dat zijn vrouw na zijn laatste mishandeling naar jou toe is gegaan.'

Hoe langer ik sprak, des te beter besefte ik dat die vent inderdaad op Marlene kon hebben staan wachten. Dat had me gerust kunnen stellen, maar opeens werd ik heel bang om haar.

'Ik zal proberen mijn oor te luisteren te leggen,' zei ik. 'Misschien vang ik iets op. Houden jullie je koest en zo gauw ik kan, kom ik naar jullie toe om verslag te doen.'

De wens haar in mijn armen te trekken en haar te kussen, haar te vertellen dat alles weer goed zou komen was sterk. Maar ik moest er rekening mee houden dat de ogen van mijn collega's op me gericht waren. Dus volstond ik ermee een haarstreng uit haar gezicht te strijken en daarbij zachtjes haar wang te strelen.

Even later bracht ik haar terug naar de entree. 'Pas goed op jezelf,' zei ik. 'En als je toch in het pension moet zijn, zeg het dan tegen me, dan ga ik met je mee. Ik wil niet dat iemand je iets aandoet.'

'Maak je geen zorgen, ik red me wel.' Marlene raakte even mijn hand aan en glipte naar buiten.

'Was dat niet de vrouw van die kapitein? Hoe heette hij ook alweer, Walsted?'

Ik maakte een schrikbeweging bij het horen van de stem uit de schaduw. Ik was zo bezig geweest met Marlene en de politie dat ik mijn uitgever niet had opgemerkt.

'Ja, dat klopt,' zei ik en ik dwong mezelf kalm te blijven.

'Wat wilde ze?'

Wat moest ik tegen hem zeggen? 'Ik heb een tijdje geleden met haar over haar man gesproken,' antwoordde ik. 'Ze was nog iets vergeten.'

'Die arme vrouw,' zei Lundström. Het medegevoel in zijn stem verraste me. Hij was niet zo'n gevoelsmens. 'Haar man te verliezen moet een harde klap zijn geweest. Ze is ook nog zo jong...'

Dat was ze. Jong en mooi en met een hart vol liefde. Wie wist dat inmiddels beter dan ik?

'Hebt u iets voor me, meneer Lundström?' vroeg ik. De chef van de krant sprak nooit iemand zonder reden aan.

'U gaat vanavond de raadsvergadering bijwonen,' antwoordde hij. 'Ik heb gehoord dat het zal gaan over de elektrificatie en de aanleg van de trambaan.'

Ik trok mijn wenkbrauwen op. 'Is dat niet Hendriks taak?' Normaal gesproken had elke verslaggever zijn eigen werkterrein en Hendrik Mortensen versloeg de maandelijkse vergaderingen van de *tingsrätt*.

'Ja, maar deze keer verrassen we de heren raadsleden eens.' Lundström keek me ernstig aan. 'Het zal u van pas komen als u weet hoe de hazen lopen in de stadspolitiek.'

Ik begreep wat hij bedoelde. Tot dusver had ik me volledig geconcentreerd op de man die mijn doelwit was en geprobeerd zoveel mogelijk te weten te komen over wat er was gebeurd. Maar het was even belangrijk om te weten wie hem steunde en met hem samenwerkte.

Ik knikte naar Lundström. 'Hartelijk dank voor deze kans. Ik hoop dat Hendrik me dit niet kwalijk neemt.'

'Ach, welnee! Die is blij dat hij een keer niet bij zijn vrouw weg hoeft!' De chef klopte me welwillend op de schouder. 'Ik heb goede hoop dat uw artikel als een bom zal inslaan. Misschien zullen we er zelfs in slagen vastgeroeste banden los te maken en de stad volledig op de schop te laten gaan.'

89

Marlene

Vermoeid stapte ik uit de avondtrein en ging mijn fiets ophalen. De gedachte aan de rit door het bos die nog voor me lag, was bepaald niet opwekkend. Ik verlangde naar een flinke slok water, wat van Ingrids brood, een beker geitenmelk en vooral naar mijn bed, ook al roken de dekens uit de herberg ondanks het luchten nog steeds een beetje muf.

Ik was graag in Karlskrona gebleven om te proberen Liv te spreken te krijgen en misschien de nacht in Oskars armen door te brengen. Maar zijn waarschuwing voor de onbekende was duidelijk geweest. Het was wel iets voor Torben om iemand erop uit te sturen om mij te bespioneren. Hij mocht dan een dronkaard zijn en een bruut, maar dom was hij niet.

De hobbelige weg door het bos maakte me weer wat wakkerder en ik stond mezelf toe om even nergens anders op te letten dan op de vogels boven me en het geritsel in het struikgewas. Voor me stak een ree over, wat een glimlach op mijn gezicht toverde.

Terwijl de merels hun avondlied zongen, naderde ik uiteindelijk Rozenhaag. Nog heel even bleef ik luisteren naar de geluiden uit het bos, waar juist de roep van een koekoek klonk. Toen duwde ik mijn fiets door het tuinhek.

Een paar hommels zoemden tussen de rozen en een ervan vloog rakelings langs mijn hoofd. 'Kijk uit!' riep ik haar na, hoewel ik wist dat ze me niet verstond.

Toen ik het huis binnenkwam, zag ik Sigrun en Ingrid aan de keukentafel zitten. Sigrun hield haar armen voor zich uit; er waren wollen draden omheen gespannen. Ingrid draaide er een knot van. Wat een knus tafereel, ware het niet dat die zoektocht naar Sigrun ons parten speelde.

'Je bent er weer!' zei Ingrid ter begroeting tegen me. 'Heb je iets ontdekt?'

'Nou, de politie ben ik in elk geval niet tegengekomen,' zei ik en ik glimlachte Sigrun opbeurend toe. 'Voorlopig is dat geruststellend. Maar het is misschien wel goed als ik morgen naar het dorp ga en daar mijn oor te luisteren leg.'

Ik zweeg even en koos mijn woorden zorgvuldig toen ik vervolgde: 'Oskar zegt dat de politie niemand tegen zijn of haar wil kan meenemen.' Ik keek naar Sigrun. 'Je hebt geen misdrijf gepleegd. En het feit dat je een echtgenoot hebt, betekent niet dat hij je ergens toe mag dwingen.'

'Maar ze zouden hem kunnen vertellen waar ik te vinden ben,' antwoordde ze angstig en ze liet bijna de draden vallen. 'Als hij hier opduikt...'

'We zouden een grote hond moeten aanschaffen,' opperde Ingrid. 'Heeft die nare boer er niet een in de aanbieding?'

'Ik vrees van niet.' Ik ging aan de tafel zitten. 'En zelfs als we er een hadden, dan zouden we hem onmogelijk op mensen af kunnen sturen.'

'Je hebt geen idee wat sommige mensen al met mij hebben gedaan!' antwoordde Ingrid grimmig.

'Als de politie inderdaad hiernaartoe komt, zullen ze vragen stellen.' Ik pakte Sigruns hand. 'Dan moet je ze misschien maar vertellen wat Torben je heeft aangedaan. Hij heeft het recht niet je te slaan. Daarvoor zou je aangifte tegen hem kunnen doen.'

'Maar... daar zou ik niets mee opschieten.' Sigrun keek me angstig aan.

'Het zou een poging waard zijn,' zei ik. 'We zullen in elk geval alles in het werk stellen om te voorkomen dat je naar hem terug moet, dat beloof ik je.'

Die dag gingen we vroeger dan anders naar bed. De zon scheen nog, maar die sloten we buiten met de luiken.

Na het avondmaal was mijn vermoeidheid teruggekeerd, maar de onrust die me kwelde bleef. Ik staarde naar het plafond van onze slaapkamer en omdat Sigrun al in de huiskamer op haar sofa lag, zei ik: 'De politie zal niet ons enige probleem zijn.'

'Wat bedoel je?' Ingrid wendde zich naar me toe.

'Oskar zei dat er een man voor ons pension stond. Hij vermoed dat Torben misschien iemand heeft gevraagd mij in de gaten te houden.'

'Wat een schoft,' mompelde ze. 'Heeft die vent je gezien?'

'Nee. Maar ik zou dolgraag willen weten wie hij is.'

'Je kunt hem maar beter niet onder ogen komen. Wie weet wat hij zou doen.'

Ik slaakte een diepe zucht. 'Ja, dat dacht ik ook al.' Ik dacht even na en kwam toen op een idee. 'Als de nood echt aan de man komt, kunnen we Sigrun onder een valse naam in de herberg onderbrengen.'

'Denk je echt dat dat zou lukken?'

'De waard lijkt een aardige man te zijn. Hij is bang om concurrentie te krijgen, maar die hoeft hij van ons niet te duchten. Ik denk niet dat hij veel vragen zou stellen.'

'Je vergeet dat het geld kost. Geld dat we niet hebben.'

'Ik heb nog wat spaargeld,' zei ik. 'En Liv zou vast ook helpen. We hebben er tenslotte allemaal baat bij als Sigrun in veiligheid is.' Ik plukte aan mijn deken en voegde eraan toe: 'Misschien moesten we haar dat morgen maar voorstellen. Als ze er niets van wil weten, kunnen we altijd nog iets anders bedenken.'

'Ja, we zouden bijvoorbeeld met z'n allen op reis kunnen gaan. Naar het noorden. Naar Lapland misschien.'

'Waarom juist daarheen? Het schijnt koud te zijn in Lapland.'

'Omdat het ver van Karlskrona en die vent is.'

Ik was er niet van overtuigd dat er een plaats bestond waar ze veilig voor hem zou zijn zolang hij vrij rondliep en ze niet van hem gescheiden was. Maar we konden maar één stapje tegelijk zetten.

90

Oskar

Het stadhuis van Karlskrona bevond zich aan de Stortorget, het grote plein in het centrum met rondom een aantal bestuurlijke gebouwen en twee van de belangrijkste kerken van de stad: de Kerk van de Heilige Drievuldigheid met de grote koepel en de Frederikskerk met de beide hoge klokkentorens.

Het stadhuis zelf was een neoclassicistisch gebouw met een oranje gevel, waartegen de pilaren en andere decoratieve elementen fraai afstaken. De alomtegenwoordige rook uit de fabrieken had zijn sporen achtergelaten, maar dat deed geen afbreuk aan de schoonheid van het gebouw.

Ik was iets te vroeg, dus ging ik op de trap zitten die naar de imposante, door zuilen geflankeerde entree leidde. De avondzon viel op het plaveisel en het door bloemperken omgeven standbeeld van koning Karel XI.

Het zou een heerlijk plekje zijn geweest om met Marlene van het zonnetje en de warmte te genieten. Als al die dingen er niet waren die ons momenteel verhinderden daar de tijd voor te nemen…

Het was me helaas niet gelukt te ontdekken hoe het onderzoek in de zaak-Sigrun Bergsma verliep. De jonge agent op het politiebureau wilde daarover niets meedelen. Maar omdat het niet om een vooraanstaand persoon ging, zouden ze er vast niet al te veel vaart achter zetten.

Ik hoopte alleen dat Marlene ongehinderd in Nättraby was aangekomen. Ik achtte die kerel ertoe in staat haar achterna te gaan als hij haar zag…

Toen sloegen de kerkklokken half zes. De eerste leden van het stadsbestuur arriveerden. Ik zag de burgemeester, wiens gezicht me bekend was van foto's uit de krant. Hij werd vergezeld door zijn secretaris en anderen, die ik niet kende. Voor zover ik wist behoorden Sten Boregard en Hugo Skantze eveneens tot dit gremium. Lundström had gelijk: het zou interessant zijn te zien wie met wie een coalitie vormde. Vooral omdat degene op wie mijn onderzoek was gericht zich ook onder deze mannen bevond.

Misschien was er zelfs iemand bereid me het een en ander over hem te verklappen.

Toen de mannen me waren gepasseerd stond ik op en liep achter hen aan het gebouw in. Ook vanbinnen was het gebouw een lust voor het oog. Het stucwerk aan de hoge plafonds, de schilderijen en de stijlvolle kroonluchter toonden aan dat de zeevaart deze stad belangrijk maakte en dat de industrie haar rijkdom bracht.

In de enorme raadszaal zocht ik een zitplaats achterin. Van hieruit had ik goed zicht op het gebeuren. Ik had net mijn notitieblok tevoorschijn gehaald toen ik een paar laatkomers zag binnenkomen.

Ik had geen idee hoe de hiërarchie van de volksvertegenwoordigers in elkaar zat. Er bestaat een natuurlijke neiging tot groepsvorming en elke groep heeft een leider. Dat was hier niet anders. Ze stonden in groepjes bij elkaar en leken met elkaar te overleggen. Van de vijf die mijn aandacht trokken was vreemd genoeg de man met het kleinste postuur degene die het blijkbaar voor het zeggen had.

Een van de mannen herkende ik meteen: Hugo Skantze, de eigenaar van de lampenfabriek. Hij droeg een donker pak, een hagelwit overhemd, een groene das en onberispelijk gepoetste schoenen. Vier van zijn metgezellen waren me nog onbekend, de vijfde was Sten Boregard. Zijn gezicht zag rood, zijn ogen fonkelden. Iets leek hem woedend te maken. Ik had graag geweten wat.

Skantze moest hebben gemerkt dat ik naar hen keek, want hij maakte zich los van het groepje en liep rechtstreeks naar me toe.

'Ah, een nieuw gezicht,' zei hij. 'U bent toch van de pers? Kon de heer Mortensen deze keer niet worden gemist?'

'Mijn uitgever vond dat het tijd werd dat ik de bestuurders die de geschiedenis van Karlskrona bepalen leerde kennen.' Ik stond op en stak hem mijn hand toe. 'Oskar Andersson.'

'Hugo Skantze,' antwoordde hij en hij nam me onderzoekend op. Hij was meer dan een kop kleiner dan ik, maar ik wist dat juist zulke mannen heel gevaarlijk konden worden. Zij waren degenen die geen andere keuze hadden dan zich sterk te laten gelden. Dat deden ze soms met alle mogelijke middelen. Zijn handdruk verried in elk geval energie en zelfbewustzijn. Ik had hem sympathiek kunnen vinden als hij Marlene niet had ontslagen.

'Hoelang werkt u al in Karlskrona?' vroeg hij terwijl ik probeerde mijn gevoelens achter een masker van professionaliteit te verbergen.

'Sinds een paar weken,' antwoordde ik. 'Daarvoor zat ik in Stockholm bij de *Dagens Nyheter*.'

Als blijk dat hij onder de indruk was, stak Skantze zijn onderlip naar voren. 'Dan heeft Lundström geluk dat hij u heeft kunnen krijgen. Veel verslaggevers hier uit de buurt lijkt het aan journalistieke vaardigheden te ontbreken, zowel inhoudelijk als stilistisch.' Hij hield zijn hoofd schuin, nam me nog eens van top tot teen op en zei: 'Kom, ik wil u mijn vrienden voorstellen.'

Hij ging me voor naar de andere mannen en stelde ze om de beurt aan me voor. Nicolas Swahn was de directeur van de kledingfabriek en Skantzes zwager, Sten Boregard de eigenaar van de rederij, Gerd Löw leidde het elektriciteitsbedrijf dat hier sinds 1905 gevestigd was, Mikke Brandström was verantwoordelijk voor de aanleg van de tramlijn en Lasse Öberg was ooit eigenaar van de gieterij geweest, voordat Skantze die opgekocht en daarmee het bedrijf gered had. Een zeer illuster gezelschap, dat moest ik toegeven.

Interessant was dat deze mannen allemaal iets met energie te maken hadden. Met uitzondering van Swahn misschien, of hij moest lampenkatoen voor Skantze produceren. Dat was niet uit te sluiten.

Het zestal bekeek me nieuwsgierig en ik kon duidelijk zien dat ze probeerden af te wegen in hoeverre ik hun van nut zou kunnen zijn.

Sten Boregard keek echter nog steeds alsof zijn maag van streek was. Zou het komen doordat de toenemende elektrificatie van de stad, waarover het vandaag immers zou gaan, een bedreiging vormde voor zijn petroleumhandel?

'U wilt dus een andere wind laten waaien bij onze krant?' vroeg hij me wat korzelig.

'Ik wil vooral vaste voet krijgen in de stad,' zei ik en ik voelde iets tintelen in mijn buik. 'Karlskrona is een mooie stad, veel rustiger dan Stockholm.'

'En we kennen hier nog zoiets als moraal!' pochte Swahn en de andere mannen lachten. Boregard keek echter nog steeds alsof hij een steen had ingeslikt. Zouden de anderen hem iets hebben verteld wat hem niet aanstond? Het verbaasde me dat hij zijn gevoelens niet verborg.

'Ik ben van plan precies die aspecten in mijn artikelen naar voren te brengen,' verklaarde ik. Toen wendde ik me tot Skantze: 'En maakt u zich geen zorgen, volgende week is de heer Mortensen er weer voor u.'

'Nou, ik weet nog niet zo zeker of ik de voorkeur aan hém geef,' antwoordde de fabriekseigenaar. 'Verklap het hem niet, alstublieft, maar ik vermoed dat hij niet kan tippen aan een verslaggever van de *Dagens Nyheter*.'

'O, dat is te veel eer,' antwoordde ik. 'Misschien moet u eerst maar eens iets van me lezen.'

Skantze nam me nog eens goed op en zei toen: 'Kom in de komende week eens bij me langs op kantoor. De raadsvergadering zal vandaag onder andere over de elektrificatie van de stad gaan. Ik kan u daar meer over vertellen, ook over de gevolgen ervan voor onze onderneming, als u wilt.'

'Dat aanbod neem ik in dank aan,' zei ik met een korte buiging. Op dat moment klonk de bel die de raadsleden het sein gaf hun plaats in te nemen.

Na de raadsvergadering verliet ik het stadhuis zo snel mogelijk, want ik wilde mijn artikel dezelfde avond nog opstellen. Het was inmiddels donker geworden en voor zover ik het had begrepen, zouden de raadsleden nu nog naar het café gaan.

Skantzes aanbod om me te vertellen over zijn moderniseringsplannen was als geroepen gekomen. Hij had me daarmee praktisch in de stad ontvangen, me welkom geheten en mijn functie bekrachtigd. Hij leek een verstandig man te zijn, die wist dat het voor een onderneming van groot voordeel kon zijn om een goede relatie met de pers te onderhouden. En ik wist dat het in mijn voordeel was als ik een van de invloedrijkste mannen van de stad aan mijn kant had. Misschien zou hij me ook op een andere manier van dienst kunnen zijn…

Toen ik in de buurt van mijn pension kwam, vroeg ik me af of de onbekende daar nog steeds zou rondhangen. Misschien had hij ingezien dat Marlene niet zou komen. Maar dat wilde niet zeggen dat hij niet morgen op dezelfde plek zou verschijnen…

Opeens schoot er vanuit het duister een hand op me af. Ik draaide me intuïtief razendsnel om, sloeg de aanval af en duwde de onbekende tegen de muur. Ik pakte hem bij de revers van zijn jas en trok hem mee het licht van de straatlantaarns in.

‘Ik ben het!’ riep de man verschrikt uit. Meteen herkende ik zijn gezicht.

‘Bent u niet goed wijs?’ vroeg ik en ik liet hem los. ‘Om me zomaar vast te grijpen!’

‘Het spijt me,’ zei hij en hij trok zijn kleding recht. ‘Ik wist niet wat ik moest doen.’

‘U had me een bericht kunnen sturen.’ Ik stond te hijgen en mijn hart ging tekeer. Normaal was ik niet zo schrikachtig, maar de gebeurtenissen van die dag hadden me nerveus gemaakt.

‘Ik was bij u op de redactie,’ zei hij en hij keek gejaagd om zich heen. ‘Daar zeiden ze dat u hier was. Het is belangrijk.’

Ik trok hem mee terug in de schaduw. ‘Wat is er dan?’

‘Het ziet ernaar uit dat mijn chef inderdaad verdenking koestert. Hij heeft een brief gekregen en daarna was hij een tijdlang in alle staten.’

Ik dacht aan mijn gesprek met de officier van justitie. De connecties die tot doel hadden…

‘Weet u waar het om ging?’

‘Nee, maar ik ben bang dat er misschien iets aan het licht is gekomen.’

Dat was vervelend, maar we vreesden al dat er zoiets zou gebeuren.

‘Mijn chef heeft een detective in de arm genomen. Arvid Hamme heet hij. Hij moet uitzoeken met wie Marlene Walsted omgaat, met wie ze praat.’ Hij keek me aan. ‘U kent haar vast wel.’

Ik kende haar niet alleen, ik hield van haar. En van wat hij net zei, schrok ik meer dan van het bericht dat aan zijn chef iets kon zijn overgebriefd. Ik onderdrukte een vloek.

‘Ik… Ik kan het risico niet langer nemen,’ zei mijn informant daarop. ‘Als die detective ons samen ziet…’

‘Dat zegt nog niks,’ antwoordde ik. ‘Ik ben toch verslaggever? Een verslaggever praat met mensen; dat is niets bijzonders.’

Toch bezorgde het me buikpijn. Als die vent door Torben Bergsma was gestuurd, kon hij makkelijk om de tuin worden geleid. Een detective vereiste andere maatregelen.

‘Hoor eens, we hoeven elkaar niet telkens te ontmoeten,’ zei ik. ‘En u hoeft voorlopig ook geen documenten meer te ontvreemden. Maar u moet wel in de gaten blijven houden of uw baas iets wil vernietigen. Geef me in dat geval een seintje en zorg er als het mogelijk is voor dat de documenten op een veilige plek belanden.’

‘Maar waar moet ik ze dan verstoppen?’ De paniek was van zijn gezicht af te lezen.

Ik dacht na. Ze naar mijn kamer bij de Malmströms laten brengen was te riskant. En wat zou het voor indruk wekken als hij met een stapel dossiers de winkel in kwam?

Toen kreeg ik een idee. ‘Stuur de documenten naar het volgende adres,’ zei ik. Ik haalde een potlood en mijn notitieblok uit mijn zak. ‘Gebruik mijn naam. De ontvanger zal ze bewaren.’

91

Marlene

In mijn droom zag ik bonte linten en hoorde ik vioolklanken. Op midsommar waren Bjarne en ik zoals vele andere stedelingen de natuur in getrokken en hadden daar een picknick gehouden. In de schaduw van een wijdvertakte beuk zaten we elkaar stukjes gebak en vruchten te voeren en genoten we van elkaars nabijheid. Er was altijd wel iemand die een fiedel bij zich had en daar wat vrolijke liedjes op inzette. Soms dansten we; Bjarne kon ook op die simpele melodietjes heel goed dansen.

Maar toen ik opkeek naar de man aan wiens borst ik gevlijd lag, was het niet Bjarnes gezicht dat ik zag. Ik keek in het gezicht van Oskar. Er vielen zonnevlekken op, die lichtjes in zijn ogen toverden.

Ik voelde zo'n intens geluk dat ik begon te huilen. Was het mogelijk dat eindelijk alles goedkwam?

Opeens werd er aan mijn been getrokken. Was het een hond? Ik keek, maar zag niets. Toen ik me naar Oskar omdraaide, zag ik Sten Boregard naast me staan.

Luid hijgend schrok ik op. Ik had even nodig om voor mezelf helder te krijgen dat ik niet in de wei, maar in mijn bed lag.

'Marlene!' hoorde ik iemand roepen. Het klonk dringend, wat ik niet begreep. Wat was er aan de hand?

Weer werd er aan me getrokken, nu aan mijn schouder. 'Marlene, word wakker!'

In het ochtendlicht, dat recht in mijn gezicht scheen, kon ik eerst slechts vage contouren zien, tot Ingrids lichaam een schaduw over mijn blikveld wierp.

'Wat is er?' mompelde ik onwillig.

'Sigrun is verdwenen!'

Mijn lichaam reageerde voordat mijn verstand goed kon bevatten wat Ingrid had gezegd. 'Weet je het zeker?' vroeg ik. Ik schrok ontzettend en de rest van mijn vermoeidheid verdween op slag.

'Ik kan haar nergens vinden!' Ingrids stem klonk wanhopig.

Ik trok mijn oude ochtendjas aan, die ik uit Karlskrona had meegebracht, en rende naar buiten.

'Sigrun!' Mijn stem schalde luid door het bos, echode door de bomen en liet de vogels opschrikken.

Ook Ingrid riep haar naam. Antwoord kregen we niet.

'Waar kan ze toch zijn?' vroeg Ingrid angstig terwijl ze alle kanten op vloog. 'Ze zal toch niet in de put...'

We renden erheen. In de afgelopen dagen had Sigrun af en toe het water gehaald. Wij vonden dat het te vermoeiend voor haar was, maar ze had erop gestaan.

'Sigrun!' riep ik de putschacht in. 'Sigrun, is je iets overkomen?'

Ik luisterde. Als ze niet dood was, zou ze zich kenbaar kunnen maken.

'We moeten een lamp in de schacht laten zakken. Dan kunnen we misschien zien of ze daarbeneden is.'

Ingrids woorden maakten mijn angst alleen maar groter. Als er echt zoiets was gebeurd...

Ik rende weer naar binnen en kwam terug met een oude lamp en een stuk touw. De lamp hadden we in een van de kasten gevonden. Die had niet de kwaliteit van mijn petroleumlantaarn, maar brandde fel. Ik stak de lamp aan, maakte het touw aan het hengsel vast en liet hem het duister in zakken. Veel licht verspreidde hij niet en ik moest heel goed turen om iets te onderscheiden, maar na enige tijd wist ik het zeker. 'Daar is ze niet,' zei ik terwijl ik de lamp weer optrok. Ik kreeg een idee. 'Laten we het bos in gaan!'

Ik bracht de lamp weer naar binnen, trok vlug een jurk aan en ging weer naar buiten. Als mijn vermoeden juist was, had ze al een grote voorsprong. Het loonde misschien niet eens de moeite om te gaan zoeken, want we hadden geen enkel aanknopingspunt over de richting waarin ze was vertrokken. Toch bleven we lang naar haar roepen terwijl we het bos afzochten. Dieren sprongen uit het kreupelhout, vogels fladderden boven ons uit. Sigrun echter bleef spoorloos.

Er ging een rilling door mijn lichaam. Wat moesten we doen? Waar moesten we zoeken in dit enorme bos?

'Heb je in de woonkamer gekeken?' vroeg ik bij ingeving.

'Natuurlijk,' antwoordde Ingrid. 'Hoe had ik anders moeten weten dat ze weg was?'

'Heb je gezien of ze iets heeft meegenomen?'

Ingrids blik gaf me het antwoord.

'Laten we teruggaan en even kijken,' zei ik en ik draaide me om.

'Ze moet bang zijn geworden,' zei Ingrid. Ze bleef oplettend rondturen.

Maar waarom? vroeg ik me af. Ik had haar toch beloofd dat we haar zouden beschermen? Waarom had ze me niet geloofd? Mijn huid begon onaangenaam te prikkelen toen er iets anders bij me opkwam.

Als Sigrun werkelijk naar Torben terugkeerde, zou hij willen dat ze rekenschap aflegde. Zou ze sterk genoeg in haar schoenen staan om haar mond te houden? Wist ze eigenlijk wat er zou gebeuren als ze hem over ons vertelde? Ik wenste dat we haar hadden laten zweren niets te verklappen...

Eenmaal terug in huis stormden we de huiskamer in. Ik bleef stokstijf staan toen ik de sofa zag, die Sigrun als slaapplaats had gebruikt. De deken was keurig netjes opgevouwen. Ik tilde hem op en zag de rok en de blouse die ik haar had geleend eronder liggen. Haar eigen jurk was weg.

Ik besefte onmiddellijk wat dat betekende.

'Ze is onderweg naar huis,' zei ik als verdoofd toen Ingrid achter me kwam staan.

'Dat kan ze toch niet doen!' riep Ingrid uit. 'Na alles wat haar bij die vent is overkomen!'

Ik kon geen antwoord geven. Mijn keel zat dicht van pure ontgoocheling. Wat zou ik hebben gedaan als Bjarne me had geslagen? Zou ik bij hem zijn gebleven? Of zou ik zijn teruggegaan naar mijn ouders? Ik dacht weer aan de vuistslag die ik van Torben had gekregen. Ik had woede en angst gevoeld, maar in mijn geval werden die emoties niet door de mantel der liefde bedekt. Moest Sigrun echt naar hem teruggaan?

'Misschien neemt ze de trein.' Voordat ik haar kon tegenhouden, draaide Ingrid zich om en ik hoorde haar naar de keuken gaan. Even later kwam ze terug. 'Er is niets weg van het huishoudgeld.'

Ik probeerde in mijn geheugen te graven. We hadden bijna al onze kleding gewassen. Ook Sigrun had de jurk waarin ze naar me toe was gekomen in de wastobbe gestopt. Of ze van tevoren iets uit de zak van haar rok had gehaald, wist ik niet. Het kon zijn dat ze een paar munten bij zich had gehad, die ze er voor het wassen uit had gehaald.

Mijn blik dwaalde naar de vensterbank. Daar lag een briefje. Je had het makkelijk over het hoofd kunnen zien. Ik liep naar het raam, pakte het papiertje en las:

Wees alsjeblieft niet boos, maar ik moet terug naar huis. Ik wil niet dat jullie vanwege mij problemen krijgen. Ik dank jullie voor alles wat jullie hebben gedaan.
Sigrun

Ik gaf het briefje aan Ingrid. Ze liet zich op de sofa zakken en verzuchtte: 'Die domme meid!'

'Sigrun is niet dom,' antwoordde ik en ik ging naast haar zitten. 'Ze weet wat haar kan overkomen. Maar volgens mij hoopt ze nog steeds dat hij weer zal veranderen.'

Ik dacht aan mijn gesprek met haar op de binnenplaats. Haar weigering Torben los te laten.

'Het kan zijn dat hij haar niets aandoet,' zei ik. 'In elk geval de komende tijd.' Ik nam het briefje van Ingrid over en keek er nog eens naar. Het handschrift kwam nerveus over. Misschien kon ze niet beter, of ze was bang geweest.

'Wat doen we nu?' vroeg Ingrid.

'Niets,' zei ik als verdoofd. Ik werd overmand door teleurstelling. 'We hadden haar niet kunnen dwingen hier te blijven.'

'Maar misschien kunnen we haar wel overhalen.' Ingrid dacht even na. 'Als we nu eens naar het station gingen? Om te proberen haar op andere gedachten te brengen als we haar vinden?'

'Ik denk niet dat het zin zou hebben. De ochtendtrein is allang weg. Bovendien kunnen we niet tegen haar wil ingaan. Ze is een volwassen vrouw. Als ze weg wil, moeten we haar laten gaan.'

'Maar dat kan toch niet! Stel dat ze...'

Ingrid werd onderbroken door een kreet die door merg en been ging, zo doordringend dat we bijna tegelijkertijd opsprongen.

'Ook dat nog!' riep Ingrid en ze ging ervandoor.

92

Liv

Het was al een tijdje geleden dat ik bij de Skantzes thuis voor de fika was langsgegaan. Gewoonlijk kwamen enkele hooggeplaatste dames uit de stad daar samen om te praten, te roddelen en elkaar en passant de nieuwste mode te laten zien.

Tot voor kort had ik er als vanzelfsprekend bij gehoord, had ik hun manier van praten overgenomen en hun ideeën tot de mijne gemaakt. Nu voelde ik me alsof me een reis naar een onbekend land wachtte.

Ik dacht weer aan de zorgeloosheid die Marlene en haar vriendinnen hadden uitgestraald. Wat Nanna's vriendinnen en kennissen zouden zeggen van vrouwen die in hun ondergoed rondliepen, kon ik wel bedenken.

Ik liet Astrid een van mijn mooiste middagjurken klaarleggen, kleedde me aan en vertrok van huis. Het ging me er bij dit bezoekje niet om weer onder 'ons soort mensen' te zijn, zoals Sten het zou uitdrukken. Ik wilde erachter komen hoe het zat met de zoektocht naar Sigrun Bergsma.

Er stonden wat wolken aan de hemel, maar toch was het zweterig warm. Ik dacht terug aan mijn wandeltocht naar Rozenhaag. Daarbij vergeleken was deze korte afstand niets.

Aangekomen bij Ronnebygatan 5 belde ik aan en zette toen een stap naar achteren. Wilma, de dienstbode, deed vrijwel meteen open. Achter haar hoorde ik de luide stemmen van de kinderen. Even later renden de meisjes schreeuwend en jubelend langs me heen terwijl hun broertje hen met getrokken houten zwaard achternazat.

Nanna wachtte me op in haar salon. Het was een mooi vertrek met wandschilderingen van bostafereeltjes. In het midden stond een groen velours bankstel. Het schilderij van een zeilschip dat heroïsch tegen de golven optornde bracht me Marlenes lot in herinnering, maar dat beeld verdrong ik vlug.

'Liv, wat heerlijk je te zien!' zei Nanna ter begroeting. Ze droeg een crèmekleurige middagjurk met een hoge taille. Ik vond dat ze wel een beetje overdreef met haar zwangerschap. 'Het is eeuwen geleden dat je hier voor het laatst was.'

Ja, dat gevoel had ik ook. De laatste keer hadden we het over nieuwe gordijnen gehad en een van Nanna's vriendinnen was over het vrouwenkiesrecht begonnen. Het had me verbaasd dat Nanna daar oprecht in geïnteresseerd was.

'Komen de anderen ook?' vroeg ik nadat we elkaar omhelsd hadden.

'Mathilde en Frieda komen. Jette en Marie ook. Louise heeft helaas afgezegd.'

Voor een vrouw die haar man in zijn fabriek assisteerde, had Nanna erg veel vriendinnen. Ik kende ze allemaal, maar had nooit het gevoel gekregen dat ze nauwere banden met me wilden aanknopen.

'Heel jammer,' vervolgde ze, 'omdat we immers algauw naar Aspö vertrekken.'

'Je zou Louise in je zomerhuis kunnen uitnodigen,' stelde ik voor.

'Ik weet het niet,' zei Nanna. 'Ze is nogal schrikachtig en zoals je weet zijn onze kinderen nogal onstuimig.'

Als op commando begon een van de kinderen buiten woedend te schreeuwen. Het kindermeisje rende de deur voorbij. Nanna bleef doodgemoedereerd zitten. Dat verbaasde me enigszins, wetende dat haar kinderen haar alles waren.

'Hoe voel je je nu je zwanger bent?' vroeg ik. Dit was de beste manier om bij haar deuren te openen. Vroeger zou ik geen bijgedachten bij zo'n vraag hebben gehad, maar ik wilde er beslist achter komen hoever de politie gevorderd was wat Sigrun betrof. En dat zou alleen lukken als ik Nanna in mijn netten verstrikte.

'De misselijkheid is vreselijk,' antwoordde ze. 'Na vier zwangerschappen zou je denken dat het minder wordt, maar deze keer heb ik het gevoel dat het juist erger is. Mijn arts denkt dat het eraan kan liggen dat het een jongen wordt.'

'Hugo zou vast blij zijn met nog een zoon.'

'Ja,' zei ze. 'Zelf zou ik eigenlijk liever een meisje hebben. Je weet wel, vanwege de erfopvolging. Broers kunnen niet altijd goed met elkaar overweg, vooral als het om een bedrijf gaat. Soms komt het tot conflicten. Ik zou liever zien dat Lars-Olof geen concurrentie had.'

Hoe kon zij weten of die kleine wildebras ooit een goede directeur zou worden? Was het niet waarschijnlijker dat ze heimelijk een vervangster voor haar overleden oudste dochter wenste? Maar dat zou ze nooit hebben toegegeven en ik paste er wel voor op om dat vermoeden uit te spreken.

De andere dames kwamen nu ook binnendruppelen. Nanna begroette ze allemaal persoonlijk en ik nam even een momentje om me te wapenen. Mijn afwezigheid van de laatste tijd moest zijn opgevallen. En wie wist wat Nanna hun had verteld…

Frieda Sundalöw was de eerste die naar me toe kwam. 'Liv, jou hebben we al in tijden niet meer gezien! Ik hoop dat het goed met je gaat.'

'Ja, nu wel weer,' zei ik en ik vertelde het verhaal van mijn gebroken pols – zonder Marlene erbij te betrekken, want ik voelde Nanna's waakzame blik. Ik wilde mijn kansen om iets over het politieonderzoek te weten te komen niet verkleinen. Als Nanna het er al over zou hebben. Zo niet, dan had ik in elk geval mijn goede wil getoond.

De salon werd voller en uiteindelijk werd de koffie geserveerd. Het gebak van Nanna's kokkin was heerlijk en ik besefte opeens dat ik de kwestie met het vrouwenhuis misschien op een iets andere manier moest benaderen. Als ik de steun van een paar dames uit deze kring kon krijgen, zou zelfs Sten er niets meer tegen in kunnen brengen.

Mijn blik viel op Frieda, die als de middag gevorderd was waarschijnlijk weer over het kiesrecht zou beginnen. Zij zou vast bereid zijn noodlijdende vrouwen te steunen…

Ik had net een plannetje gesmeed om haar na de fika aan te spreken toen plotseling de deur van de salon openvloog.

De dames begonnen opgewonden te fluisteren. Ik schrok toen ik Sten zag. Achter hem stond Hugo. Die zag bleek, maar Sten had een kleur als een boei. Woedend boorde zijn blik zich in mijn gezicht. Ik voelde dat hij moeite moest doen om zich te beheersen. Wat was er gebeurd?

'Dames, het spijt me dat we u storen tijdens uw koffiekransje, maar Sten en ik hebben iets met onze vrouwen te bespreken.' Hugo keek naar Nanna en toen naar mij. 'Als jullie zo goed willen zijn om met ons mee te komen naar mijn werkkamer?'

93

Marlene

Nadat ik 's nachts nauwelijks tot rust was gekomen, slaagde ik er in elk geval tegen de ochtend in om nog wat te slapen. Gedurende die momenten was ik vrij van zorgen. Vrij van de angst om Sigrun. Ik kon haar besluit nog steeds niet begrijpen en vreesde dat ze er een hoge prijs voor moest betalen.

Vogelgekwetter haalde me zachtzinnig uit mijn slaap. Verrast stelde ik vast dat het al na achten was. Hoe kon ik niet hebben gemerkt dat Ingrid was opgestaan?

Ik kwam overeind en zag dat ik in mijn kleren had geslapen. Vlug trok ik mijn rok uit, waarop het bloed en het vruchtwater van de geit was ingedroogd. Gelukkig was de stof zo donker dat je de vlekken niet zou zien als ze er niet helemaal uit gingen.

Gewassen en omgekleed ging ik naar de keuken. Ik hoopte nog een bétje Sigrun daar te zien, tot ik besefte dat ze er echt niet meer was. Hoe had ze toch naar Torben terug kunnen gaan? Van welke kant ik het ook bekeek, begrijpen deed ik het niet.

Op tafel stond het ontbijt: havervlokken en appelpartjes. De melk ontbrak; waarschijnlijk was Ingrid in de stal.

Ik liep naar buiten, richtte mijn gezicht naar het ochtendzonnetje en sloot mijn ogen. Ik genoot van de warmte en probeerde niet aan Sigrun te denken, maar dat lukte me niet.

Ingrid trof ik inderdaad in de stal aan, waar ze geleund tegen het hek voor het geitenverblijf naar de dieren stond te kijken. De twee lammetjes stonden nu al wat vaster op hun poten en hun moeder likte telkens hun vacht. Ze waren schattig om te zien met hun grote ogen en hun tere snuitjes. De geit zag er afgemat uit en haar buik hing nog duidelijk af. Een naam hadden we haar nog niet gegeven; door de opwinding om Sigrun hadden we er geen tijd voor gehad.

'Goedemorgen,' zei ik en ik bond mijn haar tot een vlecht in mijn nek.

'Goedemorgen, Marlene,' zei Ingrid met een vriendelijke glimlach. 'Zie je die twee juweeltjes hier? Ze zullen de basis van onze eigen kudde worden.'

Een eigen kudde. Een kudde geiten die ons van melk voorzag en soms ook van vlees. Vrijheid.

'Ze zijn allerliefst.' Ik wierp tersluiks een blik op de kom die naast haar stond. 'Je hebt haar toch niet gemolken?'

'Een beetje wel, ja,' gaf Ingrid toe. 'Haar melk is nu extra vet. Maar de komende dagen zal ik haar met rust laten, zodat ze zich helemaal op haar kleintjes kan concentreren.'

'Heb je al gekeken naar hun geslacht?'

Ingrid schudde haar hoofd. 'Nee, dat durf ik nog niet. Ik wil niet dat hun moeder ze verstoot.'

Ingrid pakte de kom van de grond. 'Laten we maar even wat eten en dan bedenken wat we vandaag gaan doen.'

We liepen terug naar het huis, waar Ingrid het ontbijt ging klaarmaken. De melk zouden we zo drinken; bij de havervlokken kwam water.

'Ik denk dat ik naar Karlskrona moet gaan,' zei ik, terwijl het water aan de kook kwam. Ingrid voegde de havervlokken eraan toe en roerde. 'Om te zien of Sigrun goed is aangekomen.'

Ik kon Liv ook een telegram sturen, maar zij zou vast niet kunnen gaan kijken hoe het met Sigrun was.

'Nadat ze ons zo in de steek heeft gelaten?' mompelde Ingrid.

Ik slaakte een zucht. Natuurlijk was ik ook teleurgesteld, maar ik kon niet boos op Sigrun zijn. 'Ik ken haar al heel lang, weet je. Bijna sinds mijn eerste dag in de lampenfabriek.'

'Was haar man toen ook al zo?'

'Dat zou ik niet weten. Zij was in het begin de enige die iets meer met me praatte. Voor alle anderen was ik een vreemde vogel. Ze begrepen niet waarom de vrouw van een kapitein in de lampenfabriek zou willen werken. Waarschijnlijk dachten ze dat ik beter op mijn plaats zou zijn tussen het hogere personeel.' Ik zweeg even en dacht aan die tijd terug. Aan het plezier dat ik aan mijn werk had ontleend. 'Toen Bjarne die keer niet meer terugkeerde, probeerde ze me te troosten. Ze vroeg hoe het met me ging en bracht de fika in de fabriek met me door. Langzamerhand leerden we elkaar beter kennen.'

'En hoe zat het met die vent?'

'Torben had er aanvankelijk niets op tegen. Hij verwachtte alleen dat ze stipt op tijd bij de poort stond, zodat ze samen naar huis konden gaan. Maar toen...' Het duurde even tot ik de beelden waarom het ging weer voor ogen kreeg. 'Toen verschenen die blauwe plekken. Het moet vlak na de schipbreuk zijn geweest. Ik zag ze op haar arm toen we ons werkschort aantrokken. Toen ik ernaar vroeg, beweerde ze dat ze onhandig was geweest. Dat bleef zo doorgaan en ze had steeds vaker bloeduitstortingen.'

'Wat een schoft!' fluisterde Ingrid en ze pakte de pan van het fornuis. Terwijl ze de *gröt*, zoals we de havermoutpap noemden, verdeelde, dacht ik aan al die keren dat Sigrun had beweerd iets onhandigs te hebben gedaan. Het viel me nu ook op dat ze in de loop van de tijd steeds teruggetrokkener en angstiger was geworden.

'Sigrun was vroeger heel anders. Weliswaar wat stil, maar niet zo...' Ik kon niet op het juiste woord komen.

'Schuchter?' opperde Ingrid.

'Onderworpen zou ik het noemen.'

'Is dat niet hetzelfde?' Ingrid legde een paar frambozen op de pap, die waren overgebleven nadat we de jam hadden gemaakt. 'Ze had zich al veel eerder van hem moeten losmaken. Weg moeten gaan.'

'Maar waarheen dan?' vroeg ik en ik proefde een lepel gröt. Het was niets bijzonders, maar de smaak van de frambozen explodeerde in mijn mond. 'Bovendien verontschuldigde hij zich telkens weer voor zijn gedrag.'

'Verontschuldigde zich ervoor, ja, maar hij beterde zijn leven niet,' zei Ingrid en ze nam een hap van haar pap.

Daar had ze gelijk in. Wat had je aan excuses als het bleef gebeuren? En de mishandelingen zelfs steeds korter na elkaar plaatsvonden...

Een geluid deed me opkijken van mijn ontbijt. Het klonk als geschuifel van schoenen op stenen. Ik liet mijn lepel naast mijn kom vallen.

'Sigrun!' riep ik uit en ik vloog naar de deur. Mijn hart maakte een sprongetje van vreugde. Ze was terug! Ik deed de voordeur open en keek om de hoek. Er kwamen twee politieagenten het pad op. Achter hen liep Sten Boregard.

94

Liv

Donkere wolken hingen boven de stad, alsof de hemel wist hoe het met me gesteld was. Ik zat voor mijn raam, keek naar buiten en voelde me zo leeg vanbinnen als ik me zelden had gevoeld. Gisteren was de middag op een catastrofe uitgelopen. Telkens weer ontrolde de scène zich voor mijn geestesoog…

Samen met Nanna had ik de salon verlaten onder de vragende blikken van de andere dames. Hugo haalde normaal gesproken zijn vrouw niet bij haar gezelschap vandaan; ze was tenslotte de gastvrouw. Er moest wel iets ernstigs zijn voorgevallen. Wat me echter het meest verontrustte, was de aanwezigheid van Sten.

De beide mannen gingen ons voor zonder aan te geven wat er was gebeurd. Mijn gedachten sloegen volledig op hol. Wat konden we te bespreken hebben? Ik had me werkelijk in geen enkel opzicht met Skantzes zaken bemoeid! En waarom zou Sten zo woedend zijn dat hij niet eens een jasje had aangetrokken? Terwijl hij anders altijd zo goed op zijn uiterlijke verschijning lette.

Even later bevonden we ons in Hugo's werkkamer. Hugo stond achter zijn bureau, Nanna rechts van mij en achter me versperde Sten bij de deur de weg naar buiten.

'Wat is er gebeurd?' vroeg ik. 'Waarom willen jullie ons spreken?'

'Jóú spreken,' preciseerde Hugo. In wezen was hij een rustige, bijna flegmatische man. Ik maakte hem nu voor het eerst heel boos mee. 'We willen jóú spreken.'

Ik voelde dat Nanna naar me keek.

'Is het waar dat jij Sigrun Bergsma bij je verborgen hebt gehouden?' vroeg Hugo.

Zijn woorden troffen me als een vuistslag. Hoe wist hij dat? Was de politie in Rozenhaag geweest? Ik had Marlene toch dat telegram gestuurd?

'Waag het niet het te ontkennen!' Hugo's stem klonk als een zweepslag door het vertrek. 'Ze is vanochtend in de fabriek verschenen en heeft alles opgebiecht!'

Ik kreeg het gevoel in een afgrond te vallen. Het duizelde me, mijn oren suisden en mijn hart bonsde zo hard als nooit tevoren. Flauwvallen was nu misschien het beste geweest, maar ik bleef staan en vervloekte mijn sterke lichaam. En Sigrun Bergsma. Waarom was ze naar de fabriek gegaan? En waarom had Marlene me niet van haar vertrek op de hoogte gesteld?

'Ze...' Ik moest mijn keel schrapen, want die voelde vreselijk droog aan. 'Ze was voor haar man gevlucht,' wist ik ten slotte uit te brengen.

'Gevlucht?' vroeg Hugo. 'Waarom dan juist naar Nättraby? Naar het huis dat jij daar zou hebben?'

Ik sloot mijn ogen. Opeens schoot me de waarschuwing van Oskar Andersson te binnen.

Even kon ik niets uitbrengen. De blikken staken als naalden op me in.

Hugo trommelde een paar keer onrustig met zijn vingers op het bureaublad en zei toen: 'Dat je dingen voor je man wilt verzwijgen is jouw zaak. Maar ik dacht dat we hadden afgesproken dat je je niet meer zou bemoeien met zaken die onze firma betreffen.'

Opeens voelde ik me alsof ik in het beklaagdenbankje in de rechtszaal stond. Met dit verschil dat er hier geen advocaat aanwezig was, niemand die voor mij kon spreken en me kon verdedigen. En wat had die ook kunnen zeggen?

Toen gebeurde er iets vreemds met me. De bodem mocht dan onder mijn voeten zijn verdwenen, ik stond nog steeds overeind. En plotseling voelde ik weerstand opkomen.

'Die vrouw heeft zich met een hulpvraag tot ons gewend,' zei ik, nadat ik Nanna een korte blik had toegeworpen. 'Ze was gewond, ze bloedde. Dat kan onze huisarts bevestigen. We wisten geen andere uitweg dan haar uit Karlskrona weg te halen.'

'We?' vroeg Hugo. 'Bedoel je die Walsted en jij?'

Ook dat had Sigrun dus verteld. Ik kon er met mijn verstand niet bij.

'Ja,' gaf ik toe en ik stak mijn kin vooruit. Ik zou hoe dan ook problemen krijgen, dus waarom zou ik me inhouden? 'Marlene Walsted en ik willen een huis dat ik van mijn vader heb geërfd inrichten als toevluchtsoord voor vrouwen die uit moeilijke omstandigheden komen.' Ik keek naar

Sten, die met zijn kaken maalde. Ik werd bang. Hier zou hij zich weten te beheersen, maar thuis?

'Mijn man heeft me aangeraden om een filantropische bezigheid te zoeken,' vervolgde ik. 'Na alles wat ik in de afgelopen weken heb meegemaakt, denk ik dat dit noodzakelijk is.'

Er volgde een stilte op mijn woorden. Ik was ervan overtuigd dat ik op dat moment de vriendschap van de Skantzes kwijtraakte. Misschien raakte ik verder ook alles kwijt.

'Je mag van geluk spreken dat Torben Bergsma geen aangifte wegens ontvoering tegen je doet,' zei Hugo ten slotte. 'Nu zijn vrouw ongedeerd is thuisgekomen, konden we hem ertoe overhalen van juridische stappen af te zien.'

Juridische stappen?

Ik snoof luid. 'Je hebt niet geluisterd naar wat ik zei, hè Hugo?' vroeg ik zo provocerend dat ik mezelf niet herkende. 'Die man slaat zijn vrouw! Ze is naar ons toe gekomen. Vrijwillig! En wat jij ook denkt dat de rechten van een man ten opzichte van zijn echtgenote zijn, ze kan haar eigen beslissingen nemen. Had ik haar dan naar huis moeten sturen?'

Mijn blik richtte zich op Nanna. Zij was toch ook een vrouw? En Frieda Sundalöw, de suffragette, haar vriendin...

Maar Nanna's gezicht bleef volkomen uitdrukkingloos.

'Je had de politie moeten informeren als je van mening was dat er sprake van een misdrijf was!' zei Hugo. 'Wees blij dat ik het voor je heb opgenomen.'

Verwachtte hij dat ik hem daarvoor zou bedanken? Misschien had Torben Bergsma het erop aan moeten laten komen... Ik bleef hem aankijken en zei niets.

Dat was kennelijk niet de reactie die hij had verwacht. Hugo klemde zijn kiezen op elkaar. 'Ik denk dat alles hiermee is gezegd. Breng je vrouw naar huis, Sten.'

Sten greep me bij mijn arm en trok me mee alsof hij een cipier was. Het verbaasde me dat hij de hele tijd niets had gezegd.

Op de trap galmden mijn eigen woorden als gongslagen door mijn hoofd. Was het verstandig geweest? Of had ik Marlene ermee in het verderf gestort?

'Je bent zo ondankbaar!' siste Sten toen we op straat stonden. Ik was blij dat de ramen van Nanna's salon aan de tuinkant zaten. Nu zagen de anderen in elk geval niet dat ik werd afgevoerd.

Bij onze voordeur liet hij mijn arm los en vanwege de buren verhief hij zijn stem niet heel erg. Ik voelde echter duidelijk dat hij kookte van woede. 'Waarschijnlijk heb je ons de vriendschap met de Skantzes gekost!'

Was het wel vriendschap geweest die ons verbonden had? Was het niet eerder zo dat Hugo en Sten bevriend waren omdat ze zakelijk op elkaar aangewezen waren?

Ik had op fikse heibel na onze thuiskomst gerekend, maar Sten sloot me gewoon op in mijn kamer. Ik bonsde woedend op de deur en speelde even met de gedachte uit het raam te klimmen, maar waar zou ik naartoe moeten? Naar Rozenhaag?

Toen dacht ik aan Marlene. Zoals ik niet had geweten dat Sigrun was vertrokken, wist zij niet wat hier gebeurde!

In paniek begon ik te ijsberen, zonder een oplossing te vinden.

Na enige tijd kwam Sten mijn kamer binnen. Hij stelde zich zo op dat ik onmogelijk langs hem heen kon. 'Je hebt dat huis in Nättraby dus van je vader?' begon hij.

Ik knikte. Dat had hij toch gehoord?

'Vind je niet dat je dat tegen je man had moeten zeggen?'

Hoe had ik dat kunnen doen? Ik keek hem aan. Waarschijnlijk verwachtte hij dat ik in tranen mijn excuses zou aanbieden, maar ik had merkwaardig genoeg geen greintje spijt.

'Ik dacht dat het je niet zou interesseren,' antwoordde ik koeltjes. 'Zoals de uitvaart van mijn vader je ook niet interesseerde.'

Sten snoof, stormde toen op me af en greep me bij mijn blouse. Er klonk een zacht scheurend geluid en toen schreeuwde hij me toe: 'Het is je plicht om het je man te vertellen als je een erfenis krijgt!'

Zijn speeksel vloog tegen mijn gezicht. Hij staarde me aan, zocht naar een reactie, maar ik voelde op dat moment alleen de angst dat hij me net zo zou kunnen mishandelen als Torben bij Sigrun had gedaan.

'Ik zal me met dat huis gaan bemoeien,' zei hij. 'En met dat vrouwmens. Ik zal ervoor zorgen dat ze nooit meer bij je in de buurt komt.'

'Maar Sten, ik... Haar treft geen blaam.'

'Zij heeft je er toch toe aangezet?' schreeuwde hij. 'Maar met die slechte invloed is het nu afgelopen!'

Daarna had hij zich omgedraaid en was hij vertrokken. De deur draaide hij weer op slot.

Mijn standvastigheid smolt als sneeuw voor de zon. Wat had ik een grote fout gemaakt! Als ik niet verder met haar was omgegaan, zou Marlene niet getuige van de mishandeling zijn geworden... Ze zou zoals altijd naar het bos zijn gefietst en ik...

Maar had ik werkelijk zo door willen gaan? Misschien zou ik deze kamer niet meer kunnen verlaten. Misschien zou ik een kind voor Sten op de wereld moeten zetten – hoe dan ook. Maar ik had me heel even... vrij gevoeld. Nuttig. Moest ik dan spijt hebben van wat ik had gedaan?

De hele nacht had ik erover nagedacht. Een antwoord had ik echter nog niet gevonden. Ik zat daar maar, in de wetenschap dat Sten vanochtend naar Nättraby was gereden om het huis van mijn vader te ontruimen.

95

Marlene

Het was alsof er een dolle wolf onze keuken in was gesprongen. Verschrikt deinsde ik terug. Ingrid wist net als ik wie deze man was, die door twee politieagenten werd geëscorteerd. Ze drongen meteen naar binnen en ontnamen ons de kans om ons uit de voeten te maken.

'Meneer Boregard,' begon ik. Mijn stem trilde. Zou ik er goed aan doen om me van de domme te houden?

De ogen van de man waren bijna zwart en de blik die hij me toewierp, verried dat hij me het liefst de nek had omgedraaid.

'Is dat die vrouw?' vroeg een van de agenten in uniform achter hem.

'Ja, dat is ze,' zei hij. 'Mijne heren, u kunt uw plicht doen.'

Welke plicht?

Toen werd het me duidelijk.

Op hetzelfde moment als de gedachte bij me opkwam, zei een van de agenten: 'Marlene Walsted, u bevindt zich onrechtmatig op het eigendom van de heer Boregard. U en uw kennis worden bij deze gesommeerd het huis onmiddellijk te verlaten. Bij weigering zijn we gemachtigd u wegens huisvredebreuk in hechtenis te nemen.'

Terwijl de woorden op me neer striemden, voelde ik dat mijn lichaam merkwaardig gevoelloos werd. Het was bijna zoals op het moment dat Boregard het bericht van de schipbreuk van de Solveig voorlas. Alleen hoorde ik nu de stem van de politieman.

'We... We zijn hier op uitnodiging van mevrouw Boregard,' zei ik. Als Boregard over het huis had gehoord, had hij vast ook met Liv gesproken...

'Mijn vrouw heeft geen zeggenschap,' hoorde ik Boregard tegen de agent zeggen, die hem na mijn woorden bevreemd had aangekeken. 'Ik heb het voor het zeggen als het om haar eigendom gaat. En ik zeg dat deze vrouwen hier onrechtmatig verblijven.'

Ik keek naar Ingrid, die nu langzaam opstond.

'U pakt uw eigendommen in,' zei de agent beslist. 'En meer niet. Alles wat van mevrouw Boregards geld is aangeschaft blijft hier.'

Het zou eenvoudig zijn om het een en ander van wat zij had gekocht als van ons op te geven, maar wat voor zin had dat?

'Kom, Ingrid,' zei ik zacht en ik raakte haar arm aan. 'Laten we doen wat de mannen zeggen.'

'Maar hoe moet het dan met de geit?' vroeg ze en ze keek naar de mannen, die haar beduusd aankeken. 'Ze heeft net gelammerd!'

Ik schudde mijn hoofd en trok haar zachtjes mee. Een van de agenten sloot zich bij ons aan.

Mijn hartslag raasde in mijn oren. Alles wat we hadden gevreesd, maar voor onszelf niet hadden willen toegeven, was gebeurd. Wat nu?

Met mechanische bewegingen begon ik mijn kleding en verdere eigendommen in mijn rugzak te stoppen. Toen ik mijn lamp pakte, wilde de agent weten waar die vandaan kwam. 'Die heb ik uit Karlskrona meegebracht,' zei ik en ik liet hem zien wat Bjarne er in had gegraveerd nadat ik hem had gekocht.

Van B+M 1900 kon hij niet veel maken, maar ik legde hem uit dat het de eerste letters van mijn voornaam en die van mijn man waren. 'Bjarne en ik zijn in 1900 getrouwd,' voegde ik eraan toe en ik zag een glimp van begrip in de ogen van de agent. Zou hij uit Karlskrona komen? En het verhaal van de Solveig kennen, zodat hij nu wist wie hij voor zich had? 'Hij was zeeman en...'

Daar schoot Boregard plotseling naar voren. Ik dacht dat hij me wilde slaan, maar met een krachtige zwaai gooide hij de lamp van het tafeltje. Die vloog de hoek in en de glazen cilinder die ik met zo veel zorg had beschermd, brak in duizend stukjes.

'Scheer je weg, verdomde sloerie!' brulde hij tegen me. 'Oprotten jullie!'

Zijn woorden troffen me, maar ze raakten me niet. Ze waren als hagel, ijskoud en hard, maar ik voelde opeens niets meer. Alsof ik uit mijn lichaam was getreden. Uit mijn lichaam, dat daar stond als een wassen beeld, krachteloos en zonder de wil zich te verdedigen.

Vanuit mijn ooghoeken nam ik waar dat Ingrid tussen Boregard en mij ging staan met haar armen wijd open, als een kloek die haar kuikens wil beschermen. Het enige wat ik werkelijk zag was het gebroken glas.

De lamp die Bjarne en mij had bijgelicht in zo vele nachten. Die ik vol trots van de lampenfabriek had gekocht. Ik meende Bjarnes handen te zien die de letters en cijfers erin krasten. Ik hoorde iets fladderen. Het klonk als vleugels. Was hier een vlinder?

Iemand raakte mijn arm aan. Riep mijn naam. Ik knipperde met mijn ogen, maar de tranen wilden niet komen. Mijn lamp was stukgegaan. Boregard had me niet alleen mijn man afgepakt, maar ook nog iets van het weinige wat ik van hem overhad.

Nadat ik de rugzak had omgedaan, de koffer op de bagagedrager had vastgebonden en mijn handen op het stuur van de fiets had gelegd, zag ik de politieagenten even later het huis verzegelen. Toen pas kwam ik weer helemaal tot mezelf.

Ik wist niet meer hoe ik erin was geslaagd in elk geval mijn fiets te behouden. Of het huis te verlaten. Ik moest ook de lamp bij elkaar hebben geveegd, of wat ervan over was. Ik keek naar mijn handen. Ik had me gesneden. Ook dat had ik nauwelijks gemerkt.

'Maak je niet druk.' Ingrid raakte mijn schouder aan. De twee tassen met haar hele hebben en houden stonden naast haar. 'We redden ons wel.'

'Ik kan niet geloven dat Sigrun...' begon ik. Mijn mond voelde kurkdroog aan.

'Hoe had hij het anders kunnen weten?' Ingrid slaakte een zucht. 'Gelukkig komen we niet op straat terecht, hè?'

Het schoot me te binnen dat ik zonder baan mijn kamer bij de Malmströms niet kon aanhouden. Maar op dit moment telde dat niet. Ik wilde hier zo snel mogelijk weg. Weg van het sprankje hoop dat we hadden gekoesterd en dat was vernietigd, net zoals het glas van mijn lamp.

'Kom, Ingrid,' zei ik als verdoofd. 'Het zal een tijd duren voordat we in de stad zijn.'

96

Oskar

Hugo Skantze begroette me bij de ingang van zijn firma. 'Het doet me plezier dat u al zo gauw op mijn uitnodiging bent ingegaan,' zei hij. Hij droeg een donker pak met een blauwe das en aan zijn vingers zaten inktvlekken. Blijkbaar voerde hij een deel van zijn correspondentie nog met de hand.

Ik had me vroeg in de middag bij de portier gemeld, maar er geen rekening mee gehouden dat de directeur me persoonlijk zou ontvangen. Normaal gesproken werd in zo'n geval een secretaris gestuurd, die je dan voorging naar een rokerig kantoor. Hugo Skantze leek het echter geen probleem te vinden zijn gasten zelf mee te nemen door het bedrijf.

'Hartelijk dank voor de uitnodiging,' zei ik. 'Ik ben al een paar keer langs uw bedrijf gelopen en was dan telkens onder de indruk van wat u hier hebt opgebouwd.'

We schudden elkaar de hand, waarna hij me vroeg mee de hal in te komen. In hoge glazen vitrines stonden alle modellen uitgestald van lampen die in dit bedrijf geproduceerd waren, van de oude lampen die zijn vader Herman had ontwikkeld tot aan de elektrische lampen die sinds kort hier werden gefabriceerd – messing en tin voorzien van dun glas, fijne beschilderingen of kunstig vervaardigde stoffen lampenkappen.

Een van de lampen was van het model dat ook Marlene bezat. Terwijl de hare duidelijke gebruikssporen vertoonde, was het model in de vitrine nog helemaal smetteloos, zodat je je erin kon spiegelen. De handen van de vrouw die de lamp in elkaar had geschroefd, waren kennelijk de laatste geweest die hem zonder handschoenen hadden aangeraakt.

Skantze begon nu aan een voordracht over de ontwikkeling van de firma, vanaf het kleine moederbedrijf tot aan het nieuwe kantoorgebouw en de gieterij.

Binnen slechts enkele tientallen jaren had zijn vader Herman samen met diens compagnon C.A. Swahn de lampenfabriek uit de grond gestampt en ontwikkeld tot een lucratieve onderneming.

Ik maakte ijverig notities en opeens werd me duidelijk waarom Marlene het zo erg had gevonden om hier niet meer te mogen werken. Dat had deels met het geld te maken, maar ik had de indruk dat ze ook trots op haar werk was geweest. En die trots had Skantze haar ontnomen door haar op straat te zetten. Ik verdrong mijn gevoelens echter, want ik wilde niet dat Skantze ze aan me af kon zien.

Nadat hij me een aantal prachtige lampenkappen had laten zien, nam hij me mee naar zijn kantoor. Dat was in tegenstelling tot de ontvangsthal heel zakelijk ingericht: een indrukwekkend bureau in het midden, daarachter een grote, zware stoel, die de indruk wekte uit vroeger tijden te stammen. Onder het bureau lag een Perzisch tapijt met een rood dessin en de muren verdwenen achter donkere kasten, waarvan de bovenste schappen slechts met een ladder te bereiken waren.

'Ik had u graag aan mijn vrouw voorgesteld,' zei hij terwijl hij de deur achter me dichtdeed. 'Maar ze is vandaag helaas onwel.' Hij liet een korte stilte vallen waarin er een glimlach over zijn bebaarde gezicht gleed. 'We verwachten weer een kind.'

'Gefeliciteerd,' antwoordde ik. 'Dan verheug ik me erop een andere keer kennis met haar te maken.'

We begonnen nu met de gebruikelijke vragen van een verslaggever die een portret van iemand maakt. Hij deelde me mee dat zijn vader oorspronkelijk zeeman was geweest en dat hij er zelf ook van had gedroomd de wereld te bereizen. Hij was er echter al vroeg op voorbereid de firma over te nemen. Hij had de fabriek verplaatst naar een betere locatie, won vervolgens met zijn lampmodellen enkele prijzen en was er ten slotte toe overgegaan meer dan alleen petroleumlampen te produceren.

'In hoeverre denkt u dat uw relatie tot uw petroleumleveranciers zal veranderen zodra de elektrificatie verder voortschrijdt?' vroeg ik, want ik had bij de raadsvergadering gezien dat Boregard en Skantze zich voortdurend met elkaar hadden onderhouden. Daarbij had ik het gevoel gekregen dat de een niets deed of besloot zonder de ander.

'Tja, dat is iets wat mij ook bezighoudt. Natuurlijk zullen we, als de elektrificatie zich uitbreidt, minder olielampen fabriceren en ook minder petroleum nodig hebben. Maar ik ga ervan uit dat dit type verlichting nooit uit de mode zal raken. In landelijke gebieden zal het nog lang duren tot de elektriciteit terrein heeft gewonnen. Als een stad als Karlskrona al zijn bedenkingen heeft…'

Daar had ik tijdens de vergadering over horen spreken. Enkele raadsleden waren sceptisch over die vernieuwing.

'De vooruitgang laat zich niet tegenhouden,' antwoordde ik. 'Als dat wel zo was, zouden we nog steeds op stenen tafelen schrijven.'

'Wat u zegt!' zei Skantze enthousiast. 'Maar ik hou natuurlijk alle mogelijkheden open. We zullen dan ook niet van de ene op de andere dag alleen nog elektrische verlichting verkopen. Maar het zal wel een groeiend aandeel van ons bedrijf gaan vormen en mocht petroleum uit de mode raken, dan zijn wij voorbereid.'

'Meneer Boregard zal deze ontwikkeling vast niet bevallen.'

'Ach, petroleum is niet alleen nodig voor lampen. Er worden smeer- en reinigingsmiddelen van gemaakt. Geneesmiddelen zelfs!' De fabrikant barstte in lachen uit. 'Ik denk niet dat Boregard op een houtje zal moeten bijten alleen omdat ik een paar elektrische lampen meer verkoop. Hij heeft ook nog andere schepen met andere vracht.'

Wat zou de reder daarvan zeggen? Die uitspraak zou me nog weleens van pas kunnen komen.

'Wilt u misschien onze fabriekshal bezichtigen?' vroeg hij ten slotte. 'Het is bijna tijd voor de fika. Die houden we hier in het bedrijf altijd gezamenlijk.'

Skantze nam me mee langs de boekhouding; achter de deuren ratelde een schrijfmachine. We liepen verder over het terrein naar de fabriekshal. Hij stelde me voor aan Achim Jorum, de werkplaatschef, waarna we naar boven liepen, naar diens kantoor. Vanuit dat vertrek had je door een brede glaswand goed zicht op de hele hal.

Voor het eerst kreeg ik nu de omgeving te zien die gedurende zo vele jaren Marlenes leven had bepaald. De lange werkbanken, de kisten met onderdelen. Vrouwen en mannen die over hun werk gebogen zaten, hun handen onvermoeibaar in beweging. Ik rook de smeerolie en het metaal, zag de mensen met wie ze had gewerkt…

En opeens drong tot me door dat zich onder de mannen daarbeneden ook Torben Bergsma moest bevinden. De man die zijn vrouw mishandelde. Die Marlene had geslagen en haar zo veel ellende had bezorgd. Ik voelde dat mijn vuist begon te trillen. Bijna lag me de vraag op de lippen wie van hen het was. Toen was het alsof ik door de bliksem werd getroffen.

Vol ongeloof kneep ik mijn ogen dicht. Hield mijn verstand me voor de gek of was dat werkelijk Sigrun Bergsma aan een van de werkbanken? Vlug wendde ik me af, voordat ze zou opkijken en me zou herkennen. Mijn hele lichaam begon te gloeien.

'Interessant, niet?' vroeg Skantze achter me. Toen keek hij me opeens onderzoekend aan. 'Bent u niet in orde?'

'Jawel, jawel, natuurlijk,' zei ik en ik probeerde een neutraal gezicht te trekken. Toch kon ik niet verhinderen dat er zweetdruppeltjes op mijn voorhoofd verschenen. Wat deed ze hier? Wat was er op Rozenhaag gebeurd? Zou de politie haar daar toch hebben opgepakt? 'Ik ben alleen bang dat ik vandaag zo dom ben geweest mijn middagmaal over te slaan.'

Het was duidelijk te merken dat Jorum me aanzag voor een verwend mannetje uit de grote stad. Maar dat was altijd beter dan dat Sigrun Bergsma me zou kunnen verraden.

'Als u het goedvindt, zou ik de rondleiding graag voortzetten,' zei ik en ik haalde mijn horloge tevoorschijn. 'Om vier uur moet ik weer op de redactie zijn.'

Ik wist dat mijn reactie Skantze zou verbazen. Hij wisselde een blik met de chef werkplaats en gebaarde me hem te volgen.

Buiten gekomen slaagde ik erin mijn zelfbeheersing enigszins te herwinnen. Skantze nam me mee door de opslaghal voor materialen en nog een hal, waar de elektrische verlichting werd vervaardigd.

Ik maakte aantekeningen en dat hielp me om me op de feiten te concentreren. Zo kon ik het trillen van mijn handen onder controle krijgen.

Toen de sirene de koffiepauze aankondigde, nam ik afscheid van Hugo Skantze met de belofte dat het artikel al op korte termijn zou verschijnen. 'Laten we binnenkort eens samen dineren,' zei Skantze als afscheid. 'Daar zou u mijn vrouw zeker een plezier mee doen.' Als hij nog steeds verbaasd was over mijn vreemde reactie in Jorums kantoor, liet hij het niet merken.

Toen ik de fabriek eenmaal achter me had gelaten, nam ik mezelf mijn gedrag kwalijk. Ik had al voor veel ergere verrassingen gestaan en dan mijn hoofd koel weten te houden. Maar in dit geval...

Wat voor de duivel deed die vrouw in de fabriekshal?

Ik moest naar Marlene toe! De middagtrein was al weg, maar de avondtrein zou ik nog halen.

Ik haastte me via de kortste weg naar huis. Mijn uitgever wist dat ik vandaag met Skantze ging praten. Het zou mogelijk niet opvallen als ik niet meer op de redactie verscheen.

Ik stormde de poort door, rende de trap op, haalde mijn sleutel uit mijn zak en deed hem in het slot. Toen kreeg ik opnieuw een schok te verwerken.

Marlene zat op mijn bed en keek me met behuilde ogen aan. In haar handen had ze het metalen deel van haar lamp. Er kleefde bloed aan haar vingers.

'De sleutels blijken op beide kamers te passen,' zei ze. 'Het spijt me dat ik bij je heb ingebroken.' Haar stem en haar blik kwamen zo verloren en triest over dat het me een steek in mijn hart bezorgde.

'Wat is er gebeurd?' vroeg ik.

Ze sprong op en viel me huilend in de armen.

97

Marlene

Het duurde even voordat ik weer was gekalmeerd. Op het verdriet en de woede volgde schaamte, want het was werkelijk onbehoorlijk van me geweest om zomaar Oskars kamer binnen te gaan. Maar voor mijn radeloosheid zag ik geen andere uitweg. Deze plek had me aangetrokken; ik wist dat hij me hier zou vinden als hij terugkwam.

'Het spijt me,' zei ik nog eens en ik veegde de tranen uit mijn ogen.

Oskar pakte mijn handen en keek ernaar. 'Je bent gewond,' stelde hij vast. Hij liep naar zijn waskom en zette er een stoel voor. 'Kom, ga zitten. En vertel me dan wat er is gebeurd.'

Ik deed wat hij van me verlangde en nam plaats op de stoel. Oskar schonk wat water in de kom en begon voorzichtig mijn handen te wassen. Zijn aanrakingen waren zo teder, zo zorgzaam dat ik meteen weer in tranen dreigde uit te barsten.

Toen begon ik echter te vertellen. Over Sigruns plotselinge verdwijning. Het verschijnen van Boregard en de politieagenten – en onze huisuitzetting. En ook over mijn lamp.

Oskar hoorde alles zwijgend aan, maar zijn gezicht versomberde naarmate mijn verhaal vorderde. 'Heeft hij je lamp kapotgemaakt?' vroeg hij met nauwverholen woede.

Ik knikte. 'Ik had in zijn bijzijn niet over Bjarne moeten beginnen. Het was net een duveltje uit een doosje zoals hij reageerde.'

'Heb je je fiets wel kunnen meenemen?' vroeg hij. 'En je andere spullen?'

'Ja,' antwoordde ik. 'Al weet ik niet meer hoe ik het voor elkaar heb gekregen.'

Oskar knikte en zei: 'Ik wou dat mevrouw Boregard haar man over het huis had verteld. Het is niet goed om zoiets te verzwijgen. Vooral niet als de echtgenoot erover kan beschikken.'

'Als hij eerder van het huis had geweten, had hij ons er evengoed uit gegooid,' zei ik. 'Waarschijnlijk hadden we het niet eens mogen betrekken.'

Oskar pakte een handdoek en droogde behoedzaam mijn handen af. Toch ging de snijwond weer open, zodat hij een verbandje moest aanleggen.

'Ik kom trouwens net bij Hugo Skantze vandaan,' begon Oskar nadat hij de verbandspullen weer in de la had gelegd. 'Hij had me uitgenodigd.'

Die naam bezorgde me onaangename tintelingen in mijn nek. Skantze, de grote vriend van Sten Boregard... 'Wat wilde hij van je?' vroeg ik.

'Me het een en ander over zijn bedrijf en zijn elektrificatieplannen vertellen,' antwoordde hij. 'Ik had hem gisteravond in het stadhuis ontmoet.'

'Dan had je hem van mij mogen vertellen dat hij naar de hel mag lopen!' riep ik uit.

Oskar klakte met zijn tong. 'Je hebt geen idee hoe graag ik dat had gedaan. Maar in mijn beroep moet je voorzichtig zijn. En soms een bittere pil slikken als je het liefst een paar meppen zou uitdelen.' Even zweeg hij, toen voegde hij eraan toe: 'Ik heb haar gezien.'

'Wie?' vroeg ik.

'Sigrun Bergsma.'

'Was ze dan in de fabriek?' Het was alsof ik een oorvijg had gekregen. Maar ik was ook opgelucht, want we hadden ons bezorgd afgevraagd wat Torben haar zou aandoen.

'Ik geloofde eerst mijn ogen niet,' antwoordde Oskar. 'Ze zat aan haar werkbank alsof er niets was gebeurd.'

Dat maakte me woest. Ze was dus niet alleen naar haar man teruggegaan, maar ook naar haar werkplek in de fabriek. Ze had haar baan mogen houden. Was dat de beloning voor haar verraad aan ons geweest?

Ik wist dat je nooit overhaaste conclusies mocht trekken, maar op dat moment viel het me zwaar om Sigrun niet verantwoordelijk te houden voor het onheil dat ons die ochtend had getroffen.

Toen schoot me nog iets te binnen. 'Heeft ze je gezien?' vroeg ik en ik sprong overeind.

Oskar duwde me zachtjes weer terug. 'Nee, maar Skantze vroeg zich wel af waarom ik zo snel weer de fabriek uit wilde.'

Ik werd door bezorgdheid overvallen. Stel dat ze toch...

'Wees niet bang, hij nam het me niet kwalijk,' zei hij en hij kuste me op mijn slaap.

Een tijdlang kon ik niets uitbrengen. Opeens wilde ik Ingrid spreken. Ik wilde dat ze wist dat het geen zin had om zich zorgen om Sigrun te maken. Ze had ons bedrogen, was teruggegaan naar de fabriek en naar Torben. We hoefden aan haar werkelijk geen gedachten vuil te maken.

'Marlene, ik moet je iets vertellen,' begon Oskar onverhoeds. Voorzichtig streek hij een haarstreng achter mijn oor en keek me een poosje aan. Zijn gezicht stond somber en mijn maag kromp samen. *Alsjeblieft niet nog een akelig bericht!* smeekte ik in stilte.

'Iets waar je misschien niet blij om zult zijn,' vervolgde hij. 'Toch hoop ik dat je me kunt vergeven dat ik zo lang heb gezwegen. Ik kon niet anders. Zoals ik nu ook niet anders kan dan open kaart met je te spelen.'

De woorden bleven in mijn keel steken toen ik hem aankeek en hem hoorde zeggen: 'Ik ben niet de man die je denkt dat ik ben.'

98

Liv

Woedend maakte ik een prop van het papier en smeet die in de prullenmand. Zo langzamerhand wist ik niet meer hoe vaak ik opnieuw met schrijven was begonnen. Hoe vaak ik had vastgesteld dat mijn woorden niet uitdrukten wat ik wilde zeggen.

Maar op een of andere manier moest het me toch lukken om Marlene om vergiffenis te vragen. Vergiffenis voor alles wat Sten haar en haar vriendin misschien had aangedaan...

De hele ochtend had ik door mijn gevangenis geijsbeerd. Het was onwaarschijnlijk dat Sten na zijn bezoek aan Nättraby meteen naar huis kwam. Als hij de zaak had afgehandeld, zou hij naar kantoor gaan en zijn werk oppakken. Waarschijnlijk genoot hij van de gedachte dat het niet-weten me gek maakte.

Ondertussen had ik overwogen of ik Astrid zou kunnen omkopen zodat ze me de kamer uit zou laten. Sten was er niet, dus hoe zou hij erachter moeten komen? Maar hij had haar waarschijnlijk met ontslag gedreigd als ze tegen zijn instructies in zou gaan. Dus bleef me niets anders over dan een bezigheid te zoeken.

Ik merkte echter algauw dat het ondraaglijk was om niet te weten wat er gebeurde. Mijn gedachten draaiden in kringetjes. Misschien zou het voor Sten voldoende zijn om Marlene en Ingrid het huis uit te zetten. Misschien zou hij hen laten arresteren. Ik vervloekte mijn man. En ik betreurde dat ik tegen Marlene had gezegd dat ik hem niet zou kunnen verlaten.

Zo verstreken de uren, die ik deels slapend, deels aan mijn bureautje doorbracht zonder werkelijk productief te zijn.

Toen Sten tegen vijf uur thuiskwam van zijn werk, hoorde ik duidelijk zijn voetstappen voor mijn deur. Ik hoopte dat hij bij me om de hoek zou kijken, de deur van mijn gevangenis zou openmaken, maar hij vertraagde zijn pas niet eens. Zijn voetstappen verdwenen achter zijn kamerdeur en de stilte keerde terug.

Ik haalde diep adem en keek naar het raam. Stel dat ik de ruit zou inslaan? Gewoon zou vluchten? Zou hij dan ook de politie achter mij aan sturen?

Misschien had ik al veel eerder weg moeten vluchten. Maar hoe had ik kunnen weten dat dit ervan zou komen? In de afgelopen dagen was me pas werkelijk duidelijk geworden dat ik mijn echtgenoot in feite helemaal niet kende. Zijn ware aard had hij handig voor me verborgen gehouden zolang ik de stille echtgenote was die deed wat hij van haar verwachtte. Die wegkwijnde van verveling.

Ondanks alles had ik altijd nog liefde voor hem gevoeld. Ongeloof. De hoop dat alles weer anders zou worden. Maar hoe zou dat nog kunnen gebeuren? Vooral na alles wat er nu was voorgevallen.

Een klop op de deur zorgde ervoor dat ik me snel omdraaide.

'Binnen!' zei ik en ik hoorde dat de sleutel in het slot werd gestoken. Was dat Sten? Mijn hart begon te bonzen terwijl ik als verstijfd naar de kier van de deur keek, die langzaam breder werd.

Het was Astrid. Ik had geen idee welke indruk ik bij haar wekte. Vol ongeloof keek ik haar aan terwijl het bloed in mijn oren suisde.

'Pardon, mevrouw,' zei ze en ze maakte een knicks. Het was absurd dat mijn cipier me zo respect betoonde.

'Meneer verwacht u in de eetkamer,' zei ze.

Verrast trok ik mijn wenkbrauwen op. Ik moest naar beneden komen?

'Wilt u dat ik u help bij het omkleden?' vroeg Astrid.

Ik was even te zeer verbaasd om antwoord te geven.

'Ja. Natuurlijk,' mompelde ik toen, waarop Astrid mijn garderobekast opendeed. Ze zou wel meteen willen weten welke jurk ik wilde dragen.

'De groene met de geborduurde blaadjes,' zei ik toen mijn blik op de kier bij de deur viel. Ze had de deur niet achter zich afgesloten. Wilde dat zeggen dat mijn kamerarrest was opgeheven?

De gedachte om zomaar de deur uit te rennen kwam bij me op. Maar waar zou ik naartoe moeten? Ik wist niet eens waar Marlene en Ingrid waren gebleven. Ik kon alleen maar hopen dat ze een manier hadden gevonden om naar Karlskrona terug te keren of ergens anders een onderkomen te zoeken.

Het moment waarop ik had kunnen vluchten ging voorbij. Astrid kwam naar me toe en legde de gewenste jurk en mijn korset op het bed.

Ik had me door Astrid laten bijstaan bij het aankleden en het kappen van mijn haar. Voor het eerst sinds lange tijd voelde ik me weer de Liv die ik was geweest voordat alle ellende was begonnen. Maar wilde ik die vrouw nog langer zijn?

De vraag of ik mijn kamer nu mocht verlaten lag me op de lippen, maar ik hield me in. Als ik vrij wilde zijn, moest ik met Sten op goede voet staan.

Vanuit de keuken kwam me een verleidelijke geur tegemoet. Ik kon me niet herinneren dat ik de kokkin had opgedragen vlees te braden. Sten moest Ruth instructies hebben gegeven. Misschien wel om zijn overwinning te vieren.

Met een ongerust gevoel liep ik de eetkamer in. Mijn maag knorde. Uit angst voor wat er te gebeuren stond, had ik de hele dag nauwelijks iets gegeten. Hoewel ik nog steeds even bang was, rook ik de geur van het gebraden vlees en mijn lichaam reageerde erop.

'Goedenavond,' zei ik en ik liep langs de tafel naar mijn plaats.

'Goedenavond, Liv,' antwoordde hij. Hoewel ik hem niet aankeek, voelde ik zijn blik.

'Ik hoop dat je van geit houdt,' zei hij, terwijl hij de punt van zijn servet in zijn kraag stopte.

Geit? Hoe kwam hij erbij om geitenvlees bij de kokkin te bestellen? We hadden nog nooit...

Het volgende moment drong tot me door waar dat vlees vandaan kwam. Ik werd door misselijkheid overvallen en wel zo hevig dat ik even vreesde de kamer uit te moeten rennen. Ik dacht aan Marlene en hoe blij ze met de geit was geweest... Met trillende armen en benen ging ik op mijn stoel zitten.

Sten gebaarde naar Astrid dat ze me moest bedienen. Ik hield mijn hand boven mijn bord. Sten zou me niet kunnen dwingen ook maar een hapje ervan te nemen.

'Je moet echt iets eten,' zei hij. 'Je zult je krachten nodig hebben voor de komende dagen.'

Komende dagen? Wat was hij van plan?

'Dank je, Astrid,' zei ik en ik stuurde haar weg met het bord vol vlees. In plaats daarvan liet ik me groenten en aardappelen serveren. Voor de jus bedankte ik ook.

Toen het dienstmeisje zich had teruggetrokken, vroeg ik: 'Wat gaat er de komende dagen dan gebeuren?'

Sten kauwde traag op zijn vlees en nam vervolgens een slok wijn. Zonder me aan te kijken of mijn vraag te beantwoorden zei hij: 'Ik heb de documenten van het huis eens doorgenomen. Die notaris mag van geluk spreken dat ik hem niet aanklaag. Hij had je het document niet zonder mijn toestemming mogen laten ondertekenen. Het had hem duidelijk moeten zijn dat er iets niet in orde was toen ik er die dag niet bij was.'

Ik dacht terug aan Hangren, die aardige man die ik op het kerkhof had ontmoet. Ik wilde niet dat hij moeilijkheden kreeg. Tenslotte had ík hem voorgelogen.

Een tijdlang keek ik naar mijn man, en toen vroeg ik: 'Wat had je gedaan als je van het huis had geweten?'

'Nou, daar zullen we wel nooit achter komen, nu je er de voorkeur aan hebt gegeven het voor me te verzwijgen,' antwoordde hij kil. 'Dus zul je moeten leven met de beslissing die ik nu neem.'

Het was me duidelijk dat hij me wilde laten lijden en ik vroeg me af of ik me misschien niet beter kon terugtrekken in mijn kamer. Ik voelde echter dat Sten erop uit was me te laten weten wat hij had gedaan. Hij en hij alleen bepaalde in welk tempo dat gebeurde.

'Wat is er van de vrouwen geworden?' vroeg ik nu, al had ik weinig hoop dat hij mijn vraag rechtstreeks zou beantwoorden.

Sten snoof spottend en schudde zijn hoofd. 'Ik heb je gewaarschuwd. Destijds. Ik heb je gezegd dat je bij dat mens uit de buurt moest blijven.' Hij keek me strak aan. Er lag een uitdrukking van nauwelijks verholen woede in, die me er eigenlijk toe zou moeten brengen mijn hoofd te buigen. Maar ik keek hem recht in de ogen. Enerzijds omdat ik niet anders kon. Anderzijds omdat ik hoopte dat hij de walging in mijn ogen zou zien.

'Hoe zit het met haar?' vroeg ik.

'Na alles wat er is gebeurd,' antwoordde hij verbijsterd, 'denk je alleen aan haar?'

'Ik denk aan haar en aan de andere vrouw die onder mijn dak bescherming had gezocht,' antwoordde ik.

'Onder míjn dak!' brulde hij opeens. 'Je vergeet dat het míjn dak is! Dat dat huis van mij is, zoals jij van mij bent!'

Ik kromp in elkaar bij zijn woorden. Weer herinnerde ik me Oskar Andersson met zijn waarschuwing... Was ik nou maar niet zo verwaand geweest!

'Ik heb tegen die vrouw van Walsted gezegd,' vervolgde hij, 'dat ze niet meer in de buurt van dat huis mag komen. Als ze dat toch doet, laat ik haar in het tuchthuis stoppen.'

'Maar ze heeft je niets aangedaan!' Ik vloog op van mijn stoel en liep naar de deur. Ik voelde haat in me oplaaien.

'Ze bevond zich in mijn huis.'

'Op mijn uitnodiging!' Het liefst had ik hem een van de glazen naar het hoofd gegooid. Trillend bleef ik staan. 'En dat zou ik zo nodig voor de rechtbank verklaren!'

We keken elkaar aan. Sten leek werkelijk enigszins van zijn à propos gebracht. Toch besefte ik dat ik op deze manier mijn vrijheid niet zou terugwinnen.

'Nou, als de zaken er zo voor staan...' Hij zweeg even en voegde er toen aan toe: 'Tot deze kwestie is afgehandeld, verlaat jij het huis niet. Mocht dat je niet bevallen, dan stuur ik je met Nanna mee naar hun zomerhuis op Aspö. Hugo was uitermate verbolgen over je uitbarsting, maar hij is genegen je nog een kans te geven.'

Ik bij Nanna op Aspö! Onder het toeziend oog van een gevangenbewaarster die niet zou toelaten dat ik haar zomerhuis verliet. Ik klauwde in de stof van mijn jurk. Er kwam een onvoorstelbare woede bij me op. Opeens wilde ik Sten pijn doen als nooit tevoren!

'Weet je waarom ik maar geen kinderen krijg?' barstte ik los. Ik wist dat ik hiermee misschien mijn lot bezegelde, maar het gezicht dat Sten nu trok, wakkerde mijn moed alleen maar aan.

'Wat heeft dat hier nu mee te maken?' vroeg hij afwijzend.

'Door jou!' Ik smeet het hem in zijn gezicht. 'Jij bent de schuldige, niet ik! Die arts heeft me onderzocht en zei dat ik best kinderen kan krijgen. Maar het ziet ernaar uit dat jij ze niet kunt verwekken!'

'Heb je je verstand verloren?' vroeg hij nijdig. Zijn hoofd zwol hoogrood op.

'Nee, en die arts ook niet.' Heel even genoot ik ervan hem uit zijn evenwicht te hebben gebracht. 'Ze vroeg me of je misschien syfilis had. Ik kon het haar niet vertellen, want ik weet niet met wie jij allemaal omgang hebt. Maar hoe het ook zij, ik kan gewoon kinderen krijgen, hoor je me?'

'Je bent krankzinnig!' schalde zijn stem me tegemoet. 'Net zoals die arts! Ik had je nooit naar haar toe mogen laten gaan.'

'Dat had aan het feit niets veranderd,' antwoordde ik spottend. 'Jij kunt geen kinderen verwekken, Sten!'

Sten keek me met fonkelende ogen aan en ik was bang dat hij zou opspringen en me zou aanvallen. Zijn handen klauwden in het tafellaken terwijl zijn borstkas heftig op en neer ging.

Toen leek er een idee bij hem op te komen. Een groteske glimlach verscheen op zijn gezicht en toen zei hij met een stem die me alle moed meteen deed verliezen: 'Misschien moet ik je in een kliniek voor geesteszieken laten opnemen. Daar krijgen ze je vast wel weer in orde.'

99

Marlene

Ik staarde Oskar verschrikt aan. 'Hoe kun je nu niet degene zijn die je bent?' vroeg ik. Dat sloeg toch nergens op?

Oskar ging naast me op de bedrand zitten.

'Natuurlijk ben ik wel Oskar Andersson en ik kom ook uit Stockholm,' antwoordde hij met een ernstig gezicht. 'In mijn vak zijn pseudoniemen geen uitzondering, maar in dit geval was het niet nodig een andere naam aan te nemen. Ik ben alleen meer dan een journalist. Ik verricht ook naspeuringen.'

'Naspeuringen?' echode ik. 'Naspeuringen naar wat dan?'

'Ik werk voor de Zweedse Maritieme Aansprakelijkheidsverzekering. Die dekt de risico's in de scheepvaart voor zover het Zweedse schepen en hun vracht betreft. Boregard had zijn schepen daar verzekerd, waaronder de Solveig.'

Het bloed stolde me in de aderen bij zijn woorden. Een verdenking drong zich aan me op, zo ernstig dat het was alsof er een last op mijn schouders neerzeeg. 'Dan heb je me dus alleen aangesproken omdat het je om de Solveig ging?' Ik wist niet wat ik daarvan moest denken.

'Toen we elkaar in de haven ontmoetten, wist ik niet wie je was. Ik heb de kamer bij de Malmströms genomen omdat die beschikbaar en voordelig was. En toen kwam jij opeens bij me binnenstormen.' Hij glimlachte naar me. 'Toen ik je naam hoorde, kon ik het nauwelijks geloven. Ik wist dat ik je terug moest zien. En jawel, ik geef toe dat mijn eerste gedachte was om via jou aan informatie te komen. Om je misschien om hulp te vragen.' Hij boog zich naar me toe en raakte me zachtjes aan. 'Maar toen werd het persoonlijk.'

'Hoe bedoel je?' Mijn slapen begonnen te kloppen, wat niet bepaald hielp om te volgen wat hij zei. Ik schudde mijn hoofd, maar daar werd het alleen maar erger van. 'Waarom heb je me niets verteld?'

'Omdat me was verzocht je te vinden en contact met je op te nemen, maar je nog niets over mijn opdracht te verklappen. Dat zou te gevaarlijk zijn geweest.'

Ik stond op en begon te ijsberen. Ik had geen idee hoe vaak ik dat in de afgelopen weken al had gedaan. 'Dus onze ontmoeting op het station en het daaropvolgende etentje in de herberg waren geen toeval?'

'Jawel,' zei hij. 'Een heel mooi toeval bovendien. Al had ik die dag, als je in Karlskrona was geweest, toch wel bij je aangeklopt om je voor het eten uit te nodigen.'

'Vanwege de Solveig.'

'Ja.' Hij vouwde zijn handen in zijn schoot en keek even naar de neuzen van zijn schoenen voordat hij naar mij opkeek. 'Maar niets en niemand had me erop kunnen voorbereiden dat je bent wie je bent. Terwijl je me je verhaal vertelde, werd me duidelijk dat ik niet alleen voor de verzekering werkte, maar ook voor jou wilde vechten. Tegen het onrecht dat je is overkomen.' Hij stond nu ook op en liep naar me toe. 'Ik wilde dat je schadeloos zou worden gesteld. Dat je man van die schuld wordt bevrijd. En ik vrees dat ik al doende verliefd op je ben geworden.'

Zijn woorden vielen als regen op me neer. Regen die koud begon, maar steeds warmer werd.

Hij legde voorzichtig zijn handen om me heen, als iemand die iets kostbaars wil beschermen. 'Dat is wat ik bedoel. Dat mijn gevoelens voor jou echt zijn. Dat ik voor je vecht. Dat ik alles zal doen om ervoor te zorgen dat je niet langer een paria bent.'

Voor de tweede keer die dag voelde ik me een zoutpilaar. Alleen was het deze keer niet zo dat ik niets kon waarnemen. Ik voelde Oskars aanraking, maar was niet in staat om erop te reageren. Oskar leek dat te merken, want hij trok zich terug.

'Wat gaat er door je heen?' vroeg hij na een poosje.

Als ik hem dat nu eens kon vertellen... De gedachten wervelden als herfstbladeren door mijn hoofd. Allemaal waren ze even ongrijpbaar.

Oskar werkte voor een verzekeringsmaatschappij, hij deed onderzoek naar de Solveig en had om die reden contact met me gelegd. Kon ik van hem aannemen dat hij van me hield? Of was dat maar een toneelstukje geweest, met de bedoeling nader tot mij te komen?

Ik probeerde vast te stellen wat mijn gevoelens voor hem waren. Ik voelde weer zijn kussen, zijn aanrakingen, zijn bewegingen op mij. In mij. Maar hoe zat het met hem? Maakte ik slechts deel uit van zijn werk? Mannen waren beslist in staat om met een vrouw naar bed te gaan zonder gevoelens voor haar te koesteren.

Oskar had veel voor me gedaan, had me bijgestaan, had Sigrun geholpen. Had hij dat alleen gedaan om zijn doel te bereiken? Ik keek hem in de ogen, bestudeerde zijn gezicht. Zijn open blik leek me uit te nodigen om in zijn ziel te kijken.

Er kwam een warm gevoel in me op. Hield ik van hem? Hield ik van hem zoals ik van Bjarne had gehouden?

Waarschijnlijk zou ik dat niet kunnen. En waarschijnlijk wilde hij dat ook niet. Ik kon alleen van hem als Oskar houden. Dat was vast wat hij van me wilde. Als zijn gevoelens voor mij echt waren.

'Ik zweer het je, wat ik zeg is de waarheid,' zei hij. 'Neem dat alsjeblieft van me aan. Ik hou van je, Marlene! En alles wat ik doe, doe ik ten behoeve van jou.'

Nu ging ik zo dicht mogelijk bij hem staan. Zijn blik leek oprecht en ik wist dat ik hem zou kwetsen als ik hem in twijfel trok. Dus zette ik mijn wantrouwen opzij, nam zijn gezicht in mijn handen en vroeg: 'Beloof je me vanaf nu geen geheimen meer voor me te hebben?'

100

Liv

Mijn deken voelde loodzwaar aan. De zon stond al hoog aan de hemel, maar het ontbrak me aan de kracht om overeind te komen.

De afgelopen avond had me ten diepste geschokt. Niet alleen had Sten Marlene en Ingrid uit het huis verdreven, ook was de toekomst van Rozenhaag ongewis geworden. Net als de mijne.

Ik had een fout begaan door Sten met de diagnose van de vrouwenarts te confronteren. Uiteraard zag hij niet in dat hij degene was die schuld had! En nu geloofde hij dat ik krankzinnig was. Wat kon hem ervan weerhouden me in een kliniek voor geesteszieken te stoppen? Na onze confrontatie aan de eettafel was hij opgesprongen en naar zijn werkkamer gegaan. Mijn triomfantelijke gevoel was omgeslagen in angst.

Eerst had ik me nog afgevraagd of ik hem mijn excuses moest aanbieden. Maar ik had niets onwaars gezegd. Dit was precies de conclusie die dokter Sundquist na haar onderzoek had getrokken. De informatie had me nieuwe moed gegeven en me laten zien dat ik niet had gefaald. Maar daar had ik nu helemaal niets aan.

De afgelopen nacht had ik in angst doorgebracht en ik had me afgevraagd of Sten zijn dreigement werkelijk zou uitvoeren. Daarbij was me een soortgelijk geval te binnen geschoten. Een aantal jaren geleden had een man hier in Karlskrona zijn vrouw in een gekkenhuis laten opnemen nadat ze achter zijn affaire met een veel jongere vrouw was gekomen. Op zijn instigatie hadden de artsen hysterie gediagnosticeerd en haar niet meer laten gaan. Na drie jaar achter de muren van de kliniek stierf ze en de man kon eindelijk met zijn minnares trouwen.

Een rilling liep over mijn lichaam en mijn huid begon te gloeien. Zou Sten echt zo ver gaan?

Er werd geklopt. Sten had ervan afgezien me opnieuw in mijn kamer op te sluiten, wat bijna een wonder was gezien onze confrontatie van de avond tevoren. Wel had hij me verboden het huis te verlaten. Waarschijnlijk wilde Astrid me gereedmaken voor de dag. Als ik nu eens beweerde dat ik ziek was? Wilde blijven liggen? Ze kon me niet dwingen op te staan.

Toen kwam er een alarmerende gedachte bij me op. Stel dat Sten daardoor juist tot de overtuiging kwam dat hij me naar een sanatorium moest sturen?

Ik dacht weer aan Marlene. Als ze wist wat me te wachten stond... Nee, leedvermaak zou ze niet voelen. Eerder medelijden. En ze zou me ertoe oproepen me eindelijk teweer te stellen!

Dus sloeg ik de deken terug en stond ik op, hoe zwaar het me ook viel.

'Binnen!' riep ik, want ik was ervan overtuigd dat het Astrid was. Ik moest echt een garderobe aanschaffen met kleding die ik zelfstandig kon aantrekken. Zou het eigenlijk opvallen als ik geen korset meer droeg?

'Hoe gaat het met u, mevrouw?' vroeg het dienstmeisje. Ze liep vlug naar de ramen om de gordijnen open te doen.

'Goed,' antwoordde ik en ik probeerde het loodzware gevoel in mijn ledematen kwijt te raken. 'Ik heb me alleen verslapen.' Mijn blik viel op de klok op de schoorsteenmantel. Het was al tien over negen.

'Meneer stuurt me. Hij zou graag met u ontbijten.'

Ik wilde al vragen waarom Sten op een dinsdag thuis was, maar ik beet op mijn lippen. Vroeger zou ik er blij om zijn geweest. Nu had ik een naar vermoeden.

Ik liet me door Astrid in mijn korset en in een witte jurk met geborduurde viooltjes helpen, waarna ik haar naar beneden stuurde met het bericht dat ik eraan kwam. Mijn haar stak ik op in een losse wrong. Mijn spiegelbeeld toonde een vrouw die eruitzag alsof ze een zomers uitstapje ging maken. Alleen de kringen onder mijn ogen gaven aan hoe het werkelijk met me was gesteld.

Ik was al bang dat ik de resten van de arme geit opgediend zou krijgen, maar ik snoof een zoete geur op. Beneden kwam ik Ruth tegen, die me een brede glimlach schonk. Ze droeg een dienblad met kaneelbroodjes. Het water liep me meteen in de mond.

'Goedemorgen, mevrouw,' zei ze. 'Ik heb kaneelbroodjes voor u gebakken. Daar houdt u toch zo van?'

Ja, daar was ik dol op! Maar waarom voelde ze zich verplicht me een plezier te doen? Vermoedde ze wat me achter de deur van de eetkamer wachtte?

'Dank je, Ruth, dat is heel lief van je.'

De kokkin knikte. 'Zeg het gerust als u iets nodig hebt, mevrouw,' voegde ze eraan toe. 'Voor zover mogelijk zorg ik ervoor dat u het krijgt.'

Ze keek me even merkwaardig aan en draaide zich toen om naar de deur van de eetkamer. Ik deed de deur open, hoewel dat eigenlijk niet mijn taak was, en liet haar voorgaan.

Sten sprak de kokkin vriendelijk aan, maar zijn gezichtsuitdrukking veranderde toen hij mij zag. Ik groette hem en probeerde mijn ongemak niet te laten merken.

'Heb je goed geslapen?' vroeg hij, wat op zichzelf een wonder was. Alleen de ondertoon beviel me helemaal niet.

'Ja, redelijk, dank je.' Ik ging stijf op mijn stoel zitten. Ik voelde me zo gespannen als de veer van een pas opgewonden klok.

'Ik heb gisteren met je oom getelefoneerd,' begon hij tot mijn verbazing toen Astrid me koffie inschonk.

Dat ze op het landgoed telefoon hadden, wist ik niet. Toen Sten een toestel op kantoor liet installeren, had hij geklaagd dat het belachelijk duur was geweest.

'En wat zei hij?' vroeg ik.

'We hebben het over het huis gehad en over de mogelijkheden om het tegen indringers te beveiligen.'

Indringers. Hij wist maar al te goed dat Marlene, Ingrid en Sigrun dat absoluut niet waren. Ik beet op mijn lip.

'Bovendien heb ik aangeboden het aan hem te verkopen,' vervolgde Sten. 'Het maakt tenslotte deel uit van het landgoed.'

Mijn adem stokte. Mijn 'oom', die ik behalve bij de uitvaartplechtigheid nooit had gezien, zou natuurlijk blij zijn als hij het jachtopzienershuis kon terugkrijgen, nadat zijn broer het hem had onthouden. Het schoot me weer te binnen dat Bente Nielsen had gehoord dat ze het graag voor een gewaardeerde werknemer hadden willen hebben.

Sten keek even naar me alsof hij tegenspraak verwachtte. Maar ik wist al te goed wat er op het spel stond.

'Helaas is hij niet op dat aanbod ingegaan,' vervolgde Sten na enige tijd.

Daar hoorde ik van op. Zou de broer van mijn vader dan toch enig fatsoen bezitten?

'Hij zei dat hij die besmette plek niet terug wilde hebben en hoopt dat zijn broer voor zijn daden in de hel brandt.'

Blijkbaar was mijn oom toch niet zo'n vreselijke man als ik altijd had gedacht.

'En wat ben je nu van plan?' vroeg ik.

Hij zweeg een moment en antwoordde vervolgens: 'Laat dat maar aan mij over. Voor jou is nu alleen van belang waar je de komende weken zult doorbrengen.'

Ik voelde een pijnlijke knoop in mijn maag.

Sten liet me een poosje spartelen en legde toen zijn servet neer.

'Ik heb besloten je met Nanna mee naar Aspö te sturen,' zei hij uiteindelijk. 'Zij zal een oogje op je houden.'

Ik probeerde mijn opluchting te verbergen, maar vermoedelijk las Sten die toch van mijn gezicht. Aspö was in elk geval geen kliniek, maar een eiland; er waren daar geen zenuwartsen, geen bewakers en geen geneesmiddelen om me te kalmeren. Niet dat ik blij was met Nanna als oppas, gezien de boosheid die ze wel voor me zou voelen.

Sten leunde naar achteren en hij keek me aan met fonkelende ogen. 'Maak je geen illusies dat je daar iets kunt doen wat tegen mijn wil indruist,' zei hij met snijdende stem. 'Als je je vrijheden permitteert, laat ik je in een kliniek voor geesteszieken opnemen. En de hemel sta je bij als je aan wie dan ook vertelt wat je het lef had me gisteren voor de voeten te gooien!'

101

Oskar

Met het artikel over Hugo Skantze in mijn tas ging ik op weg naar de redactie van de krant. Verrassend genoeg was het me gelukt gisteravond nog te werken. Marlene had vroeg afscheid genomen en was naar haar kamer gegaan. Toen ik later ging kijken, sliep ze al vast en diep.

In elk geval had de detective niet voor ons pension rondgehangen, wat ik als een goed teken voor deze dag beschouwde. Boregard had hem waarschijnlijk verteld dat Marlene niet in Karlskrona was, hoewel hij er rekening mee moest houden dat ze hier terug zou komen, nu ze niet langer in Rozenhaag terechtkon.

Omdat ik wist dat Marlene vandaag op zoek zou gaan naar werk, had ik haar verteld wat mijn informant me had bericht en haar voor de detective gewaarschuwd. Misschien zou ze hem niet tegenkomen, maar ik had liever dat ze wist wat er speelde.

Op de redactie waren meer collega's aanwezig dan ik had verwacht. Schrijfmachines ratelden, er liepen boden rond en er werden karretjes voortgeduwd. Dat alles onder begeleiding van het lawaai van de drukpersen in het achterste deel van het gebouw.

Ik liet me op mijn stoel zakken. De nacht zat me nog in de botten. Bij alles wat er was gebeurd had ik mijn naspeuringen een beetje uit het oog verloren, maar nu kwamen ze weer bij me boven en wel dringender dan een paar dagen eerder.

Omdat Boregard nu wist dat er iets tegen hem gaande was, moest ik voorzichtiger zijn. Mijn informant moest beschermd worden. En Marlene ook.

Ik was blij dat ik haar alles had opgebiecht. Het was alsof er een last van mijn schouders was gevallen. Tegelijkertijd had ik het hartverscheurend gevonden te zien hoe verschrikt en gekwetst Marlene was geweest. Eerst had ik gedacht dat ze boos op me was vanwege mijn stilzwijgen, maar toen besefte ik dat ze ontdaan was vanwege Boregard. En woedend.

'Ah, Andersson!' riep mijn baas uit. 'Hoe is het met Skantze verlopen?'

'Uitstekend!' antwoordde ik en ik zette weer mijn zakelijke gezicht op. 'Hij heeft me veel van zijn firma laten zien.'

'Natuurlijk in de verwachting dat u een zo positief mogelijk portret van hem schrijft.'

'Hij heeft me niets gezegd wat ik tegen hem zou kunnen gebruiken,' antwoordde ik. 'Hij is een grote aanwinst voor Karlskrona.'

Lundström stootte een lach uit waaruit je kon opmaken dat hij daar anders over dacht. Toen haalde hij iets uit zijn zak. 'Dit lag vanochtend op mijn stapeltje post. Geen idee hoe het daar terecht is gekomen.'

Hij gaf me een envelop. Het ging om een brief die per expresse was bezorgd. Waarschijnlijk hadden mijn opdrachtgevers gedacht dat die me eerder hier dan thuis zou bereiken.

Lundström keek me afwachtend aan. Hij had ongetwijfeld gelezen wie de afzender was en wilde nu weten waar het om ging.

Ik scheurde de envelop open en haalde er een velletje papier uit. De tekst was met de machine geschreven en elk woord trof me als een geweerkogel.

Het duurde even tot ik mezelf weer onder controle had.

'Meneer Lundström,' zei ik uiteindelijk, 'zou het mogelijk zijn dat iemand anders mijn artikel uittypt en inlevert?'

102

Marlene

‘En, hoe is het gegaan?’ vroeg Ingrid toen ik de deur van haar woning achter me sloot. Het aroma van pepermuntthee verdreef enigszins de muffige geur die hier nog steeds hing. Het was triest dat ze Rozenhaag weer had moeten inruilen voor dit onderkomen.

De hele ochtend had ik lopend door de stad doorgebracht, op zoek naar een baan. Ik had al niet veel hoop gehad, maar de werkelijkheid bleek nog troosteloozer te zijn. Aanplakbiljetten met oproepen tot sollicitatie op de deuren van bedrijven waren er niet. Overal waar ik navraag deed, kreeg ik hetzelfde antwoord: nee.

‘Niet goed,’ antwoordde ik en ik plofte op een stoel neer. ‘En met jou?’

Ze keek naar haar handen. Het was me de laatste dagen al opgevallen dat ze veel minder opgezet waren dan een paar weken geleden.

‘Bij de wasserij zeiden ze dat ik morgen weer kon beginnen.’ Ze snoof en zette een kop thee voor me neer. ‘In Rozenhaag heb ik al die tijd geen zere vingers gehad. Vreemd, hè? Terwijl ik zoveel heb gedaan. Zelfs de was.’

Ik was blij dat Ingrid weer aan het werk kon, ook al zou de pijn terugkomen. ‘Je zult dan in elk geval je woning niet kwijtraken,’ zei ik.

‘Als je het een woning wilt noemen.’ Ze wees naar de schimmelplekken die tijdens haar afwezigheid nog groter waren geworden. ‘Het huis was zo mooi. We hadden het alleen maar hoeven repareren. En de geit…’ Ze boog haar hoofd. ‘Had ik haar en haar lammetjes maar kunnen meenemen…’

‘Hoe zou je hier voor haar kunnen zorgen?’ vroeg ik. ‘En de lammetjes…’ Het was alsof mijn keel werd dichtgesnoerd. Ik had geen idee wat Boregard met ze had gedaan.

‘Heb je iets van Sigrun gehoord?’ vroeg Ingrid.

‘Nog niet. Ik durfde niet naar haar huis te gaan.’

‘Misschien kun je in de fabriek naar haar informeren.’

‘En dan Torben in de armen lopen?’ Ik zuchtte diep.

'Er zijn vast momenten waarop hij je niet kan tegenkomen,' zei Ingrid. 'Vraag het gewoon aan die aardige portier.'

Die aardige portier had me eruit gezet. Maar misschien had ze gelijk. Ik blies de damp over de rand van mijn theekop en nam voorzichtig een slokje.

'Ik vraag me af,' zei Ingrid, 'hoe je rijke vriendin het opneemt dat haar man ons eruit heeft gegooid.'

'Dat vraag ik me ook af. Maar waarschijnlijk kom ik er eerder achter wat Sigrun heeft bezield om ons te verraden dan dat ik word toegelaten tot de villa van de Boregards.'

Opeens kreeg ik een idee. Ik zette mijn theekop neer. 'Ik moet ervandoor. Hartelijk bedankt voor de thee. Als ik weer naar het bos fiets, breng ik het een en ander bij je langs.'

Toen ik bij de lampenfabriek aankwam, was de middagpauze net voorbij; de arbeiders zaten weer op hun werkplek. Ook had Brekke zijn plaats in het portiershuisje weer ingenomen.

'Hé, Brekke!' Ik had besloten om geen wrok tegen hem te koesteren, want ook hij had het geld nodig en hij moest zich aan de instructies van zijn werkgever houden.

'Marlene!' zei hij met een milde glimlach. 'Jou heb ik een tijd niet gezien! Niet eens op straat.'

'Er is in de afgelopen weken veel gebeurd,' antwoordde ik. 'Gaat het goed met je vrouw? En met jou?'

'Prima!' antwoordde hij. 'Door al die zon voelen zelfs mijn botten beter aan.'

'Daar ben ik blij om.' Ik kreeg een benauwd gevoel in mijn borst. Brekke mocht dan al wat ouder zijn en soms niet zo best zien, dom was hij niet. Hij wist dat ik hier niet naartoe was gekomen om een praatje met hem te maken.

'Wat kom je doen, Marlene?' vroeg hij. 'Je weet dat ik je niet het terrein op mag laten.'

'Dat wil ik ook niet,' zei ik. 'Maar misschien kun je me vertellen of je Sigrun hebt gezien.'

Ik wist van Oskar dat ze hier was. Als Brekke dat nu ontkende, had het duidelijk geen zin om te blijven wachten.

De portier perste zijn lippen op elkaar en ontweek mijn blik. 'Ik weet niet of meneer Skantze dat goed zou vinden.'

'Brekke,' zei ik. 'Alsjeblieft. Zeg me of je haar hebt gezien. Of ze er goed uitzag.'

De portier stond duidelijk in tweestrijd.

'Je komt haar vast niet alleen hier tegen. Misschien heb je haar in de stad gezien. Zou je me dat ook niet mogen vertellen?'

Even bleef het stil. Toen keek de portier opzij, over mijn schouder, waarna hij zich weer naar me toe boog.

'Je kunt beter bij haar uit de buurt blijven,' fluisterde hij. 'Torben heeft in het bijzijn van zijn collega's gedreigd je dood te slaan als je hem nog eens onder ogen komt.'

Ik week verschrikt achteruit. Dat vertelde hij de mannen in de fabriek? En niemand ging ertegen in?

'Wees niet bezorgd,' wist ik uit te brengen en ik probeerde mijn angst te verdoezelen. 'Ik wíl hem niet eens tegen het lijf lopen.'

'Iedereen weet wat er is gebeurd,' zei Brekke. 'Dat je Sigrun bij je hebt ondergebracht. Torben beweerde dat je haar ontvoerd had. Maar hij kan het niet bewijzen.'

Dan hadden we gisteren nog geluk gehad dat Boregard me niet had laten arresteren.

'Je weet wat Torben haar aandoet,' zei ik. 'Jullie zien het allemaal. Ik ben hier niet de schuldige. Ik heb Sigrun alleen maar in veiligheid gebracht. Omdat ze me om hulp vroeg.'

De portier knikte. 'Toch is het riskant. Als Torben zijn zelfbeheersing verliest, loopt het slecht met je af. Je kunt je beter niet meer met haar leven bemoeien.'

Het was wel heel vreemd. Sten Boregard had me op het hart gedrukt uit de buurt van zijn vrouw te blijven. Torben dreigde me te vermoorden als ik bij Sigrun in de buurt kwam. Maar de vrouwen zelf? Waarom werd hun niet gevraagd wat zíj wilden?

'Bedankt dat je me dit hebt verteld,' zei ik met een trieste glimlach. 'Ik zal het aan niemand verklappen.'

Op de terugweg vroeg ik me af of ik Sigrun inderdaad niet beter met rust kon laten. Wat had het voor zin om mijn leven voor haar in de waagschaal te stellen? Ik was niet iemand die graag toekeek als andere mensen slecht behandeld werden, maar als ze zich niet wilden laten helpen...

Ik nam me voor contact met Liv op te nemen en liep terug naar het pension.

'Mevrouw Walsted,' hoorde ik opeens iemand zeggen.

Ik maakte een schrikbeweging. Bijna verwachtte ik een klap te krijgen. Maar het was Torben niet. Hij zou me ook niet zo respectvol hebben aangesproken.

De man kwam tevoorschijn uit het portiek van ons buurhuis. Hij was een vreemde voor me. Ik moest aan Oskars waarschuwing denken. De beschrijving die hij me van de detective had gegeven paste precies! Hij droeg vandaag weer dat bruine pak en nam me onderzoekend op met zijn bleekblauwe ogen.

'Wie bent u?' vroeg ik en ik zette me schrap om te vluchten. Als ik snel genoeg was, kon ik de poort naar de binnenplaats vanbinnen vergrendelen voordat hij bij me was.

'Iemand met interesse in uw levensverhaal.'

Ik perste mijn lippen op elkaar en spande mijn spieren. Als ik zou schreeuwen, schoot Ove me misschien te hulp. Maar de man maakte geen aanstalten om me aan te vallen.

'U bent toch de vrouw van Bjarne Walsted?'

Ik verkoos het om niet te antwoorden, maar dat ik op zijn roepen had gereageerd, moest voor hem al een bevestiging zijn.

'Met mensen die me hun naam niet willen geven, praat ik niet.'

Nu kwam de man naar me toe. 'Het kan erg ongezond zijn om verhaaltjes rond te vertellen,' zei hij. 'Vooral tegen onbekenden.'

'Met wie ik praat gaat u volgens mij niets aan.'

Ik draaide me vlug om en wilde de poort door rennen, maar de man was sneller en greep me bij de arm. Ik probeerde me los te maken, maar hij was verbazend sterk.

'U houdt uw mond, hoort u me?' siste hij me toe. 'Als iemand u aanspreekt over uw man en vragen stelt, zwijgt u. Anders kan ik niets garanderen.'

'U doet me pijn!' riep ik en ik keek in paniek om naar de winkel. Helaas zag ik Ove niet bij zijn etalage staan.

‘O, dat is nog niks,’ zei hij spottend. ‘Ik hou u in het oog en ik zal weten of u uw mond opendoet. Zo ja, dan zult u binnenkort uw man op de zeebodem gezelschap kunnen houden.’

Van pure angst kon ik geen woord meer uitbrengen. Dit was geen vriend van Torben. Deze man moest door Boregard zelf zijn gestuurd. Woede welde in me op, maar mijn angst had de overhand en ik vervloekte mezelf toen ik begon te trillen.

‘Is er een probleem?’ vroeg opeens een andere stem. ‘Laat die vrouw los!’

Oskar! Een golf van opluchting ging door me heen. Hij posteerde zich dreigend naast de onbekende.

De man nam hem met een korte, taxerende blik op en liet toen mijn arm los. Op de plek waar hij me had vastgepakt, voelde ik een kloppende pijn. ‘O, we zijn gewoon oude bekenden.’

‘Daar ziet het bepaald niet naar uit.’ Oskar en de onbekende staarden elkaar aan. ‘Ga weg en laat haar met rust.’

De man kneep zijn ogen tot spleetjes. ‘Kennen jullie elkaar?’

‘Nee!’ riep ik uit, waarop de man glimlachte. Blijkbaar was ik niet overtuigend genoeg geweest.

‘Ga weg!’ zei Oskar nog eens nadrukkelijk en hij hield de man zijn vuisten voor.

Dat was een taal die die kerel leek te begrijpen. Hij stapte achteruit.

‘U weet het, mevrouw Walsted,’ zei hij terwijl hij me ijzig glimlachend aankeek. ‘Ik ben geen man van holle woorden.’

Nog eenmaal keek hij heen en weer van Oskar naar mij, toen stopte hij zijn handen in zijn broekzak, draaide zich om en verdween.

Trillend haalde ik diep adem. Oskar gebaarde me te zwijgen en vervolgens liepen we beiden door de poort. Toen de voordeur achter ons in het slot was gevallen, wierp ik me tegen zijn borst. Mijn hart ging nog steeds tekeer en mijn knieën knikten.

‘Wat ben ik blij dat je er bent!’ zei ik hijgend. ‘Die vent… Hij dreigde dat hij me zou verdrinken.’

Oskar sloeg zijn armen om me heen en kuste me op mijn kruin. ‘Het is al goed. Hij zal je niets doen, dat beloof ik je.’

Hij nam me mee de trap op naar zijn kamer, die me inmiddels meer vertrouwd was dan de mijne.

'Was dat die detective?' vroeg ik. 'Ik kwam terug van de lampenfabriek en toen kwam hij...'

Oskar liep naar me toe, sloot me opnieuw in zijn armen en kuste me. Toen liet hij me los en zei: 'Zijn naam is Arvid Hamme. Ik had er overigens geen rekening mee gehouden dat hij je rechtstreeks zou aanspreken of bedreigen.'

'Hoe wist hij waar hij me kon vinden?'

'Nou, ik heb me er bij die raadsvergadering zelf van kunnen overtuigen dat Sten Boregard en Hugo Skantze heel goed bevriend zijn. Maar dat weet je vermoedelijk wel.'

Dat was geen geheim, iedereen hier in de stad wist dat. 'Je denkt dus dat Skantze...'

'Hoe zou hij het anders moeten weten? Er hangt nergens een naambordje en je hebt ook geen eigen huis. Maar je hebt je adres toch bij Skantze moeten opgeven? Voor de salarisadministratie.'

Ik moest nu eerst eens gaan zitten. Ik staarde naar de vloer en er galmde een gedachte als een gongslag door mijn hoofd: misschien had ik niet moeten terugkeren naar Karlskrona...

'Hij zal je niets doen, hoor,' herhaalde Oskar. 'Boregard zal niet van moord beschuldigd willen worden.'

'En als hij toch...' Mijn mond was kurkdroog en ik had een dikke brok in mijn keel.

Oskar haalde zijn tas van zijn schouder en zette die op de stoel bij zijn bureau. Toen pakte hij iets uit zijn jaszak.

'Deze brief heb ik vandaag gekregen,' begon hij. Hij hurkte voor me neer. 'Er staat in dat ons belangrijkste bewijsstuk is aangekomen.'

'Een bewijs tegen Boregard?'

Oskar knikte.

'Wat is het dan?'

'Dat mag ik je niet vertellen,' antwoordde hij. 'Je moet het zelf bekijken.'

'Ik?' Ik staarde hem verschrikt aan. 'Wat kan ik nou doen?'

Oskar keek me aan en legde zijn handen op mijn knieën. 'Je kunt heel veel doen! Het gaat erom dat je de echtheid bevestigt.'

Verward keek ik hem aan. De echtheid waarvan? Het was alsof iemand mijn aderen vulde met petroleum en dat vervolgens aanstak. 'Hebben jullie iets van het schip gevonden?' vroeg ik.

Oskar glimlachte slechts. 'We moeten naar Stockholm afreizen. Morgenochtend, met de eerste trein.' Hij keek me in de ogen en streek een haarstreng van mijn voorhoofd. 'Ben je daartoe bereid?'

103

Liv

Ik was ten diepste geschokt door wat Sten had gezegd. Nooit had ik er rekening mee gehouden dat hij me op die manier zou bedreigen! Met tranen in mijn ogen was ik naar mijn kamer gevlucht. Daar had ik me op mijn bed laten vallen en liet ik mijn verdriet en mijn woede de vrije loop.

Naderhand voelde ik me leeg en uitgeput. Ik wenste met heel mijn hart dat ik nog eenmaal met Marlene zou mogen spreken. Zou Sten me toestaan het huis te verlaten wanneer de verkoop van Rozenhaag afgerond was? Of zou ik voor altijd onder toezicht van hem of Nanna blijven staan?

Aspö... Het eiland hoorde bij Karlskrona en lag niet ver verwijderd van het vasteland. Toch kon je er alleen per schip komen. In zoverre was ook dat een gevangenis. Maar het was altijd nog beter dan een inrichting voor geesteszieken.

Ik was ervan overtuigd dat Marlene erin zou slagen naar me toe te komen, als ze dat zou willen. Maar daarvoor moest ze er eerst van weten...

Ik stond op en liep naar de garderobekast. Ik hoopte dat ik bij het uitkiezen van mijn kleding voor de reis een ingeving zou krijgen over een manier om haar op de hoogte te stellen.

Omdat het om een verblijf voor onbepaalde duur ging, besloot ik blouses en rokken mee te nemen die makkelijk gewassen konden worden. Daarnaast nog een paar jurken, want het zou kunnen dat Nanna ter gelegenheid van midsommar een aantal gasten zou ontvangen. De feestdag was al over een paar dagen en ik wilde een gezonde en opgewekte indruk op de gasten maken. Misschien zou ik zelfs enige blijmoedigheid weten op te brengen.

Toen ik klaar was, keek ik neer op een aanzienlijke berg bagage. Ik belde om Astrid, zodat ze me mijn hutkoffer kon brengen.

Het dienstmeisje staarde me met grote ogen aan toen ze binnenkwam. 'Maar dat had ik toch kunnen uitzoeken!'

'Het volstaat dat je mijn koffer voor me haalt,' antwoordde ik. 'Ik heb toch niet veel te doen.'

Met die woorden liet ik haar gaan.

Even later droeg ze de volumineuze koffer mijn kamer in, daarbij geholpen door onze staljongen. Ze herhaalde de vraag of ze niet voor me moest inpakken, maar op gevaar af dat ze me voor gek zou verslijten, antwoordde ik ontkennend.

Toen ze weg was, hing en stapelde ik mijn kleding zorgvuldig in de koffer. Ik dacht daarbij terug aan het moment dat ik mijn spullen had gepakt om bij Sten in te trekken. Ik had een veel kleinere garderobe gehad en mijn koffer was bij lange na niet zo groot geweest. Ik had me enorm op dit huis verheugd, was vol van hoop geweest…

Ik raakte zo in gedachten verzonken dat ik niet merkte dat de tijd voortschreed. De zon trok haar baan over ons huis en gelukkig kwam er niemand langs om te informeren hoe het met me ging. Eenmaal bracht Astrid me thee met koekjes, die ik liet staan, ook al liet mijn maag zo nu en dan van zich horen.

Met elk kledingstuk dat ik inpakte, besefte ik meer dat van alle drie de mogelijkheden Aspö de beste was. Misschien zou ik er zelfs in slagen Nanna weer voor me in te nemen. Of te verdwijnen. Waarheen wist ik niet, maar inmiddels was me duidelijk dat de politie Sigrun niet zou hebben gevonden als ze niet zelf naar huis was gegaan.

Ik stopte net het laatste ondergoed in de koffer toen Sten zonder kloppen mijn kamer in kwam. Het leek hem te verbazen dat ik bij mijn hutkoffer stond. 'Je pakt zelf in?'

'Ja,' antwoordde ik zonder op te kijken. De kilte in zijn stem joeg rillingen over mijn rug. 'Ik wilde mijn spullen niet aan Astrid overlaten.'

Daarna zei hij eerst niets meer, maar ik voelde zijn blik.

'Kun je te weten komen wanneer Nanna wil vertrekken?' vroeg ik en ik keek op. Blijkbaar was ik hem voor met mijn vraag.

'Morgenochtend,' antwoordde hij. Hij leek op mijn gezicht te zoeken naar een uitdrukking van emotie, maar ik wist dat hij het gewenste daar niet zou aantreffen. Tijdens het inpakken had ik mijn gedachten op een rijtje kunnen zetten en had ik geconcludeerd dat ik me moest neerleggen bij deze situatie, die ik niet kon veranderen. 'Ik raad je aan stipt te zijn, je weet dat Hugo niet zal wachten.'

Ik knikte. Hugo Skantze was notoir stipt. Zelfs voor mensen die hij graag mocht, voer hij met zijn stoomschip nooit later dan gepland uit. Lange tijd deed het verhaal de ronde in de stad dat hij een van zijn vrienden zelfs aan de kade had laten staan toen hij hem al in de straat had zien aan komen lopen. De man zou maar een minuut te laat zijn geweest…

'Er is trouwens een brief voor je afgegeven,' zei Sten toen nog en hij haalde de envelop uit zijn zak. 'Van ene Bente Nielsen.'

De naam trof me als een bliksemslag. Het kostte me moeite om de brief niet uit zijn handen te trekken.

'Mijn jeugdvriendin,' zei ik, want Sten zou een verklaring verwachten. 'Ik ben haar bij de uitvaart tegengekomen.'

Sten leek erover na te denken wat hij met dat antwoord aan moest. Sinds hij wist dat er een onderzoek naar hem liep, was hij in alle opzichten wantrouwiger geworden.

'Bente en ik speelden vroeger vaak samen in de pastorie,' voegde ik eraan toe. 'Ze kende mijn moeder. En mijn vader…'

Mijn handen jeukten. Ik wilde die brief hebben! Ik wilde hem zo graag hebben!

Sten keek me nog even onderzoekend aan en gaf me toen de envelop. Die was met een brede reep papier dichtgeplakt. Zelfs als Sten het had geprobeerd, had hij de brief niet kunnen openen zonder sporen achter te laten.

'Ik zal Martin laten weten dat hij je koffer naar de boot moet brengen,' zei hij. Hij deed zichtbaar zijn best om me duidelijk te maken dat hij het nog steeds voor het zeggen had. Dat het een nobel gebaar van hem was me de brief te laten houden.

'Zien we elkaar nog om afscheid te nemen?' vroeg ik. Ik wilde hem helemaal niet zien en hoopte dat ik alleen kon blijven.

'Ik moet morgen werken, maar zal je bijtijds laten weten wanneer je weer mag terugkomen.'

104

Marlene

De jurk die ik had gekozen was ondanks het vroege ochtenduur veel te warm en kriebelde bovendien, maar stamde nog uit de tijd van voor het ongeluk. Bjarne had me erin gezien. Op deze manier wilde ik hem bij me hebben op deze zo belangrijke reis.

Ik liet mijn blik langs de andere passagiers glijden die hier op de ochtendtrein wachtten. Veel van degenen die hier op het perron stonden zagen er stukken eleganter uit dan ik. Naast Oskar, die een donkerblauw pak droeg, voelde ik me maar een grijze muis.

Hoe zou ik er nu uitzien als ik nog steeds de vrouw van een kapitein was? Ik zou hier natuurlijk niet op de trein naar Stockholm hoeven te wachten. Maar ik zou voor een reis vast anders gekleed zijn gegaan. Misschien had ik ook een mauve mantelpakje gedragen, zoals de dame twee banken verderop. Of zelfs een hoed met veren. De weinige keren dat ik met Bjarne op reis was geweest, had ik me niet van een burgervrouw onderscheiden.

Wat had Boregard, aangenomen dat hij werkelijk de schuldige was, me allemaal afgenomen? Niet alleen mijn grote liefde, maar ook status, aanzien en schoonheid in mijn leven. Misschien was het oppervlakkig, maar ook een mooie jurk kon een beetje geluk betekenen.

'Waar denk je aan?' vroeg Oskar. 'Je bent zo stil.'

Ik zag de bezorgdheid op zijn gezicht en schudde mijn hoofd. Hij zou me vast dwaas vinden als ik hem vertelde dat ik die vrouw daar in haar chique mantelpakje benijdde en dat Boregard het me had onthouden te zijn zoals zij.

Er was echter nog meer wat me vanochtend rusteloos maakte. 'Ik vraag me af hoe het met Liv gaat. Wat er met haar is gebeurd. Boregard is geen erg vriendelijke man.' Ik liet mijn hoofd zakken. 'En Sigrun...'

'Het is aannemelijk dat jullie die uitzetting aan haar te danken hebben,' zei Oskar.

'Hij moet haar hebben gedwongen. Na alles wat we voor haar hebben gedaan...' De teleurstelling viel me zwaar.

'Mevrouw Boregard had moeten beseffen dat niet zij maar haar man het beheer over haar bezittingen heeft,' antwoordde Oskar. 'En dat alles eens aan het licht komt, hoe goed je het ook verheimelijkt.'

'Maar is dat niet juist het probleem?' vroeg ik. 'Dat mannen alles voor ons bepalen? Dat we hun eigendom worden zodra ze ons een ring om de vinger hebben geschoven?'

'Ik zou nooit...' zei Oskar defensief, maar ik onderbrak hem.

'Ik heb het niet over jou. Ik heb het over mannen als Boregard. Hij heeft zijn vrouw genegeerd zolang ze nog volgzaam was. Maar ik hoefde maar in haar gezelschap bij hem te verschijnen of de problemen begonnen al.' Ik zweeg even. 'En dan Torben nog...' Ik kreeg een bittere smaak in mijn mond. 'Had ik misschien meer moeten doen? Voor Sigrun?'

Oskar pakte mijn hand. 'Je hebt gedaan wat je kon. Maar tegenover iemand die niet wil, sta je vrijwel machteloos. Sigrun is een volwassen vrouw. Haar man mag dan haar leven bepalen, op het moment dat ze bij jullie wegging, heeft zij haar eigen keuze gemaakt.'

Het was prettig dat ook uit zijn mond te horen. Toch besefte ik dat ik Sigrun misschien wel nooit helemaal uit mijn gedachten zou kunnen bannen. Dat ik altijd de hoop zou blijven koesteren haar te kunnen helpen. 'Voor hem,' zei ik. 'Ze heeft gekozen voor een man die haar mishandelt.'

'Zo bitter is het, ja,' zei Oskar. 'Je kunt mensen niet dwingen te kiezen voor het geluk. Wel kun je proberen je best te blijven doen. En er voor hen te zijn in het geval dat ze terugkomen.'

Ik snoof bedroefd. 'Alleen, waarheen moet ze terugkomen? De droom van Rozenhaag is voorgoed voorbij. Ik moet me gelukkig prijzen als ik nog ergens een baan vind en in Karlskrona kan blijven.'

Hij streelde me zachtjes over mijn wang. 'Laten we eerst de komende dagen maar tot een goed einde brengen. Dan zien we daarna wel verder.'

'We?' vroeg ik verbaasd.

'Je denkt toch niet dat ik je in de steek laat?'

Ik wilde dat hij me zou kussen, maar daar klonk de aankondiging van de trein door de luidsprekers. Even later kwam de zware locomotief over de rails het station binnenrijden. Mijn hart ging woest tekeer en ik pakte Oskars hand.

’s Avonds zouden we in de hoofdstad zijn. En dan zou ik er misschien achter komen wie er schuldig was aan de dood van mijn man.

105

Liv

Veel te vroeg kwam ik bij de Borgmästarekajen aan, waar Hugo's stoomboot vastgemeerd lag. Het gedrongen, rood-wit geschilderde schip met de grote zwarte schoorsteen had iets weg van een zonderling zeedier. De ketel werd blijkbaar al gestookt, want er steeg een rookpluimpje op uit de schoorsteen. Een stoker had ik overigens nog niet bespeurd.

Het was voor het eerst dat ik me sinds het onderhoud in Hugo's werkkamer weer in de buitenlucht bevond, die ik met volle teugen opzoog. De lucht rook naar zout, zeewier en machineolie. Zelfs de rook stoorde me niet.

Ik richtte mijn blik op de koets. Martin, die zich zichtbaar zat te vervelen op de bok, had opdracht gekregen pas weg te rijden als ik op de boot stond.

Sten had inderdaad geen afscheid van me genomen. Ondanks het vroege uur had hij het huis al verlaten.

Het kon nog wel even duren tot Nanna arriveerde. Ik ging op een bank zitten en keek naar de meeuwen. Ik benijdde ze een beetje om hun vrijheid. Ik moest denken aan dat oude verhaal, dat de zielen van verdronken zeelieden als meeuwen terugkeerden. Misschien had ik het Marlene moeten vertellen. Maar waarschijnlijk kende ze het allang.

Omdat het Martin niet kon schelen wat ik deed zolang ik maar aan boord van de stoomboot ging, haalde ik de brief tevoorschijn die ik sinds gisteravond steeds opnieuw had gelezen, al raakte de inhoud me ten diepste.

Marlene schreef erin dat Sten bij hen in huis was verschenen en hen eruit had gegooid, en dat hij het hun had geweigerd de geiten te behouden. Ze schreef echter ook dat Ingrid en zij naar Karlskrona waren teruggekeerd. Dat de politie niets tegen hen had ondernomen. En dat Sigrun weer bij haar man was.

Aanvankelijk was ik in de verleiding gekomen om die vrouw uit de grond van mijn hart te haten. Maar stond ze niet net zo machteloos tegenover haar man als ik?

Ik pakte mijn map met schrijfpapier uit de reistas aan mijn voeten. Ik wist dat er op Aspö een postkantoor was. Nanna zou ervoor zorgen dat ik het eiland niet af kwam, maar kon ze me verbieden daarheen te gaan?

Twintig minuten later werd Martin eindelijk verlost. De koets van de Skantzes kwam eraan, volgepakt met alles wat het gezin in hun zomerhuis nodig had. Of liever gezegd, wat Nanna en de kinderen nodig hadden. Behalve in de weekeinden zou Hugo natuurlijk in de fabriek zijn. Haar enige volwassen gezelschap zou bestaan uit het kindermeisje en het huispersoneel. En mij.

Vlug stopte ik de brief die ik had geschreven onder mijn korset. Ik wilde Nanna of haar dienstmeisje geen gelegenheid bieden om iets in mijn bagage te vinden wat Sten nog bozer op me zou maken.

Toen ze me zag, kwam Nanna naar me toe. Ik had er rekening mee gehouden dat ze me vijandig zou bejegenen, maar ze pakte meteen mijn handen.

'Wat fijn dat je meegaat,' begon ze zoetsappig. 'Het verblijf bij ons zal je zenuwen vast goeddoen.'

Ik wist niet of het opzet was, maar die opmerking stak me. Sten had me verboden iemand over zijn onvruchtbaarheid te vertellen. Zou hij het dus op mijn 'zenuwen' hebben geschoven dat ik me voor Sigrun Bergsma had ingezet?

'Bedankt voor deze kans,' zei ik en strikt genomen meende ik dat ook. 'Ik verheug me erop jullie nieuwe zomerhuis te zien.'

Nanna reageerde hierop met een glimlach en legde haar hand om mijn arm alsof ze mijn verzorgster was. We gingen aan boord terwijl Martin samen met de stoker mijn hutkoffer overlaadde.

'Heb je wel genoeg ingepakt?' vroeg Nanna met een blik op het enorme stuk bagage.

Ik zocht naar ironie in haar woorden, maar vond die niet. Als je mijn koffer zag, leek het of Sten me het huis uit had gezet.

'Ja, ik heb rekening gehouden met een wat langer verblijf,' zei ik, wat haar verrassend genoeg leek te verheugen.

De kinderen liepen voor hun vader uit en groetten me netjes, en toen stond ik oog in oog met Hugo. Zoals het de erfgenaam van de zeevaartfamilie Skantze betaamde, stond hij erop de stoomboot zelf te besturen. Hij droeg een kapiteinspet en een grove cabanjas, waarmee hij er daadwerkelijk als een zeeman uitzag. Ik vroeg me af wat Marlene ervan zou zeggen.

Hij groette me beleefd maar afstandelijk en liet niets merken van onze aanvaring in zijn werkkamer.

Stipt om negen uur voeren we uit.

Ik probeerde de gesprekken van de kinderen te negeren terwijl ik van achter het raam van de kleine kajuit het vasteland van Karlskrona steeds verder zag verdwijnen.

'We zijn van plan een klein feestje ter gelegenheid van midsommar te geven,' zei Nanna opeens. 'Ik hoop dat je zin hebt daarbij te zijn.'

'Natuurlijk,' antwoordde ik. 'Ik ben dol op midsommar.'

'Mocht er verandering in je toestand komen, dan hebben we ook een arts in de buurt.' Nanna nam me onderzoekend op.

'Ik denk niet dat die nodig zal zijn,' zei ik. Dat ze me behandelde als een gediagnosticeerde zieke begon me flink te irriteren.

'Sten zei dat je een vrouwelijke arts hebt geconsulteerd,' vervolgde Nanna.

Ik verkrampte. Welke versie van de waarheid had Sten hun voorgeschoteld? Soms dat ík syfilis had en de waanzin nabij was? Ik was Nanna geen informatie verschuldigd, maar ik merkte wel dat er meer speelde.

'We willen weer proberen een kind te krijgen,' zei ik. 'Ik heb die arts gevraagd om vast te stellen of ik vruchtbaar ben.'

Ik keek naar haar buik. Er was nog steeds geen welving te zien. Wanneer zou het bij haar zover zijn? In oktober? Of misschien pas in november of december?

'O, dat zou fantastisch zijn!' riep Nanna zoetsappig uit en ik voelde dat ze meer wilde weten. Maar wat moest ik haar vertellen? Dat ik met Sten naar bed was geweest op een manier die de aanduiding 'liefdesnacht' niet verdiende?

'Ja, inderdaad,' zei ik slechts.

Dat antwoord stelde haar niet echt tevreden, maar opeens slaakte een van de meisjes een kreet omdat haar broer haar aan haar vlechten had getrokken. Er ontstond een klein handgemeen en Nanna moest ingrijpen.

Weer richtte ik mijn blik op het water.

De afstand tussen de eilanden en Karlskrona was niet groot en toch had ik het gevoel dat ik naar de overkant van de oceaan voer.

Stens woorden dreunden weer door in mijn oren: *Ik zal je laten weten wanneer je terug mag komen.*

Wanneer zou dat zijn?

106

Liv

Een half uur na ons vertrek meerde Hugo's stoomboot af. Het eiland was omgeven door aanlegsteigers en de meeste waren bezet. Ik zag zeilboten, maar ook andere stoomscheepjes en roeiboten.

'Het huis is vast naar je zin,' zei Nanna en weer voelde ik haar hand op mijn arm. Ik had haar het liefst verteld dat ze niet bang hoefde te zijn dat ik zou vluchten. Dat ik blij was dat ik Sten niet meer hoefde te zien.

Gehoorzaam stond ik op en verliet met Nanna de kajuit. Het eerste wat ik van het eiland zag waren de talrijke houten huizen, die als parels aan een snoer naast elkaar aan de kust lagen. Sommige waren rood geschilderd, andere geel en weer andere straalden in zuiver wit.

'Dat is het onze,' zei Nanna en ze wees naar een wit huis van twee etages, waarvan de bovenste ramen een goed uitzicht op de open zee boden. Een lange trap met aan beide zijden perken vol bloemen en rotsplanten leidde naar het perceel. Mijn moeder zou Nanna vast hebben benijd om haar prachtige vaste planten.

Ik had het me anders voorgesteld, maar het viel wel bij me in de smaak. Vooral omdat het omgeven werd door een grote tuin. Misschien zou ik daar – onder toezicht uiteraard – kunnen zitten en van het zonnetje genieten.

Bij het uitladen van mijn koffer hielpen de stoker van het schip en de tuinman van het zomerhuis. Ze moesten flink tillen en hijgden toen ze bij het huis waren aangekomen.

Nanna droeg hun op de koffer naar een van de benedenvertrekken van het huis te brengen. Dat verraste me, tenslotte was de kans daar groter dat ik ervandoor zou gaan.

Alsof ze mijn vraag kon horen verklaarde ze: 'De kinderen en het kindermeisje hebben hun kamers boven. We hebben geprobeerd hier dezelfde orde als thuis aan te houden.'

Nanna en Hugo stelden het dus zonder het fraaie uitzicht en lieten het aan de kinderen, alleen omdat ze op die manier de orde die bij hen thuis heerste konden nabootsen? Dat was typisch iets voor Nanna. En voor Hugo. Het was bijna griezelig zoveel als ze op elkaar leken.

Mijn kamer was overwegend praktisch ingericht. Alle meubels waren van wit hout, de muren waren in een zachte tint hemelsblauw geschilderd. Er moest nog maar kortgeleden zijn schoongemaakt, want je kon het stijfsel waarmee de kanten vitrage was behandeld nog ruiken.

De mannen zetten de koffer naast de garderobekast, knikten Nanna en mij toe en verlieten het vertrek.

'We houden onze logeerkamers vrij neutraal,' zei Nanna. Ze liet haar hand over de commode bij de deur glijden, alsof ze wilde controleren of er stof op lag. 'In jouw geval moet het wel helpen als je niet zo veel prikkels om je heen hebt.'

Weer die toespeling op mijn zenuwen! Wilde Nanna me soms aanpraten dat ik ziek was?

Ik balde mijn vuisten. 'Nanna, alsjeblieft,' zei ik, want ik wilde niet doen alsof ik het met haar eens was. 'Zoals ik me in die kwestie rond Sigrun Bergsma heb gedragen mag misschien verkeerd zijn geweest, maar ik ben noch krankzinnig, noch hysterisch.'

Nanna zette grote ogen op. Mogelijk werd ze in haar mening over mij gesterkt door wat ik had gezegd. Ik had er meteen spijt van.

'Hoe het ook zij,' zei ze met een glimlachje, 'hier zul je tot rust kunnen komen. Ik hoef je vast niet te vertellen dat het niet goed zou zijn voor je huwelijk en voor een toekomstige zwangerschap als je zo recalcitrant blijft.'

Wat weet jij nou van mijn huwelijk? wilde ik antwoorden, maar ik dwong mezelf kalm te blijven. Hoe mijn verblijf hier verliep, zou weleens kunnen bepalen of ik al dan niet in een inrichting werd opgenomen.

Bovendien moest ik mijn brief posten en dat zou alleen lukken als Nanna me het huis uit liet.

'Ik wilde vrouwen in nood helpen,' antwoordde ik zo rustig als ik kon. 'Dat zou die Frieda van jou niet anders hebben gedaan!'

'Frieda,' zei Nanna en ik merkte dat ook zij zich moest inhouden. 'Frieda strijdt voor vrouwenrechten. Ze zou zich nooit met andermans zaken bemoeien.'

‘Is het dan niet ook het recht van een vrouw om niet mishandeld te worden?’

Daar had Nanna geen antwoord op. Ze bleef me aankijken, maar ik zag dat haar hersenen kraakten. Ik vroeg me af of ik een stapje verder kon gaan, of ik het haar duidelijk zou maken. Of ik haar kon vertellen wat Sten in de afgelopen dagen en weken had gedaan.

‘Ga maar even liggen,’ zei Nanna toen opeens. Haar gezicht kreeg een harde uitdrukking. ‘Het middageten is tegen twaalf uur.’

Na die woorden draaide ze zich om en liep de kamer uit.

107

Marlene

We kwamen om even na tien uur 's avonds in Stockholm aan. Al meteen voor het station heerste er een heel andere sfeer dan in Karlskrona. De stad bruiste. En de lucht was er ook heel anders. Natuurlijk rook je ook hier de zee, maar er lagen nog andere geurnoten onder. Benzine van de automobielen die langs ons heen tuften. De vettig warme uitwasemingen van een stalletje waar voedsel voor haastige reizigers werd aangeboden. Ik had altijd gedacht dat Karlskrona veel inwoners had, maar de massa voetgangers die ons alleen hier al tegemoet stroomde, benam me de adem.

'Waarom zijn er om deze tijd nog zo veel mensen op straat?' vroeg ik later verbaasd, toen ik door het raampje van het huurrijtuig tuurde dat ons naar een hotel moest brengen.

'Dat is hier heel normaal,' zei Oskar. 'Veel mensen bezoeken ook door de week het theater, de opera of de variétés, andere gaan naar de kroeg.'

Dat deden de mensen in Karlskrona ook, maar niet in zulke aantallen.

'Als je eerst hier woonde, zul je onze stad maar klein en saai vinden,' zei ik en ik bleef gefascineerd naar de voorbijgangers kijken. Sommige vrouwen droegen kleurige avondjurken onder hun dunne mantels en stola's, hier en daar schitterden edelstenen. Deze buurt was verre van eenvoudig of arm. In Karlskrona zagen zelfs de vrouwen van de stadsbestuurders er niet zo uit.

'Nou, in vergelijking met Stockholm is Karlskrona... rustig. Toch heeft die stad haar aantrekkelijke kanten. Je wordt bijvoorbeeld 's avonds niet aangereden als je op straat blijft staan.'

'Wees daar maar niet al te zeker van.' Ik glimlachte naar hem. Nog altijd voelde ik me vergeleken bij de andere vrouwen enigszins onooglijk, maar ik had bij me wat zij niet hadden: Oskar.

'Wat ga je doen als je onderzoek in Karlskrona is afgerond?' vroeg ik.

Ook dat was iets waar ik niet eerder aan had gedacht. Zou hij verder trekken? Gewoon verdwijnen?

'Dat weet ik nog niet,' zei hij. 'Het hangt ervan af. Ik denk dat de uitgever wel tevreden met me zal zijn als hij eenmaal dat sensationele verhaal over de Solveig in zijn krant kan zetten.'

'Maar je zou dan net zo'n paria kunnen worden als ik,' zei ik.

Hij glimlachte breed. 'Als jij bij me bent, zou ik daar geen probleem mee hebben.'

Het hotel straalde ons met goudgele verlichting tegemoet. Het was een gebouw van vier verdiepingen met hoge ramen en een uitnodigende glazen gevel. Ik was nog nooit in zo'n chic pand geweest.

Weer kreeg ik dat beklemmende gevoel toen we door de met goud gedecoreerde glazen deur naar binnen liepen. Ik had liever gehad dat Oskar een ander onderkomen had gekozen. Ik was hier net zomin op mijn plaats als een pinguïn in de woestijn.

Maar toen keek ik vol verwondering op naar de glanzende kristallen kroonluchter die aan het hoge plafond van de lobby hing en alles wat door zijn licht werd aangeraakt liet stralen.

'Wordt dit door jouw verzekeringsmaatschappij betaald?' vroeg ik terwijl we naar de receptie liepen. Op de met velours gestoffeerde sofa's zaten chic geklede gasten. Sommigen waren verdiept in conversatie, anderen zaten met hun neus in de krant. Weer anderen schenen op hun huurrijtuig te wachten.

Hoewel ik vermeed hen aan te kijken, voelde ik hun blikken. Wat zouden ze van me denken? Dat ik een landloopster was?

Oskar naast me gedroeg zich zelfverzekerd en krachtig, waardoor ik me begon te ergeren over mijn eigen onzekerheid. Ik hield mijn hoofd dus zo hoog mogelijk toen we bij de balie aankwamen.

'Ik had twee kamers gereserveerd. Op naam van Andersson,' zei Oskar. De man keek me even verwonderd aan, en toen draaide hij zich om.

Twee kamers. Ik was een beetje teleurgesteld, want ik had gehoopt vandaag in Oskars armen te kunnen liggen.

Hij leek het te merken, want toen we naar de trap liepen, verklaarde hij: 'Ik moest wel twee kamers reserveren. Mijn chefs weten niet wat onze relatie is en ze mogen daar ook niet achter komen. Anders zou ik als bevooroordeeld kunnen worden beschouwd en dat mag ik als onderzoeker bij deze zaak niet zijn.'

Omdat ik niets anders dan mijn rugzak bij me had en ook Oskar slechts een kleine tas droeg, sloegen we de hulp van de piccolo in uniform af en liepen de brede trap op.

'De kamers liggen naast elkaar,' verklaarde Oskar. 'Als je ergens behoefte aan hebt, wat het ook is, aarzel dan niet bij me aan te kloppen.' Er verscheen een schalkse glimlach op zijn gezicht. Ik kon niet anders dan die beantwoorden.

'Net als in Karlskrona,' zei ik. 'Voordat alle ellende begon.' Die tijd leek nu een eeuwigheid geleden en toch waren er sindsdien maar drie weken verstreken.

'Dan mag je van geluk spreken dat ik mijn schrijfmachine niet heb meegebracht,' antwoordde hij lachend.

De kamer was niet alleen groot, hij zou in een kasteel niet misstaan. Aan het plafond prijkten stucornamenten die eruitzagen als met fruit gevulde hoornen des overvloeds.

Het hemelbed was van bruin hout; de donkerblauwe velours gordijnen waren aan de zijkant opgenomen met embrasses, waardoor je vrij zicht had op het bed, waarop een blauwe fluwelen sprei lag. De kussens waren helderwit en voorzien van fraaie borduursels.

Ik deed mijn rugzak af en liet hem naast het bed op de vloer zakken.

Niet alleen het bed was een lust voor het oog, ook de rest van het interieur. Er stond een met houtsnijwerk gedecoreerde secretaire voor het raam. Door de kanten vitrage kon je de lichtjes van de stad bij avond bekijken. Het bankstel midden in de kamer was bekleed met een blauwe stof met ingeweven gele rozen. Een grote spiegel aan de tegenoverliggende wand weerspiegelde het beeld van de inrichting en liet het vertrek nog groter lijken. Ik liep naar de eveneens met houtsnijwerk gedecoreerde garderobekast en liet mijn vinger over de kunstig nagemaakte roosjes gaan.

Zo – of ongeveer zo – moest Livs huis eruitzien. Wat zou ze nu aan het doen zijn? Zou ze de brief die ik haar had gestuurd hebben ontvangen?

Ten slotte draaide ik me om en liep naar de doos die op het bed lag. Wat zou erin zitten? Een wonderlijk vermoeden kwam bij me op. Ik had zo'n doos nog maar één keer eerder gezien: toen Bjarne destijds mijn bruidsjurk voor me had meegebracht.

Men zei dat het ongeluk bracht als de bruidegom de bruid al voor de gang naar het altaar in haar jurk zag. Zou dat het zijn geweest?

Ik streek over het deksel van de doos, toen haalde ik het eraf en mijn adem stokte toen ik het witte kant zag.

Nooit eerder had ik zo'n beeldschone, met kant afgezette witte blouse gezien. Er zaten een hoog kraagje en lange mouwen aan. Eronder lagen, keurig netjes opgevouwen, een violetblauw jasje en een kokerrok in dezelfde kleur.

Ik pakte de blouse. De stof was heel zacht, bijna als zijde. Of zou het zelfs zijde zíjn?

Toen schoot me iets te binnen. Meteen liet ik de blouse terug in de doos vallen en stormde de kamer uit. Ik klopte bij Oskar aan. Hij deed meteen open.

'Dat gaat niet,' zei ik. 'Ik kan dat niet aannemen.'

Oskar trok verbaasd zijn wenkbrauwen op. 'Wat?'

'Die kleren,' antwoordde ik. 'Het is… te veel. Te duur. Ik…'

Hij legde zijn vinger op mijn lippen en trok me zijn kamer binnen. Blijkbaar waren alle vertrekken ongeveer gelijk van formaat en inrichting als het mijne, alleen was hier de overheersende kleur donkerrood.

'Ik dacht dat je die spullen morgen wel kon gebruiken,' zei hij, nadat hij de deur achter me had dichtgedaan. 'Je staat morgen tegenover mijn chefs. En een officier van justitie. Ik wil dat die mannen je met respect bejegenen.'

Ik trok mijn wenkbrauwen op. 'En je denkt dat ze dat alleen doen als ik iets anders draag dan dit?' Ik spreidde mijn armen. 'Ik ben nu eenmaal wat ik ben. De weduwe van een kapitein.'

Hij zuchtte en haalde zijn hand over zijn voorhoofd. Ik merkte dat hij het niet begreep en wilde dat hij de ware reden voor mijn aarzeling kende. Ik was niet te trots om dit geschenk aan te nemen. Ik was er zelfs blij mee. Deze kleren hadden me zo-even misschien een beetje meer zelfbewustzijn verleend, maar juist voor de dag van morgen waren ze niet geschikt.

'Begrijp me goed, alsjeblieft,' zei ik en ik legde mijn hand op zijn arm. 'Ik zou er in die kleding uitzien alsof ik geen geldgebrek had.'

'Maar Marlene, dat zijn toch maar uiterlijkheden!' antwoordde hij. 'Ik wil gewoon dat je er morgen mooi uitziet.'

'En ik wil dat die mannen inzien wat Boregard me heeft aangedaan, als hij inderdaad schuldig is aan de dood van mijn man!'

Oskar keek me aan alsof hij door de bliksem was getroffen, toen kwam hij naar me toe en nam me in zijn armen. 'Het spijt me,' zei hij zachtjes in mijn haar. 'Ik... Ik wilde je alleen iets fijns bezorgen. Ik dacht er niet aan dat...'

'Je hébt me ook iets fijns bezorgd. Ik ben er heel blij mee,' antwoordde ik en ik voelde de tranen langs mijn wangen biggelen. Wat was er opeens met me aan de hand? 'En ik ben je dankbaar, maar morgen... Morgen kan ik het niet dragen.'

Opeens voelde ik me vreselijk zwak. Mijn benen trilden en ik kon er nauwelijks meer op staan. Oskar zag het, leidde me naar het bankstel en zette me daar neer. Hij ging naast me zitten en streelde mijn haar.

De pijn in mijn borst die opkwam, was me goed bekend. Die had ik gevoeld toen tot me was doorgedrongen dat Bjarne nooit meer bij me zou terugkomen. In geen enkel opzicht was het Oskars schuld, of die van de verzekeringsmaatschappij. Het was slechts mijn gevoel van leegte, van verlorenheid en verlies dat me opeens sinds lange tijd weer zo hevig had overvallen. Misschien omdat ik hoopte een klein stukje van Bjarne terug te krijgen? Ik had er nog niet over nagedacht wat de reden kon zijn, maar mijn hart leek sneller dan mijn hoofd te reageren.

Het duurde een poos tot ik weer in staat was normaal adem te halen en te praten.

Oskar keek me bedrukt aan. 'Ik wilde je echt niet boos maken,' zei hij en hij streelde teder mijn wangen.

'Dat weet ik,' antwoordde ik en ik veegde de laatste tranen van mijn verhitte gezicht. 'Maar toen ik die kleding zag...' Ik keek hem aan. 'Het is lang geleden dat iemand me zoiets moois cadeau heeft gedaan.'

Hij trok zijn wenkbrauwen op. Ik voelde dat hij probeerde me te begrijpen.

'Maar tegelijk wist ik dat dit voor morgen niet de juiste kleding zou zijn,' vervolgde ik. 'Ik wil dat je chefs me leren kennen. Mijn situatie juist kunnen inschatten.'

Oskar knikte. Toen zei hij: 'Dat zullen ze heus wel doen. En ik zal die spullen laten terugbrengen.'

'Nee,' zei ik en ik pakte zijn hand. 'Alsjeblieft, als het je niks uitmaakt...

Zoals je ziet, heb ik niet veel. Ik zou het fijn vinden als ik ze mag houden. Als herinnering aan het feit dat een man me goed behandelde toen vele anderen dat niet deden.'

'Nou, ik hoop dat ik nog veel meer voor je kan zijn dan een herinnering, Marlene Walsted.' Een brede glimlach verscheen op zijn gezicht, toen boog hij zich naar me toe en kuste me.

108

Marlene

Stockholm begroette de ochtend met een luid klokkenspel. Het was duidelijk drukker op straat dan in Karlskrona. Behalve de mensen die naar hun werk moesten, zag je ook toeristen in pak en vrouwen in witte zomerjurken lopen. De keren dat ik een automobiel had gezien waren op één hand te tellen, maar hier reden die voertuigen vrolijk rond tussen de paardenkoetsen.

'Waarom hebben die mensen van jou opeens zo veel haast?' vroeg ik toen we in de buurt van een fraai gebouw van rode baksteen waren gekomen. Van veraf leek het een school, maar daarvoor was het veel te groot. Van Oskar wist ik dat dit ons doel was.

'Boregard weet dat er een onderzoek tegen hem loopt. Het risico dat hij bewijzen zal vernietigen is groot.'

'Voor zover er bewijzen waren, zal hij die allang hebben vernietigd,' antwoordde ik. 'Zou je hem dan niet beter de politie op zijn dak kunnen sturen?'

'Dat kunnen we pas doen als jij hebt bekeken wat er is gevonden.' Hij voegde eraan toe: 'En wat de bewijsstukken betreft, daarvoor heb ik iemand die dat in de gaten houdt.'

We liepen de trap op. Achter de voordeur kwam ons de geur van boenwas tegemoet. Onze voetstappen klonken luid op de stenen tegels. Van pure opwinding had ik niet eens het bord met de naam van het gebouw gelezen.

De volgende trap was voorzien van een prachtig gedecoreerde leuning, maar verder was het interieur nogal eenvoudig. De hal was voorzien van een bruine, houten lambrisering en onze voetstappen werden hier gedempt door een bruin tapijt. Aan de wanden hingen schilderijen die verrassend genoeg niet allemaal van schepen waren.

Om ons heen was het zo stil dat je zou denken dat we de enige aanwezigen in het gebouw waren. Toen we echter op de eerste verdieping aankwamen, hoorde ik gedempte stemmen.

'Wil je me echt geen hint geven?' vroeg ik. Mijn handen waren inmiddels ijskoud.

'Dat mag ik niet,' zei Oskar. 'Ze willen zien hoe je reageert. Dat is de enige manier om erachter te komen of datgene wat we gevonden hebben echt is.'

Voor een hoge deur aan het einde van de gang bleven we staan. Oskar klopte, waarop de in het vertrek aanwezigen onmiddellijk zwegen. Er klonken voetstappen, toen werd de deur opengedaan. Er stond een man met kortgeknipt haar en een enorme snor in de deuropening. Hij begroette Oskar met een handdruk. Toen viel zijn blik op mij.

'Is ze dat?'

'Ja,' antwoordde Oskar. 'Mevrouw Marlene Walsted.'

De man gaf mij nu ook een hand. 'Thure Neström,' zei hij. 'Ik ben de officier van justitie in deze zaak.'

'Meneer Neström is ingeschakeld toen het bewijsstuk was opgedoken,' legde Oskar uit.

'Zo is dat,' bevestigde de man, waarna hij een uitnodigend gebaar maakte. 'Kom toch binnen.'

Ik kreeg het benauwd. Dat het Openbaar Ministerie was ingeschakeld, gaf me een onbehaaglijk gevoel. Stel dat ze van me zouden eisen dat ik tegen Boregard zou getuigen? Maar waarover kon ik eigenlijk getuigen? Bjarne had me nooit iets verteld wat belastend voor hem kon zijn...

Er waren nog twee heren aanwezig. Ook zij droegen een pak en zagen eruit als ambtenaren.

Terwijl ik met mijn toenemende nervositeit worstelde, stelden de beide heren zich voor, maar hun namen waren als bladeren in de herfstwind: opeens vielen ze van de boom en meteen werden ze alweer op een windvlaag meegenomen. Ze boden me een stoel aan voor een bureau dat groot genoeg was om plaats te bieden aan drie man. Oskar ging met enige tussenruimte op een stoel naast me zitten.

'U bent Marlene Walsted, echtgenote van kapitein Bjarne Walsted,' begon een van de verzekeringsmedewerkers, terwijl hij iets op een vel papier noteerde.

'Dat klopt, ja,' antwoordde ik.

'Hebt u documenten bij u die dat bewijzen?' vroeg hij verder.

Ik keek naar Oskar. Nadat ik erin had toegestemd met hem mee naar

Stockholm te gaan, had hij me op het hart gedrukt mijn geboorte- en mijn huwelijksakte mee te nemen. Ik haalde beide tevoorschijn en overhandigde ze aan de man. Die bestudeerde ze even en gaf ze toen door aan zijn collega.

'Geboren op 25 april 1882 in Växjö,' zei hij. 'Gehuwd op 1 augustus 1900.'

De stem van de man bracht het beeld van mijn huwelijksdag weer bij me boven. Het was erg warm geweest en er was geen wolkje aan de lucht. Ik was erg opgewonden geweest omdat ik me afvroeg of er eigenlijk wel iemand zou komen. Of mijn ouders zouden komen.

Ik had mezelf van alle kanten in de spiegel bekeken en me een prinses gevoeld. Ik verlangde naar Bjarne, naar zijn kussen en zijn lichaam. Hoewel we al met elkaar naar bed waren geweest, verlangde ik koortsachtig naar onze huwelijksnacht. Sinds zijn aanzoek had ik hem maar zelden gezien, voor het laatst toen hij me mijn bruidsjurk bracht.

De volgende keer dat ik hem zag, zou hij voor het altaar staan.

Mijn vader was gekomen en had me naar het altaar geleid, wat voor zijn doen een heel groot gebaar was, want hij was nog steeds van mening dat Bjarne niet goed genoeg voor me was. Mijn moeder was van de bruiloft weggebleven en ook vader was meteen na de inzegening vertrokken. De groep bruiloftsgasten bestond hoofdzakelijk uit zeelieden en hun vrouwen. Sommigen van hen hadden me na Bjarnes overlijden bespuugd...

'Mevrouw Walsted?' De stem van de officier van justitie haalde me terug uit mijn gedachten.

'Ja,' zei ik vlug en pas nu merkte ik dat hij een vraag moest hebben gesteld.

'Ik herhaal het nog eens: heeft meneer Andersson u verteld waarover ons gesprek vandaag gaat?'

Ik schudde mijn hoofd. 'Hij zei dat hij dat niet mocht vertellen.'

Neström knikte Oskar goedgezind toe. 'En wat heeft hij u verteld over de reden dat u hier bent?'

'Ik moet iets bekijken.'

De heren keken elkaar aan, toen stond een van hen op en liep naar een tafel achter in het vertrek. Daarop lag een pakketje met een schone doek eromheen. De man maakte het open en zei: 'Als u zo vriendelijk wilt zijn naar me toe te komen, mevrouw Walsted?'

Ik stond op. Mijn handen, die nog steeds ijskoud waren, trilden een beetje. Wat zou daar liggen? Het scheepsjournaal? Iets wat aan Bjarne had toebehoord?

Met knikkende knieën liep ik naar de tafel. Ik zag dat het papieren waren. Maar van een afstandje leken ze niet op een scheepsjournaal. Bjarne had dat eens meegebracht om het aan me te laten zien. Dat was eigenlijk niet toegestaan, maar daardoor wist ik dat er kolommen met tabellen in een scheepsjournaal stonden, waarin de gebeurtenissen puntsgewijs werden gedocumenteerd naast dag, tijdstip en positie van het schip.

Hier zag ik alleen blanco vellen papier waarop in potlood iets was geschreven.

'Het bestaan van dit document,' verklaarde de man, 'is ongeveer twee maanden geleden aan ons gerapporteerd. Onze medewerker in Koningsbergen heeft ons op de hoogte gesteld nadat er contact met het Zweedse consulaat was opgenomen. Op het strand was een fles gevonden waarin deze briefjes zaten. U bent de reden dat we meneer Andersson naar Karlskrona hebben gestuurd.'

Elk woord was als een speldenprik. Twee maanden geleden. De reden dat ze Oskar naar Karlskrona hadden gestuurd.

'Meneer Andersson had twee opdrachten: bewijsstukken uit de rederij zien te bemachtigen en uw verblijfplaats te achterhalen.'

Ik keek om naar Oskar. Hij keek me ernstig aan.

'Er waren wat problemen met de Russische overheid. Voornamelijk onenigheid over het eigenaarschap van de brief en wie een beloning toekomt. Onze man kon kort inzage krijgen en wist meteen wat er was gevonden. Tot enkele dagen geleden wisten we niet zeker of we de brief zouden krijgen.'

Neström ging naast me staan. 'Wilt u er alstublieft even naar kijken?'

Ik ging dichter bij de tafel staan waarop de man de briefjes had uitgespreid. Je kon zien dat ze vochtig waren geworden, maar het schrift leek er niet onder te hebben geleden.

Mijn mond was opeens kurkdroog en ik begon te trillen. Het was alsof de ijzige handen van een geest me hadden aangeraakt. Ik dacht weer aan de piratenverhalen die Bjarne me had verteld. Toen zag ik de woorden. Het handschrift, fijn en krullerig, en toch krachtig. Het volgende moment voelde ik de grond onder me wegzinken.

109

Marlene

In het geval van mijn overlijden

Wie u bent, lezer van deze zinnen, weet ik niet, maar als u ze leest, zal er een ernstig ongeluk op mijn schip zijn gebeurd. Een ongeluk dat te wijten zal zijn aan de onkunde en het winstbejag van Sten Boregard. En ik, de kapitein, wiens plicht het is tot het laatst op zijn schip te blijven, zal zich niet onder de overlevenden bevinden.

Ik drukte mijn hand tegen mijn mond en kromp in elkaar. Mijn benen wilden me niet meer dragen. Jammerend zonk ik neer op mijn knieën. De zinnen stonden op mijn netvlies gebrand.

Bjarne. Het was zijn handschrift. Hoe had ik het niet moeten herkennen!

'Uw reactie lijkt me niet mis te verstaan,' stelde de verzekeringsman op de achtergrond vast.

'Is dit het handschrift van uw man?' vroeg de officier van justitie desondanks.

Ik vouwde mijn handen en drukte ze tegen mijn mond, maar knikte meteen. 'Jazeker!'

Toen begon ik klaaglijk te huilen. Bjarnes woorden! Wat had ik destijds lang op bericht van hem gewacht! Zelfs nog toen het bijna onmogelijk leek…

Ik had het uiteindelijk opgegeven, had me erbij neergelegd dat ik hem kwijt was. En nu zag ik deze woorden, die onmiskenbaar door hemzelf waren geschreven.

De heren gaven me even respijt en ik schaamde me helemaal niet om mijn verdriet en mijn verbazing de vrije loop te laten.

Oskar kwam naast me staan en ik voelde dat hij zijn best deed om zijn zelfbeheersing te bewaren. Het was echter Neström die me de hand reikte om me overeind te helpen. 'Wilt u een glaasje brandewijn?' Hij nam me mee naar een stoel in de hoek.

Ik schudde mijn hoofd. 'Nee, dat is niet nodig.' Ik probeerde de tranen terug te dringen, maar ze bleven stromen. In elk geval snikte ik niet meer. Wel had ik een branderig gevoel in mijn borst, alsof mijn hart in vlammen opging.

'Als u wilt, lees ik u het hele bericht graag voor,' hoorde ik de verzekeringsman als van verre zeggen.

'Ja, alstublieft,' wist ik uit te brengen en omdat ik niets wilde missen van wat Bjarne me had geschreven, dwong ik mezelf ertoe me te vermannen. Rouwen zou ik later nog kunnen. Of tot me door laten dringen wat hij had geschreven.

De man schraapte zijn keel en begon te lezen.

In het geval van mijn overlijden

Wie u bent, lezer van deze zinnen, weet ik niet, maar als u ze leest, zal er een ernstig ongeluk op mijn schip zijn gebeurd. Een ongeluk dat te wijten zal zijn aan de onkunde en het winstbejag van Sten Boregard. En ik, de kapitein, wiens plicht het is tot het laatst op zijn schip te blijven, zal zich niet onder de overlevenden bevinden.

Het is nu drie dagen geleden dat we het schip in Riga hebben beladen. De vracht bestaat uit veel meer petroleum dan we eigenlijk mochten laden, maar de reder stond er per telegram op dat we precies deze hoeveelheid naar Karlskrona zouden vervoeren en geen gallon minder.

Naar mijn bezwaren dat het schip daar niet tegen bestand zou zijn, dat het veel te diep en te log in het water zou liggen, werd niet geluisterd. Ik heb tweemaal getelegrafeerd, maar kreeg telkens weer hetzelfde antwoord.

De Solveig is een trouw, oud schip. Ik vaar er al acht jaar mee. En ze heeft daarvoor ook al vele jaren dienstgedaan. Bij periodiek onderhoud wordt ze de laatste tijd echter vaak overgeslagen. Een inspecteur heeft het schip bekeken; ik heb hem zelf een rondleiding gegeven en hem de zwakke plekken laten zien. Weken later werd me van de kant van Sten Boregard verzekerd dat alles in orde was en een revisie niet nodig was. Ik had echter met deze man, Roland Thews, gesproken. Volgens hem was het beter om de

Solveig buiten dienst te stellen. Daarvan wilde Sten Boregard niets weten.

Telkens weer kregen we opdracht uit te varen. Het zal de volgende keer ook niet anders gaan, indien we de haven ditmaal weten te bereiken. We zullen een week krijgen of misschien wel twee. Dan moeten we weer uitvaren, zonder dat de zwakke plekken gerepareerd zijn.

Ik weet niet of Boregard erop uit is, maar als we schipbreuk lijden zou dat de onderneming gezien haar zwakke financiële situatie zeer gelegen komen. Hij zou het gammele schip kwijt zijn en met de uitkering van de verzekering zou hij een deel van zijn schulden kunnen afbetalen. Hij denkt dat we het niet weten, maar ik weet het wel. En waarschijnlijk anderen ook, want er heerst al geruime tijd een vreemde stemming onder de bemanning. Sommigen zijn bang. Anderen eisen van me dat we omkeren. Weer anderen schijnen slechts te wachten op een kans om me bij Boregard zwart te maken.

Ik kan alleen zeggen dat de Solveig in zeer slechte staat is en dan is ze momenteel ook nog te zwaar geladen. De olie is niet veilig opgeslagen, de tanks hadden al lang geleden onderhouden moeten worden. Eén vonk zou voldoende zijn om de olie te laten ontbranden. Ik heb de bemanning verboden te roken, maar ik weet dat enkelen daartegen gekant zijn.

Daar komt het veranderlijke weer nog bij. Als we in een storm terechtkomen, vrees ik voor ons aller leven.

Mocht het tot een ongeluk komen, dan is er met afstand slechts één schuldige aan te wijzen: Sten Boregard.

De man stokte en keek naar de officier van justitie. 'Moet ik het volgende ook voorlezen?'

'Natuurlijk,' antwoordde Neström. 'Wij weten toch al wat er staat? Mevrouw Walsted heeft er recht op.'

De verzekeringsman schraapte nogmaals zijn keel en leek zich er ongemakkelijk bij te voelen toen hij verder las.

Als zo'n ongeluk gebeurt en u deze brief ter hand is gesteld, neem dan alstublieft contact op met mijn vrouw. Haar naam is Marlene, Marlene Walsted en ze woont in Karlskrona.

Deelt u haar alstublieft mee dat ze voor mij het liefste was wat ik in mijn hele leven heb gekend. Nooit eerder is er een vrouw geweest van wie ik zoveel hield en voor wie ik zo veel respect had. Ik weet dat ze voor mij door het vuur zou zijn gegaan en ik zal dat ook doen als het nodig is. Vertel haar dat ik altijd van haar zal blijven houden, waar ik me na mijn dood ook zal bevinden.

Vergeef het me alsjeblieft, mijn liefste, dat ik je teleurstel. Dat ik je alleen achterlaat, hoewel ik je op onze huwelijksdag heb bezworen dat ik eeuwig bij je zou blijven. Misschien bestaat er een hemel waarin we elkaar terugzien. Tot dan is mijn wens dat je doorleeft. En weer een liefde zult ervaren zoals wij beiden die hadden.

Getekend kapitein Bjarne Walsted, 17 maart 1907

De blikken van de mannen waren op mij gericht, maar ik merkte er nauwelijks iets van. Ik voelde geen schaamte bij deze zinnen. Ik zag alleen ons beiden, Bjarne en mezelf, voor de dominee staan terwijl we elkaar precies datgene beloofden wat hij daar schreef. We wilden eeuwig samen zijn. En ik had het aan Boregard te danken dat het daar niet van was gekomen!

Langzaam stond ik op van mijn stoel en ik liep terug naar de tafel.

'Mag ik de brief nog eens zien?' vroeg ik zacht. Uit de mond van de man hadden de woorden een beetje vreemd, afstandelijk geklonken, maar als ik ze las, zou ik Bjarnes stem weer horen.

Hij knikte naar me en gaf me de velletjes papier aan.

Ik wilde ze kussen. Dit papier had hij aangeraakt! Hij had deze woorden geschreven! Zijn laatste groet aan mij! Misschien had hij ze met een kus bezegeld. En had hij ze nog een poos op zijn hart gedragen.

Het liefst had ik de brief uit de handen van de verzekeringsman gegrist, het papier aan mijn borst gedrukt en me er ergens mee in een hoekje verstopt. Maar ik hield me in en probeerde mijn tranen niet op het papier te laten druppelen terwijl ik mijn vinger langs de woorden liet gaan.

Vertel haar dat ik altijd van haar zal blijven houden, waar ik me na mijn dood ook zal bevinden.

'Wilt u een afschrift?' vroeg de man.

Een afschrift hoefde ik niet. Wat had ik eraan als een vreemde in zijn handschrift Bjarnes verklaring kopieerde? Ik moest precies deze woorden hebben, door zijn eigen hand geschreven. Misschien kon ik Oskar erom vragen als alles voorbij was.

'Nee, dat is niet nodig,' zei ik, terwijl ik mijn ogen niet van de brief afhield. Ik wilde dat de letters zich in mijn netvlies brandden; ik wilde de woorden zelfs nog zien als ik vanavond in bed lag.

Uiteindelijk gaf ik het geschrift terug aan de man.

'U zult zich wel afvragen wat er nu gaat gebeuren,' hoorde ik de officier van justitie zeggen.

Ik knikte zwijgend.

'Omdat nu duidelijk is dat deze brief afkomstig is van uw echtgenoot, zal het gerechtelijke onderzoek worden voortgezet. Uiteindelijk hebben we het expertiserapport nodig en bewijs dat de Solveig inderdaad bij periodiek onderhoud is overgeslagen. Mocht dat het geval blijken te zijn, dan zullen we een aanklacht indienen.'

Ik keek Neström aan. Een aanklacht tegen Sten Boregard. Wat zou dat fantastisch zijn!

Maar wat zou er dan van Liv worden?

110

Oskar

‘Hoe voel je je?’ vroeg ik toen we het gebouw van de verzekeringsmaatschappij weer verlieten. Het was nog steeds zwaarbewolkt en in de zwoele lucht leek zich onweer te ontwikkelen.

Marlene had me een arm gegeven. Ze was nog steeds erg bleek en haar ogen stonden droevig. Toch straalde ze ook een kalmte uit die ik nooit eerder bij haar had gezien.

‘Ik weet het niet zo goed,’ zei ze. Haar stem klonk bijna meisjesachtig. ‘Er gaat zoveel in me om…’ Ze brak haar zin af.

Dat begreep ik maar al te goed. Ook ik was nog steeds onder de indruk van de hartstochtelijke liefdesverklaring van haar man. Bijna was ik een beetje jaloers, wat nogal dom van me was. De man was er niet meer. Er waren van hem slechts een paar met de hand geschreven zinnen achtergebleven. Zinnen die als een orkaan door de straten van Karlskrona zouden wervelen als ze openbaar werden.

Bjarne Walsted zou nooit meer langskomen om me Marlene af te pakken. En toch voelde ik me op een merkwaardige manier uitgedaagd door hem, de man die ik niet kende. Zou ik haar net zo innig kunnen liefhebben als hij? Zou ze mij met hem vergelijken als ik dreigde tekort te schieten? Eerlijk gezegd was ik daar erg bang voor, want ik had al eens een vrouw teleurgesteld.

‘Misschien is het beste aan dit alles dat ik het nu kan afsluiten,’ zei Marlene opeens.

Ik keek haar verrast aan. Ze leek mijn onuitgesproken vraag te voelen, want ze voegde eraan toe: ‘Al die jaren heb ik op bericht van hem gewacht. Al die jaren heb ik hoop gehouden. Je moet weten dat we een afspraak hadden: we zouden elkaar altijd schrijven als dat mogelijk was. Hij had me een telegram moeten sturen zodra hij in Riga was binnengelopen. Ik wist helemaal niet dat hij daar geweest was. Ik heb lang gedacht dat hij niet eens was aangekomen…’

'Hij zal zijn redenen hebben gehad,' zei ik. 'Zoals we hoorden, is tijdens deze vaart lang niet alles vlot verlopen.'

Tranen glinsterden nu in haar ogen en biggelden over haar wangen. Ik haalde een schone zakdoek uit mijn broekzak en hield haar die voor. Ze pakte hem aan en veegde ermee over haar wangen, maar de tranen bleven maar stromen.

Ik nam haar mee naar een parkje in de buurt, waar we een poos bleven zitten. Marlene zei niets en ik wilde niets forceren. Ik richtte me in gedachten dus maar op het deel van de brief dat niet met haar te maken had.

Alles wat we hadden gevreesd leek bewaarheid te worden. Boregard had zijn schip blijkbaar willens en wetens blootgesteld aan het risico van schipbreuk. Het was zelfs door een inspecteur gezien die het niet-zeewaardig had verklaard! Als we daarvan schriftelijk bewijs tussen zijn administratie vonden...

Hugo Skantze had beweerd dat Sten Boregard ook zonder de petroleum in zijn levensonderhoud kon voorzien. Maar stel dat dat niet het geval was? Dat hij schulden had gehad die hij slechts met behulp van een verzekeringsuitkering kon aflossen omdat hij geen krediet meer kreeg? Of alleen onder zeer ongunstige voorwaarden?

Marlene legde haar hoofd op mijn schouder. 'Kunnen we naar het hotel teruggaan?' vroeg ze zachtjes.

'Natuurlijk,' zei ik. Ik bood haar weer mijn arm aan en ze haakte in.

'Misschien is de tijd nu gekomen om een grafsteen voor hem te laten plaatsen,' zei ze na een poosje. 'Als ik ooit genoeg geld heb om dat te doen.'

Grafstenen kostten ook in kleinere plaatsen een vermogen, dat wist ik.

'Er is eventueel nog een andere mogelijkheid,' zei ik.

'Wat bedoel je?'

'Je zou een kleine steen met zijn naam erop naar een plek kunnen brengen die je lief is.'

'Je bedoelt in het bos?' Er verscheen weer een glimlach op haar gezicht.

'Als dat een plek is waar je graag bent.'

Ze keek me aan en ik werd helemaal warm vanbinnen. Warm van liefde. Waarom twijfelde ik er eigenlijk aan dat ik evenveel van haar kon houden als Bjarne Walsted had gedaan? Veel belangrijker was dat ik haar met heel mijn hart liefhad.

In het hotel aangekomen bracht ik haar naar haar kamer.

‘Ga maar wat slapen,’ zei ik en ik kuste haar. ‘Ik heb nog iets te regelen, maar ben gauw weer bij je.’

‘Waar ga je dan naartoe?’

‘Naar mijn moeder. Ik had mijn informant gevraagd me documenten te sturen in het geval dat Boregard probeert ze te laten vernietigen. Ik ga kijken of er iets is aangekomen. En zo niet, dan zal ik mijn moeder waarschuwen dat ze iets kan verwachten.’

‘Weet ze wat je voor de verzekering doet?’ vroeg Marlene.

‘Nee,’ zei ik. ‘Dat zou haar alleen maar onrust bezorgen.’

‘Dan is het dus een teken van liefde als je iets voor vrouwen verzwijgt?’ Ze glimlachte schalks naar me.

‘Eerder een teken dat ik jullie wil beschermen. Stel je eens voor dat die detective bij mijn moeder voor de deur zou staan!’ Ik stootte een kort lachje uit en voegde eraan toe: ‘Hoewel het op zichzelf wel leuk zou zijn om toe te kijken als ze hem er met de pook van langs geeft.’

111

Marlene

De regen die de hele dag was gevallen was weggetrokken toen het station van Karlskrona voor ons opdoemde. Er hingen in de verte nog een paar donkere wolken, maar het blauw kreeg zienderogen de overhand en de zon deed de straten stralen.

Zo was het met mijn ziel ook ongeveer gesteld.

Het verdriet was er nog, maar Bjarnes laatste bericht had het enigszins verdrongen. Ik wist nu dat hij tot het einde van me had gehouden. En hij had me de vrijheid geschonken. De vrijheid om weer lief te hebben. Te leven.

Oskar was al die tijd heel lief en attent geweest. Hij stond er niet op bij me te zijn, stond er niet op de avond met me door te brengen. Hij liet me vrij.

En die vrijheid had ik hard nodig voor mijn afscheid. Ook nu zag ik de woorden nog gloeien voor mijn ogen. Ik hoefde mijn ogen maar te sluiten of ik zag de brief voor me. Oskar had misschien niet begrepen waarom ik op straat in tranen was uitgebarsten.

Ik huilde niet vanwege de brief of de prachtige liefdesverklaring die ik had gekregen.

Als Bjarne me vanuit Riga een telegram had gestuurd, zou ik hem over ons kindje hebben geschreven. Zou hij dan werkelijk zijn uitgevaren? Of zou hij dan misschien toch tegen zijn reder zijn opgestaan, omdat hij had geweten dat hij thuis moest komen?

Ik dacht er lang over na, maar zei toen tegen mezelf dat het beter was dat hij het niet had geweten. Ik had geen kind. Ik had Bjarne niet meer. Hij was niet met valse hoop de dood tegemoet gegaan.

'Kijk eens,' zei Oskar naast me en hij wees uit het coupéraam. Een rookwolk dekte een deel van de blauwe hemel af.

'Wat is dat?' vroeg ik. 'Wat staat er in brand?'

‘Geen idee, jij bent hier thuis,’ zei Oskar.

Ik kneep mijn ogen tot spleetjes. Het was lastig te bepalen. ‘Het lijkt erop dat het in de haven is,’ antwoordde ik.

‘Misschien is er een schip van Boregard in vlammen opgegaan,’ zei Oskar met snijdende stem. Toen boog hij het hoofd. ‘Neem me niet kwalijk…’

Ik haalde mijn hand door zijn haar. ‘Geeft niet.’

Het volgende moment kwam er een onrustbarende gedachte in me op. Oskar sprak haar uit voordat ik het kon doen. ‘Het zou kunnen dat hij heeft geprobeerd bewijsstukken te verbranden en dat het vuur uit de hand is gelopen.’

‘Sten Boregard zou nooit zijn eigen kantoor aansteken.’

‘Hij is toch verzekerd?’ was Oskars reactie.

‘Waarom heeft hij het in vredesnaam gedaan?’ vroeg ik. ‘Ik bedoel, de Solveig laten uitvaren. Hij is zo rijk…’

‘Je man had het over schulden. Wie weet heeft hij dat heel handig weten te verbergen,’ antwoordde Oskar. ‘Maar hij moet wel zwaar bij iemand in het krijt hebben gestaan om mensenlevens op het spel te zetten.’

Na alles wat ik over hem had gehoord en zelf had gezien, achtte ik hem ook daar wel toe in staat. Ik haalde diep adem. ‘Dan moeten we nu alleen nog een onweerlegbaar bewijs zien te vinden.’

Op het station heerste grote drukte. Geen enkele reiziger nam notitie van ons. Naast Oskar liep een vrouw in een chic mantelpakje. Volgens Oskar zouden we zo de detective om de tuin kunnen leiden. Mensen lieten zich nu eenmaal makkelijk imponeren en afleiden door dure kleding. Toch keek ik rond of ik Arvid Hamme zag toen we in het huurrijtuig stapten.

‘Had je informant inderdaad iets aan je moeder gestuurd?’ vroeg ik toen we het station achter ons hadden gelaten.

‘Helaas niet,’ antwoordde hij. ‘Maar ze is nu in elk geval op de hoogte.’

‘Heb je haar verteld dat je voor de verzekering werkt?’

‘Nee, natuurlijk niet! Maar ik heb tegen haar gezegd dat er post van onbekenden kan komen.’

‘En wat vond ze daarvan?’

‘Ze wilde natuurlijk weten waarom. Ik heb gezegd dat ik een belangrijk verhaal op het spoor was.’

‘Je moet haar de waarheid vertellen, dan hoef je geen smoesjes te verzinnen.’

Twee straten voor ons pension stapten we uit. Oskar betaalde de koetsier, de rest van de weg legden we te voet af. Zo zouden we al van verre zien of de detective ons opwachtte.

'Het lijkt erop dat onze vriend er vandaag niet is,' stelde Oskar vast nadat we de poort naar de binnenplaats waren gepasseerd.

Ik ontspande me langzamerhand.

'Je hebt geen idee hoe blij ik daarom ben,' antwoordde ik.

Binnen kwam Siri ons tegemoet. 'Meneer Andersson, u hebt me niet verteld dat u damesbezoek...' Ze stokte toen ik opkeek. 'Marlene, ik had je niet herkend!'

Oskar wierp me een veelzeggende blik toe en antwoordde: 'Mevrouw Malmström, ik zou het niet wagen om ongeoorloofd damesbezoek mee te brengen.'

Siri nam ons onderzoekend op en haar nieuwsgierigheid was voelbaar. Ze zei echter niets, maar haalde iets uit haar schortzak. 'Hier, dit is voor je bezorgd.' Ze gaf me een brief. 'Je hebt nooit iets over deze Bente Nielsen verteld.'

Ik keek naar het handschrift en verbaasde me enigszins over het adres van de afzender. Aspö?

'Ik heb haar pas onlangs ontmoet,' zei ik met een glimlachje. Liv had mijn brief dus ontvangen. Maar wat had ze op Aspö te zoeken?

We wensten Siri een prettige dag en ik liep achter Oskar aan de trap op.

'Bente Nielsen?' vroeg hij toen we tussen onze deuren stonden.

Ik grinnikte. 'Meer een kennis van Liv dan van mij.'

'Wat wil ze van je?'

Ik gaf hem een kus. 'Dat vertel ik je als ik haar brief heb gelezen.' Ik liep mijn kamer in en legde mijn tas op het bed. Daarbij viel mijn blik op de lamp, die zonder het buikglas kaal en incompleet aandeed. Net als ik zonder Bjarne, bedacht ik. Tenminste, voor ik Oskar had leren kennen.

Met de brief ging ik naar het raam, waar ik hem opende. Ik begon te lezen:

Lieve Marlene,

Neem me niet kwalijk dat ik nu pas iets laat horen. Er is de laatste dagen zoveel gebeurd... Ik was geschokt toen me ter ore kwam dat Sigrun was weg-

gegaan. Ik weet ook wat er voorgevallen is. Sten en Hugo hebben me geconfronteerd met het feit dat ze wisten van het huis. Ik heb geen idee hoe ze je vriendin hebben gedwongen dat prijs te geven.

Als gevolg daarvan heeft Sten me voor de keuze gesteld of ik met Nanna naar Aspö zou gaan of een gevangene in mijn eigen huis wilde zijn. Ik werd daar zo ontzettend boos over dat ik hem met een waarheid heb geconfronteerd die hem helemaal niet aanstond. Herinner je je nog dat mijn huisarts me naar die vrouwelijke arts in Stockholm had verwezen? Ik was nog niet in de gelegenheid om het je te vertellen, maar blijkbaar ligt het niet aan mij dat ik geen kinderen kan krijgen. De oorzaak ligt bij Sten!

Dat heb ik hem in woede naar zijn hoofd geslingerd, waarop hij zei dat ik krankzinnig was en in een inrichting voor geesteszieken moest worden opgenomen.

Sten is geen man van loze woorden, dat weet ik maar al te goed. Ik was echt bang dat hij zijn woorden in daden zou omzetten, maar ik had het geluk dat hij me nog een keuze gaf. Dus heb ik mijn voorkeur uitgesproken voor Aspö en het gezelschap van de Skantzes.

Nanna gedraagt zich vriendelijk, maar ze is ook mijn door Sten uitverkoren oppasser. Ook zij lijkt te geloven dat er iets niet in orde is met me. Ik ga proberen of ik toch bij het postkantoortje kan komen…

Als je dit leest, is me dat gelukt.

Schrijf me alsjeblieft niet. Ik wil niet dat Nanna argwaan krijgt en Sten dan adviseert me in die inrichting te stoppen. Ik voel dat de rest van mijn leven afhangt van mijn gedrag hier. Als ik weer de brave echtgenote ben die Sten kende, neemt hij me misschien terug.

Ik heb zo'n vermoeden wat je nu denkt. Ik zou van hem moeten scheiden. Een nieuw leven moeten beginnen. Met Rozenhaag zou dat mogelijk zijn geweest, maar ik kan niet eens zeggen wat Sten er nu mee zal doen, nu zelfs de familie van mijn vader het niet wil hebben.

In gedachten ben ik bij je en ik hoop dat je erin zult slagen jezelf op de been te houden. Als alles weer normaal is, zal ik proberen je te bezoeken.

Alle goeds voor jou,
Liv

Inrichting voor geesteszieken! De woorden kwamen als zweepslagen bij me binnen en ik voelde een enorme woede opkomen. Dat kon Sten Boregard toch niet menen! Liv was allesbehalve gek! En dan die kwestie met dat kind... Waarom zou alleen een vrouw onvruchtbaar kunnen zijn? Ook bij mannen kwam dat voor!

Ik stormde naar de deur, trok hem open en zag Oskar voor zijn kamer staan, samen met een jongeman, die er enigszins afgepeigerd uitzag. Toen hoorde ik hem zeggen: 'In het havenbekken is een dode vrouw gevonden. Meneer Lundström wil dat u daar verslag van doet.'

112

Oskar

'Marlene,' riep ik verrast uit en ik onderdrukte een vloek. Verdraaid, ze had het gehoord! Wat zou ze nu denken? Hetzelfde als ik, toen ik het hoorde? Waarschijnlijk wel, want ze staarde de loopjongen en mij verschrikt aan. En die angst had ik haar absoluut willen besparen! 'Ik ga meteen op pad.'

De jongen knikte en verdween. Ik wendde me tot Marlene.

'Een dode vrouw?' vroeg ze en ik zag dat ze verbleekte. 'Stel dat het Sigrun is!'

'Dat hoeft niet zo te zijn,' antwoordde ik, al was ik bang voor hetzelfde als zij. Dat Torben er ditmaal voor had gezorgd dat zijn vrouw niet meer kon weglopen. 'Misschien is het een andere ongelukkige...' Ik verstomde en trok Marlene in mijn armen. 'Ik ga kijken en breng je op de hoogte als ik terug ben, goed? Blijf alsjeblieft zolang thuis, wie weet hangt die detective weer ergens rond.'

Marlene knikte geschokt. Ik kuste haar, streek met mijn hand over haar haar en verliet het pension.

Inmiddels hing de rooklucht door de hele stad. Mijn neus en mijn ogen prikten ervan. En de woorden van de jongen dreunden door mijn hoofd.

In het havenbekken is een dode vrouw gevonden...

Het kwam hoogstzelden voor dat ik via een loopjongen naar een plek werd gestuurd die interessant was voor de krant. Normaal gesproken kreeg ik mijn opdrachten rechtstreeks van mijn hoofdredacteur of van de uitgever als ik me op de redactie meldde. Lundström wist dat ik pas 's middags zou aankomen, maar hij had vast een goede reden om juist mij daarnaartoe te sturen.

Omdat het veel tijd zou kosten om in deze buurt een huurrijtuig te vinden, ging ik er lopend heen.

Een dode vrouw in de haven. En dan die brand nog. We waren nauwelijks twee dagen niet in Karlskrona geweest en nu dit... Mijn maag kromp in elkaar als ik de mogelijkheden de revue liet passeren. Het kon natuurlijk toeval zijn. Het kon met de brand te maken hebben. Maar het was net zo goed mogelijk...

De rooklucht werd sterker naarmate ik dichter bij de haven kwam. De kledingfabriek bevond zich vlak bij het water, stond die misschien in brand? Van hieruit kon ik de fabriek niet zien, maar de rookzuil wel. De inspanningen van de brandweer leken vruchteloos te zijn.

Toen ik nog verder was opgeschoten, twijfelde ik niet meer. De vlammen die uit het dak van de fabriekshal omhoogschoten waren enorm; geen wonder dat het blussen geen effect had. Zo'n hevige brand had ik al lang niet meer gezien. Zou de dood van de vrouw er iets mee te maken hebben?

Even later viel mijn blik op de menigte die zich in de haven had verzameld. Het tafereel deed me een beetje denken aan datgene wat Marlene me had verteld: al die mensen die Torben en Sigrun Bergsma hadden staan aangapen.

'Laat me erdoor!' riep ik. Eerst deden de mensen alsof ze me niet hoorden, maar daarna weken ze toch uiteen. Toen zag ik de politieagenten. Ze stonden om iets heen wat zich onder een wit zeildoek bevond. Er was water onderuit gelopen dat vochtige plekken had achtergelaten. Een tenger lichaam tekende zich af. Dat moest wel de dode vrouw zijn.

Ik hield even mijn adem in.

'Ah, meneer de verslaggever,' zei inspecteur Dahlberg, die me op het bureau de toegang tot Bergsma had ontzegd. Die de man had laten gaan, waarna hij Marlene had geslagen. En zijn eigen vrouw.

'Meneer Lundström heeft me gestuurd om verslag te doen.' Weer gleed mijn blik naar het zeil. Er moest een reden zijn dat juist ik hier was.

'Ja, op ons verzoek.'

'Mag ik weten waarom?' Mijn gevoel van onbehagen groeide toen ik dacht aan de dreigementen van de privédetective aan het adres van Marlene. Dat hij haar met haar man wilde verenigen.

'Nou, u hebt toch dat artikel over de lampenfabrikant geschreven?' vroeg Dahlberg en hij wenkte een van zijn collega's. De man zag wat groen om zijn neus toen hij het zeil met zijn vingertoppen vastpakte en het langzaam wegtrok van het lichaam.

Mijn hartslag bonsde in mijn oren toen eerst de sleetse jurk tevoorschijn kwam en vervolgens het gezicht.

'Meneer Skantze zal hier niet blij mee zijn,' hoorde ik de inspecteur achter me zeggen. 'Eerst breekt er in de kledingfabriek brand uit en nu dit...'

113

Liv

Vandaag was het fris en een flink stuk koeler dan gisteren. Rond het middaguur had het even geregend, waardoor stof en pollen van de daken waren gespoeld. Gele slierten plakten aan de straatstenen en droogden langzaam onder het telkens weer schuchter tevoorschijn komende zonlicht.

Gelukkig verhinderde Nanna me niet het huis te verlaten, dus was ik meteen de middag na onze aankomst naar het postkantoor gelopen. Dat was al gesloten geweest, maar ik kon mijn brief in een brievenbus deponeren.

De gedachte dat ik Marlene tenminste nog één keer kon schrijven had me weer moed gegeven. Om het even hoe het zou aflopen, misschien zouden we ooit nog eens opnieuw kunnen beginnen.

Nu maakte ik gebruik van mijn vrijheid om een middagwandeling te maken. Onderweg kwam ik een krantenkiosk tegen, die in een groen geverfd hutje was ondergebracht. Onder het grote raam waarachter de verkoper zat, lagen de kranten op een lange plank uitgespreid. Verrassend genoeg waren er ook bladen uit Kristianstad en Stockholm verkrijgbaar.

Ik had nooit veel belangstelling voor kranten gehad. Sten had ons dagblad altijd mee naar zijn werk genomen. Nu wierp ik echter een blik op de uitgestalde waar. De man nam geen notitie van me, dus pakte ik een exemplaar van de *Blekinge Läns Tidning* en sloeg het open.

Het zag ernaar uit dat Marlenes vriend heel productief was geweest. Op de tweede bladzijde stond een artikel over Hugo Skantze en over de uitdaging die de elektrificatie voor zijn lampenfabriek vormde. Dat zou Nanna vast interesseren. Door de krant voor haar mee te brengen schiep ik misschien een mogelijkheid om onze relatie weer in wat rustiger vaarwater te krijgen.

Ik betaalde voor de krant en ging terug naar het huis. De wolken werden weerspiegeld in de regenplassen, maar er ontstond ook al een zekere zwoelheid.

Toen ik terugkwam bij het zomerhuis speelden de kinderen in de tuin onder toezicht van het kindermeisje. Ik liep langs hen heen naar binnen.

'Nanna?' vroeg ik, maar mijn roep stierf weg zonder dat er antwoord kwam. Normaal gesproken was ze om deze tijd in de salon of in de tuin. Soms speelde ze met haar kinderen, maar met dit weer kon ze best even zijn gaan liggen.

'Nanna?' vroeg ik, terwijl ik doorliep. Nog steeds geen antwoord. Het verontrustte me een beetje. Ik deed de ene na de andere deur open: de salon, de huiskamer, de rookkamer, waar Hugo na het eten zijn mannelijke gasten ontving om hen nader tot zijn sigarenverzameling te brengen.

Aan het einde van de gang, bij de slaapkamer, had ik uiteindelijk succes. Ik klopte en hoorde algauw Nanna's stem. 'Ik zei toch dat jullie me alleen moeten laten!' snauwde ze.

'Ik ben het, Liv,' zei ik vriendelijk. 'Ik heb hier iets wat je vast wilt bekijken.'

Er klonken voetstappen en even later deed ze de deur open. Haar ogen waren opgezet en haar gezicht zag rood. Haastig veegde ze de tranen van haar wangen.

'Wat is er gebeurd?' vroeg ik, want haar tranen verrasten me een beetje.

'Hugo heeft me een telegram gestuurd. De kledingfabriek staat in brand.'

Ik staarde haar onnozel aan. De kledingfabriek? Ik wist dat de Skantzes aandelen in dat bedrijf hadden. Net als Nanna's broer en haar neef, die de fabriek leidde.

'Maar dat is… vreselijk.'

'Sinds dat mens zich met onze zaken is gaan bemoeien hebben we alleen nog ellende!' riep ze plotseling uit nadat ze zich op de stoel bij de deur had laten zakken. Ik ging naar binnen en sloot de deur.

'Bedoel je Marlene Walsted?' Ik schudde mijn hoofd. 'Zij kan toch geen schuld hebben aan die brand?'

Het was alsof mijn borst werd ingesnoerd. Waarom moest Marlene tegenwoordig voor alles als zondebok worden aangeduid?

'Hoe kunnen we dat weten?' vroeg ze. 'Misschien heeft zij de brand wel aangestoken.'

'Nanna, nu ga je echt te ver!' zei ik vastberaden. 'Marlene mag dan misschien voor narigheid rond Torben Bergsma hebben gezorgd, een brandstichtster is ze niet!'

'Maar ze heeft alle reden om wraak op ons te nemen!'

Ik voelde dat Nanna steeds dieper in de put raakte. Ik hurkte voor haar neer en pakte haar bij de schouders. 'Nanna, luister naar me. Als ik iets zeker weet, dan is het dat ze geen brandstichtster is. Waarom zou ze zoiets doen? Ze heeft wel andere zorgen.'

Nanna keek me met een behuild gezicht aan en snifte. Besefte ze dat het onzin was wat ze zei? Zo niet, dan kon het voor Marlene heel gevaarlijk worden.

'Hier, ik heb iets voor je wat je bij alle ellende misschien een beetje opvrolijkt,' zei ik en ik gaf haar de krant. Daarbij gleed er een katern tussenuit. Ik bukte me om het op te rapen en zag iets waardoor ik verstijfde. Vol ongeloof staarde ik naar een grote, vetgedrukte advertentie midden op de bladzijde. Toen voelde ik de grond onder mijn voeten wegzinken.

114

Marlene

Ik stond duizend angsten uit. Ik wist dat het zou overgaan. Dat ik het moest verduren. Toch voelde ik me toen ik terugging naar mijn kamer alsof er een dolle hond aan mijn ingewanden hing. Zou de dode vrouw in het havenbekken inderdaad Sigrun zijn?

Natuurlijk woog het verraad dat ze had gepleegd zwaar. Maar ik wist nu dat ik bereid was haar te vergeven, als ze maar in leven was.

Nadat ik mijn mooie mantelpakje had uitgetrokken en mijn bruine werkjurk had aangetrokken, haalde ik de rest van mijn kleding uit mijn koffer.

Toen Boregard zo onverwacht bij Rozenhaag was verschenen, had ik alles bij elkaar gegrist en in de koffer gegooid. Tijd om netjes in te pakken had ik vanwege onze reis niet gehad. Nu was alles vreselijk verkreukeld en ik vroeg me af hoe ik de stof ooit weer glad zou kunnen krijgen.

Ik dacht even na en liep toen naar beneden, waar Siri in de winkel bezig was de etalage opnieuw in te richten. Ze was zo vriendelijk me haar strijkijzer te lenen, een oud model dat nog door kooltjes verwarmd werd. Mijn moeder had er zo een gehad. Je moest ontzettend oppassen dat er niets van de gloeiende kooltjes op de stof terechtkwam of dat je er een gat in brandde omdat het strijkijzer nog te heet was.

Mijn moeder... Zou ze mijn brief hebben gekregen en gelezen?

Het duurde even tot de kolen brandden. Toen het zover was, slaagde ik er na een tijdje wonderwel in om met wat water de blouses weer enigszins toonbaar te maken.

Het onaangename gevoel in mijn buik wilde echter niet verdwijnen. Terwijl ik bezig was wierp ik af en toe een blik op de klok, maar de wijzers schoven maar traag vooruit.

Twee uur later was ik klaar met strijken. Ik had niet veel, maar wat ik had zag er nu weer keurig uit.

Oskar was nog steeds niet terug. Misschien kwam hij wel pas tegen de avond thuis. Het liefst was ik nu weggegaan om te kijken of Sigrun thuis was. Kon mij het schelen of Torben me nog eens een klap zou geven!

Inmiddels was ik echter banger voor de detective dan voor Torben, vooral na alles wat ik in het weekeinde had gehoord. Zou hij nog een van de andere weduwen hebben bedreigd? En in haar geval zijn dreigement in daden hebben omgezet? Die vrouwen mochten me dan misschien niet, maar als ze de kans kregen om Sten Boregard verantwoordelijk te stellen voor de dood van hun mannen en daar munt uit te slaan, zouden ze het doen. Mara zeker. Zou die Hamme haar hebben opgezocht? Hoewel ze me als een stuk vuil hadden behandeld, wenste ik geen van hen dood.

Ik probeerde aan iets anders te denken en kwam uit bij Liv. Ik had Oskar eigenlijk willen vragen of een man zijn echtgenote zomaar in een kliniek voor geesteszieken kon stoppen. Daar had je toch een verwijzing van een arts voor nodig? Ik kon me niet voorstellen dat die aardige dokter Bronlundt daartoe in staat zou zijn. Ik had zijn geschokte reactie op wat Sigrun en mij was aangedaan als oprecht beschouwd. Hij zou Liv vast niet zonder reden naar zo'n vreselijke inrichting sturen!

Ik slaakte een diepe zucht. Waarom was het leven toch zo zwaar geworden? En hoe moest het nu verder?

Op de trap klonk gestommel van voetstappen.

Ik kromp in elkaar. De knoop in mijn maag werd nog eens flink aangetrokken. Was het Oskar? Wie zou er anders boven komen? Siri's voetstappen kende ik en Ove liet zich hierboven zelden zien.

Het volgende moment werd er geklopt. Ik stond op en mijn hart sloeg op hol. Mijn hoofd voelde opeens leeg aan.

'Binnen,' zei ik.

Oskar kwam de kamer in. Hij was bleek en zag er ellendig uit. Hij had een exemplaar van zijn krant vast. Daar had ik echter geen belangstelling voor. Toen ik de vraag wilde stellen die me de hele tijd al kwelde, liet mijn stem het afweten.

'Ik kom net van de redactie,' zei hij en ik wist niet hoe ik zijn gezichtsuitdrukking moest duiden. 'Er was brand in de kledingfabriek. Maar de vrouw die uit het water is gehaald, is niet Sigrun Bergsma.'

115

Oskar

Eigenlijk hoef ik maar zelden naar de juiste woorden te zoeken, maar die avond zat ik aan mijn schrijfmachine en wist ik niet hoe ik moest beginnen.

Inspecteur Dahlberg had die dag zijn handen vol gehad, zoals hij me in aansluiting op het onderzoek op de plaats delict overdreven uitgebreid had verteld. Zo vlug als hij me destijds op het politiebureau de deur uit had gewerkt, zo goed hield hij nu in de gaten dat ik ook het kleinste detail noteerde.

Aanvankelijk had het uitbreken van de brand in de kledingfabriek van de Swahns voor grote consternatie gezorgd. Ik zag de wat bleke man weer voor me die Hugo Skantze voor de raadsvergadering aan me had voorgesteld en die waarschijnlijk de broer van zijn echtgenote was. Ook zij moest wel geschokt zijn door de brand. Merkwaardig genoeg liet Hugo Skantze zelf zich niet zien. Ik had liever gehad dat hij dat wel had gedaan.

De vrouw die was aangetroffen had in de kledingfabriek gewerkt. Kennelijk had ze al enige tijd problemen veroorzaakt. De directie had zich genoodzaakt gezien haar te ontslaan. Het was niet bekend of ze dreigementen tegen de fabriek had geuit. En tot ik met de directeur had gesproken, kon ik ook niets over de toedracht van het ontslag schrijven.

Wat me had aangegrepen was de wanhoop die deze vrouw moest hebben gevoeld. Een wanhoop die groot genoeg was om eerst brand te stichten in de fabriek en zichzelf daarna van het leven te beroven. Zou het anders zijn gelopen als er voor haar een opvangplek was geweest? Een huis zoals Marlene en Liv Boregard hadden willen stichten?

Mijn gedachten werden onderbroken door een klop op de deur. Ik stond op, liep naar de deur en deed open. Daar stond Marlene. Ze droeg een houten dienblad met daarop kaas, rolmops, boter en brood. 'Ik dacht dat je misschien iets wilde eten.'

Zoals altijd ging mijn hart open toen ik haar zag. Bij het zien van de overledene was bij me opgekomen dat het ook best Marlene had kunnen zijn. Als ze niet die kracht had bezeten die ze dag na dag wist op te brengen, welke hindernissen er ook voor haar werden opgeworpen.

Ik glimlachte naar haar. 'Dank je, dat is heel lief van je.'

'Schiet je al op?' vroeg ze met een spiedende blik over mijn schouder. Ze had me met rust gelaten, zodat ik kon werken. Nu schaamde ik me bijna voor het feit dat ik in haar afwezigheid geen bruikbare zin op papier had gezet.

'Niet zo erg,' gaf ik toe en ik nam het dienblad van haar over. Ik zette het naast mijn schrijfmachine, waarachter de berg verfrommelde vellen papier steeds groter werd.

'Die kwestie met de vrouw…' begon ik nadat ik Marlene met een gebaar had uitgenodigd om te gaan zitten. 'Die houdt me meer bezig dan ik eigenlijk wilde toegeven. Ze heeft zichzelf van het leven beroofd omdat ze geen uitweg meer zag.'

'En nu wordt gezegd dat ze de brand had aangestoken,' voegde Marlene eraan toe. 'Is dat echt waar?'

'De politie is er vrij zeker van.'

Ze boog haar hoofd. 'Ik begin zo langzamerhand te begrijpen waarom ze me niet meer tot het terrein van de lampenfabriek wilden toelaten.'

'Het verschil is alleen dat jij de fabriek nooit in brand had gestoken, nietwaar?'

'Nee, dat zou ik niet hebben gedaan,' zei ze en toen viel haar blik op de krant. 'Vind je het goed als ik er even in kijk? Jullie plaatsen toch ook vacatures?'

'Natuurlijk.' Ik gaf haar de krant aan. 'Wil je zelf niets eten?'

'Ik heb beneden bij Siri gegeten. Ze miste je.'

'Wat heb je tegen haar gezegd?'

'Dat je moest werken.' Marlene keek vluchtig naar de schrijfmachine. 'Het moet fijn zijn om te kunnen schrijven over dingen die je ziet en beleeft. Verhalen te vertellen.'

'Soms is het allesbehalve makkelijk, geloof me maar.'

'Maar je kunt overal opnieuw beginnen,' zei ze en ik hoorde duidelijk het verlangen in haar stem. 'In elke stad is er een krant. Als het je bij de ene niet bevalt, ga je naar de volgende.'

'Dat is wat me zo nuttig maakt voor de verzekeringsmaatschappij.' Ik viel even stil en voegde er toen aan toe: 'Ik ben ervan overtuigd dat je gauw een nieuwe baan zult vinden.'

Ze keek me even aan en sloeg vervolgens de krant open. Ze bladerde en na een tijdje stokte ze.

'O nee!' riep ze uit.

'Wat is er?' wilde ik weten. Marlene werd lijkbleek en schudde verward haar hoofd. 'Nee, dat kan hij toch niet doen!'

'Wie? Wat?' Ik stond op en ging achter haar staan. Alsof hij het zo gepland had dat Marlene het meteen bij het omslaan van de bladzijde zou zien stond zijn advertentie midden op de bladzijde, zo groot dat die schandalig duur moest zijn geweest:

Goed onderhouden jachtopzienershuis met tuin in de nabije omgeving van Nättraby te koop. Fraai perceel met bosgrond, voorheen deel uitmakend van het landgoed. Prijs op aanvraag onder nummer B4538.

Oskar deed open en ik hoorde Siri's stem. 'Dit is zojuist voor u afgegeven. Door een jongeman.'

Meteen zag ik weer de jongen voor me die het bericht over de dode vrouw was komen brengen.

'Dank u.' Oskar deed vlug de deur dicht en kwam naar me toe. Hij had een briefje in zijn hand.

'Wat is dat?' vroeg ik.

Hij liet me het briefje zien. De zinnen waren vlug neergekrabbeld, alsof de afzender haast had gehad. 'Het bericht komt van mijn informant. Morgenavond kan hij me binnenlaten in het archief van de rederij.'

117

Liv

Urenlang had ik de avond tevoren de advertentie bekeken, maar de woorden waren daardoor natuurlijk niet veranderd. Ze achtervolgden me in mijn slaap, lieten me veel te vroeg wakker schrikken. Ook nu staarden ze me aan terwijl ik aan het bureautje in mijn logeerkamer zat.

Sten ging Rozenhaag verkopen. Dat had hij dus bedoeld toen hij zei dat ik er niet meer over in moest zitten! Gevoelens van haat en woede snoerden me de keel dicht. Het liefst had ik een vaas tegen de muur gegooid, maar ik hield me in. Elke uitbarsting van geweld kon worden uitgelegd als hysterie. En wat dat kon betekenen, wist ik. Dus dwong ik mezelf tot kalmte.

Het was me bijna liever geweest als mijn oom het huis had overgenomen. Nu zou een wildvreemde het kopen. En er wie weet wat mee doen.

Al mijn goede bedoelingen waren op niets uitgelopen! En Marlene… Ik wist niet of ze de krant las, maar zo ja, dan wist zij het inmiddels ook. Ach, kon ik maar met haar praten! Maar nu moest ik aan het ontbijt verschijnen, dus ik kleedde me aan en probeerde de kringen onder mijn ogen met poeder te bedekken. Toen ik mijn kamer uit liep, hoorde ik de stemmen van de kinderen al in de eetkamer.

Bij binnenkomst zag ik echter alleen het kindermeisje, dat de kleine Lars-Olof aan het uitleggen was dat je geen kevers bij je zusje in de jurk mocht stoppen. Van Nanna geen spoor. Er was ook niet voor haar gedekt.

Even later verscheen wel een van de dienstmeisjes met een dienblad.

'Waar is Nanna?' vroeg ik verbaasd.

'Mevrouw is nog in haar slaapkamer,' antwoordde het meisje. 'Ze zei dat ze niet gestoord wilde worden.'

Ik knikte en het verbaasde me zeer dat Nanna zo heftig op de brand reageerde. Ze was niet iemand die zomaar wegkroop als er iets gebeurde. Ze was pragmatisch en probeerde altijd een oplossing te vinden. Bovendien was er nog geen nader bericht van Hugo gekomen. Het kon zijn dat het allemaal best meeviel.

Ik besloot bij haar te gaan kijken, liep de eetkamer weer uit en klopte op haar slaapkamerdeur. 'Nanna?'

Geen antwoord. Het was mogelijk dat ze nog sliep, maar het liep inmiddels tegen negenen. Zelfs op zondag bleef Nanna niet zo lang in bed.

'Nanna?' vroeg ik opnieuw en ik vroeg me af of ik haar niet beter met rust kon laten. Maar toen hoorde ik haar stem. 'Kom maar binnen.'

Behoedzaam deed ik de deur open en ging naar binnen. Het was nog donker in de kamer, en door de gordijnen kon ik nauwelijks iets onderscheiden.

'Goedemorgen,' zei ik. Ik liep de kamer door en schoof de zware gordijnen open. Fel daglicht stroomde de kamer in en zorgde ervoor dat Nanna haar ogen moest bedekken.

'Ben je wel in orde?' vroeg ik.

Nanna gaf geen antwoord. Ik ging naar haar toe.

'Je kinderen zijn al op de been. Ze vragen zich af waar je blijft.'

Nu kwam er wat leven in haar, al was het niet op de manier die ik had verwacht.

'De aandelen in de kledingfabriek waren een huwelijksgeschenk van mijn vader,' zei ze en ze klopte op de rand van haar bed, een uitnodiging aan mij om te gaan zitten. Ik ging erop in.

'Hij heeft een deel aan mij vermaakt, een deel aan mijn broer en een deel aan mijn neef, de zoon van zijn al overleden broer,' vervolgde ze. 'Dat moest ons zekerheid geven, zodat we na zijn dood niet met lege handen zouden achterblijven.'

Ik had kort voor zijn overlijden kennisgemaakt met Johannes Swahn, maar veel indruk had hij niet op me gemaakt.

'Ik vind het heel erg dat er brand is uitgebroken,' zei ik, 'maar de fabriek zal vast niet volledig in de as zijn gelegd. Karlskrona beschikt over een competente brandweer.'

'Maar die kon destijds, toen we onze villa wilden betrekken, ook niets doen,' zei ze snikkend.

Dat verhaal stond me nog voor de geest. Hugo en Nanna hadden eigenlijk in de stadsvilla van haar vader willen gaan wonen. Die brandde echter kort daarvoor af, zodat ze het huis in de Ronnebygatan hadden betrokken.

'Ik moest toekijken toen mijn ouderlijk huis afbrandde. En nu de fabriek...'

Ze stootte een klaaglijke kreet uit en drukte een punt van haar dekbed tegen haar gezicht. 'Als nu ook de fabriek afbrandt, heb ik niets meer van mijn vader!'

Ik begreep haar maar al te goed. Herinneringen aan geliefde mensen hechtten zich na hun overlijden vaak aan dingen van hen die waren achtergebleven.

'Zo vergaat het mij ook ongeveer met het huis waarover we het hadden.' Ik viel even stil. 'Het huis waarover Sigrun Bergsma jullie heeft verteld.'

Nanna liet de punt van het dekbed zakken en keek me enigszins verschrikt aan, maar ik vervolgde: 'Ik had niet verwacht dat mijn vader me iets zou nalaten, maar na de uitvaartdienst kwam een notaris naar me toe die me de sleutels van dat huis overhandigde. Ik was erg verrast.'

Ik stond Nanna niet zo na dat ik haar, zoals Marlene, de rest van het verhaal wilde vertellen. Maar ik voelde wel dat dit mijn kans was om misschien begrip bij haar te wekken.

'Je had je man ervan op de hoogte moeten stellen,' zei ze. 'Hugo en ik hebben geen geheimen voor elkaar.'

'Hugo en jij... Jullie zijn heel anders dan Sten en ik. In de afgelopen jaren zijn we steeds meer uit elkaar gegroeid. Waarschijnlijk omdat ik geen kinderen heb gekregen.'

Zo'n uitspraak zou er nog niet zo lang geleden toe hebben geleid dat ik me minderwaardig had gevoeld. Dat was nu niet meer het geval.

'Ik zoek al heel lang naar zingeving. Ik wilde iets nuttigs doen. En opeens ontstond dat idee. Een huis waarin arme, mishandelde, verlaten vrouwen gedurende enige tijd hun toevlucht konden zoeken.' Ik zei niet dat het Marlenes wens was geweest. Alleen al het noemen van haar naam zou Nanna er vast weer toe brengen haar luiken te sluiten.

'Wat zou je vader daarvan hebben gezegd?' vroeg Nanna.

Ik schoot in de lach. 'Die zou heel kwaad zijn geworden. Maar het deert hem niet, want hij is dood. Onze relatie is nooit zo geweest als die tussen jou en je vader.'

Ik liet een stilte vallen, wachtte op een reactie van Nanna, maar ze probeerde waarschijnlijk nog steeds haar gedachten over mijn woorden te ordenen.

'Sten gaat het huis verkopen,' zei ik om het verhaal af te maken. 'Ik weet eerlijk gezegd niet waarom hij zo boos is.'

'Dat komt door Marlene Walsted,' antwoordde Nanna.

'Ja, maar waarom heeft hij zo'n hekel aan haar?' Waarschijnlijk zou ze weer niet luisteren, maar ik legde het haar toch nog eens uit: 'Zij heeft dat schip niet laten zinken. Ze heeft mijn man helemaal niets aangedaan. En toch zit hij achter haar aan alsof ze hem zijn hele bezit zou kunnen afpakken.'

Nanna antwoordde niet. Wat had ik anders kunnen verwachten? Ik zei bij mezelf dat sommige mensen nu eenmaal niet konden veranderen. Misschien moest ik dat maar accepteren.

Ik klopte bemoedigend op haar deken. 'Kom je bed uit, Nanna. Als je wilt, maken we een wandeling. Wie weet komt er dan ook bericht van Hugo. Alles komt goed.'

118

Marlene

De duisternis omhulde ons als een beschermende mantel toen we naar de haven liepen. Boven ons fonkelden een paar sterren en de straten waren volkomen leeg. Het enige geluid dat ons bereikte was het geblaf van een hond in de verte.

Ik voelde Oskars warme hand om de mijne. Zoals altijd als hij me aanraakte, stroomde er een weldadig gevoel door me heen en ik wenste dat ik met hem weg kon gaan, ver weg van onze problemen en van Karlskrona.

'Weet je zeker dat je dit wilt doen?' vroeg hij zacht.

'Ja,' antwoordde ik, waarbij mijn stem merkwaardig weergalmde in mijn borst.

Het had tijd gekost om Oskar ertoe over te halen me mee te nemen. Aanvankelijk was hij er strikt op tegen geweest. 'Als die detective merkt dat je naar het kantoor loopt...' had hij gezegd en ik had zijn bezorgdheid duidelijk aan hem afgezien. Een bezorgdheid die niet ongegrond was. Maar ik wilde hem hierbij niet alleen laten. Ik wilde hem helpen om Boregards schuld te bewijzen.

'Vier ogen zien meer dan twee,' had ik gezegd. 'Als de detective conclusies heeft getrokken na onze ontmoeting met hem en Boregard daarvan op de hoogte heeft gesteld, maakt het hoe dan ook niets uit.'

Oskar dacht dat het toch gevaarlijk kon worden. 'Ik ben niet meer zo goed in vechten,' zei hij. 'Als die vent daar opduikt...'

'Hij vergeet dat de vrouw van een kapitein kan zwemmen,' antwoordde ik. 'Alsjeblieft. Ik moet die boeken zien. Ik moet zien wat tot de dood van mijn man heeft geleid. Ik doe het voor hem.' En voor Liv. Zodat Boregard haar niet in een inrichting zou stoppen.

Oskar was uiteindelijk gezwicht en had me een broek uit zijn kledingkist gegeven. 'In geval van nood kun je daarmee beter rennen.'

Ik trok de broek en mijn jas aan en verborg mijn haar onder een pet. Op het eerste gezicht had je me kunnen aanzien voor een te groot uitgevallen krantenjongen.

'Dat staat je goed,' had Oskar opgemerkt toen we de trap af liepen. 'Misschien zouden vrouwen echt vaker broeken moeten dragen.'

'Misschien moet je daar een artikel over schrijven,' had ik plagerig geantwoord.

We liepen door het Hoglands Park en kwamen algauw in de buurt van de Borgmästarekajen. Daar waar een deel van zijn handelsvloot lag afgemeerd, bevond zich ook het kantoorgebouw van Sten Boregard. Zijn grootvader had het hiernaartoe verplaatst toen hij zijn zakelijke connecties met de marine had verbroken en zich meer met de koopvaardij ging bezighouden. Dat was in elk geval wat Bjarne me had verteld.

Het gebouw was zoals veel andere in de stad geel geverfd. De drie verdiepingen werden bekroond door een puntgevel waarin een grote klok was ingemetseld. Bjarne vertelde ooit dat de zeelieden als ze de haven in of uit voeren hun uurwerken afstelden op de klok van Boregard – van zo'n grote afstand was die te zien.

'We moeten heel voorzichtig zijn, zodat er niets van onze zoekactie te merken is,' hield Oskar me voor. 'Dat zijn we aan mijn informant verplicht.'

'Ik ben niet van plan er een rommeltje van te maken,' antwoordde ik. 'Krijgen we vandaag het bewijs in handen dat ons nog ontbreekt?'

'Wie weet,' antwoordde Oskar. 'Zo niet, dan zoeken we verder.'

Toen we al vlak bij het kantoorgebouw waren, bleef Oskar staan. 'Ga in de schaduw staan en blijf daar. Ik weet niet hoe de informant op jou zal reageren. Tot nu toe hebben we elkaar steeds alleen ontmoet.'

Ik liep naar de schaduw en zag enkele minuten later een man uit de richting van het kantoor op Oskar af gaan. Ik voelde tintelingen in mijn buik en van pure opwinding werden mijn handen koud.

De man was klein, maar liep rechtop. Hij droeg een donker pak en een hoed met een brede rand, waardoor je zijn gezicht niet meteen kon onderscheiden. Maar toen nam hij zijn fedora af en ik hapte verschrikt naar lucht. Die smalle neus, de bakkebaarden, de brede kin – hij was in de afgelopen jaren niets veranderd.

'Rudolph.' Het was me ontglipt en ik sloeg verschrikt mijn hand voor mijn mond.

De man draaide zich vliegensvlug om en staarde even verschrikt mijn kant op. Omdat ik nu geen andere keuze meer had, stapte ik uit de schaduw.

'Marlene Walsted,' zei hij verbaasd en hij knipperde nerveus met zijn ogen.

'Kennen jullie elkaar?' vroeg Oskar verbaasd.

Ja, ik kende Rudolph Ekström. Hij was al Sten Boregards secretaris toen Bjarne voor diens rederij was uitgevaren. Toen we het bericht van de schipbreuk van de Solveig kregen, stond hij achter zijn chef. We hadden allemaal met onze eigen ontsteltenis en ons eigen verdriet te kampen gehad.

Hoewel hij ver van ons af stond, was ook Rudolph getroffen door wat er was gezegd. Zijn zoon Nils had op de Solveig gezeten. Bjarne en hij kenden elkaar goed, en hij was af en toe bij ons op de koffie gekomen. Ik wist dat Rudolph had geprobeerd zijn zoon van het schip af te krijgen, hem te laten overplaatsen op een ander schip. Sten Boregard had dat vast goed gevonden. Maar Nils wilde op het zeilschip varen. Die stoomboten hebben geen ziel, had hij eens tegen Bjarne gezegd. Ik wist dat die er net zo over dacht.

Ik nam het initiatief en stak mijn hand naar Ekström uit. 'Hallo, Rudolph,' zei ik met een vriendelijke glimlach. We waren elkaar na het ongeluk nog maar heel zelden tegengekomen, maar van hem had ik nooit een nare reactie gekregen. Zelfs niet toen ik hem vertelde dat ik het heel erg vond van Nils.

'Goed je te zien, Marlene.' Hij stokte en nam me onderzoekend op. 'Je ziet er nog net zo uit als toen.'

'Maar ik ben niet meer dezelfde,' antwoordde ik. 'Zoals wij allemaal, nietwaar?'

Rudolph knikte en wendde zich tot Oskar. 'Moet ze mee?'

'Ja,' zei Oskar. 'Dat wil ze graag. En ik weet zeker dat ze beter op de hoogte is van namen en andere zaken dan ik.'

'Wees alsjeblieft voorzichtig,' zei Rudolph tegen mij. 'Boregard is niet over je te spreken. Als hij erachter komt dat ik je heb binnengelaten...'

'Waarom eigenlijk?' vroeg ik. 'Wat heeft hij van mij nu te vrezen?'

'Je bent Bjarnes weduwe.' En na een korte stilte voegde hij eraan toe: 'Hij is bang dat Bjarne je misschien iets heeft verteld.'

Rudolph ging ons voor door de achteringang van het kantoor. Ik was altijd alleen door de voordeur binnengekomen en stond versteld van de smalle gangetjes, waar de geur van verse verf hing.

De woorden van de secretaris brandden in mijn ziel: *Hij is bang dat Bjarne je misschien iets heeft verteld.*

Bjarne had natuurlijk gezegd dat de Solveig oud was, dat ze makkes had, dat sommige gebreken niet meer zo goed hersteld konden worden. Maar niets daarvan kon Boregard gevaar opleveren. Wie zou er trouwens ooit naar mij luisteren?

Het archief van de rederij bevond zich in de kelder. Om ervoor te zorgen dat we iets konden zien, had Rudolph bij de ingang twee lantaarns neergezet. Oskar haalde lucifers tevoorschijn en stak ze aan voordat we door de lange gang liepen die uitkwam op een groen geverfde houten deur.

In hoge stellingkasten stonden rijen folianten, rekeningenboeken, scheepsjournalen en nog veel meer. Allemaal keurig genummerd, zodat ze snel konden worden teruggevonden.

'Waarom hebt u me gisteren eigenlijk bericht gestuurd?' vroeg Oskar, nadat we de deur van het archief achter ons hadden gesloten. 'Ik had er na onze laatste ontmoeting niet op gerekend...'

'Boregard heeft me opdracht gegeven de stukken die betrekking hebben op de Solveig uit het archief te halen. Alle stukken. Ik vrees dat hij ze morgen wil laten vernietigen.' Er verscheen een scheef lachje op zijn gezicht. 'Ik weet dat u hebt gezegd dat ik die documenten dan naar uw adres moest sturen. Maar het is gewoon te veel. Ik kan geen grote kisten naar het postkantoor brengen.'

Oskar liet zijn blik langs de stellingkasten gaan. 'Hij weet hopelijk wel dat de verzekering daardoor pas echt wantrouwig zou worden.'

'Natuurlijk, maar wat kun je doen zonder bewijsstukken? Geen rechtbank ter wereld zou een zaak tegen hem beginnen.'

Oskar keek me aan. Zou in het uiterste geval volstaan wat Bjarne had opgeschreven? Ik betwijfelde het.

We kwamen door een gang waar beide wanden ook vol stonden met stellingkasten. Ik kon mezelf er nauwelijks van weerhouden met mijn vinger langs de in leer gebonden ruggen van de scheepsjournalen te strijken. Zo veel zeereizen. Zo veel schepen. Zo veel zeelieden. In sommige gevallen waren deze notities het enige wat van hen over was.

Het vertrek dat we betraden was slechts spaarzaam verlicht door een petroleumlamp die met opzet laag brandde, zodat er geen licht naar buiten ontsnapte. Rudolph controleerde de luiken en zei toen: 'Uiterlijk om vier uur morgenochtend moeten jullie hier weg zijn. Boregard is de laatste weken steeds erg vroeg op kantoor.'

'Blijft u niet hier?'

Rudolph schudde zijn hoofd. 'Het is beter dat ik niet hier in de buurt word gezien. Die detective struint de stad af en spreekt mensen aan. Ook als Boregard me niet verdenkt, zou het kunnen zijn dat hij hem dat vertelt. Dan kan ik vertrekken.'

'Hartelijk dank, Rudolph,' zei ik nu. 'Voor alles wat je doet.'

'Niets te danken, Marlene.' Zijn blik versomberde en hij zei: 'Ik wil gewoon dat mijn arme zoon ophoudt door mijn dromen te spoken. Dat hij ophoudt me te vragen waarom ik niets heb gedaan. Dat is alles. Hij moet nu de rust vinden die hij verdient.'

119

Oskar

Het vertrek was niet veel groter dan een politiecel zoals ze die in Stockholm hebben. Er stonden een tafel, drie stoelen en een lamp. Naast de tafel lagen stapels folianten, boeken, losse briefjes en brieven.

Ekström had gelijk. Hij had dit onmogelijk allemaal aan mijn moeder kunnen sturen. Hoe had Boregard de stukken willen vernietigen? Verbranden? In zoutzuur oplossen? In het water naar de bodem laten zinken? Tijdens mijn werk voor de verzekeringsmaatschappij had ik al van alles voorbij zien komen.

'Waar moeten we in vredesnaam beginnen?' vroeg Marlene, terwijl ze een van de boeken optilde en opensloeg.

'We kunnen ze het best even vlug inkijken,' zei ik, 'om te zien of er iets over de toestand van de Solveig in staat. Als dat niet zo is, kijken we verder. We moeten naar brieven van controleurs en inspecteurs zoeken. Naar documenten die bewijzen dat de Solveig in slechte toestand was.' Ik dacht even na en voegde er toen aan toe: 'Wie weet vinden we ook verklaringen over de hoeveelheid lading die het schip vervoerde. En of daar dan iets over afwijkingen tussen laden en lossen in wordt vermeld.'

Marlene zei daar niets op, maar haar blik bleef rusten op de bladzijden van het boek in haar hand.

'Wat is dat?' vroeg ik.

'Een scheepsjournaal uit 1901,' antwoordde ze en ze streek er met haar hand overheen. 'Toen waren Bjarne en ik al getrouwd.' Ze keek me aan. 'Denk je dat ik er daar een van mag meenemen?'

'Dat zou diefstal zijn,' antwoordde ik. Strikt genomen was alles wat we hier deden hoogst illegaal, maar de officier van justitie had me de vrije hand gegeven.

'Maar als hij ze toch vernietigt...' Een verlangende uitdrukking verscheen op haar gezicht. Toen schudde ze echter haar hoofd, sloeg het boek dicht en legde het weg. 'Laten we beginnen!'

Systematisch begonnen we de ene na de andere foliant te openen. In het schemerdonker viel het soms niet mee om de verbleekte notities te ontcijferen.

De meeste stukken waren al heel oud. Ze toonden aan dat het schip eerder in het bezit van twee andere rederijen was geweest. Ook dat het niet altijd de naam Solveig had gedragen.

Als North Star had het de werf in Liverpool verlaten; vele jaren later werd het door een Duitse rederij overgenomen en omgedoopt tot Windsbraut. Olof Boregard had het in 1887 van de Duitsers gekocht, toen zeilboten al uit de mode raakten. Hij nam het voor een spotprijs over en liet het voortaan onder de naam Solveig petroleum uit Riga vervoeren. Wel twintig jaar lang.

'Heeft je man je ooit iets over de geschiedenis van de Solveig verteld?' vroeg ik.

'Ze zou Kaap Hoorn gerond hebben,' antwoordde Marlene. 'En er zou aan boord af en toe sint-elmusvuur te zien zijn geweest.'

Ik had nog nooit sint-elmusvuur gezien, maar wist wat zeelui erover vertelden. Dat het een gunstig teken was als er op de masten en aan het want van een schip blauwe of paarse lichtschijnsels verschenen.

De Solveig, die eerder jarenlang onder een andere naam had gevaren, leek inderdaad een schip te zijn geweest dat het geluk aan zijn zijde had. Normaal hielden zulke schepen het dertig, veertig jaar vol, dan werden ze afgedankt of liet men ze alleen nog lichte trajecten afleggen.

Met de nieuwe naam en de nieuwe eigenaar had ze ten slotte voor het eerst in haar bestaan pech.

'Mijn man hield veel van dat schip,' hoorde ik Marlene zeggen. 'Ik heb geprobeerd hem ertoe over te halen een stapje terug te doen. Op een ander schip aan te monsteren. Maar daar wilde hij niets van weten. Waarschijnlijk zou hij dat pas hebben gedaan als het uit de vaart was genomen.' Ze wachtte even en voegde er toen aan toe: 'Misschien had hij het zelfs dan niet laten gaan.'

'Hoe bedoel je?' vroeg ik.

'Bjarne was er gek genoeg voor om het te kopen.'

'Had hij dat dan zomaar kunnen doen?' Een schip, zelfs als het oud en aftands was, kostte een vermogen. Hoewel Marlene het vroeger financieel beter had gehad, was het inkomen van een kapitein niet hoog genoeg om zich zoiets te kunnen veroorloven.

'Vanwege het geld, bedoel je?' Marlene stak haar onderlip naar voren. 'Nou, hij stond in hoog aanzien. De bank had hem vast krediet verleend.'

'En wat had hij dan met dat schip gedaan?'

Ze haalde haar schouders op. 'Dat weet ik niet. Hij had altijd veel ideeen, sommige kwamen zo plotseling bij hem op dat je je afvroeg waar ze vandaan kwamen.' Na een korte stilte vervolgde ze: 'Ik zou wel weten wat ik met zo'n schip zou doen.'

'Vertel,' zei ik nieuwsgierig.

'Ik zou er een huis van maken. Een huis voor vrouwen.'

'Een schip is geen huis.'

'Maar het heeft wel wanden en vertrekken. Waarom zou je niet op een schip kunnen wonen?' Ze glimlachte breed. 'Dan konden nijdige echtgenoten en andere lastposten niet zo makkelijk bij ons komen. De zeemansvrouwen konden niet bij mij komen. We zouden gewoon wegzeilen als ze eraan kwamen.' Ze keek me even aan en boog toen haar hoofd. 'Ik weet dat het onzin is, maar de gedachte alleen al is aanlokkelijk.'

'Het is geen onzin,' antwoordde ik. 'En het is een mooi idee, maar er moet er nog wel wat veranderen in de wereld om het mogelijk te maken.'

Een tijdje later ging ik een nieuwe foliant pakken. De laatste had weinig opgeleverd, maar dat was geen wonder. Er werden ook heel veel onbelangrijke documenten bewaard. Hoe zei een collega het ook weer? *Je moet heel wat schelpen openen om een parel te vinden.*

Toen ik de map opensloeg, kwam er een gedachte bij me op. 'Wat Ekström tegen je zei... Dat Boregard vreest dat je man je misschien iets had verteld...'

'Bjarne heeft me niets verteld,' antwoordde Marlene.

'Maar dat zou verklaren waarom hij je zo'n haat tegen je koestert. Hij is bang voor je.'

Marlene glimlachte scheef en haalde haar schouders op. 'Tja, daar kan ik niets aan doen. Maar als ik werkelijk iets wist wat gevaarlijk voor hem kon worden, had ik het toch allang tegen iemand gezegd? Of dan had ik hem aangeklaagd.' Ze schudde haar hoofd. 'Je hebt geen idee hoezeer ik wenste dat ik iets had om hem aan te pakken. Iets wat Bjarne van zijn vermeende schuld bevrijdt.'

'Maar hij weet niet dat je niets tegen hem in handen hebt.' Ik dacht even na en zei: 'Het kan de reden zijn dat de andere vrouwen je behandelen alsof je een melaatse bent.'

Marlene trok haar wenkbrauwen op. 'Je denkt dat Boregard ze tegen me heeft opgestookt? Hoe zou hij dat dan gedaan moeten hebben?'

'Het volstaat om geruchten te verspreiden. Je in diskrediet te brengen. Ervoor te zorgen dat niemand naar je luistert, niemand je gelooft. Zo zou hij zich ervan kunnen verzekeren dat je hem niets kunt aanwrijven.' Ik viel even stil, want dit besef lag als een steen op mijn borst. 'En dan sluit je nota bene vriendschap met zijn echtgenote. De persoon die ervoor kan zorgen dat je weer in aanzien stijgt.'

'Dan heb ik het dus aan Sten Boregard te danken dat die vrouwen me mijden als de pest?' Marlene perste haar lippen op elkaar. In haar ogen las ik teleurstelling. 'Als dat waar is...'

'Het is natuurlijk maar een vermoeden. Maar het zou niet voor het eerst zijn dat een machtige man zoiets doet. Vooral als hij weet dat hijzelf schuldig is.'

Marlene liet deze woorden op zich inwerken. Ik kon zien dat haar verstand op volle toeren draaide.

'Laten we doorgaan,' zei ze toen.

Ons zwijgen had een loodzware lading. Het geritsel van het papier was het enige geluid dat de stilte doorbrak. Misschien had ik niets moeten zeggen...

'Wacht eens!' riep ze opeens uit. Ze zette grote ogen op terwijl ze de tekst van het eerste vel vlug doorlas. Toen die van het tweede en derde. Daarna schoof ze me de papieren toe. 'Ik denk dat we hebben wat we zochten!'

120

Marlene

'Mijn docent recht heeft eens gezegd: "Soms volstaat een enkel bewijsstuk om iemand ten val te brengen",' mompelde Oskar verbluft terwijl hij het vel papier bestudeerde dat ik hem had gegeven. 'Alles wat ik in de afgelopen weken heb overgetypt, lijkt opeens waardeloos.'

'Wil je zeggen dat je me voor niets met je rammelkast uit mijn slaap hebt gehaald?' De opwinding gierde als een orkaan door me heen. Wat ik zojuist had gelezen, stond op mijn netvlies gebrand. Het was alsof een hogere macht me deze brief had aangereikt.

'Dit zou als een bom kunnen inslaan.' Oskar keek me aan. Zijn ogen glansden van geestdrift. 'Waar heb je het gevonden?'

Ik liet hem de foliant zien. Het stuk was achteloos aan wat facturen gehecht. Vergeten tussen de bladzijden. Het had daar mogelijk nooit iets te zoeken gehad. Boregard had het makkelijk kunnen vernietigen, maar had er waarschijnlijk niet meer aan gedacht. Misschien was hij ervan uitgegaan dat het was zoekgeraakt. Of Rudolph of iemand anders had deze documenten daar verstopt in de hoop dat ze ooit toch nog van nut zouden zijn.

'Gaan we nog verder zoeken?' vroeg ik. Ik kreeg kippenvel. Ik wilde niets liever dan weggaan uit dit vertrek, weg van Boregard en de scheepsjournalen. Zo graag ik er eerst nog een van had willen bewaren, zo graag wilde ik het nu allemaal achter me laten. Ver bij al die pijnlijke herinneringen vandaan zijn.

'Ja, ik denk wel dat we dat moeten doen,' zei Oskar, 'al betwijfel ik of we iets explosievers vinden dan dit.'

Hij stopte de vellen papier in een mapje dat hij uit zijn tas haalde.

'Is het geen diefstal als we ze meenemen?' vroeg ik.

Hij glimlachte schalks. 'Niet als we het in opdracht van de officier van justitie doen.'

Een uur later verlieten we het kantoorgebouw weer. Het was nog steeds diep in de nacht en de stad leek nu nog stiller dan op de heenweg.

De map onder mijn korset knelde een beetje, maar het leek me veiliger als ik hem bij me droeg. Mocht de detective ons pad kruisen, dan zou hij de map daar niet zo gauw vinden.

Weer hield Oskar mijn hand vast, maar ditmaal drong zijn warmte niet zo goed tot me door. Wat we hadden gevonden, was meer dan een belangrijk bewijsstuk. Ik wist nu ook hoe Boregard met zijn mannen was omgegaan, hoe lichtvaardig hij mijn man, Rudolphs zoon en vele anderen had laten sterven, en dat had me ten diepste geschokt. Als hij anders besloten had, zouden ze allemaal nog in leven zijn...

Terwijl de woede in golven bezit van me nam, keek ik Oskar aan. Hij zag er vermoeid uit in het schijnsel van de gaslampen.

Mijn lichaam verlangde naar hem. Ik wilde dat hij mijn pijn wegnam, dat de golven van de lust elk ander gevoel zouden uitdoven.

Als dat ongeluk niet was gebeurd, had ik hem nooit leren kennen.

'Waar zou jij nu zijn als het allemaal niet was gebeurd?' vroeg ik.

Oskar haalde zijn schouders op. 'Ik zou het niet weten. In een andere stad, denk ik. Of in Stockholm. Bij de *Dagens Nyheter* had ik het eigenlijk wel naar mijn zin.'

'Hoe vaak krijg je zo'n opdracht van de verzekeringsmaatschappij?'

'Dat hangt ervan af hoeveel tijd ik voor een onderzoek nodig heb,' verklaarde hij. 'Soms gaat het snel en dan kunnen het wel vier of vijf opdrachten per jaar worden. Maar soms duurt het langer dan een jaar om er een af te ronden.'

'Ik vermoed dat dit er een is die je vlug afrondt.'

'Dank je.'

Hij bleef staan, boog zich naar me toe en kuste me. Een weldadig gevoel overspoelde me, maar vrijwel meteen zag ik over zijn schouder heen iets bewegen. 'Oskar!' riep ik uit.

Hij reageerde onmiddellijk en draaide zich razendsnel om.

Vanuit een portiek kwamen twee mannen naar ons toe. We hadden ze niet gehoord en hadden hun aanwezigheid ook niet opgemerkt. Ze kwamen grijnzend op ons af.

'Zo laat 's nachts nog op straat?' vroeg een van hen. Als uit het niets schoot zijn vuist naar voren, die Oskar keihard raakte.

121

Marlene

Alles ging vreselijk snel. Ik zag Oskar hard tegen de muur van het huis vallen terwijl die vent nog eens uithaalde en hem een tweede vuistslag verkocht. Kreunend drukte Oskar zijn hand tegen zijn gezicht. Iets donkers druppelde tussen zijn vingers door. Bloed!

De aanblik daarvan haalde me uit mijn verstarring en ik schreeuwde het uit. Dat bracht de twee mannen ertoe zich op mij te richten. 'Nu jij, liefie,' zei degene die Oskar had geslagen. Zijn maat bleef achter hem staan. Voordat ik hem kon ontwijken, had hij me bij mijn haren gepakt. Er schoot een brandende pijn door mijn hoofdhuid.

Woedend om de plotselinge pijn en de herinnering aan Torbens aanval die weer bovenkwam, haalde ik uit en schopte hem tussen zijn benen. Met een onderdrukte kreet viel hij op zijn knieën en zei tussen zijn opeengeklemde kaken door: 'Loeder dat je bent!'

Meteen daarop verscheen Oskar achter hen. Zijn gezicht zat onder het bloed, maar zijn ogen schoten vuur. Hij greep de andere man, draaide hem om en gaf hem een harde vuistslag. Daardoor verloor die zijn evenwicht en viel hij ruggelings op de grond.

Meteen pakte Oskar mijn hand. 'Kom, we gaan!'

We begonnen te rennen. De mannen zouden vast de achtervolging inzetten zodra ze weer op de been waren.

We stormden de dichtstbijzijnde steeg in, sloegen vlug een volgende in, bijna als konijnen die zigzaggend op de vlucht sloegen.

'Wat waren dat voor lui?' bracht ik uit terwijl ik haastig omkeek.

'Het kunnen mensen van Boregard zijn. De detective kan handlangers hebben ingehuurd.'

Dat vreesde ik ook.

'Naar Ingrid!' zei ik hijgend. 'Daar zullen ze ons niet zoeken. Kom mee!'

Ingrids woning was nog een flink stuk lopen. We renden zo vlug als we konden. Mijn hart ging tekeer, het ruiste in mijn oren en daar waar de aanvaller me aan mijn haar had getrokken, voelde ik nog steeds een kloppende pijn. Mijn longen brandden. Mijn knieën begaven het al bijna en leken met elke stap die we zetten nog meer kracht te verliezen.

Telkens weer keek ik om, spitste ik mijn oren, maar ik hoorde niets anders dan onze eigen voetstappen op de stenen.

Bij aankomst in de armelijke buurt waar Ingrid woonde, vlogen we zo snel we konden naar haar raam.

'Ingrid!' Ik pakte een steentje op en gooide het tegen de ruit. Hopelijk sliep ze niet zo diep dat ze ons niet kon horen. 'Ingrid!'

De tijd kroop voorbij. Telkens weer keek ik om. Van de mannen was niets te zien, maar hoorde ik in de verte geen voetstappen? Oskar wankelde. Mogelijk was de klap harder aangekomen dan we eerst hadden gedacht.

'Ingrid, doe alsjeblieft open!' riep ik bijna smekend. Ik wist dat ik mijn stem niet al te zeer mocht verheffen.

Eindelijk vlamde een lichtschijnsel achter het raam op. Ingrid verscheen, deed het raam open en staarde ons verschrikt aan. We hoefden niets uit te leggen. Ze gebaarde dat we naar de ingang moesten gaan. Even later liet ze ons binnen. We volgden haar naar de voordeur van haar woning en glipten toen de kamer binnen. Ingrid sloot de deur zachtjes achter ons.

'Bedankt,' zei ik hijgend. Ik boog voorover om op adem te komen. Mijn hele lichaam voelde aan alsof ik in een mierenhoop was gevallen.

'Wat is er aan de hand?' wilde Ingrid weten. Ze schoof de grendel voor de deur.

'Twee mannen hebben ons aangevallen,' vertelde Oskar terwijl hij heftig ademhalend een zakdoek tevoorschijn haalde, die hij vervolgens tegen zijn gezicht drukte.

'Wat hadden jullie om deze tijd in de stad te zoeken?'

Ingrid stak een van haar lampen aan. Nu pas zag ik dat Oskars bloed ook op zijn overhemd was gedruppeld.

'Het gaat om Bjarne,' zei ik en ik wierp Oskar een blik toe. Eigenlijk mocht niemand op ons na iets van de zaak weten. Maar Ingrid zou me zeer zeker niet verraden.

'Bjarne?' vroeg ze verbaasd. Toen liep ze naar het lampetstel en goot wat water in de kom. 'Hier, gebruik dit maar,' zei ze en ze drukte een natte lap tegen Oskars gezicht.

'Bedankt.' Hij deed zijn hoofd achterover en legde de koude lap in zijn nek. Met zijn andere hand bleef hij zijn zakdoek tegen zijn gezicht aan drukken.

Ingrid trok hem mee naar een stoel en zei dat hij moest gaan zitten. Toen wendde ze zich tot mij. 'Ben jij helemaal in orde?'

'Ja, ze hebben mij niet te pakken gekregen. Niet lang in elk geval.' Ik voelde aan de plek waar de man aan mijn haar had getrokken. 'Ik heb hem een knietje gegeven.'

'Het enige wat helpt,' zei Ingrid en ze knikte me bijna goedkeurend toe. 'Maar wat heeft dit alles met Bjarne te maken?'

Ze dirigeerde me naar een tweede stoel. Pas nu zag ik dat ze haar sleetse ochtendjas droeg.

Ik keek naar Oskar, die nog steeds zijn nek zat te koelen. 'Vind je het goed dat ik haar inwijd?'

Hij tilde zijn hoofd een stukje op en keek me aan. Zijn blik was eerst sceptisch, toen knikte hij me toe en wist ik dat hij me vertrouwde.

'Heeft het iets met Boregard te maken?' raadde Ingrid nu. 'Met Rozenhaag?'

'Nee, daarmee niet,' antwoordde ik en ik pakte haar hand. 'Maar het is goed mogelijk dat Rozenhaag binnenkort Boregards minste zorg is.'

122

Oskar

Ik lag languit op de oude sofa naar het plafond te staren. Er zat een flinke scheur in het stucwerk en talrijke watervlekken maakten de oorspronkelijke verflaag onherkenbaar. Schimmel had zich in de hoeken genesteld. Het was verbazingwekkend onder welke omstandigheden huiseigenaren de huurders van hun panden lieten leven.

Misschien zou ik daar eens een artikel aan moeten wijden. Later.

De vuistslagen werkten nog steeds na in mijn hoofd. Nu de angst en de spanning afnamen, voelde ik ze pas echt. Maar meer nog dan de pijn irriteerde me het feit dat ik niet had ingecalculeerd dat ze ons konden opwachten.

Mijn kaak was gehavend, maar waarschijnlijk niet gebroken. Wel voelde ik een kloppende pijn aan de wenkbrauw waarop de eerste klap was beland. Dankzij de koude lap die Marlenes vriendin me in de hand had gedrukt, was de neusbloeding algauw gestopt. Maar de zwelling bij mijn oog nam in omvang toe.

Ik had niet veel tijd gehad om aandacht aan mijn gevoelens te besteden, maar nu begon ik me, wat verlaat, toch zorgen te maken om Marlene. Het had allemaal nog heel wat erger kunnen aflopen. Achteraf gezien vond ik het wonderbaarlijk dat we die twee kerels hadden weten af te schudden. Als ze werkelijk door Boregard waren gestuurd, zouden ze eigenlijk vasthoudender moeten zijn geweest. Dan hadden ze op z'n minst moeten proberen me mijn tas af te pakken.

Even dacht ik aan Torben Bergsma, maar die zou zoiets vast zelf afhandelen en geen kornuiten sturen. Nee, ik was ervan overtuigd dat die twee handlangers van Arvid Hamme waren.

Waarom ze ons juist in de buurt van ons pension hadden opgewacht, wist ik niet. Ook niet hoe ze hadden geweten dat we ons buitenshuis bevonden. Zou Hamme, nadat ik Marlene te hulp was geschoten, zijn mensen de klok rond laten posten? Dat had ik niet overwogen.

Er liep een ijzige rilling door mijn lichaam toen ik besefte dat ze ons misschien ook samen met mijn informant hadden gezien... Welke gevolgen zou dat voor Ekström hebben? Daar kon ik niets meer aan veranderen, maar ik kon er wel voor zorgen dat er nu snel een einde aan deze kwestie kwam.

'Hoe is het met je?' vroeg Marlene toen ze naast me neerhurkte.

'Het komt wel weer goed.' Ik stak mijn hand uit naar haar wang en streelde die. 'Ik ben al blij dat jij er heelhuids van af bent gekomen.'

Ze keek me bezorgd aan.

'Als jullie willen, mogen jullie best een tijdje blijven,' zei Ingrid op de achtergrond. 'Ik heb niets op bezoek tegen.'

Ik kwam overeind. Misschien was het toch geen goed idee geweest om te gaan liggen. Ik voelde me opeens veel beroerder dan eerst.

'Ik vrees dat dat niet gaat,' antwoordde ik. 'Ik moet mijn werkgevers een telegram sturen. En bij de politie aangifte van de overval doen.'

Ik keek naar Marlene. Het liefst had ik haar laten blijven, maar toen besefte ik dat ik haar voortaan heel dicht bij me moest houden. Omwille van haar veiligheid en de documenten.

'Het had ook anders kunnen aflopen,' fluisterde ik haar toe. 'Het was maar goed dat jij de documenten bij je had. Als ze mijn tas te pakken hadden gekregen...'

'Als ze me in het water hadden gegooid, was het ook niet best geweest,' antwoordde ze en ze verstrengelde haar hand met de mijne. 'Maar we moeten niet bang zijn voor dingen die niet zijn gebeurd.'

Toen het licht werd, namen we afscheid van Ingrid Lasebrö en keerden we terug naar het pension. Ik probeerde extra waakzaam te zijn, wat niet meeviel met een opgezet oog.

De kerels waren echter nergens te bekennen. Waarschijnlijk waren ze bang dat we de politie zouden inschakelen. Zulke mannen verlieten zich op hun vuisten, maar wisten dat hun opdrachtgever elke relatie met hen zou ontkennen als ze gepakt werden. Bij de politie hoefden ze geen steun te verwachten.

Ik overtuigde me ervan dat zich ook op de binnenplaats niemand bevond en dat Marlene ongehinderd het huis kon betreden.

'Ze krijgen ons er niet onder,' zei ik, waarop Marlene knikte en vastberaden haar kin vooruitstak.

‘Nee, zeker niet.’ Ze viel even stil en toen verscheen er een grimmige glimlach op haar gezicht. ‘Het voelde goed om die vent een schop te geven.’

‘Het was ook behoorlijk doeltreffend,’ beaamde ik. Ik was trots dat ze zich zo goed had verweerd.

‘Ik wou dat ik dat ook bij Torben had kunnen doen.’

‘Hij overrompelde je,’ antwoordde ik. ‘Maar ik vind het geruststellend te weten dat je ook anders kunt handelen.’ Ik drukte een kus op haar voorhoofd, daarna een op haar lippen. ‘Blijf voor de zekerheid toch maar op je kamer en zeg tegen mevrouw Malmström dat ze geen bezoek voor je mag doorlaten.’

‘Wie zou mij nu moeten bezoeken?’ vroeg ze.

‘Wees toch maar voorzichtig,’ zei ik en ik trok haar in mijn armen.

‘Dat geldt nog veel meer voor jou.’ Ze streelde mijn wang en haar aanraking wekte een diep gevoel van genegenheid in me op. Elke stap die ik zette en nog zou zetten, elke klap die ik moest incasseren was het me waard als haar reputatie erdoor zou worden hersteld.

Inspecteur Dahlberg was niet op het politiebureau, maar zijn jonge collega, die nachtdienst had, herkende me. Hij nam mijn verklaring op en noteerde de beschrijving van de mannen. Ik gaf hem nog de aanwijzing om in de omgeving van de privédetective te zoeken. Mogelijk konden ze daar worden aangetroffen. Voor alle zekerheid liet ik het adres van de officier van justitie in Stockholm bij hem achter. Als zijn superieur daar zou navragen, kon die hem vertellen wat hier speelde.

De zon was al boven de horizon uit gestegen toen ik het telegraafkantoor binnenliep. Voor het geval dat er belangrijke berichten van zee binnenkwamen, was daar altijd iemand aanwezig.

De man achter de balie zag er vermoeid uit. ‘Wat kan ik voor u doen?’ vroeg hij terwijl hij van zijn stoel opstond.

Ik keek hem aan. ‘Wilt u dit naar het Openbaar Ministerie in Stockholm sturen?’

De man nam me geschokt op, maar pakte toen het briefje aan en ging aan het werk.

Even later was ik alweer onderweg naar huis. Mijn slapen bonsden pijnlijk toen ik bij het pension aankwam.

Tot mijn opluchting lieten noch Hamme, noch zijn mannen zich zien. Zouden ze de detective hebben laten weten dat we ons teweer hadden gesteld?

Het was één ding om iemand te bespioneren, maar een ander om je doelwit te bedreigen of fysiek aan te vallen. Dat had ik zelf nooit gedaan. Hamme en zijn mensen hadden een grens overschreden en dat zou gevolgen hebben.

Vooralsnog verheugde ik me echter op mijn bed en Marlene. Vermoeid liep ik de trap op. Voordat ik mijn kamer in ging, liep ik naar Marlenes deur. Zou ze al in bed liggen? Of wachtte ze op mij? Ik aarzelde eerst, want ik wilde haar niet wakker maken, maar toen klopte ik aan.

Nog geen tel later riep haar stem dat ik binnen mocht komen. Ik deed de deur open en zag haar aan haar bureautje zitten. De gebroken lamp stond voor haar, daarnaast lag de krant van de vorige dag.

Marlene draaide zich naar me om. 'Hej, daar ben je alweer,' zei ze ter begroeting en ze stond op. 'Heb je alles geregeld?'

Ik knikte.

'En de detective?'

'Geen spoor van hem te bekennen.'

'Ik had even tijd om na te denken,' zei ze. 'Er is iets wat ik graag zou willen doen. Hoor me even aan en vertel me dan eerlijk of het mogelijk is.'

123

Marlene

Mijn kanten blouse voelde licht en luchtig aan en in mijn lange, uitwaaierende rok voelde ik me als een prinses. Het jasje had ik niet aangetrokken, want het was een warme avond en zo had ik veel meer bewegingsvrijheid. Mijn hele lichaam beefde verwachtingsvol en ik popelde om te vertrekken.

Drie dagen waren er verstreken sinds de nacht in het kantoorgebouw. Dagen vol onzekerheden. Dagen waarin ik angstig voor het raam had staan wachten op Oskars terugkeer.

Ik had er een gruwelijke hekel aan om te moeten wachten op een man van wie ik hield. De straten waren momenteel ook niet minder gevaarlijk dan de zee. Maar hij was telkens weer bij me teruggekeerd. En vandaag was het dan eindelijk zover.

Oskar had aanvankelijk sceptisch op mijn idee gereageerd. Wat ik wilde doen was uiteraard mogelijk. Wel vond hij dat Boregard er zo te makkelijk van af zou komen. Dat er veel meer in zou zitten.

Maar ik wilde niet het onderste uit de kan. Ik wilde de reder daar raken waar het hem het meest pijn zou doen: in zijn trots.

Met geoefende handgrepen draaide ik mijn haar in een hoge knot, die ik op mijn hoofd vastzette. Ik trok er een paar strengetjes uit en drapeerde ze over mijn oren. Bjarne had me altijd graag met dit kapsel gezien.

Er werd geklopt. Ik vroeg Oskar binnen te komen – wie zou het anders moeten zijn? Siri had ons ervan verzekerd dat ze niemand boven zou laten, zelfs de loopjongen van de krant niet meer.

Oskar nam me van top tot teen op. 'Je ziet eruit als een Gibson Girl,' merkte hij met een brede glimlach op.

'Als wat?' vroeg ik verbaasd.

'In Amerika heb je een tekenaar genaamd Charles Dana Gibson, die bekendheid heeft gekregen met portretten van jonge vrouwen. De meesten van die vrouwen dragen hun haar zoals jij nu.' Hij streek zachtjes een haarstrengetje uit mijn gezicht.

'Dat hoor ik voor het eerst,' zei ik.

'We drukten in Stockholm af en toe tekeningen van hem af. Bij de meeste gaat het om karikaturen die vrouwen op zoek naar een goede partij voorstellen.'

'Dat klinkt niet erg aardig.'

'O, maar het zijn de mannen die er op zijn tekeningen slecht van afkomen, niet de vrouwen.' Hij glimlachte naar me. 'Als je wilt, breng ik een keer wat van die plaatjes voor je mee.'

Oskar ging achter me staan, sloeg zijn armen om mijn schouders en legde zijn hoofd tegen mijn hals. Zijn warmte kwam door mijn huid heen en deed mijn lichaam gloeien.

Inmiddels was de zwelling rond zijn oog afgenomen. Zijn huid droeg nog altijd sporen van de aanval, maar dat deed geen afbreuk aan zijn aantrekkelijkheid.

'Weet je eigenlijk hoe blij ik ben dat ze me naar Karlskrona hebben gestuurd?'

'Niet zo blij als ik,' zei ik en ik draaide me om. Onze lippen troffen elkaar in een kus. Daarbij ontwaakte in mij het verlangen dat ik altijd voelde als ik zo dicht bij hem kwam. Ik drukte me tegen hem aan en wilde hem nooit meer loslaten.

Hij leek het te voelen en voldaan stelde ik vast dat zijn lichaam ook op mijn nabijheid reageerde.

'We hebben nog wel even,' fluisterde ik hem toe en ik liet mijn hand over zijn borst en zijn buik omlaagglijden.

'Wat zou de officier van justitie daarvan zeggen?' vroeg hij.

'Die is hier toch niet.'

Langzaam trok ik mijn rok op. Oskar begreep het gebaar en tilde me op het tafeltje bij de deur terwijl hij zijn broek losknoopte. Ik sloeg mijn rechterbeen om zijn heup en voelde hem vrijwel meteen in me. Zijn lippen bevonden zich vlak voor de mijne, maar ik hield me even in voordat ik ze kuste. Ik zag zijn ogen, goudglanzend en vervuld van hartstocht, en toen ik hem kuste, zonk ik volledig weg in hem en onze lust.

'Verlaat me alsjeblieft niet,' fluisterde ik in zijn oor terwijl mijn lichaam begon te sidderen. 'Verlaat me alsjeblieft nooit.'

'Dat zou zijn alsof ik mijn hart uit mijn lijf zou scheuren,' bracht hij ademloos uit. 'Ik laat je nooit meer gaan, dat zweer ik.'

Een half uur later gingen we op pad. De momenten van begeerte hadden niet alleen een weldadig gevoel in me achtergelaten, ze bezorgden me ook een gevoel van kracht. Van zekerheid. Ik was niet langer alleen op de wereld. En algauw zou iedereen hier in Karlskrona de waarheid kennen.

In het duister van de koets vlijde ik me tegen Oskar aan en hield zijn handen stevig vast. Geen van beiden zeiden we iets. Er was zoveel wat ik hem wilde vragen en wilde vertellen, maar dat kon wachten. Nu telde alleen de taak die voor ons lag.

We reden de Ronnebygatan in en hielden een flink stuk voor de villa halt. Daar wachtten de anderen al.

Het was aanvankelijk niet duidelijk geweest of hij thuis zou zijn. Het was vandaag tenslotte midsommar en hoewel ze niet in goede verstandhouding uit elkaar waren gegaan, was het mogelijk dat hij zijn vrouw op Aspö zou bezoeken. Maar een jongen die op de loer had gelegen, had ons laten weten dat ons doelwit thuis was.

Onze mensen hadden zich op een van de achterplaatsen in de buurt verzameld, ver genoeg bij de Skantzes en de Boregards vandaan. De buren zouden zich wel afvragen wat dat te betekenen had. Normaliter zou Oskar me in het pension hebben achtergelaten, maar hij wilde dat ik mijn kans kreeg. Als Boregard er niet op inging, zou ik een andere weg bewandelen. Een die hem nog duurder zou komen te staan. En die misschien tot hetzelfde eindresultaat zou leiden.

Oskar sprak kort met de andere mannen en wendde zich vervolgens tot mij. 'Ben je zover?'

Ik knikte.

'Wij zullen eerst samen met hem gaan praten. De anderen wachten buiten en zorgen ervoor dat hij niet ontsnapt.'

'Denk je dat dat nodig is?' vroeg ik met een blik op ons gezelschap. Enkelen droegen burgerkleding, anderen een uniform. Er waren ook agenten uit Stockholm bij gekomen, want de officier van justitie vertrouwde de plaatselijke politie maar tot op zekere hoogte.

'Hij zou een vluchtpoging kunnen wagen,' antwoordde Oskar, 'en we willen ons ook geen problemen met zijn personeel op de hals halen.'

'Ik heb alleen een jonge koetsier gezien. En een dienstmeisje. Liv had het nog over een kokkin...' Ik bedacht dat ze op Aspö was en dit moment niet zou meemaken.

'Toch willen we geen risico nemen.'

'Mag ik eerst met hem praten?'

Hij glimlachte, maar in zijn ogen glom vastberadenheid. 'Dat hebben we toch afgesproken?'

Het dienstmeisje dat de deur openmaakte nadat ik had aangebeld, staarde me verrast aan. Herinnerde ze zich mij nog? Was ze verbaasd dat ik er nu anders uitzag?

Ik voelde me groot en sterk in mijn nieuwe kleding. Ongelooflijk dat een paar meter stof zo'n uitwerking kon hebben.

'Ik zou de heer Boregard graag even spreken,' zei ik. 'Is hij aanwezig?'

Het meisje leek verbaasd dat ik het woord had genomen en niet Oskar, die achter me stond.

'Ja, hij...' Ze had even nodig om haar evenwicht te hervinden. 'Wie mag ik aanmelden?'

'Laat ons maar gewoon binnen,' zei Oskar. 'Meneer Boregard weet wie ze is.'

Overrompeld door deze woorden week de jonge vrouw achteruit. Het was erg onbeleefd om het personeel je naam niet te noemen, maar waarschijnlijk had Boregard me dan meteen de toegang ontzegd. En bij datgene wat ik hem te vertellen had, speelde beleefdheid echt geen rol meer.

Toen ik destijds naar Liv was gegaan om haar te vertellen dat ik op staande voet was ontslagen, was ik te zeer met mezelf bezig geweest om veel van deze villa in me op te nemen. Nu stond ik te kijken van de rijkdom die Liv dagelijks omgaf. In de ontvangsthal van het huis lagen kostbare tapijten, aan de muren hingen schilderijen, boven ons hoofd straalde een enorme kristallen kroonluchter. Niets gaf een beter beeld van de macht en de welstand van de reder.

Het dienstmeisje had zich inmiddels herpakt en liep naar een deur, die ze opendeed. Ik hoorde haar bijna angstig zeggen: 'Er is iemand voor u, meneer Boregard.'

Ik bleef midden in de hal staan. Mijn hart ging tekeer en even voelde ik me misselijk. Ik werd overvallen door de drang ervandoor te gaan.

Nee, ik mocht niet wijken. Dit was iets wat ik voor mezelf moest doen. En voor Liv.

Een ogenblik later verscheen Boregard. De punt van zijn servet zat nog in zijn hemdsboord. Zou hij werkelijk van zijn maaltijden kunnen genieten, nu hij zijn vrouw naar Aspö had weggewerkt? Hij staarde ons eerst alleen aan, toen greep hij nijdig zijn servet en trok het los. Zijn gezicht veranderde in een masker van haat. 'Heb ik niet gezegd dat u bij dit huis weg moet blijven?' snauwde hij me toe.

'Inderdaad,' antwoordde ik en ik voelde dat mijn spieren zich van wrok spanden. 'Maar er is iets wat we moeten bespreken.'

124

Marlene

'Wat zou ik met een landloopster te bespreken hebben?' Zijn stem kwam als een zweepslag op me neer.

Ik wist dat hij probeerde me met die belediging te raken. Maar hoewel mijn woede zo fel gloeide als het vuur in een smidse wist ik mijn kalmte te bewaren. Ik hoefde alleen maar terug te denken aan het gesprek met de officier van justitie – en aan het feit dat Boregard al heel gauw kennis met hem zou maken.

'We zouden het kunnen hebben over wat er is gebeurd met de Solveig,' begon ik en ik voelde dat Oskar achter me kwam staan. We hadden afgesproken dat ik Sten Boregard mocht confronteren.

'U hebt uw verstand verloren!' blafte hij en hij keek naar Oskar. 'U weet maar al te goed dat dat schip gezonken is. En dat het de schuld van uw man was!'

'Het was niet Bjarnes schuld!' antwoordde ik, luider dan mijn bedoeling was. Dat ik mijn stem tegen hem verhief, leek Boregard te verrassen. Ik zag dat hij zijn spieren spande. Als ik alleen was geweest, had hij me vermoedelijk vastgepakt of geslagen. Oskars aanwezigheid weerhield hem er kennelijk van.

'Wat heeft die verslaggever hier te zoeken?' vroeg hij, mogelijk als afleidingsmanoeuvre. 'Wat voor onzin hebt u hem verteld?'

Ik liet me niet van de wijs brengen. 'U bent degene die voor de schipbreuk verantwoordelijk was!'

'Dat is absurd!'

Ik haalde de papieren uit de tas die ik bij me had. 'Na de dood van uw vader hebt u van al uw schepen inspectierapporten laten opstellen, nietwaar? Ook van de Solveig. Deze brief bewijst dat de inspecteur heeft aanbevolen het schip te laten reviseren, omdat het zo niet meer zeewaardig was.'

Boregard wilde ertegen ingaan, maar zijn mond viel weer dicht toen ik de brief omdraaide en het briefhoofd van de inspecteur voor hem zichtbaar werd.

'En deze brief,' vervolgde ik en ik haalde het tweede vel papier tevoorschijn, 'is van de werf die u zogenaamd opdracht hebt gegeven het schip te reviseren. In werkelijkheid is de Solveig echter nooit gereviseerd. U hebt geen vinger uitgestoken om haar te onderhouden en zeewaardig te laten blijven. Maar u hebt wel de uitkering van de schadeverzekering opgestreken. Het bloedgeld voor uw leugen!'

'Jij vuil loeder. Hoe kun je zoiets beweren!' Hij zette een stap in mijn richting. Zijn gezicht gloeide vuurrood, zijn ogen fonkelden van woede.

Nu vond ik het toch lastig om niet terug te deinzen. Misschien volstond de aanwezigheid van Oskar niet als Boregard zijn zelfbeheersing verloor en me vastgreep. Ik werd doodsbenauwd en pas toen ik aan de politieagenten bij de voordeur dacht, slaagde ik erin mezelf weer onder controle te krijgen.

Nu mengde Oskar zich in het gesprek en kwam hij dreigend naast me staan. 'Het is niet zomaar een bewering,' zei hij. Hij posteerde zich naast me. Hij was een half hoofd groter dan Boregard en om welke reden dan ook voelde ik me opeens gelukkig met deze man aan mijn zijde. 'Dat zijn documenten uit uw firma.' Hij haalde nu het grote in blauw leer gebonden boek tevoorschijn. 'En dit is een van de scheepsjournalen die uw scheepskapiteins bijhouden, nietwaar?'

De gouden opdruk op het omslag lichtte kort op in het schijnsel van de kroonluchter, toen werd Bjarnes handschrift zichtbaar op het papier. Keurige, gelijkmatige letters die woorden vormden. Mijn hart kromp in elkaar en mijn keel kneep dicht. Ik was blij dat Oskar het praten van me overnam, want ik wilde niet breken terwijl ik sprak.

'Uit dit scheepsjournaal blijkt dat de Solveig ten tijde van de op de factuur genoemde revisiedatum helemaal niet op de rede lag, maar zich op zee bevond.'

Op Oskars woorden volgde stilte. Ik staarde Boregard aan en balde mijn vuisten. Wat had ik hem nu graag een klap verkocht! Maar ik besloot het bij woorden te houden. Woorden waarin zich al mijn verdriet en al mijn haatgevoelens voor Boregard ontlaadden. Het was als een onweer na een langdurige zwoelte, de bevrijdende sprong uit de ellende waarop ik al zo lang had gewacht. Mijn lichaam beefde, maar mijn stem was zo vast als nooit tevoren toen ik mijn verwijten op hem liet neerhagelen.

'U hebt de rekening voor de revisie laten vervalsen! U hebt mijn man voorgelogen en de Solveig naar zee gestuurd, hoewel ze niet meer had mogen uitvaren. U!'

Bij het laatste woord sloeg mijn stem over en ik zette woedend een stap naar voren. Nu was het Boregard die terugweek. Maar ik was nog niet klaar met hem.

'U hebt op de koop toe genomen dat er zo veel mensen stierven! U hebt de dood van mijn man op uw geweten! En daarna hebt u hem tot zondebok gemaakt en ervoor gezorgd dat ik een paria werd!'

Ik onderbrak mijn tirade en voegde er, nu weer rustiger, aan toe: 'U zult hiervoor boeten, meneer Boregard. U en iedereen die u geholpen heeft dit bedrog voor elkaar te krijgen.'

Boregard was lijkbleek geworden. Zijn blik ging heen en weer tussen Oskar en mij. Hij had iets van een in het nauw gedreven wolf en ik vroeg me af of hij zou toehappen.

'U had het recht niet deze documenten in te zien!' bracht hij hijgend uit. 'Wat hebt u gedaan? Hebt u ingebroken in mijn kantoor? Hebt u iemand omgekocht om een mooi verhaal voor uw leugenachtige blaadje te krijgen? Ik zal u voor het gerecht slepen!'

Bij die uitspraak schoot ik in de lach. Oskar keek echter niet geamuseerd toen hij nog een brief uit zijn tas haalde. 'Dit is een doorzoekingsbevel van het Openbaar Ministerie.' Hij hield het document Boregard voor zodat hij het kon lezen. 'Ik ben niet alleen verslaggever, ik ben ook onderzoeker voor de Maritieme Aansprakelijkheidsverzekering in Stockholm. We hebben een onderzoek naar u ingesteld nadat we postuum een brief van kapitein Bjarne Walsted ontvingen. Maar dat zult u wel van uw informanten hebben gehoord. Waarom zou u ons anders een privédetective op ons dak hebben gestuurd?'

Hij haalde diep adem en vervolgde grimmig: 'Er wacht u nu een proces wegens verzekeringsfraude. Bovendien zullen de gedupeerden een civiele procedure tegen u starten. Mevrouw Walsted zal als gedupeerde een van hen zijn.'

Dat was het woord waarop ik aansloeg. Ik was niet alleen gekomen om hem met de waarheid te confronteren. Ik wilde iets van hem. Iets wat ik volgens Oskar beslist kon eisen.

'Het zal niet alleen een aanklacht wegens Bjarnes dood zijn,' begon ik. 'Ik kan u net zo goed laten aanklagen wegens schending van mijn goede naam en wegens het mij laten observeren door een privédetective. Of wegens de aanval die op me is gepleegd in de stad.' Bewijzen dat hij de opdrachtgever van de aanvallers was, hadden we nog niet. Maar uit het feit dat Boregard dit niet tegensprak, bleek wel dat hij erachter zat.

'Er is echter een voorwaarde waaronder ik bereid zou zijn mijn aanklacht te laten vallen,' vervolgde ik. Ik wist niet of het zou lukken, maar het was mijn enige kans.

'En waarom zou ik daarop ingaan?' vroeg Boregard spottend. Toch was de kleur nog steeds niet teruggekeerd op zijn gezicht.

'Omdat u op die manier voorgoed van me af kunt raken.'

125

Liv

Midsommar was aangebroken, maar in het zomerhuis op Aspö was niemand erg in feeststemming.

Hugo was de vorige dag eindelijk aangekomen en had zijn vrouw over de brand verteld. Dat een arbeidster die op staande voet was ontslagen de brand had aangestoken. Dat ze zichzelf voor zover bekend van het leven had beroofd door in het havenbekken te springen.

Ik had dat al in het artikel van Oskar Andersson gelezen, maar had het niet aan Nanna laten zien om niet nog meer emoties bij haar te ontketenen.

Nu had ze het verhaal van haar man gehoord en het had haar zo erg geschokt dat ze opnieuw in tranen was uitgebarsten. Ook Hugo zag er bepaald niet florissant uit. De schade was aanzienlijk en zou op Nanna als mede-eigenares worden verhaald, en via haar ook op Hugo. Het zou hun heel wat kosten om de fabriek weer draaiende te krijgen. Natuurlijk zou de verzekering een deel van de schade dekken. Maar veel weefgetouwen waren inmiddels erg verouderd en de verzekeringsmaatschappij keerde slechts de dagwaarde uit. Nieuwe aankopen zouden veel duurder worden. Dat was geld dat hun lampenfabriek tekort zou komen.

Ik had tijdens hun gesprek in de stoel bij het raam gezeten, schijnbaar verdiept in een boek. Het was alsof ik meteen na Hugo's komst onzichtbaar was geworden. Hugo en Nanna vergaten me volledig.

Misschien was het schandalig, maar ik voelde een zekere bevrediging. Ook zij merkten nu hoe het was als je iets verloor.

Hugo bleef ook vanavond nog hier. Ik wist niet hoe Nanna hem daartoe had weten over te halen; het feestje was immers afgezegd. Misschien had hij er genoeg van om in de stad voortdurend over de fabriek te worden aangesproken. Door verslaggevers als Oskar, die zich voor de achtergronden interesseerden.

Wat zou de avond brengen?

Ik had voor de gelegenheid een donkere jurk gekozen. Niet op instigatie van Nanna, maar omdat het me gepast leek.

Het huis was in rouw – al was dat meer om het verwoeste gebouw dan om de arbeidster. Hugo beschimpte haar telkens weer terwijl Nanna er met een vertrokken gezicht bij zat. Het zou kunnen dat ze terugdacht aan de beschuldiging tegen Marlene. Zou ze inzien hoe onterecht die was?

Ik stond op en liep mijn kamer uit. Het was een mooie zomeravond en de eerste midsommar die ik niet thuis doorbracht. Zou Sten een feestje geven? Mij voor mijn afwezigheid verontschuldigen met de mededeling dat ik me niet goed voelde?

Hij had al die tijd niets van zich laten horen, dus zou alles wel z'n gangetje gaan. Het was mogelijk dat hij me nog langer hier op Aspö zou laten. Of me een advocaat met de scheidingspapieren op de hals zou sturen. Om eerlijk te zijn zou ik er geen traan om laten, zolang hij me het kleine beetje vrijheid liet houden dat ik nog bezat.

Ik zou kunnen proberen weer werk te zoeken in een pastorie. Of iets anders te doen waarmee ik mensen kon helpen. En wie zei dat ik me niet kon blijven inzetten voor het welzijn van andere vrouwen?

Omdat het mooi weer was en de buren zich misschien zouden afvragen waarom het hier zo stil in huis was, hadden Hugo en Nanna besloten het avondmaal buiten te laten opdienen. Zoals altijd speelden de kinderen in de tuin. Hugo en Nanna keken roerloos toe.

Ik sloot me bij hen aan zonder te weten wat ik moest zeggen. De brand in de kledingfabriek had hen beiden zichtbaar aangegrepen.

Uiteindelijk serveerde het dienstmeisje het eten. De kinderen kwamen bij ons zitten en alsof ze aanvoelden dat er iets vreselijks was gebeurd gedroegen ze zich ongewoon rustig.

Nanna zag erg bleek, wat ze zelf aan haar zwangerschap weet. Hoewel ik wist dat ze het jammer vond dat ze geen gasten kon ontvangen, hoorde ik haar niet klagen. Dat verbaasde me wel een beetje, maar ik was blij toe, want zo hoefde ik geen rekenschap af te leggen voor de afwezigheid van mijn man.

De traditionele midsommar-maaltijd kwam op tafel: gerookte zalm, rolmops, nieuwe aardappelen met boter en als nagerecht verse aardbeien, die ze bij een boer in de omgeving hadden gehaald.

Het omhulsel van de rode vrucht gaf in mijn mond de sappige inhoud vrij en wekte mijn herinnering aan Rozenhaag. Marlene had gevraagd of ik met hen midsommar wilde vieren. Wat had ik dat graag gedaan!

'Heb je al iets van Sten gehoord?' vroeg Hugo toen we gezamenlijk zaten te kijken naar de zon, die langzaam naar de horizon zonk.

'Nee,' antwoordde ik naar waarheid.

'Schrijf hem eens,' opperde Nanna, 'en zeg hem dat je hem mist.'

Waarom zou ik? dacht ik. Als hij mij zou missen, was hij hier al verschenen en had hij me mee naar huis genomen. Ik wist dat ik het niet kon opbrengen om hem een sentimenteel bericht te sturen. Omdat ik evenwel besefte dat Nanna en Hugo me misschien dolgraag kwijt wilden, antwoordde ik: 'Dat zal ik doen, misschien morgen al.'

'Ik ben ervan overtuigd dat jullie huwelijk op den duur weer even harmonisch wordt als eerst,' zei Nanna.

Ik vroeg me af of ik dat wel wilde. Van een afstand bezien was ons huwelijk al lang niet meer harmonisch. Al mijn hoop dat Sten me eens zou zien staan, al die uren waarin ik mezelf de schuld van onze kinderloosheid had gegeven, wezen er bepaald niet op dat ik een man had die een partner voor me was. Hij was enkel en alleen de man aan wie alles wat ik bezat toebehoorde. Inclusief mijn lichaam.

'Wat gaan jullie met de kledingfabriek doen?' vroeg ik om de aandacht van Sten af te leiden. 'Die is toch niet helemaal afgebrand?'

Ik merkte dat ik Hugo daarmee op zijn ziel trapte. Mogelijk bemoeide ik me alweer met hun belangen. Maar een vraag zou ik toch zeker wel mogen stellen?

'De schade is enorm,' zei hij, 'maar niet zodanig dat we er niet overheen komen.' Hij pakte de hand van zijn vrouw en kneep er zacht in. Ze dwong zichzelf te glimlachen en in haar ogen lag geen twijfel aan Hugo's woorden.

Dat was pas harmonie!

'Pardon,' klonk een stem. 'Ik wil u eigenlijk niet storen...'

Ik draaide me om en geloofde mijn ogen niet.

Tussen de camelia's die Nanna's grote trots waren, stond Marlene.

126

Marlene

Mijn hele lichaam pulseerde nog steeds als reactie op de gebeurtenissen van de voorgaande uren. Mijn huid leek te gloeien terwijl ik Liv aankeek, die naast Nanna Skantze en haar man zat. Ik kon niet geloven dat ik hier stond. Dat ik haar mocht terugzien. Mijn hart maakte een vreugdesprongetje en ik voelde mijn buik tintelen van opwinding.

'Wat hebt u hier te zoeken?' vroeg Hugo Skantze en hij smeet zijn servet weg. De gelijkenis tussen zijn reactie en die van Sten Boregard was verbazingwekkend.

'Ik wilde mevrouw Boregard bezoeken,' antwoordde ik.

'Verlaat onmiddellijk mijn terrein!' snauwde hij, maar ik liep naar Liv toe. Oskar was op het vasteland achtergebleven, want wat hij daar te doen had, zou nogal wat tijd vergen. Ik wilde Liv echter meteen op de hoogte brengen. En haar haar vrijheid teruggeven.

'Ik heb belangrijk nieuws voor je,' zei ik tegen haar. Daardoor hield Hugo Skantze zich in.

Liv keek me aanvankelijk verwonderd, daarna verontrust aan. Hoe zou ze op mijn bericht reageren? Dat vroeg ik me al af sinds we het huis van Sten Boregard hadden verlaten. Ik had nog steeds zijn stem in mijn hoofd met de scheldkanonnade die hij op me had afgevuurd nadat Oskar en ik hem met de documenten hadden geconfronteerd.

Rudolph Ekström had gelijk gehad: Sten Boregard was bang van me. Zijn poging om me te intimideren was daar het duidelijke bewijs van. Hij bond echter in toen Oskar hem uitlegde wat de documenten voor hem betekenden. Waaruit het onderzoek naar hem bestond. En wat de consequenties zouden zijn.

'Ik kan u daar niet voor behoeden,' had ik zo kalm mogelijk tegen hem gezegd, waarna ik de krant die ik van huis had meegenomen voor hem had neergelegd. 'Maar ik kan u er wel voor behoeden dat ik u op uw nek blijf zitten.' Ik gunde hem een ogenblik om het te laten doordringen en zei toen: 'Ik doe u een voorstel en het is helemaal aan u of u het aanneemt of afslaat.'

'Marlene, wat is er?' Livs stem drong door tot mijn bewustzijn.

'Ik ben hier om je op te halen,' begon ik en ik wierp een zijdelingse blik op Nanna en Hugo Skantze. Toen ik nog in de lampenfabriek werkte, was ik nooit zo dicht bij hen in de buurt gekomen. Ze hadden me altijd een beetje bovenaards geleken, maar nu vond ik ze voor het eerst onaanzienlijk.

Skantze sprong op. 'Daar hebt u het recht niet toe! Deze vrouw is onder onze hoede gesteld! Ik haal de politie erbij!'

Ik kreeg een gevoel alsof mijn huid door brandnetels werd geraakt toen ik besefte dat Liv hier niet te gast was, maar door Skantze gevangen werd gehouden. Dat ze een vrouw was van wie de echtgenoot beweerde dat ze geestesziek was.

Mijn blik gleed naar Liv, die er wat triest en bleek uitzag maar bij haar volle verstand was. Ik stak mijn hand naar haar uit, want ze zat me nog steeds ongelovig en als verstijfd aan te staren.

'Hebt u niet gehoord wat ik zei?'

'Haal de politie er maar bij!' antwoordde ik nu, want ik had er schoon genoeg van om te horen te krijgen wat ik moest doen. 'Ze is een vrije vrouw met een vrije wil en kan vrijelijk haar beslissingen nemen!'

'Ze is ziek en heeft behoefte aan een rustige omgeving!'

Ik snoof spottend. 'Ziek?' Ik keek naar Liv. 'Voel je je ziek?'

Ze schudde haar hoofd. 'Ik voel me zelfs kerngezond.'

Ik had niet anders verwacht.

Ze stond op, maar Skantze greep haar bij de arm.

Eigenlijk had ik de situatie niet hier, in aanwezigheid van hem en zijn vrouw, uit de doeken willen doen, maar ik zag nu wel in dat ze haar zonder goede reden niet zouden laten gaan.

Ik keek Skantze dus recht in de ogen en zei: 'Ze moet terug naar Karlskrona omdat haar man zojuist wegens fraude is gearresteerd!'

127

Liv

'Hoe... Hoe ben je hier eigenlijk gekomen?' vroeg ik terwijl we afdaalden naar de aanlegplaats.

Ik had niet veel meegenomen. De hutkoffer zou Hugo me wel per schip laten nabrengen. En zo niet, wat maakte het uit wat er in de koffer zat? Alles wat ik nodig had en voor mij van belang was, zat in de reistas die ik in mijn hand had.

'Het is Oskar gelukt een van de particuliere kapiteins ertoe over te halen de oversteek met me te maken. Het ging allemaal heel snel.'

Ik brandde van nieuwsgierigheid om te horen wat er was gebeurd. Ondanks alles wat Sten me had aangedaan voelde ik geen leedvermaak. Ik wist inmiddels maar al te goed hoezeer de reputatie van een man en zijn daden op zijn echtgenote konden afstralen.

'We waren vanavond tegen zessen bij jullie huis,' begon Marlene. 'Oskar, ik en de politie.' Ze keek me aan. 'Sinds het moment waarop je man op Rozenhaag in de deuropening stond, is er heel veel gebeurd. Ik had het je zo graag willen laten weten...'

Ze vertelde me over Oskars onthulling, hun reis naar Stockholm en de flessenpost. Ik kreeg kippenvel toen Marlene me vertelde wat er in het laatste bericht van haar man had gestaan.

Tegelijkertijd begon ik ongerust te worden. Wat zouden de gevolgen zijn als Sten schuldig werd bevonden? Ik was ervan overtuigd dat het nieuws de stad als een stormvloed zou treffen.

Ze vertelde dat ze 's nachts in Stens kantoorgebouw waren binnengelaten door iemand van wie ze me de naam niet toevertrouwde. Maar ik begreep wat het betekende als je iemand je belofte schonk.

'Een van de doorslaggevende bewijsstukken,' vervolgde Marlene, 'was de brief van een inspecteur die naar aanleiding van de overname van het bedrijf door je man alle schepen had gecontroleerd en onderzocht op zeewaardigheid. Zijn aanbeveling was de Solveig grondig te reviseren of anders buiten dienst te stellen. Je man heeft geen van beide gedaan.'

'Sten heeft jouw man en zijn hele bemanning dus willens en wetens aan het risico blootgesteld dat ze op zee de dood zouden vinden?' vroeg ik.

Tranen glinsterden op Marlenes gezicht toen ze knikte.

Ik pakte haar hand en kreeg een brok in mijn keel. 'Wat vreselijk,' zei ik. 'Wat vind ik dat vreselijk!'

Ze keek me aan en knikte. Toen haalde ze haar hand over haar wangen en vervolgde: 'We hebben in het archief facturen over vermeend revisiewerk aan de Solveig gevonden, die hij aan de verzekeringsmaatschappij heeft voorgelegd. Alleen spraken de daarop vermelde data de scheepsjournalen tegen. Op het moment dat ze zou zijn gerepareerd, was de Solveig onderweg naar Riga. Dat was in 1906. Een jaar voordat het schip verging.'

Elk woord liet de grond onder me dunner en dunner worden. 'Hoe had je man dat ontdekt?'

'Hij wist het niet. Als kapitein had hij de inspecteur weliswaar het schip laten zien, maar je man had Bjarne blijkbaar meegedeeld dat er niets aan mankeerde en hij gewoon kon uitvaren. Maar Bjarne kende het schip goed genoeg om te weten wat er niet in orde was. Hij heeft zijn twijfels in zijn laatste bericht vastgelegd.'

Marlenes ogen fonkelden nu van woede. Zelf voelde ik me alsof ik in een ravijn viel. En dat terwijl ik niet eens verantwoordelijk was voor het handelen van mijn man.

'Wat zou Sten...' Mijn stem brak en ik had even nodig om te herstellen. 'Wat leverde het hem op?'

'Nou, het zag ernaar uit dat de rederij, die hij pas sinds een jaar leidde, financiële problemen kende. Zijn vader had zich diep in de schulden gestoken met de aankoop van moderne stoomschepen. Het ging om bedragen die hij niet kon dekken met de invoer van petroleum.'

Opeens kreeg ik een vreselijk vermoeden. Zou de dood van mijn schoonvader dan toch geen ongeluk zijn geweest? Zou hij zich gewoon aan zijn verantwoordelijkheid hebben onttrokken omdat hij vanwege zijn schulden geen uitweg meer zag?

'Je man kon de rederij alleen redden door op de kosten te besparen,' vervolgde Marlene. 'En ervoor te zorgen dat de uitkering van de verzekering substantieel hoger uitviel door de verzekeraar te misleiden wat betreft de waarde van het schip...' Ze stokte en keek me vol medelijden aan. 'Misschien moeten we het hier maar bij laten. Het is al ernstig genoeg.'

'Nee!' zei ik. 'Ik wil alles weten. Alleen dan kan ik voor mezelf op een rijtje zetten wat er is gebeurd. En hoe groot de schuld is die mijn man heeft.' Ik probeerde zo vastberaden mogelijk over te komen. 'Ik ben sterk, ik kan het hebben.'

Marlene nam me even onderzoekend op en knikte toen. 'De uitkering van de verzekering kwam hem zeer gelegen, want zo kon hij eindelijk de schulden die zijn vader had laten oplopen grotendeels aflossen. Misschien had hij er niet op aangestuurd dat de Solveig zou vergaan. Maar hij heeft wel het risico genomen. Hij heeft het risico genomen dat vrouwen hun man, vaders en moeders hun zoon en kinderen hun vader verloren.'

De woorden weergalmden door mijn hoofd en ik voelde duidelijk de zwaarte van hun betekenis. Mijn ledematen trilden en mijn gezicht gloeide van schaamte.

Ik wierp een blik door het raam en zag de opvlammende lichtjes van Karlskrona. Nog even en de stad zou in duisternis gehuld zijn. Wat zou ik daar de komende weken kunnen verwachten? Zou ik worden uitgestoten, zoals dat Marlene was overkomen? Zou ik het mikpunt van spot worden? Zou het moment komen dat ik niet anders kon dan de stad verlaten?

'Wat... Wat zullen ze met hem doen?' vroeg ik. Mijn stem klonk alsof ik hem al urenlang niet had gebruikt.

Wat er met mijn man gebeurde, zou ook met mij gebeuren. Of een vrouw nu arm of rijk was, het gedrag van haar man zou ook haar worden aangerekend.

'Dat weet ik niet,' zei Marlene. In het schemerdonker kon ik haar nauwelijks meer onderscheiden. 'Oskar denkt dat het onderzoek nog enkele weken of maanden in beslag kan nemen.' Ik voelde haar hand op de mijne. 'Dat wil zeggen dat jij voorlopig degene zult zijn die zijn bedrijf leidt. Of er in elk geval voor zorgt dat ze daar kunnen doorgaan tot er een vonnis is geveld.'

'Maar... dat kan ik niet,' antwoordde ik. 'Sten heeft me nooit deelgenoot van zijn zaken gemaakt.' Ik schudde mijn hoofd. De gedachte alleen al maakte me misselijk. 'Dat... Dat is een te grote verantwoordelijkheid. Ik...'

‘Ik weet zeker dat het je zal lukken,’ zei ze. ‘Rudolph Ekström, de secretaris van je man, zal je helpen.’

Toen de boot aan de Borgmästarekajen aanlegde, was het al donker. Het schijnsel van de lampen en de gaslantaarns wees ons de weg, maar het zwarte duister erachter vond ik angstwekkend.

Marlenes woorden smeulden nog in me na en ik wist niet of ik van woede moest schreeuwen of huilen. Waar kon ik nu naartoe? In de Ronnebygatan wachtte me een leeg huis. Daar zouden de gebeurtenissen van de laatste tijd me in volle hevigheid raken. Ik zou het personeel tegenkomen, hun vragende blikken zouden me achtervolgen. En wat kon ik hun vertellen? Dat hun werkgever, mijn man, een fraudeur was?

‘Ik wou dat er een plek was waar ik terechtkon,’ zei ik tegen Marlene toen we van de boot af kwamen. ‘Een andere plek dan mijn huis.’

‘Je zou met mij mee naar het pension kunnen komen. Al is het daar eenvoudiger, zoals je weet, en…’

‘Ik bedoel niet alleen voor nu,’ zei ik. ‘Je bed kan ik je natuurlijk niet afnemen.’ Ik slaakte een diepe zucht. ‘Het liefst zou ik ervandoor gaan.’

‘Als al je zaken eenmaal op orde zijn, is die plek er misschien wel.’ Marlene haalde iets uit haar tas en overhandigde het aan mij.

‘Wat is dit?’ vroeg ik verbaasd toen ik de brief uit de envelop haalde.

‘Ik heb een overeenkomst met je man gesloten,’ zei ze terwijl ik de tekst vluchtig doorlas. ‘Ter compensatie voor het feit dat ik in elk geval geen civiele procedure tegen hem begin wegens laster, heb ik dit van hem geëist.’

Ik keek haar sprakeloos aan nadat ik de tekst goed had doorgelezen. ‘Je hebt van hem…’

‘Ik heb Rozenhaag van hem gekregen. Als schenking. Het hoeft alleen nog maar door een notaris te worden bekrachtigd.’

128

Oskar

'Dat was puik werk!' De officier van justitie glimlachte enthousiast naar me, een gevoelsuiting die je zelden bij hem zag. Ik had hem voor het laatst zien glimlachen toen we een andere fraudeur in de kraag hadden gegrepen. Dat was al een tijd geleden.

'Zonder de medewerking van mevrouw Walsted was het niet mogelijk geweest.' Ik keek naar de mannen die de laatste bundels dossiers het archief van de rederij uit droegen. Twee weken hadden ze nodig gehad om alles uit te zoeken en door te nemen: elke brief, elk scheepsjournaal, elk rekeningenboek. Het slotakkoord was de komst van de officier van justitie op de laatste dag van het zeker stellen van de bewijsstukken.

Thure Neström knikte. 'Daar hebt u volkomen gelijk in. Hoe gaat het eigenlijk met haar? Zal ze in staat zijn om te getuigen?'

Natuurlijk was Marlene daartoe in staat. Sinds Boregard in voorarrest zat, was ze helemaal opgebloeid. Nooit eerder had ik haar horen zingen, maar vanochtend betrapte ik haar daarop. Ze keek me verrast aan en schoot toen in de lach. 'O jee, nu heb ik je vast laten schrikken.'

De gedachte dat ik haar daarna in mijn armen had genomen en mee terug in bed had getrokken liet ik maar niet toe, want ik wilde de officier van justitie niet in verwarring brengen. Bovendien was het beter dat hij niet van onze relatie wist.

'Dat zal ze zeker. En vele andere vrouwen ook.'

Marlene mocht dan afzien van een civiele procedure tegen Sten Boregard, ze wist heel goed dat ze er niet onderuit kwam een getuigenverklaring tegen hem af te leggen. Voor de rechtbank moest ze opnieuw de echtheid van de brief van Bjarne Walsted bevestigen.

'Ik ben niet bang voor Boregard,' had ze vastberaden gezegd. En ik zou ervoor zorgen dat ze dat ook nooit meer zou hoeven zijn.

'Nu is alleen nog de vraag in hoeverre de lampenfabriek in die kwestie verstrikt zit,' vervolgde de officier van justitie.

'Dat zal in de komende weken moeten blijken.'

Niet alleen Boregard dreigde de affaire de kop te kosten, ook de directeur van de scheepswerf waar de Solveig zogenaamd gereviseerd was, zou zich moeten verantwoorden. Bovendien waren daar nog de Skantzes.

Waarschijnlijk hadden ze Marlene mede ontslagen omdat ze vreesden problemen te krijgen vanwege de Solveig. Als bleek dat Hugo Skantze op de hoogte was geweest van het attest over het petroleumschip, kon het ook voor hem bijzonder onaangenaam worden. Dan zou hem namelijk de vraag gesteld worden of hij erop had gestaan dat het transport werd uitgevoerd.

Wat had mijn uitgever ook alweer gezegd toen ik hem vertelde over de arrestatie van Boregard? *Mannen als deze mogen dan een blok vormen, maar als er een omvalt, kan hij de anderen als dominostenen in zijn val meenemen...*

'Nou, dan kunnen we hier de boel wel afbreken, denk ik,' zei de officier van justitie en hij gaf me een hand. 'Ik verheug me erop u in Stockholm terug te zien.'

Ik wist niet of ik tegen hem hetzelfde kon zeggen. Een proces van dit formaat was altijd een onsmakelijke kwestie. Maar het deed me goed te weten dat Sten Boregard voor Marlene voorlopig geen gevaar meer vormde.

'Uw artikel is trouwens zeer geslaagd!' riep hij me nog toe, waarna hij zich bij zijn mensen voegde.

Het artikel was eergisteren in onze krant verschenen en het leek geen aardbeving te hebben veroorzaakt. Er lag eerder een allesomvattende stilte over de stad, als mist, die alle geluiden dempte.

Kon het de mensen niets schelen? Of stond het ze niet aan dat ze nu gedwongen waren de vooraanstaande reder met andere ogen te bezien? Hoe zat het met de weduwen van de zeelieden? Zouden ze erkennen dat hier niet Marlene de schuldige was? Schaamden ze zich voor hetgeen ze haar hadden aangedaan?

Al die vragen moesten nog beantwoord worden. Later. Ik kon nu maar één ding doen: de zaak volgen. Mijn werk afmaken. En in de gaten houden welke gevolgen de arrestatie van Sten Boregard zou hebben voor de, zoals mijn uitgever het formuleerde, 'politieke kliek in het gemeentebestuur'.

Mijn inmiddels voormalige informant kwam naar me toe.

'Meneer Ekström.' Ik reikte hem de hand. Hij droeg een donker pak, waarin hij er bijna als een dominee uitzag.

Liv Boregard had hem aangesteld als interim-directeur van de rederij, een functie die hij naar mijn mening uitstekend vervulde. 'Ik wil u nogmaals bedanken. En me verontschuldigen voor de moeilijkheden die ik u heb bezorgd.'

De man boog zijn hoofd en zuchtte diep. 'Ik ben blij dat het is afgelopen. Voor nu. Al ben ik bang dat er nog meer problemen op ons af zullen komen.'

'Niet van de kant van Boregard,' antwoordde ik, maar hij leek sceptisch.

'Wees daar maar niet zo zeker van. Hij heeft vrienden. Die zullen volhouden dat hij onschuldig is. Zolang er geen vonnis is, zullen we op onze hoede moeten zijn.' Hij viel even stil en voegde er toen aan toe: 'Ik overweeg zelfs om de stad te verlaten als het voorbij is.'

'Waarom?' vroeg ik. 'Niemand weet dat u degene bent die me heeft geholpen.'

'Maar toch. Ik wil met dat alles niets meer te maken hebben. Ik blijf nog tot de rust is weergekeerd.' Hij zweeg even en zei toen: 'Ik blijf voor Boregards vrouw. Zij schijnt heel anders te zijn dan hij. En ze zal het de komende tijd nog moeilijk genoeg krijgen.'

Dat zou ze zeker en hoewel ik haar nog niet goed kende, betreurde ik dat. Maar zoals ik van Marlene wist, betekende ook in haar geval het einde een nieuw begin.

'Doe Marlene de groeten van me, als u haar ziet,' zei Ekström toen ik afscheid van hem nam. 'Ik ben blij dat de reputatie van haar man hersteld is. Bjarne was een goed mens – en een goede kapitein. Mijn zoon mocht hem bijna meer dan mij, vrees ik.'

'Het zal haar beslist plezier doen dat te horen!'

Toen ik het kantoorgebouw verliet, stond de zon hoog aan de hemel. Ik liet haar even op mijn gezicht schijnen, toen draaide ik me om en haastte me naar het postkantoor.

Daar lag iets wat ik moest ophalen.

129

Marlene

'Ik had niet gedacht dat ik dit hier ooit zou terugzien,' zei Ingrid toen ze haar zware tas op de keukenstoel liet zakken. Ze keek om zich heen en er gleed een glimlach over haar gezicht.

Tijdens onze afwezigheid van drieënhalve week had zich een dun laagje stof op de meubels gevormd. Verder zag Rozenhaag er nog hetzelfde uit. Op het eerste gezicht dan. Als je nauwkeuriger keek, vielen je de scherven van mijn lamp op de vloer op. Op de vensterbank hadden zich rozenblaadjes en wat dode insecten verzameld. 'Ik ook niet,' antwoordde ik.

Nog altijd zat het moment waarop Boregard hier was verschenen me in het lijf. Toen ik mijn fiets zojuist het schuurtje in reed, had ik een blik geworpen op de plek waar de geit haar lammetjes had gekregen. Het stro was omgewoeld, van de dieren was geen spoor te bekennen. Waarschijnlijk had Boregard ze inderdaad laten doden.

Nu hadden we echter de kans om alles wat we van plan waren geweest ten uitvoer te brengen. Een betere genoegdoening bestond er voor mij niet.

Ik had Liv in het vooruitzicht gesteld dat ze Rozenhaag van me terug zou krijgen zodra ze een vrije vrouw was, maar dat aanbod had ze afgewezen.

'Ik heb gezien hoe je naar dit huis keek toen we hier voor het eerst waren. Volgens mij heeft het je hart gestolen.'

Dat had het inderdaad; ik kon het niet ontkennen. Ik hield van de vertrekken, de rozen, van alle makkes die het huis had. Met zijn geschiedenis was het voor mij als een levend wezen.

'Daarom denk ik dat het bij jou in betere handen is,' vervolgde ze. 'Dit huis heeft liefde nodig. En het is veiliger als jij het hebt. Je bent mondig, niet gebonden en kunt je eigen beslissingen nemen.'

Gebonden was ik wel. Maar Oskar was mijn geliefde, niet mijn man. Of hij dat ooit zou worden stond in de sterren geschreven. Op het moment was het goed zoals het was. Ik dacht niet aan een huwelijk, want dat zou ons allebei beperkingen opleggen.

Omdat Liv de zaken van haar man behartigde, was het geen probleem geweest de schenking notarieel te laten bekrachtigen. Voor het eerst ontmoette ik de heer Hangren, die Liv bij de uitvaart van haar vader had aangesproken. Hij was een wat saaie, maar heel vriendelijke man, die vergenoegd toekeek toen we onze handtekening onder de documenten zetten.

Toen we het notariskantoor verlieten, voelde ik me zo licht dat ik er bijna duizelig van werd.

'Wanneer kom je naar ons toe?' had ik Liv gevraagd, die er niet zo blij uitzag als ik had verwacht. Maar wie kon haar dat kwalijk nemen? Ik wist maar al te goed wat het geklets van de mensen kon aanrichten. Ook zonder dat ze het me had verteld, wist ik dat de vrouwen uit haar milieu haar van nu af aan met andere ogen zouden bekijken. Ik vond dat heel naar, want ze had geen enkele schuld aan de daden van haar man.

'Zodra mijn verplichtingen het toelaten,' had ze geantwoord. 'Zoals je weet, ben ik van nu af aan reder.'

'Je bent bij ons altijd welkom!' Ik zei bewust 'ons', want voor mij stond het vast dat Ingrid met me mee zou gaan. Als ze wilde.

En nu waren we hier.

'Waarmee zullen we beginnen?' vroeg ze. Ze liep naar de keukenkast. Sten Boregard mocht dan wel de geit en haar lammetjes hebben weggehaald, maar de voorraden waren er nog.

'Ik stel voor dat we kijken wat er nog in orde is en dat we dan brood gaan bakken. Morgen ga ik zorgen dat we een nieuwe geit krijgen. Misschien zelfs twee, zodat ze niet zo eenzaam is.'

Ik keek er bepaald niet naar uit om bij de norse boer langs te gaan, maar we hadden zijn melk nodig. Misschien zou een cake van Ingrid hem mild stemmen.

Op mijn rondgang door de vertrekken opende ik het ene raamluik na het andere. Licht stroomde het huis in en de warme zomerbries bracht de geur van hooi en weidebloemen mee naar binnen.

Ook in de woonkamer deed ik de ramen open en ik probeerde me voor te stellen hoe het zou zijn als we met meer waren. Als we hier werkelijk een leven voor onszelf hadden opgebouwd.

Een geluid trok mijn aandacht. Een zacht geritsel, toen nog iets anders. Eerst kon ik het niet thuisbrengen, maar toen herkende ik het.

'Ingrid!' riep ik. 'In de tuin!'

Meteen stormde ik door de achterdeur naar buiten.

'Wat is er in de tuin?' vroeg Ingrid en ze kwam achter me aan.

Even later zag ook zij wat ik zag.

De geit had het zich onder een struik gemakkelijk gemaakt en om haar heen dartelden twee gezonde geitenlammetjes.

130

Liv

De zomerhitte deed de lucht boven de treinrails trillen. Het zweet liep over mijn slapen en langs mijn hals. Ik pakte een zakdoek en depte het af.

Normaal gesproken zou ik me bij dit soort temperaturen in mijn koele salon hebben teruggetrokken, maar ik wilde het weekeinde bij Marlene en Ingrid op Rozenhaag doorbrengen. Ze moesten beiden 's ochtends al in Nättraby zijn aangekomen om het huis weer in bezit te nemen.

Er was zoveel gebeurd in de afgelopen dagen, er was zoveel veranderd in die korte tijd... Sinds Sten was gearresteerd en naar het huis van bewaring in Stockholm was gebracht, had ik hem maar één keer gezien. Ik was ernaartoe gegaan alsof ik het niet kon geloven. En toen stond hij daar opeens voor me.

Zijn huid zag bleek, zijn licht ingevallen wangen vertoonden baardstoppels, hoewel het hem mogelijk was zich te scheren. Zijn kleding zag er slordig en vuil uit. Op het eerste gezicht leek ik een volkomen andere man voor me te hebben, maar in één opzicht was hij nog steeds dezelfde.

Ik had gehoopt dat hij berouwvol zou zijn. Dat hij blij zou zijn met mijn bezoek.

'Geniet je ervan me zo te zien?' vroeg hij in plaats daarvan met nauwverholen woede in zijn blik.

'Nee,' had ik geantwoord. 'Ik vind het tragisch dat je al die beslissingen hebt genomen.'

Hij had me destijds verweten dat ik met een simpel ritje met de koets zijn reputatie te grabbel had gegooid. En dat terwijl hij al eerder veel ergere dingen had gedaan.

'Tragisch is dat die Marlene Walsted niet door de bliksem is getroffen. Door haar schuld zit ik hier. Door haar schuld zal alles verloren gaan.'

Zijn woorden waren moeilijk te verkroppen, want ik wist maar al te goed dat het niet waar was wat hij zei. Misschien was ik voor niets hiernaartoe gekomen. Hij zou nooit veranderen. Nooit toegeven dat de fraude die hij had gepleegd enkel en alleen zijn schuld was.

'Niet Marlene is verantwoordelijk voor wat er is gebeurd,' had ik gezegd toen ik opstond. Ik had nog recht op bezoektijd, maar die kon me gestolen worden. 'Maar jij, en jij alleen. Je had moeten doen wat de inspecteur zei.' Ik zweeg even en voegde er toen aan toe: 'Ik heb de dringendste zaken betreffende de rederij afgehandeld. Morgen ga ik naar een advocaat en vraag ik de echtscheiding aan.'

'Je gaat wát doen?' vroeg Sten. De woede die ik zo goed van hem kende was weer opgelaaid.

'Je hebt me wel gehoord,' antwoordde ik en ik draaide me om.

'Dat zal je bezuren!' riep Sten me na. Zijn stem klonk als een zweepslag. Hij was opgesprongen en alleen de handboeien waarmee hij aan de tafels tussen ons was vastgezet, weerhielden hem ervan achter me aan te komen. 'Jij en dat rotwijf! Ik heb machtige vrienden! Ik zal jullie alles afpakken en jullie dan in een gekkenhuis stoppen. Allebei!'

Ik moest toegeven dat ik een koude rilling over mijn rug voelde lopen bij zijn dreigement. Natuurlijk kon hij proberen ons in de wielen te rijden. Maar zou hij die vrienden na zijn veroordeling nog hebben?

Nanna en Hugo hadden zich in elk geval van hem afgekeerd, dat wist ik. Er werd zelfs gezegd dat Hugo met de gedachte speelde zijn petroleum door een rederij uit Stockholm te laten aanvoeren. Dat zou een harde klap voor onze onderneming zijn, maar meer voor Sten dan voor mij. Ik vond het alleen jammer dat alles zo was gelopen. Als ik ooit gevoelens voor Sten had gehad, ja, als ik ooit van hem had gehouden, dan was dat nu verleden tijd. Ik nam de moeite niet om te reageren op wat hij had gezegd.

'Vaarwel, Sten,' had ik gezegd, zonder me nog eens naar hem om te draaien. Ik gaf de cipier het sein dat ik het bezoekersvertrek wilde verlaten en toen de betraliede deur openging, liep ik met opgeheven hoofd weg.

De trein kwam het station binnenrijden en even later stapte ik in de wagon. Ik had nog nooit in de derde klasse gereisd en oogstte verbaasde blikken vanwege mijn kleding.

Ik had me eenvoudig gekleed in een zandkleurige rok met een witte blouse en droeg daarbij een strooien hoed. Zo liepen veel vrouwen rond, maar natuurlijk was al van verre te zien dat de stof fijner was dan de stof die gewone arbeidsters tot hun beschikking hadden. Bovendien droeg ik de broche van mijn moeder bij mijn kraagje. In gedachten verzonken legde ik mijn hand erop en ik voelde de blauwe steen onder mijn vingertoppen.

Dit sieraad was een van de weinige dingen die ik uit de villa aan de Ronnebygatan zou meenemen. Een advocaat had ik inmiddels ook al; hij was al bezig met de scheiding. Zodra die was afgewikkeld, zou Rozenhaag ook mijn thuis worden.

Ik besefte goed dat ik de luxe die ik uit de villa kende daar niet zou terugzien. We zouden moeten proberen zelfvoorzienend te zijn. Dat bracht moeilijkheden met zich mee, want we zouden alleen het geld hebben dat we verdienden. Maar ik glimlachte bij de gedachte vrij te zijn.

In Nättraby aangekomen ging ik te voet op weg naar het jachtopzienershuis. Misschien kon Marlene me leren fietsen. Zolang ik Stens vrouw was, zou ik het geld nog hebben om een fiets te kopen.

Na een tijdje hoorde ik het rammelende geluid van een wagen die me achterop kwam. Ik stapte opzij om hem door te laten. De wagen was mogelijk onderweg naar het bos van het landgoed om hout te halen. Ik vroeg me af wat mijn oom en mijn neef ervan zouden zeggen dat het jachtopzienershuis een nieuwe eigenares had.

'Mag ik u meenemen?' hoorde ik iemand zeggen toen de wagen me had ingehaald. Ik keek op en zag tot mijn grote verrassing Oskar Andersson op de bok zitten.

'U hier?' vroeg ik. Sinds de arrestatie van Sten had ik hem nog maar één keer gezien, in het kielzog van de officier van justitie die was gekomen om het bewijsmateriaal zeker te stellen.

Hij lachte. 'Ik ben onderweg naar Marlene. Ik wilde haar wat spullen brengen. Als u wilt, neem ik u graag mee.'

Er was een tijd geweest dat ik voor het aanbod had bedankt, maar nu zag ik er de zin niet van in om mijn voeten stuk te lopen. Ik stak mijn hand naar Andersson uit en liet me door hem op de bok helpen. 'Hoe staat het met uw werk?' vroeg ik. 'Ik heb u al lang niet meer in Karlskrona gezien.'

Een dag nadat ik naar kantoor was gegaan en daar het personeel had uitgelegd dat Sten er de komende tijd niet zou zijn, was Andersson met de ambtenaren van het Openbaar Ministerie aangerukt. Ik was toen niet aanwezig, maar had Rudolph Ekström de dag tevoren al verteld dat hij de mannen alle medewerking moest verlenen.

Rudolph Ekström had zich tegenover mij wat bedremmeld opgesteld. Van Marlene wist ik welke rol hij bij de arrestatie van mijn man had gespeeld.

'Maak u geen zorgen,' zei ik tegen hem toen we alleen in het kantoor waren. 'Ik neem u niets kwalijk. U hebt ervoor gezorgd dat de waarheid aan het licht is gekomen. Ik had niet anders van u verwacht.'

Toch vond hij het allemaal wat ongemakkelijk, al veranderde dat toen ik me door hem liet uitleggen wat de belangrijkste aspecten van Stens werk waren. Hij was een heel verstandige, competente man. Een betere bedrijfsleider kon ik me niet wensen.

'Er was heel wat werk te verzetten,' antwoordde Andersson, waarmee hij me uit mijn gedachten haalde. 'Maar het is nu mijn verantwoordelijkheid niet meer. Ik heb mijn eindrapport geschreven en dat was dat. Tot mijn volgende opdracht ben ik alleen nog journalist.'

'Bent u van plan bij de *Blekinge Läns Tidning* te blijven, meneer Andersson?'

'Zeg maar rustig Oskar tegen me, als u wilt,' antwoordde hij.

Ik hield mijn hoofd schuin. 'Denkt u dat dat gepast zou zijn? U bent tenslotte de man die mijn echtgenoot in de gevangenis heeft gestopt.'

'Hij zit nog maar in het huis van bewaring. Al kan ik u niet veel hoop geven dat hij binnenkort weer op vrije voeten zal zijn.'

Ik nam hem eens goed op. Met zijn zwarte haar en zijn stralende ogen was hij heel aantrekkelijk. En hij had zich als uitgesproken getrouw tegenover Marlene bewezen. In elk opzicht.

'Dat is ook niet nodig,' antwoordde ik. 'Sten heeft gedaan wat hij nodig vond. Ik betreur het enorm dat zo veel mensen eronder hebben moeten lijden. Maar ik betreur het niet dat hij daarvoor nu zijn verdiende loon krijgt.'

Ik dacht weer aan zijn dreigement en aan alles wat hij me had aangedaan. Zelfs als onze relatie op het laatst beter was geweest, zou het me diep hebben geschokt. En ik wist niet of ik dan bij hem zou zijn gebleven nadat duidelijk werd dat hij met zijn daden voor de ondergang van de Solveig verantwoordelijk was.

Toen we bij Rozenhaag aankwamen, waren Marlene en Ingrid nergens te zien. We hielden halt en Andersson hielp me van de wagen.

'Hallo?' riep hij. Zijn stem liet een paar mezen opschrikken uit een rozenstruik. Eerst gebeurde er niets, maar toen ging de deur open en vloog Marlene ons tegemoet. Ze omhelsde me lachend en kuste Oskar toen zo innig dat ik bijna jaloers werd.

'Zijn jullie elkaar toevallig tegengekomen?' vroeg ze en ze trok ons allebei mee. 'Kom, we hebben net koffie gezet. En we hebben de geiten teruggevonden!'

131

Marlene

Vederwolken trokken langs de avondhemel, paarse sliertjes tegen een dieporanje achtergrond. Ik rook de scherpe geur van sparrenhars en de zonnestralen die door de boomkronen vielen verwarmden me. Mijn vingers waren verstrengeld met die van Oskar toen we hand in hand het pad naar de frambozen af liepen.

Eindelijk hadden we even tijd voor onszelf. Liv had recepten meegebracht die ze Ingrid wilde laten zien. Het zou beiden goeddoen als ze wat nader tot elkaar kwamen. Net zoals het mij goeddeed om Oskar weer bij me te hebben.

'Het is zo fijn dat je er weer bent,' zei ik en ik vlijde me tegen zijn arm aan. 'Het lijkt een eeuwigheid geleden dat ik je voor het laatst heb gezien.'

'Twee weken toch maar,' antwoordde hij en hij gaf me een kus. Hij had veel tijd in Stockholm moeten doorbrengen, maar nu was hij weer hier. Natuurlijk had hij nu zijn verplichtingen tegenover de uitgever van de krant, maar nadat zijn artikel over Sten Boregard en diens frauduleuze activiteiten zo'n groot succes was geweest zou die de teugels misschien een beetje laten vieren. De beschrijving van de gang van zaken omtrent de Solveig had de stad dermate geschokt dat er algehele verstarring heerste.

'Ik heb trouwens iets voor je meegebracht,' zei Oskar en hij haalde een langwerpig pakketje uit zijn schoudertas.

'Dat heb je me toch al gegeven?' vroeg ik. Met de levensmiddelen van zijn wagen zouden we een hele tijd vooruit kunnen. Ik was verrast geweest over de hoeveelheid. Er zaten zelfs nieuw beddengoed en gordijnen bij.

'Ja, maar ik wilde je ook een wat persoonlijker cadeau geven. Een cadeau voor jou alleen, omdat jullie al het andere samen delen.'

'Dat had je echt niet hoeven doen,' zei ik en ik snoof zijn geur tot diep in mijn longen op. 'Ik heb nu toch weer alles wat ik nodig heb?'

'Het huis, bedoel je?' Hij glimlachte besmuikt naar me.

'Ik bedoel jou!' antwoordde ik en ik kuste hem.

'En toch zul je ook blij zijn met mijn cadeau,' zei hij toen onze lippen zich weer van elkaar losmaakten.

Ik woog het op mijn hand en probeerde door het papier heen te voelen wat het was.

'Maak het maar open,' zei hij. 'Ik denk niet dat je het met alleen voelen zult kunnen raden.'

Dat was heel goed mogelijk. Ik wilde op dit moment alleen hem hebben, heel dicht bij me. Alle materiële dingen waren nu bijzaak. Maar ik voelde aan dat hij erop stond dat ik het zou bekijken.

Ik sloeg het papier open en zag een houten doosje om potloden in op te bergen. 'Wat is daar de bedoeling van?' vroeg ik.

'Schuif het deksel maar open,' zei hij. Ik deed wat hij zei. Het volgende moment staarde ik sprakeloos naar de inhoud.

'Je hebt...' Meer kon ik niet uitbrengen en mijn ogen schoten vol tranen. 'Waar heb je... Toch zeker niet...'

Voor me lag een perfect geblazen glazen cilinder voor mijn lamp.

'Van Hugo Skantze?' Oskar schudde zijn hoofd. 'Nee, hij komt uit een lampenwinkel in Stockholm. Maar het zou de goede maat moeten zijn.' Hij zweeg even en zei toen: 'Dat hoop ik tenminste. Ik heb je lamp al heel vaak gezien en dit leek me het juiste formaat.'

Ik drukte mijn hand tegen mijn mond. Geen sieraad had zo mooi kunnen zijn als deze glazen cilinder.

'Dank je wel!' Ik viel hem om zijn hals en kuste hem. Ik huilde vreugdetranen. 'Dit betekent zoveel voor me!'

Hij sloeg zijn armen om me heen en hield me stevig vast. 'Wat zal de toekomst ons beiden brengen?' vroeg hij toen in mijn haar.

'Dat hangt er helemaal van af of je hier blijft of teruggaat naar Stockholm.' Ik keek hem aan.

'Ik blijf hier nog wel even.'

'En daarna?' Ik streek hem over zijn borst.

Hij antwoordde niet. We wisten allebei dat er een dag zou komen waarop hij naar een andere stad werd gestuurd, als hij voor de verzekering zou blijven werken.

'Nou ja, je hoeft me nu nog geen antwoord te geven,' zei ik. 'Ik ben blij dat we elkaar gevonden hebben. Laten we maar genieten van wat we hebben.'

Oskar legde zijn hand onder mijn kin en tilde die zachtjes op. We keken elkaar in de ogen, toen zei hij: 'Ik hou van je, Marlene. Wat er in de komende maanden ook gebeurt, ik zal altijd van je blijven houden.'

'Ik hou ook van jou,' antwoordde ik. 'En misschien is er een manier waarop we bij elkaar kunnen blijven. Laten we die samen proberen te vinden, goed?'

Weer kusten we elkaar en het verlangen om hem te voelen ontwaakte in me, maar Oskar stokte opeens en maakte zich van me los.

'Kijk daar eens,' zei hij en hij wees over mijn schouder. Ik draaide me om. Een lichte gestalte liep op ons af.

'Marlene!' riep ze en ze zwaaide met haar armen.

'Liv?' Ik keek naar Oskar. 'Wat doet zij hier?'

Ik wist dat ze ons niet achterna was gekomen als ze daar geen goede reden voor had.

'Er is een brief gekomen,' verklaarde ze ademloos toen ze ons had bereikt en ze gaf me een envelop. Ik was zo verrast bij het zien van het handschrift dat ik naar adem hapte. Kon dat waar zijn? Kon dat werkelijk waar zijn?

Mijn hart begon onrustig te bonzen.

'Er is nog iets anders wat je moet zien,' zei ze veelbetekenend en ze gebaarde naar het huis. 'Of liever gezegd, iemand.'

Nawoord

Het heeft me veel plezier gedaan om met de setting van mijn roman weer naar Zweden terug te keren. De inspiratie ervoor kwam daar ook rechtstreeks vandaan in de vorm van een petroleumnachtlampje dat ik in 2019 cadeau had gekregen. Toen al had ik Zweden gekozen als het land waar zich mijn roman zou afspelen en ik was heel blij dat de lamp uit de Karlskrona Lampfabrik kwam, uit de regio van mijn Leeuwenhof-trilogie. Sindsdien heb ik het steeds bij me gehad en het heeft me in de tuin al vele uren licht geschonken.

Het is een klassiek model van messing, een rondbrander, zoals de vakterm luidt, waarop een gestanst wapen met een anker in het midden is aangebracht. Karlskrona is een oude stad aan de Oostzee die ooit als Zweedse marinebasis fungeerde. Die tijden zijn allang voorbij, maar de oude verdedigingswerken en de vesting zijn nog steeds te bewonderen. Ook heeft Karlskrona nog steeds een zeehaven.

Mijn oorspronkelijke idee was te schrijven over de lampenfabriek. De geschiedenis daarvan is veelomvattend en afwisselend, en het is fascinerend dat deze firma, die in 1884 werd gesticht, nog steeds bestaat. Hugo en Nanna Skantze hebben werkelijk geleefd en het bedrijf succesvol geleid. Ze hadden veel kinderen en hun nakomelingen zorgen er ook vandaag nog voor dat de familietraditie hooggehouden wordt.

Maar toen besloot ik een ander verhaal te vertellen. Een verhaal dat met mijn grote liefde voor de Oostzee te maken heeft, maar ook met een thema dat me in al mijn romans na aan het hart ligt: het leven van vrouwen in vroeger tijden.

Het begin van de twintigste eeuw was een periode van grote omwentelingen. Vrouwen begonnen te strijden voor vrijheden en rechten: het kiesrecht bijvoorbeeld of het recht op eigen bezit.

In Zweden werd het in 1910 nog steeds als heel gewoon beschouwd dat een vrouw die mondig en handelingsbekwaam wilde zijn, daartoe op de leeftijd van vijfentwintig jaar een verzoek bij de koning moest indienen. Als dat werd ingewilligd, was ze net als een man in staat haar bezittingen te beheren en zaken te doen zonder bemoeienis van een mannelijke curator. Hierin kwam wel verandering zodra ze in het huwelijk trad. Dan werd ze ondergeschikt aan haar echtgenoot en alles wat ze bezat, behoorde voortaan hem toe. Huwelijkse voorwaarden werden slechts zeer zelden en meestal niet van de kant van de vrouw afgesloten. Pas als de vrouw weduwe werd, kreeg ze haar mondigheid terug.

Kiesrecht was in die tijd voor hen nog ondenkbaar, maar de vrouwen streden er wel voor. In het hele land bestonden kringen van (meestal goed gesitueerde) vrouwen die als suffragettes voor hun rechten opkwamen.

Deze periode is de ideale voedingsbodem voor mijn verhaal over Marlene en Liv, die op het eerste gezicht uit volkomen verschillende milieus komen.

Mijn roman wil geen geschiedkundige verhandeling zijn, hoewel ik heb geprobeerd historische feiten en omstandigheden zo getrouw mogelijk weer te geven. De al genoemde lampenfabriek valt daaronder, net als de eerste schreden op het pad van de elektrificatie van Karlskrona, de aanleg van de trambaan en de haven. En ook mijn nachtlampje speelt een rol – als de lamp van Marlene, die zo vele herinneringen in zich draagt.

Daarnaast heb ik me natuurlijk enkele vrijheden veroorloofd. De meeste hoofdpersonen zijn fictief en Rederij Boregard heeft ook niet bestaan. Het is echter wel een feit dat petroleumschepen, soms ook oude zeilschepen, het zwarte goud naar Zweden vervoerden omdat de eigen aardolieproductie niet toereikend was.

Vooral is *Rozenhaag* echter een verhaal over de solidariteit van vrouwen onderling, een verhaal over een diepgaande liefde, over veranderingen en ja, ook over geweld, dat in vele vormen kan voorkomen.

Ik hoop dat u aan het lezen evenveel plezier beleeft als ik aan het schrijven heb beleefd.

Corina Bomann, 2024

Heb je genoten van dit boek?

Laat dan een review achter op de site van de winkel waar je het gekocht hebt, of op een lezerscommunity als Hebban.nl. Dat helpt andere lezers dit boek ook te vinden.